« PAVILLONS »
Collection dirigée
par Maggie Doyle et Jean-Claude Zylberstein

DU MÊME AUTEUR

Chez le même éditeur

Écoute-moi, 2004
Antenora, 2007

MARGARET MAZZANTINI

VENIR AU MONDE

Traduit de l'italien par Nathalie Bauer

ROBERT LAFFONT

Titre original : VENUTO AL MONDO

ISBN 978-2-221-11359-2
(édition originale : ISBN 978-88-04-57370-8 Arnoldo Mondadori Editore S.p.A., Milan)

Ce roman est le fruit de l'imagination.
Individus et faits réels sont transfigurés par le regard du narrateur.

À Sergio

À nos enfants

« Ô tendresse humaine,
où es-tu ?
Peut-être seulement
dans les livres ? »

IZTET SARAJLIĆ

Le voyage de l'espoir

Le voyage de l'espoir... Des mots qui demeurent, parmi tant d'autres, à la fin de la journée. Je les ai lus à la pharmacie, sur une boîte transparente posée près de la caisse ; il y avait une fente pour y glisser de l'argent et, scotchée sur le verre, la photo d'un de ces enfants qu'on envoie au loin pour essayer de les faire opérer – voyage de l'espoir, justement. Je me tourne sur l'oreiller en soupirant. Je regarde le corps de Giuliano, immobile et lourd. Il dort sur le dos comme à son habitude, torse nu. De temps à autre, il pousse un petit grognement, une bête placide qui chasse des mouches.

Je pense à ce mot, *espoir*. Dans la pénombre, il prend la forme d'une tête de femme un peu effarée, une de ces femmes qui traînent derrière elles leur défaite, mais n'en continuent pas moins de se débattre avec dignité. C'est ma tête peut-être, celle d'une femme vieillie, qui s'est figée dans le temps, par fidélité, par crainte.

Je sors sur la terrasse, je regarde le spectacle habituel : l'immeuble d'en face aux volets entrouverts, le bar et son enseigne éteinte, le silence de la ville, poussière de bruits dans le lointain. Rome est endormie. Endormie la fête, et endormi le bourbier. La banlieue dort. Le pape dort, ses chaussons rouges sont vides.

Je reçois le coup de fil le matin, de bonne heure. Je sursaute en entendant la sonnerie, trébuche dans le couloir ; il est possible que je crie pour avoir l'air réveillée : « Allô ? »

Il y a du bruit à l'intérieur du combiné, comme du vent qui souffle entre les branches.

« Puis-je parler à Gemma ? »

L'italien est correct, mais les mots sont excessivement martelés.

« C'est moi.

— Gemma ? C'est bien Gemma ?

— Oui…

— Gemma… »

Il répète mon prénom et éclate de rire. Je reconnais ce rire rauque, cassé.

« Gojko… »

Il répond au bout d'un moment : « Oui, ton Gojko. »

C'est une explosion sur place. Un vide immense qui se remplit de débris.

Je balbutie : « Mon Gojko…

— Lui-même. »

Son odeur, son visage, nos années.

« Cela fait plusieurs mois que j'essaie de te joindre par l'intermédiaire de l'ambassade… »

J'ai pensé à lui il y a quelques jours dans la rue, sans raison, à cause d'un passant qui lui ressemblait sans doute.

Nous échangeons quelques mots : « Comment vas-tu ? Que fais-tu ?

— J'ai vécu plusieurs années à Paris, puis je suis rentré chez moi… On organise une exposition en mémoire du Siège… il y aura aussi des photos de Diego. »

Le froid du carrelage me remonte le long des jambes, jusqu'au ventre.

« Ce serait une occasion. »

De nouveau il rit, comme autrefois, sans vraie gaieté, plutôt pour compenser une tristesse légère mais permanente.

« Viens…

— Je vais y réfléchir, oui…

— Il ne faut pas que tu réfléchisses, il faut que tu viennes.

— Pourquoi ?

— Parce que la vie passe, et nous avec. Tu te souviens ? »

Bien sûr que je me souviens.

« Et elle se rit de nous, comme une vieille putain édentée qui attend son dernier client… »

Je repense aux vers de Gojko : la vie semblable à une longue ballade. Je me rappelle maintenant la façon qu'il avait de se toucher le nez, de le presser comme un morceau de cire molle tout en disant ces vers, des vers qu'il écrivait sur les boîtes d'allumettes, sur ses mains. Je suis en culotte, pieds nus. Gojko est vivant, il a toujours été vivant. Et je me demande soudain comment j'ai pu renoncer à lui pendant tout ce temps-là. Par quel mystère se fait-il que, au cours de notre existence, nous renoncions aux êtres les meilleurs pour des gens inintéressants, des gens qui ne nous font pas de bien, qui se trouvent simplement croiser notre chemin, et qui nous corrompent par leurs mensonges, nous rendent chaque jour plus lâches.

« D'accord, je viendrai. »

Et tout ce qui était boue immobile dans ma vie se change soudain en poussière, qui vole à ma rencontre.

Gojko se met à crier, laisse éclater sa joie.

Il y avait de la poussière le jour où je quittai Sarajevo, un vent glacial la soulevait, tourbillonnant dans les rues, effaçant tout sur son passage. Elle recouvrait les minarets, les immeubles, les morts du marché sous leur sépulture de légumes, de babioles, de bois des étals arrachés.

Je demande à Gojko pourquoi il a attendu aussi longtemps avant de m'appeler, avant de regretter mon absence.

« Cela fait des années que je te regrette. »

Sa voix disparaît derrière un soupir. J'entends de nouveau le vent... les kilomètres qui nous séparent.

Soudain je crains que la communication soit coupée et que retombe ce silence de plusieurs années, qui me semble maintenant insupportable.

Je lui demande de me donner rapidement son numéro de téléphone. C'est celui d'un portable. Je le note sur un morceau de papier avec un stylo qui n'écrit plus, mais j'ai peur de poser le combiné pour aller en chercher un autre. Le bruit sur la ligne est de plus en plus fort. J'imagine le fil du téléphone qui se rompt et tombe au sol dans des gerbes d'étincelles... J'en ai vu tellement, des câbles qui pendaient dans le vide, dans cette ville coupée de tout. C'est mon passé que je harponne sur cette feuille, avec la crainte de le perdre une fois de plus.

« Je te rappellerai pour te dire à quelle heure arrive le vol. »

Je vais dans la chambre de Pietro, je fouille parmi ses stylos, et repasse sur ce numéro blanc. Pietro dort, ses longs pieds dépassent du drap. Comme chaque fois que je le vois allongé, je me dis que son lit est trop petit, qu'il faut le changer. Je ramasse sa guitare abandonnée sur le sol près de ses pantoufles. Je sais qu'il sera furieux, il faudra que je me batte pour le convaincre de m'accompagner.

Je prends une douche et rejoins Giuliano à la cuisine. Il a déjà préparé du café.

« Qui était-ce ? »

Je ne réponds pas tout de suite, mes yeux sont recouverts de laque, immobiles. Sous la douche, ma peau m'a semblé aussi rêche qu'autrefois, quand je me lavais en vitesse et sortais de chez moi les cheveux encore mouillés.

Je lui parle de Gojko, lui dis que j'aimerais partir.

« Comme ça, à l'improviste ? »

Il n'a pas l'air surpris.

« Tu l'as dit à Pietro ?

— Il dort.

— Ça vaudrait peut-être la peine que tu le réveilles. »

Il n'est pas rasé, ses cheveux en désordre lui retombent sur le front et soulignent la partie chauve au sommet de la tête. Le jour, il est toujours impeccable, un animal citadin, de casernes, d'archives. Je suis la seule à voir ce désordre, et c'est à mon avis la meilleure part, ce qu'il y a de plus odorant et secret en nous… comme lorsque nous faisions l'amour, les premiers temps, et que nous nous regardions ensuite, assis, nus et décoiffés. Nous sommes mari et femme, il est venu vers moi dans un aéroport militaire il y a seize ans. Pourtant quand je dis qu'il m'a sauvé la vie, il secoue la tête, rougit, objecte que ce n'est pas vrai, rectifie : « C'est vous, Pietro et toi, qui avez sauvé la mienne. »

C'est un gourmand. Il profite de la situation, de mes yeux ébahis, pour avaler un autre plum-cake.

« Ne te plains pas ensuite de ton ventre…

— C'est toi qui t'en plains. Moi, je m'assume. »

C'est vrai qu'il s'accepte tel qu'il est. C'est sans doute pour cela qu'il est aussi accueillant. Il se lève, m'effleure une épaule.

« Tu as raison d'y aller. »

Il vient de lire dans mon regard une hésitation. Soudain j'ai peur. Je me suis trop vite précipitée vers mon passé, vers l'ardeur de la jeunesse. Et je n'y vois à présent que des occasions de regrets. J'ai froid au cou, il faut que je retourne à la salle de bains me sécher les cheveux. Je suis de nouveau moi, une fille défaite, au bord de la vieillesse.

« Il faut que je m'organise, je dois passer à la rédaction, je… je ne sais pas.

— Tu sais très bien au contraire. »

Il dit qu'il m'appellera du bureau quand il se connectera à Internet, il trouvera peut-être des billets *low cost*. Il sourit : « Je ne crois pas qu'on fasse la queue pour aller à Sarajevo. »

Je vais dans la chambre de Pietro, j'ouvre les volets. D'un geste brusque, il remonte le drap sur sa tête. Je me plante à côté d'une momie.

Cette année, il a mué ; il a laissé ses os d'enfant, pour se transformer en un gros héron boiteux, qui ne maîtrise pas bien encore ses mouvements. Son regard s'est braqué au sol comme celui d'un chercheur d'or, il s'est mis à sortir sans dire au revoir, à manger debout devant le réfrigérateur. Au lycée, on l'a fait redoubler, il est devenu d'une stupidité désarmante, il n'a pas fourni le moindre effort, et ces derniers mois, au lieu de mettre les bouchées doubles, il s'est enfermé dans une arrogance ridicule. Je me retourne, agacée par son grognement hargneux qui ne s'adresse à moi que pour exiger, pour me reprendre. Qu'est devenue la petite voix plaintive qui m'a accompagnée pendant tant d'années ? Nous savions si bien parler ensemble, elle était comme accordée à la mienne.

À présent il me désole. Quand il dort, quand son visage est détendu, je me dis qu'à lui aussi, ce corps si aimable, dévoré depuis quelques mois par l'ogre de la puberté, doit manquer, et qu'il le cherche peut-être dans son sommeil. Que c'est pour cette raison qu'il ne veut pas se réveiller.

Je me penche, ôte le drap de sa tête, pose ma main sur ses cheveux ébouriffés. Il me repousse.

Il vit mal son redoublement. Maintenant que l'été est venu, il sort avec sa raquette de tennis et ses chaussures pointure 43, et revient furieux contre ses amis, en marmonnant qu'il ne veut plus les voir, parce qu'ils ne seront plus dans la même classe l'année prochaine, et qu'il lui semble qu'ils l'ont trahi.

« Il faut que je te parle. »

Il se redresse brusquement, torse nu.

« J'ai faim. »

Je lui parle donc à la cuisine, pendant qu'il étale du Nutella sur ses biscuits. Il se prépare de petits sandwiches qu'il avale d'une seule bouchée.

Il a la bouche sale, il a mis des miettes partout sur la table, il a mal ouvert et déchiré le paquet de biscuits.

Je ne dis rien, je ne peux pas le gronder en permanence. J'assiste en silence au banquet de mon fils, puis j'évoque le voyage.

Il secoue la tête.

« C'est hors de question, m'man. Vas-y toute seule.

— Tu sais, Sarajevo est une ville magnifique... »

Il sourit, joint les mains, les agite, me lance son habituel regard sympathique et rusé.

« Mais qu'est-ce que tu racontes, maman ! C'est pathétique, ce que tu dis. La Yougoslavie craint ! Tout le monde le sait. »

Je me raidis, croise les bras.

« On ne dit plus la Yougoslavie. »

Il avale un autre gâteau dégoulinant de Nutella. Il recueille les gouttes sur son doigt, et le lèche.

« C'est pareil.

— Ce n'est pas pareil. »

Je baisse le ton, je l'implore presque.

« Une semaine, Pietro, toi et moi… Ce sera sympa. »

Il pose les yeux sur moi, et pour la première fois me regarde vraiment.

« Je vois pas comment ça pourrait être sympa. Arrête, m'man…

— Nous irons sur la côte. La mer est sublime.

— Dans ce cas, allons en Sardaigne. »

Je me bats pour ne pas craquer, et voilà que cet imbécile me parle de la Sardaigne. Il se lève, s'étire, se retourne. Je contemple son dos, le duvet sur sa nuque.

« Vraiment, tu te moques de savoir où ton père est mort ? »

Il lâche sa tasse dans l'évier.

« Fait chier, m'man… »

Je le supplie, j'ai la voix d'une enfant, hésitante, incertaine, la voix qu'il avait quand il était petit.

« Pietro… Pietro.

— Quoi ? »

Je me lève à mon tour, renverse par mégarde le carton de lait.

« Comment ça, "quoi" ? C'était ton père ! »

Il hausse les épaules, les yeux rivés au sol.

« Fait chier cette histoire. »

Cette histoire, c'est son histoire, notre histoire, mais il ne veut pas l'entendre. Quand il était petit, il était plus curieux, plus courageux, il posait davantage de questions. Il observait son père, jeune homme… cette photo de Diego sur le réfrigérateur, maintenue par un aimant, jaunie par les vapeurs de cuisine. Il se serrait contre moi, s'accrochait. En grandissant, il a cessé de m'interroger. Son univers s'est restreint à ses besoins, à son petit égoïsme. Il n'a pas envie de se compliquer la vie, ni les pensées. Pour lui, son père c'est Giuliano, c'est lui qui l'a accompagné à l'école, lui qui l'a amené chez le pédiatre. C'est lui qui lui a flanqué une gifle, un jour au bord de la mer, où il a plongé dans une eau trop peu profonde.

Je me lave les dents, enfile une veste, regagne sa chambre. Il est encore en caleçon, il joue de la guitare les yeux fermés, le plectre fait un bruissement sur les cordes.

Le voyage de l'espoir. Je repense à ces mots, tombés sous mes yeux par hasard. Je pense à Pietro. L'espoir appartient aux enfants. Nous, adultes, avons déjà espéré, et presque toujours perdu.

« Prépare-toi un petit bagage à main. »

Il ne répond rien, il siffle.

Nous sommes en voiture. Rome est encore blanche. Pietro est assis à l'arrière, il a mis ses Ray-Ban et ses cheveux sont brillants de gel.

« Tu ne peux pas faire ça à ta mère », lui a dit Giuliano hier soir, au dîner. Alors il a appelé son copain David pour lui annoncer qu'il ne participerait pas au stage de voile, qu'il partait avec moi. Son copain lui aura sans doute demandé quand il reviendrait. Pietro a éloigné son mobile et m'a lancé : « Quand revenons-nous ? »

J'ai regardé Giuliano. « Rapidement », ai-je répondu.

« Rapidement », a répété Pietro dans le portable.

« Reviens vite », me dit Giuliano à l'aéroport, pendant que nous nous étreignons. Il saisit Pietro par le cou et l'attire contre lui. Pietro se laisse attraper, baisse la tête, la frotte contre celle de Giuliano. Ils restent tous deux ainsi pendant quelques secondes.

« Sois sage.

— Oui, papa. »

Je dépose mon sac sur le tapis roulant, et nous passons dans la zone voyageurs. Nous longeons les publicités lumineuses de Lancôme, de Prada Eyewear. Les roues de mon sac me suivent en glissant. Je m'arrête, rebrousse chemin. Giuliano n'a pas bougé, il fixe l'angle derrière lequel nous avons disparu. Jambes écartées, mains dans les poches, il ressemble à un chauffeur qui attend, une silhouette anonyme dans le va-et-vient de la foule. On dirait qu'il a perdu son identité avec notre départ. Son visage est inerte, ses muscles semblent s'être totalement relâchés. Instantanément, je prends conscience de la solitude dans laquelle mon départ le plonge. Il me voit, se ranime d'un seul coup, fait un bond en avant, sourit, agite les bras, me fait signe de me dépêcher, de m'en aller. Il m'embrasse plusieurs fois de loin, ses lèvres claquent dans le vide.

Nous sommes dans l'avion. La guitare de Pietro occupe un compartiment entier au-dessus de nos têtes. L'hôtesse n'a pas fait d'histoires, il y a peu de passagers en classe économique. La classe affaires, en revanche, est pleine. Des businessmen avec des cravates de marque, au lieu des cravates unies synthétiques d'autrefois. Des nouveaux riches de l'Est, qui ont prospéré sur la misère de leurs compatriotes. Ils lisent des journaux financiers, mangent des repas chauds et boivent du champagne.

Nos plateaux arrivent, froids et rabougris. Deux tranches de jambon fumé, des pickles, un gâteau sous Cellophane. Je tends le mien à Pietro, qui dévore. Il interpelle l'hôtesse, réclame du pain. En anglais, avec un accent correct. Je suis vraiment surprise. Il sourit à la femme. Il est très beau ce matin, ses yeux comme deux morceaux de mer polis.

Nous sommes au-dessus de l'Adriatique. Il mâche en regardant la tache bleue, au-dessous de nous ; moi, je regarde son profil estompé dans la lumière blanche qui pénètre à travers le hublot.

L'hôtesse apporte du pain. Il la remercie. Sa voix rocailleuse semble presque belle. Les mères de ses copains louent sa politesse, me félicitent de sa bonne éducation. Mon fils est un grand hypocrite, c'est à moi qu'il réserve ce qu'il a de pire.

Il mord dans le gâteau qui ne lui plaît pas, un rectangle gras recouvert d'un glaçage, me le tend.

« Tu le veux ? »

Il trouve normal que je finisse ses restes.

« Non, merci. »

Le gâteau est en train de fondre dans sa main.

« J'aime pas ça…

— Eh bien, ne le mange pas. »

Il pose les deux plateaux-repas sur la tablette devant moi, redresse la sienne, y appuie les genoux. Il met ses écouteurs et s'installe confortablement sur son siège. Il me lance un coup d'œil.

« Tu as l'air nase », me lance-t-il.

Il n'a pas tort. Je suis passée d'une sorte d'état de lucidité pendant que nous embarquions, ce dynamisme propre à la voyageuse expérimentée, à un sentiment d'étrangeté totale. J'ai eu peur de perdre les cartes d'embarquement, de ne pas trouver la bonne porte. Pietro, de son côté, balayait la salle de son air de lynx qui observe le monde. Peu lui importait que j'aie égaré ces cartes. Il m'a regardée transpirer, vider mon sac.

« Alors rentrons à la maison, m'a-t-il lâché juste avant que je déniche les deux bouts de papier.

— Allez, avance. »

Il a fait l'imbécile aux contrôles, il était furieux qu'on le fouille. J'ai répondu que c'était le boulot des agents. Il s'est fendu d'un énième *fait chier*. Puis, tandis que nous nous dirigions vers l'appareil, il a expliqué que tout ça c'était de la foutaise, que c'était même très facile de traverser les contrôles, armé jusqu'aux dents. J'ai eu droit à ses hypothèses de lecteur de BD qui connaît tous les bons endroits où cacher les couteaux et fourchettes du self-service.

Je lui ai demandé s'il avait emporté un livre. Il a répondu que non. Il redouble, donc pas de livre. « Pendant les vacances, je me repose. »

En montant, il a dit que l'avion était vieux, que les compagnies aériennes de l'Est achetaient les appareils dont les autres compagnies ne voulaient plus. Des avions qui se crashent. « On va se retrouver sur YouTube. » Je me suis demandé pourquoi je l'avais emmené. Il allait me rendre folle.

Il a fermé les yeux. Il remue la tête au rythme de son iPod, il est gai, il a cessé de se plaindre de la destination. Il s'est fait une raison. En fin de compte, c'est un garçon enthousiaste. Il est bourré de défauts, mais au moins il n'est pas apathique, à l'image de beaucoup de jeunes de son âge.

À présent il s'est assoupi, les lèvres entrouvertes, la tête dans les épaules, pendant que l'iPod continue de marmonner. Dehors, le ciel est tout blanc, comme immobile et irréel.

J'essaie de penser à autre chose, à l'été qui m'attend. Nous sommes invités chez des amis en Ligurie, il y aura des adultes, et des jeunes de l'âge de Pietro. On fera la fête, on marchera pieds nus, il y aura des livres, des promenades sur les rochers, des crabes dans les flaques. Giuliano ira à la droguerie acheter des crochets et des vis pour réparer un volet. Nous ferons l'amour dans la fraîcheur veloutée de la nuit, quand le vent monte de la mer et que la pénombre nous aide à oublier notre âge.

Pietro se réveille et bâille. Je lui demande :

« Que sais-tu de Sarajevo ?

— C'est là où on a tué l'archiduc, non ? »

J'acquiesce. C'est mieux que rien.

« Et puis ?

— C'est là où la Première Guerre mondiale a éclaté.

— Et encore ?

— Bof...

— Et ce que je t'ai raconté ? »

Il ne dit rien, se colle au hublot.

L'avion a commencé sa descente, je sens la secousse du train d'atterrissage sous la carlingue. Mes bras et mes jambes sont raides, j'ai l'impression que ces roues jaillissent de mon ventre.

En bas, le flanc noir du mont Igman n'a pas bougé, il est toujours là, long, couché sur le flanc, comme un géant endormi, un bison touché à mort, sur lequel la nature a recommencé à pousser, saison après saison, sombre, sauvage. Je me rappelle l'avoir vu couvert de petits drapeaux blancs semblables à des lis, qui indiquaient la voie aux athlètes olympiques, saluant tous ceux qui descendaient vers cette vallée d'or, cette Jérusalem de l'Est, dont la neige recouvrait les gargouilles noires des églises orthodoxes, les coupoles en plomb des mosquées, les stèles branlantes du vieux cimetière juif.

À l'arrivée, pas d'autobus. Nous traversons la piste à pied. L'air est blanc, le ciel couvert, il fait dix degrés de moins qu'en Italie.

Pietro porte un tee-shirt à manches courtes frappé d'une feuille de cannabis et de la phrase DIEU A CRÉÉ L'HERBE, L'HOMME A CRÉÉ LES JOINTS.

« Tu n'as pas froid ?

— Non. »

La façade de l'aéroport n'a pas changé, fragile comme celle d'un hangar industriel. Je croyais qu'on l'avait abattue ; à l'évidence, on s'est contenté de la restaurer.

Sur la piste, un petit avion stationne, marqué d'une croix rouge sur son flanc blanc, comme une ambulance. On pourrait croire qu'il appartient au secours médical, mais c'est un appareil de la Swissair, un avion de tourisme, pacifique.

À l'époque, on descendait des avions militaires yeux à terre, on foulait au pas de course l'espace ouvert, en se précipitant vers la tache informe des soldats en tenue de camouflage. Tout le monde criait, on avait la sensation d'être une cible facile pour n'importe qui. L'aéroport… le mot était sur toutes les lèvres, seule voie d'issue dans la ville assiégée. De temps à autre, un désespéré avait l'idée stupide de tenter la traversée de nuit. Ainsi à découvert, même le *sniper* le moins expérimenté n'avait aucun mal à vous toucher.

Le hall de l'aéroport est calme, désert. Tubes au néon, murs laminés, lumière triste de toilettes, d'une gare secondaire.

Le garçon qui contrôle les passeports affiche un sourire figé dans un visage sans couleurs.

« Italiens… »

J'acquiesce, il me rend nos papiers.

IZLAZ, sortie, dit le panneau. Sa guitare en bandoulière, Pietro jette un regard circulaire. Une jeune musulmane très maquillée, la tête recouverte d'un foulard couleur chair, étreint un membre du personnel au sol. Ils s'embrassent au milieu de la foule, obstruant le passage.

Il y a une cohue aux arrivées, je scrute les corps appuyés contre les barrières métalliques. Je passe par-dessus les têtes des gens tout proches, cherche du regard parmi ceux qui se meuvent au loin. L'air est saturé de fumée de cigarettes, un brouillard qui estompe les couleurs, les salit.

Avant l'atterrissage, je suis allée dans les toilettes me remettre du rouge à lèvres et faire bouffer mes cheveux pour avoir meilleure mine.

À notre droite, il y a un comptoir de bar circulaire avec des tables hautes où l'on consomme et fume debout. Un homme s'en détache et vient vers moi. Je ne suis pas sûre de le reconnaître, et pourtant c'est lui. Il a quelques kilos en plus, il porte une chemise de lin noir froissé, une barbe rousse et ses cheveux sont plus clairsemés. Mais il n'y a que lui pour marcher ainsi, jambes écartées, avec cette sensation de calme jusque dans la hâte, les bras qui se balancent, légèrement détachés du corps. Il m'étreint sans hésiter et me retient comme si je lui appartenais, puis il plante ses yeux sur moi et effectue un tour panoramique de mon visage, lèvres, menton, front. Il s'attarde sur mes yeux. S'infiltre à l'intérieur comme une mer voyageuse qui reflue brusquement. Il fouille ce passé, bien décidé à s'engouffrer, de manière totalement impudique, dans l'abîme du temps, par ce regard à la fois poignant et joyeux.

C'est moi qui cède la première et baisse les yeux, je me soustrais à toute cette émotion par timidité, par agacement. Personne ne regarde comme ça en Italie. Je me gratte le bras comme si j'avais la gale. Deux mains légèrement moites, un peu épaisses et plutôt sales, m'entourent le visage comme des bandages chauds.

« Belle femme ! »

Je proteste : « Vieille femme…

— Va te faire foutre, Gemma ! »

Je souris, je reconnais le doux son de ses *f*. Je retrouve son ironie moqueuse, qui invite au rire, et envoie balader, après les cuites, le trop-plein d'émotion. Il m'embrasse, m'étreint encore, à me couper le souffle. Je sens le lin de sa chemise, la chaleur de son corps, son émotion palpitante. Il me tâte les os, me transperce le dos comme un aveugle, compte mes vertèbres de ses mains bouillantes. Maintenant je retrouve l'odeur de son cou, de ses cheveux en sueur, l'odeur des intérieurs aux toiles cirées et aux bocaux de cerises blanches à l'eau-de-vie, des bureaux où les cendriers trop pleins prennent feu et où les photocopieuses toujours en panne ne fonctionnent qu'à coups de pied, à coups de chance.

Mon émotion est une boule qui monte et qui descend dans ma gorge. Je me suis promis, avec ma fierté, que je résisterai : c'est trop facile de pisser des larmes, à cinquante-trois ans. Je tapote le bras de Gojko.

« Gros lard.
— Oui, je me suis remis à beaucoup manger… »

Il observe Pietro, fait un pas, se tord les jambes toujours en mouvement. Il vacille, mais ne tombe pas. Il lève sa main. Pietro lève aussitôt la sienne. Les deux paumes claquent l'une contre l'autre comme dans un téléfilm américain. Gojko montre la guitare.

« Musico ? »

Pietro lui sourit.

« Amateur. »

Gojko est assis à l'avant, à côté du chauffeur de taxi. Un bras à l'extérieur, ils bavardent.

« Tu comprends ce qu'ils disent, maman ?
— Un peu.
— Alors ?
— Qu'il va pleuvoir.
— Va te faire foutre », siffle Pietro.

Je me tiens immobile et digne sur la banquette en tissu gris, j'observe ma main accrochée à la poignée, en haut, près de la clim en plastique noir. Et, par la vitre couverte de poussière, la longue avenue impossible à oublier. Si j'arrive à surmonter ce moment, je surmonterai peut-être le reste. Cette ville ne m'aura pas. Je laisse filer ces premières images sans les enregistrer vraiment, coups d'œil furtifs, morceaux, bouts, comme des timbres brûlés.

Il suffit de continuer à avancer de cette manière, bien au milieu, sans me laisser entamer par tout ce que je vois. J'ai appris que tout s'efface, que l'horreur elle-même peut perdre son tranchant, se fondre en une nébuleuse qui l'atténue, la rend ridicule, lui ôte toute crédibilité… Carcasses noires des voitures, vitres brisées, le cœur d'un enfant jailli de sa poitrine et écrasé contre un mur blanc.

Je ne cesse de tripoter une de mes boucles d'oreilles.

Je suis calme. Le corps de Pietro m'aide, son genou qui touche le mien à travers son jean, son indolence, ce regard inconscient, simplement ennuyé par la tristesse de la ville.

Les vieux immeubles gris du réalisme socialiste sont encore debout, leurs balcons empilés les uns sur les autres comme des classeurs écaillés dans une administration, les trous des grenades recouverts de rustines en crépi.

Il a suffi d'un nid-de-poule… J'ai dû réprimer le vieil instinct – baisser la tête. Ces courses démentes. On traversait l'allée des *snipers* à deux cents à l'heure, courbés sur les sièges, le souffle court entre les jambes, les carcasses rouges des tramways empilées les unes contre les autres pour défendre la ligne de front. Je me retourne vers Pietro. *Il n'a pas de gilet pare-balles*. Je me mords la joue. *Du calme…*

Gojko se tait. Il ne s'est retourné vers moi qu'une seule fois, puis il m'a laissée le regarder vivant dans le défilement de cette longue avenue aujourd'hui sécurisée.

C'est un homme d'aujourd'hui dans un monde qui va de l'avant.

Les feux tricolores bien réglés me semblent étranges. Les gens qui traversent, paisibles. En haut, les collines, les jardins qui grimpent, les petites maisons blanches, calmes, dans les sapinières sombres. C'est de là qu'on tirait; chaque espace entre les immeubles, chaque tache de verdure cachait un *sniper*, un danger potentiel.

La rédaction du mythique *Oslobodjenje* s'est réinstallée sur ses propres décombres, à l'étroit dans un bâtiment bas mais neuf. À côté, un immense gratte-ciel aux vitres réfléchissantes qui observent, imperturbables, les ruines du vieil hospice. Au-dessus, cette grande inscription lumineuse rouge : *AVAZ*.

« *Avaz*, c'est le journal le plus lu du pays, son propriétaire est un type qui a gagné beaucoup d'argent… »

Gojko se caresse le crâne.

« Et il n'a même pas une rubrique culturelle… »

Près d'une plate-bande de terre retournée, un homme attend que son chien ait fait ses besoins. Une fille à bicyclette coupe l'avenue. Sur la publicité du *Sarajevo Osiguranje*, une famille blonde sourit. Comme sourient les deux militaires placardés sur l'affiche de l'Eufor, un homme et une femme bien en chair, bras croisés sur leurs tenues de camouflage. Les gens déambulent. La quotidienneté sans surprise de tous ces corps.

Les gens traversent, les oiseaux au-dessus volent d'un arbre à l'autre, viennent à terre picorer quelque chose.

Un matin, je me réveillai et vis une sorte de grand rayon noir dans le ciel. Tous les oiseaux s'envolaient, effrayés par les explosions incessantes, la fumée des incendies, l'odeur insupportable des corps sommairement enterrés. Ils remontaient la rivière Miljacka pour se réfugier dans les bois plus éloignés, où l'on allait pique-niquer l'été, chercher la fraîcheur au pied de cascades aux scintillements argentés. Tous les Sarajéviens envièrent ces oiseaux, ils les envièrent de pouvoir ainsi s'élever dans les airs et s'en aller tranquillement.

Je me retourne. La voici. La gifle jaune de l'Holiday Inn. Un cube inerte, composé d'autres cubes qui semblent mobiles, le refuge de la presse étrangère pendant toute la durée du siège. Sa façade était exposée aux tireurs du côté de Grbavica ; on entrait par-derrière en se coulant, en même temps que les voitures, sur la rampe qui menait au garage. Et pourtant, c'était une sorte de paradis, la mort y était interdite de séjour, on y trouvait des plats chauds et des téléphones satellitaires. Les journalistes réalisaient leurs reportages depuis leur chambre, ils avaient de la chance, ils étaient libres de venir et de repartir.

Nous sommes dans le centre-ville. Dans le sérail géométrique des vieux palais austro-hongrois, la circulation est intense, les gens traversent de tous côtés en effleurant les voitures qui roulent au pas. Les arbres ont repoussé, de jeunes troncs sans passé. Je regarde les magasins. De nouvelles vitrines à côté des anciennes, ordonnées, bien moins approvisionnées que les nôtres. La société de consommation n'a profité que de façon irrégulière de cette ville à reconstruire, de son visage rongé par la guerre comme par de l'acide. Une mosquée à petites coupoles se dresse comme une corbeille pleine d'œufs bruns. L'hôtel est situé dans une rue latérale, juste derrière le vieux marché ottoman de Baščaršija.

J'exige de payer le taxi, mais Gojko refuse. Il porte mon bagage à l'intérieur de l'hôtel, qui est accueillant, familial ; on dirait l'entrée d'une maison. Il y a un rideau clair, presque argenté, sur le pas de la porte, une moquette rouge à petits losanges noirs. Dans un coin, un grand vase de fleurs raides et de toute évidence fausses. Pietro s'en assure d'un geste, puis frotte sa main sur son jean. Il observe la réceptionniste, barricadée derrière un comptoir en bois sombre, qui cherche notre réservation sur son ordinateur. Des hommes bavardent dans un salon voisin. J'aperçois leurs chaussures éculées, leurs chaussettes trop courtes. Ils fument. L'air est terriblement vicié, la fumée nous accompagne dans l'escalier, elle pénètre avec nous dans le petit ascenseur. Pietro déclare : « Une nuit ici, et c'est le cancer assuré. »

Mais la chambre est assez vaste, elle arbore un couvre-lit bleu en tissu synthétique orné de volants et deux tables de nuit flambant neuves. J'ouvre la fenêtre ; elle donne sur une rue fermée, où sont garées quelques voitures, on voit un arbre à la chevelure rousse, une large gouttière posée sur un auvent en tôle ponctué de crottes de pigeon.

Dans la salle de bains, Pietro éclate de rire.

« Regarde, m'man…

— Quoi ? »

Je me retourne. Il brandit un verre à dents glissé dans une pochette en plastique qui porte l'inscription *HYGIENIC CLEANING*.

« Et alors ?

— La pochette n'est pas scellée et c'est un verre de Nutella... »

Je souris, lui dis de remettre le verre à sa place.

Je me lave les mains, m'assieds sur le lit, pose mon sac sur mes genoux, en tire les talons des cartes d'embarquement, y glisse les billets de retour. Pietro jette son sac à dos dans l'armoire sans même y prendre son pyjama.

« Sortons, m'man. On n'a rien à faire ici. »

Si je m'écoutais, je ne bougerais pas. Je me contenterais volontiers de la banane un peu noircie que j'ai emportée. J'ai envie d'étendre les jambes et de rester là jusqu'à demain. À force de penser à ce voyage, je n'ai pas dormi la nuit précédente. J'ai un goût de sang dans la bouche, j'ai dû me mordre les joues dans le taxi pour résister à la vague que je sentais monter en moi. Il faut que je range mes pantoufles sous le lit, que je vérifie l'état des volets roulants et de la douche. C'est ça qu'il y a à faire. Gojko nous attend en bas.

« D'accord, descendons. »

Il est 7 heures du soir, la nuit est tombée et j'ai brusquement froid. J'écoute les bruits de pas. On dirait les sabots d'un cheval sur de vieux pavés. Dans cette rue qui mène à la mosquée de Gazi Husrev-Bey, des bandes de filles voilées plaisantent en se poussant. Derrière la madrasa, dans une cour à petites arcades, on expose des produits locaux. Pendues à un fil, des tuniques au devant brodé forment un rideau multicolore. Une femme pâle vêtue de blanc m'invite, d'un geste délicat de la main, à entrer dans sa boutique de broderies, elle pose les paumes sur sa poitrine et s'incline quand je ressors.

Pietro photographie avec son portable les sacs d'épices, les ustensiles de cuivre qui remplissent chaque boutique jusqu'au plafond.

Nous vagabondons dans les vieilles ruelles pavées de pierres fluviales. Les boutiques commencent à fermer : lumières étouffées derrière les portes en bois. Pietro s'immobilise devant un étal couvert d'éclats de grenades, de douilles scintillantes... Des souvenirs pour touristes. Il s'empare d'une douille, la repose et, éclatant de rire, en saisit une plus lourde.

« Ça peut tuer combien de gens ? »

J'aimerais lui flanquer un coup de pied.

Gojko n'est pas irrité ; il paraît même plutôt amusé.

« Le recyclage guerrier, c'est notre énergie propre...

— Tu as fait la guerre ? »

Gojko allume une cigarette et répond en baissant le ton, comme s'il n'avait soudain plus envie de parler :

« Comme tout le monde.
— Tu étais soldat ?
— Non, j'étais poète. »
Pietro est déçu : à ses yeux, les poètes sont de pauvres types rachitiques empêtrés dans le malheur, qui ont pourri la vie de millions d'élèves, d'adolescents normaux et insouciants. « J'ai faim », dit-il.

Nous quittons Baščaršija et allons dîner sous des arcades en bois, dans un endroit plutôt sordide, une sorte de chalet avec des tables en aluminium et des néons. Une odeur d'oignon et de viande rôtie s'en échappe, l'odeur particulière de ces plats impossibles à digérer. D'après Gojko, on y prépare de bons *ćevapčići*. La fille qui dresse la table a glissé nonchalamment trois doigts dans nos verres. Pietro commande un Coca-Cola et prie Gojko de lui traduire le mot « paille ».

Nous mangeons. La viande des *ćevapčići* est savoureuse, et peu importe que le piment brûle ma bouche blessée, elle me remplit de bonté, de sang et de vie. Je me suis ressaisie et la faim est venue avec cette bonne odeur qui semble ne pas avoir changé avec le temps. L'alcool, un vin rouge du Monténégro, y est sans doute pour quelque chose. « Ce n'est pas du brunello, a déclaré Gojko, mais il est boueux. » Il voulait sans doute dire *moelleux*, ça lui arrive parfois de se tromper, même si son italien est presque parfait. Son erreur a du sens, ce vin est bon comme une boue, il nous ramène en arrière, protecteur dans sa lenteur fangeuse.

Nous mangeâmes ensemble des *ćevapčićii* le jour où nous fîmes connaissance. Nous les avions achetés dans un kiosque, par un froid polaire. La femme qui les grillait portait une veste en laine à torsades et une coiffe de cuisinière. Elle avait assisté au spectacle de notre faim, nous regardant les déguster debout, heureuse de voir que nous les appréciions. Les *ćevapčići* étaient sa fierté, fierté d'une vie de petite cuisinière ambulante. Je la revois comme si j'y étais… Je revois son visage de femme du peuple, usé mais infiniment doux. Elle comptait au nombre de ces êtres que l'on rencontre par hasard et qui vous font du bien. Ils vous sourient du fond de leur expérience humaine, et on a envie de les embrasser. Ils rachètent à eux seuls cette autre moitié du monde, d'individus décourageants croupissant dans leur flaque obscure. Combien d'êtres heureux ai-je croisés au cours de cette période à Sarajevo ! Leurs joues n'étaient pas seulement rouges de froid, mais de timidité, parce qu'ils osaient encore espérer.

C'était l'époque des Jeux olympiques d'hiver. La Bibliothèque nationale, imposant bâtiment de style néomauresque, semblait un monde à part. C'est là, dans une de ces salles dont les colonnes fuyaient vers la lumière de fenêtres aussi ouvragées que des vitraux de cathédrale, que je rencontrai Gojko. J'étais assise sur une petite chaise de fonctionnaire, au pied d'un mur d'ouvrages anciens, et je me sentais minuscule. Je vis entrer un garçon aux cheveux roux, engoncé dans une veste de cuir que doublait une fourrure usagée. Il marchait d'un pas saccadé, comme un grand pantin mécanique.

« C'est vous, Gemma ?

— Oui.

— Je suis votre guide. »

Nous nous serrâmes la main. Je lui souris. Il était incroyablement grand et massif.

« Vous parlez bien l'italien.

— Je vais à Trieste au moins une fois par mois.

— Vous y étudiez ?

— Je vends des Yo-Yo. »

Il glissa une main dans sa poche et en tira un de ces rouleaux en plastique qu'on fait monter et descendre le long d'un fil.

« Ça se vend très bien ici, ça détend. Les jeunes sont très nerveux. Nous avons dû travailler dur pour les Jeux olympiques… et nous n'aimons pas travailler dur. Mais la ville se devait d'être astiquée, vous comprenez ? »

Pour une raison que j'ignorais, il se mit à rire.

« Vous êtes descendue dans un bon hôtel ? »

Je secouai la tête. J'étais descendue dans une pension pleine de touristes.

« Vous aimez le ciel étoilé ?

— Pourquoi ?

— Si vous voulez, vous pouvez aussi dormir sous un des innombrables ponts qui couvrent la Miljacka, personne ne vous embêtera ; en ville, il n'y a plus un ivrogne ni un pickpocket. Nettoyage communiste. C'est quand même la première fois qu'on montre notre cul au monde entier, vous voyez ce que je veux dire ? »

Je devais terminer ma thèse sur Andrić, j'avais demandé un guide qui soit à la hauteur, et on m'avait envoyé un marchand de Yo-Yo.

Lui pendant ce temps-là s'était mis à jouer avec le sien. Il me montra ses tours et me proposa de l'acheter.

« Vendre à une Italienne un Yo-Yo acheté à Trieste… Ce serait un beau coup. Mes amis me paieraient une tournée pour fêter ça. »

J'étais arrivée à Sarajevo quelques jours plus tôt, et le charme de la neige, de cette ville en fête ne parvenait pas à influer sur mon humeur.

J'étais nerveuse, mécontente. Au fond, je n'arrivais pas à m'adapter. J'avais décidé de faire des recherches, sous l'impulsion de mon professeur qui se servait de moi en réalité, pour alimenter une de ses publications sur la littérature des Balkans. Après avoir souffert pendant deux jours de dysenterie, le moindre relent de cette cuisine trop forte, le froid, et maintenant l'haleine de ce plouc de province en train de fanfaronner devant moi avec sa veste en chat miteuse, suffisaient à me mettre de méchante humeur.

J'observai avec dégoût ses cheveux gras, tirés en catogan. Il portait des boots de gitan à bout pointu, et j'hésitais entre une parodie de rocker et de chasseur de loups. Je lui dis : « J'ai besoin de quelqu'un qui me conduise dans les endroits que fréquentait Andrić à Sarajevo et à Višegrad, à Travnik… Tu n'es peut-être pas la personne indiquée…

— Pourquoi ?

— Tu n'as pas vraiment l'air d'être un intellectuel.

— Aucun problème, j'ai une voiture. »

J'étais sûre qu'il avait une de ces saletés de Yugo, dont le tuyau d'échappement crache une fumée noire comme la plupart des véhicules en circulation ici, mais il se présenta le lendemain à bord d'une Golf. Pas très propre, mais correcte.

« C'est ici qu'on assemble les pièces, expliqua-t-il. Tu sais pourquoi les Allemands ont confiance en nous ?

— Non. » Je regardais à travers la vitre. Il était tôt. Gojko était arrivé à l'heure, même si, de toute évidence, il avait peu dormi.

« Parce que nous sommes méticuleux. Même si nous coûtons cher. »

Il éclata de rire, un rire trop bruyant, solitaire. Ravalées les franges du rire, il n'en reste plus que le hoquet. Une fin de cuite peut-être.

« Tu m'as cru ? »

J'aurais aimé lui dire de se taire : je le payais, alors qu'il la boucle. Il sentait le chien mouillé, la *šljivovica*. Il avait mauvais caractère, je le voyais à présent, et le fait que je ne lui pose pas de questions, que je ne manifeste pas d'intérêt pour ce qu'il était en train de raconter le mettait manifestement hors de lui.

« Nous ne sommes peut-être pas méticuleux, mais pour sûr nous sommes très bon marché, dit-il d'un ton rêche, comme s'il était fâché.

« Je te paie bien. »

Il me dévisagea tout en continuant de conduire.

« Toi, tu dois être une sacrée salope ! »

J'évitai son regard, j'avais le cou maigre et raide d'une statue. J'avais peur, mais j'étais trop fière pour l'admettre. La victime parfaite d'un maniaque. Bonne à se faire égorger en glapissant de bonheur. D'un côté le grand Slave massif que sa fourrure rendait plus massif encore, privé de tous repères moraux comme le communisme depuis la mort de Tito. De l'autre, la jeune bourgeoise rebelle, appartenant au reflux, à cette nouvelle tendance postféministe qui a réhabilité les talons hauts et jouit de sa nouvelle opulence, sur les décombres de la génération précédente où les filles marchaient comme des forcenées en guenilles et sabots.

Je lui demandai gentiment d'arrêter la voiture, de se garer, de me laisser descendre. Il hurla quelque chose dans sa langue. Je hurlai aussi : « Ferme ta gueule, tu pues du bec ! »

Il avait l'air décidé à me tuer, au lieu de quoi il arrêta la voiture.

Je descendis, marchai un moment au bord de cette route qui m'effrayait. Des camions sales me frôlaient en passant.

Il m'attendait derrière le virage, appuyé contre la portière ouverte, une cigarette aux lèvres.

« Monte, finissons-en. »

Je refusai. Il roula au pas, la portière toujours ouverte.

« C'est un copain qui m'a prêté cette voiture, je dois la lui rendre avant ce soir. »

Il me tendit un livre. Un recueil de poèmes d'Andrić en serbo-croate.

« La poésie, ça ne se traduit pas ! »

Quel imbécile. Mais j'étais fatiguée, la neige qui bordait la route était sale, profonde, j'avais les mollets gelés. Et les têtes qui m'observaient depuis les cabines des camions n'étaient pas tellement plus rassurantes que la sienne.

Je remontai, gardai le silence tandis qu'il roulait. Lui aussi se taisait, puis il se mit à me parler en bosnien. Il avait l'air absorbé, ému, je pensai qu'il était fou à lier.

J'objectai que je ne comprenais pas un mot. Il me dit d'écouter les sonorités… « La poésie est une partition, m'expliqua-t-il, elle rend compte de la musique des choses invisibles… de la nuit, du vent, de la nostalgie. Ferme les yeux. »

Je me dis que je ne devais pas lui obéir, qu'il pouvait m'étrangler. Il avait allumé le chauffage car j'étais gelée, lui transpirait dans sa veste en fourrure, il me faisait presque de la peine. Je fermai les yeux.

Soudain je me mis vraiment à entendre quelque chose… de la terre qui tombe au crépuscule… Je lui demandai :

« De quoi parle ce poème ?

— Du croque-mort qui enterre le poète, qui blasphème et fume sur sa tombe.

— Et qui crache aussi ?

— Oui, qui crache. »

Je murmurai : « Tu sais, j'ai un peu compris. »

Il acquiesça, me redonna le livre. « C'est une langue qui se lit comme elle s'écrit. »

Je trébuchai sur les vers.

Il poursuivit : « Elle est riche en sons doux et pauvre en voyelles... Les mots se contaminent, s'accordent avec leur voisin... S'il y a un féminin, tout se féminise, nous sommes des gens très galants... »

Il m'emmena à Travnik, dans la maison natale d'Andrić. Nous nous promenâmes parmi les manuscrits et les photos de l'écrivain, contemplâmes son vieux berceau d'enfance. Au retour, je m'endormis dans la voiture. Gojko souffla sur mes paupières pour me réveiller.

« Je pue encore du bec ?

— Non. »

Nous étions affamés d'avoir roulé si longtemps sur ces routes inconfortables. Nous dénichâmes le kiosque des *ćevapčići*... Ce furent les meilleurs que je mangeai de ma vie, dans leur enveloppe de pain, farcie d'oignon frais. La cuisinière nous sourit, bénit notre faim, notre jeunesse.

« Vous êtes fiancés ?

— Non, amis... »

Qu'est-elle devenue ensuite ? Que sont devenus son plat graisseux, son pull-over en laine... son visage ? Pour moi, c'est comme si cette femme était encore là, immobile au coin de la rue, devant le marché de Bezistan. Elle continue de nous sourire, nous nourrit, nous invite à manger et à croire au bien.

Et même si un obus l'a emportée, si un jet de feu a pulvérisé ses pauvres biens, je jure qu'elle est en vie. Ce soir, la cuisinière ambulante est en vie dans nos yeux qui se croisent, embués par le vin rouge boueux du Monténégro.

Gojko aimait le poète Mak Dizdar, Bruce Springsteen et les Levi's 501. Il aurait voulu en avoir un noir, pour faire des ravages dans les boîtes où il se saoulait et sur les murs desquelles il laissait de petits dessins satiriques. Au cours des jours suivants, il me prit par la main et m'emmena visiter son Sarajevo. Les vieux bains publics, les maisons des derviches, l'usine de tabac de Marijin Dvor, la petite mosquée de Magriija, les *stećci bogumili*... De la ville, il connaissait chaque recoin, chaque légende. Il m'entraîna dans de petits escaliers odorants qui menaient à des pigeonniers aux plafonds de bois que creusaient des artistes pour y laisser des œuvres pleines d'une tension dramatique ; dans des boîtes de *sevdah*-rock et de New Primitives, où des filles dansaient, pieds nus, enlacées, non loin de tas de bottes souillées de neige ; dans des gargotes où des femmes étalaient la pâte blanche de la *pita* sur des plaques aussi grandes que des boucliers, tandis que des vieillards à fez rouge jouaient aux dés sur le seuil. Il connaissait tout le monde, et tout le monde semblait l'aimer. Je suivais son catogan, comme la queue d'un chat de gouttière.

Un soir, il me récita un de ses poèmes.

Garde le silence, mon garçon,
tant que l'on ne te dira pas
de le garder.
Alors, révolte-toi et parle,
dis que tu es jeune et impatient,
que la lune est jaune comme le soleil.
Ta mère est une femme sage,
mais elle s'en est allée
et cela fait deux jours
que ton chien n'a pas mangé.
Dis-lui que les rues sont vides,
que les gens sont allés se coucher,
et que tu veux chanter
avant que la vieille Anela se lève
pour tordre le cou à une poule folle
qui ne pond plus
mais qui chante comme un coq.

« Qu'en penses-tu ? »

J'essayais de jouer avec son stupide Yo-Yo. Je n'y arrivais pas.

« Qui est la poule folle ?

— Sarajevo…

— C'est intéressant. »

Il reprit son Yo-Yo, il en avait besoin : il était nerveux ; et puis, je ne savais pas le manier, et ça l'énervait. Il me dit que je pouvais très bien ne pas apprécier ses poèmes. De toute façon, j'étais une salope professionnelle : je finirais par devenir critique littéraire et descendre les jeunes talents. Parce que j'étais une institutrice frigide, une sangsue qui se nourrissait du sang des autres.

Nous longions la Miljacka, Gojko agitait la main en direction de branchages.

« Chacune de ces feuilles vibre plus que toi ! »

Je ricanai. « Les feuilles, ça tombe.

— Comme les poètes ! Ils s'en vont trop vite engraisser la terre ! »

Il avait des yeux catarrheux d'ours rebelle, et son haleine puait l'alcool comme d'habitude.

Je n'en pouvais plus. Je lui conseillai de se doucher et d'arrêter de boire : le monde était plein de grands poètes âgés, sobres et propres sur eux. Vexé, il me dévisagea comme un gosse, répliqua qu'il ne s'était jamais saoulé, que si ses cheveux avaient l'air sales, c'était parce qu'il utilisait une crème ; que si j'avais envie d'avoir des enfants un jour, je ferais mieux d'apprendre à jouer au Yo-Yo, que les enfants adoraient ça.

Il posa sa main sur la mienne pour que je sente le mouvement du poignet, le bruissement du fil, la secousse qui le fait remonter dans sa bobine magique.

Ce soir-là, avant de me souhaiter une bonne nuit, il me dit : « *Volim te iskreno.* »

« Qu'est-ce que cela signifie ?

— Je t'aime sincèrement. »

Je reculai d'un pas… un petit pas en arrière, au milieu de tous mes pas. Gojko pressa son pouce sur son nez, comme si c'était de la pâte à modeler, et s'immobilisa sur le seuil.

« C'est ce que je dis à ma mère avant de lui souhaiter une bonne nuit… »

Je le vis glisser sur une flaque gelée avant de disparaître.

Et maintenant il est là, la soirée est douce… Coudes sur la toile cirée, dans cette ville en proie à un chagrin silencieux. Papiers jetés par terre, mégots, piétinement des gens qui rentrent chez eux, nous avons bu une bonne bouteille de vin – normalité bénéfique.

Et cette normalité est un miracle ; miracle, que cette *baklava* que nous nous partageons, mélange sucré, souple, de noix et de pâte feuilletée. Nos petites cuillers s'entrechoquent sur l'assiette.

« Vas-y, mange la dernière cerise. »

Pietro aspire bruyamment le fond de sa canette de Coca-Cola. Il se tient plutôt bien, il a parlé de tennis avec Gojko, s'est levé pour lui montrer le coup droit de Federer. Maintenant, il veut une glace, mais ici on ne trouve que des pâtisseries bosniennes. De la main, Gojko lui indique un peu plus loin, dans la pénombre, un glacier.

« Comment dit-on "glace" ?

— *Sladoled.*
— Et les parfums ?
— *Ćokolada, vanila, pistaci, limun…*
— Si je dis *ice cream*, on comprendra ? »
Gojko acquiesce, lui sourit, le regarde s'éloigner.
« Il est sympa… »
Je scrute la rue, un creux à l'estomac, comme chaque fois que Pietro échappe à mon champ de vision.
« C'est incroyable ce qu'il ressemble à son père », dis-je.
Gojko a la bouche ouverte, une boutonnière sombre qui bruisse.
Je l'interroge : « Qu'y a-t-il ?
— Rien, je te regarde. »
Il me saisit la main, me demande si ça va.
Je réponds par l'affirmative : « Tout va bien. » Mais je suis un peu irritée, j'ai le ton strident qu'on adopte pour se défendre.
« Appelle-moi quand tu veux, même sans raison. De toute façon, je dors assis dans un fauteuil.
— Pourquoi ? Tu n'as pas de lit ?
— Je n'aime pas dormir allongé, j'ai l'impression que le cœur me remonte dans les yeux… »
J'observe ces yeux où le cœur remonte, la nuit. Il plisse un peu les paupières, comme s'il essayait en vain de sourire. En fin de compte, nous nous sommes figés dans le passé, lui et moi, et il n'y a rien eu d'autre par la suite à partager… pas même une heure de paix.
Je fixe sa main, un peu enflée, couverte de taches de rousseur, son alliance trop petite.
« Tu es marié ? »
Il opine du chef.
« Comment est-elle ?
— J'ai eu de la chance. »
Il me raconte les années de vie avec une carte de réfugié, les métiers occasionnels, voiturier, gardien de camping, pompiste…
« Être bosnien était un avantage. Tout le monde avait pitié de nous au début… » Il sourit, commande deux verres de *rakija.*
« L'hospitalité n'a pas duré longtemps. L'Europe a rapidement cessé de se sentir débitrice. Nous n'avons pas bonne réputation, nous ne sommes pas rapides, trop contemplatifs. »
Une fille très maigre, qui traîne la jambe comme un balai, s'approche de notre table. Elle tend la main. Gojko y dépose cinq marks convertibles. Elle est si faible qu'elle n'a pas la force de refermer les

doigts. Tandis qu'elle s'éloigne, je regarde son jean mou et sale sur ses fesses osseuses.

« Tu te souviens d'elle ? Elle vendait des billets de loterie… »

Cela me dit quelque chose… une main, un stupide pantin porte-bonheur.

« C'était une des plus belles filles de Sarajevo. Elle se drogue. » Il avale la *rakija*, plisse de nouveau les paupières. « Ça a été plus facile de courir sous les grenades que d'errer ensuite dans les décombres. »

Pietro est revenu avec un cornet de glace, il observe la fille, maintenant collée au mur comme un chien qui s'apprête à pisser.

« Pourquoi boite-t-elle ?

— Une de ces amulettes que tu as vues au marché lui est entrée dans la hanche. »

Mon fils est nerveux, il s'agite sur sa chaise.

« On ne peut pas l'aider ?

— Non, on ne peut pas. Et cette glace ? »

Pietro la lèche, et pendant quelques instants on n'entend plus que le bruit de sa langue. Il a appuyé son visage ensommeillé dans sa paume.

« On y va, dit-il. J'en peux plus. »

Moi, à présent, je pourrais marcher des heures. Traverser la ville, pousser jusqu'à Ilidža, dans cette brume d'été, cette vapeur sale qui estompe un peu les contours du réel… m'enfoncer comme un cure-dent dans un gâteau, dans cette pacotille fumante des souvenirs.

Je lève les yeux vers le Trebević. Je demande à Gojko ce qu'est devenu le refuge où l'on servait du fromage aigre et de l'eau-de-vie chaude. Il attend un moment pour répondre, il goûte le souvenir.

« C'est toi qui me ramènes en arrière… toi…, murmure-t-il. Il n'y a plus rien, ajoute-t-il brutalement, le télésiège ne marche plus, et on a oublié ses cabines dans le ciel, comme des dents cariées. C'est bourré de mines. Ces trucs-là, c'est rien à poser, mais pour les déterrer… il faut des années et un paquet de pognon. Si tu veux, on peut aller s'y promener et y risquer notre peau. »

Ses yeux brillent, comme s'il attendait de moi que je lui jette un défi, relève la folie.

« Bonne nuit. »

Nous montons dans la chambre à pied parce que Pietro se méfie de l'ascenseur.

« Il est fou, ton copain ?

— Tous les Bosniens sont fous, pour eux c'est un titre de gloire. »

Je vacille sur les marches.

« Tu es saoule ?

— Un peu.

— Ça craint. »

Il se lave les dents. J'attends, assise sur le lit, qu'il libère la salle de bains. Penché en caleçon sur le lavabo, la bouche pleine de mousse, il se regarde dans la glace tout en se frottant les dents, le coude levé. C'est un maniaque de l'hygiène dentaire, il a déjà eu deux caries et il ne comprend pas pourquoi. Un jour, il m'a demandé de lui montrer mes dents ; le dentiste lui avait dit que les caries sont héréditaires. J'ai ouvert et refermé ma bouche en toute hâte. « Laisse-moi tranquille, ai-je protesté, je ne suis pas un cheval. » Alors, il m'a interrogée sur son père, mais seulement pour savoir quel genre de dents il avait.

Maintenant il dort. Un sifflement, un petit vent au parfum de dentifrice, s'échappe de sa bouche. Il est torse nu, il a les tétons un peu gonflés, la puberté, paraît-il.

« Je ne vais pas avoir des nichons, au moins ? »

Le médecin aussi a éclaté de rire : « Ce garçon me met de bonne humeur, il est rare aujourd'hui de rencontrer un adolescent aussi sympathique. » Oui, tout le monde le trouve sympa, gentil, il a de l'humour et tendance à se dénigrer lui-même avant de dénigrer les autres. Il n'y a qu'avec moi qu'il se conduit comme un petit salaud.

Pietro.

C'est peut-être l'eau-de-vie, mais ce soir son prénom suffit à me tirer des larmes.

Ce soir, on se laisse facilement entamer par un prénom.

La fenêtre a un large rebord où l'on peut s'asseoir et étendre les jambes. Je me colle contre la vitre. Giuliano m'a téléphoné, il avait la voix rauque de ceux qui ont longuement réfléchi.

« Je t'ai laissé un tas de messages, dit-il, enroué par la fatigue, l'anxiété. Je te sens loin.

— Je suis loin. »

Je vois notre appartement. Le calendrier des carabiniers pendu à l'entrée, la salade que j'ai rangée dans le réfrigérateur à son intention, le mot pour la femme de ménage, l'éponge avec laquelle je me démaquille.

Ce soir, je ne me suis pas démaquillée, je frotte mes paupières, je balade le mascara qui coule sur mes cernes.

Pietro dort. Ses cils sur ses paupières blanches fermées évoquent une rangée d'arbres nus dans la neige… une terre fendue en deux par une tranchée.

Je quitte la fenêtre, sors pieds nus de la chambre, descends dans le hall. Des hommes y fument et boivent, il y a toujours des hommes qui fument et boivent dans cet hôtel. Ils me proposent un verre. Je leur demande une cigarette, ils m'en donnent deux. Des Drina… eh oui, les bonnes vieilles Drina. Cela fait de nombreuses années que j'ai arrêté de fumer, mais ce soir je fume, pieds nus, sur le trottoir ; ce soir j'ai besoin de quelque chose qui m'aille droit au ventre et qui brûle.

Un homme passe et s'attarde devant une poubelle, un pauvre type à la recherche de restes qui aient encore du goût, les reliefs d'un plat qui en vaudraient la peine. Comme moi, au fond.

C’est Gojko qui m’emmena

C’est Gojko qui m’emmena dans ce restaurant.

Nous avons marché toute la journée, de Bistrik à Nedžarići, mais je me plains pas. Le brouillard s’est levé, il danse autour de nous ; en bas, la Miljacka ressemble à du colostrum, du lait de femme. C’est ma dernière nuit à Sarajevo.

L’Italie a remporté la compétition de bobsleigh, on fête la médaille. Ils sont nombreux à danser sur les tables, la bouche scotchée au goulot d’une bouteille de *šljivovica* : des journalistes sportifs, des athlètes qui devraient déjà être en train de dormir à Mojmilo, dans leurs petites maisons du village olympique.

« Viens, je vais te présenter au groupe des Italiens. »

Je m’assieds entre les coudes d’inconnus aux yeux graissés par la fumée, visages burinés par le soleil. Le restaurant est un couloir aux voûtes basses d’où semblent surgir des têtes empaillées – ours bruns, chamois. De petits drapeaux en tissu pendent au plafond ; je suis assise sous l’Allemagne de l’Est.

Lui n’est déjà plus là, il a salué ses amis et il est parti. Il cherche son manteau dans le vestiaire bourré de doudounes et de pardessus mouillés de neige, mais comme il ne le trouve pas, il revient sur ses pas à la recherche de la fille du vestiaire, cette espèce de pot à tabac aux cheveux crépus, qui est allée boire une bière, laissant les manteaux sans surveillance. Il est revenu et attend, debout, qu’elle ait avalé sa bière.

Pour l’instant, il n’est pour moi qu’un dos, un pull en laine péruvienne bariolé sur un long dos étroit. Gojko l’appelle : « Hé, Diego… »

Il se retourne et porte sa main à la nuque, ses joues creusées sont celles d’un enfant maigre, il a quelques poils de barbe. Il m’expliquera plus tard que la tête le lançait et que ses yeux le brûlaient à cause des rafales de neige subies au cours de la journée. Il fait quelques pas dans notre direction. Parce qu'il m'avait vue, me confiera-t-il par la suite, en dépit de ses yeux, en dépit de sa fatigue. Et qu'il avait été attiré comme un taureau par le rouge, sans réfléchir. Je le regarde moi aussi, je l'attends tandis qu'il se rapproche. On ne peut jamais dire ce que c'est… ce que c'est exactement. C'est une membrane, peut-être une prison dès le début. Une vie qui a voyagé, qui vient de loin en direction de la nôtre, nous en avons senti le petit vent, l'odeur de la halte ; depuis toujours, en nous étaient sa transpiration, sa fatigue. Son effort, pour nous.

Immobiles comme deux insectes, nous percevons cette pulsation identique des choses. J'ai les joues rouges. Il y a ici trop de fumée, trop de coudes, trop de voix. Il n'y a plus rien. Juste la tache colorée de ce pull qui avance vers moi. En un instant, mes yeux ont consumé les contours de son corps. J'ai l'impression de toucher toute son âme.

Il s'approche de notre table. La fille du vestiaire lui a tendu un caban un peu raide, qu'il enfile. Il reste planté là, engoncé dedans, en nage. Debout sur la table, Gojko se penche pour l'étreindre ; sur cette table, on danse, un verre de bière roule.

« Sur le départ ? »

Il s'est coiffé d'un bonnet en laine à pompon, il opine. Je regarde danser la petite boule de laine.

« Je te présente mon ami Diego. Je t'ai parlé de lui, tu te rappelles ? »

Je ne me rappelle pas.

Diego me serre la main, chair osseuse qui brûle et s'attarde dans la mienne. C'est la main de Pietro. C'est déjà la sienne. Le temps met en pièces le temps ; un corps est devant le tien, fort, jeune… un autre corps a déjà pris sa place. Un fils est déjà dans son père, garçon à l'intérieur du garçon.

Et ce fils sera la mémoire, l'enfant qui portera le flambeau en courant.

Je lui fais un peu de place sur le banc, quelques centimètres où il se coule. Nous rions d'être aussi proches. Nous parlons, je ne sais plus de quoi. Il a un accent qui fait penser à la mer.

« D'où es-tu ?

— De Gênes. »

Il n'a même pas ôté son bonnet, il transpire. Je suis du regard ces gouttes de sueur qui descendent du front sur ses yeux.

« Tu transpires.

— Sortons. »

Nous partons ensemble, traversant la cohue, les tables couvertes de verres sales, les têtes d'ours, les gens qui se pressent devant la porte des toilettes. Gojko ne dit pas un mot, il lève une main aussi raide que le panneau stop d'un agent de la paix. Il dira ensuite qu'il avait déjà compris, que même un aveugle aurait compris. Que les coups de foudre abattent le pauvre chat qui fait le guet, et qu'il y perd sa queue.

Diego marche à côté de moi dans son caban bleu semblable aux vestes de la marine militaire. Il est jeune. Quel âge peut-il avoir ?

« Je pars tôt demain matin. L'avion sera aussi bondé qu'à l'aller. » Il est ici pour son travail, ajoute-t-il.

« Qu'est-ce que tu fais ?

— Je suis photographe. Il faisait une de ces chaleurs là-bas... » Il sourit.

Il est docile, ce sourire.

Je lui parle de ma thèse, de Gojko, qui est si généreux, et grâce à qui je suis tombée amoureuse de cette ville.

« Qu'est-ce que tu faisais dans ce restau ? demande-t-il.

— J'attendais le son des cloches, le chant du muezzin... »

Il propose de les attendre ensemble, de grimper du côté de la vieille gare : de là, les minarets ont l'air de lances plantées dans le ciel.

Combien de temps aurons-nous marché cette nuit-là ? Le camion de nettoyage qui passe dans les rues nous suit un moment, puis s'arrête. Les deux balayeurs ramassent des canettes de bière vides, des prospectus ramollis par la neige fondue. De longs balais noirs s'agitent sur les pavés. Les deux hommes sont mous, transis de froid, ils nettoient notre rue, repartent plus loin, s'arrêtent de nouveau. Si c'était pour nous, ce n'était pas utile, les saletés laissées par les touristes venus pour les Jeux olympiques ne nous dérangeaient pas, nous n'y prêtions pas attention. Nous sommes tous deux habitués aux villes sales. En revanche, nous apprécions non sans plaisir ces mains qui se démènent pour nous.

« Tu représentes un journal ?

— Non, je suis ici en *free lance.* »

Il a passé des journées entières, allongé, le menton dans la neige, à Bjelašnica, à Malo Polje, sous les éclats de glace des bobs et des sauts de tremplin du combiné nordique. Il dit qu'il s'y est brûlé les yeux.

« Tu ne pouvais pas mettre de lunettes ? »

Il rit, dit que c'est comme faire l'amour tout habillé, que l'œil doit être dans l'objectif.

Il me regarde. Je me laisse explorer par cet œil spécial…
« Je suis photogénique d'après toi ? »
Je penche la tête, lui montre mon meilleur profil, comme une gamine.
« Tu sors avec quelqu'un ? »
Je suis sur le point de me marier. Je ne le lui dis pas. Je lui dis que je suis avec quelqu'un depuis longtemps.
« Et toi ? »
Il écarte les bras, sourit.
« Je suis libre. »
La fontaine Sebilj est glacée. Nous nous asseyons sur le bord. Un oiseau transi de froid marche sur la glace, il se laisse attraper. Diego le tient entre ses mains, le réchauffe de son souffle.
« Viens avec moi.
— Où ?
— Au Brésil, pour photographier les enfants des mines d'or, au sud de l'Amazonie. »

Gojko surgit d'entre les étals du marché comme s'il nous avait attendus là, dans sa veste en fourrure, une cigarette au bec.
« J'ai promis à la demoiselle que je l'emmènerais sur la colline voir Sarajevo depuis les fenêtres d'Andrić…
— Et qui est cet Andrić ?
— Un poète. Mais ne t'inquiète pas, Gemma n'aime pas les poètes bosniens qui puent et se saoulent. »
Sa présence me protège de la gêne, de cet assaut d'émotions qui déferlent en moi. Avec lui, nous pouvons feindre d'être trois amis en promenade, une innocente fratrie.
Le vent glacial agite des arbres squelettiques ; des rafales de grésil nous brûlent le visage, s'accrochent à nos cheveux.
Nous observons la ville en contrebas, les pointes osseuses des minarets entre les toits couverts de neige. Sarajevo ressemble maintenant à une femme couchée ; ses rues, des découpes dans une tenue de mariée. J'ai déjà choisi la mienne. Un cône de soie raide comme la corolle d'un arum, une fleur inerte.
La nuit s'achève, les lumières électriques dansent dans l'aube, comme des bougies sur la mer.
Gojko écarte les bras et s'écrie :
« *Das ist Walter !*
– Qui est Walter ?
— C'est le héros d'un film de propagande qu'on nous montrait à l'école, un résistant que les Allemands essaient en vain de débusquer.

À la fin du film, l'officier SS vaincu contemple Sarajevo à ses pieds et prononce cette phrase : "Je sais maintenant qui est Walter ! C'est ça, Walter. C'est toute la ville, c'est l'esprit de Sarajevo..." Une véritable connerie, qui nous tirait des larmes. »

Nous nous asseyons par terre sous une marquise de la vieille gare. Gojko sort de sa veste une bouteille d'eau-de-vie.

« Les dames d'abord... »

Je bois une gorgée : on dirait de la lave, dans tout ce froid. C'est au tour de Diego... Il me regarde en approchant ses lèvres du goulot de cette bouteille où mes lèvres viennent de se poser. C'est le premier geste érotique entre nous. Il fait froid, mais je transpire, j'ai l'impression que de la colle coule dans mon dos.

« Quel dommage !...

— Quoi ?

— Que je n'aie pas mon appareil photo. »

Il aimerait immortaliser mon reflet dans cette flaque gelée entre les quais.

Gojko avale le reste de l'alcool comme si c'était de l'eau, puis lance la bouteille dans la neige. Il déblatère d'une voix qui se délite, évoque l'avenir... les poèmes qu'il écrira, le nouveau jeu qu'il compte importer, un cube magique. Un casse-tête qui lui fera gagner des millions. Nous le laissons causer comme une radio nocturne, comme un léger ronflement. De temps en temps, Diego dit quelque chose pour entretenir l'illusion que nous sommes trois. Gojko allume une autre cigarette. Diego lui flanque un coup de coude. « Fais attention, avec ce briquet. Tu es tellement imbibé d'eau-de-vie que nous risquons tous de sauter au moindre rot... »

Gojko le félicite : « Tu as enfin appris un peu d'humour bosnien... »

Je ris, malgré mes mâchoires paralysées par le froid. Gojko me regarde et je sens qu'il m'en veut. Il secoue la tête, nous envoie au diable d'un geste mou, se tourne sur le côté, dans la neige. « Réveillez-moi quand vous aurez terminé de flirter. »

Il est terrassé, mais il ne nous quitte pas, un chien de garde qui fait semblant de dormir. Diego me saisit la main comme s'il ramassait un gant perdu dans la neige.

« Et donc... »

Il ne finit pas sa phrase. J'attends. Il respire – souffle blanc dans le froid.

« ... c'est toi.

— Quoi ? Je suis quoi ? »

Il répond d'une voix rauque : « Ne t'en va pas, ne pars pas. »

Il met la tête dans ma main, ferme les yeux, respire comme le petit oiseau transi de froid sur la fontaine. J'effleure ses cheveux, j'y glisse lentement mes doigts.

« Encore... encore, dit-il.

— Je me marie dans quarante jours. »

Il se redresse brusquement.

« Avec qui ? La vieille liaison ? »

Je me ressaisis en toute hâte. Je me lève, ôte la neige de mes fesses, je dis qu'on gèle, que je dois terminer mes bagages. Je donne un petit coup de pied à Gojko. « Debout, Walter ! »

Nous nous dirigeons vers l'hôtel, une lente descente vers la vallée. Nous ne prononçons plus un mot, ça suffit comme cela : nous sommes allés beaucoup trop vite tous les deux, et nous sommes déjà las. Le garçon maigre et halluciné qui chemine à mes côtés ne me plaît plus désormais; la nuit lui a donné l'humeur sombre d'un perdant, semblable à celle de Gojko. Ces deux hommes me sont soudain insupportables ; je suis entre deux idiots, deux soupirants moribonds. L'aube naît, enveloppe la ville aussi furtivement qu'un gros chat gris. Je m'en veux : à quoi sert de veiller ainsi, de boire, de s'exposer au froid ? Je me suspends au bras de Gojko, profite de son corps. Il me frictionne le dos, semble content de pouvoir me réchauffer. La mauvaise humeur de Diego, qui nous précède, rasant le mur comme un chien, ne lui a pas échappé, il sait qu'il s'est produit quelque chose pendant qu'il somnolait. Tant pis. C'est de nouveau son tour, et mon inconstance ne lui déplaît pas. Il ramasse un bout de bois, le lance sur Diego.

« Hé, photographe ! »

Diego fait un saut de côté, dérape sur la neige et tombe. Gojko voulait juste plaisanter, il ne le croyait pas si faible.

« Tu t'es fait mal, mon ami ? »

Diego se relève, chasse la neige de son pantalon, dit que ce n'est rien. Il me fait de la peine, soudain il me fait de la peine. Je me rends compte que je l'ai blessé.

« On se voit plus tard, à l'aéroport. »

Il s'en va sans se retourner, en boitillant, saluant de la main.

J'ai besoin de tout le poids de Gojko pour fermer ma valise : j'ai acheté un tas de bêtises au marché, des nappes brodées pour ma future maison. Nous passons devant le monument de la Flamme éternelle. Je regarde cette avenue pour la dernière fois... ces immeubles flambant neufs, le stupide louveteau rouge de Sarajevo 84 à côté d'un portrait géant de Tito. Derrière la vitre, le ciel est blanc. Je n'ai pas dormi, j'ai la nausée, je demande à Gojko de bien vouloir jeter sa cigarette.

À l'enregistrement, foule des départs, des journalistes, des équipes de télévision, des touristes. Des supporters finlandais suivent une fille en doudoune dorée et minijupe en renne, qui agite un bonhomme de neige gonflable.

Diego n'est pas là. Je le cherche du regard sans remuer la tête d'un millimètre. J'achète un tabloïd anglais. Sur la couverture s'étale la femme du prince Charles, avec sa tignasse blonde trop épaisse, ses joues rouges, son premier-né sur les genoux.

Son avion décollait une heure avant le mien, il devrait déjà être là. Peut-être n'a-t-il pas entendu le réveil, il s'est écroulé sur le lit et ne s'est pas levé, peut-être fait-il partie de ces garçons qui dorment beaucoup, perdent leur temps.

Je porte un pull-over en angora à large col châle, une jupe en jean, des bottes couleur chamois. De grosses lunettes de soleil sont plantées sur le sommet de ma tête. Je parais plus âgée que je ne le suis. À la sortie de l'université, j'ai commencé à m'habiller de manière plus bourgeoise, à coiffer mes cheveux en arrière. J'ouvre le premier bouton de ma veste et prends une inspiration, je croise les jambes, pose mon sac à côté de moi. Je joue un rôle mais c'est ce que nous faisons tous dès que nous sommes en public… la répétition générale de la femme que j'aimerais être. En réalité, la seule chose que je sais, c'est que je n'aime pas souffrir. J'ai grandi dans un monde horizontal, sans relief, mais rassurant.

Sarajevo me laisse pour finir un parfum de tristesse. Je repense à l'ouverture des Jeux olympiques, impeccable, somptueuse… mais là déjà, sur ce stade étincelant, pesait cette chape métallique de tristesse que les gestes légers des majorettes, les sauts des petites athlètes en patins ne suffisaient pas à dissimuler. Il s'en dégageait une gravité quasi militaire, ce sérieux commun à tous les sportifs de l'Est, qui donnent le sentiment tangible de ne s'être jamais fait plaisir pendant les entraînements. Et que dire des yeux du petit vendeur de noisettes grillées, à l'extérieur du stade de Zetra ? Des yeux d'enfant ou bien de rat ? Je lui avais fait une caresse et donné un pourboire, mais il était resté aussi immobile qu'une statue.

J'ai eu beau dire à Gojko qu'il pouvait me laisser et partir, il traîne dans l'aéroport, s'occupe de ses affaires. Puis il me rejoint, se met à fumer sous mon nez, à lorgner mon journal.

« Qui est-ce ?
— La femme du prince Charles.
— Elle est bosnienne ?
— Non, anglaise, bien sûr.
— C'est le portrait de ma mère. »
Je referme le journal, le fourre dans mon sac.
« En fait, ma mère est plus belle... »
Je commence à être vraiment fatiguée de ce Bosnien prétentieux, persuadé que ce trou du cul du monde est le centre de l'univers. Il n'a cessé de le répéter, « frontière entre Orient et Occident, Jérusalem de l'Est... carrefour de cultures millénaires et avant-gardistes... » et maintenant voilà que sa mère est plus belle que Lady Diana. Va te faire foutre.
Ici, l'hiver on meurt de froid et l'été de chaud, les gens sont déprimants, arrogants, ridicules ; les femmes trop maquillées, ou les cheveux trop décolorés ; les hommes sentent l'oignon, l'eau-de-vie et les pieds, à force de transpirer dans des chaussures de mauvaise qualité. J'en ai assez de la *pita* et des *ćevapčićii*, j'ai envie de salade et de poisson. Tu me saoules, Gojko, tes blagues ne sont pas drôles, et tes poèmes ne m'émeuvent pas.
Je savoure cette phrase d'Andrić : « Si je pouvais dire d'un seul mot ce qui m'amène à fuir la Bosnie, je te dirais : la haine. »
« Ma mère est à l'hôpital...
— Ah oui, de quoi souffre-t-elle ?
— Elle doit accoucher. Cela fait une semaine qu'elle est là-bas, elle doit accoucher et elle n'accouche pas.
— Quel âge a ta mère ?
— Quarante-quatre ans, elle m'a eu à dix-sept ans... et voilà qu'après tout ce temps, un autre enfant arrive.
— C'est bien.
— C'est la vie. »

Pourquoi est-ce que l'on n'appelle pas les passagers ? Le panneau des départs n'a pas bougé depuis un moment.
« Il y a la grève ? »
Gojko éclate de rire, il abat son poing sur la tête. Il a du mal à en croire ses oreilles.
L'aéroport a maintenant des allures de gare à l'heure de pointe, l'odeur de cigarettes est insupportable. Je me dirige vers les baies vitrées, au fond. Je veux voir la piste, voir si un avion décolle. J'écrase mon nez contre la vitre, on ne voit rien... tout est blanc, il neige.

Des cordes de guitare vibrent. Je me retourne. Diego est assis par terre, adossé au mur, entre la baie et une porte de service. Il gratte sa guitare, la tête basse.

« Il neige.

— Oui…

— Beaucoup. »

Je me tiens là, debout, adossée à ce mauvais temps, au destin. Je n'ai jamais eu que ce seul désir, je le sais maintenant : que quelqu'un décide pour moi. Je passe un doigt sur la vitre, sur la buée… je dessine un trait qui ondule, une pensée.

« Tu m'as blessé. »

Qu'est-ce qu'il raconte ? Pourquoi parle-t-il de nous de manière si intime ?

« Viens t'asseoir. »

Je m'assieds sur un banc. Par terre non, par terre ce serait trop. Je suis là avec ma jupe au genou, ma jupe raide de bonne fille résignée à la médiocrité d'une vie sans relief, sans chagrins, sans désirs.

« Tu aimes Bruce Springsteen ? »

Il se met à chanter : « *You never smile, girl, you never speak... Must be a lonely life for a working girl... I wanna marry you... I wanna marry you...* »

« Je suis amoureux de toi. »

Il me sourit, ramène ses cheveux derrière ses oreilles.

De nouveau, il me déplaît, me semble repoussant, m'effraie, on dirait un parfait imbécile.

« Tu es toujours comme ça ?

— Comment ?

— Tu fonces… tu fais tout sans rien demander.

— J'espère tout faire avec toi.

— Mais je ne te connais pas… »

J'ai droit à l'histoire de sa vie comme une rafale de mitraillette. Maintenant je sais que son père était docker, qu'il est mort trop tôt, que sa mère est cuisinière à l'hôpital Gaslini, qu'elle l'a nourri de barquettes en aluminium. Je sais qu'il vit dans un immeuble gris qui ressemble aux blocs de l'Est, ceux du réalisme socialiste, même si ce sont des démocrates-chrétiens qui l'ont construit, que cet immeuble abrite au sous-sol un atelier de photos où il a débuté, après avoir harcelé le propriétaire nuit et jour.

La neige ne cesse de tomber, la voix qui grésille dans le haut-parleur annonce que tous les vols sont annulés pour le moment.

Diego se lève et ramasse sa guitare.

« C'est l'idéal. Nous conservons notre billet et on nous paie l'hôtel. On prend deux chambres qui communiquent ?

— J'attends à l'aéroport.

— L'aéroport va fermer, tu n'as pas entendu ? Tu vas te retrouver toute seule. »

Je songe à mes bagages, à Fabio qui doit venir me chercher, à ma mère qui a acheté des pâtes fraîches. Je vois ma vie recouverte de neige, effacée par la neige. Et pourtant, je n'ai sans doute rien à craindre : cet idiot ne sera bientôt plus pour moi qu'un frère cadet, comme Gojko. Quand je repenserai à ce séjour, voilà ce qui restera : j'ai eu un certain succès, j'ai traîné à la remorque deux pauvres types, un poète bosnien et un photographe génois. Cela fera rire Fabio, il dira que le monde est plein de fous, que je suis moi aussi un peu folle, que c'est même la raison pour laquelle je lui plais. Il me regardera comme chaque fois qu'il s'apprête à me sauter dessus, aussi heureux qu'un chien qui court se rouler sur l'herbe dans une merde. Pourquoi ces pensées me viennent-elles à l'esprit ? Pourquoi cracher ainsi sur ma vie ? Qui est ce garçon ?

« Moi, ça me va, de rester à l'aéroport en tête à tête avec toi, alors qu'il neige dehors. » Il saute sur place, les mains dans les poches. « J'ai de la chance.

— Ah oui ?

— Beaucoup de chance.

— Quel âge as-tu ?

— Vingt-quatre ans, et toi ?

— Vingt-neuf. »

Il sourit, il dit qu'il s'attendait à pire, que j'en fais trente, exhibe ses dents. Je reste là à regarder son sourire trop grand pour ce petit visage.

Et voici que je te retrouve en cette première nuit de Sarajevo après tant d'années. Des pelletées de vie. Ma peau blanche a plus de cinquante ans de pensées et d'actions. Te plairais-je encore, Diego ? La peau molle sous mon menton et ces bras maigres te plairaient-ils ? M'aimerais-tu encore du même amour charnel, avec la même joie ? Tu m'as dit un jour que tu m'aimerais même si j'étais vieille, que tu me lécherais même décrépite. Tu me l'as dit et je t'ai cru. Peu importe que le temps ne nous ait pas permis de le vivre. D'une certaine manière, nous avons vieilli ensemble, nous continuons ensemble à rouler et à rire. La fenêtre est sombre, on ne voit plus Sarajevo, seulement une rue, une vue anonyme. Mais comment ignorer tout le reste ? Cette ville est une immense *pita* fourrée aux morts, aux innocents arrachés à l'innocence. Ton fils Pietro dort, Diego.

Il y avait une longue queue aux téléphones. Gojko passa devant tout le monde en criant que c'était urgent.

Il colle l'oreille au combiné et fourre un doigt dans l'autre, parle fort. Il raccroche, hurle : « Ma mère vient d'accoucher ! C'est une fille ! Elle s'appelle Sebina ! »

Il nous attrape par les épaules, nous entraîne. Il faut courir à l'hôpital voir la fillette ! La neige est aussi haute qu'une porte, mais il a des chaînes sur ses pneus. On doit trinquer ! Il est heureux que ce soit une fille, parce qu'il n'y a que des garçons dans la famille, et c'est une chance qu'elle soit venue au monde aujourd'hui : les enfants qui naissent quand il neige ont une vie longue et heureuse. Il se demande à qui elle ressemble. À sa mère, espère-t-il, à sa mère qui est très belle et qui prépare la meilleure soupe à la viande de toute la Bosnie. Il nous embrasse, nous étreint. Son émotion nous gagne. Trois paires d'yeux embués qui se dévisagent comme de stupides merlans frits.

En voiture, nous chantons. Nous ne savons pas quoi, mais nous chantons sur les refrains qui passent à la radio. La neige est épaisse, le ciel aussi dense que de la craie. Les voitures roulent doucement, tous phares allumés. Un chasse-neige précède la colonne de voitures, il libère la route, aujourd'hui encore on nettoie la chaussée pour nous !

Tout est blanc et profond. Gojko descend de voiture pour acheter une bouteille. Nous le regardons s'enfoncer dans la neige et se diriger vers l'enseigne lumineuse d'un magasin. Diego se retourne vers moi.

« Tu es contente ?

— Oui… c'est la première fois que j'assiste à une tempête de neige. »

Il me prend la main. Il la tire de ma poche et la prend.

« Je veux te photographier. Aujourd'hui je n'ai pas cessé de te photographier. »

Gojko revient, couvert de neige, comme un chien de traîneau. Il débouche une bouteille de mousseux.

« Du vin autrichien, il coûte une fortune. »

Ma vie est ensevelie dans un jardin lointain, sous une couche de glace. Les phares avancent dans ce blanc. Diego a de longs doigts pâles, refermés sur les miens… Ces doigts me parlent, me font tous les serments du monde, cette main me suffit à présent, la main de cet inconnu qui m'arrache à la stagnation épaisse de mon corps. On dirait la main d'un enfant… une main que j'aurais perdue il y a longtemps, celle d'un petit camarade à la maternelle, qui voulait toujours être avec moi. Cette bonne glu du passé. D'un geste léger, invisible, je chasse une larme restée au coin de l'œil.

À l'intérieur de l'hôpital, il règne une chaleur réconfortante, presque excessive. La maternité sent la maison, les casseroles sur le feu, le linge qui sèche. La chambre est grande, les lits sont presque tous vides. Adossée à des oreillers, la mère de Gojko regarde par la fenêtre la neige qui tombe. Gojko se penche sur elle, l'étreint, nous invite à nous approcher. Mirna dit : « *Hvala vam.*

— Ma mère vous remercie. »

Nous lui demandons de quoi. Il hausse les épaules.

« De m'avoir donné du travail… »

Je suis abasourdie : sa mère ressemble vraiment à Lady Diana ; elle est même beaucoup plus belle. Elle a un port altier, un visage fragile, qu'étayent ses pommettes comme une toile blanche sur son cadre, des yeux bleu indigo, une masse de cheveux dorés.

Nous voilà réunis en cette incroyable journée devant le lit d'une accouchée aussi belle qu'une reine. Un long frisson me court le long de l'échine, comme une pointe. Mon photographe génois l'a deviné peut-être. Il a ôté son bonnet par respect, comme à l'église. C'est la vie qui mêle les cartes, qui chante à l'improviste et qui, semblable au coq, annonce le jour.

On amène la fillette dans un cornet de couvertures blanches. Elle a les joues un peu carrées et le menton pointu. Elle n'est pas belle. Elle ne pleure pas, elle a les yeux écarquillés des gens qui savent tout. Mirna ouvre la bouche, comme si c'était elle, la mère, qui devait être nourrie par la petite. Gojko s'abandonne à son émotion. Des larmes aussi grosses que des graines roulent sur ses joues. Il saisit la menotte, la contemple. « Permettez-moi de me présenter, mademoiselle, je suis Gojko, votre frère… et je vous servirai de père. »

Le père de Gojko est mort d'un cancer il y a quelques mois ; par chance, sa mère a un emploi stable, elle est institutrice. C'est une Croate de Hvar, une fervente catholique qui n'a jamais songé à avorter.

Elle s'est mise à crier d'une voix faible qui tranche avec sa beauté. Elle interdit à Gojko de toucher le bébé avant de s'être lavé les mains. Il gagne le petit lavabo accroché à un mur de la chambre et en revient, les mains ruisselantes. Il sautille, embrasse sa sœur, la renifle. Il s'attarde près du lit pendant que sa mère allaite, la tête posée près de la sienne sur l'oreiller, sans respirer, ou presque, comme un chien qui a peur d'être chassé.

Diego a mis une bobine dans son appareil photo, il immortalise cette nativité. Gênée, Mirna couvre son sein. La femme enceinte qui occupe le lit d'à côté prépare, sur une petite plaque électrique, un thé noir âpre à la framboise, le verse dans des tasses en fer émaillé et nous l'offre. Mirna a les jambes veinées de taches rouges, qu'elle s'efforce de gratter du pied. Remarquant mon regard, elle m'adresse un sourire embarrassé : c'est de l'eczéma, explique-t-elle, elle l'a attrapé pendant sa grossesse.

Je fouille dans mon sac. J'ai une crème à l'arnica dont je ne me sépare jamais, un onguent blanc rafraîchissant que j'utilise un peu pour tout, par exemple pour mes coudes toujours gercés. Je prie Mirna de me laisser étaler un peu de crème sur ses jambes, puisqu'elle a les bras occupés par son bébé.

Elle refuse puis finit par céder. Elle se raidit, baisse la tête et renifle : peut-être craint-elle que ses pantoufles, sous le lit, ne sentent mauvais. Elle a des mollets solides de travailleuse, de marcheuse. Sa peau sèche absorbe la crème. Elle me rend mon sourire, me fait comprendre que cela va déjà mieux, que cette crème est miraculeuse. Je lui propose de garder le tube, je regrette seulement qu'il soit à moitié vide.

Elle prononce quelques mots : « *Hoćeš li je ?* »

J'interroge Gojko : « Qu'a-t-elle dit ?

— Elle demande si tu veux prendre le bébé dans tes bras. »

Mirna me tend le nouveau-né qui conserve encore quelque chose de la chaleur de son ventre.

Sa voisine raconte maintenant une histoire drôle, et tout le monde rit. On m'oublie un instant.

La fillette ressemble à une petite vieille. Elle porte l'odeur de son long voyage, une odeur profonde de flaque, de lac. Je m'approche du miroir, près du lavabo. Pour me voir, voir de quoi j'ai l'air, avec un bébé dans les bras.

Diego surgit derrière moi, me photographie dans la glace.

« Tu veux des enfants ?

— Et toi ?

— Je ne veux que des enfants. »

Il est sérieux, presque triste. Il sait que je ne le crois pas.

Il recommence à neiger. À Baščaršija, les commerçants ont balayé devant leurs boutiques. Une tranchée blanche borde les ruelles. À

6 heures du soir, l'obscurité engloutit la neige, l'odeur du bois qui brûle dans les cheminées dévale des collines, le muezzin se hisse dans le minaret pour aller prier… et nous, nous sommes déjà un peu éméchés.

Gojko nous oblige à assister au défilé de mode d'un de ses amis styliste. Les mannequins – coiffures de rapaces et robes chargées de plaquettes étincelantes – ressemblent à des oiseaux bariolés. La peau marbrée par le froid, elles évoluent, à moitié nues, sous un éclairage minable, au son du disco slave, dans un hangar aux allures de boîte de province. Autour de nous, les gens, mal habillés, chaussures souillées de neige, des parapluies ruisselants à leurs pieds, semblent tous se trouver là par hasard ; on dirait qu'on les a ramassés dans la rue alors qu'ils allaient travailler. L'ami de Gojko, un type glabre et bien en chair, porte un tee-shirt en filet noir à grosses mailles, qui ressemble à une toile d'araignée. Quand il remercie, il se penche jusqu'au sol comme la Callas.

Dans la rue, nous rions à nous en décrocher la mâchoire, comme des élèves en voyage scolaire. Je me déhanche sur la neige, imitant les pauvres mannequins vacillants et transis de froid. Diego me photographie, se jette à mes pieds comme si j'étais une star, réclame à grands cris un tee-shirt araignée. Gojko nous traite de *krastavci*, de concombres saouls. Il est en colère, notre évidente complicité, nos bêtises l'agacent. De nouveau, il réagit mal, il marche devant nous, avec sa grosse tête dure, hargneuse, sa veste de cuir doublée en chat.

Nous pénétrons dans un bar du Sarajevo underground, et, n'était la *šljivovica*, nous pourrions nous croire un instant à Londres. Des artistes à longs cheveux blancs jaunis par la nicotine se promènent en compagnie de filles fantomatiques qui se balancent, yeux clos, les paupières aussi noires et luisantes que des coquilles de moules. La lumière balaie, et l'on dirait que la musique d'Ekv [1] s'échappe des entrailles de la terre comme un séisme, secoue les tables, les cendriers, les verres vides que personne ne se soucie d'enlever. Gojko nous présente Dragana, qui travaille comme imitatrice à la télévision nationale, elle fait pour nous la voix des Schtroumpfs ; Bojan, son copain, est mime et acteur ; Zoran, un avocat au visage grêlé et sérieux ; et Mlajo, un peintre qui a fréquenté l'académie de Brera [2]. Puis il se perd, disparaît parmi ses amis.

---

1. Ekatarina Velika, ou EKV, était un des groupes de rock serbe les plus influents de l'ex-Yougoslavie. (Toutes les notes sont du traducteur.)
2. Les Beaux-Arts, à Milan.

Diego s'agenouille à côté de moi.

« Que veux-tu boire, fillette ?

— Je ne sais pas… que buvons-nous ? »

Je suis étourdie : cela fait des millénaires que je n'étais pas entrée dans une boîte de nuit. Les gens dansent tous, à moitié nus. Avec mon pull-over en angora, et ma jupe raide, je me sens mal à l'aise, pas dans mon élément.

J'ai réussi à trouver une place sur un divan glissant. Diego revient, chargé d'une grande coupe de glace : une seule pour deux.

« C'est tout ce que j'ai trouvé. »

Nous mangeons avec la même cuiller. Il me donne la becquée, me regarde avaler. Une glace alors qu'il neige à gros flocons… et pourtant, c'est exactement ce qu'il me fallait, elle fond, descend dans mon corps brûlant. Au lieu de la cuiller, Diego approche sa bouche. Il ne m'embrasse pas tout de suite, il reste là, sa respiration sur mes lèvres froides, il semble attendre mon autorisation, il se prépare lentement à ce baiser. Il est peut-être plus rusé qu'il ne le paraît. C'est peut-être un de ces garçons sensuels qui ont passé beaucoup de temps au lit. Notre baiser est lent, mou ; nos langues, deux limaces qui traversent une place.

S'il n'avait pas eu confiance en moi cette nuit-là… Mais il n'avait envie que de ça : avoir confiance. Nos bouches formaient la pâte unique d'une seule bouche. Pietro s'est retourné dans notre lit, il a marmonné quelques mots, il s'est presque arraché au sommeil avant d'y replonger, comme une mante qui remonte à la surface avant de regagner l'obscurité des fonds marins. Cela faisait longtemps que je n'avais pas dormi dans le même lit que lui, j'avais oublié combien il est nerveux, tendu comme une corde de guitare. Il ne s'est jamais intéressé à son père. « Pietro se protège, m'a expliqué Giuliano, c'est un adolescent, et les adolescents ont peur de souffrir. »

J'ai toujours parlé à Pietro de son père avec légèreté, je lui ai raconté qu'il était comique, avec ses jambes d'autruche, sa barbe clairsemée qu'il entretenait pour paraître plus vieux. Je lui ai raconté qu'il m'avait annoncé un jour avoir réalisé le meilleur reportage de sa vie, avant de s'apercevoir qu'il n'avait pas mis de pellicule dans son appareil. Je lui ai raconté qu'il perdait son pantalon parce qu'il était trop maigre – « Comme toi », ai-je ajouté – et qu'il oubliait de mettre une ceinture, « parce qu'il était distrait, comme toi ». Et chaque fois, j'ai ravalé mes larmes, les ai échangées contre un éclat de rire.

Giuliano a gardé le silence, puis il a déclaré : « C'est ça qu'il a perçu… ton chagrin. »

C'est vrai, j'ai cherché frénétiquement son père en lui, chaque jour de sa vie.

Un soir où nous sommes à la cuisine, Pietro ouvre le réfrigérateur et me reproche de ne pas avoir acheté de glaces. Je lui dis de s'asseoir car le repas n'est pas terminé, je lui dis qu'il est trop gâté et arrogant. Giuliano pose sa main sur la mienne, il propose d'aller acheter des glaces : le bar est encore ouvert. Je m'emporte aussi contre lui : en réagissant ainsi, il ne m'aide pas, il autorise au contraire Pietro à le dévorer, à l'utiliser comme un larbin. Il nous abandonne tous deux en tête à tête. Il y a une photo de Diego sur le réfrigérateur. Pietro la contemple avant de pivoter. « Qu'est-ce que tu racontes, bordel ? Je ne lui ressemble pas du tout. » Il me lance un regard d'homme, un regard d'étranger. « Je ne ressemble à personne. »

Cette nuit-là, il y eut donc des baisers, une série ininterrompue de baisers. Diego s'était assis contre moi sur le divan de cuir, tandis que les projecteurs papillonnaient comme ceux d'un manège dans cette tanière remplie de fumée et de voix.

« Je suis trop lourd ?

— Non. »

Sur moi, son odeur, son haleine, ses mots les plus doux. Un serpent qui dévore une bestiole, l'avale tout doucement… J'étouffe.

Je danse comme une algue. Je me déchaîne, tends les bras, soulève les jambes et oscille… peu importe que je porte cette jupe raide, que je ne sache pas bouger… je danse comme dans les soirées du lycée, lorsque les lumières s'éteignaient et qu'on crevait de rire, un balai à la main. Diego me regarde, une main posée sur la joue ; dans le noir, ses yeux mi-clos me frôlent. J'ai déjà établi ma liste de mariage. Nous avons passé un après-midi, Fabio et moi, dans un magasin du centre-ville, flanqués d'une vendeuse qui remplissait formulaire sur formulaire. Je pense à la salière en cristal à bouchon d'argent *à accompagner éventuellement du poivrier*. Que ferai-je de cette salière ? Où verserai-je du sel ? Sur la salade ou sous le lit pour chasser le fantôme de cet idiot qui me contemple comme si j'étais Bo Derek ?

Non, rien de tout cela. Je dis qu'il est tard, qu'il faut partir. Diego me regarde nouer mon écharpe. Je détourne les yeux, fixe mes pas dans la rue, me concentre sur eux.

L'hôtel censé héberger les passagers des vols annulés se trouve en banlieue, et le dernier tramway est parti depuis longtemps. Gojko nous a donc invités chez lui : il y a de la place, sa mère est à l'hôpital. C'est un immeuble populaire dont la cour évoque celle d'une prison, mais on y est bien. La porte s'ouvre sur un foyer accueillant, où il ne manque rien. Un piano droit, un tapis turc, deux rangées de livres au mur, de petits rideaux aussi rebondis que des saucisses blanches. Gojko cède sa chambre à Diego.

« Les draps sont propres, je n'y ai pas dormi souvent… »

J'occuperai la chambre de sa mère. Gojko m'explique comment allumer la lampe de chevet, débarrasse une chaise pour que je puisse y poser mes affaires. Près du lit, un berceau attend, un demi-œuf en osier.

« C'était le mien. Sebina y dormira maintenant. Ma mère a refait le matelas et brodé les draps. »

Je suis en admiration devant les dentelles, devant un fil de satin qui pend.

Nous bavardons encore un peu au salon. Gojko verse le reste d'une bouteille de *kruškovača,* de la poire maison. Dans la salle à manger, une photo de Tito encadrée trône parmi les portraits de famille comme s'il en faisait partie.

Gojko parle de son père qui s'est sauvé sur la Neretva lorsque le Maréchal avait fait sauter le pont pour tromper les Allemands.

Je me lève. « Bonne nuit. » Diego m'imite et m'emboîte le pas.

« Quand le résistant dormira, je pourrai te rendre visite ? »

On dirait un petit mendiant. Je secoue la tête, en mère sévère.

Je les entends discuter encore, puis le téléviseur se met à bourdonner. Diego déclare : « Je vais me coucher, je n'y comprends foutrement rien. » Et Gojko : « C'est vrai, tu ne comprends foutrement rien… »

Je suis calme, je lis depuis un moment. Cette nuit *La Demoiselle* d'Andrić ne quitte pas l'hôtel Europa… Les mots ne pénètrent pas dans mon esprit, ils demeurent en suspens, aussi inutiles que des pinces à linge sur un séchoir vide. Le lit est joli, la chambre est jolie avec ses rideaux de gaze, son tapis en coton beige : c'est la chambre d'une femme humble, propre. Je me lève et examine le contenu de l'armoire : une robe à fleurs, un tailleur, deux vestes d'homme ; dessous, des piles de linge, des draps, des serviettes. Sur un battant, un fil en métal : deux cravates et une petite ceinture rouge en vernis. Je vais dans la salle de bains. Je me lave le visage, les aisselles.

Le dentifrice efface le goût des baisers. Gojko dort, vautré sur le divan, les bras abandonnés, les mains gonflées comme celles d'un enfant. Une odeur de pieds et de cigarettes flotte dans l'air.

Diego m'appelle : « Psst, ciao. » Il se tient sur le seuil de sa chambre, tout souriant. Il porte une espèce de combinaison en éponge jaunâtre.

« Je l'ai trouvée sous l'oreiller de Gojko... »

Je souris, répète : « Bonne nuit.

— Tu as sommeil ? interroge-t-il.

— Oui.

— Ce soir, tu dis vraiment n'importe quoi... »

Nous sommes un peu intimidés dans cet appartement, dans l'intimité d'autrui... et Gojko endormi est plus impressionnant que Gojko éveillé.

Diego porte ce pyjama de benêt, il a les cheveux longs et ondulés d'un ange. Il tord la bouche comme un personnage de bande dessinée.

« Je ferme la porte... pour que tu ne m'entendes pas pleurer. »

Je l'envoie au diable, sans joie.

Puis Gojko émet un bruit, un beau et long pet charnu, petite symphonie de l'anus. Diego opine, concentré.

« Joli poème, Gojko. Félicitations... »

La main sur la bouche, je ris.

Diego m'imite. Je pivote, me dirige vers la chambre où j'irai dormir ou veiller. Il me prend dans ses bras d'un geste sec, comme un marchand de tapis, on dirait qu'il a fait ça toute sa vie.

Nous tombons sur le lit, près du berceau vide. En un instant, Diego ôte la combinaison de Gojko. Je ris à la vue de son slip rouge, absurde, digne d'un 1er janvier[1]. Il a les jambes maigres et le torse frêle d'un enfant.

« Je suis moche ?

— Non... »

J'ai ces images qui me reviennent : ma main molle, qui pend hors du lit, une de ses oreilles aussi sombre qu'un puits, le point où nos bustes se joignent. Avant de me pénétrer, Diego me demande la permission, comme un enfant.

« Je peux ? »

C'est une racine qui s'enfonce dans la terre. Il me regarde, regarde le miracle de nos deux êtres ensemble. Il pose les mains autour de ma tête, en couronne, contemple mes cheveux qu'il caresse.

« Maintenant, tu m'appartiens. »

Il y avait ce lit et ce berceau vide où Gojko avait couché, petit, et où coucherait sa sœur.

1. On a coutume, en Italie, d'offrir et de porter des sous-vêtements rouges pendant le réveillon du 31 décembre.

Je suis allongée, un bras sous la tête de Diego. Calme, comblée, j'observe ce gamin qui a su me connaître, s'occuper de moi avec naturel, comme si cela coulait de source.

La tempête de neige a cessé depuis longtemps. Des voix de jeunes gens ivres montent de la rue. Nous nous levons et les observons à travers la fenêtre. Diego m'étreint, je me protège avec un bout de rideau. Ce sont de grands gaillards qui parlent anglais : des athlètes de hors-piste. Ils se lancent des boules de neige puis s'en vont.

Nous nous recouchons. Cette nuit s'écoulera goutte à goutte.

Diego me caresse un mamelon, petit et sombre comme un clou. Il caresse sa nostalgie future. Nous ne gâchons rien. Nous ne ressentons ni peur, ni reproche, ni gêne. Aucun sentiment connu. Le repentir est un vieux monsieur las, incapable de se hisser à cette hauteur.

Diego s'empare de sa guitare et joue. La jambe repliée, le torse nu, les yeux rivés sur les cordes.

« C'est quoi, cette chanson ?

— *I Wanna Marry You.* La nôtre. »

Nous dormons un peu, d'un sommeil profond, aveugle. Quand je rouvre les yeux, je sens le parfum de son corps. Il a le nez dans mes cheveux, comme s'il n'avait pas cessé de me humer. L'aube apparaît, faible, blême. Nous avons le temps de faire l'amour encore une fois, de retomber l'un contre l'autre. Son coude m'arrache les cheveux, peu importe. Je me lève. Cela me demande un véritable effort. Le premier de la nuit. Je me penche, enfile mon slip, ramasse mes vêtements çà et là sous le regard de Diego.

« Tu me manqueras toute la vie », dit-il.

Nous nous retrouvons à la cuisine. Gojko a préparé du café, il est allé acheter du lait et de la *pita* sucrée. Il est passé dans sa chambre et il a certainement vu son lit intact. Il nous regarde déjeuner ensemble dans cette cuisine aux placards couleur de pigeon, au lampadaire semblable à un champignon renversé. Il s'abstient de nous importuner, d'ironiser. Nous ne sommes ni gais ni tristes, juste perdus.

Je tire mon portefeuille de mon sac. Je tiens à payer cette hospitalité, la nourriture, les draps à laver. Gojko regarde l'argent, c'est tout ce qui me reste. Il est fauché, comme toujours, mais il refuse d'un geste décidé.

Je lui dis de me rendre visite à Rome, il sera mon invité.

Il nous dévisage, hume l'atmosphère d'agonie.

« Mais pourquoi partez-vous ? »

Je vais me laver les dents. Je pleure. Ma bouche est un cloaque de mousse blanche, incapable de se refermer. J'ôte le fard qui s'est incrusté sous mes yeux, puis regagne la cuisine. Diego joue avec le Yo-Yo. Gojko se penche sur le petit évier, jette les tasses dedans. Son dos marmonne, ému : « Vous n'êtes que deux *bakalar*, deux merlans… »

Je prends le petit déjeuner avec mon fils vingt-quatre ans plus tard, dans une vaste salle au plafond trop bas. Ce n'est pas la lumière du jour qui l'éclaire, mais celle de tubes au néon : nous nous trouvons dans le sous-sol de l'hôtel. Autour de nous, de nombreuses tables sales ; d'autres où les hommes qui bavardaient hier soir dans le hall bavardent encore, et fument même, pour certains. Pietro se plaint de cette odeur de cigarettes et de la nourriture.

« Il n'y a donc rien de normal ici ?

— Que veux-tu dire par normal ?

— Je veux dire un croissant, maman. »

Je vais chercher du beurre. J'examine le contenu de récipients métalliques aussi tristes que ceux d'une cantine, y attrape un yogourt et une tranche de gâteau aux cerises pour moi. J'ai faim, oui, j'ai faim. Je beurre des tranches de pain pour Pietro, lui dis que le miel est très bon ici. La fille de la cuisine vient vers nous. Elle porte un chemisier blanc, une jupe noire et un petit tablier. Pietro l'observe. Elle est jeune, elle semble tout juste sortie de l'enfance, avec son visage ovale, presque transparent, et ses grands yeux jaunâtres. Elle nous demande ce que nous souhaiterions boire. Je réponds : un thé ; Pietro, un cappuccino. Elle s'exécute et sourit en posant une grande tasse de lait foncé devant Pietro. Son front est parsemé de boutons minuscules. Pietro tente de protester, mais il ne sait pas dire « mousse » en anglais. La serveuse continue de sourire. Cela s'est passé en un instant : le plateau était peut-être mouillé… La théière en métal est tombée sans se casser, mais ça a inondé le jean clair de Pietro.

Il bondit sur ses pieds comme un fou, se met à sautiller, écarte l'étoffe bouillante de sa peau. Figée, hébétée, la fille le prie de l'excuser, elle ne travaille ici que depuis quelques jours. Elle parle anglais avec un léger accent slave. Pietro ouvre la fermeture Éclair de son jean, le laisse glisser jusqu'aux chevilles. Il souffle sur sa cuisse, marmonne en italien « empotée, maladroite… » mais, comme c'est un lâche, déclare : « *Don't worry… it's OK.* »

Sans cesser de s'excuser, la serveuse ramasse la théière. Une femme robuste en tablier, aux cheveux courts et frisés, jaillit de la cuisine et lui parle à toute vitesse, la rudoyant de toute évidence. L'adolescente a maintenant les joues rouges, enflammées. Pietro a remonté son jean. Il pose la main sur l'épaule de la femme, dit : « *It's my fault... the girl is very good, very much good...* » et ajoute un *indeed* absurde.

Elle s'en va. Pietro se rassied.

« *Very much good* ne se dit pas. »

Il m'accuse de lui casser les pieds en permanence, y compris quand il se conduit bien.

Je souris. Cette fois, il a raison.

Je le regarde manger, je regarde ses dents blanches et un peu tordues déchiqueter le pain. Je regarde la serveuse qui lui sourit et le remercie d'une petite courbette.

Nous nous dîmes adieu à l'aéroport. Appuyés contre le mur, enlacés. Diego glissa ses mains sous mon manteau, cherchant la chaleur de ma peau. Je le laissai faire. Tous les passagers étaient déjà passés, et nous demeurions immobiles, près de cette rangée de sièges vides. Enfin, je tournai les talons. Je le vis frapper contre la vitre, comme un oiseau avec son bec. J'avais pleuré, et il me criait de sourire, d'être heureuse de toute façon, même sans lui.

Je me replongeai dans ma vie

Je me replongeai dans ma vie comme au fond d'un sac et, quand l'Association des aveugles vint collecter des vêtements usagés, je donnai le long anorak que j'avais porté pendant mon séjour à Sarajevo. Je remis mon manteau de ville, modelé sur les formes de mon corps. Les voix des étudiants à la sortie des cours flottaient dans les couloirs de l'université, échos d'existences encore insouciantes, à mille lieues de la mienne. Avec Fabio, c'était facile, il suffisait de dire la vérité : que j'étais fatiguée et un peu déprimée. Il n'exigeait aucune explication. C'était un garçon formidable, il s'employait lui-même à justifier mon embarras. Il prétendait que c'était normal, que j'avais trop travaillé, que je ne me ménageais pas assez. Nous ne faisions pas l'amour, nous n'en avions pas le temps. Lorsque nous nous voyions, c'était pour aller déposer notre faire-part de mariage chez quelqu'un de sa famille. C'était une belle histoire que la nôtre, une histoire sans accroc. Je le regardais conduire, l'air pensif. Il était ingénieur et travaillait dans l'entreprise de son père, dont ce dernier lui abandonnait les rênes peu à peu. Ils participaient ensemble à des concours pour obtenir des adjudications de travaux publics, espaces multifonctionnels, zones vertes, centres sociaux. C'est dans ces bureaux, entre ces tables verticales recouvertes de feuilles brillantes, que nous avions fait l'amour pour la première fois. J'étais vierge. Il évoquait, pour sa part, en bredouillant, une liaison précédente, mais il était si excité que j'avais grand-peine à le croire. À présent, je ne parvenais plus à me souvenir de ce que nous avions fait dans ces bureaux vides qui avaient été notre refuge, le samedi soir, pendant de nombreuses années. Fabio était le fils du patron. Après l'amour, il se lavait dans les toilettes où ne manquait même pas la capsule parfumée pour bleuir l'eau de la chasse. « C'est libre », me disait-il, et tandis que je marchais nue devant lui, il me jaugeait : « Tu as de longues jambes », ou bien : « Tu as le buste bien modelé », du regard professionnel qu'il avait pour calculer les quantités de béton sur ses chantiers.

J'observais son visage tandis qu'il scrutait la circulation, absorbé dans un problème de chantier, dans un projet d'installation industrielle, d'égouts. J'aimais l'odeur de sa voiture, celle des biscuits au chocolat que nous mangions après l'amour. Je négligeais de me demander pourquoi nous avions à ce point besoin de nous adoucir le palais, pourquoi il était aussi pressé de se laver, de chasser de sa queue les humeurs de mon corps. Nous étions plus à l'aise vêtus, dans les restaurants où il m'emmenait, où il me débarrassait de mon manteau, où il consultait la carte des vins. Il avait trente-quatre ans, c'était un homme mûr, posé. J'avais presque trente ans, je m'habillais comme une bourgeoise pour lui faire plaisir. Notre harmonie était silencieuse, solide. Elle avait le parfum d'une vie qui ne nous verrait jamais privés d'un abri sur nos têtes.

Désormais, nous nous rendions presque tous les soirs au presbytère. Nous n'étions ni l'un ni l'autre particulièrement croyants, mais nous aimions ces entretiens de préparation au mariage, l'odeur de la sacristie, la petite porte où nous sonnions, les pas du prêtre qui s'approchaient, sa voix : « Venez, les amis, entrez. » C'était un grand gaillard sanguin, sanglé dans une soutane trop étroite, qui n'avait pas encore achevé ses études de théologie à l'université catholique. Il nous parlait amicalement, nous éclairait avec passion sur le sacrement du mariage et nous priait de l'excuser avant de nous poser des questions indiscrètes. Cette pièce propre me rassurait, on aurait dit une salle d'attente, de purification. Son ordre et son humilité me rappelaient certains intérieurs à Sarajevo. Je ne me sentais pas coupable. J'avais l'impression de ne pas avoir d'obligations à l'égard de mon futur mari, pas ces obligations-là. Le couteau était fiché dans mon ventre, mais ce n'était pas douloureux. Je n'avais aucune intention de me confesser sur l'épaule de notre ami prêtre : la nuit de Sarajevo n'appartenait qu'à moi, elle berçait une partie dépassée de ma vie.

Diego me manquait, mais je n'avais jamais songé un seul instant à changer le cours de mon existence. Je le lui dis au cours d'un long coup de téléphone nocturne. Sa voix n'était que sanglots, prières impossibles à satisfaire, il n'était pas bien, il pensait tout le temps à moi, il ne mangeait plus, ne faisait plus de photos, il ne partait pas pour le Brésil. Il mourait. Il me parla de cette nuit-là, de nos corps, de notre boue.

Sa voix ne m'inspirait pas confiance, je me dérobai. Ça ne durerait pas, ça ne pouvait pas durer. Diego objectait que son amour durerait toute sa vie, parce qu'il était fou. Et puis, ajouta-t-il, je ne lui avais pas laissé le temps de se battre. Il ne s'était pas lavé de plusieurs jours pour me garder sur sa peau. Il essaya de rire, mais c'était un rire moribond. Il me demanda si je sentais toujours la même odeur. Je ne parlai pas, je pleurai.

« Tais-toi.

— Je t'attends, dit-il. Je suis là. »

Il avait perdu la tête, c'était un gosse.

Il ne parla ni de Fabio ni de mon mariage. Il s'enquit de mes pieds, de mon nombril, du petit creux derrière mes oreilles. Il avait développé les photos de Sarajevo, celles de la neige et des athlètes qui se détendaient, vautrés dans leur campement de Mojmilo ; surtout les dernières, de moi. Il rit. Il me raconta que sa mère lui demandait souvent qui était cette fille au milieu de la neige, dont les photos étaient accrochées dans sa chambre et les clichés si rapprochés qu'on l'aurait dit vivante, en train de bouger. Il baissa le ton pour me décrire une photo plus intime qu'il tenait cachée… moi, nue, devant la fenêtre.

« Quand l'as-tu prise ?

— Quand tu ne t'en es pas aperçue. »

La nuit, il la tirait de sa cachette, la contemplait pendant nos coups de fil, la contemplait quand il était seul, la pressait sur son ventre, dormait avec elle. Peut-être faisait-il aussi d'autres choses avec… c'est ce qu'il me laissa entendre.

Je l'imaginai dans cette pièce qu'il m'avait décrite… le drapeau du Genoa, le club de football de Gênes, les photos des enfants dans les réserves indiennes, celles de ses amis Ultras [1], le lit rudimentaire qu'il avait fabriqué en clouant des planches de bois. Il avait allumé la stéréo, mis notre musique, celle qu'il me faisait écouter au téléphone en rapprochant le combiné des enceintes.

« *To say I'll make your dreams come true would be wrong... But maybe, darlin', I could help them along...* » Il était nu, il était maigre, c'était lui. Il fermait les yeux, il me cherchait.

Chaque fois que je voyais Fabio, je recouvrais mon calme. Si j'avais vraiment été malheureuse, je l'aurais quitté, j'avais assez de courage pour le faire. Mais il me rassérénait, il était l'accalmie qui s'offrait à

1. Groupes de supporters de football très organisés en Italie.

moi. C'était mon petit copain. Il me rappelait l'odeur de certains après-midi d'hiver… les livres ouverts sur la table d'un salon de thé où nous nous réfugiions pour travailler et nous empiffrer de petits-fours. Nous avions obtenu notre licence ensemble, avions grandi côte à côte. Il m'accompagnait dans les magasins, où il m'attendait assis. Il était patient, il avait du goût. Je croisais les jambes. J'appréciais les bas en nylon, les lainages fins, les sacs en bandoulière… toutes ces couches qui m'éloignaient de ma nudité, de ce fossé vulnérable et enfantin qu'était mon corps. Je ne voulais pas souffrir. Petite, je m'étais pâmée dans le sillage littéraire de créatures désespérées, mais je n'avais aucune vocation à poursuivre des chimères et à collectionner les chagrins. Le monde me semblait saturé de tout. Les amours étaient, comme le reste, gangrenées par la nostalgie et de consommation rapide. Il fallait être fou pour y croire. Je me sentais de nouveau en paix, sous la bénédiction de la normalité, d'un bien-être moyen.

La nuit de Sarajevo avait constitué un adieu définitif à l'autre femme que j'étais, cette mendiante rachitique que j'avais vaincue, et qui ne vivait plus en moi.

Deux semaines seulement s'étaient écoulées depuis mon retour, parfois j'avais l'impression que c'était il y a des années, parfois que c'était hier. Ma mère soupçonnait peut-être quelque chose, elle s'était sans doute aperçue que le téléphone restait longtemps occupé la nuit, mais elle ne disait rien. Au fond, nos proches n'ont pas envie de nous connaître, ils acceptent volontiers nos mensonges. Comme à son habitude, elle comptait sur moi. C'était elle qui m'avait appris à craindre la souffrance, à considérer qu'une vie acceptable ne s'enorgueillit pas nécessairement de la vérité à tout prix. Et que, pour avancer dans l'existence, il suffit parfois de savoir se dérober, de se détourner de ce qui fâche pour se concentrer sur un pot de fleurs, sur une voiture qui passe, d'accepter de sacrifier un regard authentique. Elle aurait été une épouse idéale pour un monstre. Si mon père avait été pédophile, elle aurait commencé par ôter son alliance, avant de songer que c'était là trop peu clément, et elle l'aurait remise avec un sourire triste, certaine de surmonter l'épreuve une fois de plus. Mais la vie ne lui avait pas donné l'occasion de mesurer l'étendue de sa peur. Mon père n'était pas un violeur de fillettes, c'était un monsieur discret, très intègre, trop flou et en retrait pour trouver sa place au soleil dans ma vie agitée de trentenaire. C'est sans doute pourquoi les mots qu'il prononça un après-midi comme les autres, mots surgis du néant, du couloir, du livre qu'il tenait à la main comme à son habitude, de son visage familier, me surprirent : « Tu es sûre de ce que tu es en train de faire ? »

Je me retournai. Fabio m'attendait en bas dans la voiture, nous devions aller à l'église pour notre dernier rendez-vous.

« De quoi parles-tu, papa ? »

Il indiqua du bras la table de la salle à manger dans l'obscurité, un catafalque recouvert de cadeaux : cartons d'assiettes, boîtes à couverts, saucières en argent, trousseau d'objets mineurs, vaisselle pour dîners, pour mariages à la con…

« Nous retournerons tout ça aux expéditeurs… Il ne faut pas que tu t'inquiètes pour ce tas de marmites. »

Il était professeur de technologie, ses mains sentaient la sciure et la colle, mais le soir il lisait Homère et Yeats. Il était cramoisi, bouleversé. Il sentait que c'était son devoir, il fallait qu'il me parle. Peut-être y avait-il réfléchi, peut-être pas. Il avait deviné que notre vie commune s'achevait, qu'il ne restait plus beaucoup de temps pour se dire quelque chose, et sa voix avait jailli, elle était sortie de son ventre, dans la pénombre de ce couloir. Ma mère était barricadée dans le petit salon, devant l'écran de la télé, visage penché sur cette paix cathodique. Je lui ressemblais, j'étais une évolution plus articulée et rusée d'elle-même. J'avais le don de répandre des mensonges comme des pépites de vérité.

« Voyons, je suis contente, papa. C'est tout ce que je désire.

— Et l'autre ? »

Un instant, je pensai que Diego aurait été reconnaissant à cet homme honnête, qui venait de se montrer si courageux dans les brumes de sa maison.

Je ne rougis même pas, pas un pli sur mes lèvres. C'est moi qui reniais Diego, moi qui ne lui laissais aucune chance.

« Il n'y a personne d'autre, papa, personne. »

Il acquiesça : « Dans ce cas, tout va bien. Continuons à accueillir les marmites ! » Il sourit, bredouilla. Il était timide, il s'était hasardé. Il m'avait lancé une corde et je ne l'avais pas attrapée.

Il s'éloigna. Il me croyait : j'étais sa fille. Il me croyait, mais pas entièrement. Il croyait au dessein de mon esprit, aux compartiments que j'y avais ouverts et refermés, il prenait un pari sur ce risque, sur cette partie d'échecs. Il ne se mêlait pas de ma vie sexuelle, il avait déjà eu du mal à se mêler de celle de ma mère. Pour lui, les femmes étaient comme de petits ogres, des délices pour les palais plus hardis. Il respectait la pensée, voilà pourquoi il m'embrassait sur le front. Quant au reste, il s'en moquait, cela ne le concernait pas, mais il le devinait peut-être et c'était pour cela qu'il tremblait.

Le lendemain, je compris. Je compris parce que je savais. Je me précipitai dans une pharmacie, les jambes folles, comme un chien échappé du chenil. J'achetai le test. J'ignorais jusqu'à son nom, le mot me manquait, je dis : « Le truc… le truc pour la grossesse. » La femme l'empaqueta, scotcha le papier. Un instant qui s'éternisait.

J'entrai dans une trattoria. Il était 13 heures, le carrelage sentait la graisse, il y avait là un tas de jeunes, des plateaux qui dansaient le long des escaliers, des gens qui se poussaient, une odeur de viande, de friture. Aux toilettes, on faisait la queue. Je patientai avec des gamines qui se maquillaient, échangeaient leurs opinions. J'étais seule dans la file d'attente avec mes seins gonflés. À l'intérieur, odeur de pisse chaude, ruissellements à travers les cloisons. Je lus la notice, je trempai le bâtonnet, je remis le capuchon. J'attendis.

C'est comme cela que je l'appris, adossée à une porte couverte de graffitis d'amour et d'obscénités, un pied sur la cuvette, les yeux rivés sur le bâtonnet. Une petite bande bleue apparut, s'intensifia. Je glissai le test dans la poche de mon manteau. Je marchai. Je vérifiai une nouvelle fois devant l'Ara Pacis. La bande était bien là, aussi bleue que la mer.

Diego m'appela. La sonnerie basse, nocturne, du téléphone retentit au moment même où je songeais à l'appeler. Il pleuvait à Gênes. On entendait la pluie derrière ses mots. Je lui dis qu'il ne pourrait plus me téléphoner quand je serais mariée. Il répondit qu'il le savait, qu'il profitait des derniers jours. Puis je lui demandai si c'était vrai.

« Quoi ?

— Que tu peux être à Rome en quelques heures. »

Il ne me laissa pas terminer ma phrase. Il criait, bondissait… on ne comprenait pas très bien.

Il allait courir à la gare, sauter dans le premier train. Il avait un cadeau pour moi.

« Un cadeau ?

— Tu verras. »

Il me dit qu'il me déshabillerait et me lécherait de la tête aux pieds. Jusqu'à en perdre la langue.

Mais les choses ne se sont pas passées ainsi. Je l'ai perdu tout de suite, la nuit même, ce bébé ébauché. Je n'ai rien senti. Je dormais, j'ai continué de dormir. Le lendemain matin, j'ai vu le sang. Je me suis lavée, pétrifiée devant le miroir. Pas plus que les autres jours, je n'étais disposée à souffrir. Je suis allée à l'hôpital sans attendre, même si c'était inutile. Le gynécologue, une femme âgée, m'a examinée. Elle a déclaré qu'il n'y avait aucun problème, que je n'avais besoin de rien, que la plupart du temps on ne s'aperçoit même pas de ces grossesses, que le corps les élimine. « Ce sont des œufs clairs, a-t-elle précisé, des chambres de gestation avec un embryon fané. » Je l'ai remerciée, lui ai serré la main peut-être plus vigoureusement que nécessaire. Je voulais lui poser encore une question, mais je ne savais plus laquelle.

Sur ma Mobylette, j'ai fermé les yeux. J'étais à un feu rouge. J'ai repensé aux œufs que je peignais à Pâques : ma mère les vidait à l'aide d'une seringue pour éviter qu'ils ne sentent mauvais.

Diego allait arriver. Je suis entrée dans un bar, ai mangé un croissant, un de ces croissants énormes qui ressemblent à de grandes oreilles. Il était fourré avec une confiture qui faisait penser à du cérumen. Je n'étais pas malade : l'examen médical et le ton paisible de la gynécologue m'avaient remise d'aplomb. Je me suis même dit que c'était mieux ainsi : mon corps se défaisait des dernières bribes de ce garçon. Il n'y avait rien de crédible dans cette histoire, suite de rebondissements minables, succession de coups de sabre, comme dans un spectacle de marionnettes.

Je l'ai vu entrer en gare, penché à la fenêtre, ses cheveux longs flottant au vent comme un drapeau déchiré. Il était devant la porte, prêt à sauter sur le quai. Il me cherchait du regard tel un soldat qui rentre de la guerre. Il a sauté du marchepied sur ses jambes maigres. Comment était-il habillé ? Il portait un drôle de blouson d'aviateur et un pantalon cigarette de couleur rouge qui lui faisait les jambes encore plus maigres. Il avait l'air encore plus jeune, un de ces garçons de seize ans qui vont aux matchs de foot, aux manifestations. Je l'observais de sous la marquise voisine, dissimulée derrière un gros pilier carré au socle de marbre. J'avais envie de lui sauter au cou comme une gamine, mais demeurais au contraire immobile comme un gecko. On est parfois plus vieux à trente ans qu'à cinquante.

Il était là, l'imbécile, et il jetait un regard circulaire, le bec ouvert. Le quai s'était vidé, et il était encore là. J'ai décidé de repartir. Est-ce qu'il sentait l'odeur du train ou son odeur à lui ? J'étais là, à l'épier. C'était un jeu triste, comme dans ces films d'auteurs pleins de gares et de regards en bleu, où les personnages se croisent sans jamais se rencontrer, parce que le scénariste est un fils de pute constipé qui n'a qu'un seul but depuis le début : nous laisser sur notre faim, nous priver du baiser des *happy end* américains.

Je m'en vais, me disais-je, et je restais là. Je m'étais assise sur le banc au pied du pilier. Diego arpentait le quai sans cesser de se retourner, comme si je risquais à tout moment de surgir derrière lui. Il scrutait les gens qui s'agitaient dans le grand hall, au fond, mais il ne s'éloignait pas. Je comprenais ses pensées, je pouvais anticiper ses mouvements. Il portait un sac en cuir à l'épaule et tenait un siège à la main. Un petit fauteuil en plastique vert. À quoi lui servait-il ? Il faisait un petit saut sur place de temps à autre, pour se donner une contenance, se remettre en jambes. Le quai accueillait à présent des passagers qui débarquaient d'un autre train.

Je l'ai vu monter dans un wagon, et j'ai pensé : *Il s'en va.* Mais il aidait seulement une femme à descendre ses bagages. Une grosse dondon vêtue de couleur claire, sans doute une de ces Américaines qui voyagent chargées de bagages, dans l'attente de porteurs d'un autre temps. Diego lui a indiqué quelque chose sur un plan. Puis le quai s'est de nouveau vidé, il est redevenu blême et vide. Le ciel était sombre, la pluie avait peut-être accompagné Diego dans son voyage de Gênes vers le sud pendant la nuit. Il s'est allongé sur un banc en marbre, a posé son sac à dos sous sa tête. Sa petite chaise sur lui. Il la soulevait, la contemplait, la reposait.

Je m'approche.

« Hé… »

Il se redresse d'un mouvement de gymnaste. Pas un mot sur mon énorme retard. Il me prend la main, écarte une mèche de cheveux sur ma joue.

« Comme tu es belle… je me souvenais que tu étais belle, mais pas à ce point. Qu'est-ce que tu as mangé, le paradis ? »

Comment ces phrases lui viennent-elles à l'esprit ? Il sautille tout autour de moi.

« Et moi, comment me trouves-tu ? »

J'observe son pantalon moulant de toréro, son petit corps toniquc.

« Bien.

— J'ai un peu maigri. »

Il me tend la chaise.

« Tiens.

— Qu'est-ce que c'est ?

— Mon cadeau. Ça ne te plaît pas ?

— Si…

— C'était mon siège d'enfant. C'est la seule chose que je n'ai pas cassée. Il est fait d'un plastique très dur. J'avais envie de te l'offrir. »

Il s'assied là, au milieu de la gare.

« J'y entre encore, tu vois ? Mes fesses n'ont pas changé. »

Il s'approche, cherche mon regard… ouvre la bouche pour m'embrasser. Je m'écarte, ne lui accorde qu'un bout de joue. Il me soulève le menton.

« Salut, comment vas-tu ?

— Ça va plutôt pas mal. »

Il est trop près de moi, je sens l'odeur de sa bouche, de son amour sans remède. Nous sommes dehors, dans ce marasme de la gare Termini.

« Viens, allons-nous-en. »

Je marche devant lui.

Il porte son petit fauteuil. Emporter son siège d'enfant… quelle idée stupide !

J'ai garé ma Mobylette du côté de la via Marsala. Devant nous, l'enseigne d'une des nombreuses pensions sans étoile du quartier de la gare Termini. Il me tire par le bras et me dit qu'il aimerait entrer dans n'importe laquelle de ces pensions. Je lui rétorque qu'elles sont laides, sordides, remplies d'étrangers pauvres et de couples crasseux.

Il me dit qu'il adore faire l'amour dans les endroits sordides

« J'ai mes règles.

— C'est pas possible ! Tu as attendu une éternité pour m'appeler et… tu as bien calculé ton coup… » Il prend son air de moins-que-rien. « Et puis si c'est pour moi que ça te gêne, pas de problème, j'ai un pantalon rouge. »

Je lui flanque une gifle.

Il éclate de rire. « Tu es folle, ou quoi ? »

Je donne un coup de reins, remonte la béquille. Il s'agrippe à moi de ses longues jambes repliées aux genoux osseux. Il me tient par la taille, me chatouille. Je le préviens que nous allons tomber s'il continue. Il répond que je conduis comme un pied, que je n'arrête pas de freiner. Aux feux rouges, il m'embrasse dans le cou, sur les oreilles. Nous avons l'air de deux étudiants.

C'est ensuite, alors que nous sommes assis dans un bar, que je lui raconte tout. Le test de grossesse dans la trattoria, et la suite. Je reste calme, je porte mes lunettes de soleil, je suis du regard quelqu'un qui passe. Il n'a pas dit un mot, il n'a pas touché à sa bière.

« Tu regrettes ? »

Il opine du chef en souriant, mais sa bouche est aussi triste qu'un hameçon rouillé. D'un trait, il avale sa bière.

« Et toi ? »

Je hausse les épaules. Je n'ai pas eu le temps de regretter, tout est arrivé trop vite. Je lui dis que c'était un œuf clair.

Il me raconte que sa grand-mère était aveugle.

« Elle avait douze ans de plus que mon grand-père. Il la regardait passer à bicyclette. Un jour, elle est tombée à l'eau, elle n'avait pas vu la mer. Mon grand-père l'a repêchée. Ils ne se sont plus quittés. Mon grand-père est mort. Elle, elle vit toujours. Elle refuse qu'on l'aide, elle fait tout, la cuisine et le reste. Quand je lui rends visite, elle me prépare des *trofie* [1], elle les plonge dans la casserole d'eau bouillante sans jamais en faire tomber une à côté...

— Quel rapport avec cette histoire ?

— Rien. Je voulais juste te dire que parfois les amours qui semblent absurdes sont les meilleures... te dire que j'ai juste cinq ans de moins que toi, que je suis aussi fiable que mon grand-père... que je mourrai avant toi parce que les femmes vivent plus longtemps... je voulais juste te dire de ne pas te marier, fillette. De me choisir. Je suis ton œuf clair. »

Il a du ciel dans ses yeux. Il pose une main sur sa nuque et attend, un geste étrange, d'abandon, peut-être de défaite, comme s'il s'appuyait de tout son poids sur ce cou... C'est le même geste que lors de notre première rencontre, il s'était tourné vers moi dans le restaurant, avait porté une main à sa nuque et s'était figé dans cette position. Un jour, ce geste me manquera à en mourir.

Je réponds que c'est la dernière fois que nous nous voyons, et qu'il devra arrêter de me téléphoner quand je serai mariée.

Il m'a demandé s'il pouvait me prendre en photo. Je me suis immobilisée sur l'escalier de San Crispino et je l'ai laissé faire. J'ai chassé de la main les deux pigeons à terre à côté de moi, qui ressemblaient à de petits croque-morts. Nous avons traîné un peu, mangé une part de pizza, regardé des objectifs photo dans une vitrine. J'ai croisé une amie, l'ai saluée sans m'arrêter. La nuit tombait. Un instant, les pavés du centre ont brillé d'une lumière bleuâtre, puis l'obscurité s'est répandue dans les ruelles comme de la fumée. Je l'ai accompagné à la gare. C'est lui qui conduisait, alors que s'allumaient les premiers phares. Il a roulé à toute allure. Il a déclaré qu'il roulait toujours comme ça, que c'est normal, plus pratique. Il m'a expliqué qu'il avait eu plein de Mobylette, qu'il avait passé toute son adolescence, les mains noires de cambouis, à tripoter des pièces de rechange. Maintenant, il a une moto de légende. La prochaine fois, il viendra avec.

Il n'y aura pas de prochaine fois. Nous regagnons le quai. Il veut un baiser, je le lui donne. Un baiser étrange qui sent déjà le train, ce

1. Qualité de pâtes typique de la Ligurie.

voyage qu'il effectuera seul, avec son pantalon rouge, ses genoux maigres, son écharpe de supporter du Genoa... Plus tard, il posera la tête contre la vitre, ira aux toilettes, regagnera sa place. En pleine nuit, il saisira son sac à dos et descendra à Brignole, se dirigera vers le port, vers les *carruggi* [1], vers sa petite chambre noire. Puis il développera les photos des pigeons que je chasse d'un geste de la main, ainsi que je l'ai chassé, lui.

Assez avec cela. La vie n'attend pas. Une dernière chose encore. Avant que la portière du train ne se referme, agrippée à la poignée, sur le marchepied en fer, je lui lance : « Ne fais pas de conneries. »

Il a l'air d'un enfant qui part en colonie de vacances.

Je me marie. J'avance vers l'autel, vers Fabio, qui me regarde. Il porte un habit gris à l'étoffe changeante avec deux queues et un plastron amidonné. Dans le flou des ornements de l'église, il a l'air d'un gros pigeon. Je vois l'autel, notre ami prêtre, le tapis rouge, des bouquets blancs composés de roses et d'arums. Je vois le bras de mon père : on dirait un bras de bois suspendu à un fil. Il n'a pas l'habitude d'être au centre de toutes les attentions. Il marche lentement, se demande s'il doit saluer ou se contenter de regarder droit devant lui, décide de saluer les gens du regard. Il tremble, il sera plus à l'aise, quelques dizaines d'années plus tard, quand son cercueil empruntera ce même couloir entre ces mêmes bancs. J'aurai alors la nostalgie de cette journée, de son bras en bois qui m'entraînait comme si j'étais de cristal tout au cœur de ma brume. Si je lui avais dit alors « Partons », si je lui avais murmuré ce mot à l'oreille, il n'aurait pas bronché. Son bras se serait détendu, serait redevenu de chair, et il m'aurait prise par la main. J'aurais jeté mes chaussures à talons et nous serions sortis sur le parvis, abandonnant derrière nous sur leurs bancs toutes ces andouilles amidonnées. Il y a un petit restaurant dans le quartier San Giovanni que mon père apprécie beaucoup, spaghettis au fromage et piment en abondance. Nous y serions allés manger, et boire un quart de rouge. Comme il aurait aimé ça ! Le festin gâché, moi et ma robe de mariée froissée assise sur une de ces chaises en paille, lui et ses yeux brillants, aussi fous que les miens. Mais ces pensées ne servent à rien : mon père s'est assis sur le banc, ma mère s'est déplacée un peu pour lui faire de la place. Il a toussé. Ma mère : traits tirés, chaussures trop petites. Ma belle-mère : un oiseau comme son fils, soie couleur mouette, cheveux

1. Ruelles de Gênes.

pareils à de la poudre, taches de rousseur et évanescence. Mon beau-père, l'ingénieur : chenu, robuste, très élégant, mécontent d'être à l'église.

J'ai donc épousé mon fiancé. J'ai lu les serments. Nous avons échangé les alliances sans les faire tomber. Les grains de riz ont plu sur nous. Un photographe à la con a pris des photos. Nous sommes passés parmi les tables des invités avec une corbeille de dragées. Il y a eu des chansons et il y a eu des blagues. Je n'ai pas cessé de rire, y compris quand je suis allée aux toilettes pour me rafraîchir. Mon bustier m'allait bien, on aurait dit un pétale rigide, une petite cuirasse. Les invités plus âgés sont partis ; les jeunes, les amis, sont restés. Nous avons dansé pieds nus sur la pelouse ; Fabio torse nu, en pantalon et haut-de-forme. C'était un rock, il me tirait vers lui comme un ressort, perdu, ivre.

Nous sommes rentrés dans notre appartement. Murs blancs, parquet, très peu de meubles, un lit écologique qui sent la pâtée pour oiseaux, un réfrigérateur trop grand.

Scènes de vie à deux.

Fabio rentre du bureau, j'entends le bruit de ses clefs, de ses pas. Assise sur le canapé, je lui lance : « Comment ça va ? »

Il passe à côté de moi, de dos.

« Il faut que j'aille aux toilettes. »

Fabio devant le téléviseur, le visage blême dans le noir. Fabio qui ouvre le réfrigérateur : « Qu'est-ce qu'on mange ? » Fabio, la nuit, qui regarde la rue à travers la fenêtre. Fabio au cinéma avec ses lunettes, les lèvres pincées ; son haleine a une autre odeur quand il les desserre, on dirait l'haleine de son père. Le linge de Fabio à travers le hublot de la machine à laver ; il a couru, il prend une douche, il ressort nu, mouille le bois. Je regarde la flaque, je regarde son corps blond.

« Qu'est-ce qu'il y a ? demande-t-il.

— Rien. »

À dîner chez ses parents. Une table ovale laquée, de longs rideaux à panneaux. Il porte une cravate en laine bleue, il discute avec son père. Des calculs pour une décharge. Sa mère a préparé de la galantine de poulet, je souris à la Philippine qui enlève les assiettes.

À dîner chez mes parents. Mon père n'ouvre pas la bouche. Ma mère ne cesse de se lever ; sur le seuil en partant, je lui dis de me donner les ordures. Fabio se plaint de l'odeur dans l'ascenseur, me reproche de me conduire de manière absurde, de lui manquer de respect.

Je réponds en soulevant le couvercle de la poubelle : « Tout ça pour un sac d'ordures ?

— Pas seulement… Pour tout. »

Je réplique que je n'ai pas envie de discuter, que je suis fatiguée, que j'ai travaillé toute la journée à l'université.

« Ce n'est pas un travail.

— Dans ce cas, qu'est-ce que c'est ?

— Tu n'es pas payée. »

Nous ne faisons pas l'amour. Côte à côte dans le lit, nous parlons de nos amis, des lampadaires dont nous avons besoin, d'un pont de trois jours à passer au bord de la mer dans un centre d'agritourisme de l'Argentario.

Je ne peux pas dire que c'était un mariage malheureux. C'était un mariage qui consistait à entrer dans une boutique design, à admirer les nouvelles cuisinières sans boutons, à essayer les sièges, les canapés, à s'allonger sur les lits. Il n'y a pas eu de draps sales, d'objets cassés, usés, de rayures sur le parquet, de disputes. C'était quelque chose que j'avais décidé de faire pour obéir à une volonté sourde. Je voulais honorer cette promesse, ne fût-ce que quelques jours.

Fabio rentre le soir et me rejoint sur le canapé. Tantôt il me prend la main, tantôt il est fatigué et pose ses mains, l'une sur l'autre, sur sa braguette. J'ignore à quoi il pense, je ne me pose pas la question. J'ignore à quoi je pense moi-même. Ça ne me déplaît pas de venir me réfugier entre ces murs, dans cette caserne design. Nous ne manquons de rien, nous sommes jeunes, plutôt beaux. Notre cabine de douche est la plus chère qu'on trouve sur le marché, d'un seul plan en cristal incurvé. Nous marchons pieds nus sur le bois comme dans les publicités. Nous sommes un jeune couple, nous n'avons pas de problèmes d'horaires ou autres. Le réfrigérateur est souvent vide. De temps en temps, nous remplissons un Caddie au supermarché. Fabio ne se plaint pas, il mange ce qu'il y a. Le samedi, c'est lui qui cuisine, il met un long tablier de chef qu'on lui a offert dans un hôtel. Nous recevons beaucoup, il aime préparer des petits dîners pour nos amis. Ouvrir les bouteilles de vin, allumer les bougies.

Le garçon des *carruggi* me manque-t-il ? Je n'y pense pas. Il n'y a pas de place pour lui dans cet appartement blanc. Je sais qu'il a fini par partir. Il a rassemblé son courage et a gagné la région rouge dont il m'avait parlé, à la frontière de l'Amazonie. C'était son désir depuis toujours : un sac à dos plein de rouleaux, son appareil photo au cou, auto-stop, trains nauséabonds, camions chargés de feuilles et d'enfants à photographier. C'est bien. Chacun dans son lambeau de monde, dans son propre bout d'existence. À l'université, on ne me paie pas, je ne gagne pas un centime. J'envisage de m'en aller, j'en ai assez de cette odeur. Ma bourse de recherches n'a pas été renouvelée, Andrić ne m'intéresse plus, il appartient au passé, comme le reste.

Devant le réfrigérateur, Fabio et moi :

« Qu'y a-t-il ?

— Je ne suis pas satisfaite de moi.

— Tu n'es jamais satisfaite de toi. »

Je tombe à Mobylette, je dérape sous la pluie. Je ne me fais pas mal, mais je reste plantée là, incapable de bouger, de m'extirper d'entre les voitures. Un adolescent vient à mon secours. Un lycéen. Il a un bandana autour du cou et le visage mouillé.

« Merci.

— Je vous en prie, madame. »

Je suis une dame. Je suis une pauvre dame. Je traîne ma Mobylette sous la pluie. J'entre dans un bar, bois une bière. Une bière toute seule à 4 heures de l'après-midi. Je retourne chez mes parents, me sèche les cheveux, les attache en queue de cheval, j'enfile un jean et un vieux pull que je mettais quand j'allais au lycée.

Mon père me surprend dans le couloir, le visage blanc.

« Comment se fait-il que tu sois ici à cette heure-là ? »

Je suis venue chercher le siège d'enfant en plastique vert. J'ai maigri, mes fesses y entrent plus facilement. J'installe la chaise sur le balcon de chez mes parents. Je prends l'habitude de m'asseoir là, dans ce petit fauteuil, les genoux ramenés contre moi à hauteur de la bouche, les manches du pull tirées sur mes mains les jours de froid. On voit un bout des quais. Je regarde les mouettes remonter le Tibre, les gens faire du jogging. Je recommence à fumer, j'avais cessé il y a quelques années, et maintenant je recommence. J'ai déserté l'université.

« Qu'est-ce que tu fais ? demande ma mère.

— Je me tourne les pouces. »

Fabio est membre d'un club de football, il joue le soir. Je l'accompagne, fume, agrippée à la barrière. Les épouses s'improvisent supporters, leurs talons fichés dans les gradins. Les projecteurs pointés sur le terrain éclairent ce troupeau nocturne de crétins suants aux chaussettes crottées.

« Je n'irai plus, à cause de l'humidité. »

Fabio approuve, prépare son sac. Il me montre les chaussures qu'il a achetées, très chères, pleines de boules en caoutchouc transparent pour amortir les coups. Le sport est son idée fixe, il aime se sentir bien, avoir un beau corps. Moi, je suis essoufflée. Il ne fait pas de commentaire, il me prie juste de ne pas fumer à l'intérieur.

Un jour, en fin d'après-midi, j'entre chez Ricordi [1] et je me plante à côté des adolescents, un casque sur les oreilles. J'achète des cassettes... j'achète aussi *notre* chanson... « *You never smile, girl, you never speak...* » Je l'écoute à Mobylette en errant dans le centre de Rome. Maintenant je roule aussi vite que Diego. Les larmes rebroussent chemin sur ma peau que le vent transperce, je suis émue comme une gamine de quatorze ans. Je suis une pauvre idiote. Je m'arrête sur la piazza Farnese en pleine nuit ; même les drogués sont partis. Je m'allonge sur le marbre, fume une cigarette. J'aime avaler la fumée. Elle a le goût d'une absence qui me remplit le corps.

Je couche souvent chez mes parents. « C'est plus près de l'université », ai-je expliqué à Fabio. Je ne lui ai pas avoué que j'ai cessé d'aller à l'université. J'ai les clefs, mes parents dorment. Ils ont compris que quelque chose clochait, mais ils ne me questionnent pas, ils feignent l'indifférence. « Tu dînes avec nous ? » Ma mère fait cuire les boulettes que j'aime. Papa ouvre une bouteille de vin, nous parlons de politique, de Reagan et de Margaret Thatcher, de notre gouvernement de coalition. Papa déclare que je deviens subversive : cela ne lui déplaît pas. Il me réclame une cigarette. Il se remet à fumer lui aussi ; ma mère ne dit rien, nous fumons où bon nous semble.

La nuit, j'allume la stéréo tout bas, j'éteins la lampe. Je danse devant le battant ouvert de l'armoire, dans cette tranche de miroir où se reflètent les rais de lumière qui traversent les volets. Je regarde mes seins et mon ventre. Dans le noir, la braise de ma cigarette évoque une torche mouillée. C'est ma chambre : j'y ai pleuré, travaillé, écouté la radio. Elle renferme mes posters, mes livres, mes vieux vêtements enveloppés dans le film plastique de la blanchisserie. Mon casque d'escrime... mon poncho aux franges pelées que je suçais dans le bus en allant au lycée. Ma vie jusqu'à trente ans. Je la regarde. Rien n'a changé. J'ai été seule, otage de ma volonté, jamais à la hauteur de quoi que ce soit. Je danse dans la pénombre. Je suis malade d'incomplétude, d'illusions.

« J'ai trouvé un travail.

— Un travail ?

— Je prépare des cocktails dans un bar, le soir. J'aime ça. J'apprends vite. »

Mon mari secoue la tête, il pose un regard neuf sur moi ; maintenant je l'amuse. Il dit que je suis folle. Je réponds que je suis jeune, que

1. Magasin de disques.

nous n'avons pas d'enfants, que je peux me permettre d'exercer un métier extravagant. Un soir, il vient boire un verre dans le bar où je travaille, au Testaccio. Il n'est pas seul, il a emmené deux types avec lesquels il joue au foot, un avocat et un ingénieur comme lui. Il me regarde passer entre les tables en minijupe et tablier noir. Je ne me tourne qu'une seule fois vers lui, mon plateau est toujours plein : je vois une tête blonde, floue, dans la cohue. Il a beau ne pas supporter le chahut et la fumée, il reste jusqu'à la fermeture, puis il m'invite à monter en voiture. Il s'arrête au Janicule et me saute dessus. Il marmonne que je lui plais, que nous devons recommencer à jouer les amoureux... que je ne lui donnais pas l'impression d'être une épouse, mais quelqu'un d'autre... ses amis m'ont reluquée, ça l'a rendu jaloux. Il regrette que nous ne fassions plus l'amour... mais maintenant. . Il est mou, ivre.

Je lui dis que je ne l'aime pas. J'ajoute : « Toi non plus, tu ne m'aimes pas. »

Je lui dis que nous avons commis une erreur en nous mariant. Il pisse. J'entends son urine ruisseler dans l'herbe, il rétorque que j'exagère, que je suis trop dramatique, que c'est difficile de vivre avec moi.

Cette nuit-là, je reçois un coup de fil de Gojko.

« Hé, belle femme... »

Ses cheveux sales et sa voix me manquaient.

« Alors, tu n'es pas venu en Italie...

— Si, je suis allé à Gênes chez Diego. J'y ai passé près d'un mois.

— Et tu ne m'as pas téléphoné ?

— Diego m'a dit que tu étais une femme mariée et que tu n'avais pas envie de parler à tes vieux soupirants.

— Va te faire foutre.

— Il a passé un mauvais moment.

— Je sais.

— Ça n'a pas été facile de le tirer du gouffre. J'ai essayé de l'aider, nous avons descendu pas mal de bouteilles.

— Ah, je comprends... »

Il m'annonce qu'il a découvert le *limoncello*[1], qu'il adore ça, il m'annonce que Diego est parti.

« Je sais.

— Nous baptisons Sebina la semaine prochaine.

— Si tard ?

1. Liqueur de citron.

— Nous avons attendu que s'achève le deuil de mon père.
— Comment va Mirna ?
— Bien, elle n'avait pas de lait. Sebina prend du lait en poudre. »
Je souris. « Embrasse-la fort pour moi.
— Tu veux être sa marraine ? »
Il insiste, me rappelle le lendemain soir. Mirna serait ravie, elle se souvient de la crème que j'ai étalée sur ses jambes. Il insiste, il dit que je n'ai vu que la neige : maintenant les collines sont vertes, le parfum de la bruyère et des cyclamens dévale les ravins, s'insinue dans les ruelles de Baščaršija.

J'entre dans une bijouterie, j'achète une chaînette et une croix pour Sebina. Fabio ne fait pas de commentaire, il se contente de me signaler qu'il ne peut pas m'accompagner à l'aéroport, qu'il a un chantier sous séquestre : en creusant le sol, on a trouvé les habituels vestiges romains.

Nous revoilà donc. Assis en plein air, devant une table sur laquelle sautillent des pigeons. Gojko boit une *Sarajevsko pivo,* et moi, une *bosanska kafa* au fond trouble. Je lui ai apporté une cartouche de Marlboro et deux bouteilles de *limoncello* industriel. Il m'offre une de ses ignobles Drina.

« Je suis content que tu aies recommencé à fumer… »

Il s'aperçoit que je me suis coupé les cheveux. Il prétend que j'ai l'air plus jeune, que le mariage m'a fait du bien. Il m'interroge sur l'université, je lui dis que je suis serveuse dans un bar.

« On te donne de bons pourboires ?
— Non.
— Il faut que tu apprennes à rouler du cul. »
Il se lève, me montre. Il se rassied, me lit un de ses poèmes.

Pourquoi ton corps ne flotte plus dans le mien ?
Telle cette péniche que nous vîmes sur la Neretva,
la brume rose comme tes seins,
mes jambes hardies comme l'eau en crue.
Vint un soleil brûlant qui vida aussi la vase ;
toi, tu fourrais ta langue, telle une vache nonchalante,
dans les trous où les moucherons gémissaient.
Tu me renversas comme une carcasse
et j'attendis ta bouche
sur mes os.

« Tu es amoureux ?
— Elle m'a quitté. Pour en épouser un autre. » Il rit.

Je pleure, lui confie que mon mariage est une farce, que je gémis, moi aussi, comme un moucheron. Il me demande si je suis amoureuse de Diego, je réponds par la négative.

« Alors, j'ai un peu d'espoir. »

Sarajevo avait démonté ses Jeux olympiques. Plus de drapeaux, plus de grandes affiches publicitaires destinées aux étrangers. La ville ressemblait à une maison dont les invités sont partis. Ramassée dans son silence, parcimonieuse, elle était encore plus belle.

Le lendemain, je me retrouvai dans la cathédrale du Sacré-Cœur-de-Jésus pour un baptême simple et émouvant. Le prêtre prononça quelques mots sentis en direction de la Terre, cherchant du regard les visages des membres de l'assemblée.

Sebina portait une coiffe pourvue d'un volant blanc qui lui auréolait le visage ; elle ressemblait à une petite abbesse avec ses joues rouges, et ses yeux profonds, enchâssés dans la chair de son visage.

Sebina adorée, je te revois dans la lumière ambrée de la cathédrale, entourée des membres de ta famille musulmane, en cette drôle de journée où l'on célébrait le sacrement qui te libérait du péché originel des chrétiens. Ta paix nous remplissait de paix. Elle passait de ton corps à mes bras. Tu étais nimbée d'un halo de bonté, de sagesse qui revenait s'incarner. Tu deviendrais plus tard une grande mangeuse de *pita*, tu aurais un petit poisson qui s'appellerait *Bijeli*, Blanc, tu aimerais regarder les *Simpson* à la télé, tes cahiers seraient les moins bien tenus de ta classe, et tu aurais les jambes les plus rapides de tout ton quartier à Novo Sarajevo.

Je sens une présence à mes côtés. Ma surprise est telle que je crains de laisser tomber la fillette, mes jambes sont en coton, tout mon sang va dans mes pieds. Mon visage est devenu livide. Je ne tourne pas la tête. Mais je sais qu'il est là. Ce coude est le sien, cette odeur est la sienne. Je presse Sebina dans mes bras : elle est légère, mais j'ai peur qu'elle ne glisse. C'est lui. Cette façon d'apparaître est de lui. C'est lui parce qu'il est bête, parce qu'il ne s'est pas demandé si je n'allais pas m'évanouir.

Il murmure à mon oreille : « Je suis le parrain. »

Maintenant je comprends tout… la signification de cette journée et de ce lieu. Le regard rusé et doux de Gojko. Après, quand je lui flanquerai un coup de poing dans le ventre, il admettra : « Tu ne peux pas imaginer le mal que j'ai eu à me taire, mais j'avais promis de ne rien te dire. » Je comprends que c'était ce que j'attendais, ce que je demandais à Dieu dans cette église. Chaque fois que quelqu'un entrait.

Mon sang recommence à circuler dans mon visage, dans les veines du cou, je peux me retourner et regarder ces morceaux de lui... une de ses mains, une mèche de ses cheveux, un bout de son jean.

Il a menti, il n'est pas le parrain. Plus tard, Gojko m'avouera qu'il aurait aimé que nous tenions tous deux Sebina sur les fonts baptismaux, mais qu'il avait des obligations familiales. Et puis Diego lui a conseillé de me choisir : « Elle viendra, elle, c'est sûr. » Lui n'était pas certain d'arriver à temps, il a voyagé pendant deux jours et deux nuits, il sent l'aéroport, l'attente.

Je tiendrai donc Sebina sur les fonts baptismaux avec un autre homme à grosse moustache noire, le frère de Mirna.

Malgré tout, ce baptême est le nôtre. Au moment où l'eau coule sur le corps de Sebina, je lève les yeux et rencontre ceux de Diego.

Nous mangeons des truites et du *bosanski lonac*, assis en plein air à la longue table où l'on fête Sebina, devant un chalet de montagne à l'entrée duquel se dresse un gigantesque ours empaillé. Je parle, je vide ma gorge et mon cœur. Nous nous donnons la main sous la table. Ce sont des mains qui brûlent, qui vibrent. Les voici de nouveau ensemble. Diego est surpris de me retrouver aussi docile. Il ne me croit peut-être pas. Il transpire et boit. Il ne pouvait pas imaginer un bouillon avec une poule sans crête ni griffes. Il observe mes cheveux courts, mon visage sans maquillage.

« Tu as rajeuni, dit-il, et moi j'ai vieilli... »

Il me montre un poil blanc sur ses tempes, il s'est laissé pousser les pattes. Il est déplumé, buriné par le soleil, amaigri : oui, il paraît plus vieux. De quelques mois. Il lève le bras, fourre son nez sous son aisselle, me demande pardon parce qu'il sent mauvais. Il s'est lavé dans les toilettes d'un aéroport, il porte le même tee-shirt depuis trois jours.

« Pourquoi ? Où étais-tu ?

— À l'autre bout du monde. »

Il était au bord d'un grand fleuve marécageux, à risquer ses jambes et sa vie au sein d'une colonie de caïmans, pour photographier un vieux passeur sur un radeau de bambou, chargé de peaux séchées au soleil. Il commençait à aller mieux, à se ressaisir. Il avait même essayé de faire l'amour avec une fille, une Allemande, dans un bungalow, sous un ventilateur qui remuait les moustiques. Elle s'était levée pour fermer la porte parce qu'elle avait peur des serpents, et ces quelques pas lui avaient suffi pour comprendre qu'il n'y arriverait jamais.

« Menteur ! Et qu'est-ce que tu lui as dit ?

— Que j'avais la chiasse. Je me suis enfermé dans les cabinets jusqu'à ce qu'elle s'en aille. »

Il rit. Il croyait être guéri, dit-il, il se levait à l'aube, regardait le soleil jaillir, tout rouge, du haut plateau, « comme une de ces sucettes bourrées de colorants », mettait une pellicule dans l'appareil, se dirigeait à travers la forêt vers les petits villages des *seringueros*. Il envisageait même de s'installer là-bas, comme un ermite, comme un moine. Il me sourit, secoue la tête.

« Mais je ne suis pas un moine, fillette… »

Quand il a reçu le télégramme de Gojko, il a fourré ses affaires dans son sac à dos et s'est mis à courir sous une pluie torrentielle, le pouce dressé, en attendant que passe un camion, une voiture. Une Jeep de la Polícia Civil l'a emmené, et il a traversé la forêt, avec ses manches courtes et ses vêtements trempés, entre deux gros types basanés qui ressemblaient plus à des diables qu'à des anges gardiens. *Si elle retourne à Sarajevo*, se répétait-il, *c'est parce qu'elle aussi, elle a la nostalgie de nous.*

Il avance la tête comme un taureau, fait « bouh », me tombe dessus.

« Donne-moi tes yeux, maudite femme. Ne les détourne pas. Cette fois, je t'enlève. »

Le chagrin l'a rendu plus mûr, plus audacieux. C'est un voyou qui a grandi. Il m'emmène danser parmi les autres au milieu de la pelouse. Il m'étreint comme un époux. Ses bras sont plus forts. Il me saisit par les cheveux comme si j'étais un épi de maïs, il m'attire contre sa bouche, respire dans la mienne. Il me cherche, aussi menaçant qu'un caïman à la surface de l'eau.

« Regarde-moi. »

Je le regarde.

« Je t'aime. »

Il danse comme un dieu. Entre ses bras, j'ai l'impression d'être un chiffon, je me laisse emporter. Il a les épaules droites des danseurs de flamenco, le bassin sinueux, et il fléchit ses jambes folles comme s'il était Michael Jackson. Où me conduira ce fou ? Enfer ou paradis ? En attendant, je ne veux pas me détacher de ses lèvres.

« Ce sera la fête, fillette. Chaque jour, ce sera fête. Je te donnerai tout, je le jure. »

Au crépuscule, le soleil déserte la pelouse. La robe de Sebina est toute froissée et ses volants ont perdu leur apprêt, on dirait une chevrette au nez souillé de lait. Elle s'est endormie sur moi, elle transpire contre mon chemisier. Elle a une odeur de chair jeune, pelotonnée dans un ciel plus grand que le nôtre. Elle est une colle tiède, du miel dans l'éponge d'une alvéole. Un insecte vrombissant traîne derrière lui cette sensation d'impalpable qui se meut devant moi, de la vie qui se dévide, anneau après anneau.

Diego et Gojko font un bras de fer sur la table qui est débarrassée. Il n'y a plus que des verres sales et des restes de nourriture que les femmes se partagent, nouant des torchons autour de petits récipients en terre cuite rosée.

Sarajevo gît en contrebas, dans son lit creusé entre les montagnes. Le soleil meurt, ses derniers rayons crépitent. On dirait que la ville est plongée dans l'eau. Que tout, maisons et minarets, s'est entassé là par hasard, comme par enchantement, au gré du fleuve, et pourrait disparaître brusquement. Comme nous, comme Sebina, comme tout ce qui est trop vivant pour durer.

Nous prenons une chambre à l'Holiday Inn, désert après les Jeux olympiques. Nous montons à pied dans les longs couloirs qui tournent autour du hall. Le lustre monumental évoque une grosse méduse prisonnière d'un filet. En bas, les serveurs se déplacent comme des algues dans une mer vide. La chambre sent le neuf, les meubles fraîchement sortis de l'usine. Elle a un grand lit et une grande fenêtre qui donne sur l'avenue. Diego m'annonce qu'il doit se doucher. Je l'attends en regardant par la fenêtre le quadrilatère du Zemaljski Muzej, avec son jardin botanique, près du récif, flambant neuf, du Parlement. Il m'embrasse par-derrière. Il a les cheveux mouillés et l'eau coule sur moi. Nous faisons l'amour presque sans bouger, agrippés l'un à l'autre. C'est différent de l'autre fois, nous sommes plus timides. Nous avons souffert, nous avons peur. Nous n'osons plus. Nous sommes comme deux époux qui se retrouvent. Qui ont peur que ça ne marche pas. Diego a perdu son audace. Il a les yeux fermés. Je lui ai tant manqué, trop manqué, dit-il, et il est maintenant trop ivre pour être heureux.

Après, il m'embrasse sur ma nuque moite, écarte mes cheveux.

« C'est ici, tu sais… c'est dans la nuque que la vie naît. La nuque est le fleuve, le destin.

— Comment le sais-tu ? »

Nous dormons peau contre peau. D'en haut, nous ressemblons à deux corps tombés dans un ravin. Nous nous réveillons à l'aube : la lumière déborde déjà par la fenêtre. Nous prenons le petit déjeuner dans notre chambre. Un serveur frappe, entre avec son chariot. Plus tard, le plateau gît sur le sol, près des serviettes de bain piétinées. Nous sommes de nouveau au lit. Je suis allongée sur le dos, mes seins tombent de chaque côté. Diego photographie mon ventre, il cadre sur mon nombril. Nous attendons l'après-midi pour nous habiller. Diego ne trouve pas ses chaussettes, il les cherche, se penche sous le lit. Je me penche à l'autre bout. Nous nous observons un moment. À l'aéroport, il me demande : « Que dois-je faire ?

— Attends-moi. »

Il est abattu, il a jeté par terre son sac à dos bourré de linge sale, il joue avec une boucle rouillée.

« Tu vas me plaquer une nouvelle fois, c'est écrit.

— Où est-ce que c'est écrit ? »

Il me plante là : il va aux toilettes et ressurgit quelques minutes plus tard, la main sur le front.

« Voilà où c'est écrit. »

Il ôte la main. Je lis CON, écrit au stylo bille sur la peau. Je crache sur un de mes doigts, je frotte. Le front reste un peu bleu.

« Tu es un imbécile.

— Je suis désespéré. »

Je rentre. À cette heure, je sais que Fabio n'est pas là. Je réunis mes affaires, les range dans des cartons d'eau minérale, je ne veux pas des valises de Fabio. Je m'assieds sur le canapé, fume une cigarette, regarde le journal télévisé. Le présentateur porte des lunettes à verres épais, il a de petites épaules carrées, le cou comme fiché dans une boîte. Il lit les nouvelles. Derrière lui, l'université La Sapienza, l'image d'un corps inanimé, effondré dans une voiture. Puis le tract blanc dactylographié avec l'étoile à cinq pointes des Brigades rouges. Les coupoles de la place Rouge. Tchernenko est mort, il y a quelques jours. Les images du nouveau secrétaire du PCUS se succèdent sur l'écran. Il a l'air d'un homme sympathique, avec son manteau noir dont le vent écarte les pans. Il sourit. Il a un visage rond de boulanger et, sur le front, une tache qui évoque une carte géographique. Fabio arrive, jette son sac de sport sur le sol. Il est surpris de me trouver là. Je lui parle. Il ne dit rien. Seulement : « Laisse-moi le temps de m'organiser. »

Il jette un œil autour de lui. L'appartement est à lui, tout est en ordre, il se fait rapidement une raison, sans poser trop de questions. Mais un peu plus tard il fondra en larmes. Il sort de la douche, les yeux bouffis et rouges. Il boit à même le carton de lait. Je lui conseille de vérifier la date limite. Il crache dans l'évier, dit « bordel », dit que le lait est caillé. Il me regarde, inquiet, demande si cela risque de le rendre malade. Je secoue la tête. « C'est comme du yogourt.

— Tu me manqueras. » Il ne pleure plus. Il s'est déjà organisé.

Il m'aide à porter mes affaires, mes livres. Il transpire, se place devant l'entrée de l'ascenseur, admire ses bras musclés dans le miroir pendant la descente. Je le remercie, l'embrasse. Étreindre le concierge, l'homme qui vous salue à votre retour et vous donne votre courrier, me ferait le même effet.

Je n'ai plus jamais pensé à lui. Je l'ai revu l'été dernier alors que nous embarquions pour la Corse. Je me trouvais dans le ventre de fer du bateau, dans cette odeur de mer et de fuel, coincée entre des voitures déjà garées. Comme toujours, Giuliano avait choisi la file la plus lente, et je m'étais levée, furieuse, agrippée à la portière ouverte, pour lorgner les voitures au fond, étranglées par la file qui venait d'un autre quai. Giuliano lisait tranquillement le journal. Nous nous étions disputés. Comme à son habitude, Pietro avait pris son parti, il avait ôté les écouteurs de son iPod pour dire : « C'est nul de s'engueuler en vacances. » Pour finir, j'avais garé la voiture à l'intérieur du bateau pendant qu'ils montaient l'escalier réservé aux passagers. Pietro venait de me rejoindre pour récupérer sa guitare. En nage, je fouillais le coffre qui ne s'ouvrait pas bien. Fabio se trouvait dans la file voisine. Il venait de descendre d'un bond d'une voiture tout-terrain, un vieux modèle. Il avait encore tous ses cheveux blonds, son gilet était bourré de poches, et ses bras ceux d'un homme qui n'a jamais cessé de faire du sport. Nous étions tombés nez à nez : impossible de feindre l'indifférence. Il m'avait embrassée, et sa voix forte avait retenti dans ce garage flottant. Il m'avait regardée… et je m'étais vue en même temps que lui. Je portais un débardeur froissé par un long voyage en voiture, et ma peau sous les bras était ce qu'elle était, celle que j'avais vue tant de fois dans le miroir. Je m'étais raidie, avais croisé les bras. Je pensais à mes cheveux, à la repousse blanche sur mes tempes, je n'étais pas allée chez le coiffeur, cela n'en valait pas la peine, nous partions en vacances au bord de la mer et je passerais toute la journée coiffée d'un chapeau de paille. J'étais mal à l'aise, sans maquillage, le teint pâle car j'étais restée enfermée au bureau. Il était bronzé : il faisait partie de ces gens qui sont déjà dans l'eau au mois de mai. Il parlait de sa femme et de ses enfants, trois, le plus jeune était encore petit. « Mais il monte déjà sur la planche ! » Et il avait assené un coup au porte-bagages de la Jeep, où s'encastraient, parfaitement alignées entre elles, des planches à voile.

« Comment vont tes parents ? Ton père, ta mère…

— Ils sont morts. »

Il souriait. « Bien sûr… C'est nous, maintenant, les vieux. »

Il n'avait rien d'un vieillard. Il était mieux qu'avant, les années l'avaient patiné, lui avaient conféré une sorte de désordre dans le visage qui l'empêchait d'avoir trop l'air d'une andouille.

Je lui avais présenté mon fils.

« Il a quinze ans… »

Pietro avait lorgné le porte-bagages de la Jeep, les fusils de pêche, les combinaisons de plongée. Avait demandé à quoi servait le drôle de sac muni d'un bec qui avait l'air d'une cornemuse. Fabio avait expliqué qu'il s'agissait d'une douche portative. Elle était fabriquée dans une matière thermique. Le matin, on la remplissait d'eau douce, et il suffisait de la laisser toute la journée au soleil pour pouvoir prendre, le soir, une douche chaude sur la plage.

« Quatre personnes peuvent se rincer, si on fait attention à ne pas trop gaspiller l'eau. »

Se rincer. Les fesses de Fabio avaient gravi l'escalier devant moi. Son porte-clefs flottant pendait à sa poche. Pietro avait commenté : « Quel génie, maman. On peut dire que ces gens-là savent s'amuser. Tu as vu les vacances qu'ils se paient, la façon dont ils sont organisés… »

J'étais découragée, écrasée de chaleur ; des flaques de transpiration fonçaient mon tee-shirt sous les aisselles, et l'argent que Giuliano allait dépenser ne compterait pour rien, pas plus que la plage et l'hôtel. Giuliano pouvait tout au plus garnir de vers au crépuscule quelques hameçons. Pietro, lui, voulait faire du surf, de la pêche sous-marine, voler au-dessus de la mer accroché à un de ces dangereux cerfs-volants ; il aurait volontiers échangé sa place dans notre voiture contre une dans la Jeep de Fabio.

Giuliano se trouvait déjà à la cafétéria. Il avait gardé des places, rempli les plateaux. Il m'appelait d'un geste de la main. Sa colère s'était évanouie. C'était l'heure du repas, il était content. Il redoutait ma réaction devant ces plateaux trop pleins. « Pour ne pas faire la queue deux fois… », s'était-il justifié. Il avait glissé dans ma bouche une fourchette de salade russe : « Elle est exquise. » Son ventre débordait sur sa ceinture, j'avais un peu honte. Fabio s'était approché pour présenter sa femme, une blonde aussi vieille que moi, mais aussi athlétique que lui. J'avais jeté un œil au décolleté de son tee-shirt, et constaté que la devanture était un peu trop bombée.

« Elle s'est fait refaire les seins », avais-je dit à Giuliano sur le pont du bateau. Il me montrait l'écume à peine visible dans la nuit.

« Regarde, ce sont des dauphins. »

Sa main était posée sur mon épaule, et je lui ceignais la taille, les bourrelets. Nous nous trouvions sur le pont d'un bateau qui nous emmenait vers de médiocres vacances. Mon fils s'emploierait à nous les gâcher, c'était dans l'air. Pour l'instant, il rôdait, observait les autres adolescents, et nous étions libres, provisoirement tranquilles. La mer, immense et noire, retenait les rayons de la lune. Nous formions un couple d'âge mûr, ni beau ni laid. Sympathique, ça oui. Si l'on nous avait apostrophés, nous nous serions retournés avec un sourire et aurions manifesté notre envie d'aller vers les autres. Souvent, nous ne nous rendons pas compte de ce que nous possédons, et manquons de reconnaissance à l'égard de la vie. Je touchais le côté de Giuliano, je sentais le parfum de son après-rasage qui m'arrivait par bouffées avec l'odeur de la mer, et je remerciais la vie de m'avoir offert cet homme bon.

Ma mère s'enquit de mes cadeaux de mariage sans doute parce qu'elle était nerveuse, pour éviter de parler de choses importantes qui l'auraient fait souffrir. « J'ai tout laissé à Fabio », lui dis-je sans même m'arrêter près d'elle, son corps immobile dans l'embrasure de la porte.

Mon père est sombre, il simule l'amertume, pour se donner une contenance. C'est ainsi, lui semble-t-il, que doit se conduire le père d'une jeune femme qui a épousé un jeune ingénieur collectionnant les marchés publics et qui rentre à la maison quelques mois plus tard.

« Mais comment ? Tu lui as laissé les marmites ? » Il réprime ses rires, sous le regard furibond de maman. Je prépare un petit sac.

« Où vas-tu ? interroge-t-il, curieux, faussement blessé ; canaille.

— Je fais un petit voyage.

— Destination ? »

Je garde le silence. En m'embrassant sur le seuil, il me demande de lui rapporter des *trofie* et du pesto. Il sourit. Il sait tout.

Je descends à Brignole, il n'y a pas de taxis, j'en cherche un parmi les phares des voitures sous la pluie. J'ai son adresse, mais j'ignore s'il est chez lui à l'heure qu'il est. Je veux lui faire une surprise. Je franchis la frontière qui sépare la Gênes des riches de la casbah. Il suffit de descendre, de suivre l'odeur de la mer. Ruelles aussi étroites que des lacets, rideaux de fer baissés. Le chemin du port est une broderie de lumières fanées... drogués allongés sur les coffres des voitures, puanteur de pois chiches brûlés, de saleté marine. Voilà l'immeuble, un HLM posé dans une vallée bancale. Un chien aboie, enfermé quelque part. Il a cessé de pleuvoir mais l'air est humide. De l'interphone s'échappe une voix féminine, frêle, rauque :

« Qui êtes-vous ?

— Je suis une amie de Diego. »

La voix se tait et une tête se penche de sous un rideau roulant, au premier étage. Cheveux jaunâtres bien coiffés, une robe de chambre turquoise, me semble-t-il. La femme me regarde.

« Tu es la fille de Rome ? s'écrie-t-elle.

— Oui... »

Elle m'ouvre. Diego n'est pas là, il rentrera plus tard. Il est allé photographier un groupe de musiciens, des amis, dans un garage. Elle est petite, aussi maigre que son fils, elle a le même nez un peu large, mais ses yeux sont bleus. Je la prie de m'excuser de l'avoir dérangée à une heure pareille. « Tu ne m'as pas dérangée, répond-elle, c'est un plaisir. » Elle me demande de l'excuser, elle, du désordre, même si l'appartement est parfaitement rangé. On y voit les meubles laqués des intérieurs modestes, et il y flotte une bonne odeur. Elle m'invite à m'asseoir dans un salon où, de toute évidence, personne ne pénètre jamais, me propose de manger et de boire quelque chose. Elle me poursuit avec une serviette propre pendant que je vais me laver les mains dans la salle de bains. J'accepte une boisson chaude, de la camomille. Elle m'observe. Je me lève, elle m'imite d'un mouvement très rapide. Elle semble craindre que je ne reparte. Mais je veux juste lui donner le petit cadeau que je lui ai apporté, une minuscule horloge sous un masque de porcelaine. Elle se penche vers moi, m'embrasse.

« Il ne fallait pas. » Elle m'embrasse une nouvelle fois. Son corps vibre contre le mien. « Diego m'a beaucoup parlé... »

Elle a un fort accent génois, une petite rengaine. Elle s'appelle Rosa.

Elle s'est aperçue que mes cheveux étaient mouillés. Elle m'invite avec insistance à aller les sécher dans la salle de bains, me tend une autre serviette.

Elle m'accompagne dans la chambre de Diego. Je découvre le poster du Genoa, la chaîne stéréo, le lit qu'il a fabriqué lui-même avec des planches clouées : les draps sont bleus et froissés. Je suis partout. Mon nombril est au pied du lit, près de la fenêtre. Par terre, des bottes renversées. Sa mère se baisse pour ramasser du linge, peut-être un slip.

« Je ne peux pas entrer ici, je n'ai pas le droit... »

J'entends un bruit de clefs, de porte qui claque. Je me retourne. Nous nous retrouvons dans le couloir. Il s'immobilise : « C'est pas... »

Il se jette à genoux devant moi. Il se roule par terre comme un chien, frotte sa tête sur le carrelage, embrasse mes chaussures, mon jean.

« C'est pas vrai… c'est pas vrai ! »

Il se redresse comme un ressort, et je lui saute dessus, resserre les genoux sur ses côtés. Il me traîne dans l'appartement. Sa mère s'aplatit contre le mur, se coule dans la salle de bains.

« Maman, voici la femme de ma vie. *Ma* femme ! La mère de mes enfants ! Voici mon rêve ! »

Rosa s'essuie les yeux avec un pan de sa robe de chambre, puis applaudit. Je dis à Diego de ne pas crier : les gens dorment, il va réveiller l'immeuble entier. Mais sa mère hurle le contraire : « Tout le monde fait du bruit, affirme-t-elle, cette nuit, c'est nous qui en ferons ! » Elle est folle, elle aussi, c'est une famille de cinglés.

Nous mangeons à la cuisine des fruits et des gaufrettes. Nous nous glissons ensuite dans ce lit d'étudiant aux draps bleus. Nous faisons l'amour tout doucement. Comme deux adolescents qui se cachent de leurs parents. De la musique joue, la stéréo et ses petits voyants dans le noir. Dehors, le ciel est luminescent, la lune bien grasse. Nous observons la photo gigantesque de mon ventre : mon nombril ressemble à un cratère.

« Qu'est-ce que tu en faisais ?

— Je m'en servais pour jouer aux fléchettes. »

Je suis restée dans cet appartement jusqu'à la fin de l'été. Je disais chaque jour que je devais partir, et chaque jour je restais. Diego avait des habitudes et des horaires complètement différents des miens. Il dormait jusqu'à l'heure du déjeuner, se traînait en slip à la cuisine, ouvrait le réfrigérateur et en tirait une de ces barquettes en aluminium que sa mère rapportait des cuisines de l'hôpital Gaslini. Il avalait des lasagnes sèches, une sole pâteuse, glacée. Il avait l'habitude de s'alimenter ainsi. Sa mère n'était jamais là, elle avait un compagnon, un homme d'une autre époque qui portait des chaussures bicolores et un foulard.

Quand il faisait beau, nous allions à la mer. Diego avait un petit bateau, dont les voiles n'étaient pas plus grandes que deux nappes, dans un cercle nautique délabré. Nous passions la journée dehors jusqu'au soir, sans manger, nos cirés trempés. La nuit, nous traînions d'une boîte à l'autre dans les grottes des *carruggi* : m'avoir dans son univers rendait Diego euphorique. Il me présenta son groupe d'amis farfelus, des jeunes déjà abimés. Il traduisait leur dialecte, s'assurait du regard que j'étais heureuse, me passait un joint souillé par des bouches étrangères. Je secouais la tête, je ne voulais pas qu'il fume lui non plus.

Il m'emmena sur le quai Etiopia où son père avait péri, écrasé par un container. Nous nous assîmes sur une bitte, devant une mer aussi sinistre que de la Cellophane.

Il m'avoua qu'il avait consommé de l'héroïne pendant un certain temps : « Quelques shoots, c'est tout. À Gênes, il est difficile de ne pas se défoncer à quelque chose… », et qu'il avait été en prison avec les ultras de Marassi [1].

« Je t'ai déçue ?

— Non. »

Je lui dis que je ne pouvais pas vivre comme ça, au jour le jour, loin de tout. Sa mère aussi me semble différente, vaincue, quand je m'en vais : on dirait une petite salamandre malade.

« Pardonne-moi, me lance-t-elle.

— De quoi ? »

1. Quartier de Gênes où se trouve le stade du même nom.

Nous attendons dans le hall

Nous attendons dans le hall, Pietro et moi. Il pleut. Pietro observe à travers les vitres l'eau qui coule ; son regard bleu s'est obscurci en même temps que le ciel. Il a enfilé un sweat-shirt, remonté la capuche sur sa tête, il est vautré sur un canapé trop bas, les jambes écartées, la tête dans les épaules. Il y a un cybercafé devant l'hôtel, il aimerait y aller, chatter avec ses copains. Je le lui ai interdit. Il a donc remonté sa capuche, et il se tient là, l'air aussi découragé et ironique qu'un footballeur qu'on vient d'expulser du terrain. La serveuse du petit déjeuner passe maintenant l'aspirateur sur la moquette de l'escalier. Le fil, trop long, s'entortille autour de ses pieds. Pietro déclare avec son petit sourire habituel : « Elle est trop nulle c'te meuf.

— *C'te* meuf, elle a ton âge, dis-je, et elle travaille déjà. »

Il s'enflamme, en avale ses mots, me lance qu'il aurait aimé travailler, lui aussi, mais que je ne l'y ai pas autorisé. C'est vrai, il voulait coller des tracts publicitaires sur les pare-brise des voitures pour vingt euros par jour. Je n'avais aucune envie qu'il reste pendant des heures dans la circulation, dans la saleté, en compagnie de son copain Biffo, un garçon un peu trop rusé, dont la marijuana fait briller les yeux. Je pourrais lui dire encore que ce qu'il me proposait n'a rien à voir avec un vrai travail, que ce sont toujours des petites combines, qu'un vrai travail répond à un besoin économique et que lui, il a déjà une Mobylette, une guitare, des lunettes de soleil, un livret d'épargne à la banque… Je pourrais mais je garde le silence, je n'ai pas envie de polémiquer.

Je vais à la réception et demande un parapluie. On me donne une tige jaune, branlante, à moitié cassée. Entre-temps, la fille est vraiment tombée dans l'escalier, mais elle s'est relevée aussitôt en jetant un regard circulaire, de peur qu'on ne l'ait vue. Il n'y a que nous. Pietro a porté ses deux poings à ses tempes, il rit comme un bossu, hoquette dans son sweat-shirt bleu. La serveuse lui lance un regard sérieux. Alors il simule un malaise, presse les mains sur son ventre et feint d'avoir la nausée. Il indique le cendrier bourré de mégots sur la table basse. La fille s'en empare. Il lui dit « *Thank you* » en essayant de ne pas rire, mais n'y arrive pas. La serveuse s'incline en une sorte de petite courbette et souffle à son insu sur la cendre. Pietro époussette son jean, puis lève les mains. Il rit tendrement maintenant.

« Je capitule. »

La fille fronce son visage aussi ferme et clair qu'une petite pomme de terre tout juste épluchée. « *What ?* »

Pietro secoue la tête, il ignore comment traduire « Je capitule ».

Il dit : « *Sorry.* »

L'adolescente pivote, puis rapporte un cendrier propre. Elle a les joues rouges.

« *You are great* », murmure-t-elle en repartant.

Pietro tousse.

« Qu'est-ce qu'elle a dit, m'man ? me demande-t-il.

— Tu le sais très bien, elle a dit que tu es *great*, que tu es formidable.

— Tu me le jures ? »

Il se rengorge, observe la jeune Sarajévienne au corps menu qui s'éloigne… Il baisse sa capuche, se recoiffe.

« Elle te plaît ? »

Il se retourne, aussi vif qu'un serpent. « T'es folle, ou quoi ?! Elle est pathétique. Moi, j'aime les Italiennes.

— Pourquoi ?

— Parce que je les comprends. »

Gojko apparaît sur le seuil, les épaules de sa veste noircies par la pluie. Il s'ébroue comme un chien. Il me cherche du regard, nous rejoint, m'embrasse. Son corps mouillé est chaud. Il exhale une vapeur agréable, comme du foin après l'averse. Il s'assied, commande un café, allume une cigarette, croise les jambes. Il donnait un coup de main à la galerie où seront exposées les photos, voilà pourquoi il est en retard. Il est d'excellente humeur et nous demande si nous avons bien dormi, si nous avons envie de faire du tourisme, de continuer avec l'itinéraire des lieux de guerre. Il est habitué : c'est en général ce que veulent voir tous les touristes. Nous pourrions aller au cimetière juif, d'où tiraient les *snipers*, ou errer dans le centre-ville jusqu'au vernissage de l'exposition.

Pietro répond que ça lui est égal, puis qu'il préfère rester dans le centre. Ce matin, j'ai fait une bêtise; dans mon demi-sommeil, j'ai tendu une main vers lui et l'ai appelé Diego par mégarde : le petit fantôme génois avait envahi ma nuit.

Il s'est écarté. « Maman... »

Je dormais encore à moitié. « Oh...

— Comment m'as-tu appelé ?

— Je ne sais pas... Comment t'ai-je appelé ? » Je tremblais parce que je ne m'en étais même pas aperçue. « Pardon.

— T'as pété les plombs. »

Il s'est précipité dans la salle de bains pour s'éloigner de moi, de mon corps tourmenté par le passé. Puis il est ressorti et j'ai vu qu'il se penchait sur le lit dans l'espoir de découvrir deux sommiers à séparer. Je lui ai dit : « Changeons de chambre si tu veux, prenons-en une avec deux lits... Moi non plus je n'arrive pas à dormir, tu bouges trop. »

En réalité, j'avais envie de pleurer.

Il pleut, mais il y a beaucoup de gens dans la rue, beaucoup de jeunes. Nous nous trouvons dans l'avenue qui mène à la madrasa. Des groupes d'élèves islamiques nous croisent, munis de sacs à dos gonflés, comme les élèves de n'importe quelle école au monde. Le parapluie de l'hôtel est une véritable horreur, je dois veiller à ne pas éborgner les passants. J'en achète un à Pietro. Gojko n'en veut pas : ça l'encombre. Je le charrie en lui faisant remarquer que, passé un certain âge, ce n'est pas bon de se faire tremper jusqu'aux os; il répond en marmonnant que, passé un certain âge, plus rien n'est bon; aussi, mieux vaut ne pas y penser. Je glisse mon bras sous le sien.

« Tu écris encore ? »

J'aimerais entendre sa voix empreinte d'émotion, persuasive, réciter un de ses poèmes. Il baisse sa grosse tête et répond que, depuis quelque temps, il a recommencé à bricoler avec les mots, le soir.

Je lui demande pourquoi il a attendu si longtemps. « C'était nécessaire, dit-il. Il fallait un temps blanc, de la gaze... Il faut que Dieu t'assiste sans être embarrassé par ton âme usée. Il faut qu'il t'aide, à ton insu, à rétablir l'équilibre entre le bien et le mal... »

Il écarte les doigts et, sans que nous comprenions pourquoi, crache soudain dans sa paume.

« Il n'y a pas si longtemps, je suis passé près d'un champ de coquelicots. Pour la première fois, je n'ai pas pensé au sang, j'étais fasciné par cette beauté fragile qu'une hache, une *maljutka*, une rafale de vent, aurait suffi à détruire. Ce champ nous attendait, ma femme et moi, derrière un virage. Un immense pré ponctué de langues rouges, comme des cœurs tombés du ciel. Nous avons arrêté la voiture et avons fondu en larmes. Moi d'abord. Puis elle, comme un torrent. Ces pleurs nous ont lentement vidés, nous ont dédommagés. Ce soir-là nous avons recommencé à respirer profondément. C'était redevenu supportable. Pendant des années, nous n'avons eu qu'une courte respiration, de gorge… Deux mois plus tard, ma femme était enceinte. »

Nous avons repris notre chemin. Mon bras est en sécurité, glissé sous le sien. Au bout d'un moment, je retrouve la sensation d'autrefois, de ces promenades sans but, lorsque nos vies semblaient à l'abri sous le parapluie d'une amitié qui nous remplissait de fière assurance.

La passante qui marche à côté de moi, munie d'un filet à provisions, a l'air d'une femme quelconque, d'une femme pressée, soucieuse de rentrer chez elle de bonne heure… mais elle a la démarche d'un insecte brisé ; sous sa veste trop légère pour la pluie, ses hanches ondoient d'une manière désordonnée, comme un véhicule à qui on aurait fixé deux roues dépareillées ; ses jambes sont aussi raides que le balancier d'une horloge. Au bout d'un moment, je m'aperçois que nombre de gens se déplacent de la sorte, un ancien éclat de quelque chose fiché dans les os ; ils sont très habiles à se dissimuler, à se mêler à la foule.

« C'est la première chose que nous avons apprise. »

J'observe les habitants, je calcule mentalement leur âge à l'époque, étaient-ils déjà adultes ou encore enfants ? Je déduis de leurs cernes, de leurs regards aussi inertes que du verre, de leurs cigarettes qui tremblent, mouillées, entre leurs doigts, ce que la guerre leur a volé. Je le constate à leurs visages gris sous la pluie, pareils à des morts qui ressurgissent de la mer.

« Nous avons bouffé trop d'uranium… trop de ces maudites boîtes de conserve humanitaires, des restes de la guerre de Corée… »

Les enfants que je croise sont sains et saufs, me dis-je. Ils ne savent pas, ils n'ont pas vu, ils n'ont donc pas de souvenirs… Non, ce n'est pas totalement vrai. On dirait qu'ils savent, eux aussi : ils suivent avec circonspection les pas des adultes. Ce sont les enfants qui ont pu naître ; sur eux repose l'univers invisible des autres, de tous ceux qui n'ont pas pu venir au monde, vivre leur destin terrestre.

Je contemple la nuque de Pietro sous la pluie. De temps en temps, il se plante devant une vitrine. Il se moque des marchandises, seuls l'intéressent les prix en marks convertibles, leur conversion en euros. Il affirme que les articles coûtent « assez peu cher ». Puis se ravise, « mais pas rien non plus ». Il interroge Gojko sur le salaire moyen. Je ne savais pas que l'économie passionnait mon fils.

« Que peut gagner une femme de chambre dans un hôtel ?

— Cent cinquante, deux cents euros. »

Je souris. Pietro fronce le nez, irrité.

« Qu'est-ce que tu veux ? »

L'eau coule des gouttières, des balcons, des auvents.

Nous empruntons le pont Latin, où fut tué François- Ferdinand.

« La plaque commémorative a disparu pendant un bon moment, car Princip était serbe. On l'a remise pour les touristes, amputée du terme "héros". »

Sur la place où l'on joue aux échecs, les vieillards ont tous un parapluie. Imperturbables, ils déplacent de gros chevaux, de gros cavaliers, sur l'échiquier dessiné au sol. Pietro prend quelques photos avec son portable. Il observe, incrédule, ces vieux joueurs acharnés.

« Ce sont presque tous des paysans, des gens venus après la guerre. La ville s'est ruralisée. Pendant des années, je ne reconnaissais personne… »

Nous déambulons encore un moment. La pluie cesse peu à peu, jusqu'à disparaître dans les bouches d'égout. Le ciel est encore couvert, mais il est muet pour le moment. Pietro est trempé. Il aime se faire mouiller, il aime tomber malade, se sentir brûlant de fièvre une nuit entière et guéri le lendemain matin. Malgré toute cette humidité, il a soif. Il s'arrête à une buvette et avale un Coca-Cola glacé. Puis il s'enquiert des éclaboussures de peinture rouge sur l'asphalte.

Ce sont les roses de Sarajevo, elles témoignent des morts et des grenades. L'une d'elles commémore le premier massacre, celui des habitants qui faisaient la queue devant la boulangerie. Gojko se tourne vers moi. J'ouvre la bouche, la referme.

Nous traversons la rue, tournons : il y a là d'autres roses, d'autres giclures de peinture rouge fanée dans le va-et-vient des passants qui se pressent sur le marché des fruits et des légumes.

« À un moment, on a dit que nous nous massacrions entre nous pour attirer l'attention des médias, de l'opinion publique… »

Les étals regorgent de couleurs, bien mieux ordonnés que dans mes souvenirs… Au fond, sur un mur de pierre grise, la liste des morts est impressionnante. Ils ont été arrachés à la vie tous ensemble, dans le même battement d'ailes du diable. Soudain je me demande où est ce diable, s'il s'cst suffisamment éloigné ou s'il rôde encore près d'ici.

Tout à l'heure, Gojko a prononcé une phrase qui m'a fait frissonner. « Nombreux sont ceux, à Sarajevo, qui pensent que cette guerre n'est pas terminée, qu'elle s'est juste interrompue. »

Nous gravissons l'escalier menant à un petit restaurant qui surplombe Markale, le marché couvert : une sorte de terrasse meublée de tables et de bancs en bois qui rappelle les gares de chemin de fer du début du siècle. Je me penche. Les fromages dans les cuvettes sont aussi blancs que de la craie. Gojko me montre le seul étal où l'on vend encore du porc : il est relégué au fond, à l'écart.

Pietro aimerait savoir ce que les Sarajéviens reprochent au porc. Gojko lui explique que la ville n'est presque plus peuplée que de Bosniaques, c'est-à-dire de Bosniens musulmans, et que les musulmans ne mangent pas de porc. Pietro dit qu'il le sait : il a fait un exposé sur les trois religions monothéistes. Il rit. « Rien n'indique que ces gens-là sont musulmans, déclare-t-il. Ils sont trop blancs. »

Gojko lui raconte que, dans son enfance, il fêtait Noël chez lui comme un bon catholique, puis allait quêter avec ses copains pour la fin du ramadan.

« Pour nous, c'était normal. Maintenant il y a trois langues différentes à l'école et, quand on y inscrit un enfant, on doit préciser à quelle ethnie il appartient… »

Nous commandons une soupe bosnienne. Cette marmite de bouillon épais, où flottent légumes et morceaux de viande, me fait envie. Pietro mange une *pljeskavica*, une espèce de hamburger.

« Pourquoi cette guerre a-t-elle eu lieu ? »

Gojko éclate de rire, les yeux encore entachés de folie.

Il pose la main sur la tête de Pietro.

« Tu sais qui pourrait te répondre ? Un grand comique, un homme aussi désespéré et muet que nous, qui n'avons jamais cessé de rire. Buster Keaton, voilà qui pourrait te répondre. Tu l'as déjà vu ? »

Pietro secoue la tête, il n'aime pas les films en noir et blanc.

Gojko éteint sa cigarette, promène le doigt dessus.

« Que veux-tu faire quand tu seras grand, Pietro ?

— Je ne sais pas… peut-être jouer de la musique. »

Bien entendu, il évite mon regard. C'est une vieille histoire : pendant des années, il n'a pas touché le piano que je louais pour lui. Il prétendait qu'il n'avait pas besoin de s'exercer. Il y a deux ans, il est passé à la guitare. Il se débrouille tout seul, prend des leçons dans un club de jazz. Je m'en désintéresse volontairement : chaque fois qu'il a senti la moindre pression de ma part, il s'est employé à me contrarier.

Nous sommes de nouveau dans la rue. La pluie a lavé l'asphalte, qui étincelle comme du fer.

Devant nous, Pietro marche dans les flaques de son pas indolent. Il m'échappe depuis notre arrivée. Il piétine les roses des grenades comme s'il foulait les pavés d'une ruelle de Rome, il paraît insensible, se montre vulgaire, presque outrageux. Il le fait exprès, pour m'importuner, car il sent que ce voyage cache quelque chose, une intention qu'il ignore. J'aimerais glisser mon bras sous le sien, le serrer contre moi. Mais je n'ai pas le courage de le rejoindre. S'il faut qu'il comprenne quelque chose, qu'il renifle une trace, il le fera seul, je ne peux pas l'aider. D'ailleurs, il ressemble à son père, c'est un petit radar d'ondes égarées.

« Il lui ressemble, n'est-ce pas ? » dis-je.

Gojko me regarde.

« Tu veux la vérité ?

— Oui…

— C'est à toi qu'il ressemble… Il a la même démarche, le même sourire, il est aussi lunatique… »

Il m'étreint, me submerge de sa masse. Il respire dans mes cheveux.

« Tu es sûrement entrée en lui, Gemma. Tu as toujours eu le don de te glisser dans la peau des autres… de les vaincre sans rien faire. T'ai-je jamais dit que j'étais amoureux de toi ?

— Non.

— Tu étais tellement amoureuse de lui… Vous étiez tellement amoureux… »

Nous pénétrons dans une cour ornée de petites arcades ottomanes, près de la mosquée. L'exposition de photos a lieu à l'intérieur, deux longues pièces jumelles aux parois de verre enserrées dans des cadres de fer, une sorte de bow-window, de serre. Une fille diaphane et aussi grande qu'un mannequin, portant de grosses chaussettes noires qui tire-bouchonnent sur ses jambes nues, achève de suspendre ses œuvres à des câbles en acier. Elle assène un coup de poing sur l'épaule de Gojko, glisse la main dans sa veste, à la recherche de ses cigarettes, lui en vole une. Elle sourit, l'embrasse sur la bouche.

Je lui demande si c'est sa femme. La fille rit : elle ne sait pas l'italien, mais elle a compris. Elle secoue la tête. C'est une artiste assez célèbre, l'air d'un cheval fou, douée comme un démon.

Ses photos montrent des hommes et des femmes rescapés du camp d'Omarska. Instantanés de visages squelettiques, creusés par la faim, par la peur. Vieillards en gros plans, si serrés qu'on ne voit même pas les cheveux, seulement les yeux, les sentiers tortueux des rides, les bouches usées. Pas un seul de ces visages n'a l'air doux. Ils semblent tous regarder dans la même direction, vers une zone obscure, inconnue de l'histoire humaine. On dirait qu'ils interrogent l'objectif, lui demandant une réponse que personne n'a encore su leur donner.

Les photos de Diego sont accrochées dans la seconde salle. Je m'assieds sur une chaise pour les regarder. Pendant ce temps, une femme dispose des petites choses à manger sur une table recouverte d'une nappe en papier. Je connais ces clichés, il était inutile que je vienne jusqu'ici pour les voir. Peu nombreux, ils occupent un petit pan de mur latéral, dissimulé derrière une colonne. Voici la femme qui court pour échapper aux *snipers*, les cheveux ébouriffés, la jambe semblable à une aile brisée. Voici la baignoire au milieu des décombres, avec son flacon de shampoing sur le rebord et, dedans, le mort recouvert du drap vert des musulmans. Voici la vieille qui ramasse du linge sous la neige, les bras glissés dans le châssis d'une fenêtre fermée mais sans vitres. Voici le chat qui dort sur le siège d'un autobus incendié. Voici la poussette chargée de bidons d'eau que tire une Sebina souriante.

Pietro traîne, il s'approche des murs, scrute les instantanés. Je l'attends. Un sentiment de paix m'envahit peu à peu.

J'ai des tas de photos de Diego, cachées dans la maison, dans la soupente. Elles m'ont longtemps tenue en vie. J'attendais que mon bébé s'endorme, aussi euphorique et nerveuse que si je devais échapper à un mari. Puis je n'y pensais plus pendant quelques jours, pendant quelques heures. Comme avec le sexe, à l'égard duquel j'ai toujours nourri un intérêt chaotique, fait d'élans subits, puis de rien, de périodes d'oubli. À la fin de l'après-midi, les portes de mon appartement, celle du couloir, celle du salon obscur, me remplissaient de tristesse. Je voyais de la boue partout, des objets qui bougeaient, entraînés. J'étais souvent seule car Giuliano travaillait la nuit, à la caserne. Plongée dans le néant, dans la pénombre des fenêtres, dans le sommeil de mon bébé, je pensais à Diego à m'en rendre malade.

Je m'enfermais dans la chambre, ouvrais les boîtes, sous une lumière assez faible pour effacer tout le reste. J'étalais les clichés sur le lit, sur le tapis. Je marchais à quatre pattes sur ce sentier de papier brillant, je pleurais, souriais, bavais comme un chien sur la tombe de son maître.

Un matin, Giuliano a trouvé une photo sous le couvre-lit, dans le pli d'un oreiller. Elle s'était froissée pendant la nuit. Il a essayé de l'aplatir d'un geste de la main. Il me l'a rendue : « Tiens, mon amour, ça t'appartient sûrement… Elle est très belle. »

Il était assis sur le lit, les épaules tombantes, le ventre semblable à un petit sac. J'ai saisi sa main orpheline sur le drap, l'ai posée sur mon visage, ai pleuré dedans. Au bout d'un moment, il s'est mis à sangloter faiblement dans son coin. Je me suis dit qu'il était beaucoup plus seul que moi, que les hommes sont toujours beaucoup plus seuls que les femmes. Pleurer ensemble constitue, pour un couple, un événement minuscule, emblématique… c'est le souffle de l'autre qui crève dans votre gorge. C'est le chagrin que vous éprouvez pour le monde et pour vous-même, bout de chair, saucisse animée, sac bon marché. Votre ventre danse avec vos larmes. Levez-vous, homme misérable, disparaissez dans le fossé de la maison, ou alors ouvrez la fenêtre et jetez-vous dehors, mais si vous restez, prononcez des mots de consolation.

Giuliano a dit : « Je regrette que ce garçon soit mort, tu ne peux pas savoir comme je le regrette. »

Je lui ai souri. « Tu l'aurais peut-être arrêté. C'était le genre de type à se faire arrêter. »

Pietro m'a rejointe, aussi circonspect qu'une souris qui a faim, s'approche du piège et risque sa tête.

« Ce sont ces photos-là ?

— Oui. »

Il les regarde en toute hâte, de bas en haut, puis de nouveau vers le bas, deux coups d'œil et c'est tout.

« Elles te plaisent ?

— Celle du chat, oui, elle est forte… Tu étais là, tu étais avec lui ?

— Non, pas toujours. »

Il s'assied à côté de moi. Comme il n'y a pas d'autres sièges, il se laisse glisser le long de la colonne et s'accroupit sur ses talons, comme un gros oiseau.

« Et moi, j'étais où ?

— Tu n'étais pas encore né…

— Et tu n'avais pas peur ?

— De quoi ?

— Eh bien, tu étais enceinte, tu n'avais pas peur d'être enceinte pendant la guerre ? »

Je branle du chef, renifle, dis que j'ai peut-être attrapé froid à cause de la pluie, que j'ai les chaussures mouillées. Pietro lance un regard à mes pieds et s'en va en direction du buffet. Je le vois chipoter, prendre un canapé et le reposer, en choisir un autre. Des gens sont arrivés par petits groupes de deux, trois personnes : ils s'immobilisent devant les panneaux de photos, bavardent, un verre à la main. Il n'y a que moi dans ce coin de pièce. Je connais ces photos, et pourtant je suis émue de les voir exposées.

J'observe les détails, une main, un oiseau qui salit le ciel, le pare-chocs d'une voiture abandonné. J'observe Sebina, ses yeux aussi ronds que des boutons... sa drôle de bouche, fine au bord et renflée au milieu, rouge comme une langue.

Je souris parce que cette expression de chef de bande, de petit tyran de quartier, m'est familière.

« Viens là, *Bijeli biber...* »

Je l'appelais comme ça, *Poivre blanc.*

Elle approchait, m'offrant ses yeux enfoncés et la fossette de son menton aussi parfaite que l'écrin d'une perle. Je cachais un bonbon dans mes poings. Elle devinait toujours où il était.

« *Bijeli biber*, tu dois faire tes devoirs, c'est compris ? »

Elle acquiesçait, pressée de tourner les talons. J'invitais Gojko à la surveiller, à ne pas la laisser traîner dans la rue.

« Que deviendra-t-elle si elle ne fait pas ses devoirs ? »

Gojko, enchanté, savourait cette sœur friponne, comme un cadeau.

« Ce sera une artiste, elle sait faire du patin à glace, elle sait marcher sur un fil... et c'est une menteuse. »

Parfois elle était impolie, ne disait même pas bonjour, jouait pendant des heures avec des boules tac-tac que son frère avait importées et qui n'avaient pas rencontré le même succès que les Yo-Yo. Personne ne comprenait sa mauvaise humeur. Mais moi, je savais la faire parler, remonter aux causes : les bêtises les plus inimaginables, les plus absurdes... Je la comprenais. J'avais été une jeune débile obsessionnelle, qui se morfondait une bonne partie de ses journées, exactement comme elle.

Elle devenait désagréable et même laide. Elle passait des heures et des heures, assise sur le mur de la cour, à se sucer les cheveux et à rabrouer tous ceux qui l'approchaient. « Hé, Poivre blanc. » Je l'étreignais. J'avais l'impression d'étreindre une fierté trop grande, la partie la plus rebutante de ma personne, ce rocher trop dur qui interdisait à quiconque de m'aimer vraiment. Sebina était capable de percer ma solitude, nous étions identiques. Présomptueuses et stupides. Elle s'accrochait à mon cou, je la ramenais chez sa mère, ses jambes pendant le long de mon corps dans l'escalier. Elle était guérie, l'obscurité s'était effacée. Je n'ai jamais été particulièrement douée avec les gosses, je ne suis pas patiente, je ne sais pas babiller. Mais Sebina fut un cas particulier. Ce fut un cadeau de Dieu, un acompte d'amour. Je revois le palier où je reprenais mon souffle, parce qu'elle était lourde, le gris de la cour derrière la longue vitre en verre dépoli, la lumière déjà sombre… et à mon cou, Sebina, sa respiration, son mystère.

Pietro s'est planté derrière une colonne.

« Et cette photo, m'man ? »

Je ne l'avais pas remarquée. Elle est accrochée près de la sortie, au-dessus du porte-parapluies.

« Elle est de Diego ? »

Je réponds que je n'en suis pas sûre…

« Il y a son nom écrit dessous. »

C'est une photo floue, sans mise au point, peut-être un bout de mur frappé d'une tache sombre, intense, qu'entourent des pétales effilochés… une sorte de rose.

« Qu'est-ce que ça représente ?

— Je ne sais pas. »

Pietro est conquis, admiratif.

« Ça ne veut foutrement rien dire, mais ça parle… »

Selon lui, on dirait la couverture d'un super CD.

Je trouve quant à moi ce cliché d'une tristesse palpable. Une étrange image remplie de matière. La guerre est plus présente dans cette tache rouge que dans les autres photos de guerre.

Je tends la main, touche ce trou granuleux au centre, secoue la tête.

« Je ne pense pas que papa en soit l'auteur, c'est une erreur. »

Diego s'était présenté à Rome à moto, à l'aube, après avoir parcouru cinq cents kilomètres d'autoroute. Ce corps de moustique avait dépassé des centaines de camions, des montagnes de phares, sans jamais s'arrêter. Il sonna à l'interphone chez mes parents, un bouquet de tournesols à la main. Je descendis dans la rue en chemise de nuit. Les premières lueurs flottaient dans l'obscurité, les rideaux de fer des bars étaient encore baissés.

« Je me suis organisé ! »

Je coince les tournesols entre mes bras croisés. Je suis en colère, j'ai les idées embrouillées : j'ai quitté Gênes la veille, je n'ai même pas défait ma valise, et il est déjà là, les cheveux écrasés par son casque, les joues creusées par le froid.

« Je ne peux pas t'héberger, tu le sais. Je suis séparée depuis quelques mois, je ne peux pas me présenter chez mes parents avec un autre mec… »

Il jette un regard circulaire. « Qui est ce mec ? »

Il sourit. « J'ai déjà un logement, je suis autonome. » Il ne trouvait pas gentil de m'abandonner dans un moment aussi difficile de ma vie, dit-il avec une tête d'agneau. Je lui flanque un coup de pied, il rit parce que je me fais mal : j'ai des tongs ; lui, des protections en cuir renforcé, de motard.

Il lève les yeux et agite la main. Je suis son regard et découvre papa, qui fume, accoudé à la balustrade du balcon. Il lui rend son salut, sa cigarette entre les doigts.

Maintenant Diego agite les bras.

« Bonjour.

— Bonjour.

— C'est moi, Diego.

— Moi, c'est Armando, le père. Et ce voyage ?

— Rapide. »

D'un geste, j'invite mon père à rentrer, mais il descend, chaussé des pantoufles que je lui ai offertes pour son anniversaire. Il lance son mégot dans l'aube et s'approche. Les deux hommes se serrent la main. Papa tourne autour de la moto.

« Triumph Bonneville Silver Jubilee. Un choix excellent. »

Par la suite, j'aurai l'occasion de découvrir qu'ils avaient déjà eu plusieurs conversations téléphoniques quand je vivais encore avec Fabio. Ils avaient parlé de moi, de photos, de voyages, et sympathisé. À présent, ils se regardent et, de toute évidence, se plaisent. De toute évidence, cette nuit accouchera d'un autre amour. C'est peut-être facile parce que la vie est bête. Parce que Diego a perdu son père, et papa n'a jamais eu de fils. Et il n'a jamais beaucoup aimé son gendre ; mieux, il lui est resté coincé en travers de la gorge comme un enrouement.

Diego lui propose d'essayer la moto. Papa est tenté, il commence à boutonner le manteau qu'il a enfilé sur son pyjama. Je le foudroie du regard. Il se laisse foudroyer, dit : « Peu importe » – il fera un tour une autre fois, dans une tenue plus adéquate.

Il nous invite à prendre le petit déjeuner dans le bar qui est en train d'ouvrir. Nous traversons la rue déserte derrière lui et attendons que la machine à café chauffe, que le garçon dispose les croissants sur les plateaux. Diego mange, il a faim. Papa se contente d'un café, il fume une autre cigarette. Appuyés à une table haute, nous observons la rue à travers la vitre, les premiers mouvements du jour.

« C'est beau…
— Quoi, papa ?
— La naissance de quelque chose. »

« Alors, où est-ce ?
— En bas, au bord du Tibre. »

Nous nous perdons au fond d'un marché. Diego a une adresse sur un bout de papier froissé et un trousseau de clefs qu'un de ses amis musicien lui a donné. Nous descendons les marches de travertin qui mènent à la rive entre des taches de mousse et les bouteilles des campements nocturnes. En bas, il fait plus froid, et ça glisse. L'eau est jaunâtre, elle embrasse voracement de petits îlots de végétation qui retiennent les ordures. Nous avons abandonné le désordre en haut, autour du marché. Ici, on n'entend que le bruit de l'eau et le cri rouillé des mouettes. Je jette un regard circulaire, je ne vois rien.

« Tu es sûr que c'est ici ?
— Non. »

Nous longeons la rive, rebroussons chemin. Sous un pont, j'aperçois une cagette renversée, un mur noirci par le feu.

« Dieu existe. »

Je me retourne. Diego a lu ces mots écrits en gros caractères rouges parmi d'autres inscriptions : DIEU EXISTE.

« Tu le crois ?
— Quoi ?
— Que Dieu est sous ce pont. »

Je hausse les épaules, soupire. « On dirait plutôt un code à l'usage des malfrats… »

Diego ne croit pas en Dieu. Au cours d'une de nos conversations nocturnes au téléphone, il m'a tenu un discours délirant à propos d'une grande énergie qui envelopperait l'univers, une sorte de chapeau fluide que les âmes laides ne peuvent atteindre : vieilles, souillées par de trop nombreux passages sur la Terre, elles se pulvérisent, avalées par l'obscurité cosmique. Les âmes belles, en revanche, volent en flèche, aspirées vers le haut, où elles se régénèrent après les efforts de l'existence et, quand elles le peuvent, dispensent de petites décharges bénéfiques sur la Terre. Il avait probablement fumé un joint ce soir-là. Quant à moi, je suis comme la plupart des gens, je crois en Dieu de temps en temps, quand j'ai peur.

De l'autre côté du pont, la rive est plus propre, elle abrite un centre de sport doté de deux courts de tennis et une petite aire de jeux pour les enfants, déserte, dissimulée parmi les roseaux. Sur l'eau, une péniche amarrée.

« Nous y sommes. »

C'est le bar d'un ami rencontré en voyage. Il est fermé depuis quelques mois. « Il y circulait un peu de hasch, mon copain a eu des emmerdes… » Il rouvrira aux beaux jours. Mais on est maintenant en septembre et Diego est autorisé à s'en servir de pied-à-terre tant qu'il supportera l'humidité. Je n'arrive pas à y croire. La clef ouvre un gros cadenas rouillé, la porte en bois a besoin d'un coup d'épaule. À l'intérieur, il fait plus sombre qu'à l'extérieur, la poussière a opacifié les vitres, la moisissure les a verdies. Une grande pièce s'offre à nous, revêtue d'un faux parquet en linoléum. Au centre, un comptoir, sous un gros lustre en forme de timon ; au fond, entassés, des bancs et des chaises en métal. Je me frictionne les bras, j'ai déjà froid. Enthousiaste, Diego tire les crochets en fer des hublots. Un canoë et ses deux occupants passent sur l'eau.

« Tu as vraiment l'intention de t'installer ici ?

— Tu n'aimes pas ? »

Le réfrigérateur transparent du bar est complètement vide, et le canapé en similicuir recouvert d'inscriptions au stylo. Diego se penche et lit à voix haute quelques obscénités. Il rit comme un bossu.

« C'est un endroit dingue… »

Ses yeux brillent, exorbités, au-dessus de ses cernes noirs.

« Tu as recommencé à te droguer ? »

Il ne se vexe pas. Il répond qu'il est défoncé, oui, et que je suis mieux que l'héroïne, parce que l'effet ne s'arrête pas, qu'on ne peut pas me couper avec de la strychnine. Il voudrait faire l'amour immédiatement. Je lui interdis de me toucher, lui intime l'ordre de garder ses distances. Cet endroit sale, humide, est débilitant, je ne sais pas où me mettre..

Il sort de son sac quelques livres, une petite chaîne stéréo, des vêtements roulés en boule entre les appareils photo. Il a un autre cadeau pour moi : un pot de sauce aux noix enveloppé dans un slip imprégné d'huile.

Il chantonne en cherchant un endroit où installer son fourbi. Il range les vêtements en hauteur, sur l'égouttoir des verres. Il traverse pieds nus le linoléum incrusté de crasse, descend le petit escalier, réapparaît muni d'un balai et d'un seau d'eau qu'il vide par terre. Je relève mes pieds pendant qu'il nettoie. Enfoncée parmi les inscriptions obscènes du canapé, je me dis que notre couple est voué à l'échec, que notre liaison ne durera pas longtemps, que ce garçon est un cinglé, un raté qui a dormi n'importe où, y compris sur une cuvette de cabinets, dans un aéroport africain.

Je contemple mes chaussures de tennis toutes propres et pense à la tête de Fabio… à la tête qu'il ferait s'il me voyait ici. Derrière un rideau, dans une pièce pas plus grande qu'une armoire, trône un fourneau en tôle blanche à deux brûleurs. Diego s'est coulé à l'intérieur, il s'affaire autour d'une vieille bombonne de gaz, qu'il secoue.

« Je t'invite à dîner. Tu viendras ? »

J'y vais. Il est 9 heures du soir. Il m'a priée de mettre une tenue élégante, et j'ai retenu mon souffle en remontant la fermeture Éclair d'une robe noire, trop étroite, souvenir d'un vieux réveillon du nouvel an. Puis j'ai ouvert la bouche devant la glace et me suis adonnée à la molle cérémonie du rouge à lèvres. Je lui ai demandé s'il voulait que j'apporte quelque chose de prêt, un peu de saumon, une mozzarella. Il a répondu qu'il y avait du gaz, qu'il maîtrisait la situation. Je suis descendue chercher du vin ; les magasins fermaient, et je me suis glissée sous le rideau de fer d'une boutique de lingerie pour m'acheter des bas. Dans le taxi, j'ai croisé mes jambes sombres, gainées de bas autofixants… les phares des voitures qui longeaient le Tibre dansaient sur mon visage… j'ai eu le sentiment d'être une petite fée stupide.

Les courts de tennis sont éclairés : on y dispute des parties nocturnes. Sur l'autre rive, une péniche baignant dans la lumière des projecteurs émet une musique assourdissante ; il doit y avoir une soirée privée, mariage, anniversaire.

Notre rive est presque plongée dans la pénombre : une faible lumière vibre à l'intérieur, comme dans le ventre d'un insecte… Elle m'évoque du parchemin, une lampe posée sur l'eau. Enveloppé d'une vapeur un peu triste, le fleuve est aussi silencieux qu'une lagune.

Diego sort, et dans le noir je ne vois pas son visage, je ne vois que la tache blanche de son torse, j'entends bruisser ses jambes légères.

« Sois la bienvenue. »

Il me tend la main, m'attire contre sa poitrine. Jamais je ne l'ai senti aussi parfumé…

« Qu'est-ce que c'est ?

— Du bain moussant au genièvre. » Il rit.

Je l'imite. Nous sommes tous deux un peu gênés. C'est une soirée un peu spéciale, nous fêtons nos fiançailles.

Sur le seuil, il m'observe… Il promène ses yeux sur moi, sur mes jambes, sur ma robe noire décolletée, sur mon rouge à lèvres.

« Ouah… »

Lui aussi est élégant à sa façon, avec son pantalon cigarette noir, à rayures, et la petite cravate qui pend sur son tee-shirt.

« J'ai oublié mes chemises à Gênes. »

Il continue de me regarder, le visage doux et insolent. Dans son dos, un voile de lumière et une bonne odeur de cuisine.

« S'il te plaît, mon amour, entre. »

Je jette un coup d'œil circulaire en me demandant quel miracle il a accompli… Il a disposé les chaises et les tables en bon ordre, comme dans un restaurant où l'on attend des clients… Il a placé sur chaque table une bougie allumée et par terre, çà et là, des îlots de chopes à bière d'où jaillissent des touffes de fleurs, pareilles à de minuscules plates-bandes. Je lève la tête. Les photos de nous à Sarajevo, de nous à Gênes, ma bouche, mes yeux, mon ventre… sont accrochées avec des pinces à linge à deux fils qui traversent la péniche telles des guirlandes. La petite chaîne stéréo diffuse une musique qui susurre et se perd dans cet espace trop vaste. Au fond, près d'une baie vitrée, une table est dressée : nappe blanche et longs verres à pied… Dans la pénombre, même le canapé en similicuir paraît élégant.

Il rit. « Alors, comment tu trouves ?

— C'est comme toi. »

J'ai envie de pleurer. C'est la première fois que quelqu'un fait une chose pareille pour moi… et c'est sans doute la dernière. Je contemple cette étendue de bougies et de tables, je souris. « Des lumignons pour les morts », dit-il en riant.

Il m'apporte à boire. Du champagne à la pêche. Il l'a acheté au supermarché, tout comme le bain moussant, la passoire, la trévise, les lumignons.

La sauce aux noix est excellente. Il a préparé également un petit rôti, en vain parce que le four ne marche pas.

Il me regarde manger, approche son verre, veut trinquer une nouvelle fois… Je ne sais plus combien de toasts nous portons.

Je lui demande s'il a pu dormir un peu. Il me répond que c'est impossible : il est trop heureux, trop énervé. Car notre vie commence et il se sent euphorique, bourré de dynamite. Je l'invite à se calmer : il m'effraie… De toute façon, ça ne durera pas. Un jour, il se réveillera et me verra telle que je suis. Normale et même un peu antipathique.

Il rétorque qu'il m'aime.

« Je te donnerai beaucoup d'enfants. »

Je souris, secoue la tête, objecte que nous n'avons pas un sou, que nous ne pouvons même pas nous permettre le luxe d'avoir un chien.

« Comment comptes-tu vivre à Rome ? »

Il contactera les agences de photos, réalisera des albums de mariage. Ou alors il frappera chez les vieilles dames. Il l'a déjà fait durant les périodes de vaches maigres.

« Elles ont toutes besoin d'une photo pour leur pierre tombale, elles prennent la pose avec leurs boucles d'oreilles. Elles m'offrent un café. »

Je l'observe… Sa petite cravate pendouille à son cou comme une laisse, il est aussi excité qu'un chien qui a échappé à son maître. On dirait un lycéen. Nous irons droit dans le mur, nous sombrerons avec cette péniche.

« Comment peux-tu être toujours aussi heureux ?

— C'est simple : la tristesse me dégoûte. »

Il pousse un hurlement : « Ahhh ! » Il s'effondre par terre comme si on lui avait tiré dessus. J'ai bougé les jambes et il a aperçu le quartier de peau nue au-dessus de la broderie des bas. Il baisse la tête, crie que j'ai décidé de le tuer, que cette vision est trop violente pour le moribond qu'il est. Il rampe, m'enlève mes chaussures, me masse un pied, l'embrasse à travers le nylon, déclare que si nous voulons avoir beaucoup d'enfants nous avons intérêt à nous mettre au travail tout de suite : il a besoin de temps, de beaucoup de temps, et les travaux avanceront au ralenti comme ceux du métro de Gênes…

Nous nous allongeons sur le canapé en similicuir souillé d'inscriptions, de cœurs transpercés, de queues qui giclent.

Plus tard, encore étendue, je le contemple. Il m'a donné un de ses pulls parce que j'ai froid, et j'ai recroquevillé les jambes, glissé mes genoux sous la laine. Il s'affaire dans cette péniche qui me paraît maintenant le plus bel endroit de l'univers. Il a débarrassé la table, empilé les assiettes dans l'évier. Il est nu, à l'exception de sa cravate, oubliée à son cou… Pour la première fois, il me donne le sentiment d'être un homme. Quand nous faisons l'amour, quand nous nous taisons, quand je ne sens plus que son âme, j'ai confiance en lui.

Je ferme les yeux, je sais qu'il me photographie, qu'il s'est penché tout doucement sur moi et qu'il me vole un œil, une main, un bout de bouche, une oreille.

Nous sommes presque dans le noir, les lumignons ont sombré l'un après l'autre dans leur flaque de cire molle. Je me dis : *Je m'en vais, je ramasse mes bas, mes chaussures*. Mais je reste là, les yeux rivés à ces lumières de plus en plus faibles. Le temps ne me mord plus la nuque, il se dilate paisiblement dans mon ventre. Je suis béate, comme une chèvre qui broute, perdue, au couchant.

Je rentre chez mes parents au petit matin dans l'idée de repartir presque aussitôt. Ma mère m'attend, les traits tirés, défaite.

« Qui est ce garçon ?

— Un garçon.

— Tu es sûre de prendre la bonne décision ?

— Non, maman, je ne suis sûre de rien. »

Je pris l'habitude de descendre ces marches humides et glissantes, sous les tilleuls, et de retrouver Diego sur le fleuve. Maintenant, sa présence me paraissait normale. La ville, en haut, lointaine... De petites bandes de canards sombres passaient, assis sur le courant. Quand il pleuvait, on avait l'impression d'être dans un sous-marin : les vitres se noyaient dans l'eau. J'aimais cet endroit, je m'étais accoutumée aux recoins de roseaux, aux cris violents des mouettes. Parfois, Diego sortait à l'aube, après la pluie, à la chasse aux flaques. Des heures durant, il photographiait à genoux un immeuble, une branche, un feu de circulation reflétés dans un trou d'eau. Je le suivais, j'ouvrais les emballages des rouleaux neufs, glissais dans mes poches ceux qu'il avait utilisés. Les voitures l'éclaboussaient. Il ne s'en apercevait même pas ; mieux, il aimait cette eau troublée, les images démembrées et comme explosées. Il empilait les rouleaux sur le comptoir du bar de la péniche et les y oubliait. Parfois, je les faisais tirer. Je revenais, munie des enveloppes jaunes Kodak. Je l'appelais en lui jetant un caillou. Il me remerciait, éparpillait les clichés par terre. Il tournait autour, en écartait un du pied pour lorgner celui qui était caché dessous. On aurait dit qu'il ne reconnaissait pas son travail, qu'il avait du mal à l'affronter. Il semblait avoir besoin de ce recul pour garder ses distances avec lui-même. Il saisissait deux ou trois photos et les fixait au fil à l'aide des pinces à linge, rangeait les autres dans l'enveloppe et les abandonnait sur le comptoir, près des pellicules.

Nous formions un de ces couples improbables sur lequel personne ne miserait un centime. Un de ces couples condamnés à vivre quelques mois sublimes puis à se défaire, comme les boucles de Diego quand il pleuvait. Nous étions tellement différents... Lui, dégingandé, et moi toujours un peu raide, avec mes yeux ourlés de poches et mon petit manteau austère. Et pourtant, les mois s'écoulaient et nous marchions toujours main dans la main, nos corps dormaient l'un contre l'autre sans se gêner, pareils à deux fœtus dans le même utérus.

Une nouvelle année commença, un nouveau tournant décisif. Je devins publitaire, connus les dents de scie des collaborations avec les journaux.

Diego passa tout l'hiver dans la péniche. Il avait le nez rouge, était toujours enrhumé. Maintenant il était impossible de se déshabiller, nous faisions l'amour dans un sac de couchage. Il avait acheté une caisse de whisky et nous buvions un peu trop pour nous réchauffer, comme deux clochards.

Puis le destin vint à notre secours. Un organisme religieux nous proposa un appartement à un prix raisonnable. Nous allâmes le voir la nuit, nous fîmes le guet sous les fenêtres closes... nous les comptâmes dans le noir sans parvenir à croire qu'il y en avait autant. Six grandes fenêtres au deuxième étage d'un immeuble XIXe siècle. Nous attendîmes l'employé de l'agence et, par un matin de mars, gravîmes les marches pour la première fois. Que dire ? Cet appartement semblait vraiment nous attendre. Chaque maison attend ses occupants ; elles vivent des années loin de nous, puis ouvrent leurs portes et volets à quelque jeune couple, à deux idiots qui tremblent de bonheur. Je me souviens du cœur : gravé au clou dans le crépi, sur le palier, et transpercé d'une flèche qui indiquait la porte. Qui l'avait gravé ? Un neveu du vieux couple qui avait habité là pendant des années, comme nous l'apprit le concierge ? Un enfant de l'immeuble ? Un mendiant qui avait reçu une aumône généreuse ? Je l'ignore, et peu importe : le cœur était là et il y resta pendant des années, jusqu'au jour où l'on refit le crépi. J'étais absente quand les ouvriers enduisirent le mur de notre palier et, à mon retour, je m'emportai violemment.

Diego paya les arrhes et trois mois d'avance en remplissant son chèque debout contre le mur avec un stylo qui ne marchait pas. Il avait le visage rouge et moite.

« Tu l'as, tout cet argent ? lui demandai-je tandis que nous redescendions.

— J'espère. »

C'était une bonne maison, qui avait été le témoin de vies réservées, parcimonieuses, de lumières éteintes de bonne heure pour économiser l'électricité. Lorsque nous nous y retrouvâmes en tête à tête, le jour où l'on nous en donna les clefs, nous eûmes l'impression de pénétrer dans un sanctuaire. Nous caressâmes les murs, y posâmes nos joues, les embrassâmes, comme s'ils étaient vivants. Parce que cette chaux et ces briques protégeraient désormais nos deux existences.

Il n'y avait qu'un seul meuble : un vieux piano vertical, couleur crème, un piano de femme, orné d'un surtout à fleurettes. Le brocanteur qui avait vidé l'appartement devait revenir le chercher. Diego souleva le couvercle et promena ses doigts sur le clavier.

Il n'avait jamais pris de cours, il jouait d'oreille. Le piano était complètement désaccordé, mais j'avais l'impression qu'il produisait la plus belle musique du monde.

« Qu'est-ce que c'est ?

— Ce dont je me souviens, Debussy, Leonard Cohen… »

Ses omoplates s'agitaient sous son tee-shirt en coton brique, une flaque de soleil brillait par terre. Le bruit de la circulation stagnait en bas. En haut, il y avait ce petit piano crème, ces mains qui lui donnaient vie. Les notes flottaient dans les pièces vides, elles baptisaient notre avenir.

Quand le brocanteur revint, nous nous entendîmes avec lui et conservâmes l'instrument pour trois fois rien.

Nous changeâmes la baignoire qui était cassée, repeignîmes les murs, bouchâmes les trous du vieux parquet. Nous passâmes des heures à sécher la colle à l'aide d'un sèche-cheveux. À midi, nous nous affalions par terre et mangions un simple sandwich fourré à la coppa ou à la mortadelle et aux aubergines, les meilleurs sandwiches de notre vie. Une nuit, nous fîmes l'amour sur des journaux. L'encre déteignit sur nos corps moites, un bout de soldat soviétique en Afghanistan s'imprima sur le dos de Diego.

Je lui offris une affiche qu'il aimait, Braque dans son atelier photographié par Man Ray, et fis encadrer certains clichés, mes préférés : les ultras de Marassi, la marche triste des pingouins d'Arctique, un radeau de feuilles sur un Mékong envahi par un vol de coléoptères bleus. Et puis les photos de Sarajevo… le nouveau-né endormi dans une cagette au marché des fruits et des légumes.

On nous installa un téléphone gris, qui resta longtemps abandonné dans un coin, par terre.

« Comment vas-tu, poète ?

— Comment allez-vous, les tourtereaux ? »

La grosse voix de Gojko éraillée par la fumée nous parvenait à travers ce fil.

« Vous avez l'air joyeux.

— Nous le sommes.

— Il y a un quelqu'un, dans le monde, qui travaille pour vous…

— Qui ?

— Un poète.

— Tu nous envoies de bonnes pensées ?

— Mes pensées… je ne sais pas si elles sont si bonnes que ça… »

Il rit, de son rire habituel qui gargouillait dans sa gorge, sanctuaire ou décharge de ferraille.

Nous achetâmes un divan en coton blanc, à roulettes, qui nous permettaient de le déplacer dans le salon. Diego signa un autre chèque : il voulait tout payer. Je découvris un jour qu'il n'avait plus d'argent, que sa mère avait couru à la banque verser sa retraite de veuve de docker sur son compte à découvert. La mienne nous offrit un porte-parapluies en cuivre et me dit, les traits tirés, en s'excusant presque : « Au moins, c'est utile. »

Diego lui colla deux baisers poisseux sur les joues.

Habituée aux rares effusions de papa, elle rougit et se laissa secouer comme un pantin.

« Tu es sûre qu'il est majeur ? murmura-t-elle.

— Non, je n'ai pas vu son passeport. Il l'a perdu. »

Mon père se pencha à la fenêtre et apprécia la vue : les rails du tramway qui coupaient la rue, les étals du marché entassés sous les platanes et même les compagnies d'oiseaux qui déversaient leurs fientes. Il aimait les vieilles bâtisses, lui qui avait toujours vécu dans un immeuble années soixante parce que ma mère tenait à avoir un garage.

L'appartement sentait la peinture. Ma mère toussa, jeta un regard circulaire, de prisonnière, s'accrocha à mon père et ne l'autorisa même pas à aller jusqu'au seuil de la chambre. Elle observait Diego, qui allait et venait, pieds nus, apportant des petits canapés, des coupelles d'olives et de lupins, ainsi qu'on observe un animal sauvage : avec attirance et frayeur. Les pâtes nageaient dans la sauce, il n'avait pas lésiné. Papa tacha sa chemise, maman secoua la tête, frotta avec la pointe d'une serviette cette tache terriblement rouge.

« Que faites-vous dans la vie ? demanda-t-elle.

— Je suis photographe.

— Ah oui… »

Elle avala une autre bouchée. « Photographe de quoi ? De publicité… de mariages… »

Diego sourit. Il indiqua de sa fourchette, sur laquelle était planté un *rigatone*, une de ses photos, au mur.

« De flaques. »

J'éclatai de rire : j'avais bu deux verres, j'étais heureuse, j'avais recollé le parquet, peint les murs. Ma mère essaya de m'imiter. Elle me fit un peu pitié car je connaissais ses efforts, sa raideur.

Mon père chaussa ses lunettes et alla regarder les photos. Il appela : « Annamaria, viens voir… »

Annamaria y alla. Le nez au mur, ils s'efforcèrent tous deux de distinguer dans les clichés de Diego un aspect de moi-même qui leur avait échappé.

Puis ma mère s'adoucit, elle prit l'habitude de nous inviter à dîner, elle exagérait même. Maintenant, c'était elle qui offrait ses joues à Diego, qui attendait sur le seuil ses baisers poisseux, enfantins. En fin de compte, nous l'avions toujours abandonnée à elle-même, mon père et moi, nous étions plus intelligents, des esprits solitaires mâtinés d'extravagance et d'arrogance. Ce garçon maigre, qui parlait vite et qui se levait sans cesse pour lui donner un coup de main, l'attendrissait. Elle lui servait des portions gigantesques.

Elle lui acheta un pull-over, qu'elle fourra dans mon sac devant la porte d'entrée parce qu'elle n'osait pas le lui donner.

« Qu'est-ce que c'est, maman ?

— Rien, un pull... S'il ne vous plaît pas, offrez-le à quelqu'un. »

Diego l'enfila sur-le-champ. C'était un beau pull à col roulé en laine double fil...

« Il me fera dix ans, c'est un article classique qui ne vieillit pas... »

Ma mère était cramoisie, ravie d'avoir choisi la bonne couleur, la bonne taille... ravie que Diego fût un garçon si facile, si différent de moi.

« Rentrons, mon amour.

— Salut, p'pa. Salut, m'man. »

Je me coulais dans l'ascenseur, tandis que Diego s'attardait sur ces joues âgées.

« Salut, les jeunes, à la prochaine ! »

Eh oui, il les appelait « les jeunes ».

C'était ainsi que nous nous étions engagés dans la plaine de la normalité. Je craignais que, tôt ou tard, ce quotidien fait de débrouille, cette répétition de l'identique, ne finisse par nous ronger, nous aussi, et que le désenchantement ne se glisse entre les lattes des volets, par une journée de mauvais temps et de smog. Chacun se remettrait alors à ne penser qu'à soi, à ses problèmes, libéré de l'autre. Ce voile opaque qui retombe sur les couples, lorsque l'illusion s'achève et, avec elle, cette cécité bienveillante, finirait bien par s'abattre également sur nous. C'est toujours ce qui arrive; c'était arrivé à mes parents. Mon père était heureux de quitter la maison le matin, et ma mère reprenait elle aussi sa respiration, se délectant de sa solitude. Pourtant, ils s'aimaient, se respectaient.

Mais Diego et moi appartenions à un autre monde, plus tenace peut-être, sans doute plus intime. De caractère friable, nous étions les enfants de la mollesse, du bien-être revendiqué comme unique conquête nécessaire.

J'avais perdu de vue beaucoup de vieux amis : après ma rupture, leur nombre avait diminué comme une peau de chagrin. Les quelques couples de trentenaires que nous fréquentions étaient déprimants. Ils avaient ramolli et engraissé en l'espace de quelques années… ils parlaient tout haut d'argent et de sexe dans les restaurants, dans les cabines d'essayage, dans les vestiaires des salles de gymnastique. Ils ne disaient pas « faire l'amour », ils disaient « baiser », et ils brandissaient leur vie intime. Leur pudeur semblait s'être évanouie, dévorée par l'ironie.

Diego acceptait ces soirées humiliantes auxquelles je le traînais de temps en temps.

« Nous ne pouvons pas vivre isolés », expliquais-je.

Il s'asseyait dans un coin, se remplissait un verre de vin. Il n'intervenait jamais dans les conversations car il n'avait rien à dire. Mais il n'était pas hostile. Qu'avait-il de commun avec ces jeunes arrivistes qui affichaient déjà le rictus d'une fin pas très reluisante ? De leur chair qui macérerait docilement dans la saumure du bien-être, à leur insu ou presque, à l'insu de tout et de tous. À l'époque, je pensais qu'ils étaient mes amis. Avec les années, ils finiraient par m'apparaître tels qu'en eux-mêmes, des navigateurs de haute et basse mer. J'en reverrais certains à la télévision, arborant des lunettes à la mode, des chaussettes à rayures, transgressifs sous leur costume noir. Un coup sur la caisse, l'autre sur le tambour, une gorgée d'eau bénite et une autre de péché. Les poches pleines, des appartements luxueux, et de grands canapés pour accueillir tout le monde.

Je traînais Diego dans ce que je considérais comme un monde plus raffiné que le mien, comme à l'abordage. J'étais la fille d'un professeur de technologie, un homme qui entrait en classe muni d'une petite scie et de feuilles de contreplaqué. Je respirais les livres et l'honnêteté. Je riais aux blagues, je participais à des jeux que je trouvais intellectuels, deviner les incipit des livres, la pensée d'un philosophe, mimer les scènes de films peu connus.

Puis un soir, je le vis, debout près d'une fenêtre, la plus éloignée du canapé où l'on papotait. Il contemplait la rue. Dehors, il pleuvait. Je lui demandai :

« À quoi penses-tu ?

— À mon père.

— À ton père ?

— Il pleut. Quand il pleut, je pense à Gênes, à mon père qui déambule en ciré sous la pluie. »

J'étais distraite, j'écoutais encore d'une oreille la conversation, le jeu qui se poursuivait. Je retournai auprès de mes amis, choyée par mon équipe car je connaissais la réponse. C'était presque trop facile, il s'agissait de l'incipit d'un livre à la mode cette année-là. Le nuage de Tchernobyl flottait sur l'Europe, un de mes amis nutritionniste dressait la liste des aliments les plus contaminés ; il fallait même se méfier du pain.

Diego n'avait pas bougé et regardait la pluie. Soudain je me rappelai que son père était mort par une journée de pluie torrentielle, écrasé par un container qui s'était détaché d'un câble d'acier.

Je le rejoignis, posai une main sur son épaule. En silence. Et en silence j'entendis le battement de son cœur… ses pas d'enfant. Il était accouru sur les lieux avec sa mère, son père gisait dans une flaque d'eau souillée de sang.

« C'est la première photo que j'ai imaginée, m'avait-il confié un an plus tôt à Gênes. La première flaque… celle qui m'accompagne toujours, qui est au bout de chaque rouleau. »

Nous partîmes malgré la pluie et l'heure.

« On rentre.

— Déjà ? Tu es sûre ?

— Je suis fatiguée. »

La selle de la moto était mouillée, et nous arrivâmes trempés à la maison. Nous fîmes l'amour par terre, dans la flaque que firent nos vêtements dégoulinants. Nous fîmes l'amour sur cette photo jamais prise, sur ce père mort, imprégné de pluie, aussi plat qu'une limande. Il me dit « Merci ». Je lui relevai le menton, fourrai ma langue dans ses yeux, léchai ses larmes.

« Je veux un enfant, lui dis-je, un garçon qui ressemble à toi enfant, à toi maintenant… Je veux te rendre un père… Je voudrais tout te rendre, mon amour. Toute la pluie… »

Il éclata en sanglots entre ses genoux, comme ce jour-là, comme le gamin crasseux et désespéré sous l'averse qui avait tué son père.

Un matin de juillet torride, je l'accompagnai en qualité d'assistante au centre qui accueillait les premiers enfants arrivés de Tchernobyl. Effrayée par les radiations, je me déplaçais avec prudence, un peu à l'écart. J'étais tendue, mal à l'aise parmi ces enfants à jamais marqués... Ils me semblaient phosphorescents, comme ces poupées qui s'allument dans l'obscurité. Diego, lui, les étreignait, leur disait quelques mots en russe. Il n'avait pas l'intention de les photographier à tout prix : après les premiers clichés, il se mit à jouer avec eux. Je compris qu'il ne gagnerait jamais un sou en tant que reporter. Il ne faisait pas partie de ces photographes morbides et aveugles, toujours collés à leur appareil. Il renonça aux meilleurs clichés afin d'amuser les petits. Il confia même son Leica à l'un d'eux et le laissa gâcher un rouleau. Nous rapportâmes un reportage minable, invendable. Nous vivions alors de mon salaire, et ne pouvions pas nous permettre d'avoir un enfant dans ces conditions. Je ne dis rien et continuai de prendre la pilule.

Chaque jour, y compris les moins bons, Diego se levait plein d'énergie et me remerciait d'être encore à ses côtés. J'avais l'impression de vivre avec un chat, un de ces chats qui vous suivent pas à pas et qui, dès que possible, vous sautent dessus, vous lèchent de leur langue râpeuse. Il s'enfermait dans sa chambre noire jusque tard dans la nuit, en sortait les yeux rouges, les mains abîmées. Le matin, j'ouvrais l'armoire en retenant mon souffle pour ne pas le réveiller. Mais il tenait à m'épauler : il préparait le café, glissait des petits mots dans les poches de mon manteau. J'avais du mal à l'abandonner là, à la cuisine, près de la fenêtre. J'ôtais l'antivol de ma Mobylette et me retournais. Il ne déjeunait pas, ne faisait rien sans moi. Il sortait à son tour, tentait de vendre ces photos dont personne ne voulait. Son sac en bandoulière, les jambes squelettiques, il arpentait avec confiance cette ville qui n'était pas la sienne.

Il y a des choses. De petites choses que je n'oublierai jamais et qui, quoique infimes, conservent plus de force que le reste. L'escalier de notre immeuble, ces tournants en marbre à mouchetures blanches et noires, ces paliers... La main courante où je m'agrippais. Je rentrais, mon sac pendant à mon épaule, mon écharpe traînant par terre, avec les sacs des commissions. Je n'attendais même pas l'ascenseur, je gravissais les marches, essoufflée. Sans enlever mon manteau, je préparais le repas, vidais mes sacs sur la table, m'emparais des sets, des verres à pied, je voulais qu'il y eût un toast à porter tous les soirs.

J'avais trouvé un poste à la rédaction d'un petit mensuel scientifique. Nous n'étions que cinq. Je traduisais des articles de l'anglais, m'occupais de la mise en pages, des archives, passais des heures au téléphone à vanter les abonnements annuels à mes interlocuteurs, des professeurs, proviseurs, opérateurs culturels, secrétaires d'organismes publics et d'entreprises privées. J'avais un contrat précaire, car la revue était chaque mois au bord de la faillite. Je me tuais pour trois sous et de maigres perspectives d'avenir. Je me moquais de la médecine moléculaire, des champs vectoriels radiaux, des énergies sous-marines et de la théorie ondulatoire de la lumière, mais le petit monde à part de cette revue mineure ne me déplaisait pas. J'aimais le bureau de la rédaction, en centre-ville, une pièce au sous-sol d'un vieux palais qui avait abrité jadis des écuries, et dont le carrelage exsudait encore du salpêtre, dont les voûtes avaient été creusées par le dos des chevaux. J'aimais les étagères en fer remplies de classeurs, la bouilloire dans un coin, la corbeille des sachets de thé, les conversations debout avec mes collègues, une tasse bouillante à la main.

Parfois Diego venait me chercher. Il frappait aux vitres de ces fenêtres basses. Il descendait l'escalier, surgissait sur le seuil, vif et pâle, les yeux saillants, ses joues maigres dévorées par un sourire trop large. C'était l'hiver, il portait son bonnet de laine. Enfermée dans cette calotte sombre, sa tête paraissait plus petite.

« Que tu es belle… »

Je n'étais pas belle, j'étais normale… j'avais les yeux cernés, je sentais le renfermé, le bureau, j'avais la voix rauque des gens qui restent à l'intérieur toute la journée. Mon corps dans la ville était un corps quelconque, engoncé dans les vêtements et les pensées. Nous rentrions chez nous enlacés, parmi les vitrines qui s'éteignaient et les passants qui marchaient plus vite sur les trottoirs. Me serrer contre le corps osseux de Diego suffisait à me donner une impression de paix.

Rome regorgeait de magasins, de restaurants toujours pleins, de voitures en double file, de chauffeurs qui attendaient devant les portes à tambour des grands hôtels touristes fortunés, hommes politiques et femmes portant de longues fourrures malgré la douceur du climat. Nous déambulions dans cette richesse exhibée. Il semblait y avoir de la place pour tout le monde… mais était-ce vrai ? Les gens avançaient sur les sables mouvants de cette illusion. Parfois je pensais à Gojko, à sa veste en cuir aussi dure que du carton ; Sarajevo me manquait, tout comme ses habitants humbles et dignes… le goût de la *pita*, l'odeur des cheminées où brûlait la résine des arbres.

Puis Gojko nous rendit visite. Il apprécia notre appartement, il apprécia les deux bouteilles que nous bûmes. Il se moqua de la cravate mince en laine rêche que Diego arborait. Peut-être nous trouvait-il poussiéreux, peut-être avait-il imaginé que nous menions une vie plus brillante. Il me regarda nouer mon tablier avant de laver la vaisselle. Il paraissait plus mûr, lui aussi, plus taciturne, plus au fait du marais existentiel. Il ne vendait plus de Yo-Yo, ni de contrefaçons de Levi's. Il commentait des poèmes à la radio, collaborait régulièrement à une revue culturelle et n'exerçait son activité de guide touristique que pendant le week-end. Il dormit dans le seul lit d'appoint que nous possédions, un vieux fauteuil convertible dans une pièce nue.

Un soir, il tira de son portefeuille une coupure de presse qu'il conservait comme une épine dans le flanc. Il nous en traduisit des passages. L'auteur, un de ses amis poètes, originaire de Belgrade, y exhumait les morts des six siècles précédents, les batailles contre les Turcs, dans un esprit épique et guerrier qui était somme toute risible.

Diego le dévisageait. Notre monde constituait désormais un ventre mou, sans empreintes, qui s'agitait dans un présent vorace. Mais il avait été, lui, un garçon du stade Marassi et il distinguait sans doute dans ces phrases délirantes qui parlaient d'ethnies, d'appartenance et de blessures vives le code primitif de tous les ultras.

« Tu es inquiet ? »

Gojko avait haussé les épaules.

« Non… Ce sont des conneries, de la merde fasciste. »

Il avait froissé l'article de son ami et y avait mis le feu, avait allumé une cigarette à ce petit incendie.

Diego se lia d'amitié avec un galeriste et réussit enfin à exposer ses photos des ultras. Je m'aperçus qu'il avait été puiser de la solitude jusque dans les gradins, sous la forme d'une nuque, d'oreilles rouges, d'une écharpe de supporter brandie comme une hache. Flous, en noir et blanc, les clichés du stade comptaient parmi les plus beaux qu'il eût jamais réalisés… Les bouches évoquaient des nids-de-poule ; les yeux, des planètes, des lunes vues de près.

L'exposition eut du succès, on la monta ensuite dans un premier lycée, puis dans un second. Diego parvint à vendre quelques tirages.

Il dépensa tout. Il revint à la maison avec une truffe blanche qu'il gratta sur mon assiette, comme un serveur stylé.

Personne ne voulut, en revanche, de ses images de pieds sur les quais du métro. Il avait passé trois jours sous terre à mitrailler les gens qui attendaient les rames et avait aligné les clichés en rang d'oignons. Ils formaient comme un champ de vie urbaine, un long potager de solitudes. Depuis les pieds maigres du matin jusqu'aux pieds las et poussiéreux du soir. Je décidai de les accrocher dans l'appartement. Ils remplirent notre couloir, tournèrent autour de notre salon, atteignirent la cuisine… d'innombrables chaussures d'inconnus qui nous tenaient désormais compagnie.

Diego était terrifié à l'idée que je puisse me lasser un jour de sa présence obsédante, de son besoin enfantin de me toucher sans cesse. La nuit, il dormait collé contre mon dos, et je me réveillais en nage, sa salive dans les cheveux. Je pensais qu'il finirait par occuper naturellement son côté du lit. En vain. S'il s'éloignait, c'était par mégarde, ou parce qu'il faisait chaud. Il se rapprochait de moi dès qu'il s'en rendait compte, y compris dans le sommeil. Il se plaçait de travers, la tête sur mon ventre, comme un gamin dans le lit de ses parents, ravi de ce doux oreiller. De temps en temps, je lui donnais un coup de pied. Trois ans s'étaient écoulés.

Vinrent des temps difficiles. Diego commença à chercher des emplois occasionnels. Il se fit vendeur dans un magasin d'électronique, puis se mit à photographier les touristes place d'Espagne, à la fontaine de Trevi. Il prenait une photo et courait la développer dans une petite boutique voisine. La plupart du temps les touristes n'attendaient pas son retour. Il rentrait à la maison, les poches pleines d'inconnus souriants, les étalait sur la table de la cuisine en riant, me racontait de petites anecdotes. Je me demandais si toute sa vitalité ne recélait pas à présent un fond de tristesse.

« Pourquoi ne pars-tu pas en voyage ? lui disais-je. Comme avant.

— Je suis l'homme le plus heureux de la Terre. »

Mon père voulait me prêter de l'argent, que je refusais obstinément. Il avait acheté un Nikon et il réclamait à Diego des conseils sur les objectifs, sur la lumière. Diego prit l'habitude de l'emmener en reportage : il lui servait d'assistant, changeait les rouleaux, les numérotait. Il passait ses heures de liberté chez nous. Il n'était pas gênant, il s'asseyait dans un coin et ne réclamait rien, pas même un verre d'eau. Il nous aida à faire des rangements. Il jeta les rebuts, acheta des chemises et catalogua tous les travaux, réunit les négatifs entassés en vrac et fit faire des planches-contacts. Pendant des jours et des jours, il examina les clichés à la loupe pour sélectionner les meilleurs.

C'est lui qui dénicha un agent à Diego. Il enfila une belle veste en tweed, prit le train et descendit à Milan, un dossier de photos sous le bras. Il persuada une femme de son âge, vêtue de noir, dont les cheveux très courts avaient la couleur de la glace, d'engager ce jeune homme talentueux.

L'air mécontent, Diego lisait et relisait les clauses du contrat en cherchant une excuse pour ne pas signer. Puis il s'empara de son stylo et griffonna son nom, parce qu'il n'y avait rien à redire et que mon père avait croisé les bras à l'image d'un commissaire de police.

« Signe ! »

C'est ainsi qu'il accepta son premier vrai emploi, rétribué régulièrement. Il photographia une nouvelle ligne de chaussures pour un salon d'exposition dans le centre. Des sandales aux allures de cothurnes, aux courroies argentées et incrustées de cristaux, qu'il passa aux pieds tourmentés d'une danseuse de Pina Bausch. Il lui demanda de danser nue dans une usine abandonnée, au milieu des vitres cassées et des mauvaises herbes, et se roula par terre, au-dessous de ce corps dramatique qui volait comme un oiseau moribond. Le contraste que formait la silhouette squelettique de la danseuse, l'arc de ses côtes, sa jambe repliée comme une patte, et ces sandales baroques était saisissant. Les clichés étaient en apparence imprécis, flous, déformés par le grand angle, à croire qu'on avait jeté dessus un seau d'eau. On distinguait à grand-peine l'objet de la réclame : une bride dégrafée, une semelle métallique. Et pourtant, dans la crasse de ce hangar, dans la nudité de ce corps éprouvé, le luxe de ces sandales avait quelque chose d'outrageant qui plut au jeune chausseur.

Les photos furent exposées dans une longue galerie, l'une derrière l'autre, tels les photogrammes d'un seul et même saut. Diego reçut un gros chèque et une paire de ces sandales en cadeau.

Il m'invita dans un restaurant qui comptait deux étoiles au Michelin. Je portais ma robe noire. Il s'était acheté aux puces de la via Sannia un smoking américain des années quarante, beaucoup trop grand pour lui. Il avait retourné les manches, exhibant un morceau de doublure. Nous nous assîmes dans ce restaurant en couple royal, mangeâmes des petites cochonneries de luxe, des flans salés, de la viande farcie à la crème glacée. Nous trinquâmes à tout.

Quels sont mes souvenirs de ce jour-là ?

Quels sont mes souvenirs de ce jour-là ? Il avait plu toute la nuit : des jets violents s'étaient abattus sur les carreaux des fenêtres, le tonnerre nous avait réveillés plusieurs fois. Le matin, la ville macérait dans l'eau, et le ciel évoquait une plaque grise, menaçante.

« Tu vas photographier des flaques ? » avais-je demandé à Diego en partant. Il avait secoué la tête : il devait renoncer à cette orgie d'eau, parce qu'il avait un travail à terminer. Il resterait toute la journée enfermé dans sa chambre noire. Papa était déjà arrivé, il avait apporté des kiwis, qu'il pelait à la cuisine. Ces fruits verts vifs à la peau aussi poilue que des singes étaient une nouveauté. Un concentré de vitamines C, avait-il affirmé, prétendant qu'ils nous revigoreraient.

Je vomis ce kiwi dans ma corbeille à papier, un caillot vert comme le fiel.

Je sortis à l'heure de la pause : je me sentais mieux, et la pluie avait cessé. Comme je n'avais pas faim, j'entrai dans un magasin de disques : je voulais acheter un cadeau à Diego, une vieille compilation des Doors dont il avait très envie. Une fois à la caisse, je m'aperçus que j'avais tout juste de quoi payer. Tandis que je patientais, une bouffée de chaleur s'échappa de mon manteau matelassé et me brûla les joues. Un coude m'avait heurté la poitrine… je m'étais protégée de mes deux mains. Si je prenais le disque des Doors, me dis-je, je ne pourrais rien acheter d'autre. Je ne comprenais pas le sens des pensées que je formulais ; une sensation qui montait du plus profond de mon corps m'envahissait. Je regardais les photos géantes accrochées au mur, au-dessus de la caisse, celle de Joan Baez et celle de Jimi Hendrix enveloppé dans un nuage de fumée… J'abandonnai les Doors et sortis. Je parcourus quelques mètres, entrai dans une pharmacie. J'attendis que le client qui me précédait se fût éloigné et demandai en toute hâte dans un murmure rauque : « Un test de grossesse, s'il vous plaît. »

La pharmacienne revint, sa petite croix rouge et or fixée à sa blouse, une boîte oblongue, bleu pâle, à la main. Mon argent me glissa des doigts, et je me penchai pour le ramasser… Je souris sans joie, désespérée.

Désespérée à l'idée que ce pouvait ne pas être vrai.

Je me dirigeai vers le McDonald's le plus proche. Je fis le test aux toilettes, adossée contre la porte. Je lus les instructions dans la pénombre, plaçai le bâtonnet sous le jet d'urine, patientai.

Je vis l'urine remplir le petit compartiment central… Dehors, il pleuvait. Il pleuvait depuis deux jours. Les fondations de la ville étaient imprégnées d'eau.

La bande apparut à côté de la première, d'abord pâle, puis d'un bleu de plus en plus vif. J'étais enceinte.

Depuis plus d'un an, nous faisions l'amour sans prendre de précautions et rien ne s'était encore produit. J'avais presque trente-quatre ans. Chaque jour, je découvrais sur moi les traces infimes du temps qui passe. Je me tirais les cheveux vers le haut, me maquillais. J'étais encore belle, peut-être plus qu'autrefois, mais j'avançais en équilibre, effrontée et palpitante. Cette incertitude me rendait plus humaine. Quelques mois plus tôt, par une journée quelconque, j'avais vu dans le miroir d'un ascenseur les mille chemins que mes petites rides prendraient, une moustache, des boucles capricieuses qui transformeraient mes traits. J'avais compris que l'épicentre de l'explosion est un chagrin qui naît et nous corrode de l'intérieur, provoquant des fissures, comme une vitre qui se brise sans tomber. On ne vieillit pas de jour en jour, on vieillit d'un coup. Une étincelle corrompue nous foudroie, nous salit… répand de l'amertume sur notre visage.

Ce désir inerte, inavoué, se libéra tandis que je regardais le petit trait bleu du bâtonnet. Le temps pouvait maintenant s'abattre sur moi, me vieillir : l'épicentre dont la vieillesse a son origine ne serait pas un regret, mais un cadeau… tout serait donc agréable. Les années fendilleraient un visage de mère, le mien, sur le bon versant de la fécondité, de l'amour qui passe, et va se nicher dans le corps du témoin.

Je replaçai le capuchon sur le bâtonnet, que je glissai dans ma poche. Je sortis et regardai vraiment le ciel : flaque terne encore remplie d'humidité, de nuages bas et sombres comme une fumée dense. J'entrai dans une cabine et appelai Diego.

« Que fais-tu ? Qu'es-tu en train de faire ? »

Il répondit qu'il devait sortir : il avait rendez-vous avec un galeriste pour une commande. Entendant le bruit des voitures, il me demanda pourquoi je n'étais pas à la rédaction.

« J'avais envie de faire quelques pas.

— Il pleut encore ?

— Non... »

Je décidai de ne rien dire au téléphone, au milieu de la circulation qui bourdonnait. J'attendrais d'être rentrée à la maison : nous aurions alors tout loisir de nous étreindre et de donner libre cours à notre émotion, en paix, à l'abri. Je regagnai mon bureau, où je feignis de travailler, fixant en réalité l'écran de l'ordinateur. J'étais incapable de me concentrer sur quoi que ce soit.

Diego jouait du piano, pieds nus. Je tournai la clef et le trouvai là, ses longues mains dépassant de son pull-over en lambeaux.

La musique ! Ce petit concert d'amour s'était toujours renouvelé au fil des ans... L'une après l'autre, les notes étaient venues se briser contre ces murs, dans la grosse caisse de cet appartement doux. Je m'enfonçai lentement dans un fauteuil, derrière lui, et l'écoutai. Il s'interrompit bientôt pour se fourrer le doigt dans le nez, comme un enfant.

Je sifflai la suite de la musique, moi qui chante faux. Il se retourna.

« Mon amour... tu es rentrée... »

Nous étions tous deux fatigués. Cela faisait des mois que nous étions fatigués, assaillis par les petits problèmes du quotidien, par un incessant va-et-vient entre l'appartement et une ville qui nous prenait de plus en plus d'énergie.

Je m'approchai de Diego.

Il me dévisagea, percevant peut-être le refuge de ces pensées intenses.

Je lui tendis le bâtonnet du test.

« Tiens, père, voici la première photo de ton enfant. Désolée si ce n'est pas toi qui l'as faite. »

Il enleva son pull, se l'arracha... il déchirait cette souffrance lointaine pour se remplir de joie. Il arpenta l'appartement, torse nu, en se frappant la poitrine comme un chimpanzé qui a remporté un combat. Il se transforma en mari insolent... Il fallait que je fasse attention, que je me ménage. Pourquoi n'avais-je pas téléphoné ? Il serait venu me chercher ! Je m'étais montrée irréfléchie en me déplaçant en Mobylette sur les pavés tout abîmés ! Il alla à la cuisine, réapparut avec une bouteille de vin rouge et deux verres. Je n'avais pas envie d'alcool et je ne bus donc que quelques gorgées. Je le regardai s'enivrer. Il prit ensuite la bouteille vide dans ses bras et la berça comme si c'était un nouveau-né.

« Pietro », dit-il. Pietro… C'était le prénom auquel nous avions toujours pensé.

« Et si c'est une fille ?

— Pietra. »

Je ris, lasse, épuisée par cette joie qui éclairait tout. C'était une douce soirée, une soirée en ville dans un appartement ; les radiateurs étaient allumés, Diego sentait le vin.

Je déclarai que je voulais prendre un bain. Il ouvrit le robinet, puis, une main plongée dans l'eau dont le niveau montait, l'autre refermée autour du bâtonnet, me demanda : « Tu es sûre que ce truc marche ? »

Je téléphonai à ma gynécologue. Elle m'invita à faire une prise de sang le lendemain matin pour mesurer le taux de bêta hCG.

Diego se glissa dans la baignoire avec moi, et l'eau déborda. Il recroquevilla les jambes.

« Tu ne veux pas ?

— Bien sûr que si. »

Nous avions éteint la lumière, une bougie gouttait sur le rebord à côté de la savonnette. Nous nous attardâmes dans cette mousse légère et évanescente, dans cette lumière douce qui effaçait les contours de cette baignoire commune, de ces petits carreaux biseautés… dans un bien-être total. La vie nous avait gentiment conduits jusqu'à ce point précis. Cette flaque calme où nous stagnions, où stagnaient nos mouvements submergés, constituait le barrage où tout confluait. Nous cherchâmes nos mains, nous entrecroisâmes nos doigts, comme ces cellules qui s'entrelacent, qui s'unissent, sans défense.

« Je l'aime déjà… »

Il plongea dans l'eau, remonta à la surface, ses boucles collées à sa petite tête, ses oreilles aussi grandes et plates que des raies.

J'étais sûre que notre fils lui ressemblerait.

Nous nous endormîmes, nos corps réchauffés par le bain. Nous nous coulâmes encore mouillés sous les couvertures. La musique me réveilla : Diego au piano.

Je pensai à la galerie de photos suspendue aux murs… à tous ces pieds inconnus. Maintenant, ils me semblaient en marche, ils venaient vers nous dans ce couloir sombre. J'imaginais qu'ils se débarrassaient de leurs chaussures, de leurs bottes, de leur tristesse, et qu'ils se mettaient à danser sur ces notes pour fêter l'événement avec nous.

L'odeur du café s'échappa de la cuisine, où Diego se trouvait. Je rejoignis sa main, son buste. Nous nous habillâmes et sortîmes, mus par l'envie de profiter du silence, de la nuit qui se dilatait à la manière d'une longue veille.

L'aube bleue surgit de la pénombre, la nuit se retira. Le bar remonta son rideau de fer. Les marchands commencèrent à s'agiter autour de leurs étals. J'avais l'impression d'être en vacances, en excursion. En attendant l'ouverture du laboratoire d'analyses, nous entrâmes dans le bar et patientâmes pendant que la machine à café se réchauffait.

Je retroussai la manche de mon pull. On serra une courroie autour de mon bras. Je détournai les yeux pour éviter de voir la seringue me sucer le sang.

Les premières femmes s'affairaient autour des étals du marché, tirant leurs Caddie. Diego et moi marchions enlacés, berçant ce secret qui paissait en nous.

« Achetons quelque chose. Des brocolis ? »

Il y avait là une belle caisse verte de bouquets tout juste ramassés, saupoudrés de rosée.

« Oui, prenons des brocolis… »

Et des bananes… et des radis. Nous nous enfermâmes à la maison. À midi, Diego fit cuire les brocolis et nous les mangeâmes tour à tour, jetant dans la poêle des morceaux de pain qui verdissaient immédiatement.

Puis Diego retourna au laboratoire chercher les résultats.

Je l'attendis à la fenêtre, vêtue d'un slip et d'un pull qui lui appartenait. Il leva la tête, agita l'enveloppe. Il sourit, la bouche pleine de jeunes dents.

Je téléphonai à ma gynécologue. Elle déclara que tout allait bien : le taux de hCG était encore un peu bas mais dans la norme, étant donné que la grossesse venait de commencer.

Des jours d'une paix comblée s'écoulèrent. Diego me téléphonait sans cesse à la rédaction, me demandant comment je me portais, si j'avais mangé, s'il n'y avait pas trop de fumeurs dans la pièce. Je n'abandonnais pas mes habitudes, je me déplaçais à Mobylette et mangeais debout au bar.

Diego posait l'oreille sur mon ventre. Juste l'oreille, car il avait peur que sa tête m'écrase. Il écoutait, dans cette position inconfortable, le visage rêveur, presque hébété.

Quand nous leur annonçâmes la nouvelle, mes parents furent incapables de prononcer un mot. Je vis leurs yeux changer, devenir dociles et doux… D'instinct, mon père chercha la main de ma mère en un geste que je ne lui avais pas vu depuis des années. Puis celle-ci dit : « Nous pensions que vous n'en vouliez pas… que toi, Gemma, tu n'en voulais pas…

— Pourquoi ?

— Parce que j'ai été une mère… trop anxieuse. »

Mon père arrêta de fumer, il se mit à faire du jogging le matin. Il passait en survêtement chercher Diego, qui le suivait, mou, ensommeillé, chaussé de ses vieilles Superga sans lacets.

Accueillir cette bourrasque de cellules dans mon corps immobile était une sorte de miracle. J'avais l'impression d'avoir avalé le monde entier. Je marchais au ralenti dans une forêt lagunaire où la vie se ramifie, plongée comme des racines albinos dans le silence d'un bourbier. Au bureau, tout me gênait, le bruit, la sonnerie incessante des téléphones, la voix de mes collègues, qui parlaient trop fort à mon goût, étaient trop agités. J'occupais mon poste en silence, dissimulée dans la tranchée de classeurs et de paperasse. Immobile dans la césure qui s'était créée entre le monde et moi : une petite taupe plongée dans son sillon souterrain. Quand Diego venait me chercher, je m'agrippais à son corps maigre. Il me donnait la main, la glissait dans sa poche chaude. Nous nous arrêtions devant les vitrines d'un magasin pour enfants. J'étais curieuse, bête et impatiente, je scrutais ce monde inconnu de babioles. Mais je ne m'attardais pas car je sentais monter en moi une étrange inquiétude. Diego me conduisit à la devanture d'une rôtisserie qui exposait des boulettes de riz…

« Et si on mangeait une boulette ? »

Je mordais deux fois dedans et j'avais déjà la nausée. Il mangeait pour moi, se remplissait la bouche de riz, de bonheur.

Ce fut la période blanche de l'attente, des rêves qui s'étirent en une longue veille. Chaque fois que je fermais les yeux, je voyais ces cercles évanescents qui apparaissent au soleil quand les rayons écrasent les paupières et que s'installe la fatigue solennelle, ce farniente estival.

Puis vint le serpent. Il traversa cette blancheur dans son manteau d'écailles, laissant sur son passage une auréole visqueuse.

Un jour, nous entrâmes dans un parc. Les pieds de Diego près des miens sur le tapis de feuilles rouges ; en haut, le ciel souillé de branches ; autour de nous, une odeur de végétation et de pisse de chien. C'était une journée magnifique. Je fus la seule à apercevoir le serpent, une inoffensive couleuvre à collier qui rampa sur ma chaussure. Sa présence, dans ce parc citadin bourré de museaux de chien, avait vraiment de quoi surprendre. Cela ne dura qu'un instant ; le reptile quitta l'allée pour se glisser dans la verdure, sous les buissons.

« Tu l'as vue ? »

Non, Diego ne l'avait pas vue. Il se pencha sur les buissons, ramassa un bout de bois et fouilla dedans, mais la bête avait disparu. Nous l'abandonnâmes dernière nous et je feignis de l'oublier.

C'était la première échographie. Nous nous trouvions dans une petite pièce sombre à l'intérieur d'un dispensaire. Le gel sur mon ventre me transmettait une sensation de froid, il avait la consistance désagréable de la salive. Le médecin agitait son instrument, le faisant glisser dans cette couche molle. Soudain je songeai au serpent. À cette horrible créature qui avait rampé sur mon pied. Impassible, l'homme poussait son instrument vers le bas, juste à côté des poils. Il y avait bien un embryon, un petit point noir dans le magma de l'utérus, mais pas de battement cardiaque, pas d'intermittence blanche. Le bruit de cheval au galop dont le livre parlait était absent. Le médecin me proposa d'effectuer une échographie vaginale. J'acquiesçai sans savoir vraiment de quoi il s'agissait. Je ne voulais qu'une seule chose : entendre le cœur du bébé. Diego était là, avec ses yeux de bouquetin en attente, suspendus à l'écran, à la bouche avare du praticien. La sonde pénétra dans mon corps, y creusa. Elle ressortit avec sa protection de Cellophane et son gel, elle ressortit, pur instrument médical, d'épuisement, de torture.

Pas de battement.

« C'est peut-être trop tôt, dit le médecin. Vous vous êtes peut-être trompés, vous l'avez conçu plus tard que vous ne le croyiez. » Il remplit une fiche, nous invita à répéter l'examen une semaine plus tard, pas avant, accueillit la patiente suivante… une femme au gros ventre d'au moins sept mois.

Nous nous réfugiâmes dans un bar où nous commandâmes deux thés, deux vignettes en papier dépassant d'un pot en métal. Il y flottait une odeur de plaques de cuisson sales, de graisse froide. Une foule d'adolescents y fêtaient quelque chose… Diego affichait un sourire consolateur qui ne le consolait pas lui-même. Un éclair d'amertume traversait ses yeux doux. Il me tenait la main sur cette table sale, la couvrait de la sienne comme d'une tente, comme s'il voulait étouffer mes pensées.

« Le serpent, dis-je. Ce putain de serpent… »

Nous avalâmes quelques gorgées de ce mauvais thé, préparé avec l'eau de la machine à café qui avait un arrière-goût de liquide vaisselle. Diego se leva et revint, un sablé à la confiture entre les lèvres, le menton saupoudré de sucre glace. Il me chatouilla, fourra ce gâteau dans ma bouche, m'ordonna de mordre dedans, de le manger.

« Tout va bien, tu verras. »

Nous vérifiâmes le taux de hCG le lendemain. On me perça de nouveau le bras. Je regardai de l'autre côté : le mur, le flacon d'alcool sur le chariot métallique, près des touffes de coton. Nous sortîmes du dispensaire. Des gens se disputaient, de pauvres gens qui sentaient l'autobus bondé, des gens munis d'un ticket numéroté, aux bouches amères. Nous pénétrâmes dans un autre bar, moins sordide que le précédent. Nous prîmes un petit déjeuner debout, au comptoir. Un type entra, robuste, bavard, c'était un publicitaire, un des employeurs de Diego : il l'étreignit, lui parla d'un projet avec animation. Il était un peu sans-gêne, bruyant, plein de vie. En comparaison, nous avions l'air de deux lémuriens… de deux pauvres fantômes posés par mégarde sur le sol. Diego se forçait à rire pour reprendre courage, il me présenta, et je tendis ma petite main osseuse. Plus tard, quand nous fûmes rentrés chez nous, il alla chercher les résultats des analyses. De la fenêtre, je le regardai revenir. Les traits tirés, il traversait la rue du marché, parmi les étals qu'on démontait. Nous ouvrîmes l'enveloppe ensemble sur le canapé. J'appelai la gynécologue. Le taux de hCG était trop bas.

Je perdis le bébé deux jours plus tard, à la rédaction. Je sentis un flux entre mes jambes et me levai, effrayée. Je baissai mon collant et ma culotte dans les minuscules toilettes aux étagères bourrées de rames de papier et de boîtes de stylos. Je découvris un petit marécage de sang et de caillots… je me tamponnai avec des serviettes en papier, je me redressai, hallucinée, tordue. J'aperçus mon visage bouleversé sur le bout de miroir accroché au mur. J'étais apeurée et lucide comme quelqu'un que des circonstances malheureuses viennent de transformer en assassin. J'essayai d'effacer les preuves; une eau rose coulait dans le lavabo, dans le bidet.

Je fourrai un tas de serviettes en papier entre mes jambes, m'appuyai contre la porte d'entrée en attendant que l'hémorragie cesse. Le sang traversa le papier en un instant. Je me débarrassai de ce paquet mou d'un rouge incroyablement vif et le remplaçai par un autre. Je n'avais jamais vu autant de sang de ma vie.

« Viens me chercher.

— Il est arrivé quelque chose ?
— Viens me chercher… »
Je l'attendis dehors, assise sur la marche qu'un clochard occupait jusqu'à une certaine heure de la journée. Il arriva en courant, ses pas semblables à des gifles sur les pavés. Je me jetai sur lui, la bouche ouverte. Je me noyai dans sa veste…
« Je l'ai perdu. Je l'ai perdu… Je l'ai perdu. »

Il régnait une atmosphère tranquille à l'hôpital : une lumière chaude, des infirmiers qui fumaient en écoutant un match de football à la radio… Un bâtiment ancien du centre-ville. De larges marches en marbre obscurcies par les pas. Noël approchait, les gens couraient les magasins, et l'hôpital semblait à moitié vide. Je ne pleurais plus, je gouttais comme un ciel las.

On m'examina, me fit passer une échographie. On me tendit un long morceau de papier pour essuyer mon ventre couvert de gel. Le médecin de service me sourit. C'était un homme robuste à la voix forte de vendeur ambulant.

Il déclara que j'avais eu de la chance, que l'hémorragie m'avait épargné un curetage. Quant au reste… Il ne s'agissait même pas d'une véritable fausse couche.

« Ce sont des œufs clairs, expliqua-t-il, le corps s'en libère naturellement. »

J'étais jeune, je pourrais bientôt tenter une nouvelle grossesse.

« Ça arrive très fréquemment. »

Nous rentrâmes chez nous les mains vides, le ventre vide, réconfortés par les paroles de ce médecin expérimenté. Ce n'était pas la peine d'en faire un drame, il fallait juste aller de l'avant. Nous allumâmes les lumières de l'appartement et nous préparâmes à passer une mauvaise soirée. Diego ouvrit une énième bouteille de vin, la meilleure que nous avions en réserve, pour chasser cette boue. Il porta le bouchon à son nez, le huma, et salua : « Putain, sacré vin. » Nous nous consolâmes avec ce vin rouge foncé. C'était comme ça, tant pis. Le vin était vraiment bon, un moût qui réchauffait. Et le bébé avait disparu parmi les caillots, sans corps visible… Une misérable purge. Une mort sans cercueil, sans enterrement. Un deuil qui n'aurait pas dû nous toucher.

Nous prîmes le guide sur la grossesse et cherchâmes *œuf clair* dans le glossaire, à la fin : l'expression n'y figurait pas. Nous le jetâmes dans un coin. Diego essaya de me faire rire. Il revint, les yeux bandés, se frotta contre moi en me cherchant à tâtons.

« Me voici, je suis ton… je suis ton œuf clair[1]. » Mais la lumière de la lampe éclairait sa tristesse.

« Ce n'était pas lui, notre enfant, voilà tout. Les enfants qui doivent arriver finissent par arriver, ne t'inquiète pas. »

Nous n'en reparlâmes plus. Je m'inscrivis à une salle de gymnastique. Entre ces murs, ma maigreur était un privilège, une condition nécessaire. Je n'étais pas du tout sûre de vouloir retomber enceinte.

Nous fûmes tristes pendant un certain temps, puis nous nous habituâmes, nous nous coulâmes dans la routine. La fumée des idées noires se dissipa. Les jours s'écoulaient dans notre appartement. Ils s'écoulaient sur les marches en marbre, sur le piano fermé, sur mon écharpe pendue à l'entrée, près du blouson de motard de Diego. Nous replongions dans une vie docile, faite de petits riens. Mais aussi de miracles. Comme ce jour où je rencontrai Diego par hasard.

Je passais sur les quais à Mobylette. Je m'arrêtai à un feu rouge, les traits tirés dans la circulation, dans la cohue de la vie ordinaire, et je l'aperçus. Il marchait, il traversait la rue avec son sac trop lourd qui lui écrasait l'épaule. Je klaxonnai. Il se retourna mais ne me vit pas, il se hâta sur le passage clouté. Je me rangeai, laissai passer le flot des voitures. Je le suivis un moment au pas, à son pas. Puis je l'appelai.

« Diego… »

Il pivota, lâcha son sac pour venir m'embrasser.

« Je pensais justement à toi ! cria-t-il. Je pense à toi et tu arrives. »

Il m'étreignit. Nous nous étions quittés quelques heures plus tôt, mais c'était comme si nous ne nous étions pas vus depuis plusieurs mois. C'était une surprise, un cadeau.

Nous déambulâmes sur le quai, main dans la main, pareils à des touristes. Les derniers jours avaient été pénibles, les attentions de Diego ne m'avaient pas suffi. Un petit sillon perplexe s'était creusé sur mon front et ne me quittait plus. Mon travail ne me satisfaisait pas, mon caractère n'avait pas changé : bourreau tiède. Je flottais dans le monde sans optimisme, les yeux remplis d'interrogations. Cet enfant perdu était loin de moi, il avait été chassé en toute hâte… à moins qu'il ne se fût niché dans cette ride.

Il était bon de se retrouver par hasard. Je serrai les mains de Diego dans les miennes, je ne voulais plus les abandonner. Ses yeux rachetaient tout.

---

1. « Œuf clair » se dit en italien « ovule *aveugle* ».

Je lui demandai : « Où allais-tu ?
— Nulle part. Je rentrais à la maison.
— Mon amour.
— Mon amour.
— Je ne veux pas que tu sois triste…
— Je ne vis que pour toi. »
Une voiture passa, fit une embardée, nous frôla… tout aurait pu finir par erreur en un instant.

Nous descendîmes sur la rive sale que nous aimions tant. Elle nous avait connus petits et stupides, nous avait vus danser nus, enlacés, bercés par la musique de R.E.M.
Où était notre péniche ? Où étaient les hirondelles retardataires qui venaient boire ici ? Sur cette rive, on était loin de tout, la ville commençait au sommet du grand mur de briques noires ; ici, il n'y avait que le puissant sillon de cette eau lourde qui vous emportait.
Dans la nuit nous fîmes l'amour… Nous avions abandonné le couchant sur le fleuve, ainsi que l'odeur de trou d'eau et de souvenirs. Nous étions remontés en ville. C'est là que nous vivions maintenant, dans la métropole qui nous dépouillait parfois, nous scarifiait, réduisait nos existences à l'état de fils fragiles. Nous remontâmes, enlacés. Nous aurions pu faire l'amour en bas. Nous jeter dans cette boue, ou dans ces cochonneries. Je n'en avais pas le courage, j'avais froid, je commençais peut-être à vieillir.
« Tu m'aimes encore, mon cœur ?
— Toujours. Toujours toi pour toujours.
— Tu ne crois pas que j'ai changé, que j'ai empiré ? Que je suis lâche, grossière, trop accrochée à mes pulls, à mes pas rachitiques ?
— Je pense que tu as une odeur que je ne cesserai jamais d'aimer. »
Nous fîmes l'amour dans notre lit. C'était la première fois depuis des mois que l'espoir revenait, avec sa petite langueur, sa langue frétillante. Il léchait et nettoyait.
J'avais vu plusieurs fois mon enfant… toujours lui, toujours le même. Et pourtant je ne me rappelais pas son visage, il n'apparaissait jamais entièrement. Il était immobile au fond d'une gare, ses petites jambes se balançaient sur les grilles en bois d'un vieux banc. Mon enfant était là-bas, minuscule cheminot dont la lanterne, dans le brouillard, invitait les trains à partir, à se hâter.

Nous partîmes nous aussi, nous allâmes à Paris. Il y avait au Centre national de la photographie une exposition de Josef Koudelka que

Diego voulait voir. Nous admirâmes son oiseau renversé accroché à un fil, son ange sur un âne, et ressortîmes assommés, silencieux. Nous mangeâmes des *œufs à la neige* assis en plein air devant Beaubourg, les yeux rivés sur la grande pendule digitale qui scandait les secondes jusqu'à l'an 2000. Cette exposition sur les gitans en voyage, ce vent, nous avait donné envie de tout quitter et de parcourir le monde. De temps à autre, cette pensée bouillonnait dans notre cœur. À quoi bon vivre à Rome, une ville où nous n'avions pas de vrais amis, où nous devions, pour nous sentir nous-mêmes, descendre sur la rive et longer le fleuve sale, unique muscle encore en vie ?

J'achetai un test de grossesse au retour, à l'aéroport. Je m'éloignai sans rien dire et revins avec un paquet contenant du chewing-gum et un tube d'aspirine français. Je me triturais mentalement. Je défis ma valise, fourrai notre linge sale dans la machine à laver. Je laissai le test dans mon sac, où je l'oubliai.

J'attendis que le silence de la nuit s'abatte sur l'appartement et que les rues se vident. Plusieurs personnes sorties d'un restaurant bavardaient à côté d'une voiture. Je gagnai la salle de bains, plaçai le bâtonnet sous le jet d'urine. Je remis le capuchon, le posai sur le bord de la baignoire. Je me démaquillai, me lavai les dents. Je me retournai : j'étais de nouveau enceinte.

Ce fut une joie froide. Maintenant j'étais une spécialiste, je connaissais le nom des analyses et les taux d'hormones, maintenant je pouvais considérer mon état d'un œil scientifique. Je refusais de trop m'écouter. Le désir criait trop fort.

Nous ne dîmes rien à personne. Nous marchâmes pendant des jours, cette attente dans le nœud de nos mains. Nous feignîmes de vivre.

Le premier dosage hormonal était bon.

Nous patientâmes un peu avant de faire l'échographie. Il n'y avait pas de battement cardiaque. La sonde le chercha en vain, pressant ma chair avec force. La pièce demeura sombre, sans le moindre cœur.

Le médecin alluma un spot sur son bureau, s'empara de ses papiers, de son stylo.

« C'est peut-être trop tôt… Vous vous êtes peut-être trompés sur la date de la conception. »

Nous ne nous étions pas trompés, nous n'avions plus fait l'amour par crainte de déranger ces cellules.

Je rentrai, inerte. Je me couchai, remontai les couvertures sur ma tête, m'enfermai dans l'obscurité.

« Je veux dormir, laisse-moi dormir. »

Je jetai mes chaussures, arrachai mes vêtements... au diable, au diable tout et tout le monde. Un autre œuf clair, un autre embryon fané, une autre araignée sans cœur. Je fixais les fentes du vieux parquet. Où ce malheur s'était-il niché ?

Cette fois, j'eus droit au curetage.

Diego me suivit jusqu'à la porte en verre opaque, accompagna le chariot sans jamais me lâcher la main.

J'étais plus sereine, j'avais accepté le tort. Pâle, Diego parlait trop fort, il plaisantait avec l'infirmier qui me transportait.

« Je t'attends, fillette... Je suis là, je ne bouge pas... Je suis là. »

Il me caressa les cheveux d'une main lourde et ferme. Il me lança un regard trop intense. Ses yeux avaient changé de couleur, ils étaient plus foncés... rongés par ses pupilles dilatées.

Il m'avoua ensuite qu'il avait fumé un joint. Pendant l'attente, il descendit au rez-de-chaussée, se coula dans la chapelle de l'hôpital et s'assit à la lumière du néon devant une Vierge en plastique. Il n'y avait personne en dehors de lui et d'une religieuse qui l'aida à se remémorer l'*Ave Maria*.

Je sortis, les yeux ouverts.

« Je ne veux plus te voir souffrir, mon amour. »

Plusieurs mois s'écoulèrent, l'un après l'autre, inutiles comme des wagons morts.

Je m'achetai de nouveaux vêtements. Des bottes aussi moulantes que des gants, et une redingote à ceinture haute serrée sur ma taille trop étroite. Ma tête semblait plus petite. Je m'étais coupé les cheveux, je voulais sentir mon crâne. Mes yeux jaillissaient de cet amas de tissus sombres et lourds, pareils à ceux d'un animal... ma blessure cachée sous un poil luisant.

Diego me dévisagea, presque apeuré : il aimait beaucoup mes cheveux. Il dit que j'étais toujours belle, que mes traits ressortaient davantage. Il se retrouva flanqué d'une autre femme, une renarde à visage osseux et grands yeux immobiles, impénétrables.

Je refusais qu'on en parle.

Diego travaillait. À présent, il donnait des cours le matin dans une école privée de photographie. Il quittait l'appartement avant moi afin d'arriver à temps pour son cours de 8 h 30. Ses élèves l'idolâtraient, ils le suivaient comme des adeptes. Quand la lumière était belle, il les emmenait faire des photos en plein air, loin des studios qu'il détestait.

Des groupes de Mobylette filaient dans la ville, quittant les parcs du centre pour les balances des pêcheurs, à l'embouchure du Tibre. Ces jeunes gens l'imitaient, se jetaient par terre avec lui et capturaient des images renversées, obliques. Les filles le draguaient, nombre d'entre elles étaient jolies, d'une excentricité ostentatoire. Parfois, pendant la pause du déjeuner, j'allais le rejoindre à Mobylette et mangeais un sandwich avec lui. Je le voyais s'attarder, sourire. Je tendais mon nez de renarde.

« Elle est mignonne, cette fille... »

Il acquiesçait sans conviction, sans intérêt. Il n'était pas du genre à reluquer les femmes. Assis dans le bar, près de ses étudiantes qui déjeunaient et se préparaient un joint, il regardait passer les chiens. Il aimait les chiens de chasse aux oreilles larges et au museau fin, au poil ras et tacheté.

Mais je ne voulais pas de chien, j'alléguais les prétextes habituels : qu'il faudrait le sortir, que nous ne serions plus libres de nous déplacer à notre guise. En réalité, j'avais du mal à accepter l'idée que nous commencions à être un peu tristes ensemble, et que nous souhaitions qu'un autre être vivant envahisse le silence de la maison, celui des pensées que je formulais dans mon coin... qu'il formulait dans son coin. La pensée de cet enfant qui n'était pas arrivé.

Je me rappelle très bien la fin de l'année 1989. Trois événements se produisirent. La chute du mur de Berlin, la mort de Samuel Beckett, aussi maigre qu'un carton, suivie, le même jour, de celle d'Annamaria Alfani, ma mère. Une mort hésitante, à l'image de sa vie. Un matin, son corps devint aussi pâle qu'une bougie et se couvrit d'hématomes, tandis que des taches sombres affleuraient sur ses jambes et son ventre.

Ce ne fut pas une longue maladie, et je ne pus rien pour elle. Elle ne réclamait qu'une seule chose, n'avait qu'une seule envie : du *stracchino*[1]. Aussi, à l'heure du déjeuner, je me ruais dans une épicerie de luxe et me précipitais chez elle. Je la nourrissais à la petite cuiller, lui nettoyais la bouche. Je me déchaussais et regardais un moment la télévision allongée sur le lit à ses côtés. Elle suivait un jeu qui consistait à deviner combien de haricots en grains contenait un bocal. Un jour, elle prononça le chiffre 3723 ; c'était la bonne réponse. Elle regarda sa mort comme elle regardait l'écran du téléviseur. Sans véritable intérêt, en pensant à autre chose. Elle fut pour moi un exemple.

1. Fromage de Lombardie de consistance molle.

Elle partit sereinement, portant les mains à son corps, les unissant. C'était une de ses positions préférées, elle passait des heures ainsi, les mains posées l'une sur l'autre.

Mon père maigrit au point qu'on lui voyait les os. Je l'invitais à dîner et, comme il refusait, allais lui préparer ses repas. J'essayais de confectionner les boulettes frites que lui préparait ma mère, mais il se plantait devant la table sans toucher à son assiette, ou presque.

Gojko remonte sa veste sur sa tête : il se remet à pleuvoir. Il traverse la rue pour s'acheter des cigarettes. Il en allume une sous l'eau, la fume même si elle est mouillée, la jette parce qu'elle s'est éteinte. Il se tourne vers moi. Les cheveux collés au front, la tête couverte de sa veste comme d'une cape, il ressemble à une femme, il ressemble à sa mère.

Nous avons quitté la galerie. Nous nous dirigeons vers un restaurant avec un petit groupe de personnes. J'ai peur de mon cœur, de la main du chagrin qui est posée dessus. J'aimerais que Gojko ne me cherche plus du regard, qu'il me laisse disparaître. Je me plante devant une vitrine de bijoux, contemple une broche en forme de rose en filigrane d'argent.

« Tu aimes ? »

Je n'avais pas remarqué que Pietro me suivait. Il se tient là, son souffle embue le verre. Sur sa tête, la capuche de son sweet-shirt, du même bleu que ses yeux, qui semblent noirs ce soir. Il pointe le doigt vers le centre de la vitrine, vers cette rose piquée sur un misérable coussin en velours.

« Tu aimes ?

— Quoi, mon amour ?

— Cette broche, là... cette rose.

— Oui, elle est belle. »

Je continue de respirer devant ce verre, devant cette rose. Diego me posa la même question en indiquant une vitrine non loin de celle-ci, dans ce même marché turc, une rose en filigrane d'argent. Il l'accrocha à mon chemisier sous l'escalier d'un pub...

Pietro s'aperçoit que je vacille comme une ivrogne.

« Tu es fatiguée, m'man ?

— Non... non.

— Ce sont les photos... hein ? »

Je me tourne vers mon fils, vers son long visage osseux, identique à celui de son père.

« Elles t'ont plu ? »

Il dodeline de la tête, se mord la lèvre.
« Elles font mal, m'man… »
C'est la première fois depuis des mois qu'il me paraît sincère, la première fois que son petit rire n'est pas à l'affût derrière ses traits tirés.
Je saisis sa main. Elle est froide.
« Je suis désolée, Pietro. »
Il déglutit, sa gorge remue dans le noir.
« Il était doué, Diego. C'était un grand bonhomme. »
Il fixe la vitrine, la rose sur son coussin.
« Je ne lui ressemble pas, hein ?
— Tu es son portrait. »

« Oh, fillette… » Il pénètre dans la pièce et me sourit.
Nous nous trouvons dans la salle d'attente d'un cabinet médical privé. Un aquarium glacial. Devant moi, un canapé vide, identique à celui sur lequel je suis assise, en cuir couleur perle. Les fenêtres ont des montants en fer, typiques du style industriel, un grand tableau abstrait occupe tout le mur… des taches rouges, des bulles de lumière et de sang qui naviguent sur un fond sombre.
Par chance, Diego vient d'entrer. Je n'ai pas cessé de fixer la porte, légèrement penchée en avant, les mains réunies entre les jambes, contre mes collants. Le voici enfin, les cheveux aplatis, m'offrant ce visage maigre qui a le don de me réconforter.
« Je suis en retard ? »
Je secoue la tête : « Non, je viens d'arriver. »
Il me rejoint sur le canapé, dépose un baiser sur ma joue, il a son casque à la main ; sur lui, son odeur et celle de la ville qu'il a traversée à moto.
Il m'embrasse, enlève ses gants. Je lui adresse un sourire laid, tendu. Il me frictionne les épaules, me secoue.
« Il va encore falloir que je me fasse une branlette ? » Il rit.
J'essaie de l'imiter.
Quand le généticien a lu les résultats de ses analyses, il eut l'air satisfait. « Par chance, votre mari a des spermatozoïdes d'excellente qualité, nous devons donc nous concentrer sur vous. »
Je fonds en larmes. Les larmes habituelles sur mon habituel visage inerte, digne. Diego ne pipe pas, il est accoutumé à ces pleurs, c'est un scénario qui se répète chaque fois, à quelques détails près.
« Tu veux que nous repartions ? »

Il ne cesse de me le dire : « Si ça doit devenir une torture, laissons tomber. » C'est moi qui insiste, moi qui prends les rendez-vous.

Je lui demande : « D'où viens-tu ?

— Du studio.

— Il faut que tu y retournes ?

— Ne t'inquiète pas, ils attendent. »

Désormais, il ne fait presque plus que des photos publicitaires. Il s'adapte au goût de ses clients, fait ce qu'on lui dit de faire : des clichés limpides comme du cristal. Rien de créatif, c'est sans doute pour cela qu'il apprécie ce travail. Il prétend qu'il met en marche le pilote automatique.

Tous ces traitements nous ont coûté beaucoup d'argent. Une année de plus s'est écoulée. La plus atroce de ma vie. L'année de l'éventrement, du châtiment. Des écarteurs, des piqûres.

On m'a injecté des hormones pour stimuler l'ovulation, puis on a aspiré mes ovules afin de les analyser. Ils sont de forme imparfaite, les acides nucléiques ne sont pas placés comme ils le devraient. Des caillots se créent où il ne faudrait pas. J'ai subi des piqûres de cortisone, d'anticoagulants et, de nouveau, des stimulations ovariennes. Mes ovules se sont améliorés. Certains étaient même corrects. On a centrifugé les spermatozoïdes de Diego et donné le signal de départ à la première insémination autologue. À la deuxième. La grossesse a commencé. On entendait un battement cardiaque. Il s'est tu au bout de quinze jours. Une semaine plus tard, je suis tombée de Mobylette, on m'a fait cinq points de suture sous le menton. Le généticien a dit : « Il y a quelque chose qui me tracasse. »

Alors on a effectué une hystéroscopie. Le généticien a souri.

« Vous avez une cloison dans l'utérus, vous le saviez ?

— Qu'est-ce que c'est ?

— Un bout de membrane qui divise la cavité de l'utérus et empêche l'ovule fécondé de nidifier. »

Je suis allée chez le meilleur spécialiste, comme on dit. À Milan. Nous avons pris le train, sommes descendu à l'hôtel. J'ai passé une blouse verte dans une clinique privée. On m'a ôté la cloison. Diego m'a aidée à marcher dans ce couloir laqué. Je clopinais, une main en bas. Nous nous sommes approchés de la nursery, avons contemplé ce potager blanc de petites têtes noires. Nous étions de l'autre côté de la vitre, de l'aquarium. Nous nous sommes serrés l'un contre l'autre. J'ai foncé comme un char. « Je veux y arriver et j'y arriverai. »

J'ai de nouveau subi des stimulations ovariennes au Profasi 500 et au Pergonal 150. J'ai gonflé, j'ai changé d'humeur, ma libido a fondu comme la banquise. J'ai observé des règles d'hygiène très strictes, n'ai plus touché à une seule cigarette. Et maintenant j'attends le feu vert pour une autre insémination.

Nous entrons enfin dans la salle d'examen, une vaste pièce où trônent une immense table en verre teinté et un tableau qui ressemble à une œuvre de Burri [1], une de ses blessures.

Le généticien est aimable, il porte une moustache, sa chair est celle d'un homme d'autrefois… Il remue ses mains. Il porte une alliance et des touffes de poils noirs ponctuent ses doigts.

Je me glisse derrière le paravent, soulève ma jupe, écarte les jambes. Il allume l'écran, enfonce une canule, creuse. J'attends.

C'est un homme honnête. Il se touche le crâne, écarte les doigts. Nous sommes de nouveau assis devant la table, j'affiche de nouveau mon petit visage de renarde moribonde. Ses yeux vont de Diego à moi, il secoue la tête : il regrette, dit-il, vraiment, mais il est inutile de refaire une tentative.

J'ai très peu d'ovules malgré les hormones, encore moins que la fois précédente. Il s'exprime d'une voix plus aiguë que d'habitude, la voix qu'il prend peut-être quand il est en difficulté. Je ne peux figurer dans aucun programme de maternité assistée, je ne peux même pas envisager la possibilité de recevoir un ovule d'une donatrice car mon utérus est peu développé, peu élastique… « C'est un utérus vieilli », l'ablation de la cloison a laissé une cicatrice énorme. Ce sont des choses qui arrivent, hélas, ce sont des zones obscures, des tissus mous.

La voix trop aiguë dit : « Vous ne pouvez pas donner la vie, vous êtes stérile à quatre-vingt-dix-sept pour cent… totalement stérile selon nos paramètres. »

Je prends acte, les mains serrées en une petite rose d'os, de peau jaune.

Diego se lève, frotte ses mains sur son jean, se rassied.

« Et les trois pour cent ? »

Le professeur grimace.

« Des miracles… Nous sommes en Italie, on laisse toujours une place aux miracles, ça ne mange pas de pain. »

Il nous accompagne là où il ne nous a jamais accompagnés : au-delà du bureau des secrétaires, jusqu'à la porte d'entrée. Il regrette, lui aussi ; on dirait un prêtre qui exclut deux fidèles de l'Église.

1. Alberto Burri (1915-1995), peintre italien.

« Merci… »
Cette fois, il ne nous a pas demandé d'argent, il nous a tenus loin des secrétaires.

Nous descendons l'escalier. Je caresse la peinture brillante de la rampe. C'est un immeuble magnifique, années quarante, blanc et poli comme un navire.

Je ne souffre plus. J'ai déjà souffert. Je suis presque soulagée. Je ne serai jamais mère. Je resterai fille. Je vieillirai, sèche et seule. Mon corps ne se transformera pas, il ne se multipliera pas. Il n'y aura pas de Dieu. Il n'y aura pas de récolte. Il n'y aura pas de Noël. Il me faudra chercher le sens de la vie dans le monde, dans son aridité, dans ses impasses… dans les magasins, dans la circulation. Je vieillirai comme ça. Morte. C'est ainsi que je me sens. Sereine, en paix, parce que trépassée.

Le gué de ma vie est ici, dans cette rue que je traverse sur mes jambes de toujours. Il y a une affichette fixée sur ma poitrine, comme au cou des pauvres, comme les médailles des chiens. FEMME STÉRILE.

J'ouvre les fenêtres. L'appartement me paraît sombre, les murs sont peut-être sales, noircis par la poussière qui monte de la rue. Il y a une pièce vide, au fond. Nous y mettons le linge à sécher les jours de mauvais temps, elle est inutilisée depuis l'époque des travaux. Elle était destinée au bébé.

Le couloir est long, lui aussi. Parfait pour jouer à la balle, pour faire du tricycle.

Coiffée de mon béret et vêtue de mon manteau de gendarme, j'emprunte les rues habituelles.

Au bureau, je me montre plus méfiante. Avec les femmes. Elles savent que j'ai eu des problèmes, mais pas le reste.

Pendant que nous attendons que nos gobelets se remplissent de café, ma collègue Viola m'annonce qu'elle est enceinte. Je l'embrasse, plutôt sincère. Quand son ventre touche le mien, nous recevons toutes deux une décharge. Je souris, c'est peut-être à cause des vêtements, des cochonneries synthétiques dont ils sont faits. Elle approuve, allume une cigarette. Elle a déjà avorté deux fois, maintenant elle veut garder le bébé. Elle a trente-sept ans.

« La date limite finit par arriver, comme pour les yogourts. »

Plus tard, je regarde son ventre à son insu. Je l'aime bien : elle compte au nombre de ces gens un peu sinistrés qui forcent l'affection.

Et pourtant, partager la même pièce m'agace désormais, je la trouve négligée, stupide.

Je traduis de l'anglais un article sur l'impuissance masculine. Un homme interviewé déclare : « Quand on est aveugle, on peut demander à sa femme de vous faire voir les choses avec ses yeux… Quand on est impuissant, on ne peut pas lui demander de vous faire faire l'amour… » Je pleure.

Maintenant, le monde est divisé en deux. J'appartiens à la moitié pâle. Comme les forêts brûlées, les mers étouffées par les algues, les femmes de Tchernobyl.

Diego vient me chercher. Raide, hésitante, je glisse mon bras sous le sien. J'ai l'impression que cette ville est remplie de femmes enceintes ; avant, je n'y prêtais pas attention. On dirait qu'elles constituent une armée, un bataillon intrépide qui fond sur moi. Je ne les regarde pas quand elles me croisent. Je les débusque de loin avec le flair d'un chien. Du coin de l'œil, j'épie Diego.

Je vais chez le coiffeur, je tends les mains à l'esthéticienne. Je la regarde polir mes ongles, ôter les petites peaux. C'est un plaisir qui s'arrête à mon corps, aussi stérile que le reste. La jeune femme simple penchée sur moi, dans ce salon de beauté, qui a une poitrine opulente et un ventre fertile, baise avec son copain, et veille à ne pas tomber enceinte, jette des enfants dans les préservatifs… est certainement plus heureuse que moi. Je lui donne un bon pourboire. Elle me sourit avec ses grosses lèvres, sa peau épaisse, ses yeux audacieux. Il est possible que je la déteste. Je déteste la fertilité des pauvres. Je déteste la Somalienne qui lave l'escalier de l'immeuble… Elle vient parfois avec sa fille. La gamine se met dans un coin, la suit sur les marches, lit un illustré ou joue en silence. En passant je souris à cette blatte.

C'est Noël. Nous n'avons pas envie de rester à Rome, dans ce chahut de magasins et de crèches. Nous allons à la montagne, dans un hôtel qu'on dirait construit en massepain. Nous faisons une cure thermale, nous nous couvrons de boue verte, nous nous enveloppons dans de luxueux peignoirs blancs. Les baies vitrées inondées d'une lumière jaune donnent sur la neige. Après le dîner, nous contemplons cet enchantement… cet ennui. Nous réclamons la clef de notre chambre, montons. Le lit est grand, il y a un chocolat sur l'oreiller. Je regarde l'eau jaillir inutilement du robinet ouvert. Si j'avais un enfant, je fermerais le robinet, je me soucierais du monde, de sa soif. Je n'aime pas cette lune de miel prolongée, je la trouve sinistre, inappropriée.

Le lendemain soir, nous allons au bowling : Diego a insisté, il voulait que nous nous amusions un peu. Il y règne une atmosphère digne d'un téléfilm américain. Des adolescents s'affrontent. Caoutchoucs souillés de neige à l'entrée. Nous buvons un chocolat chaud à la paille dans des verres énormes, et mangeons un hot dog. Nous propulsons les boules noires, qui glissent sur la piste laquée, s'écrasent sur les quilles, au fond, dans un vacarme infernal. J'aime ce bruit. Nous devons crier pour nous entendre. J'aime crier. Nous rions comme des gosses. Nous avons reculé dans la vie, et ce n'est pas mal. C'est bon de s'abêtir un peu pour éviter de souffrir. J'ai les joues rouges, les yeux fiévreux. Diego se colle à moi, m'embrasse dans le cou. Il m'aide à équilibrer le poids, à lancer.

Les quilles alignées au fond me rappellent des enfants. Cette armée de bambins qui arrivent au hasard, là où parfois ils ne devraient pas, là où personne n'a besoin d'eux. Je prends une nouvelle fois mon élan ; du bras, j'exécute un moulinet, je catapulte la boule en concentrant dans ce geste toute ma rage.

Dans la chambre, Diego mange le chocolat. Il pivote.

« Pourquoi n'adoptons-nous pas un enfant ? »

Il est fertile, lui, il peut se permettre d'être magnanime. J'aimerais lui flanquer un coup de poing, mais je souris, j'attends. Que le feu monte et redescende.

J'ai peur des enfants des autres. J'ai peur de la carte génétique, du trousseau des origines. Pour s'en remettre à la roue de la fortune, il faut avoir emmagasiné de l'air. Moi, je suis enfermée dans mon corps plombé. Que le monde garde ses enfants, moi je garde mon incapacité à donner la vie.

Je souris.

« Nous ne sommes pas mariés. Nous pouvons adopter un enfant à distance. »

À distance.

C'est une église

C'est une église du centre-ville qui regorge d'ors baroques, de voûtes graisseuses, de lumières réfléchies sur les fresques, de sombres allégories.

C'est la période du repentir, du calvaire. Du carême qui approche. Je m'assieds sur une petite chaise dorée sous une voûte latérale ; dans le fond sombre, deux vieilles filles, des femmes qui n'ont pas eu besoin de faire fructifier leur pauvre corps.

J'ai honte de croire. De m'abandonner à ce Moyen Âge. J'ai étudié l'origine scientifique de la vie, des micro-organismes qui ont plu dans les mers, la pensée des agnostiques, les réflexions des mystiques les plus libres… J'ai fait l'amour, me suis mariée et séparée de mon mari, j'ai voyagé, ai toujours agi sans scrupules. Qu'est-ce que je fiche ici, avec ces grenouilles de bénitier ? En ce mercredi après-midi, les magasins débordent d'œufs en chocolat… Les enfants attendent leurs cadeaux, et Lui, son calvaire.

Je me sens mal à l'aise sur cette petite chaise, inopportune, j'ai l'impression d'être une voleuse, comme ces touristes qui entrent sans foi, dans le seul but de jeter un coup d'œil sur les fresques, leur appareil photo autour du cou, la bouche salie par les sandwiches. Je veux m'en aller immédiatement, mais je reste, je pleure.

J'ai toujours cru que je pouvais tout dominer, que je pouvais maîtriser le moindre de mes pas. J'ai pris la pilule pendant des années. Quelle farce…

Je n'ai jamais été admise au banquet de la vie. Peut-être faut-il seulement que je baisse la tête. Tout le monde n'est pas censé avoir des enfants, je le sais.

Je me tiens là, les mains agrippées à la bandoulière de mon sac, mon portefeuille gonflé de cartes de crédit, mes papiers d'identité, mes signes distinctifs : yeux bleus, cheveux châtains, sexe féminin. Ventre mort.

Je suis une femme que son intelligence égratigne. Tout ce qui semblait devoir m'aider m'abandonne.

De la foi, je n'ai pas le courage. Pas même l'innocence.

Dieu n'est que le lointain complice des infirmités humaines.

Mais le généticien a parlé d'un miracle, d'une chance infime livrée à l'ineffable. C'est pour ce miracle que je suis entrée, voilà la vérité. J'ai fait cette tentative grotesque et je vais m'en aller maintenant, la queue entre les jambes, découragée par ma foi trop faible pour me permettre d'espérer la moindre récompense.

Je m'apprête à partir, mais soudain quelque chose me retient, quelque chose qui me fait baisser la tête, c'est une main qui m'abaisse, m'invite à l'humilité.

Je ne crois peut-être pas en Toi, mais Toi, Tu es peut-être assez généreux pour croire en moi...

Voilà que j'ai appris à prier.

.. permets-moi seulement de lire un signe plus favorable dans ce destin... c'est la seule chose que je Te demande.

Je porte à mon front de l'eau bénite. L'archange Gabriel se tient tout près de moi, en une Annonciation à l'enseigne de la frayeur. La Vierge y est représentée menue, misérable, écrasée par cette vision. Par ce devoir.

À la salle de gymnastique, je passe beaucoup de temps à m'enduire de crèmes pour adoucir ma peau. Quand je fais l'amour, je m'applique, j'ai peur de retourner à la lumière. Je me concentre, cherchant au fond de moi un plaisir immobile, comprimé dans une solitude lointaine. Le moindre bruit me dérange. Diego retombe à côté de moi. Nous sommes deux corps séparés.

Il regarde mon dos. Il dit que nous ne sommes pas obligés de faire l'amour, que nous pouvons également rester ainsi, enlacés...

Je contemple son corps nu, ses testicules fertiles.

Je l'agresse, exige une violence qu'il n'a pas.

Si nous baisons, nous sommes sains et saufs, nous formons un couple. Sinon, que somme-nous... que serons-nous ?

Mon ventre est tout de muscles. Je lui plaisais davantage avant, lorsque c'était un sac chaud, plein de bruits bienveillants, de toiles d'araignées blanches. Je sais qu'il pose sur moi un regard nostalgique. Peu m'importe. Cette dureté me protège. Je n'ai plus le ventre d'une mère, il est bon qu'il s'y habitue, je serai une maîtresse toute ma vie. Une créature appropriée à une sexualité sans conséquences.

Ses yeux, sa nostalgie m'agacent. Tout comme ses photos sur le mur. J'ai parfois l'impression que ces flaques qu'il a photographiées, ces pieds indiscrets se moquent de moi, de mon incomplétude. Quelque chose, dans cet appartement, nous a porté malheur.

Les locataires précédents n'ont pas eu d'enfants, eux non plus.

« Mais ils se sont beaucoup aimés », m'a confié le concierge. Je vais devoir espérer avoir la même chance. Je songe à la vie qui nous attend… à la vieillesse, à nos quatre jambes seules.

La jeune femme simple qui s'occupe de ma manucure me demande pourquoi je n'ai pas d'enfants.

J'aimerais lui répondre de se mêler de ses oignons. Sans détourner les yeux de la revue que je feuillette, je dis : « Mon compagnon n'en veut pas. »

Elle est contente de ma réponse : d'après les sondages, affirme-t-elle, nombreux sont les hommes qui ne veulent pas d'enfants. Ils ont peur d'être négligés par leur femme.

Va-t'en, petit. Va-t'en, Diego.

De temps en temps, je pense qu'il devrait se trouver une autre compagne, une de ses étudiantes. Une fille aux ovaires pleins, à l'utérus sans cicatrice.

S'il ne m'aimait pas, ce serait plus facile.

Je me poste devant son studio de photo. Je l'imagine sortant avec une fille, l'embrassant à l'ombre d'un mur, lui roulant une pelle, mêlant sa salive à la sienne, comme nous avons mêlé la nôtre. Je tremble, et pourtant j'espère : j'ai envie de m'arracher à ces limbes, de lui flanquer un coup de pied au milieu de la rue, de lui cracher au visage que c'est moi qui ai raison…

Mais le voici. Seul ou accompagné, c'est du pareil au même. C'est toujours lui : bonnet de laine, visage maigre, long corps de travers. Il se dirige vers sa moto. La bandoulière de son sac coupe en diagonale son dos un peu voûté.

Nous nous mettons à table. Nos quatre coudes sont proches, comme chaque soir. Notre table pourrait accueillir au moins deux gamins. Mais il n'y a personne pour salir quoi que ce soit. Nous sommes riches, stériles, organisés. Après le dîner, la saleté disparaît en un instant, le bruit aussi. Nous rangeons nos deux assiettes dans le petit lave-vaisselle. Nous sommes devenus trop polis, trop attentionnés l'un envers l'autre. Je referme la machine. Le témoin rouge s'allume – ce bruit d'objets qu'on nettoie dans le noir.

« Tôt ou tard, tu en trouveras une autre, tu verras... et tu lui feras un enfant... »

Je le lui dis de dos, enfermée dans mon corps maigre, dans mon cachemire noir.

« Je te comprendrais, j'ai trop d'affection pour toi... » Je souris, me touche la tête, ma nouvelle coupe de poussin mouillé.

Il m'attrape violemment par la nuque et m'attire à lui.

« Moi, je n'ai pas d'affection pour toi, espèce de conne. Je t'aime. »

Nos amis commencent tous à avoir des enfants ; leurs appartements sentent le linge étendu à l'intérieur, la semoule et les tisanes de fenouil... J'invente des excuses pour ne pas leur rendre visite. Je me persuade qu'ils sont ennuyeux, qu'ils sentent la friture, le marasme domestique. Je m'achète une nouvelle robe. Dépenser de l'argent m'offre de petites rafales de satiété. Dans les cabines d'essayage, la maigreur est une vertu, les tissus collent à mon ventre plat... j'éprouve un certain plaisir à piétiner les vêtements dont je ne veux pas.

Je suis peut-être plus sexy. Quand je me maquille, je vois un poing qui s'abat sur mon visage, un gros gant de boxe qui m'écrabouille le nez, me noie les yeux de beurre noir.

Nous allons au cinéma, aux concerts, dans les restaurants fréquentés par les homosexuels et les artistes, des gens qui pensent à eux-mêmes. Je laisse mon manteau Armani au vestiaire, perchée sur mes hauts talons, je me dirige vers notre table.

Nous venons de commander. Vin de prix, plats excellents, table raffinée. J'imagine qu'un terroriste entre par la porte à tambour et se met à tirer des rafales de mitraillette au hasard... sur ces nappes, sur ce mur de bouteilles de prix. Éclaboussures de vin et de sang. Je me lève, agonisante. Le ventre transpercé par les rafales. J'expire, en riant comme le Joker dans *Batman*.

Je décide de faire une psychanalyse.

Je m'entretiens avec un homme, je refuse d'avoir affaire à une femme : j'ai peur qu'elle soit fertile.

L'homme parle peu, assez pour que je comprenne qu'il ne pourra jamais me comprendre. Je ne crois pas en l'intelligence. J'y ai cru, mais c'est terminé. Je crois en la nature, en ses cycles. Le psychanalyste s'exprime avec un sérieux professionnel, il ne veut pas être sans-gêne, il veut juste me fournir des instruments. Ses instruments ne me servent à rien. Je devine tout le parcours. Je devine que c'est une formule, une règle appliquée qui marche en général. Pas avec moi. Je pense aux grenades, à leurs grains rouges… je pense à une chienne qui met bas, j'écarte légèrement les jambes pour faciliter l'accouchement.

Je devrais lui confier ces associations d'idées, mais je n'en ai pas envie.

Je m'en vais et ne reviens pas.

Je n'ai pas besoin de cet homme.

Parfois je m'approche des poubelles, des cagettes renversées après le marché. Et si j'y trouvais un nouveau-né abandonné ? Je ris en mon for intérieur, accrochée à mon manteau noir. Je deviens un peu folle. Cela ne me déplaît pas.

Cela me passera, j'arrêterai un jour d'y penser. Il y a un tas de gens qui n'ont pas d'enfants, qui n'en veulent pas. Les supermarchés regorgent de produits pour célibataires, de barquettes d'une portion, de plats précuits.

Mais Diego et moi ne sommes pas comme ça. Nous nourrissons les chats dans la cour. Un pigeon couve sur notre balcon, il ne cesse de roucouler, sème des plumes partout : je devrais le chasser à coups de balai et jeter ses œufs. Deux bestioles noires, trempées, puantes, jaillissent des coquilles. Aussitôt, Diego fabrique des barrières en carton : il a peur qu'ils ne tombent, il a peur des chats. Les jeunes pigeons finissent par rejoindre les gouttières et leur famille, il ne reste d'eux qu'un tapis de guano blanc et noir qu'il me faut racler.

Un soir, nous entrons dans une animalerie que nous trouvons par hasard sur notre chemin. La vitrine regorge de chiots qui halètent dans leurs cages, sortent leur petite langue rose. Diego prend dans ses bras un jeune teckel et laisse ce ver noir, aussi luisant qu'une chaussure vernie, lui lécher le visage. Il rit. C'est la première fois que je le vois rire depuis longtemps. Je touche les cages, un pauvre perroquet à plumes vertes et jaunes… Je renifle ces relents poussiéreux de sciure sale, d'aliments pour animaux, ce n'est pas l'odeur de ma vie. Diego pose la main sur mon épaule, il a abandonné le chiot, l'a rendu au vendeur, à la cage où ses frères gémissent.

« Allez, on s'en va.

— Tu ne le prends pas ?

— On va y réfléchir. »

J'appelle des ouvriers et fais repeindre l'appartement, change la vieille baignoire pour un jacuzzi, fais enlever les carreaux de la cuisine, choisis des émaux de couleur vive. J'arpente l'escalier de l'immeuble, munie de nuanciers de peinture, d'échantillons de tissus pour les rideaux, pour le dossier du lit. Je suis aussi vive qu'une mouche, emplie d'une nouvelle vitalité.

« Tu aimes les canapés ? »

Diego acquiesce, les essaie. Le vieux lui convenait, il était plus confortable, et puis il aimait ses coussins mous, ses accoudoirs sales... lui, il ne changerait jamais rien. Il a trente ans, sa frimousse d'adolescent. Il est seulement un peu plus lent, moins solide. Une petite toux sèche s'est agrippée à sa poitrine, elle sort par quintes lorsqu'il est nerveux.

Comme d'habitude, il perd ses affaires, ses lunettes, ses rouleaux de pellicule... mais il s'entête maintenant à les chercher, s'épuise dans cette chasse au trésor domestique.

Papa nous prête main-forte, il se penche sous les meubles, scrute nos étagères avec circonspection... il ne veut pas fouiner, il veut juste nous aider.

Il a trouvé le rouleau égaré, il le rend à Diego, mais l'instant suivant ce sont les clefs de la voiture qui ont disparu.

Papa plaisante, il dit à Diego qu'il se ramollit, qu'il vieillit. Il perçoit notre lassitude. Le soir où je lui ai annoncé que je ne pourrai jamais avoir d'enfants, il a posé sa main sur ma bouche pour m'empêcher de parler, de souffrir. Puis il a déposé un baiser sur sa main immobile. Il a embrassé mon destin, notre lignée qui s'arrêtait là. Il a embrassé ma blessure. Comme lorsque je tombais de vélo, dans mon enfance, et qu'il couvrait de baisers mes genoux écorchés pour me guérir.

C'est fini, mon amour, c'est fini.

La toux de Diego m'inquiète, je l'accompagne chez le radiologue. Il n'a rien, pas même une bronchite. Mais sa voix est plus grave car, à force de tousser, ses cordes vocales ont une inflammation. Sa voix fait comme un gémissement d'enfant, qui m'impressionne.

Je lui achète une grosse écharpe, je lui prépare une inhalation, comme une mère trop anxieuse. De celles qui rendent leurs enfants malades pour éviter d'avoir à s'en séparer.

Il inhale la vapeur, me sourit.

« Je suis patraque », dit-il.

Il semble heureux de l'être, il attend de moi un sourire, une bénédiction.

Le sapin de Noël a crevé, il n'a pas résisté sur le balcon. Je soulève la motte de terre sèche et la jette à la poubelle.

La pièce du fond abrite maintenant une salle de gymnastique, c'est le décorateur qui en a eu l'idée. Au mur, de grands miroirs et un espalier; au centre, un tapis roulant. Je cours sur le ruban, dans le noir, en tête à tête avec les lumières de la rue. Il fait nuit et je transpire. La transpiration coule dans ma bouche... elle a un goût amer, de toxines, de rage, on dirait le crachat d'un animal millénaire, disparu. Dans la glace sombre, mon corps s'agite. Cette pièce était destinée à l'avenir. En bas, sur le trottoir, quelqu'un rit... Le tapis roulant va plus vite que mes pas; quand je m'en aperçois, je suis déjà tombée.

Le poignet foulé et une petite bande blanche sous la manche, je vais rendre visite à Viola, qui a accouché. Elle est couchée, dans un peignoir froissé, elle a sa tête habituelle, la tête qu'elle affiche au bureau et lorsque nous allons au bar. Seules différences : son ventre un peu relâché et la perfusion collée à son poignet par un sparadrap blanc. Elle se tient bien tranquille dans cette chambre d'hôpital; sa voisine, une femme de couleur, tient une petite radio plaquée sur l'oreille.

La jambe relevée, pliée dans le lit, le teint jaunâtre, les cheveux en désordre, elle sourit.

« Hé, tu es venue... »

Je jette un regard circulaire, me demande pourquoi elle n'a pas choisi un cadre plus reluisant. Mais Viola est une créature négligente : elle a perdu les eaux, elle a appelé une ambulance, qui l'a conduite dans un hôpital où il y avait de la place.

« On fume une cigarette?

— Tu peux fumer?

— Qu'ils aillent se faire foutre... »

Nous nous appuyons contre la balustrade sale d'une espèce de balcon pas plus large qu'un paillasson, au-dessus des grilles d'une cantine d'où s'échappe une odeur de cuisine.

Viola fume, jette dans le vide le cylindre blanc, regarde en bas le pâturage de l'hôpital, les malades, les visiteurs qui arrivent.

« Tu es contente ?

— Oui... »

Visage épuisé dans le vent.

Pendant sa grossesse, elle s'est séparée de son petit ami, un crétin couvert de tatouages. Elle a continué toute seule tant bien que mal. Pas de poésie sur ce ventre, pas de film d'amour. Un réalisme expéditif, rien de plus. Et pourtant, c'est une fille qui ne manque pas de douceur.

Je l'aide à se nettoyer le cou avec des lingettes, range le tiroir de sa table de nuit en métal – jus de fruit renversé, revue poisseuse. Elle me remercie en hochant la tête. Je descends, lui achète un paquet de cigarettes, une glace. Il me paraît étrange qu'elle soit seule alors qu'elle vient d'accoucher.

« Où est ta mère ?

— Au camping. »

Tout ce que je vois jure avec l'idée de maternité, avec ce miel écœurant que je croyais devoir avaler en guise de punition. Viola est tellement inerte, si seule, que j'en suis rassérénée. Elle ne semble pas avoir accouché, elle pourrait aussi bien être tombée de Mobylette et s'être cassé la jambe.

On amène le bébé. Viola me le tend tout de suite, ainsi qu'elle ferait d'un dossier ou d'un sandwich.

« Comment est-il ? » me demande-t-elle.

C'est une petite chose noire au nez écrasé, on dirait déjà un adulte. Il n'a même pas l'air italien, il a l'air afghan, il ressemble à son père.

« Il ne lui manque qu'une cravate, on dirait déjà un homme… Il va rentrer à la maison sur ses jambes. »

Elle éclate de rire, déclare que j'ai raison, ajoute : « Tant mieux. » L'Afghan ne pleure pas, il est sage, serein.

« Pourvu qu'il dorme…

— Tu as du lait ? »

Ses seins sont encore menus. Elle prend le bébé et l'approche du mamelon, pour obéir à l'infirmière qui lui a dit : « Si le bébé ne tète pas, le lait ne montera pas… »

« Qu'elle aille au diable, elle et sa blouse blanche. »

C'est moi qui l'aide. Moi qui ne sais rien faire… Je m'installe à côté d'elle sur l'oreiller, soutiens la tête du petit, lui pince le menton pour qu'il ouvre la bouche.

D'après Viola, je suis plus douée que l'infirmière. Je ris, je rougis.

J'étreins mon amie : elle sent la transpiration, l'effort. Elle fond en larmes au moment où je pars. Et sourit entre ses larmes.

« Ce sont les hormones qui baissent… »

J'emboîte le pas à l'infirmière qui ramène le bébé à la nursery. Je contemple derrière la vitre ces berceaux de métal, cette plantation de têtes. Des graines qui percent dans la neige. J'ai lu dans le journal, il y a quelques jours, qu'une femme a volé un enfant dans une nursery. Elle n'est pas allée loin, elle s'est arrêtée sur un banc à quelques pâtés de maisons de l'hôpital. Quand les policiers se sont approchés, elle a été heureuse de rendre le nouveau-né : il pleurait, et elle ne savait pas comment le consoler, elle n'avait pas imaginé qu'il pouvait pleurer autant, qu'il pouvait avoir faim. Elle n'avait pensé à rien, ni au traumatisme de la mère, ni aux conséquences de son acte. Elle avait agi d'instinct, comme un chien, elle avait saisi l'os dont elle avait besoin. Autrefois je n'accordais pas d'attention à ces nouvelles, je ne les lisais même pas, elles ne m'intéressaient pas. Maintenant elles m'attirent, je songe aux yeux de cette femme incapable de dompter les lambeaux de son inconscient.

Je descends l'escalier de l'hôpital, monte en voiture. Viola ne sera peut-être pas une bonne mère, elle a trop besoin d'aide pour l'être, elle est trop malheureuse. Mais ce n'est pas dit. Je dois accepter l'idée que les enfants poussent comme de l'herbe, au hasard, là où le vent dépose les graines.

Nous recevons de Roumanie les lettres des deux enfants que nous avons adoptés à distance. Je ne les lis même pas, je n'ai pas envie d'établir le moindre contact avec eux. Je remplis le formulaire du compte postal, j'envoie l'argent, ça me suffit.

Diego marque au crayon rouge les photos à expédier à Milan. Le mannequin est maigre ; vêtue de loques en tissu de camouflage, d'une casquette à visière, de chaussures militaires, elle a le visage noirci comme un soldat qui rampe dans la forêt.

La télévision est allumée, elle montre la boucherie du Rwanda. Personne n'écoute, excepté papa. Des formes noires flottent dans un fleuve de boue rouge… Je m'approche.

J'interroge : « Qu'est-ce que c'est ?

— Des morts. »

Je regarde ces corps éventrés à coups de machette, ces têtes détachées. Des frères qui, du jour au lendemain, ont commencé à s'entretuer. J'éteins le téléviseur, encore parcourue d'un frisson. Qui dure peu. J'ai noté le numéro de compte courant qui défilait en surimpression sur l'écran, j'enverrai aussi de l'argent à ce fleuve d'orphelins noirs.

Mon père boit un whisky, Diego dort. Ce soir, il avait sa voix déprimée, sa voix de castrat.

Papa demande de but en blanc : « Écoute, Gemma… pourquoi n'adoptez-vous pas un enfant ? »

Je lui réponds sans émotion : nous avons deux enfants adoptés à distance, cela suffit.

Il acquiesce, mais il est nerveux.

« Vous êtes jeunes, gentils…
— Nous ne sommes pas mariés, papa… »
Il comprend, la tête lourde, il dit qu'il n'y avait pas réfléchi. Il se dirige vers le couloir, prend son manteau, et sort. La sonnerie de la porte retentit.
« Qu'y a-t-il, p'pa ? Tu as oublié quelque chose ?
— Pourquoi ne vous mariez-vous pas ?
— Bonne nuit, papa. »

Nous nous mariâmes. Cérémonie civile. Quelques membres de la famille et nous, et les témoins : Duccio, le nouveau manager de Diego, bretelles rouges et complet à fines rayures blanches ; Viola, son petit Afghan dans les bras. C'était un jour quelconque, un jeudi, un jour anonyme, plutôt triste. Il n'y avait pas eu de préparatifs, tout s'était déroulé à la hâte avec une certaine brutalité de ma part. Nous avions attendu le délai d'usage des bans et, au jour et à l'heure convenus, nous étions présentés dans cette salle dont l'entrée était flanquée de deux armures en bronze, à côté d'un drapeau tricolore qui pendait mollement. Un couple de quinquagénaires, des divorcés qui se remariaient, patientait avec nous. Je portais un tailleur gris, un peu trop austère. À la dernière minute, j'avais noué un foulard à fleurs autour de mon cou pour l'égayer un peu. Diego arborait la veste en velours qu'il avait mise tout l'hiver. Seul indice d'une quelconque cérémonie, un papillon moutarde noué de travers sur sa chemise sport.

À la sortie, Viola tira de son sac un paquet de riz sous vide. Nous attendîmes qu'elle ait déchiré le plastique avec ses dents, qu'elle ait fait le tour de tout le monde. Instants ridicules, agaçants. Enfin, sans surprise, la grenaille frappa nos visages contractés.

Diego prit les photos : il posa son appareil sur une petite colonne en marbre et nous rejoignit en courant. Je ne me rappelle pas les avoir jamais vues.

Nous nous réfugiâmes dans un restaurant proche du Capitole, bourré de touristes allemands. Je n'ai pas beaucoup de souvenirs de cette journée. Ma mauvaise humeur l'avait empoisonnée. Diego leva son verre en direction des touristes de la table voisine et trinqua avec eux. Sifflements et vœux allemands s'ensuivirent. Les États-Unis bombardaient l'Irak. La nuit précédente, nous avions regardé, collés au téléviseur, les B52 et les Wild Weasels lancer leurs bombes guidées laser…

« … Ils disent qu'ils ne frappent que des objectifs stratégiques… puis ils abattent un hôpital, un car… Ils présentent leurs excuses attablés en conférence de presse devant une bouteille d'eau minérale… »

Mon père agitait les bras.

« Tu sais ce qu'il y a écrit sur les missiles ? Les gars du bataillon Apache s'amusent... Ils écrivent sur l'un ÇA, C'EST POUR TON CUL, SADDAM, et sur un autre ET ÇA, C'EST POUR LE CUL DE TA FEMME . »

Il avait un peu trop bu et ruminait ces réflexions en mâchant lentement. Le monde lui déplaisait de plus en plus. Autrefois, c'était ma mère qui équilibrait son humeur, qui le ramenait aux petites choses du quotidien, banales ; il s'était rebellé après sa mort, et il errait maintenant dans ses pensées.

J'avais une alliance flambant neuve au doigt et une petite mine désagréable. Je n'étais pas contente. Je m'étais mariée pour pouvoir adopter un enfant. Désormais nos noms voyageraient en couple dans les tunnels sans fin de la bureaucratie italienne. Je craignais que cette déposition légale de notre amour nous dépouille. En signant le registre, près de Diego, je n'avais pas éprouvé de joie, mais le goût amer d'une défaite. Ce mariage sanctionnait de manière définitive mon infirmité.

J'émiettais du pain sur la table. De temps en temps, Diego appuyait sa tête contre la mienne. Papa leva son verre et fit tinter sa fourchette dessus pour appeler l'attention. Il estimait qu'il fallait, dans certaines occasions, dire les choses tout haut. Il garda un moment le silence, suspendu à sa bouche ouverte... la pause s'éternisait, virait au pathétique. Il balaya du regard notre pauvre tablée, quelques amis modernes et blasés. Il plissa les paupières, comme il en avait l'habitude, pour réunir ses sourcils épais, ses pensées, avant de lâcher ces quelques mots :

« Je souhaite aux mariés santé, paix, prospérité et... et ce qui arrivera... »

Il nous regarda, Diego et moi, comme si nous formions un corps unique. Un nœud lui serra la gorge, il tenta de le déguiser en rot. Il se cacha le visage dans sa serviette. « Pardon. »

« Annamaria me manque... », bredouilla-t-il.

Viola se plaignit que la viande était trop dure.

« Commande autre chose », lui répondis-je, irritée.

Duccio n'attendit même pas le dessert : il retournait à ses top models.

Le papillon de Diego resta dans la poche de sa veste en velours, où je le découvris quelques jours plus tard.

Nous ne fîmes pas l'amour ce soir-là. Diego ouvrit la bouteille de champagne qu'il avait laissée au réfrigérateur, vint porter un toast avec moi. Nous enroulâmes nos bras, renversâmes du champagne dans nos cous, sur nos vêtements. Nous devînmes hilares et loquaces. Nous avions peur du silence... peur de nous retrouver nus et défaits.

Le téléphone nous réveilla. C'était Gojko, qui sifflait la marche nuptiale dans le combiné. Il aurait dû être témoin, mais il aurait fallu pour cela des papiers, des visites à l'ambassade, et nous étions tous trois indolents, et réfractaires à la bureaucratie. Nous avions donc laissé tomber.

« De toute façon, c'est toi le vrai témoin, l'unique..., lui dis-je.

— Je le sais... hélas je ne suis qu'un témoin. » Il ricana. « J'aurais préféré être l'assassin. »

Il nous interrogea à sa façon sur notre lune de miel.

« Sous quels cieux de riches irez-vous baiser ? »

Diego sourit, se frotta la tête, les yeux tournés vers moi.

« Nous restons à Rome pour travailler.

— Tu es fou, espèce de couillon ! Quand on se marie, on part, on prend sa femme dans ses bras et on va... »

Je me demandai ce qu'il imaginait... un de leurs mariages pleins de fureurs, une épouse couverte de broderies au milieu d'un champ d'hommes ivres, bourrés de *šljivovica*. Il ne se figurait certainement pas notre réserve, notre appartement dans la pénombre et nous deux, immobiles dans les plis du lit, ensommeillés, maussades.

« Prends ta femme et amène-la à l'hôtel ! »

Diego sourit.

« J'essaierai. »

Il raccrocha, me jeta un coup d'œil, éteignit la lumière.

« Allons au Grand Hôtel, prenons une suite... »

Je marmonnai une phrase d'épouse négligée et pensive...

« À quoi bon gaspiller de l'argent... »

Il se tourna, s'agita un peu, puis se leva. Je le trouvai au matin sur le canapé, devant le téléviseur allumé sur une image de gros lard moustachu qui vendait des tableaux naïfs... Torse nu, un bras pendant sur le tapis, la bouteille de champagne vide. Je ramassai une pantoufle, un coussin. J'allai dans la cuisine, regardai à travers la fenêtre la circulation, les étals du marché. Je restai là, collée à la vitre, absente, mêlant tout ce que je voyais en une unique bouillie aux couleurs sales, boueuses.

Deux jours plus tard, nous présentâmes une demande d'adoption au tribunal des mineurs. La longue marche des certifications, des administrations publiques commença. Nous attendions maintenant le papier timbré, les questionnaires, l'état civil, les extraits d'actes de naissance. Cette grossesse extracorporelle de moisissures bureaucratiques ne me déplaisait pas. C'était du temps qui passait.

Le problème s'était déplacé de mon corps aux paperasseries administratives, aux casiers ministériels. Je prenais ma Mobylette, la calais sur sa béquille, me précipitais dans les escaliers. Je me liais d'amitié avec des huissiers, des employées courtaudes et hautaines.

Mon père alla chez le notaire souscrire son accord pour sa succession. Diego se rendit à Gênes. Il y avait une tache dans son casier judiciaire, un petit délit commis avec les ultras de Marassi, pour lequel il avait été inculpé et condamné.

Nous fûmes convoqués à la préfecture de police. Nous rencontrâmes un jeune homme rondouillard au nez camus. Un type inexpressif, arrogant. Le visage écrasé et albinos d'un de ces poissons qui vivent sous le sable.

Je me rappelle son briquet, un petit objet en or qu'il ne cessa de tourner et de retourner entre ses doigts. Il parlait à voix basse sans nous regarder, ou presque, se léchait tout le temps les lèvres.

Diego était entré dans la pièce en souriant, insouciant : ces histoires-là appartenaient à une autre vie. Le type leva le menton.

« Enlevez votre couvre-chef, s'il vous plaît. »

Diego ôta son bonnet de laine, pria le policier de l'excuser.

Soudain celui-ci lui dit : « Arrêtez de remuer. »

Diego se balançait un peu, les yeux luisants, s'efforçant de se remémorer cette époque…

Il se figea, changea d'expression. Il répondit aux questions d'une voix irritée. Une lueur que je ne lui connaissais pas éclairait maintenant son regard. Le type en uniforme se montrait de plus en plus insinuant. Il se lécha une nouvelle fois les lèvres. Sa pâleur trahissait un léger sadisme. Brusquement, nous eûmes l'impression d'être deux criminels. Il savait tout de nous, de nos voyages à Sarajevo et du reste. Je me mis à balbutier, à chercher des justifications à mon mariage qui n'avait duré que quelques mois. Le type me photographiait de son regard lagunaire qui s'immobilisa soudain sur mes seins. Je tirai sur le col de mon chemisier. Diego bondit sur ses pieds. Et, comme le policier déclarait qu'il n'avait pas terminé, il lança : « Qu'est-ce que vous voulez ? Nous coffrer ? »

Dès lors, nous eûmes la sensation d'être épiés. Une voiture de police ralentissait de temps à autre en bas de chez nous.

Le psychologue du dispensaire fut gentil et je-m'en-foutiste. Nous gagnâmes à pied ces bureaux quelque part dans la banlieue, un centre d'hygiène mentale. Un bel immeuble années vingt, décrépi, entouré d'un jardin sauvage. Un désert de pièces, de chemises fumant à la fenêtre, de drogués au pâturage. Près de nous, une femme indéfinissable qui trimballait son portefeuille dans une poche en plastique froissée.

Nous entrâmes. Le psychologue du dispensaire nous sourit, il était au téléphone, il ne raccrocha pas. Puis il nous questionna, remplit le formulaire, formula un jugement très positif sur nos personnes.

Enfin, nous prenons place pour le premier entretien. La psychologue qui nous suit est une femme robuste, elle s'attarde sur le seuil avec l'assistante sociale, une fille fade, vêtue comme un homme d'un gilet et d'une cravate. Puis elle s'approche de nous, nous regarde sans nous regarder, en posant notre dossier sur la table. Elle a les cheveux fournis, de petits yeux cernés de bistre, et plusieurs colliers bruyants. Elle a dû être belle... J'observe ses lèvres charnues, ses dents blanches qu'elle ne cesse de montrer, une bouche à la fois sensuelle et vulgaire. Elle lève les yeux et je comprends qu'elle va me détester. Il y a des femmes qui me détestent tout simplement. J'ai appris à les reconnaître au premier battement de cils. J'ai appris à me défendre. J'essaie de ne pas y penser, de ne pas me laisser influencer par cette première impression, je réponds à ses questions. Sa voix est aussi présente que son corps, elle sonne, sourde, dans cette pièce couverte d'affiches d'enfants, de mains qui se serrent. Elle me sourit, m'encourage à parler; il me semble en réalité qu'elle s'ingénie à me décourager. Ses prunelles roulent comme des billes, de Diego à moi. Je me sens fragile, hésitante. Elle soupèse nos imperfections. Diego est plus jeune que moi, ça se voit. J'ai le dos courbé, les bras croisés, je suis penchée en avant comme si j'avais mal au ventre. Il est évident que, des deux, c'est moi qui suis stérile. Je parle de choses inutiles, élude les questions. Impossible de dire la vérité. La vérité, c'est que je voulais avoir un enfant qui ait les yeux et les épaules de l'homme que j'aime. La vérité, c'est que la psychologue lit en moi, que l'adoption n'est pour moi qu'une solution de repli. C'est ma dernière chance. Si j'avais pu avoir un enfant à moi, je ne serais pas là, à l'heure qu'il est, devant cette femme qui me démasque et qui fait autant de bruit que ses colliers. Je ne suis mue par aucun esprit de bonté. J'ai seulement peur que Diego me quitte, je veux me l'attacher. Voilà ce que je veux. Je veux un cadenas de chair. Je manifeste de l'assurance, je glapis, mais j'aimerais m'effondrer, pleurer, accrochée à cette table couverte de pochettes cartonnées... tous ces dossiers de gens qui ont souffert, comme nous. J'espérais que la psychologue me convaincrait. Je croyais que c'était comme chez le prêtre, qu'une main experte vous prenait en charge et vous conduisait. Or cette femme fait seulement son métier : observer des parents. Elle me dit qu'à la vérité, c'est un parcours long, douloureux, qui nous attend, un calvaire pour l'esprit, pour l'âme.

« Même les couples les plus harmonieux, les plus motivés, subissent de terribles contrecoups. »

Une odeur se dégage de mon corps : j'ai les aisselles trempées d'une sueur nerveuse, acide. Du chagrin qui coule.

À la maison, je me rebelle : « Quelle salope ! Quelle grosse conne ! »

Je me sens blessée, dépouillée. J'ai l'impression qu'une main est entrée en moi, bien décidée à racler mes parties les plus intimes, à gratter les derniers caillots.

Diego s'enferme dans sa chambre noire. Qu'il y reste. Quand il est passé à côté de moi, j'ai eu envie de lui arracher son pull, de lui tirer les cheveux. Il ne m'a pas défendue, il m'a laissée m'enfoncer. Pendant que je parlais, la psychologue lui a demandé : « Votre femme vous semble-t-elle sincère ? »

La bouche entrouverte, il n'a pas bronché. Il a hoché la tête… Mais comme ces chiens factices à l'arrière des voitures, par automatisme, par inertie.

Je n'assiste pas à l'entretien suivant. J'ai un problème à la rédaction. Une excuse ridicule. En réalité, je n'en ai pas envie, j'ai l'impression d'être clouée au pilori.

Nous espérions que ce serait plus facile. Nous avions rêvé d'un enfant tout prêt. Nous savons maintenant qu'il nous faudra attendre longtemps, nous soumettre à des heures et des heures d'enquête. Nous savons que nous ne pourrons pas avoir de nouveau-né : on ne les confie pas aux couples sans expérience.

Diego a peut-être peur, lui aussi.

Le manuel de la maternité dit que les deux premières années sont les plus importantes. C'est sur ce fer malléable que bat le marteau. Après, on travaille un matériau plus dur.

Un publicitaire dont Diego a fait la connaissance à l'agence nous invite à dîner. Sa femme et lui ont adopté une fillette, Ludmina. Elle est mignonne, blonde, évanescente, elle ressemble à la fée Clochette de *Peter Pan*. Ils vivent dans un appartement moderne, télégénique. Assiettes foncées, grand comptoir au milieu de la cuisine. La mère est anglaise, aussi blonde que cette fille adoptée qui paraît vraiment la leur.

Peut-être l'ont-ils choisie pour ça : c'est une pensée mesquine, mais je sais que c'est la vérité. Je suis devenue très attentive, habile à scruter derrière les apparences. Tout est parfait, le vin rouge dans des verres d'œnophile, le flan de chou-fleur et béchamel. Mari et femme entretiennent apparemment une relation harmonieuse, ils sont gentils l'un envers l'autre. Le père ouvre le four avec un gros gant, la mère donne la becquée à la petite, bien qu'elle ait déjà six ans, ou presque. Plus tard, elle va la coucher après que Ludmina a dit au revoir aux invités, son doudou attaché à son bras comme son prolongement. Elle revient, allume une cigarette, tire les ramequins de crème cuite au bain-marie. Au bout d'un moment, la fillette réapparaît, elle demande à boire en russe. Quand elle est fatiguée, elle s'exprime dans sa langue. La mère éteint sa cigarette, lui tend de l'eau et la reconduit à sa chambre. Cinq minutes plus tard revoilà la petite, elle a toujours soif. Le père la raccompagne, elle ne cesse de revenir. Maintenant, elle a changé de tête : elle est moins évanescente. On peut palper le terrible embarras qui plane depuis un moment sur cette table à la mode... sans frontières. Un homme italien, une femme anglaise, une enfant russe. Peu à peu, le château de cartes télégénique s'effondre. La petite paraissait morte de sommeil, elle ne manifeste à présent plus la moindre intention de se recoucher. Les parents échangent un regard, peut-être s'apprêtent-ils à se disputer. Le publicitaire a maintenant les joues rouges, comme s'il voulait crier et qu'un bâillon l'en empêchait. La mère fume une autre cigarette, un peu de cendre tombe sur son chandail fin : elle la balaie, observe le petit trou. Nous sommes là. Ils nous prient de les excuser, sourient, laissent Ludmina agir à sa guise. Elle commence à lancer des coussins, à sauter, elle a actionné un horrible jouet parlant. En un instant, elle dément cette intimité, cette chaude atmosphère de spot publicitaire. Le père se lève, lui parle tout bas à l'oreille. La mère la rejoint, et la petite lui donne un coup de pied. Dans le même temps, on sert un porto à table. Enfin la fillette s'écroule devant des dessins animés, *Tom et Jerry*. Nous aussi, nous les suivons un instant sur l'écran, tête tordue. Le volume est si fort que l'œil est obligatoirement attiré. La mère extrait la cassette du magnétoscope, prend la parole. Elle me raconte un tas d'idioties poétiques, le voyage, la rencontre avec Ludmina dans la chambre d'un orphelinat. Un peu de vérité remonte bientôt à la surface. La petite la rejette, elle se souvient d'une mère, voilà pourquoi, quand elle est en colère, elle lui lance : « Tu n'es pas ma mère. » Cela va mieux avec le père, mais elle est très agressive. Il est bon qu'elle le soit, cela signifie que son chagrin ressort, la rage qui l'habite, celle de l'orphelinat aux lits dotés de barreaux aussi grands que ceux d'une prison. « Tu ne peux pas imaginer les conditions dans lesquelles ces gosses vivent… c'est indicible. » Elle s'attendrit. Puis elle prononce cette phrase authentique et terrible : « J'aime Ludmina… mais si je devais revenir en arrière, je ne sais pas si je le referais. Nous nous sommes chargés d'une souffrance qui ne nous appartenait pas. »

Elle tourne vers moi son visage blond, gentil, ignare. Peut-être vieilli par ces deux dernières années.

Il n'est pas vrai que tu adoptes un enfant. Tu adoptes la douleur du monde, le reflet de tes incapacités.

Le cinquième entretien se passe mieux. J'ai appris à être sincère. Je pleure, je ne parle pas. La psychologue affirme que les pleurs lui conviennent.

Au bout d'une semaine, je parle. De ma mère. Je dis que je ne l'ai jamais vue nue, qu'elle mettait du déodorant dans mes chaussures de tennis et me donnait à manger dans des assiettes en plastique pour gagner du temps. Je pleure sur le néant. Sur ces assiettes en plastique, sur cette stérilité.

Au bout de deux mois, j'avoue sans détours que l'adoption est pour moi une solution de repli. Et que je ne suis pas certaine de pouvoir aimer n'importe qui. J'ai pris goût à la vérité, elle a une saveur plus agréable. Plus outrageuse. Je dis que j'ai peur. De perdre Diego. Parce qu'il est plus jeune, parce que c'est moi qui suis stérile et qu'il a, lui, une « excellente qualité de spermatozoïdes ». Je raconte le calvaire des piqûres, des œufs clairs. Je ne pleure plus, je me regarde moi-même.

Aujourd'hui, c'est Diego qui pleure. Il tremble, tousse de sa toux rauque.

La psychologue nous laisse nous ressaisir un instant en tête à tête. À son retour, elle nous offre un bonbon. Nous mâchons ces sphères de réglisse caoutchouteuse qui nous font du bien.

La main de Diego est dans la mienne. Nous sommes deux enfants. Des petits enfants, de ceux qui se rencontrent à la crèche et s'aiment d'un amour qui les dépasse.

Je me tourne vers Diego. « Je veux un enfant qui ait ses yeux, sa nuque. »

Je me tourne vers la psychologue. « D'après vous, c'est possible ? »

La psychologue au corps robuste opine.

Elle répond : « Oui, c'est possible. »

Je l'étreins. Aujourd'hui, elle est ma mère. La vraie, celle qui m'a adoptée.

Au cours de la séance suivante, Diego parle de son père. Il décrit une salle des machines, un quai couvert de sciure.

Durant le dernier entretien, la psychologue nous dit : « Les enfants qu'on adopte ont quelque chose de plus, parce qu'on creuse en eux. Toi, Gemma, tu trouveras la nuque de Diego. Toi, Diego, tu trouveras ton père. » Elle déclare que nous avons appris à creuser.

Nous sortons. Je marche, serrée contre Diego. J'ignore où nous allons. Nous allons dans nos vieux endroits, sur notre péniche, qui est devenue un bar à la mode. Disparu, le canapé en similicuir couvert d'inscriptions obscènes où nous avons fait si souvent l'amour. Elle arbore maintenant un parquet de lattes blanches. Nous mangeons de la *bresaola*. Nous pleurons d'amour sur cette viande séchée, sombre. Notre chair est vivante et rouge. Je contemple le Tibre, dehors. Il n'a pas changé, il est toujours aussi jaune et coléreux. Je ne suis plus stérile. Mes mains sont douces. Diego affirme : « Nous avons toute la vie devant nous. »

Nous rentrons. Une nuque nous précède. L'enfant est si proche que nous pouvons le toucher.

Maintenant, la psychologue a confiance en nous. Elle nous rassure : ce n'est pas un saut dans le vide, il y a une marge de choix, des entretiens d'orientation. Diego réplique : « Pas de choix. » Le premier enfant qui entrera dans cette pièce, le premier enfant qui nous regardera sera le nôtre. On ne choisit pas les enfants, ce ne sont pas des pêches sur un marché.

Nous sommes un père, une mère. Nous sommes prêts.

Nos adieux ont lieu dans une pizzeria. Nous y mangeons la pizza la plus dégoûtante de notre vie, la plus boueuse, mozzarella et merde. Nous pleurons tous les trois. La psychologue dit : « Je n'ai jamais connu de jeunes gens aussi gentils que vous, aussi honnêtes. »

Notre demande a été rejetée. Nous sommes inaptes à l'adoption. Le casier judiciaire de Diego est souillé. Le flic glabre et mou a fouillé dans notre passé, il a flotté, flasque et obtus, jusqu'à nous.

Papa a apporté des nèfles, les fruits préférés de Diego. Il les lave, les partage en deux, suggère : « Changeons de pays. Allons vivre en Islande. »

Diego est à la fenêtre. Je regarde sa nuque.

J'ai grandi. C'est absurde, mais je sens que quelque chose est en marche vers nous. Oui, cette confiance est vraiment absurde ce soir.

Aujourd'hui, Gojko est de mauvaise humeur. Il a l'air plus vieux qu'il n'est, sa démarche est déjà celle d'un vieillard : il traîne les pieds, bras écartés, ses grandes mains ouvertes. À quoi ressemble-t-il ? À un de ces vieux moulins abandonnés au bord de la Drina. Un corps massif de briques sombres aux ailes cassées, tombantes… qui attend pourtant le ciel, le vent.

« Je n'imaginais pas qu'on pouvait reculer ainsi dans le mal, que ma génération s'était mise à poursuivre le mal à rebrousse-poil, à déterrer les morts de la Seconde Guerre mondiale et ceux des batailles contre les Turcs… dans le seul but de se vautrer dans la haine… Je n'arrive pas à le croire, nous avions la vie devant nous… un concert de U2, une fille qui nous aime et nous écoute… que nous manquait-il ? Pourquoi avons-nous préféré à cela la semence souillée, les puits empoisonnés, les carcasses putréfiées ? »

Nous sommes assis à l'arrêt d'autobus, sous un abri en plastique opaque, alignés sur un banc comme trois touristes fatigués qui se sont perdus, mais s'en moquent car ils ne sont pas pressés. Derrière nous, le disque métallique d'une piscine couverte évoque, avec son armature de tubes noirs, la carcasse d'un animal préhistorique. Devant, la rue est large et nue, légèrement salie par la pluie qui vient de cesser. Une voiture passe, une vieille Opel qui laisse un sillage noir derrière elle. Pietro porte la main à sa bouche.

Gojko sourit.

« On vit bien à Rome, pas vrai ?

— Oui, bredouille Pietro, assez bien… »

La voix enrouée de Gojko se colle aux mots, les rend menaçants. J'ai l'impression que la colère s'étend sur son visage.

« Ici, en revanche, tout te paraît un peu triste, un peu délavé… »

Pietro hausse les épaules, les yeux rivés sur l'avenue dépeuplée, sur l'arbre pelé dont le tronc fin ploie comme une canne à pêche….

« Non… j'ai aimé la place des échecs…

— La place des échecs est un repaire de vieillards pathétiques, de réfugiés, tu aurais mieux fait de rester Piazza Navona, dans ce bar devant la fontaine du Bernin… tu as la chance d'être italien. »

Je pose une main sur sa jambe, une main qui voudrait le consoler, mais qui est au contraire pleine d'effroi. Je presse sa cuisse. J'ai peur qu'il révèle quelque chose à Pietro. J'ai peut-être eu tort de lui faire confiance… il a subi trop d'épreuves, et son calme m'apparaît soudain comme une forme de rancœur sous la braise.

« Demande à ta mère comment était cette ville avant la guerre… »

Je me hâte de déclarer : « Elle était très belle. »

Je me tourne vers Gojko. Il se conduit de manière importune, il est méconnaissable.

« C'est ici qu'elle a rencontré ton père, tu le sais, n'est-ce pas ? »
Pietro acquiesce, tête baissée cette fois.

« Il était très sympathique… Ta mère, en revanche, était un peu hautaine, mais si belle qu'elle pouvait se le permettre… »

Pietro gratte son jean de ses ongles longs qui lui servent à jouer de la guitare. Il est nerveux, lui aussi.

« Arrête ! lui dis-je. Tu m'agaces. »

Il obéit, cesse de se gratter.

Deux adolescents aux pauvres sweat-shirts en acrylique frappés dans le dos de l'inscription OLIMPIK SARAJEVO jouent au football sur l'esplanade, devant le disque métallique. Gojko leur renvoie le ballon qui a roulé vers lui. Il se lève, se met à jouer… il est encore agile, il court, la balle collée au pied.

« Je veux repartir, m'man… Je veux rentrer chez nous.

— *Italijan!* s'écrie Gojko, le doigt pointé sur lui. Hé, Del Piero [1] ! »

Les adolescents s'approchent de Pietro, Gojko les a chargés de l'inviter. Ils se ressemblent, ils ont les mêmes yeux, les mêmes taches rouges sur les joues. On dirait qu'ils sont frères.

Pietro sourit, secoue la tête… Il n'a jamais aimé le football, ce n'est pas son sport. Il marmonne qu'il n'a pas les bonnes chaussures, mais il ne se fait pas prier.

Maintenant il dispute le ballon à Gojko. Il est doux, alors que Gojko joue sérieusement, mû par cette frénésie un peu pathétique des vieux quand ils se mesurent aux jeunes.

Un des adolescents le fait chuter, lui vole la balle. Pietro se relève, époussette son jean, reste en arrière, sautille dans son coin. Il a remonté la capuche de son sweat-shirt. Comme chaque fois qu'il cherche à se protéger.

L'autre adolescent le rejoint, le contourne, frétille autour de lui. Cette fois, Pietro parvient à lui subtiliser le ballon, il tire contre le mur, hurle qu'il a marqué. Les deux garçons sifflent, les doigts dans la bouche. Ils prétendent que la balle est dehors. Gojko écarte les bras. Quelque chose l'unit à ses compatriotes, une sorte de cruauté. Ils jouent sans grâce, pour faire mal. Pietro boite, il a les traits tirés sous sa capuche, les yeux rivés sur la balle comme sur un ennemi. Oui, un ennemi. Ils sont quatre, chacun joue pour soi… et pourtant, on dirait qu'ils sont tous les trois

1. Célèbre footballeur de la Juventus de Turin.

contre lui. Je m'aperçois qu'il est seul sur un terrain d'adversaires. Il est grand, fin, ses gestes sont élégants, il porte un jean et des chaussures de prix… Il est beau, il irradie. Il est gentil de nature, et il a été élevé comme ça. Giuliano lui a fait prendre des leçons de judo chez un maître de l'ancienne école, avec de bonnes manières, il a pris aussi des leçons de waterpolo, de tennis. Il est habitué à se battre loyalement, il n'est pas du genre à céder, mais il est incapable de faire du mal. Je le regarde comme si je le voyais pour la première fois, avec les yeux de ces adolescents que je trouve soudain laids et sans profondeur dans leurs survêtements en acrylique : ils ont les joues marbrées, leurs yeux fixes respirent la jalousie, peut-être la haine. Ce sont des enfants de la guerre, ils appartiennent à cette génération-là, ils ont des mères cancéreuses, des pères alcooliques, au chômage. Ils ont un corps massif, ils jouent grossièrement, flanquent des coups de pied dans les tibias fins de mon fils.

On ne peut pas avoir pitié de n'importe qui… Je ne les aime pas, je n'aime pas leur visage moite qu'on dirait composé d'un matériau de mauvaise qualité… leur chair sans lumière, faite d'ordures et de poussière.

Mon fils est sain et sauf. Il ne fait pas partie de ce camp. Laissez-le tranquille, espèce de porcs, débris.

Les *snipers* tiraient de cette colline, ils jouaient avec leurs victimes, les touchaient à la main, au pied… Certains visaient les testicules, d'autres un sein, ils avaient tout le temps de tuer, d'abord ils s'amusaient un peu.

« C'était comme si je tirais sur des lapins », a déclaré l'un d'entre eux dans une interview. Il ne se sentait pas coupable, il ne comprenait même pas pourquoi il suscitait tant d'intérêt, il n'était ni fou ni sadique. Il avait tout simplement perdu le sens de la vie.

« La pitié meurt avec le premier homme que vous tuez. »

Il était mort, lui aussi, voilà pourquoi il souriait.

Sur le chemin du retour, j'appelle Giuliano. Je marche, collée à mon portable, un doigt dans l'autre oreille, parce qu'il y a maintenant de la circulation, mauvaises odeurs, bruit.

« Mon amour.

— Mon amour. »

Je lui demande de m'aider, depuis l'Italie, à avancer notre vol. Il me dit qu'il essaiera.

« Vous ne deviez pas aller au bord de la mer ?

— Il fait mauvais, on mange mal, Pietro se plaint. »

Ce sont de petites excuses, modestes comme mon cœur, mes craintes. Giuliano le sent. Il m'abandonne au silence un moment.

« Giuliano ?

— Je suis là. »

Attends encore un peu, voilà ce qu'il pense, je le devine. Je vois son visage, ses yeux qui deviennent plus petits... je connais l'expression qu'il adopte quand il pense à moi.

« Où es-tu ?

— Dans la rue.

— Qu'y a-t-il devant... devant toi ? »

Je ne comprends pas sa question.

« Une rue laide, bondée de voitures, une boutique de téléphones mobiles, une boulangerie... une plaque couverte de noms de victimes...

— Ne fuis pas. »

Devant l'hôtel, je dis au revoir à Gojko sans le regarder. Il remarque que je suis distante, barricadée derrière ma veste, mes lunettes.

« Bonne nuit.

— Bonne nuit.

— Demain ?

— Demain nous dormirons un peu. »

Je sens dans mon dos ses yeux de traître qui me tiennent à leur merci.

Pietro ouvre la bouteille d'eau, se pend au goulot, boit longuement. Il rote et demande pardon.

Nous allumons le téléviseur. La chaîne qu'on capte le mieux est allemande, elle diffuse un jeu qui passe aussi en Italie, un de ces programmes exportables dans le monde entier, avec des boutons à presser et des cagnottes bourrées d'argent.

Immobiles sur le lit, nous fixons ce carré phosphorescent où se meuvent des gens hilares, tandis que glissent sur l'écran comme tombées d'un coffre-fort d'énormes pièces de monnaie, aussi fausses et brillantes qu'un trésor de pirates.

Je ne regarde jamais ce genre d'émissions. Mais, ce soir, je me laisse aller, cela me fait du bien, me détend. Cela me tire du bourbier, m'abêtit.

Un jour, j'ai demandé à Diego ce qu'il éprouvait quand il se shootait dans sa jeunesse.

« Un salopard devenait acceptable, le stade Marassi ressemblait au Maracana, mon scooter roulait aussi vite qu'une Harley Davidson… Je supportais mieux le monde, c'est tout. »

Je regarde l'écran, ces images qui pénètrent en moi sans arrêt… Au bout d'un moment, je ne pense plus à rien. Je me vide de tout, il ne me reste plus qu'une bouche hagarde qui sommeille, collée à mon visage.

Pietro s'allonge, regagne son oreiller.

J'éteins l'appareil, m'abandonne à l'obscurité de la pièce. Le pied de Pietro heurte le mien et s'attarde. Qu'a-t-il donc mon fils, ce soir ? Il a l'air plus gentil, moins enragé.

« À quoi penses-tu ?

— À rien, m'man. »

À en juger par sa voix, il est encore conscient.

Il n'écarte pas son pied. Je regarde ses cheveux dans le noir, tends la main et lui caresse la tête. Chez nous, il m'aurait repoussée d'un geste impoli, d'un grognement. Cette nuit, à Sarajevo, il accepte ma caresse. Mieux, il se rapproche peu à peu et se blottit contre ma poitrine, contre mon ventre, comme un fœtus. Je l'étreins. J'étreins mon fils comme je ne l'avais pas étreint depuis longtemps. Il est sans doute blessé. Par cette étrange journée, par cette ville où il croit être né par hasard, parce que son père était photographe et qu'il voyageait dans le monde entier. Maintenant, il respire plus fort, il dort peut-être.

Quelques jours avant de mourir, ma mère m'avait confié qu'elle avait rêvé de moi dans son ventre, un rêve si fort qu'au matin elle s'était sentie perdue. Elle était couchée dans son lit, à deux doigts de la mort, elle se touchait le ventre, surprise de le trouver vide. Elle était persuadée que j'étais retournée dedans.

« Quelle idiotie ! » lui avais-je dit, blessante.

Et puis, cela m'était arrivé à moi aussi. Pietro était petit, il avait eu une otite, du pus avait coulé d'une de ses oreilles, la fièvre montait.

Cette nuit-là, je l'avais gardé contre moi, minuscule et bouillant. Je m'étais assoupie quelques minutes. J'avais rêvé que j'écartais les jambes et que je lui donnais le jour. Sans souffrir, sans saigner. Je m'étais réveillée en poussant un cri, un long vagissement.

Effrayé, Giuliano avait allumé la lumière.

« Que se passe-t-il ? » avait-il demandé, les yeux éblouis.

Pietro dormait, sa fièvre baissait.

Je l'avais rassuré : « Un rêve.

— Un mauvais rêve ?

— Je te le raconterai demain. »

Cette nuit, mon fils dort contre moi, collé comme un gros fœtus. Cette nuit, dans cet hôtel, dans la lumière pâle qui monte de la rue, j'ai peur que Sarajevo ait une petite voix qui se mette à chanter et raconte. J'écoute la respiration de Pietro.

« Un jour, je le lui dirai peut-être », avais-je murmuré cette nuit-là à l'oreille de Giuliano.

« Je lui dirai que je ne suis pas sa mère. »

À Dubrovnik, le soleil flottait

À Dubrovnik, le soleil flottait dans toutes les particules de ciel, comme s'il avait fondu et coulait… sur les toits rouges de la vieille ville, sur la côte claire des murs d'enceinte. Nous contemplions, fascinés, ce lieu de mouillage. De vraies vacances, enfin.

Nous allâmes récupérer la voiture dans la cale du ferry. La porte du bateau s'ouvrit et une odeur abominable de carburant nous assaillit, apportée par la fumée noire. Nous aperçûmes Gojko sur le quai. Pantalon blanc, lunettes foncées, déjà noir de soleil. Un pied posé sur une des grosses amarres qui ancraient le bateau à la terre, il aidait les voitures à descendre, invitait d'un signe les conducteurs à redresser les roues, tout en discutant avec un officier en uniforme blanc, qui se tenait debout à côté de lui.

Diego pencha la tête à l'extérieur, fourra deux doigts dans sa bouche et émit son sifflement typique du *carruggio*.

Gojko se retourna vers nous et exhiba ses chicots en un large sourire qui fendit son visage comme un fruit mûr. Il nous rejoignit à toute allure en bondissant comme un félin par-dessus les coffres de voitures. Il pressa la tête de Diego sur sa poitrine avec des cris de bonheur. Il l'embrassa, le dévisagea, l'embrassa une nouvelle fois. Et une nouvelle fois s'écria : « *Dobro došli, Diego! Dobro došli!* »

Il fit ensuite le tour de mon côté. Je tentai de repousser ses assauts, mais il m'arracha littéralement à l'habitacle, me soulevant comme un fétu de paille.

« *Dobro došli u Hrvatsku*, belle femme ! »

Il prit le volant et nous conduisit sur le quai. Puis nous nous engageâmes dans les ruelles polies par la mer, serrés l'un contre l'autre comme deux frères. Gojko voulut à tout prix m'offrir un chapeau frappé du blason rouge et blanc de la Croatie. Je m'en coiffai, me regardai dans un bout de miroir. Ce couvre-chef me parut magnifique... Dessous, il me semblait que j'avais mon visage d'autrefois.

Dernière nous, Diego photographiait le port en se penchant sur la muraille. Gojko lui jeta un coup d'œil.

« Il t'a fait souffrir ? » me demanda-t-il.

Ses yeux d'homme des Balkans étaient profonds, menaçants, pleins d'honneur antique.

« Non... Il n'a rien à voir avec ça. »

Il ne s'attarda pas.

« Nous avons le temps », dit-il.

Il se retourna et s'écria : « Hé, l'artiste, prends-moi en photo avec ta femme ! »

Cette photo, je l'ai encore... Gojko y fait sa tête de martyr fanfaron ; moi, le chapeau croate sur mon crâne, et un short d'où jaillissent mes jambes maigres, je n'ai pas de visage : de l'huile, que Pietro a fait tomber dessus quand il était petit, l'a effacé.

Nous nous assîmes dans une auberge derrière le Stradun, sous une tonnelle d'hibiscus, devant une bouteille de vin et une assiette de petites olives noires. Nous jouâmes à celui qui, de nous, crachait les noyaux le plus loin. Diego gagna. Il gagnait toujours. Ses joues émaciées possédaient une force incroyable.

Gojko le pria de lui tendre une de ses sandales. Diego éclata de rire avant de s'exécuter. Gojko l'examina, l'air dégoûté, et la lui rendit. Il ôta un de ses mocassins et nous montra triomphalement l'inscription Dior à l'intérieur. Nous fûmes consternés. Il alluma une cigarette, se mit à fumer sous ses lunettes noires.

« Où les as-tu volées ? »

Il dit qu'il n'accepterait aucune provocation, mais qu'il nous payait une autre tournée.

Le soleil avait dépassé l'auvent ; en bas, la mer était immobile, turquoise. Nous étions presque ivres.

Gojko avait remis sa chaussure comme s'il s'agissait d'une babouche : elle était peut-être trop étroite, et son pied en transpiration avait gonflé.

Deux blindés stationnaient dans le port.

« Pourquoi sont-ils là ? demandai-je.

— Ce sont les soldats de l'*Armija*. De temps en temps, on les envoie en reconnaissance. » Gojko regardait la mer à travers ses lunettes américaines. Il y avait eu des tumultes à Krajina, des morts à Borovo Selo.

On avait rendu quatorze cadavres dont un privé d'yeux, et un autre d'une main. Diego posa une question.

Gojko sourit. « Des bagarres entre voisins. Des conneries. »

Il exhiba un gadget dont il était fier, une demoiselle en caoutchouc bien en chair et à moitié nue, avec une pince à la place de la tête. Il nous expliqua qu'on pouvait fixer sur ce cou la photo de qui on voulait.

Il fouilla ses poches et en tira une petite photo d'identité qu'il glissa dans la pince. Je la reconnus : c'était celle de ma carte d'entrée au palais des sports pendant les Jeux olympiques.

Il posa la poupée sexy pourvue de ma tête sur la table.

« Tu as été à mes côtés tout l'hiver… »

Diego lui flanqua un coup de poing.

L'île de Korčula était bordée de vignobles qui s'étendaient jusqu'aux anses tortueuses de la côte. Nous couchions dans un hôtel de quelques chambres, de style vénitien. Le matin, nous cheminions à travers les buissons de la garrigue et les rochers clairs jusqu'à une petite plage, que nous nous étions vite appropriée. Nous passions toute la journée dans l'eau. Je scrutais le fond pendant des heures, les petits poissons qui nageaient autour de moi dans cette mer aussi transparente que du verre. Les galets de la plage changeaient de couleur d'heure en heure : ils attiraient la lumière et semblaient se mouvoir, se tasser en permanence selon un ordre secret. Au petit matin, on avait l'impression de fouler une immense couvée d'œufs près de s'ouvrir. Au couchant, des dos d'insectes en marche. La nuit, le phare blanc de la lune rendait les rochers évanescents : ils se paraient d'un reflet métallique de charbon agonisant.

Gojko avait trouvé une chambre à air chez un marchand de pneus. Il se baladait dans l'eau, coincé dans sa bouée, les coudes appuyés sur le caoutchouc noir, un livre entre les mains ; de temps en temps, il chantait à tue-tête : « *Kakvo je vrijeme… Vrijeme je lijepo… sunce sija…* »

Le soleil lui avait provoqué une grosse brûlure au front sur laquelle il collait un bout de papier journal mouillé en guise de protection. Quand il était fatigué, il abandonnait sa position aquatique et gagnait, torse nu, une lointaine buvette, d'où il revenait en nage, muni de bières fraîches et de brochettes de poisson pour trois. Diego photographiait des flaques salines qui évoquaient des visages, des masques funèbres de guerriers antiques. Il avait trente et un ans, le temps l'avait bonifié. Ses traits étaient à la fois ascétiques et sensuels. Il avait le menton troué d'un enfant et ses yeux enfoncés dans les orbites étaient plus tristes qu'avant. J'avais trente-six ans, un corps encore jeune, mais un visage qui pâtissait de ma maigreur. Le bronzage soulignait mes petites rides d'expression. J'évitais d'allumer le néon trop violent qui éclairait la salle de bains de l'hôtel, je me maquillais dans la pénombre de la chambre, assise sur le lit, un bout de visage reflété dans le miroir intégré du fard. Nous dînions dans de petits restaurants près du port de plaisance, crustacés, moules à la *buzara*, avec de l'ail et de la chapelure, et un fromage savoureux au lait de chèvre, de ces chèvres qui se nourrissaient d'arbustes sur les rochers. Pichets de vin de pays. Des filles passaient souvent devant notre table, des serveuses saisonnières, des îliennes contaminées par l'euphorie touristique. Elles lançaient des regards furtifs à Diego : son visage bronzé semblait sculpté dans un bois sombre et poli. En fin de compte, nous formions un trio, et l'on pouvait me prendre pour la femme de Gojko. Je me rapprochais de Diego et l'embrassais pour éloigner ces petites aventurières croates.

La guerre était déjà là… mais je ne le savais pas, je n'y pensais pas. Gojko occupait ses journées à flotter dans sa bouée de caoutchouc, à griffonner des poèmes, à vendre des babioles à ses heures perdues; après le dîner, il disparaissait, allait coller son gros corps suant contre un corps occasionnel… Et pourtant, quand j'y réfléchis aujourd'hui, la guerre était déjà présente dans ses yeux, dans son envie de se démener, de tout rafler. Il est possible qu'il se soit conduit ainsi pour nous : il voulait que ses deux cœurs italiens savourent la mer, les moules, le vin. Un dernier butin avant les ténèbres. Maintenant, je sais que sa frénésie était la fille gaie, la pauvre putain, de ce sombre présage.

« À Zagreb, les Serbes sont tous devenus des tchetniks[1]. À Belgrade, les Croates sont tous devenus des oustachis[2]… » Il crachait des grains de raisin dans la mer. « La propagande… la télévision… la propagande passe avant l'histoire… » Il riait. À l'entendre, ces chefs dont nous ignorions tout étaient un groupe d'imbéciles qui se faisaient faire des brushings et se tartinaient le visage de fond de teint avant de passer à la télévision. Milošević promenait la dépouille du prince Lazar comme un croque-mort fou, et Tudjman voulait changer jusqu'au menu des restaurants, la signalisation routière. Il était impossible de parler sérieusement avec lui. Gojko haussait les épaules, griffonnait un dessin

1. Le terme « tchetnik », « membre d'une unité », qui désignait les résistants pendant la Seconde Guerre mondiale, fut appliqué aux membres des groupes paramilitaires serbes lors de la guerre de Yougoslavie.

2. Le terme « oustachis », membres du mouvement nationaliste et fasciste croate créé en 1929, indique plus généralement les insurgés croates se battant contre la prédominance serbe.

humoristique… Tudjman présentant sa femme à un ami : ELLE N'EST PAS SERBE, disait la bulle, ELLE N'EST PAS JUIVE, ELLE N'EST PAS TURQUE, HÉLAS C'EST UNE FEMME. Il n'achetait même pas les journaux. « De toute façon, ces gens-là ne s'adressent qu'à eux-mêmes… Il leur suffit de péter, ils s'entendent acclamer par leur cul ! » Son humour nous protégeait. Nous nous sentions en sécurité à ses côtés.

Pourtant sa nervosité nous agaçait parfois. Il ressemblait à la mer, cet été-là, montant avec la marée, battant contre les rochers, bouillonnant. Certains soirs, quand la marée descendante faisait disparaître l'eau et que la plage se dénudait, on aurait dit un de ces petits crabes qui s'agitent au sec sur les rochers.

Une nuit, irritée par ses rires trop forts et trop gras dans les ruelles désertes qui nous ramenaient à l'hôtel, je lui lançai sans réfléchir un « Tu es bête ».

Plus tard, armé d'un dernier verre de *travarica*, il se planta dans la fontaine au centre du hall, revêtue de céramiques comme les bains turcs, et se mit à hurler : « C'est vrai, je suis bête ! Les poètes sont aussi bêtes que des mouches qui se cognent aux vitres ! Ils se heurtent à l'invisible pour attraper un bout de ciel ! »

Un couple d'Allemands et deux marmots blonds aux allures d'anges volés au paradis avaient investi la chambre voisine de la nôtre. Nous les avions croisés dans le couloir en rentrant de la plage. La mère marchait devant moi, ses jambes lourdes et bronzées parcourues de petites veines filamenteuses et sombres. Une jeune femme déjà flasque, sans la moindre sensualité. Le père avait des méduses aux pieds et le ventre dilaté par la bière. Ils nous avaient souri, je leur avais souri, à eux et à leurs deux magnifiques enfants.

« Quand ils seront grands, ils seront aussi laids que leurs parents », avais-je dit dans un rire, en entrant dans notre chambre.

Diego m'avait dévisagée, surpris par mon commentaire caustique. C'étaient des gens discrets, qui ne dérangeaient pas, qui parlaient tout bas. Mais il y avait maintenant des maillots de bain étendus sur les grilles du balcon voisin. Le vent avait emporté celui de la fillette, orné de fleurettes bleues. J'avais regardé ce petit slip tombé dans le silence de cette cour marine, où un homme de service traînait un sac d'ordures.

Il y a une porte fermée à clef et peinte en blanc comme le mur mitoyen… C'est de là que les bruits viennent. C'est la nuit, les enfants dorment. Leur mère leur a lavé les pieds, les a couchés. Nous rentrons toujours tard, quand le silence règne chez nos voisins. Mais cette nuit les Allemands ont envie de faire l'amour, d'unir leurs corps disgracieux qui se cherchent malgré tout. J'écoute ces bruits… le bruit unique de la parade sexuelle. Un reflux acide jaillit de mon ventre et me brûle la gorge. Ce soir, la soupe de poisson était trop épicée. J'ai la nausée de cette cuisine, des vins trop corsés, de ces corps laids, maladroits, qui se frottent l'un contre l'autre dans la chambre d'à côté. Je suis dégoûtée par la sexualité du monde, par ce fourrage incessant, par cette recherche de trous. J'imagine l'homme, son gros ventre nu, un sac de graisse… et la femme, au sexe aussi grand et flasque que ses jambes, que le reste de son corps. J'entends grincer les vieux ressorts de leur lit. Ce sont leurs vacances, ils ont des marks et tout intérêt à séjourner sur ce littoral. La guerre va-t-elle éclater ? Peut-être, peut-être pas… Nous sommes en juin. Le mois des mères et des enfants. Cette nuit, on baise. On enfonce ce lit déjà défoncé. Les Allemands ont mangé, ils ont marché main dans la main dans les ruelles de pierres polies, acheté un petit moulin pour leurs enfants. Ils ont regagné l'hôtel de bonne humeur, ont couché les marmots, les deux chérubins qui dorment maintenant, leurs boucles blondes sur deux fronts moites. Ils ont tué quelques moustiques, puis ont gagné leur lit. Ce sont un homme et une femme bien accordés, ils savent tirer du plaisir l'un de l'autre sans faire de chahut. On n'entend que des bruits étouffés, ceux du vieux lit, de leurs souffles… ni cris ni mots obscènes. Je décide de me lever : j'ai chaud, je n'ai pas digéré, et Diego, endormi, n'entend rien. Soudain, un hurlement retentit, le hurlement des oiseaux marins lorsqu'ils défient l'eau et rejaillissent à la surface, la tête mouillée, après avoir traversé un instant la surface de la mer.

C'est un des enfants qui a crié. Maintenant il sanglote. J'entends la voix de la mère, ses mugissements amoureux. Elle ne baise plus, cette espèce de thon. Elle a décollé ses fesses de l'engin du gros lard, et sauté du lit pour se pencher sur ses marmots, les rassurer de son haleine, aussi chaude que celle d'une vache.

Voilà donc comment font l'amour les gens qui ont des enfants. On abandonne le rut et, tout dégoulinant d'humeurs, on se hâte d'aller consoler ses petits, de les rassurer dans leurs cauchemars. L'Allemande est une bonne mère. Elle chante une berceuse. C'est une femme peu attirante, jeune mais aussi molle qu'une femme mûre. Elle n'a rien de beau, cependant son fils l'aime comme un bouclier de chair, une tour d'amour. Il la croit sublime, il plonge le nez dans son parfum lourd, de cheveux, de peau qui a transpiré, il reconnaît l'odeur du ventre, la boue ivoire de sa naissance.

Je suis dehors sur le balcon, c'est l'aube. L'air est immobile et frais, d'un cobalt intense. J'ai été assaillie par une haine vague, puis de plus en plus nette. J'ai haï cet enfant geignard, cette femme. Je me suis surtout haïe moi-même, et ce sentiment m'a consolée.

Le lendemain matin, j'annonce à Diego qui mange, en maillot de bain, un beignet imbibé de miel et du fromage : « Je n'ai pas envie d'aller à la plage. »

Il y a toujours un moment de relâchement au milieu des vacances, une baisse de tension après la voracité des premiers jours. Diego sourit, dit qu'il est un peu las, lui aussi, qu'il me tiendra compagnie.

« Cette nuit, un des petits Allemands a pleuré, cela m'a empêchée de dormir.

— Changeons de chambre.

— Oui… changeons de chambre. »

Dans le couloir, je croise l'Allemande. Son visage est bouffi par le rouge qui monte à ses joues. Peut-être craint-elle que je n'aie entendu aussi le reste. Alors qu'elle s'éloigne, je lui demande : « *What was the matter with the child last night ?* »

Elle m'explique que la petite a perdu son maillot de bain. Elle avait déjà pleuré sur la plage, elle a dû se rappeler cette perte dans la nuit.

« *It was old, but she liked it so much...* »

Je pense à ce maillot tombé dans la cour, à l'homme de service qui l'a ramassé et jeté dans la grosse poubelle. Je voulais l'arrêter, je savais qu'il s'était détaché du balcon des Allemands. Mais je me suis tue, remplie d'amertume… j'ai presque éprouvé du plaisir à voir disparaître cette culotte décolorée.

Au fond, tous les trois nous étions un peu tristes, voilà pourquoi nous simulions la gaieté. Ce paysage nous entamait, nous ramenait à nous-mêmes. Les jours passaient, la mer drainait mon corps. Le vent salé me revigorait. Les serpents se réveillaient sous ma peau écaillée par le soleil. Maintenant, Diego se baignait peu, le sel lui brûlait les yeux, il préférait grimper sur les rochers. Je le suivais, coiffée de mon chapeau croate, et nous nous hissions jusqu'au sommet, pieds nus sous un ciel brûlant. J'entendais son souffle, regardais ses pieds, préhensiles comme des pattes palmées. Des oiseaux marins nichaient là. Tapis dans ces berceaux minéraux, ils scrutaient le vent, s'envolaient brusquement et descendaient en planant à la chasse aux poissons. Diego photographiait l'instant où le poisson affleure à la surface de l'eau ; le bec qui plonge, et le capture. Le bouillonnement de la mer et, au milieu, ce corps vorace qui risque la noyade simplement parce qu'il a défié un autre élément. Puis cette lutte argentée dans le ciel. La vie de l'oiseau et la mort du poisson. En un instant.

Diego me prend la main, c'est une journée limpide, comme recouverte de laque. Les choses semblent fictives. Un couple luisant de réalité. Les îles sont littéralement posées sur l'eau.

« J'aimerais bien vivre ici… Un jour nous reviendrons, nous quitterons tout. »

Aujourd'hui, on voit l'Italie. C'est au-delà de la broderie des îles, une ligne sombre à l'horizon.

« Nous sommes si près… »

Gojko me surveille… je sens son regard sous ses lunettes de soleil. Je m'abîme dans de longs silences. Je répète un geste, ramasse ce sable granuleux et le laisse glisser lentement dans la clepsydre de mon poing.

Ils se présentent vers 2 heures de l'après-midi, à l'heure la plus chaude. Des enfants de l'île, qui jaillissent de la végétation et se précipitent vers la mer, comme des marcassins échappés au maquis. Leurs corps sont rachitiques, leurs maillots de bain rongés par le sel.

De temps en temps, l'un d'eux, le plus jeune, se dirige vers nous. Puis il s'arrête, s'accroupit devant nous et se balance. On dirait un œuf. Sans doute veut-il de l'argent, comme les gosses du port qui plongent dans l'eau à l'arrivée des ferries en provenance de Dubrovnik. Quel âge peut-il avoir ? Sept ans, huit au maximum. Grumelés par le sel, ses cheveux crépus évoquent le toupet d'une chèvre. Aujourd'hui, il s'est approché davantage, les yeux fixés sur nous, noirs et immobiles comme de gros boutons étincelants. Je m'assoupis, me réveille. Le marmot est encore là. Mes jambes sont légèrement écartées… Il fixe le triangle de mon bikini, le renflement entre les os du pubis. Je resserre les jambes, tire sur le tissu. Qui est cet enfant ?

Maintenant, il contemple l'eau dans laquelle il est immergé jusqu'à la taille, en un manège que je ne comprends pas. Puis il plonge la main, essaie d'attraper des poissons. Diego se dirige vers les rochers. L'enfant tourne les yeux vers lui.

Ses camarades sont intrigués par l'appareil photo. Ils sont trop nombreux, trop de mains. « Fais attention, ai-je averti Diego, ils risquent de te le voler, ou de jeter un objectif par terre par méchanceté. » Mais Diego les laisse faire, il n'a pas peur, même si deux de ces gamins sont plus âgés, trapus et importuns, déjà musclés. Le premier a une tache rouge sur le visage, on dirait une éclaboussure de sauce. Le second porte les palmes jaune et noir qu'un touriste français a longuement cherchées avant de repartir. Il se déplace avec sur les galets, tel un pingouin ridicule.

Diego photographie le groupe devant les rochers, je vois les enfants prendre la pose et ricaner. Le plus jeune semble isolé, personne ne s'intéresse à lui. Il se tient toujours dans l'eau, immobile comme un poteau. Je regarde Diego accroupi sur la plage, entouré par cet essaim d'élèves misérables... Il a démonté l'objectif, il explique quelque chose, je ne sais en quelle langue. Son Leica pend à présent au cou du garçon à la tache de vin, qui appuie sur le déclencheur. Diego rit.

Il me rejoint, son visage bronzé encore éclairé par un sourire, range son appareil dans son étui en cuir.

« Ils ne me lâchaient plus.

— Tu as fait de bonnes photos ?

— Je ne sais pas. »

Il ne sait jamais si ses photos seront bonnes, s'il y aura une image à sauver de tous ces rouleaux gaspillés. Quand il photographie, il imagine des merveilles qui se révéleront des horreurs. L'image apparaît parmi les ratés. La beauté jaillit par hasard, c'est une règle qui vaut pour tout dans le monde.

Le lendemain, au couchant, le petit garçon est de nouveau là. Diego prend un dernier bain de soleil, le plus agréable, car la boule de feu est rouge, docile comme tout ce qui disparaît. Il a ôté ses lunettes noires, son visage est inondé de cette merveilleuse lumière. Il rampe, aussi silencieux qu'un serpent, tire son appareil de l'étui, le colle à son œil.

L'enfant est de dos... accroupi comme toujours, comme un œuf. J'ignore quand il est arrivé : tout à l'heure, il n'était pas là. Il est apparu avec la lumière docile. Il a jailli des buissons, telle une chèvre égarée. Diego s'est rapproché ; appuyé sur ses coudes, il parcourt quelques mètres de plus. Le garçonnet est maintenant dans l'eau, où il essaie d'attraper des poissons, plongeant une main qui évoque un bec, le bec d'un oiseau affamé. Diego appuie sur le déclencheur... cela dure un instant. Le petit a pris un poisson, il l'a pris le temps d'un instant. J'imagine la photo, l'enfant-mouette et un poisson volant sur fond de soleil couchant. Voilà peut-être l'image, la beauté du hasard.

Mais cela n'a duré qu'un instant. Le poisson s'est perdu et l'enfant s'est sauvé. Le soleil est parti, lui aussi, laissant un ciel opaque et uniforme, à croire qu'il n'avait jamais existé.

Diego tombe à la renverse, il respire laborieusement, son Leica serré contre lui. Je me dis qu'un ange se pose de temps en temps sur terre, attendri par nos personnes, par toutes les choses qui nous échappent, que nos yeux ne retiendront pas.

Un jour, dans l'avenir, Gojko déclarerait en contemplant ce cliché : « Maintenant, je sais ce qu'est l'art… » Et, me transperçant de son regard intelligent : « C'est Dieu qui a la nostalgie des hommes. »

Gojko est absent; depuis plusieurs jours, il ne vient à la plage que l'après-midi. Il prétend qu'il a des affaires à expédier dans la vieille ville, que le soleil lui monte à la tête, qu'il a composé un poème. Il s'est peut-être lassé de nous. Il est possible que nous soyons plus ennuyeux qu'autrefois. Ses mocassins Dior ne sont plus que des savates, son pantalon blanc est noirci devant, constellé de taches. Les vacances se terminent.

Nous avons recommencé à nous familiariser avec notre monde habituel. Enfermé dans la cabine téléphonique de l'hôtel, Diego parle à Duccio : deux reportages l'attendent la semaine prochaine. Je range nos affaires dans la valise. Gojko me demande de but en blanc : « Vous deux, pourquoi n'avez-vous pas encore d'enfants ? »

Le vent apporte une musique, les notes d'un violon. Gojko se lève et se dirige vers cette musique. Il réapparaît plus tard. Il chante en ondoyant sur ses jambes : il a bu quelques verres en compagnie de ses amis, des élèves du Conservatoire de Sarajevo, qui logent derrière la plage, dans ce qui était autrefois la caserne des gardes forestiers. Une grande bâtisse grise en mauvais état, entourée d'un pavement de pierres aussi sombres que la roche.

Quand le vent tourne, on entend les instruments s'accorder dans la maison grise. Les musiciens préparent un concert, nous a annoncé Gojko.

Le petit est venu vers nous, comme s'il avait flairé notre absence. Il se présente, mêlé aux autres, à leur tapage. Selon son habitude, il nous observe de loin, derrière le bouclier de sa sauvagerie.

Il y a du vent. Vers deux heures de l'après-midi, Diego et moi nous dirigeons vers la première baraque où l'on peut déjeuner sous une bâche en plastique. Nous commandons du fromage de Pag et des concombres. Le rideau s'agite, ses pans claquent. Le vent s'est levé. La mer commence à se démonter, elle retombe sur la plage en vagues hautes, aussi compactes que des balles de foin.

Nous retournons chercher nos affaires. Nos serviettes ont atterri sur les rochers, mon chapeau croate s'envole aussi. Nous nous en allons.

Nous aurions pu ne pas entendre le cri : le vent était assourdissant, pareil à un troupeau en fuite, il soulevait la terre claire du sentier.

Encore quelques mètres, et nous aurions dépassé la crête, aperçu les premières maisons du village, les buissons de géraniums sauvages, le mur jaune de la poissonnerie. Encore quelques pas, et nous n'aurions jamais entendu ce cri : « Ante ! Ante ! »

En contrebas, les enfants s'agitent sur la langue sombre de la plage en hurlant ce nom. Cela dure un instant, le temps d'une déchirure. Diego n'est déjà plus à mes côtés. Il dévale les rochers, pieds nus. Il dévore les mètres que nous venons de parcourir, les raccourcis, les précipices.

Maintenant, ses talons s'abattent sur les galets. Sans s'arrêter, il se débarrasse de son sac à dos et de son appareil photo.

« Attends ! »

Quand je parviens à mon tour sur la plage, il est tard. Diego n'est plus qu'une petite tête d'oiseau qui chevauche la mer. Autour de moi, les gamins muets et égarés ressemblent à des chèvres stupides. Comme eux, je suis sans voix. Le garçonnet n'est pas là. Le maudit œuf ne se balance plus, assis sur ses talons, je le cherche du regard. Je sais que je ne le trouverai pas.

Je m'empare des palmes jaune et noir, trop larges pour mes pieds, me jette à l'eau, essaie de franchir comme Diego le mur où les vagues se brisent… en vain. Repoussée, je bois la tasse et je coule. Je me dis que, depuis le début de ces étranges vacances, nous avons eu tous les trois envie de mourir à un moment donné.

Trempée et défaite, je scrute les flots, au-delà de la barrière d'écume. Le temps passe. Le temps est figé. Les enfants qui m'entourent ne sont plus que des bougies éteintes, ils ont des reflets gris. J'ai cru voir la tête de Diego au sommet d'une vague, puis elle a disparu. J'ai pensé aux oiseaux qui planent au-dessus de l'eau, risquant leur vie pour capturer un poisson.

Les musiciens de la maison grise sont arrivés : l'adolescent au visage frappé d'un poulpe rouge les a avertis, et ils se sont regroupés sur la plage. Gojko accourt, braguette et chemise ouvertes. Pour sûr, il couchait avec une de ces musiciennes qui sentent les anchois salés et les cosmétiques de mauvaise qualité. Il a les cheveux en bataille et le visage sombre, interdit, d'un acteur dramatique.

Il regarde la crique, les rochers qui s'élèvent là où les galets s'achèvent. Il grimpe, disparaît derrière la crête.

Il réapparaît un peu plus tard, aussi las qu'un naufragé, en compagnie de Diego qui tient dans ses bras le petit garçon comme un trophée de chair. Je m'élance, les rejoins.

Diego me sourit, tout essoufflé. Le courant les a poussés dans la petite crique voisine, c'est de là qu'ils sont remontés. Ante est blême, étourdi. Diego lui frictionne le dos, Gojko lui verse un verre d'eau-de-vie dans la gorge. Les gamins le pressent, l'ensevelissent, observent son tremblement excessif, ses dents qui claquent comme un marteau contre un clou. Ils rient de ses mains flétries, rongées par l'eau, de ses lèvres violettes. Ils semblent le considérer comme un poisson anormal prisonnier d'un filet. Le petit crache un peu de mer, il se relève et se sauve, s'évanouit dans le maquis.

Les gamins portent un doigt à leur tête pour nous signifier qu'il est un peu bizarre, un peu cinglé... qu'il lui manque une case.

Nous regagnons l'hôtel. Ce soir, il fait froid. Le vent est tombé, mais il a apporté un air plus rigoureux. Pleins de sel, nous nous serrons, Diego et moi, l'un contre l'autre dans le lit.

Ante ne vient plus à la plage. D'après les gamins, sa mère l'a puni, l'a battu avec un bout de corde, la corde qui lui sert à attacher les chèvres, la nuit, aux crochets de la bergerie. La mer est aussi calme que du verre. Le garçon au visage maculé de rouge gifle l'eau avec les palmes jaune et noir. À plat ventre, Diego scrute le maquis, les rochers. Le maudit œuf lui manque... Il le cherche : de temps en temps, en effet, le petit surgit des arbustes, lorgne la plage sans avoir le courage de franchir le mur végétal. Les autres lui lancent des cailloux, lui crient qu'ils l'ont vu, lui adressent des grimaces.

Diego s'éloigne, son appareil photo au cou. Il va voir si les œufs des mouettes se sont ouverts, prend ses dernières photos.

Je le laisse partir, puis je me ravise. Je m'égratigne les jambes dans les arbustes pour éviter de le perdre. Il marche vite, comme s'il suivait quelqu'un, lui aussi. Il dépasse la maison des musiciens : leurs instruments sont abandonnés sous le grand mûrier qui semble endormi, accablé par la chaleur, par le poids de ses branches. Eux, ils bivouaquent sur leurs lits de camp. À travers une fenêtre, j'aperçois Gojko, les yeux fermés, un bras posé sur le dos nu d'une femme. Puis je vois Diego : il photographie Ante et poursuit son chemin avec lui.

Je hâte le pas. Au bord d'un ravin, là où le maquis s'éclaircit, se dresse une maison en pierre. Une femme est assise dehors, maigre, usée; ses yeux clairs, enfoncés dans les orbites, sont inertes comme ceux d'un aveugle. Elle incline légèrement la tête devant Diego. Ils entrent.

Le soir, nous buvons une bouteille de lombarda sur le balcon, accompagnée d'un peu de fromage. Nous en avons assez des restaurants. Je dis à Diego que le garçonnet lui ressemble un peu... ses jambes, peut-être, sa façon de courir.

Le lendemain, j'achète deux tee-shirts et une paire de tennis pour Ante puis les apporte à sa mère. Un nouveau-né est accroché à son sein flasque, qui évoque le pis d'une vache malade. Elle m'explique par gestes que le bébé ne va pas bien, qu'il ne digère pas. Je reviens avec un sac bourré de vivres et, avant de partir, glisse sous une bouteille de bière vide tout l'argent que j'ai sur moi. La femme m'adresse un sourire triste, le rictus ingrat de certains chiens errants qui grognent après qu'on les a nourris. Elle ne parle pas italien mais le comprend. C'est une réfugiée de Krajina, elle a regagné cet endroit parce qu'elle y est née, elle y a cette masure et sa mère, une vieille femme vêtue de noir que nous avons croisée à plusieurs reprises sur les rochers, une chevrière au visage revêche et aux vêtements imbibés d'une forte odeur d'alcool.

Aujourd'hui, nous retournons à la plage avec Ante, sa mère nous le confie.

« *Merti* beaucoup », a-t-il dit, après qu'elle lui a flanqué une gifle pour l'inciter à parler.

Nous avons donc entendu sa voix pour la première fois. Le susurrement rauque d'une mouette.

Maintenant il nous appartient. Il nous appartient pour toutes les journées qui nous restent. Diego lui donne la main, pend son appareil photo à son cou. À l'heure du déjeuner, je vais acheter des brochettes de calamars que nous mangeons sur la plage. Il a faim. À présent, il n'arrête pas de parler... sa voix frétille, se cabre, s'essouffle. Quand il rit, le tissu misérable de son visage se flétrit de gratitude. Nous ne comprenons pas tout ce qu'il dit, mais nous devinons qu'il est heureux. Il apprend à Diego à pêcher des poissons à mains nues. Ils se plantent tous deux dans l'eau comme des poteaux. Oui, ils se ressemblent, je le pense depuis le début, depuis le jour où j'ai vu ce petit corps recroquevillé comme un œuf se balancer sur la plage.

Gojko nous voit passer devant le mûrier alors que nous ramenons le petit chez lui. Devant la caserne des gardes forestiers, les musiciens répètent; une flûte s'accorde sur une viole. Il nous présente sa petite amie de l'été.

« Voici Ana. »

Elle a les cheveux noirs tailladés à la mode, et un visage charnu. Sa peau est si blanche qu'on pourrait croire qu'elle n'est jamais sortie à la lumière.

Gojko regarde Ante et hausse les épaules. Il sait que sa mère est un peu retardée et il ne comprend pas pourquoi nous le traînons derrière nous.

Un soir, je réponds à sa question. Nous sommes assis devant une église, sur les larges marches qu'inondent les derniers rayons de soleil. Diego a poussé la petite porte blanche de l'agence de voyages, de l'autre côté de la place, car nous avons décidé de rester quelques jours de plus. De Rome, l'attaché de presse de son client s'est plaint, Duccio a crié. Nous avons cessé de téléphoner.

« Je suis stérile, Gojko. Je ne peux pas avoir d'enfants. »

Il est décontenancé. Il balaie les alentours d'un regard blessé, lui qui a toujours réponse à tout, pince les lèvres, presse son nez de son pouce. Il tire de sa poche un bout de papier froissé et me lit ses vers.

... et la vie se moque de nous
comme une vieille putain édentée
que nous baisons les yeux fermés
en rêvant d'un cul de lis...

Les yeux ahuris et fixes, il déclare :

« Notre génération n'a pas de chance, Gemma. »

Il me secoue, m'étreint. Je garde sa main entre les miennes, observe ses gros doigts aux ongles fins.

« Nous nous sommes attachés à cet enfant. »

Maintenant, je suis une digue brisée contre sa chemise.

« Aide-moi... parle à sa mère, cherche un avocat dans le coin, quelqu'un. Nous pouvons peut-être l'adopter... obtenir sa garde... nous pouvons donner de l'argent à sa mère... »

Diego réapparaît avec nos nouveaux billets et un sourire. Il voit ma tête défaite. Je me lève.

« Je le lui ai dit. »

Nous nous embrassons tous trois au beau milieu de cette place blanche.

Gojko alla donc parler à la mère d'Ante. Il monta chez elle avec une bouteille de *kruškovača*, s'assit sous sa treille en plastique, dans la puanteur des chèvres. La femme eut une grimace. Sa grimace habituelle. Elle répondit qu'elle réfléchirait.

« Qu'est-ce que tu lui as dit ? »

Nous avions loué une barque ce jour-là pour gagner l'île de Mljet. Nous traversâmes le lac salé et atteignîmes le monastère bénédictin.

Ante était avec nous. Diego le prit sur ses épaules : on aurait vraiment dit un père et son fils. Gojko et moi marchions quelques pas en arrière.

« Je lui ai dit la vérité. Que tu ne peux pas avoir d'enfants, que vous vous occuperez du petit, que vous lui ferez faire des études…

— Tu lui as dit que nous pouvons lui donner de l'argent ? »

Il baissa sa tête rousse, se la gratta furieusement.

« Tu veux l'acheter ?

— Je veux faire tout ce qui est nécessaire. »

Il me dévisagea… scruta mon regard affamé et ferme.

« Les pauvres ont le droit, eux aussi, de garder leurs enfants.

— Cette femme ne mérite pas son enfant, elle ne l'aime pas, elle le bat. »

Je courus vers Ante, soulevai son tee-shirt pour montrer à Gojko son corps couvert de croûtes.

Il secoua la tête.

« C'est Dieu qui décide. »

Je le traitai de maudite grenouille de bénitier croate et l'envoyai au diable.

Nous revînmes le lendemain et le surlendemain. La femme souriait, acceptait nos cadeaux, haussait les épaules.

« *Père…* », disait-elle, c'est le père qui décide.

C'est ainsi que débuta la série de coups de téléphone depuis la cabine de notre hôtel. Le mari resté en Krajina était injoignable, seuls des membres de sa famille répondaient. Ante montait dans notre chambre, s'attardait avec nous sur le lit. J'avais commencé à lui apprendre quelques mots d'italien, je le douchais dans la baignoire.

On installa des autos tamponneuses sur la place poussiéreuse qui jouxtait le vieux quai. Nous y passâmes une nuit entière, jusqu'à ce que nous nous retrouvâmes seuls à nous tamponner, à rire. Quand Diego le heurtait, Ante criait « Putain » en dialecte génois, comme un gamin de la via Pré.

Ce soir-là, il fondit en larmes au moment des adieux.

Le lendemain nous eûmes enfin son père au téléphone. La mère appela Gojko dans la cabine. Je le vis à travers la vitre s'effondrer, parler, se taire, parler de nouveau, longuement.

Il en ressortit épuisé. Ante prit sa place, à la demande de son père.

Il ne prononça pas un seul mot, se contentant d'opiner une seule fois. Quand il nous rejoignit, il avait un autre visage, plus large. Il tourna ses grands yeux limpides vers nous et dit de sa voix de mouette : « *Moram ići za ocem.* »

Gojko traduisit : « Il faut que j'aille avec mon père. »

En septembre, son père l'emmènerait en Krajina. Ce soldat de la garde territoriale maudissait sa femme, il préférait que son fils combatte plutôt que de le lui abandonner.

Sans une larme, sans un mot, Ante nous tendit sa petite main rugueuse.

« C'est ça, le Dieu qui décide ? demandai-je à Gojko. C'est ce vent mauvais ? »

Je bouclai la valise et nous nous allongeâmes sur le lit, à côté. Demain, un nouveau client entrerait dans cette chambre, en chasserait notre odeur. Nous sortîmes, déambulâmes dans les ruelles du centre-ville, nous enfonçâmes en direction du port. Gojko était assis à une table du restaurant où ses amis, alignés, interprétaient une symphonie de Haydn.

« Haydn a été fortement influencé par la musique croate... », murmura-t-il à mon oreille.

Rien à foutre, pensai-je.

Sa conquête, Ana, était la seule à ne pas jouer, elle tournait les partitions du violoncelliste, un vieillard dont la longue barbe rebiquait comme une langue. Le vent agitait les vêtements des musiciens, leurs cheveux... La musique courait sur l'eau ; un instant, elle sembla pouvoir nous consoler. De toute façon, nous étions saouls, nous avions descendu la dernière bouteille de lombarda, et merde. Je ne me sentais pas bien. J'ignore ce que je dis exactement. Diego me toucha le bras et je le repoussai : « Laisse-moi tranquille. »

Le concert s'était interrompu le temps d'une pause. La tête dans sa main, Ana, l'amie brune de Gojko, semblait m'observer comme à travers une fenêtre. Je contemplais le vernis de ses ongles, ces petits morceaux rouges qui dansaient. Ivre, en proie à la nausée, je lui racontai mon calvaire. À Rome, je n'en avais jamais parlé à personne, et voilà que je déballais tout devant cette inconnue. C'était peut-être son vernis... des poissons rouges qui flottaient vers moi. Elle alluma une cigarette et prononça une phrase dans un mauvais italien : « Tu peux appuyer à autre femme. »

Puis, tout en dessinant des ronds de fumée, elle m'apprit qu'elle connaissait une Autrichienne privée d'utérus, mais propriétaire d'un hôtel à Belgrade, à qui une Kosovare avait prêté son ventre.

Je fixai sa bouche petite et pointue, aussi rouge que ses ongles, dans un visage large, sans pommettes. Je me demandai si c'était une fée ou une sorcière, m'éloignai et vomis derrière les rochers.

Le lendemain matin, nous gagnâmes de bonne heure l'embarcadère. Lunettes de soleil, tee-shirts propres. Deux touristes tranquilles qui rentrent chez eux. Nous arrivâmes en avance et nous installâmes au bar du port, où nous bûmes une orangeade. Ante ne se montrait pas. Nous l'attendions sans avoir le courage de nous l'avouer. Nous étions nerveux, nous sentions qu'il nous épiait, posté derrière un des murs roses. Nous nous attardâmes sur le quai jusqu'au dernier moment. Gojko se présenta, torse nu ; nous entendîmes de loin le clapotement de ses mocassins Dior réduits à l'état de savates. Ce furent d'étranges adieux. Étranges furent aussi les vers qu'il nous dédia :

Le fil blanc de l'aurore suffira-t-il
à nous séparer de la nuit ?
Nous reverrons-nous ?

Nous montâmes à bord du ferry et nous perchâmes comme deux oiseaux sur la rambarde de tubes blancs. Ante surgit sur le quai au moment où le bateau s'écarta. Nous le vîmes avancer, puis s'arrêter : il avait atteint la mer et il ne savait pas nager. Un peu plus grand que les bittes d'amarrage, il agitait un bras, un seul bras noir, qui se ficha dans mes yeux comme un ongle.

Nous attendîmes qu'il ait disparu pour abandonner le pont. Il flottait à l'intérieur du bateau une odeur de moquette humide et de carburant, de sel et de métal. Un téléviseur était allumé, l'image pleine de parasites, du bruit.

Diego se leva. « Il faut que j'aille aux toilettes. » Je le retrouvai derrière une chaloupe, se balançant sur ses talons comme un œuf. Soudain je me vis le prendre par la main et sauter au-delà de l'écume. Peut-être trouverions-nous une autre vie dans les fonds marins. *Des poissons,* pensai-je, *nous ne sommes que des poissons, aux branchies qui s'ouvrent et se referment... une mouette vient et s'empare de nous, puis, tout en nous démembrant, nous emporte dans le ciel. C'est peut-être ça, l'amour.*

Un grand vacarme retentit. D'instinct, j'enfonçai la tête dans mes épaules et portai les mains à mes oreilles. Des avions militaires survolaient la mer à faible altitude... ils passaient au-dessus de nous en rase-mottes, balayant les vagues. Un instant, j'eus l'impression qu'ils allaient nous toucher. Des marins apparurent, le visage terreux. Ces appareils avaient quitté la base militaire de Dubrovnik, et d'autres escadrilles s'envolaient au même moment de Spalato, de Fiume, de

Pola : nous l'apprîmes plus tard, quand le téléviseur devant le comptoir du bar se remit à fonctionner. Diego était vautré dans un fauteuil, une jambe posée sur le dossier devant lui, les yeux dissimulés derrière ses lunettes de soleil. Un sac banane à la taille et une tasse de café à la main, des touristes en sandales se pressaient devant ces images intermittentes. Les marins étaient tous réunis, et le capitaine fixait lui aussi l'écran enneigé en buvant de la bière au goulot.

« Qui pilote ce putain de bateau ? » lançai-je à Diego.

Je lui arrachai un sourire. Il m'attira contre lui.

Nous entamâmes une conversation en anglais avec un Norvégien, un reporter qui avait filmé les blindés de l'armée fédérale placés le long des frontières et qui, naturellement, en avait profité pour visiter les îles. Ses cheveux blonds, semblables à de la morve, étaient tirés sur sa nuque, et il parlait à toute allure en plissant les paupières. Il se disait sceptique, pessimiste. Il avait interviewé Milošević, qui lui avait répété que le « moindre bout de terre où se trouve une tombe serbe est serbe ».

« La Croatie est pleine de tombes serbes… », marmonna-t-il.

Les avions militaires avaient disparu. Diego regardait la mer à travers la vitre rongée de sel. Un rayon de soleil lui entrait dans la bouche.

Tout s'accéléra

Tout s'accéléra. Nous assistâmes à la télévision aux bombardements de Zagreb, de Zadar puis de Dubrovnik… où nous avions passé la journée. De temps à autre, j'avais l'impression de reconnaître une vue, un mur que j'avais longé en sandales, en suçant un chocolat écœurant aromatisé à la banane. Nous étions assis sur notre nouveau canapé. Dehors, Rome baignait dans la molle tranquillité d'un mois d'octobre prodigue en luminosité comme à l'accoutumée. Je portais sans cesse mes mains à la bouche, me dévorais les ongles. Je repensais à cette journée, à ce que nous avions vu à Dubrovnik.

Porte Pile, la longue avenue piétonne de la Placa… la fontaine d'Onofrio. Plus bas, la tour de l'Horloge, la colonne de Roland.

Diego n'avait pas pris une seule photo de la ville, seulement des morceaux d'individus en mouvement, des chaises de bar. Nous revîmes ces chaises au sol dans un reportage au journal télévisé.

C'est ainsi que la guerre commença pour nous. Avec ces chaises renversées dans les décombres d'un bar… celui-là même où nous étions assis quelques mois plus tôt, où Gojko avait exhibé pour nous ses babioles et sa poupée opulente avec ma photo en guise de tête. Nous lui téléphonions souvent. Il nous rassurait. Sa famille à Zagreb avait dû quitter la ville.

« Ils sont en vacances en Autriche… »

Désormais, par fierté sans doute, il avait du mal à parler de son pays, qui était en train de voler en éclats, comme du pop-corn dans une poêle.

Même à la rédaction de la revue, personne ne s'intéresse à cette guerre ; il faut dire que c'est une revue scientifique. Pendant qu'elle commande un sandwich au bar, Viola lâche : « Les Balkans… on n'y comprend foutrement rien. »

Elle mord dans son sandwich, décrète qu'il est mou, que le thon n'est pas frais, qu'elle aurait dû en choisir un autre, aux épinards. « Et personne n'en a rien à foutre… à juste titre.

— Pourquoi “à juste titre” ?

— On s'en bat l'œil… »

Elle affiche son expression habituelle : gentille et désabusée. Elle hausse les épaules, montre du doigt le grille-pain derrière le comptoir, m'informe qu'on est en train de brûler mon sandwich, proteste à ma place.

« Comment va ton fils ?

— Il est à la crèche. »

Cette guerre, nous la voyons tous les soirs à la télévision. C'est la vraie nouveauté. Elle est proche parce qu'elle se déroule à quelques milles marins, elle est loin parce que c'est sur l'écran de la télé qu'elle gronde.

Nous sommes le 18 octobre, je le sais car c'est l'anniversaire de papa. Nous avons mangé le gâteau, puis il nous a dit au revoir sur le seuil, ainsi qu'il en a l'habitude ces derniers temps : comme si nous ne devions plus nous revoir. Il est peut-être un peu déprimé. Il sonne de bon matin à l'interphone, dit qu'il apporte des mangues. Il les nettoie et les découpe, c'est sa nouvelle passion. J'ai laissé les restes du gâteau sur la table. Du doigt, j'en attrape un bout hors du carton argenté, je lèche, je le fais lécher aussi à Diego, qui s'affaire avec la télécommande.

La voix du présentateur annonce : « Après un siège de quatre-vingt-six jours, la ville de Vukovar est tombée aux mains des troupes irrégulières serbes. »

Un homme court en serrant un enfant contre lui. Le cameraman le suit. L'enfant est abandonné dans les bras de l'homme, les jambes aussi molles que celles d'un pantin. Il est sans doute blessé, et son père se précipite à l'hôpital. Mon regard est attiré par les fesses de cet homme qui dépassent de son pantalon… Il n'a pas de ceinture : peut-être était-il en train de dormir et a-t-il dû s'habiller à la hâte. C'est ce détail que je vois – le pantalon qui tombe et la main qui essaie de le remonter.

La télévision éteinte, nous continuons de fixer un reste de lumière sur l'écran noir. C'est l'image qui m'est restée. J'ai l'impression que tout le tragique de cette guerre est là : dans cet homme qui s'efforce de sauver son fils et de ne pas rester les fesses à l'air.

Nous ne parlons plus du petit garçon de Korčula. Nous sommes rentrés en Italie avec ce chagrin qui s'en est allé tout doucement. Mais Ante est demeuré en nous : je crois qu'il en est ainsi chaque fois que l'on rencontre un fils dans le monde, il peut arriver n'importe quoi, lui demeure. Il y a des gens qui perdent un fils, mais continuent de le retrouver chaque jour dans une photo, dans sa penderie. Ainsi nous retrouvons Ante sur un tableau à la galerie d'art moderne, dans le lièvre immobilisé devant les phares de notre voiture et qui nous scrute un instant, comme s'il avait quelque chose à nous dire. Dans la nuque de Diego : c'est là qu'il est resté, comme un amour effleuré. Quand je l'épie, assis depuis trop longtemps sur la cuvette des toilettes, son jean sur les chevilles, la tête posée contre le carrelage comme s'il dormait, « À quoi tu penses ? » je lui demande.

Oui, il pense à ce gosse, à ces autos tamponneuses.

L'hiver avance, traîne ses journées de froid. Le gaz qui s'échappe des voitures, qui calcine l'air, se colle au linge pendu aux balcons des immeubles sur le périphérique. Je l'emprunte tous les jours pour aller travailler. Je file, emmitouflée, sur ma Mobylette. Au bureau, il fait froid, j'ai un petit radiateur à côté de moi et les Post-it que me laisse le directeur. Le mot qui revient le plus souvent est URGENT. Je détache les talons de papier jaunes, les roule, joue avec. En quoi un article sur l'effet magnétique d'une fibre synthétique qui révolutionnera notre façon de nettoyer la maison peut-il être « urgent » ? Cette revue n'est plus qu'un catalogue de publicité déguisé en information scientifique. Ce devait être un travail transitoire, quelques mois, rien de plus, et l'on m'a promue rédactrice en chef. Tous les jours, à la même heure, je me lève pour prendre un café à la machine. J'attends que le liquide coule dans le gobelet marron… et je pense que je ne bougerai plus d'ici. Je suis douée pour mon métier, je suis rapide. Parce que je ne trouve aucun intérêt à ce que je fais. Mais ça me va : la passion me coupe les jambes, me rend maladroite. J'ai du mal à me mesurer à ce qui me tient trop à cœur. Je deviens anxieuse, je commence à me démanger, comme si le sang accélérait sa course sous ma peau, me brûlait. Il y a quelques jours, j'ai retrouvé les notes que j'avais prises pour ma thèse de doctorat. Cette époque où je croyais que je ferais de la recherche toute ma vie m'a parue très lointaine. J'ai pensé à Andrić, à la solitude pathologique qui le transformait en un être distant, paranoïaque. Dans ses dernières interviews, il semblait irrité par les questions et fatigué de son œuvre – comme s'il regrettait de s'être trop dévoilé. J'ai cru comprendre ce qui m'avait jusqu'à présent échappé : en vieillissant, on devient parfois avare de soi-même, sévère avec le monde, car rien ne nous a vraiment récompensés.

« Je me demande ce qui se passe maintenant à Sarajevo... »

C'est Diego qui parle, appuyé contre une balustrade du Pincio.

Nous nous retrouvons à 7 heures du soir, échangeons un baiser et nous dirigeons, enlacés, vers notre bar à vins habituel, qui nous accueille comme un ventre graisseux. Assis sur un banc, nous mangeons des petites tartines de pain grillé et buvons des verres de vin rouge. Derrière la fenêtre qui donne sur la rue, les gens se hâtent. Nous les regardons passer sur le trottoir comme des silhouettes de cendres.

Nous nous tenons la main sur la table. Nous sourions au garçon. Nous ne parlons plus de notre travail. Diego n'en a pas envie, il ne rapporte plus ses rouleaux à la maison, il a un assistant qui se charge de tout. Il a également cessé de sortir avec son appareil photo au cou, à la chasse aux flaques : quand il a du temps libre, il reste à la maison, s'endort sur le canapé. Le piano est fermé depuis des mois.

On ne peut pas dire que nous soyons tristes; nous sommes comme des troncs d'arbres dans le courant, qui descendent placidement vers la vallée. Nous sommes devenus plus indifférents. Nous ne voyons plus personne, nous inventons des excuses. Nous apprécions notre solitude. Nous nous aimons plus que jamais, après ces étranges vacances. C'est un amour autre. Un homme et une femme se sont jetés d'un viaduc. Je l'ai lu dans le journal. Le propriétaire d'un de ces camping-cars qui vendent des sandwiches a été le dernier à les voir : ils étaient calmes, même gais, ils avaient mangé des sandwiches au cochon de lait et bu de la bière. Des nuages s'amoncelaient dans le ciel, derrière les montagnes. Il leur a dit qu'il pleuvrait dans l'après-midi, et ils ont souri, les yeux tournés vers le ciel, vers la pluie qui ne tomberait jamais sur eux. Nous sommes assis dans ce bar à vins, mous, pénétrés l'un de l'autre, comme si nous n'avions plus rien à perdre, plus rien à exiger. Comme si nous devions nous jeter d'un viaduc.

C'est peut-être l'amour quand il atteint son acmé. Ivre comme un alpiniste arrivé au sommet et qui n'a plus rien à escalader, car c'est là que commence le ciel. Ainsi nous regardons à travers la vitre ce paysage raréfié, le monde que nous avons quitté pour entamer l'ascension, et qui nous paraît maintenant très lointain. Nous sommes en haut et seuls, sur le sommet que nous avons atteint.

La main de Diego repose sur la table, son poignet est blanc.

Il a vu les troupeaux de réfugiés, cordons humains sur les routes de terre battue, le vieillard désespéré devant une étable remplie de bêtes mortes, la femme avec une seule boucle d'oreille et une seule oreille, les quarante enfants aveugles de Vukovar qui ne voient pas la guerre mais la devinent de leurs yeux blanchâtres. C'est peut-être là-bas qu'il voudrait être, avec son appareil photo, avec ses vieilles chaussures de montagne.

Nous marchons sur l'asphalte et rentrons chez nous en rasant les murs. Le vin a réchauffé nos jambes, nos mains qui se balancent, jointes. Maintenant, il est plus facile de retourner chez nous dans notre appartement, d'allumer la lumière, de retrouver cet encombrement de pièces, nos affaires, restées seules toute la journée, et qui sentent le silence.

Nous allumons le téléviseur. Nous attendons la nuit, les reportages en intégralité. Quand les enfants dorment, on montre les cadavres livides, inutiles, les hommes qui appuient sur la détente, qui chargent des obusiers, détruisent le travail d'autres hommes. Je me demande quel genre de frisson peut procurer l'effondrement d'édifices bâtis au long des siècles, la dispersion de toute trace de la bonne volonté humaine. C'est peut-être cela, la guerre : tout réduire au même néant, au même amas de ruines calcinées, des toilettes publiques et un couvent, un homme et un chat.

De temps en temps, le reporter se tait. La caméra filme, et on entend le bruit de la guerre. C'est un bruit reconnaissable comme un cliquetis d'assiettes dans l'évier. Un silence brisé çà et là, un tissu coupé par un tailleur nerveux. Les pas d'un fugitif, des cailloux qui s'enfoncent sourdement dans la boue. Une rafale, pas si terrible que ça, pareille à un collier qui se casse. Puis le vacarme sec d'un obus. La caméra qui tremble. L'objectif souillé par une éclaboussure. Un chuchotement qui évoque celui d'adolescents devant l'école. Une tête jaillit d'une voiture carbonisée, aussi petite et vive que celle d'un poussin qui vient d'éclore.

Pendant ce temps-là, nous nous déplaçons dans notre appartement, vaquons à nos occupations. Je me mets de la crème de nuit. Diego ouvre la fenêtre, contemple la rue, la circulation nocturne bien réglée, aux phares rouges et blancs, aux sillons opalescents.

La nuit, il est plus facile d'obtenir la communication. Nous composons le préfixe, le numéro. Ils sont suivis d'un vide, saut d'une nation à l'autre, fossé de kilomètres, de terre et de mer que nous ne franchissons pas : la ligne s'interrompt, comme un élastique qui se casse. Nous essayons encore et encore, puis le signal libre retentit, profond, lointain. Nous nous représentons une mèche courant le long de ces câbles qui parcourent forêts, plaines de peupliers, champs de tournesols, fleuves qui se précipitent à travers les roches des monts Zelengora, Visocica, Bjelašnica... et enfin Sarajevo. La mèche traverse la ville, atteint l'immeuble rosé, le téléphone gris de fonctionnaire, posé sur le bahut semé de petits losanges de miroir, sous le portrait de Tito.

Gojko répond. À entendre sa voix, on pourrait croire qu'il se trouve dans la cabine téléphonique toute proche qu'on voit de la fenêtre des toilettes. Il crie à sa mère de baisser le son du téléviseur. Diego parle, il tient le combiné. Je colle la tête à la sienne, comme un chien. Il s'enquiert de leur santé, demande s'ils ont besoin de quelque chose. Gojko répond qu'une caisse de brunello de Montalcino ne lui déplairait pas.

« Sans déconner. Tu as besoin de quelque chose ? Je t'envoie ce que tu veux, je te l'apporte.

— Calmos.

— Comment va ta mère ? Comment va Sebina ? Il faudrait peut-être l'éloigner.

— Il n'y a pas de guerre ici.

— Et si elle éclatait ? »

Gojko rétorque qu'elle n'éclatera pas. Personne ne touchera à Sarajevo.

Je pose un morceau de parmesan et une poire sur une assiette et rejoins Diego. Nous mangeons là où nous nous trouvons, une bouchée chacun. Je lui donne la becquée.

Il y a trop de meubles dans cet appartement, il faudrait presque tout jeter. Ne laisser que le canapé, ou peut-être même pas, juste le piano, et nous asseoir par terre, le dos contre le mur, comme autrefois, il y a quelques années, quand nous étions jeunes.

Diego, nu, photographie le téléviseur. La nuit, il mitraille ce bleu, cette guerre qui se déroule dans le poste. Il photographie les morts de Vukovar, ces bouches cireuses, déchirées par un dernier soupir.

Tout autour, la netteté de notre maison, les bibelots, les rideaux clairs, les clefs de la voiture, toute cette normalité tartinée de beurre et de mécontentement. Accroupi par terre, Diego appuie sur le déclencheur, utilise le grand-angle, il photographie de travers, vole les choses aux marges. Il développera des clichés bleus, longs et obliques comme en cinémascope, le téléviseur qui flotte dans cet espace laqué et nocturne, tout autour le noir, juste cette lumière, ce bleu qui éclaire la mort.

« Ça suffit, viens te coucher. » Ses fesses sont creusées comme celles d'un chien.

Nous faisons l'amour. Son corps est un sac d'os.

Il retombe en nage à côté de moi. Il tousse, d'une toux sombre, brève.

Il me sourit, grappes de rides sur le visage d'un bébé.

Il retourne à la télévision. Publicité pour une voiture. Fille pendue à un pull-over rouge, les jambes écartées, fermes et bien plantées.

C'est arrivé chez le coiffeur. Dans cette bulle chaude pleine de séchoirs à cheveux, de bonnes odeurs de shampoing, de teintures. J'aime y aller, poser la nuque sur un des bacs fichés dans le parquet. La shampouineuse frictionne, élimine la saleté de la ville et celle de mes pensées, et un instant, j'ai l'impression que tout va s'écouler dans le lavabo. Je redresse la tête. Elle me tend une petite serviette noire, je me dirige vers un des miroirs de ce grand salon du centre-ville, aux allures de loft new-yorkais. Aux murs, pas de réclames vulgaires pour des démêlants ou des coiffures, mais de grands tableaux grisâtres, des marines qui fuient dans le lointain et incitent à espérer en un avenir meilleur, le jour où n'existeront plus sur terre que les stylistes.

Avec mes mèches mouillées, j'attends Vanni, le chef de ce refuge pour cheveux maltraités par le smog et en proie à toutes sortes de petits malheurs. Avec l'heure du déjeuner, ça se bouscule un peu. Aux casques, de riches dindes, des avocates, des comptables et de monumentales pouffiasses pour hommes politiques, le Parlement est à deux pas. Un des employés vêtus de noir pose une pile de revues devant moi.

« Vous voulez lire quelque chose ? »

J'ai un livre dans mon sac. Mais je n'ai pas envie de me concentrer, j'ai envie de flotter dans ces limbes, dans cet aquarium glamour. Je feuillette : publicités pour des vêtements, des rouges à lèvres, un article sur la reconstruction de l'hymen, publicité pour des soutiens-gorge, reportage sur les puces de Londres, lettres de femmes déçues par les hommes. Je m'immobilise. Devant moi la photo d'une femme qui tient un enfant dans ses bras. Le titre rouge dit LA CIGOGNE VIENT DE LOIN.

Je lis l'interview de cette Française, devenue stérile après un traitement contre le cancer. Sa sœur lui a donné un ovule qui a été fécondé *in vitro* puis implanté dans l'utérus d'une troisième femme, une jeune Hongroise, *la cigogne*. Je lis le nom technique de cette opportunité : *maternité de substitution*.

Vanni s'approche, dépose un baiser sur ma joue. C'est un homosexuel épais mais athlétique, il mâche un chewing-gum américain et marche pieds nus sur ce tapis de cheveux, comme un armateur sur le pont de son yacht. Il tire mes mèches vers le haut, se regarde dans la glace avec moi. Il retient son souffle, agite ses ciseaux... il touche mes cheveux comme un artiste touche la matière. Il me frictionne la tête d'une main experte, et la coupe apparaît.

« Ça te plaît ?

— Ça me plaît. »

Il jette un coup d'œil à la revue, saisit un cendrier et s'attarde un moment avec moi en fumant et en mâchant son chewing-gum américain. Nous évoquons le sujet. Il déclare : « Si tu réfléchis bien, la Vierge aussi a prêté son utérus à Dieu... »

Il pleut. Une goutte plus grosse que les autres coule sur les carreaux de la fenêtre. Je la suis du regard. C'est une longue entaille d'eau dans la nuit. Mon souffle est comme le battement de la terre, et cette goutte, une larme préhistorique qui sépare deux mondes.

Ce matin, papa a apporté des mandarines. Avant de monter, il fait un tour au marché, en bas. Il se promène. « C'est ce qu'il y a de mieux dans cette ville, prétend-il, les derniers vestiges d'humains qui perpétuent le vivre-ensemble. Tout le reste n'est que solitude. » Maintenant il a un chien, une espèce de braque au poil filasse. Une bonne raison de sortir, de marcher. Il pose le sac en papier marron, remplit l'appartement de ce parfum frais. « Des vitamines », dit-il.

Nous nous asseyons tous les trois à la cuisine. Nous épluchons des mandarines. Diego mange aussi les épluchures, il les aime.

Les valises sont là, encore ouvertes. Diego a tiré son sac à dos de la mezzanine. Il a grimpé à l'échelle et a failli tomber. Il a lancé le sac sur le sol, l'a ramassé. Il a reconnu l'odeur des voyages, des nuits dans les aéroports, l'odeur des rêves et des blessures.

« C'est ma vieille peau », a-t-il déclaré.

Le chien de mon père rôde autour du sac, le renifle lui aussi.

« Il ne va pas pisser sur nos bagages, papa ?

— Viens ici, Pane. Couche-toi.

— Pane ? C'est quoi, ce nom [1] ?

— Quand je l'ai rencontré, je mangeais un sandwich dans la rue. Je lui ai lancé un bout de pain et il ne m'a plus quitté. » Il caresse ce chien

1. *Pane* signifie « pain ».

qui tend le nez vers lui comme un orphelin mielleux. Nous avons mangé toutes les mandarines. Papa regarde les valises. Il n'a jamais cessé de les regarder. « Quel temps allez-vous trouver, là-bas ? »

Il saisit le sac-poubelle plein.

« Qu'est-ce que tu fais, papa ? Tu jettes nos ordures ?

— Ça ne me coûte rien.

— Laisse. »

Il est plus fort que moi, plus têtu. Il retient le sac avec rage.

« Laisse-moi faire quelque chose, bon sang ! »

Le lendemain matin, il insiste pour nous accompagner à l'aéroport. Prendre un taxi serait plus pratique, plus rapide. Mais il y a cet homme, mon père, qui se réveille à l'aube et nous attend en voiture, aussi matinal qu'un chauffeur zélé. Il sonne à l'interphone.

« Je suis en bas, prenez votre temps. »

Il aime cette aube, il est aussi heureux que s'il allait à la pêche. Il s'est rasé, il a même mis une cravate, comme un vrai chauffeur. Il sent son after-shave habituel et le café qu'il a bu au bar.

Je m'assieds donc derrière cette nuque grise et familière. Comme dans mon enfance, lorsqu'il m'emmenait à l'école. Je n'étais pas douée en maths et j'en souffrais. « Copie, assieds-toi à côté d'un camarade sur qui tu pourras copier. » Je rougissais, ce conseil blessait ma fierté. « Tu ne comprends rien, papa. » Or il comprenait tout. « N'apprends que ce qui te plaît, Gemma. Le reste, abandonne-le aux autres, ne t'acharne pas. »

Il conduit, attentif à tout. Comme s'il voulait nous donner un signal, nous inviter à faire attention, nous aussi. Il n'a aucune hésitation. Il sait où aller, quelle rampe emprunter à l'aéroport pour nous déposer devant la bonne entrée, à croire qu'il a étudié le trajet. Il ouvre le coffre, se précipite à l'intérieur de l'aéroport pour chercher un chariot. Il nous salue rapidement, il ne veut pas être un poids. Ce matin, il entend être professionnel, un de ces individus qui vous conduisent à destination et s'en vont parce qu'ils sont occupés ailleurs. Il n'est pas occupé, mais il feint de l'être. Il remonte en voiture, hoche la tête. Les mâchoires serrées derrière la vitre. Il n'a prononcé qu'un seul mot : « Téléphonez. »

Il est possible qu'il s'attarde à Fiumicino, qu'il se promène sur la plage, qu'il attende midi, l'heure du déjeuner. Il aime les merlans frits. Je l'imagine en dévorant une pleine assiette, je suis certaine qu'il commandera aussi du vin, une bouteille fraîche qu'il sifflera, et il aura les joues rouges. Il se mettra à son aise, je le connais. Toute sa vie, il s'est efforcé d'être un bon exemple pour moi, qui ai toujours été un peu renfermée ; et c'est maintenant seulement que je mesure le privilège de l'avoir pour père, maintenant qu'il est parti, comme les mouches et le vent, comme toujours tout.

Les mouches sont posées sur la corbeille de pain, une de ces corbeilles en plastique qu'on utilise dans les restaurants de bord de mer. Mon père mange et boit, il goûte le goût du sel, l'étendue bleue de la mer. De là, on peut voir les avions qui décollent et dessinent un cercle avant de rejoindre leur route.

Nous sommes à bord d'un de ces avions. Mon père nous a accompagnés du regard, il a levé le menton. Quelques instants plus tôt à peine, nous étions proches et grands, des corps et des odeurs, et nous ne sommes plus désormais que des destins dans le ciel. Il mesure la distance qui sépare le rien du tout, cette trace de fumée blanche au milieu des nuages, et son amour en bas, enfermé dans son cœur qui vieillit.

« À quoi penses-tu ? me demande Diego alors que l'aile de l'avion suit le sillage du soleil reflété dans le hublot.

— À rien… »

Papa est debout sur l'aile de cet appareil qui semble immobile.

« *Tu me caches quelque chose, pas vrai, ma petite Gemma* ?

— *Quoi, papa* ?

— *Ne dis rien, peu importe.* »

Nous sommes en classe affaires

Nous sommes en classe affaires : larges sièges, verres et vraies serviettes de table. Je n'avais pas envie de voyager en classe économique, pas dans ces avions miteux… Je n'avais pas envie de sièges étroits, d'hôtesses qui ne font pas attention à vous. Je veux étendre mes jambes. Ce n'est pas un voyage de plaisir. C'est une hospitalisation, et, quand on en a les moyens, on choisit une clinique privée, avec une chambre individuelle, une infirmière qui ressemble à une employée d'hôtel, et un rideau qu'on tire pour s'isoler du monde. Je croyais que l'avion serait vide. Quel intérêt peut-on trouver à survoler une guerre ? Mais il y a du monde au contraire, surtout des hommes. Des hommes qui vont se rendre dans des boîtes aux lumières opalescentes où des filles blanches comme du beurre ont tout juste entrepris de s'avilir. La braderie n'en est qu'à ses débuts, c'est tentant d'arriver dans les premiers et de rafler la pureté. Ces mêmes hommes qui rentreront chez eux en rapportant une boîte de caviar, une icône, à leur femme. Et puis il y a des Russes qui rentrent chez eux. C'est le cas de nos deux voisins, ils ont placé leurs attachés-cases noirs sous les sièges, et non dans les compartiments au-dessus de leurs têtes, afin de les surveiller du pied, de leurs chaussures noires et brillantes. Des chaussures italiennes pour hommes d'affaires de l'ancienne Union soviétique. Que sont-ils venus vendre en Italie ? Des lambeaux de leur pays en voie de démilitarisation… oléoducs, immeubles, mines, têtes nucléaires. Un instant, j'imagine qu'ils transportent dans ces valisettes des stylos meurtriers, des flacons de cyanure, comme les espions venus du froid des films américains. Mais la guerre froide s'est elle aussi délitée comme le reste, et ces deux types n'ont probablement acheté que des morceaux de parmesan.

Le rideau qui nous sépare de la classe économique est tiré. Les Russes ont bu de nombreuses coupes de champagne sans changer d'expression ni de ton.

L'hôtesse a un visage replet et le nez court ; son calot, trop petit pour ses cheveux crêpés, menace de tomber : on dirait un petit bateau sur les vagues. Elle nous verse à boire avec un certain charme, tendant gracieusement son gros bras, sans verser une seule goutte à côté.

« *More, please.* »

J'ai tellement attendu ce moment, et maintenant je ne sais plus très bien pourquoi. J'ai dépensé des trésors d'énergie pour monter à bord de cet avion, et je me dis que si aujourd'hui quelqu'un ouvrait la porte, un fou, un pirate de l'air, je plongerais moi aussi dans le blanc farineux des nuages, dans le froid de l'altitude.

Cela a été une décision subite. J'ai acheté les billets, me suis assurée que nos passeports étaient encore valables. Allez savoir, ou comprendre… Qu'est-ce que ça nous coûte ?

C'était un choix d'amour, expliquait la femme dans l'article lu chez le coiffeur, *j'ai aidé une femme comme moi, je ne suis pas une couveuse, j'ai été une cigogne.* Je bois du champagne. « *More, please.* » Et ramollie par la boisson et l'altitude, je continue de me faire du mal. Si c'est un choix d'amour, pourquoi allons-nous dans un pays appauvri, à la dérive ? Derrière le rideau, les Romains parlent tout haut. Quelle différence y a-t-il entre ces coureurs de putains et moi ? Comme eux, je suis à la recherche d'une femme, d'un ventre.

« Écoute… »

Diego ôte un écouteur et le glisse dans mon oreille. C'est R.E.M. Nous écoutons ensemble un bout de *Losing My Religion*.

« *… That's me in the corner… that's me in the spotlight…* »

« Ne t'inquiète pas », dit-il.

Il s'endort. Je regarde sa main. Qu'est-ce qu'une main ? Qui nous a taillés ainsi ?

Une femme se lève, ouvre le compartiment à bagages, en tire un sac. Elle manque me tomber dessus à cause des turbulences.

« Excusez-moi. »

Elle a une tête sympathique. Son mari dort lui aussi. Un crâne parsemé de quelques cheveux gris, la bouche ouverte sur l'oreiller qu'on nous a donné au décollage.

Elle est assise derrière moi. Au bout d'un moment, elle me tapote l'épaule.

« Vous avez peur en avion ?

— Non, j'ai peur de la terre.
— Qu'est-ce que vous dites ? »

Qu'est-ce que je dis, bordel ? Je n'en sais rien. C'est le champagne… Je me corrige : « J'ai peur de l'atterrissage. »

Une de ces femmes qui aiment bavarder.

« Moi, je n'ai pas peur de l'atterrissage, parce qu'on voit déjà les maisons. »

Il y a un siège vide dans la rangée voisine. Elle s'y installe. Elle n'est pas jeune, elle n'est pas vieille, elle est dans les terres du milieu. Elle a un beau sourire. Elle a ouvert son sac, en a sorti du beurre de cacao, « parce que les lèvres se dessèchent en avion, vous avez remarqué ? », puis une boîte, qu'elle ouvre maintenant. Elle exhibe des tennis bordées de rose, des chaussures de fillette.

« Elles vous plaisent ? »

J'acquiesce.

« Mon mari les a achetées à New York. Il y va souvent pour son travail. »

Elle les renifle, les caresse.

« Regardez, il y a une surprise… »

Elle sourit. Je me dis qu'elle a sans doute des problèmes, qu'elle doit prendre des neuroleptiques, s'abrutir.

« Elles s'allument… vous voyez ? »

Elle glisse les mains dans les chaussures, se penche sur la moquette au sol, simule des pas. En effet, de petites lumières apparaissent dans la semelle de caoutchouc transparent.

« On n'en vend pas encore en Italie…
— Elles sont pour votre fille ? »

De nouveau, elle renifle les tennis : elles sentent peut-être la fraise. Puis elle répond : « Ce n'est pas notre fille… »

Elle n'attendait que ça. Elle fait partie de ces femmes qui, lorsqu'elles voyagent, cherchent du regard le réceptacle où déverser leur voix. Ce matin, c'est moi qu'elle a trouvée. Son mari dort : il a appris à se protéger, à laisser mourir sa tête dans l'oreiller. Je me tape toute l'histoire. Son mari et elle ont accueilli pendant deux étés d'affilée une fillette de Tchernobyl, un de ces enfants qui viennent en Italie se débarrasser des radiations, une orpheline. L'orphelinat avait besoin d'un réfrigérateur et d'un projecteur, ils les leur ont offerts. Ils se sont liés d'amitié avec la directrice. À présent, ils vont voir la fillette, Anouchka, et lui apportent ces chaussures en cadeau. Ils sont trop âgés pour l'adopter, mais ils espèrent qu'on leur en confiera la garde.

« Notre avocat a parlé à un avocat ukrainien. » Elle agite les doigts, frotte le pouce contre l'index et le majeur. « De l'argent. Ce n'est qu'une question d'argent. Là-bas, on peut tout faire quand on a de l'argent. »

Anouchka a sept ans. Eux, ils ne peuvent adopter qu'un enfant de plus de neuf ans. La femme montre ensuite deux autres doigts, elle les brandit comme deux petits couteaux et, d'une voix fluette, plaintive, demande : « Deux ans... qu'est-ce que ça représente ? »

Elle remue encore les chaussures, secoue la tête d'un mouvement nerveux qui ressemble à un tic. Elle chasse quelque chose, une pensée récurrente qu'elle doit souvent chasser... je reconnais ce geste. Un code commun à toutes les mères ratées.

« Deux ans... J'ai même essayé de falsifier mes papiers d'identité, je n'ai pas honte de le dire... on vous oblige à enfreindre la loi... »

À présent, on dirait le brouillon de moi-même.

Je réclame du champagne tout en me demandant si je n'ai pas rencontré à bord de cet appareil la femme que je vais devenir, si la vie est bien ce qu'elle paraît, ou un ensemble de signaux lumineux qui dessinent un parcours, comme ces putain de chaussures, ou ce marquage lumineux au sol qui indique la sortie.

La femme parle, ne cesse de parler...

« ... Quand elle est arrivée, Anouchka n'avait jamais vu d'armoire, elle s'est cachée sous le lit. Nous avons démonté le meuble, nous lui avons dit de plier ses vêtements sur une chaise, comme elle était habituée à le faire. Cet été, à sa demande, nous sommes allés chercher l'armoire à la cave, nous l'avons remontée. Mon mari en a mouillé sa chemise, mais je me suis dit *Au diable !* Ça a été la plus belle journée de notre vie. Anouchka riait, elle n'avait plus peur, elle voulait entrer dans l'armoire, frapper et constater que nous ouvrions, que nous la libérions... »

La femme se penche et agite encore une fois sur la moquette les chaussures dont la semelle s'allume à chaque mouvement. Un instant, j'ai l'impression de connaître son Anouchka. Je la vois courir, ces tennis américaines aux pieds. C'est bien, la nuit, pour éviter de se perdre. Je me rappelle le jour où j'ai accompagné Diego dans une colonie d'Ostie, où il allait photographier des enfants tout juste arrivés de Tchernobyl... Ils me semblaient phosphorescents.

« Et vous ? » interroge la femme.

Je tâte l'accoudoir, le trou noir d'une brûlure de cigarette.

« Vous avez des enfants ? »

J'enfonce le doigt dans ce vieux rembourrage.
« Pas encore. »
Elle sourit, soupire.
« Vous êtes jeunes, vous avez le temps. »
Diego a rouvert les yeux, il consulte sa montre, étend les bras, s'étire.
« Votre mari a l'air d'un gamin… »
Diego sourit.
Il entend la femme dire : « Et vous, où allez-vous ? »
Il répond sur ma nuque penchée : « En vacances. »
Il réfléchit un moment, sourit. « Au bord de la mer Noire. »

À l'aéroport de Kiev, nous faisons connaissance avec notre interprète, Oxana. Grande et maigre, elle se tient toute droite dans la foule des arrivées, brandissant une affichette sur laquelle notre nom de famille est inscrit au stylo. Elle a un air sérieux et la posture hiératique d'un militaire. Elle se détend à notre vue. Nous lui serrons la main. Elle nous adresse un léger sourire en esquissant une courbette. Elle a les cheveux tirés en arrière, un manteau bleu aux manches trop courtes, les poignets nus, un sac de corde en bandoulière. Elle s'enquiert de notre voyage. Elle s'exprime dans un italien correct avec un accent qui nous fait un peu rire. Nous la suivons au milieu d'une sorte d'anaconda ondoyant d'humains qui semblent mal en point et pas sur le départ : ils profitent de la chaleur qui s'échappe des radiateurs. Je demande à Oxana ce que contiennent les paquets abandonnés près de la sortie.
« Du courrier…
— Il n'est pas livré ?
— Il le sera tôt ou tard… »

Un type moustachu se penche à la fenêtre d'un minicar Fiat, recule, nous ouvre la portière et s'empare de nos bagages. Nous nous asseyons au milieu des sièges vides. Oxana fait coulisser la vitre qui nous sépare du chauffeur, lui dit quelques mots à voix basse, puis s'assied devant nous en sens inverse de la marche.
« Vous avez des dollars ?
— Oui.
— Dollars, ça va.
— Et les lires ? »
Elle sourit, elle n'entend pas nous vexer. « Mieux vaut dollars. »
Elle nous regarde d'un œil interrogateur. Elle a cette grâce un peu raide de certaines danseuses classiques.

« Combien de kilomètres y a-t-il ?
— Un peu plus de cent. »
Je lui demande juste quand nous pourrons rencontrer le médecin.
« Déjà aujourd'hui. »
Je dis à Diego : « Passons à l'hôtel, laissons nos affaires et allons-y…
— Oui. »
Il regarde lui aussi Oxana, son visage sérieux, tendu vers nous, son front large, limpide.

Fourgons, tracteurs, cars nous frôlent sur une route qui traverse des champs albinos et d'immenses plaines d'épis encore verts.

« C'est du blé ?
— Oui. Tchétchénie est notre pétrole, Ukraine est notre blé. » Elle sourit. « Staline le disait. »

Diego l'interroge sur Gorbatchev, sur l'après. Elle secoue la tête.

« Catastrophe… grande catastrophe. »

Diego réplique que c'est normal, que la transition nécessite du temps. « Il faudra peut-être vingt ans… »

Oxana acquiesce. Sa tête se balance sur son cou piédestal.

« Vingt ans… comme moi.
— Tu n'as que vingt ans ? »

Elle opine. Je pensais qu'elle en avait trente. Peut-être parce qu'elle est très maigre, très sérieuse.

Il n'y a plus de champs depuis un bon bout de temps, mais des usines à l'aspect croulant. La ville semble ne pas avoir de centre, n'être qu'une immense banlieue. Oxana nous précède à l'intérieur de l'hôtel, parle avec le réceptionniste.

La chambre est tendue d'une tapisserie bleu pâle, un satin scintillant et raide qui évoque du plastique. La tête de lit est comme le reste de la chambre. Nous abandonnons nos bagages, nous lavons les mains, sortons en claquant la porte.

Le dispensaire se dresse à quelques pâtés de maisons de l'hôtel, un bâtiment massif et nu dans le plus pur style soviétique. Nous montons en ascenseur jusqu'au deuxième étage. Nous patientons un peu dans une pièce, les pieds posés sur du linoléum blanc. Aux murs, quelques certificats sous verre et deux grandes affiches plastifiées, semblables à celles qu'on trouvait autrefois dans les salles de médecine à l'université, montrent les appareils génitaux masculin et féminin. Bourses roses du scrotum et des ovaires, canaux séminaux, trompes, et une infinité de filaments rouges et bleus représentant les artères et les veines. Je regarde l'immense pénis en coupe, aussi mou qu'une trompe d'éléphant au repos, le vagin orange semblable à l'intérieur d'une moule. La tristesse me saisit au ventre, me fige sur la nuque. J'épie Diego. Il sourit bêtement, tel un étudiant.

Une femme à la blouse moulée sur un corps bien en chair mais trapu vient nous chercher. Le médecin est installé derrière un bureau de ministre recouvert d'une vitre verdâtre, trop grand pour cette petite pièce. Dans son dos pendent des rideaux à volants et diverses décorations encadrées.

Il se lève, nous tend la main, nous invite à nous asseoir.

« Je vous en prie », dit-il en italien.

Oxana prend place à côté de moi pour traduire les propos du docteur Tymochenko : il s'excuse de ne pas parler notre langue, il a l'intention de l'apprendre, car les Italiens commencent à affluer.

« Nous sommes un pays à l'avant-garde… dans ce domaine. »

Oxana parle sans hésitation, le visage figé. J'ai l'impression qu'elle connaît par cœur ce petit discours qui se dévide sur un ton égal. Des deux côtés de la pièce, des images d'enfants souriants dans les bras de mères souriantes tapissent les murs. Notre parcours ressemble en quelque sorte à un parcours thermal, quand on passe du froid au chaud, des pierres aux huiles. Nous sommes passés de cette salle d'attente déprimante, avec ses organes reproductifs mous, à une pièce rassurante aux rideaux brodés comme ceux d'un chalet, avec ses photos de mères heureuses. Je suis tendue, je me demande où est l'embrouille…

Le docteur Tymochenko porte une blouse impeccable mais légèrement grise. Il a des pommettes mongoles et ses cheveux poivre et sel sont couverts de brillantine. Il nous invite à fumer si nous le souhaitons.

« Nous ne fumons pas. »

Il allume une cigarette, attend.

Je prends la parole. Je raconte notre histoire. De temps en temps, Oxana pose la main sur mon bras pour m'arrêter afin de pouvoir traduire. J'essaie de deviner si c'est une bonne interprète. D'un geste brusque, je prie Diego de me donner les dossiers… cette liasse épaisse d'échographies, d'analyses, tant d'argent jeté par les fenêtres. Je montre au médecin la photographie de mon utérus et tout le reste.

« Il ne fonctionne pas…, dis-je. Mon utérus ne fonctionne pas… »

J'attends que l'interprète ait traduit. Le médecin ouvre la chemise, examine l'échographie, hoche la tête. Il y a une fenêtre qui donne sur un terrain de sport, une grande lagune avec un vieux panier sans filet, pareil à un œil de fer. Je fonds en larmes.

Le médecin me laisse pleurer sans rien dire, il doit y être habitué. Des sanglots durs, des pierres.

Je gagne la fenêtre. Diego me rejoint et m'enlace. Le dos tourné à ces deux inconnus, nous contemplons le terrain de sport et la série de maisons qu'on voit au fond, privées de toit, identiques : on dirait les cabines d'un établissement balnéaire abandonné.

Je retourne m'asseoir. J'ai recouvré mon calme. La boue s'en est allée, comme les cailloux dans les reins : c'est douloureux quand ils passent, mais ensuite c'est fini, on est juste un peu fatigué. Une femme énorme pénètre dans la pièce avec un samovar fumant, et nous buvons du thé. Nous découvrons que le médecin parle français et nous discutons un moment avec lui sans l'aide d'Oxana. Puis il revient au russe. Il ouvre un tiroir, en tire des papiers.

Je suis maintenant attentive et lucide.

Il trace trois cercles, A, B, C, et au-dessus un triangle marqué d'un X. Il pointe son crayon sur ce X.

« Ça, c'est votre mari », explique-t-il en souriant à Diego.

La mère A est la donatrice de l'ovule qui est fécondé avec le liquide séminal du triangle X et plongé dans la mère de substitution B. Le crayon dessine un trait de conjonction entre deux cercles pour arriver à moi, le cercle C.

Trop de cercles, me dis-je, *trop de mères.*

« J'aimerais qu'il n'y ait qu'une… qu'une seule femme. »

Il répond que ce n'est pas un problème : une seule femme peut se charger de toute l'opération. Mais cela coûte plus cher.

« Une mère porteuse ne peut revendiquer aucun droit sur un enfant qui ne lui appartient pas du point de vue génétique. En revanche, la mère naturelle… »

Je sais que je cours plus de risques, mais je veux voir la femme, la voir sourire… établir une relation.

Oxana traduit mais je fixe le médecin du regard. Ses grandes mains, ses lèvres qui remuent, ses petits yeux d'un bleu profond… Je me demande s'il est digne de confiance. Je cherche un signe de bonté en lui.

Nous le suivons pour une brève visite du dispensaire, pénétrons à sa suite dans une pièce qui contient un lit, un meuble en fer, des étagères chargées de flacons et de médicaments, un seau plein de ouate, un autre destiné aux écarteurs ; il y a aussi un vieux récipient en plastique pourvu d'une anse où l'on conserve peut-être les ovules, le liquide séminal… il ressemble à une vieille glacière d'autrefois.

Le médecin s'assied sur le lit et se met à parler d'argent avec désinvolture. Il exige d'être payé en devises étrangères, des dollars ou des marks allemands. Il n'y a pas de frais annexes, ni pour l'entretien de la mère porteuse pendant sa grossesse, ni pour l'avocat. Il s'occupe de tout.

« Et si la mère change d'avis ? »

Oxana traduit : « Les mères ne changent pas d'avis. Ce sont des femmes qui offrent spontanément leurs services… »

Un instant, je pense qu'il n'y a aucune vérité dans le regard de cet homme, ni dans ses propos.

Nous nous dirigeons à pied vers l'hôtel. Il pleut. Oxana qui a un parapluie veut à tout prix nous abriter. Nous lui disons qu'elle peut nous laisser, mais nous nous égarons. Les indications sont en cyrillique et les gens ne parlent que le russe. Beaucoup de magasins sont fermés, ils arborent une inscription PRADUKTI décolorée, sur leur vitrine à moitié vide. Nous entrons dans une boulangerie. Quelques miches de pain isolées gisent sur une étagère de bois, comme des pierres sur une tombe. Les rares passants se retournent sur nous.

Diego photographie une vieille femme qui se reflète dans une grande flaque au pied d'un immeuble en béton. Elle n'a pas la moindre réaction face à ce garçon agenouillé dans la rue pour photographier de l'eau sale. Son visage jaunâtre semble fait d'un tissu spongieux, un muscle malade. Quand Diego se relève, les genoux mouillés, et cherche dans sa poche un billet de dix dollars, elle se jette par terre pour lui baiser les mains. Il essaie de l'en empêcher, de freiner cette réaction exagérée, et dépose un baiser sur sa tête, sur son foulard.

Nous reprenons notre chemin.

Enfin l'hôtel surgit devant nous, jaillissant du béton dans la lumière floue et la vapeur de pluie.

Je me douche nonchalamment sous un pommeau aux trous bouchés qui projette de l'eau çà et là, contre le rideau de plastique, loin de mon corps. Nous réunissons nos deux petits lits, et le bruit du fer contre le carrelage nous blesse les oreilles. Les draps, cousus autour des édredons, ressemblent à des camisoles de force. Diego ne se plaint pas de la douche, il s'approche de la fenêtre, photographie tout ce qu'on voit en bas : un long mur gris surmonté d'une spirale de fil de fer barbelé, comme celui d'une caserne.

Nous descendons pour le dîner. Il y a là un peu de vie, une femme qui chante dans une robe à paillettes rouges, beaucoup d'hommes seuls et quelques couples. Un serveur en blanc et noir au ventre enflé et aux grands pieds traînards, qui ressemble en tous points à un pingouin. Nous nous asseyons à une petite table. On nous apporte un menu traduit en français et en anglais. Nous le consultons et appelons le pingouin. Cela devient amusant : chaque fois que nous indiquons un plat, il secoue la tête, écarte les bras, « *niet* »...

Il y a du borchtch. Nous en commandons. Puis l'homme revient et tire de sa veste une boîte de conserve qu'il nous montre sous la table en feignant de se cacher du maître d'hôtel. C'est du caviar, qui coûte dix dollars en liquide. Nous acceptons. Le billet disparaît. Un second billet, et il nous apporte une bouteille de vodka spéciale.

Maintenant, le maître d'hôtel sourit lui aussi, et s'incline chaque fois qu'il passe devant notre table pour aller accueillir de nouveaux clients : des femmes aux cheveux crêpés en minijupe et bottes pointues, des hommes aux vestes satinées. Servi avec des blinis et de la crème aigre, le caviar est excellent... Un petit œuf noir se colle sur le nez de Diego et je me rapproche pour l'ôter du doigt. Comme un fiancé, il lorgne dans l'encolure de mon chemisier de soie et nous avons un instant l'impression d'être un couple en vacances. Après le dîner, nous nous attardons sur les bancs rembourrés. Diego lève son verre de vodka en direction de la chanteuse, et cette femme un peu flétrie, à la robe de sirène rouge et aux paupières imprégnées de fard vert, entonne à notre intention « Volare, oh oh oh oh ». Nous éclatons de rire, applaudissons.

Dans la chambre, nous faisons l'amour sur ces lits au bruit infernal. Par plaisir, pour nous défouler. Ça n'est pas désagréable : nous sommes en vie, au moins.

« Même s'il ne se passe rien, on s'en fout, dis-je dans un soupir

— On s'est payé un voyage, on a fait l'amour... »

Diego, à la fenêtre, pointe son objectif sur la pénombre.

« Qu'est-ce que tu photographies ?

— Une lumière. »

Sans doute le phare blanc de la caserne d'en face.

Le lendemain matin, nous descendons dans la salle du petit déjeuner. Il y a là deux récipients d'eau bouillante, quelques œufs, des gâteaux. Et l'odeur récurrente de cuisine, de viande macérée dans du bouillon. Oxana nous y rejoint, les cheveux retenus par le même élastique, le visage toujours aussi pâle. Nous l'obligeons à prendre une tasse de thé dans ses mains rouges, et l'écoutons nous inviter à la patience : le médecin cherche la femme appropriée, nous aurons des nouvelles dans l'après-midi.

Nous faisons une promenade. Diego photographie une vieille église en bois et une statue de Cosaques à côté d'une flamme de méthane bleue et éternelle. Dans le centre-ville également règnent une misère absolue et un étrange silence.

Oxana revient dans l'après-midi. Nous gagnons le dispensaire à bord d'un taxi, une Skoda couleur prune sans pare-chocs. Le médecin a trouvé une femme qui convient peut-être.

Je demande : « Qui est-ce ? »

Oxana s'est assise à côté du chauffeur et lui a indiqué la route. Elle se tourne vers nous, affirme que c'est une personne de confiance.

« Elle l'a déjà fait. »

Je pense à cette femme qui m'attend quelque part, qui donne ses enfants… contre de l'argent. *Une professionnelle, c'est l'idéal,* me dis-je. J'observe la main de Diego sur la banquette arrière : immobile mais nullement sereine, elle semble serrer quelque chose, un clou.

Avant de partir, nous avons longuement discuté de la frontière morale que ce voyage marque. Diego a dit : « Il n'existe qu'une seule loi, celle de notre conscience. Nous devons continuer à être honnêtes, à être nous-mêmes. Sinon, faisons machine arrière et n'en reparlons plus. »

C'est moi qui l'ai entraîné dans cette aventure, après une nuit de pleurs, de désespoir. Maintenant, son visage sérieux et son regard pensif m'irritent.

Nous entrons dans la pièce. La femme est assise de dos. Elle ne bouge pas quand le médecin nous accueille. Je l'effleure d'un regard oblique, sans la regarder vraiment, et attends, pour l'observer, que nous ayons pris place, tandis que le docteur continue de parler. Je vois une main, un œil, des cheveux courts à la garçonne, un visage long et émacié, un nez régulier. C'est une femme simple, humblement vêtue, mais digne. Elle tient un sac en similicuir à anse rigide. Elle a les chevilles osseuses, des chaussures confortables, lacées sur le devant comme celles de certaines religieuses. Elle approuve tandis que le médecin parle. Oxana traduit.

Elle sent l'herbe, la cendre, je demande si elle habite la ville. C'est la première question qui m'est venue à l'esprit.

La femme m'adresse un petit sourire puis répond, les yeux fixés sur Oxana : elle vit à la campagne, à une vingtaine de kilomètres de là. Nous échangeons encore quelques propos banals. La dondon entre avec son samovar et sert le thé. La femme boit en penchant la tête, soucieuse de ne pas faire de bruit et de ne pas salir la soucoupe.

Puis elle se lève et effectue une petite courbette. Oxana traduit ses propos : elle doit repartir, elle craint de rater l'autobus qui la ramènera chez elle. Elle me tend une main froide et tellement douce qu'elle semble irréelle.
« Merci... », dis-je.
Diego n'a pas prononcé un seul mot, il se lève à son tour et s'incline devant elle comme s'il devait la récompenser de quelque chose.
Elle a un geste gentil, de réconfort, elle lui tapote la main d'une façon brusque, maternelle.

Elle s'en va sans laisser le moindre sillage, emportant avec elle son odeur de cendre et son sac en plastique.
« Elle est parfaite, déclare le médecin. C'est une femme sérieuse, très discrète. »
Notre entretien a été bref et informel, comme le veut l'usage. Nous n'avons parlé de rien.
« Nous avons le temps, dit le docteur Tymochenko. Il faut que vous réfléchissiez pendant la nuit. »
Je demande : « Quel âge a-t-elle ?
— Trente-deux ans.
- A-t-elle des enfants ?
- Elle en a trois.
— A-t-elle un mari ? »
Il éclate de rire.
« Bien sûr !
— Comment pouvons-nous être certains que... » Je m'interromps, par pudeur.
Il comprend. Il semble avoir déjà répondu de nombreuses fois à ces questions.
Après l'insémination, traduit Oxana, la femme séjournera quelques jours à la clinique, où sera contrôlée la fécondation. C'est alors que la femme rentrera chez elle, pas avant.
Il sourit. « Vos intérêts sont les nôtres. »
Il porte la main à la tête, à la brillantine qui emprisonne ses cheveux, puis adopte un ton plus ferme.
« Nos femmes sont humbles et généreuses, elles se considèrent comme des créatures neutres. Elles ne donneraient jamais un enfant de leur propre mari. Vous pouvez donc être tranquille. »

Nous mangeons notre caviar avec moins de voracité que la veille au soir. Distraits par des pensées sans fin. De temps en temps, un mot tombe sur la table. La chanteuse arbore la même robe rouge, les mêmes yeux veloutés, la même voix rauque. Je pense à la femme que nous avons rencontrée : elle a l'air négligé mais propre, un léger duvet sur les joues, les sourcils en désordre, signe qu'elle n'utilise pas de pince à épiler, une coupe de cheveux et des chaussures de religieuse. Elle est parfaite, le médecin a raison. Nous avons bu plusieurs verres de vodka, ils ont fait un petit nid au fond de nous, miroitant.

« Alors… qu'en penses-tu ?

— Elle a l'air d'une brave femme.

— C'est donc elle…

— Si on dansait ? »

Nous dansons entre des hommes maladroits et des femmes aux fesses robustes, aux parfums trop sucrés… Nous dansons, enlacés et perdus.

Le docteur Tymochenko vient nous chercher juste après l'heure du déjeuner et nous invite à monter à bord d'une berline bleue dont les sièges en cuir sentent le produit qui a servi à les nettoyer. Nous roulons dans des rues paisibles, peut-être trop, et désertes, y compris jusque dans les agglomérations. Des maisons claires, avec un toit pâle en pente, se dressent dans cette plaine infinie. La radio diffuse des actualités, interrompues par de brèves plages musicales. Comprenant qu'on parle de la guerre, nous prions Oxana de traduire. Elle se retourne vers nous.

« Un accord de cessez-le-feu a été signé en Croatie… »

Le médecin éclate de rire.

« C'est la chose au monde qu'il préfère ! Signer des accords et ne pas les respecter. »

Nous longeons une clôture formée de cylindres en fils de fer barbelés qui s'étend sur des centaines de mètres dans la campagne ; à l'intérieur, des bâtiments massifs disposés en demi-cercle.

« Qu'est-ce que c'est ? interroge Diego.

— Ce sont des mines de… »

Oxana se tait : le docteur Tymochenko lui a jeté un coup d'œil dans le rétroviseur. Il se tourne vers nous et affirme dans son mauvais français : « Ce sont de vieilles mines abandonnées… »

La voiture s'engage plus lentement sur une route non asphaltée. Elle mène à une maison de campagne, à l'intérieur d'un bourg. La pluie a embourbé le sol. Je remarque un sommier appuyé contre un hangar et un vélo d'enfant.

Un homme trapu au visage sombre portant un chandail à losanges rouges et havane vient à notre rencontre. Il ne doit pas avoir quarante ans, mais il en fait beaucoup plus. La femme nous attend à l'intérieur. Elle nous salue et, d'un geste sec, nous invite à nous asseoir. Elle pose sur la table un plateau de verres ainsi qu'une bouteille remplie d'un liquide rougeâtre, du jus de cerise, se touche la poitrine pour signifier que c'est elle qui l'a préparé. Des pleurs retentissent. Elle quitte la pièce et réapparaît avec un enfant sans doute âgé de moins de un an. Elle lui tend une cuiller en guise de jouet et s'assied. Son mari parle en abattant les mains sur la table comme s'il découpait quelque chose. Il s'exprime en russe avec le médecin, et j'entends plusieurs fois le mot *dollars*. Oxana traduit à l'intention de Diego : « La première échéance au début de la gestation, la deuxième au cinquième mois, la troisième à la livraison… »

Elle a appris l'italien par correspondance et elle emploie des termes durs, bureaucratiques, sans imaginer qu'ils nous blessent. Diego avale sa salive.

« D'accord… d'accord. »

Le petit garçon est aussi pâle que sa mère, il a les yeux du même marron éteint. Il porte un pyjama en feutrine d'une couleur indéfinissable. À présent, la mère me regarde.

« Je veux savoir si elle est contente de faire ça… si elle le fait avec amour. C'est très important, pour nous. »

C'est le mari qui répond, d'une voix éraillée par la nicotine.

Oxana traduit : ils sont très contents, la femme est heureuse de nous aider.

Il se lève, nous fait visiter sa maison, quelques pièces bien rangées avec le même carrelage lie-de-vin, des fenêtres ornées de rideaux, des abat-jour aux dentelles amidonnées, des meubles massifs en bois clair. Il ouvre les portes, et nous jetons un coup d'œil. Tout est misérable mais propre, tout a la même odeur.

Je dis que je désire m'entretenir un moment en tête à tête avec la femme. Elle est timide et fuyante, et son mari, trop autoritaire et sans-gêne, surveille tout.

Elle m'emmène dehors ramasser du bois. L'extérieur tranche avec l'intérieur : il y a des objets entassés partout, près d'un amoncellement de matériaux de construction. Oxana nous suit. Je demande à la femme son prénom. Nous parlons de la campagne, de la saison encore rigoureuse. Elle me confie qu'elle a commencé des études d'ingénieur et a dû y renoncer. Elle détourne de temps en temps les yeux du sol pour les fixer sur Oxana. Cet intermédiaire constant me plonge dans l'embarras, ôte toute intimité à la conversation.

« Écoute, Tereza, je veux savoir si c'est un choix… si ce n'est pas plutôt ton mari qui… »

Elle secoue la tête, répète qu'elle est heureuse de nous aider : elle le ferait même gratuitement, ajoute-t-elle, mais elle a besoin d'argent pour ses enfants, pour leur payer des études. Et puis elle aime être enceinte, les grossesses ne la gênent pas ; mieux, les hormones la mettent de bonne humeur.

« Que diras-tu à tes enfants après ? »

Elle rit, découvrant deux dents ébréchées devant.

« Ils ne s'en aperçoivent même pas, je suis très mince… et je m'habille tout le temps comme ça… »

Elle touche la robe dans laquelle elle flotte. Je pose la question qu'il faut poser.

« Et toi ? Tu n'auras pas de mal à te séparer du bébé ? »

Elle frotte dans la boue ses sabots en caoutchouc. J'ai le sentiment qu'elle n'a pas envie de répondre. Je demande à Oxana : « A-t-elle compris ce que j'ai dit ? »

J'ai adopté malgré moi un ton autoritaire, le ton qu'on emploie quand on s'adresse aux enfants et aux vieillards… aux êtres dépendants de vous.

Oxana traduit : « Non, pour elle c'est naturel… elle sait que le bébé ne lui appartient pas. »

Enfin, la femme lève les yeux sur moi.

« *Ja eto dom.*

— Je suis la maison. »

Elle s'est penchée en avant, et je vois sous ses vêtements son ventre mou, déformé par les grossesses. Elle glisse la main dans la paille du poulailler et en tire deux œufs chauds. Elle insiste pour que je les accepte : ils sont bons à gober… Je secoue la tête puis les fourre dans la poche de mon manteau.

Au bout d'un moment, elle dit : « Ne crois pas que je sois une méchante femme. »

Son mari apparaît sur le seuil. Il émet un étrange sifflement, comme s'il appelait les poules, et Tereza regagne en toute hâte la maison. Je lui emboîte le pas, examine ses fesses, ses hanches, comme on examine un animal. Elle n'est pas mal faite, elle a de longs muscles, des chevilles fines. Aucun défaut physique, aucune anomalie. Elle est neutre… voilà le mot. Ni gaie ni triste, ni belle ni laide, ni chaleureuse ni distante… une de ces créatures indéfinissables qui ne laissent aucune trace, une agnelle dans le troupeau. Elle vient de disparaître, et je ne conserve plus aucun souvenir d'elle. Elle convient… Peut-être est-elle parfaite parce qu'elle n'est personne. C'est Mme Personne. Un cercle dessiné sur le papier.

Je me promène un moment, seule, devant la maison. Je renifle, observe les lieux, contrôle les mètres de terre où Tereza vivra, notre enfant dans le ventre. Je me penche pour écarter une pointe de fer rouillée, comme une mère prévoyante…

Je rentre dans la maison. Diego est en train de photographier le bébé. Agrippé au bord d'un parc en mauvais état, la bouche collée au plastique, il fixe l'objectif sans manifester aucun intérêt. Il est aussi incolore et inerte que sa mère, dépourvu de la vivacité propre aux enfants. Il se tient là, prisonnier de son opacité, comme un fossile dans la résine… sa misère a quelque chose d'éternel… une chair inutile qui se reproduit au fil des siècles, qui germe et s'évanouit. Peut-être est-ce justement ce qui attire Diego, ce qui l'émeut : cette fixité immobile du destin humain.

« Allons-nous-en… »

Je suis agacée de le voir photographier cet enfant. Parfois je suis tout simplement agacée de le voir photographier… Il tient l'appareil enveloppé comme si c'était son cœur, un organe sorti de sa poitrine, qu'il maintient en vie un moment.

« Allons-nous-en… »

Son attitude, son visage émacié de missionnaire, m'irritent. Sa façon d'aimer renferme trop de défaites. Un jour, tout sera fini. Il se contentera de photographier notre enfant pendant des heures entières… et tous les autres, tous les Ante du monde, auront disparu sous la surface d'un étang.

Il ne prononce pas un mot de tout le trajet, il somnole contre la vitre.

« Et maintenant on fait quoi ? »

Oxana traduit. Tereza ira faire une prise de sang le lendemain au dispensaire. Le médecin contrôlera l'activité des follicules, l'ovulation est imminente, une question d'heures. Aucune stimulation ovarienne ne sera nécessaire : elle est extrêmement féconde.

Le médecin se retourne. « À moins que vous ne vouliez des jumeaux ou des triplés… »

J'éclate de rire, je ris à m'en décrocher la mâchoire. Je n'ai pas ri comme ça depuis longtemps. À présent, cet homme direct, brut, me plaît. Un vrai Cosaque asservi à la cause de la stérilité humaine !

Diego ne rit pas. Je lui saisis la main.

Je me soucie peu de sa mauvaise humeur, de ses scrupules. Je suis inquiète pour la femme, pour *moj malenchii dom*, ma petite maison. Je lui verserai plus d'argent que prévu, bien sûr… je lui enverrai des vitamines et des sels minéraux, du magnésium, du fer. Maintenant la fécondation n'est plus qu'un détail, à mes yeux, un processus qui se déroulera en toute hâte, en l'espace de quelques minutes, dans ce dispensaire aux rideaux brodés.

Loquace et détendu, le médecin répond à toutes les questions, apaise toutes mes inquiétudes : la femme sera suivie constamment, nous recevrons en Italie ses échographies et les résultats des examens prénataux, nous aurons tout loisir de lui rendre visite. Il conseille, tout du moins en ce qui me concerne, de passer en Ukraine les derniers mois de la grossesse.

« Ainsi, vous n'aurez pas à fournir d'explication, vous pourrez simplement dire que vous avez accouché à l'étranger. Il sera important, pour vous, de participer, de poser la main sur le ventre de la mère porteuse, de sentir les mouvements du fœtus. Cela vous aidera. Vous allez vivre de grandes émotions, il faudra veiller à votre santé. C'est souvent la mère adoptive qui tombe malade… Vous serez faible au moment de l'accouchement, vous aurez de vraies contractions… »

Je me dis que je suis à un pas de la vie.

Diego écoute en regardant à travers la vitre. De temps en temps, il photographie quelque chose, un tracteur dans les champs, un homme à bicyclette. Il n'a pas pris de photos depuis des mois, et il immortalise maintenant ce néant, ces champs affreux, ce ciel poussiéreux.

Nous longeons de nouveau la longue grille surmontée de fils de fer barbelés et pourvue de mystérieux panneaux qui entoure la mine. Diego soulève son appareil et appuie sur le déclencheur. Il demande encore une fois ce qu'on extrait dans cette sorte de bunker. Oxana hausse légèrement les épaules.

Ce soir-là, la chanteuse a changé de robe : elle est habillée tout en blanc, comme un gros nuage. Le maître d'hôtel nous a apporté du caviar et a reçu son pourboire. La vodka coule dans notre estomac, suscite nos paroles.

« Elle a les dents cassées… cette femme a les dents cassées. »

J'essaie de sourire. « Et alors ?

— Vraiment, tu ne l'as pas remarqué, mon amour ?

— Qu'est-ce que je n'ai pas remarqué ? »

Il pose la main sur sa pommette.

« Elle avait quelque chose, une marque… un bleu. »

Oui, j'ai vu son œil cerné quand elle s'est tournée vers moi pour dire : « Je suis la maison. »

« C'est sans doute son fils qui l'a cognée… à moins qu'elle ne se soit fait mal dans les champs… »

Diego prend acte.

« Peut-être. »

Pendant la nuit, je veille un moment, incapable de m'endormir… Il flotte une odeur désagréable dans la chambre. Elle s'élève du radiateur sur lequel j'ai mis mon manteau à sécher. J'y ai oublié les œufs, qui se sont cassés dans la poche. Je jette les coquilles dans la cuvette des cabinets, et retourne la poche après l'avoir lavée sommairement.

« Son mari la bat… c'est ce que tu penses ? »

Diego est réveillé, lui aussi.

« Cet homme ne me plaît pas. Le bébé est très triste. »

Le lendemain, Oxana vient nous chercher de bonne heure à l'hôtel, et nous l'invitons à prendre le petit déjeuner. Elle colle son visage contre la tasse de thé chaud, y presse sa joue blanche. Elle a fait le trajet à pied, elle est transie de froid et plus fatiguée que les jours précédents. Avant de monter dans la chambre pour mettre une pellicule dans son appareil photo, Diego lui demande à brûle-pourpoint : « Chez vous, les hommes battent les femmes ? »

Elle a moins envie de sourire ce matin. Elle répond que, de bon matin, les femmes se scrutent, se comptent dans la rue.

« Il n'y a plus de travail. Les hommes boivent jusqu'à l'étourdissement. »

Sa voix est voilée et elle ne cesse de frotter son nez rouge. Ses lèvres demeurent terriblement blêmes.

« Mon frère travaillait sur un bateau, il a perdu son travail. Maintenant, quand je lui ouvre la porte, il fait deux pas et tombe. Il en est réduit à ça… »

Je lui saisis la main.

« Oxana… »

Elle semble distante. On dirait que sa jeune fierté s'est effritée d'un seul coup.

« Casimir, mon voisin, un vieillard de quatre-vingts ans, s'est jeté par la fenêtre… oui, c'est arrivé… il n'avait plus de quoi manger. »

Elle pleure un peu, sans changer d'expression. Puis elle éclate de rire.

« Mon cousin Epifan travaille dans une usine, on le paie en rouleaux de papier hygiénique, des montagnes de papier hygiénique… c'est la seule chose dont on ne manque pas chez nous. »

Je veux l'aider. Alors que j'attrape mon sac, elle me foudroie du regard et lève la main.

« *Niet !* »

Je mens, je dis que je cherche de la crème pour mes lèvres.

L'après-midi, nous retournons au dispensaire. Tereza se rhabille après les analyses. Sans demander l'autorisation, j'avance jusqu'au seuil de la pièce. Elle est penchée sur le lit, offrant son dos, ses omoplates aussi maigres que des ailes de poulet plumé. Je distingue une marque, comme une traînée bleuâtre partant de son cou. Je lui souris. Son mari se tient dans un coin. Il vient vers nous. Je me retourne. L'œil de Tereza est plus sombre et plus enflé que la veille. Le médecin déclare que l'activité folliculaire a commencé. Le mari se frotte les mains contre le pantalon. Cela me semble le bruit le plus affreux de la terre.

« *Niet* », dis-je.

Je vois le médecin s'immobiliser, se voûter.

« Cette personne ne nous convient pas. Excusez-nous. »

Un grand bidon d'huile fume au milieu de la rue. C'est samedi, jour de marché. Une fillette aux tresses mouillées dévore un beignet sombre. Sous un auvent ruisselant, une vieille femme vend de petits verres dépareillés et un chandelier en laiton. Cette nuit, le froid est arrivé. Au bord de la rue, l'herbe est blanche et raide. Le vent glacé cingle les visages. Sous le grésil, d'autres vieilles femmes vendent des chaussettes épaisses, un bouquet de betteraves, une poupée en caoutchouc, un lapin. Elles sont immobiles, comme la glace agrippée aux toits en longues gouttes dures. Ce matin, Diego ne prend pas de photos, il achète tout, fourre tout dans son sac à dos. Il brandit devant elles des poignées de leurs *karbovanets* qui ne valent plus rien, renvoie ces femmes chez elles, devant leur poêle.

Encore du caviar. Nous sommes samedi. La chanteuse a décroché son micro du pied, elle ondoie entre les tables… s'approche de la nôtre, peut-être se rend-elle compte que j'ai pleuré. Elle m'effleure les cheveux, s'attarde un moment. De près, elle paraît plus vieille.

Diego n'a qu'une seule envie : partir. Mais j'insiste : « Encore un jour. » Je scrute les femmes dans la rue, la souillon de la pompe à essence, l'ouvrière qui peint un mur. Je les fouille du regard, m'attarde sur leurs corps, me frotte le nez à ce que je n'ai pas.

« Ça ne va pas…, dit Diego.

— Laisse-moi tranquille. »

Oxana nous suit, son cou blanc de statue jaillissant de son manteau bleu. Je lui demande : « Toi, tu le ferais ? »

Elle ne répond pas… Elle feint de ne pas avoir compris.

Diego me tord violemment le poignet.

Le médecin ne nous lâche pas. Il a fixé un autre rendez-vous. Diego a une drôle de tête ce matin, les traits tirés. Il a dormi loin de moi, dans ce lit blanc tendu comme une camisole de force.

La nouvelle femme se tient sur la même chaise que la précédente. Plus jeune, moins maigre, elle se lève et sourit. Elle a les dents intactes et une bouche robuste, elle est plus grande que Diego. Si Tereza était inodore, on la dirait, elle, tout droit sortie d'une usine d'eaux de Cologne de mauvaise qualité : une odeur douceâtre flotte dans la pièce. Elle porte un chemisier blanc, retenu sur sa poitrine par un camée, et une jupe foncée de collégienne. Elle s'est sans doute habillée ainsi pour cet entretien, et attend maintenant notre réaction. Ses yeux vifs sont fuyants comme sa voix, sa peau est en apparence normale. Ses cheveux décolorés sont plus foncés au sommet de la tête. Son visage est aussi étrange que celui d'un clown sans maquillage. Je m'aperçois soudain qu'elle n'a pas de sourcils : à leur place, un renflement d'os, rien de plus. Un tableau inachevé.

Je cherche les yeux de Diego : il contemple à travers la fenêtre le terrain de sport, le panier sans filet.

Nous déambulons dans la rue. Je demande à Diego ce qu'il en pense.

« Tu veux vraiment le savoir ?

— Bien sûr. »

Il ne se retourne pas. Il continue de poser la main sur toutes les colonnes en béton que nous rencontrons, comme s'il les comptait.

« Je suis sûr que c'est une prostituée. »

Il s'arrête, se balance un peu, sourit.

« Je trouve qu'on craint, mon amour. »

Dans le minicar qui nous conduit à l'aéroport, Oxana nous avoue enfin la vérité à propos de la mine. On y extrait de l'uranium. Il y a quelques années, la petite ville voisine ne figurait pas sur la carte, n'existait pas.

« Une de mes amies a perdu un enfant en bas âge. Mais ma grand-mère a près de quatre-vingt-dix ans et n'a jamais bougé d'ici. Elle cultive son potager, elle prétend que l'uranium est bon pour les choux. »

À l'aéroport, les sacs de courrier sont toujours là, plus sales qu'avant. Je serre le visage d'Oxana entre mes mains ; avant de lui dire au revoir, j'enfonce mon menton dans son petit manteau bleu. Diego lui offre nos derniers dollars. Cette fois, elle les accepte, les glisse dans son sac en corde.

L'avion fait une escale à Belgrade. Deux heures nous séparent du second vol. Nous nous accoudons au comptoir d'une cafétéria, et commandons un thé. Nous attendons là, devant ces tasses noires. Près de nous, un homme mange une longue saucisse rouge qui ruisselle de graisse. Diego en demande une, et une chope de bière.

Je le regarde engloutir cette horreur sans piper. Il ne mange pas, il dévore. Je lui propose d'aller faire un tour, il me dit : « Vas-y, toi. » Je bouge la jambe, je fais bouger jusqu'au tabouret sur lequel il est assis. Je me déplace parmi les cendres, comme après un incendie.

« Arrête de bouger. »

Je continue de remuer la jambe.

« S'il te plaît. »

Le menton graisseux, il me dévisage d'un regard profond, venu d'on ne sait où, vibrant et lointain à la fois dans cette proximité.

« On devrait peut-être se séparer. »

Il se lève.

« Où vas-tu ?

— Pisser. »

Mais il n'est pas aux toilettes. Je déambule au milieu des passagers qui attendent leur vol, me glisse dans un de ces garages éclairés, parmi les étagères pleines de bouteilles et de cartouches de cigarettes. Puis je cesse de le chercher. Je me demande bien où, à quel moment pourri, nous avons commencé de nous perdre. Je retourne aux toilettes, me rafraîchis, puis gagne la salle d'embarquement pour Rome. Il y a là une hôtesse, qui compte des bouts de papier.

Je reste assise jusqu'au dernier moment sur un de ces sièges accrochés les uns aux autres. Je pivote : quelqu'un vient de poser une main sur mon épaule. La femme dont j'ai fait connaissance à l'aller me sourit. Elle porte sur la tête un foulard russe, noué en bandeau au-dessus de sa grosse frange.

La fillette dont elle espérait obtenir la garde a été adoptée par une autre famille.

« Des Français…

— Je suis désolée…

— Ils ont également pris son petit frère, un enfant de trois ans… ils sont ensemble maintenant. C'est une chance pour les enfants. Nous, nous n'aurions jamais pu les avoir tous les deux… Les Français sont jeunes… »

Je l'étreins. Je sens son corps tremblant, ses seins comprimés par un soutien-gorge rigide.

Diego déboule en courant dans la salle déserte. Il s'assied à côté de moi.

Je lui lance : « Tu ne voulais pas me quitter ?

— Je suis revenu.

— Le vol est parti.

— C'est à qui ces chaussures ?

— À la dame que nous avons rencontrée à l'aller. Elle me les a offertes.

— Pourquoi ?

— Je ne sais pas. Elles éclairent. »

Je glisse les mains à l'intérieur, marche à quatre pattes entre les bancs et les tubes, appuyant sur les semelles pour qu'elles s'allument. Les cheveux ébouriffés, la barbe pelée, les yeux las mais vifs encore, Diego s'empare de son Leica et l'actionne… Je souris.

« Alors, c'est vrai… murmure-t-il.

— Quoi ?

— Que la vie dialogue avec la lumière, comme la photo… »

Il m'aide à me relever.

« Tu sais à qui nous allons apporter ces chaussures ? »

J'ai un coup au cœur, comme un balai qui m'égratigne en me nettoyant.

« Il y a un vol pour Sarajevo. J'étais venu te le dire. »

L'aéroport est à moitié désert, peuplé seulement d'employés et de quelques voyageurs locaux. Le tapis des bagages se met en marche, il ne transporte que quelques valises isolées : elles tournent un moment sans que personne les ramasse. Un cameraman australien filme un homme. C'est un chauffeur de taxi qui parle, adossé à la portière de sa voiture : il a le visage émacié comme beaucoup d'habitants de Sarajevo, les os saillants sous sa peau jaunie par la nicotine. Gojko lui sert d'interprète. À notre vue, il rougit, nous fait signe de patienter et écarte les bras pour nous faire comprendre qu'il a été mêlé à cette interview par hasard. Les propos qu'il traduit ne lui plaisent sans doute pas.

« ... ils ont dit qu'ils nous laisseront un peu de terre, de quoi nous enterrer. Voilà ce qu'ils ont dit... dans notre Parlement... »

« Nihiliste à la con... », lâche-t-il en envoyant paître d'un geste le chauffeur de taxi et ce crétin d'Australien. Il nous embrasse, nous étreint comme à son habitude, en nous broyant la poitrine de ses longs bras inertes, soudain aussi forts qu'un étau.

« ... Belle femme... mon photographe maigre... »

Aucun de nous n'aurait imaginé que nous nous reverrions si vite. C'est un matin de mars. Neuf mois se sont écoulés depuis notre voyage en Croatie, le temps d'une grossesse, d'une guerre.

Il nous retient. Il pose le front contre nos fronts, nous demande s'il nous a fallu beaucoup de courage pour venir.

« Vivre loin d'ici demande plus de courage. »

Il déclare que nous sommes ses amis, nous étreint encore une fois, ses petits yeux couleur de miel s'embuent.

« C'est le poète qui pisse de temps en temps... », dit-il. Il fait vraiment semblant de pisser, il rit.

Diego respire, les bras écartés. Malgré l'air froid, le printemps est déjà là.

Gojko arbore un coupe-vent en Goretex. « C'est allemand, c est extrêmement léger », explique-t-il. Il appartenait à un journaliste de *Reuters Deutschland*, qui l'a échangé contre le sien. Il l'ôte, nous invite avec insistance à le soupeser. Il le remet tandis que nous nous dirigeons vers la voiture.

Il affirme qu'il n'a plus froid, que cette veste lui a changé la vie, qu'il peut passer la nuit dehors même par – 10 °C. Il parle du Gore-tex, de la revue littéraire qui publie ses poèmes, de la radio où il travaille de temps en temps et où il nous emmènera, parce que là-bas, les gens ont la tête qui tourne aussi vite que les pales d'un hélicoptère. Je regarde les rues, les tilleuls, les immeubles couleur de plomb. Je respire. Pourquoi ne sommes-nous pas venus plus tôt ? Cette ville est, pour nous, comme une poche : on glisse les mains dans le noir, et on sent la chaleur monter.

Nous démarrons. Avec sa voix comme une boue chaude, Gojko nous raconte qu'il y a maintenant beaucoup de journalistes en ville, la conférence internationale de Bosnie-Herzégovine se tient sous l'égide de la Communauté européenne. Il est de nouveau guide touristique, comme à l'époque des Jeux olympiques.

Diego l'interroge sur la guerre qui se rapproche.

Gojko jette sa cigarette par la vitre.

« Les yeux du monde sont fixés sur nous. Ici il n'arrivera rien. »

Il nous conduit dans une *kafana* [1] proche de Markale, aux murs rembourrés, où des haut-parleurs diffusent du blues bosniaque. Il fume encore. Son visage est peut-être un peu plus bouffi que cet été. Il se penche et dépose un baiser sur ma main. Il saisit l'appareil photo, sur le banc de Skaï rouge, secoue la tête en constatant que Diego utilise encore son glorieux Leica, celui de ses vieux reportages.

Diego nous immortalise, enlacés dans ce bar, Gojko forme de l'index et du majeur le V de la victoire devant nos deux visages souriants.

« Vous deux, vous vous aimez encore ? » murmure Gojko à mon oreille.

C'est Diego qui répond : « Oui.

— Dommage. »

Nous sortons, déambulons dans le froid. Les gens sont plongés dans leur quotidien. Les boutiques de Baščaršija sont toutes ouvertes, offrant leurs tas d'épices, leurs ustensiles en cuivre, leurs tuniques blanches brodées d'or.

Je me demande à quoi ressemblaient les juifs qui voyaient monter face à eux, sans le voir, le mal. Ils ne devaient pas être bien différents de ces gens là. De ce vieillard qui grave le cuir, de cette fille en jean et foulard islamique qui sort de la madrasa, ses livres retenus par un élastique.

Nous entrons dans une sorte d'arène couverte et nous asseyons sur les gradins. C'est un grand gymnase, construit pour les Jeux olympiques. Sebina se tient près d'un monceau de tapis de gym en caoutchouc bleu. Nous l'observons un moment avant qu'elle ne nous remarque. Elle n'a pas beaucoup changé, elle a juste grandi de quelques centimètres. Ses jambes sont nues, blanches comme des bougies, un peu trapues ; les muscles bien dessinés, en relief, pareils à de petites saucisses. Elle a les pieds nus et un châle en laine dont elle se sert pour se chauffer les muscles. Elle l'enlève avant de faire un exercice et le remet aussitôt après, comme une vraie athlète. La salle est mal éclairée : deux tubes au néon flottent en bas, laissant les gradins dans la pénombre.

1. Café, auberge.

Soudain elle lève les yeux et nous aperçoit. Me reconnaît-elle ? Nous nous parlons au téléphone, j'ai suivi sa croissance sur les photos. Chaque année, à Noël, je lui envoie un jouet, un peu d'argent, et elle m'adresse en retour des petites cartes de vœux, des anges découpés dans du papier. Elle demeure à sa place, dans son groupe, bien disciplinée. Mais dès lors, elle n'agit plus que pour moi, pour mon regard. Je la vois aux barres parallèles, à la poutre, je la vois au cheval-d'arçons, s'agripper aux poignées et s'élever en chandelle, la tête renversée, vers nous. Dans ses lettres, elle m'a raconté sa passion, mais la voir est tout autre chose. Elle fait une erreur sur une sortie, tombe. Puis elle traverse ensuite la salle en effectuant une série de roues, telle une petite flamme, et atterrit, les jambes formant un angle parfait.

Nous nous retrouvons dans le couloir recouvert de linoléum, au bout duquel se répand la lumière des vestiaires. Je l'appelle. Elle se tourne vers moi et s'élance. Elle a toujours son visage aplati et sa bouche de bébé, sa lèvre supérieure renflée comme une petite bulle. Je la prends dans mes bras. Diego aussi. Nous nous disputons son odeur, sa peau fine et moite.

« Mon trésor… mon trésor chéri…

— Gemma… Diego…

— Sebina… »

Qu'est-ce d'autre, la joie ? Ce couloir isolé, saturé de bonnes odeurs, ce petit corps agrippé au mien.

Elle est minuscule… Elle est plus petite, vue de près.

« Mais tu es lourde, lui dis-je.

— *To su mišići*, ce sont les muscles. »

Gojko vivait maintenant de son côté, mais il allait chercher Sebina presque tous les soirs. Il l'attendait devant les douches, l'aidait à se sécher les cheveux, parfois il lui enfonçait sur la tête son bonnet de laine polaire. Quand il était de bonne humeur, il l'emmenait manger un beignet aux pommes et au miel dans un bar meublé de hauts sièges où l'on mâchait, les yeux rivés au mur, et dont on repartait imprégné d'odeur de friture. Entre deux bouchées, ils bavardaient sans vraiment se regarder. Gojko interrogeait sa sœur sur sa journée, sur l'école, en bon aîné, comme le père qu'ils n'avaient pas. Sebina parlait trop vite, et il avait du mal à la suivre. De l'école, elle n'aimait que la fenêtre du couloir donnant sur le jardin public, près de la Miljacka, où les couples s'embrassaient, et les expériences de chimie au laboratoire. Elle voulait devenir championne de gymnastique, mais elle grandissait peu.

« Je suis la plus petite. »

Son frère lui nettoyait la bouche d'un geste de la main. « Les petits sont davantage ancrés à la terre. »

Lorsqu'elle était triste, il lui lisait un de ses poèmes :

La fillette était assise par terre
devant un bûcher de corolles qui
avaient l'air de flammes d'hiver.
Aide-moi, je suis fatiguée.
Nous effeuillâmes des roses jusqu'au couchant,
plongés dans leur odeur trop sucrée,
entêtante comme une drogue.
Qui boira toute cette eau-de-vie ?
lui demandai-je.
Toi, si tu reviens.
Je n'étais pas sûr de retrouver mon chemin.
Elle me salua depuis la fenêtre,
le visage de craie fondue,
les mains ensanglantées par les pétales.

Sebina aimait les poèmes de son frère, mais elle posait trop de questions.

Il lui répondait : « Les poèmes ne s'expliquent pas. Quand ils atteignent le bon endroit, tu les sens, ils grattent au fond de toi.

— C'est quoi le bon endroit ?

— Cherche-le. »

Sebina tordait la bouche, le regardait d'un air sceptique, d'un air de malheureuse. Elle se tâtait le ventre, les jambes.

« Et un pied, ça va ?

— C'est un peu bas.

— Je sens que ton poème me gratte là. »

Gojko la hissait sur ses épaules, montait l'escalier de son ancienne maison et la déposait chez Mirna.

Nous allons dans un restaurant manger des *pita* farcies à la viande, aux pommes de terre, à la courge, à tout. Sebina se met à bâiller, les yeux perdus, embués – le sommeil des enfants. Elle ne se plaint pas. Elle replie un bras sur la table et s'endort dessus. Nous continuons de discuter. Diego émiette une cigarette de Gojko, ouvre sa petite boîte et se prépare un joint. Gojko l'observe… se moque de lui.

« Depuis quand te drogues-tu ?
— Ce n'est pas de la drogue, c'est de la fumette. »
Gojko se colle au pétard, le mouille.
« Dans ce cas, fumons… »
Je proteste : « Pas devant la petite.
— La petite dort », répond Gojko.

Ils fument tous les deux, tandis que je caresse la nuque de Sebina. Soudain, je me penche et enfonce le nez dans ce creux de chair. Je retrouve malgré les années son odeur de lait et de forêt. C'est pour moi l'odeur de l'avenir… là, devant nous, comme autrefois. J'observe nos corps dans le miroir qui recouvre la cloison : le temps semble ne nous avoir rien enlevé. Diego pleure, immobile. Peut-être ne remarque-t-il même pas ces larmes qui coulent paisiblement, comme de la sueur. Je lui touche l'épaule.

« Je suis bien, dit-il. Je suis divinement bien. »

Nous rentrons à pied, dans le noir, dans ces rues amies. Sebina dort au cou de son frère, ses bras abandonnés capturent la lumière des réverbères.

Il fait un froid de loup. Les mains de Sebina sont glacées. Nous nous hâtons vers l'hôtel, une porte rouge, une petite entrée, pareille à celle d'une maison. Nous prenons les clefs, et montons dans la chambre. Gojko n'a pas envie de nous quitter, et nous n'avons pas envie qu'il reparte. Il nous a déniché une grande chambre avec un parquet et un tapis en laine. Il a essayé le lit. « J'ai fait un somme… » Il y a effectivement une conque au milieu du matelas, et le couvre-lit est froissé.

« Vous faites encore l'amour, vous deux ? »

Nous venons de faire un voyage désolant, et le froid ne nous a pas encore revigorés.

« Ce soir, nous sommes morts de fatigue.
— C'est quand on est mort qu'on fait bien l'amour, quand le corps est vide. Alors, on vole. »

Plus tard, Gojko allume le téléviseur. Brushing, teint rose de poupée, Karadžić donne une longue interview soignée. Il parle de son activité de psychiatre et de poète, et certains de ses vers défilent en surimpression à côté de son visage. Gojko ricane.

« Saleté de Monténégrin, psychopathe ! » Il se gratte la tête, le bras, comme en proie à de terribles démangeaisons. « Comment peut-on croire un couillon pareil ? »

Diego s'est jeté sur le lit. « Ce sont les couillons qu'il faut craindre… »

Diego ferme les yeux, un bras écarté, à côté de Sebina qui ne s'est pas réveillée. On l'a déposée sur le lit et elle n'a pas bougé.

« Tu ne te déshabilles pas ? »

Mais il dort déjà.

Gojko allume une cigarette. Je lui dis d'aller à la fenêtre, et il fume dans l'entrebâillement.

Je consulte ma montre, il est près de 3 heures.

« Que fabriquiez-vous à Belgrade ? »

Nous nous asseyons au bord du lit… Je parle, la tête basse. Je lui raconte notre voyage en Ukraine, lui décris les femmes. Il me dévisage avec sérieux, puis éclate de rire.

« Tu es folle ! Tu voulais qu'il fasse un enfant à une pute ? »

Tout près de nous, le corps allongé de Diego évoque celui d'un grand enfant.

« Il n'a même pas ôté sa serviette… »

C'est vrai, la serviette du restaurant est toujours glissée dans le col de son pull. Gojko se lève, s'en empare, se mouche dedans. Il feint de pleurer, il se tape la tête contre le mur.

« Pourquoi ? Pourquoi n'avez-vous pas besoin d'un homme ? Pourquoi la vie est-elle si injuste ? »

Il m'étreint par-derrière, me chatouille. Je le chasse mollement.

« Je souffre depuis des mois, je ne sais plus qui je suis. »

Je m'approche de Diego, tire sur ses bottes, de vieilles santiags qui ne glissent pas. Un geste las, maternel.

« Tu as peur de le perdre, n'est-ce pas ? me lance Gojko.

— J'ai trente-sept ans.

— Il ne te quittera jamais. »

Je jette les bottes par terre, enlève les chaussettes, contemple les longs pieds blancs de Diego, un peu rouges sur les côtés.

« Je veux que mon enfant ait ces pieds. »

Gojko grimace.

« Qu'ont-ils de beau ?

— Ce sont les siens.

— Ouais… »

La fenêtre vibre dans le châssis de fer. Gojko la referme. Les petites croix qui surmontent les flèches de la cathédrale semblent faites de verre.

Cette nuit-là, nous dormîmes tous les quatre ensemble : Gojko était trop fatigué pour hisser sa sœur sur ses épaules ; quant à moi, je n'avais pas l'intention de dormir vraiment. Je m'appuyai contre le pied du lit et y demeurai en équilibre, aussi raide qu'un patin sur la glace. À l'aube, je me recroquevillai dans un bref sommeil diurne, enfin protégée par la lumière. Quand je rouvris les yeux, le petit visage de Sebina était penché sur le mien. Réveillée avant tout le monde, elle s'était déjà lavé la figure et coiffée.

« Attends… »

Je me levai, ouvris ma valise et lui tendis les chaussures.

« Elles s'allument quand on marche… »

L'émotion lui coupa le souffle. Je l'aidai à enfiler les tennis, mesurai l'espace qui séparait ses doigts de pieds du bout : elle pourrait les porter pendant un an au moins. Elle les contemplait, secouée de petits hoquets qu'elle ne semblait pas pouvoir maîtriser. Elle n'avait pas l'air heureuse, elle avait l'air complètement perdue. Cette sorte de désespoir qui s'empare de vous dans les moments d'acmé, lorsque, à la sensation de posséder tout, fait soudain suite l'expérience du vide. Je poussai un cri pour stopper ça, un mugissement sauvage dont je ne me savais pas capable.

Sebina sursauta. Elle me dévisagea, la bouche grande ouverte…

Nous étions toutes deux figées sur le seuil de quelque chose, incapables d'avancer. Et nous nous révoltions contre cela.

« Marche ! Qu'est-ce que tu attends ?! »

Elle sourit. Son hoquet avait disparu. Elle commença à arpenter la chambre, les yeux fixés sur les talons, sur ces bulles en plastique qui s'éclairaient de l'intérieur. Elle revint vers moi, et je sentis la fraîcheur de ses lèvres sur les miennes.

Gojko s'était écroulé de sommeil sur le tapis. Maintenant sa sœur piétinait son ventre, bien décidée à le réveiller. Il ouvrit un œil, scruta les semelles lumineuses, se retourna vers moi comme une couleuvre.

« Bon sang… Où les as-tu trouvées ? Je veux les importer. »

Sebina se mit à pousser des cris stridents et aigus, invectivant son frère. Elle voulait être la seule de tout Sarajevo à posséder ces chaussures !

Diego s'était réveillé à son tour, il sourit à la vue des pas lumineux.

« Comme ça, nous te retrouverons toujours. Même dans le noir. »

Gojko s'était installé dans un immeuble ancien sans ascenseur, du côté de la vieille synagogue. À l'exception de quelques locataires âgés, l'immeuble n'était habité que par des jeunes gens, étudiants, aspirants artistes et intellectuels en herbe. La nouvelle génération de Sarajevo qui peuplait les concerts, les cafés littéraires, les ciné-clubs… se donnait rendez-vous à la Ceka et s'amusait, la nuit, à crier comme U2 « *I wanna run… I wanna tear down the walls that hold me inside* », sous les vieilles statues de Tito. Gojko vivait au dernier étage avec des colocataires dans un de ces appartements chaotiques que les jeunes occupent un moment avant de se lancer dans la vraie vie, une sorte de petite communauté. À trente-cinq ans, il en était le plus âgé. Et pourtant cette maison ouverte lui correspondait bien. « Les gens qui passent en bas et voient les fenêtres éclairées sont libres de monter. »

Il nous ouvrit la porte. Nous fûmes assaillis par une lourde vague de fumée et d'épices. Près de la fenêtre, un garçon jouait du saxophone, les joues gonflées et les yeux clos. Sa silhouette courbée se reflétait sur les vitres fines, soufflées et taillées à la main comme autrefois, et qui semblaient se mouvoir comme de l'eau.

Nous pensions découvrir un monde déprimé, de gens à la dérive, face à cette guerre qui approchait, or il y avait là de la musique, des conversations et deux filles qui préparaient une soupe à la cuisine.

Nous retournâmes presque tous les soirs dans cet appartement suspendu, dans le sérail de la vieille ville. Nous y trouvâmes peut-être ce dont nous avions besoin : la chaleur humaine de jeunes visages qui nous souriaient, et le temps… oui, le temps, cette vieille habitude bosnienne d'arrêter la vie pour parler, pour vivre. Nous retrouvâmes le temps qui se dilatait au rythme du souffle, des corps, de l'esprit. Nous retrouvâmes Mladjo, le peintre, qui drapait dans du lin des corps de tout âge couverts de couleurs pures et exposait ces linceuls modernes dans un hangar à Grbavica. Nous retrouvâmes Zoran, l'avocat plein d'acné, et Dragana qui jouait maintenant au théâtre avec Bojan, son petit ami.

Je revis Ana quelques jours plus tard. Elle n'avait pas perdu son sourire, elle non plus. Elle était appuyée contre une porte, un verre vide à la main, sa poitrine opulente moulée dans un pull noir. Je regardai son cou, sur lequel les invités projetaient des ombres en passant. Je me souvenais d'elle à moitié nue, sur l'île de Korčula, allongée sous le mûrier. Pendant que nous parlions, je m'aperçus qu'elle se balançait, qu'elle se penchait lentement en avant et lentement reculait, comme si elle était immobile sur un seuil… sans se décider à entrer. Je jetai un coup d'œil circulaire et sentis un froid me pénétrer le corps… Les jeunes gens qui parlaient, qui paraissaient vivants, dans cet appartement étaient tous figés sur le même seuil.

« Comment faites-vous pour ne pas avoir peur ? demandai-je.

— Nous sommes ensemble… Il est important d'être ensemble. »

J'observai le jeune saxophoniste, courbé sur son instrument comme sur un corps aimé, comme s'il faisait l'amour pour la dernière fois.

Pietro se retourne dans le lit

Pietro se retourne dans le lit, écrase son oreiller sur son visage : la lumière le gêne.

« Lève-toi, il est tard.

— Il pleut ? demande-t-il.

— Non. »

Il se redresse brusquement. « Tu plaisantes ? »

Il s'approche de la fenêtre et contemple, collé à la vitre, le soleil timide qu'un ciel brumeux étouffe.

Ce matin, Gojko le conduit au parc aquatique, que vantait le panneau publicitaire de l'avenue Tito. Pietro ouvre l'armoire, vide son sac sur le lit, s'enferme dans la salle de bains. J'entends l'eau couler inutilement.

« Ferme le robinet, le monde meurt de soif ! »

C'est une de mes phrases récurrentes. Giuliano aussi y a droit. Je ne supporte pas qu'il laisse le robinet ouvert pendant qu'il se rase. Certaines choses font partie de moi comme mon ombre. La femme morte sur les pavés, près de l'usine de bière où les gens faisaient la queue pour prendre de l'eau… les jambes fléchies, la tête posée sur la tache couleur prune de son sang, à côté de son bidon vide, elle semblait dormir.

Pietro ressort dans son maillot de surfeur, celui qui sèche tout de suite. Dinka, la fille du bar, est du voyage. Il le lui a proposé hier soir.

« Qu'est-ce que t'en dis, m'man ? Je l'invite ? »

Il y pensait depuis un moment, mais n'osait pas m'en parler.

« Invite-la, bien sûr. »

Il s'est avancé vers elle, puis a fait demi-tour. « Ça ne fait rien.

— Pourquoi ?

— Qu'est-ce que je lui dis ?

— Ce qui te vient à l'esprit. »

Il a gagné le comptoir où Dinka remplit les verres de glaçons. C'est la première fois que je le vois s'approcher d'une femme. C'est un garçon séduisant, malgré sa timidité et ses grands bras. Il se hisse sur un tabouret, exhibe ses yeux indigo et sourit sans cesser de tambouriner sur son jean pour se détendre. Il se rassied près de moi.

« Qu'est-ce qu'elle a dit ? »

Il a pris sur le présentoir un paquet de chips bosniennes, qu'il grignote maintenant. « À ce qui paraît, elle viendra. »

Ce matin, Dinka semble maigre et très grande. Perchée sur des sandales à talons compensés, elle porte un jean moulant et son nombril est percé d'un anneau argenté. Pietro remarque immédiatement ce piercing au milieu de cette bande pâle de ventre qui doit lui plaire, l'intimider.

Il détourne les yeux, commence à déconner. Il montre à Dinka la serviette qu'il a emportée, une serviette de l'hôtel, et tandis qu'elle éclate de rire en objectant que c'est interdit, la cache sous son tee-shirt, tape sur ce ventre en éponge. Ils rient encore.

Gojko se présente en veste et chemise, comme hier soir, mais chaussé de tongs. Nous buvons un café, au bar devant l'hôtel, un *espresso*. Près de nous, un homme lit un livre appuyé sur le comptoir ; ses cheveux blanchâtres sont aussi longs que sa barbe. Il ressemble à Karadžić, le jour où on l'a arrêté déguisé en guérisseur : il est vêtu de la même tunique blanche de gourou indien, il a le même regard angélique. Soudain je me demande combien de gens de cette espèce sont encore en circulation, combien d'assassins se promènent tranquillement dans la ville, tel Karadžić qui allait au stade, et qui avait repris son activité de médecin. J'interroge Gojko sur ce qu'il a éprouvé lorsqu'on l'a arrêté.

Il écrase son mégot dans le cendrier et manque se brûler les doigts. Il répond que Karadžić n'a pas été arrêté, qu'il a été vendu. Il affirme qu'il n'a rien éprouvé.

Ses tongs sont tapissées d'une herbe synthétique qui lui masse les pieds, il en ôte une pour me la montrer, s'attarde, un pied nu, sur le trottoir.

Il la remet et s'effondre presque sur moi. Il est heureux qu'il ne pleuve pas, que l'été soit enfin arrivé. Je lui demande si les toboggans du parc aquatique sont très hauts, s'ils sont sûrs…

Le trio monte en voiture, claque les portières.

« À quelle heure rentrez-vous ?
— Après la fermeture. »

Je regagne ma chambre, me prépare un petit sac à dos. Je veux avoir les bras libres, je veux marcher.

Sur la place des échecs, les vieillards sont déjà là, en compagnie des oiseaux. Une nouvelle bataille commence. Les pièces sont alignées sur la ligne de départ, formant deux fronts, le blanc et le noir.

Je longe l'édifice circulaire du marché couvert. J'accélère le pas, les yeux rivés sur mes pieds. Je m'arrête. Il y a là une banque qui n'existait pas avant. Devant, une voiture blanche, frappée d'une inscription bleue : FONDATION HEINRICH BÖLL. Je secoue la tête, souris. Le livre que j'ai glissé dans mon sac est de l'écrivain de Cologne.

Le Conservatoire se dresse devant moi. Un bâtiment d'angle que borde une rue en pente raide... Il n'a pas changé, on l'a juste un peu recrépi, d'un gris aussi pâle que le ciel. Je monte au premier étage sans attirer l'attention. Il y flotte une odeur de renfermé, de corps entassés dans de petites pièces... l'odeur de toutes les écoles. Des endroits où l'on grandit, on l'on transpire. J'arpente le couloir recouvert d'une moquette couleur de corde, que maintiennent des tringles en laiton. Dessous ondoie un vieux parquet disjoint, qui a peut-être été simplement recouvert après la guerre. Des suites de notes et d'accords pleuvent sur moi, tandis que je grimpe... un violon qui répète, une contrebasse. Je me laisse happer par ce lieu de persévérance, de solitude. Mains, souffles, folie, vieille enseignante excentrique, jeune talent autiste. Portes capitonnées de cuir... *FLAUTA*, *GITARA*, *KLAVIR*, *VIOLA*... J'en pousse une ; derrière, voilà deux jeunes gens et une enseignante, penchée sur un piano mécanique, aussi éthérée qu'une lumière qui s'éteint. Puis une cafetière électrique.

Je demande au surveillant l'autorisation de poursuivre ma visite. Il m'accompagne. Il a un visage âgé et une blouse courte d'enfant de chœur, il boite. Le deuxième étage est rempli d'adolescents qui attendent peut-être une audition. L'un d'eux, accroupi par terre, agite les doigts sur les clefs d'une clarinette qu'il tient loin de sa bouche. Il est interdit de jouer et de parler à voix haute dans les parties communes, m'apprend le surveillant.

Je suis le bruit de sa chaussure noire à semelle compensée. Il s'arrête, ouvre une fenêtre et chasse des pigeons qui couvent entre les grilles. Nous sommes presque arrivés en haut.

Sur le mur, je retrouve la vieille inscription : *TIŠINA*, « silence »... mais elle surmonte un énorme gouffre, créé par une explosion. On l'a laissée là pour témoigner que le silence a été violé, me dit mon guide. Il allume une cigarette, pose la main sur sa jambe raide, très maigre, opine du chef… Je lui demande si je peux rester là un moment. Il s'en va, m'abandonne à moi-même.

Je m'assieds sur le sol, devant ce mur transpercé. De l'autre côté, au fond de la pièce, une femme corpulente à l'étrange coiffure composée de tresses enroulées donne une leçon de solfège à un groupe de jeunes gens. Elle brandit un crayon avec emphase, tel un chef d'orchestre.

Je contemple cette inscription, à la fois ridicule et solennelle : SILENCE ! Je pense à l'impact, à l'obus qui déflore le silence de murs habitués à recueillir des notes de musique. Je regarde ma vie à travers ce mur démembré, ce gouffre que personne n'a jamais refermé.

Le référendum pour l'indépendance de la Bosnie avait eu lieu, les rues étaient tapissées d'affiches nationalistes. Des banderoles fixées au corps, les mères des soldats enrôlés dans l'armée fédérale réclamaient le retour de leurs fils. Des rumeurs inquiétantes commençaient à circuler : d'après certaines, on pensait déjà aux futures tranchées pendant qu'on nivelait les pistes pour les Jeux olympiques.

De l'alarmisme, commentait Gojko, un alarmisme stupide, rien de plus.

« La propagande fait des prosélytes dans les campagnes. Il est facile de persuader un paysan que son voisin cache un Turc décidé à voler ses terres et à l'égorger… mais il n'y a ici ni Turcs, ni Tchétchènes, ni oustachis. Ici, il n'y a que des Sarajéviens… »

Diego, lui, connaissait le langage des stades. Karadžić avait été le psychologue du Sarajevo Football Club. Arkan était le chef des ultras de l'Étoile rouge de Belgrade…

« Les guerres commencent en temps de paix dans les banlieues pendant que vous dissertez bien tranquillement de poésie dans vos cercles culturels… »

Interminables discussions le soir, sur le chemin du retour.

Diego et moi avions quitté l'hôtel pour nous installer dans une chambre louée à un vieux biologiste, Jovan, un monsieur chenu, silencieux, qui souffrait du froid et portait des chemises en futaine boutonnées jusqu'au cou, et à son épouse, Velida, une femme maigre, aux yeux verts, vêtue de gris comme une religieuse, qui, toute sa vie, avait été son assistante. Nous échangions de menus services : je leur donnais les journaux étrangers que Diego achetait une fois par semaine et qui coûtaient trop cher pour leur retraite. Quant à Velida, elle nous mettait de côté une assiette lorsqu'elle préparait un bon petit plat, et la déposait devant notre porte. Une passerelle séparait notre chambre du reste de la maison, ce qui nous rendait autonomes. Nous avions une clef, et la chambre avait sa salle de bains, ainsi qu'un réchaud pour le café.

Un soir où Diego était allé prendre des photos du côté de Grbavica, Gojko frappa à la porte. Il entra dans la pièce et se jeta sur le lit. Il avait passé toute la journée au Parlement à traduire, pour un Américain, des débats qui s'étaient prolongés jusqu'à une heure tardive. Les membres du parti serbo-bosnien avaient abandonné la salle. Il était épuisé, déprimé.

« *Šteta.* »

Je pivotai. « Qu'est-ce qui est dommage ? »

Il haussa les épaules. « *Ništa* – rien. Vraiment, vous repartez ? »

J'acquiesçai.

Il ferma les paupières. Je le laissai dormir un peu, mais comme il ronflait trop fort, je m'approchai pour le réveiller. Il sentait l'alcool : il avait sans doute bu abondamment avec son Américain. Les yeux qu'il ouvrit sur moi étaient étranges : ceux d'un enfant égaré, qui a fait un cauchemar et qui ne parvient plus à distinguer sa mère de l'ogre.

Il me saisit par le cou, me caressa la joue.

« Mon amour…

— Tu es saoul, rentre chez toi. »

Il tira son portefeuille de sa veste, fouilla dans le compartiment rempli de bouts de papiers. Il me lut un poème :

Ma sœur dort, dommage.
Ses mains grandissent
loin de moi
pendant que le jour crève.
Demain, je l'emmènerai patiner.
Elle s'arrêtera rue Vase Miskina,
devant une vitrine d'ordinateurs
qu'on vient d'allumer.
Ma sœur croit en l'avenir.
Dommage.

Je souris.

« Tu trouves ça nul ? »

J'écartai les bras : qu'il croie ce que bon lui semble. Il avait un caractère impossible, il était jeune, mais vieillissait mal.

« Sebina a envie d'un ordinateur ?

— J'étais venu vous inviter à un concert. »

C'était le récital de fin d'année des élèves du Conservatoire de Sarajevo. Il souhaitait me présenter une fille.

« Je lui ai parlé de toi… »

Je rangeai le sèche-cheveux dans la valise. Je me figeai.

« Qu'est-ce que tu lui as dit ? »

Il se rapprocha, posa une main impudique sur mon ventre, juste au-dessus de l'aine. Je sentis sa chaleur, c'était un feu ami qui pénétrait en moi. Je respirai, en nage, j'avais brusquement l'impression de le désirer : il possédait une chose qui m'appartenait, une défaite, une solitude que je ne partageais plus avec Diego. Mon souffle dégringola dans mon ventre, sous cette main ferme, bouillante, qui pressait.

Diego surgit, avec son air de chat nocturne.

« Hé, vous, qu'est-ce que vous fabriquez ? »

Gojko ne bougeait pas, on aurait dit qu'il était mort. Je lui assenai un petit coup de pied.

« Je suis saoul », déclara-t-il, et il s'en alla.

Je le regardai à travers la fenêtre s'éloigner dans la rue sombre. Diego scrutait ma tête, ma main qui retenait le petit rideau brodé.

« Il t'a sauté dessus ?

— Non, il nous a invités à un concert. »

Nous entrons dans ce Conservatoire par un après-midi de mauvais temps, où l'eau coule en torrents dans les rues. En attendant le début du concert, je me sèche les pieds sur un radiateur en fonte. Autour de nous, des dames portent des caoutchoucs ; d'autre sont en sandales d'été et longues robes du soir trempées dans le bas. Un sifflet au cou, une femme robuste s'occupe de l'installation des chaises. Cette soirée culturelle est sans doute très importante pour les gens réunis ici. L'écho des voix est craintif, courtois, et cette excentricité des tenues de fête minables a un certain charme. Je pense à Rome, aux individus qui se pressent dans les cocktails mondains, à ces femmes vêtues de haillons qui valent des millions, ces intellectuels de boîtes de nuit, ces politiciens véreux… l'*esprit du temps,* comme disent les publicitaires.

De nombreux spectateurs n'ont pas de siège, mais ils ne se plaignent pas, ne s'appuient même pas contre le mur. Il fait chaud, et je m'évente avec le programme. Les musiciens, tous jeunes, se succèdent sur l'estrade en bois. Les garçons arborent une lavallière, les filles portent des robes noires, adaptées à l'occasion. Ils remercient, debout derrière leurs instruments, la tête penchée. Le deuxième groupe entre, puis le troisième. Je n'en peux plus. Gojko pose la main sur mon genou, indique les instruments à vent.

C'est la plus grande. Elle a le visage trop blanc, un rouge à lèvres trop foncé, des cheveux de la couleur de la rouille. Ce n'est pas encore à elle de jouer, elle serre son instrument, une trompette, entre ses doigts comme si c'était son cœur. Elle porte une robe en chenille qui glisse sur ses hanches maigres, sur sa poitrine qu'on remarque malgré la robe noire. J'en fais le tour en un coup d'œil, comme une midinette fascinée par quelque somptueuse créature. Je fouille, à la recherche d'un défaut. Elle relève le menton… je suis placée un peu trop loin, je ne distingue pas bien ses traits, j'aurais besoin de ces petites jumelles qu'on utilise au théâtre… Je vois la tache de son visage, le tracé de son expression. Elle se met à jouer, au milieu des violons. Elle vide ses joues, pince les lèvres, se plie sur sa trompette, puis la brandit au rythme de la musique, qui est maintenant rapide. J'ignore si elle est douée, je n'y connais rien, mais peu m'importe. Elle joue, les yeux fermés, remue un peu trop. Elle secoue la tête, ses cheveux roux coupés en mèches imprécises. On dirait un oiseau qui aurait trop d'ailes.

C'est le Concerto pour piano, trompette et instruments à cordes de Chostakovitch. La musique se fait plus insistante, plus sombre. Les violons nous étourdissent par leurs gémissements de cordes souffrantes, la trompette s'insinue par saccades ; à présent, la fille semble possédée. Ses joues enflent et se vident lentement. Sur les pistons, ses doigts évoquent des soldats sur un champ de bataille, qui s'affrontent et reculent… Le pianiste blond a l'air, lui aussi, d'avoir perdu la tête : ses mains courent d'un bout à l'autre du clavier en entraînant tout son corps, se heurtent çà et là comme des phalènes moribondes… et la trompette n'est plus qu'un hululement de chouette dans la nuit. La poitrine de la fille se soulève, puis s'abaisse, blessée. Ses cheveux roux ressemblent à une traînée de sang. Personne n'ose bouger, tout le monde est captivé. Dehors, il n'a pas cessé de pleuvoir, on ne voit rien à travers les vitres… nous sommes enfermés dans une prison d'eau, et la musique paraît, elle aussi, prisonnière de cette pluie incessante. Je m'évente. Ma voisine pleure, des larmes solitaires sillonnent son visage figé, comme rescapées d'une grande souffrance que la musique anticipe.

Je pose une main sur celle de Diego, qui l'accueille sans y prêter attention, ainsi qu'on saisit un gant usé. Ces derniers soirs, nous avons essayé de faire l'amour, nous nous sommes rapprochés en vain. Nous avons ri : cela arrive aux amants ratés, aux vieux amants. Autrefois, j'étais sa petite amie. Maintenant, c'est son appareil photo qu'il emmène en promenade. Il couche avec ce que le monde lui offre, comme un curé, et il retourne auprès de sa bonne.

La fille s'agite, pendue à sa trompette, agonise, puis se ressaisit, pareille à une actrice qui a l'habitude de mourir chaque soir sur scène. Elle sourit en soufflant une espèce de marche.

Je me tourne vers Diego : il a les yeux fermés. Le concert est terminé.

Ma voisine est la première à se lever, elle applaudit, les joues rouges. La trompettiste rejoint ses compagnons, elle est aussi grande que les garçons, elle croise les jambes, s'incline excessivement. Les ensembles qui ont joué plus tôt sont revenus, ils se serrent sur l'estrade, offrant à présent un concert de cris. Ils imitent le chef d'orchestre, qui jette sa baguette en l'air, lançant pour leur part un archet ou une partition, de même que les diplômés lancent leurs chapeaux noirs. Diego a ouvert les paupières, il applaudit lentement.

« Je me suis endormi…, dit-il.

— Cette fille, c'est l'amie de Gojko. »

Il croit que je lui indique la violoniste replète, coiffée d'une tresse qui surmonte sa tête comme une crête… Je réponds : « Non, c'est la rousse qui embrasse le pianiste blond. » Diego observe ses cheveux, ses lèvres noires.

« C'est quoi ? Une punk ? »

Gojko bondit sur ses pieds, tire de sa poche un sifflet, un de ces sifflets capables de transpercer une forêt.

« Génial, pas vrai ? Ces gamins te retournent les intestins, dansent dessus et te les refourrent dans le ventre… »

Un instant, je pense que tous ces gens sont fous : ils semblent heureux, comme si la guerre avait déjà éclaté et était déjà terminée, comme s'ils participaient à une fête de réconciliation.

Nous attendons, Diego et moi, contre le mur, dans la pièce qui jouxte la salle de concerts, au milieu de ces femmes à moitié dénudées qui ressemblent à de petits abat-jour brodés ; un cow-boy bosnien, vêtu d'une veste en croûte d'où pleuvent des franges, passe devant moi. La femme au sifflet a installé sur une table des petits-fours maison sucrés et salés. L'odeur de la pluie, des vêtements mouillés qui exhalent la vapeur chaude des corps, se mêle à celle de la cuisine sarajévienne – épices, graisse animale, fromage aigre.

La fille s'approche… De près, elle paraît plus jeune, une gamine maquillée. Ses cheveux humides évoquent une coulée de rouille. Elle s'est changée : un jean déchiré dépasse de sa robe en chenille. Elle a une épingle de nourrice plantée dans l'oreille, l'étui de son instrument à l'épaule, tout comme un sac en toile gonflé. Ses mains en conque sont remplies de petits gâteaux.

« Je vous présente Aska, mon amie », dit Gojko.

Elle sourit, avale, nous tend une main poisseuse.

« Je suis Aska, l'amie de Gojko. »

Elle parle « assez » italien, nous dit-elle, parce qu'elle a fréquenté pendant un an le Conservatoire d'Udine. Elle a faim : elle ne peut pas manger avant de jouer, « sinon elle vomit sur la tête des autres ». Elle s'exprime sans inflexions, séparant les mots. À chacun d'eux, une barre, comme ces voix monotones qui s'échappent des automates dans les parkings, *bienvenue, introduisez votre ticket, attendez, s'il vous plaît.*

« Aska, comme la brebis de la nouvelle d'Andrić…, dis-je dans un souffle.

— Oui, c'est le nom que j'ai choisi. » Elle rit.

Un front large domine son visage, ses yeux sont aussi étirés que des feuilles, d'un vert profond, chiffonnés par le maquillage noir qui coule dans le blanc.

Elle s'agenouille, dépose les petits gâteaux sur l'étui de l'instrument, ôte ses chaussures à talons pour enfiler une paire de rangers violets.

Nous la félicitons.

« Les gens pleuraient… »

Elle se relève, remercie sans emphase.

« Les gens n'ont aucun sens de l'ironie. »

Un vieux monsieur arrive, coiffé d'une kippa, un professeur. Il lui enveloppe le visage de ses mains tremblantes. Elle l'écoute, l'air sérieux, puis pique une cigarette dans le paquet de Drina qui dépasse de la poche sur sa poitrine. Le vieillard sourit, lui tend son briquet. À présent, c'est Aska qui s'adresse à lui, le regard fixe, fumant devant ses yeux. Quand elle parle sa langue, elle a une autre voix, plus mélodique, elle dévide rapidement les mots comme les notes un peu plus tôt.

Elle déclare qu'elle est pressée. Maintenant qu'elle a mangé et fumé, elle doit aller jouer dans une boîte. Sa moto est garée devant l'école, un vieux bolide identique à ceux de l'armée. Elle enroule un foulard noir autour de sa tête : elle est peut-être musulmane, à moins qu'elle ne se protège ainsi du froid. Elle retrousse sa robe, qu'elle a nouée derrière comme une queue, et saute sur son engin, l'étui de sa trompette en bandoulière.

Diego voudrait prendre une photo, mais il n'a pas de flash. Le cône de lumière que projette le réverbère suffira peut-être ; en tout cas, il essaie.

« J'ai été contente de faire votre connaissance », dit-elle.

Elle démarre et propulse dans la nuit la carcasse qu'elle a pour moto.

Plus tard, Diego me prie de lui raconter l'histoire de la brebis Aska dans la nouvelle d'Andrić.

« C'est l'histoire d'une brebis rebelle qui ne pense qu'à danser et qui n'écoute pas les recommandations de sa mère. Tout en dansant, elle s'éloigne du troupeau. Bientôt elle se retrouve nez à nez avec un loup, un loup affamé mais qui peut encore patienter. Elle sent ses yeux sur sa toison blanche, elle sait que sa vie s'achève, elle sait qu'elle aurait dû écouter sa mère. Elle est terrifiée, mais elle continue de danser, car c'est la seule chose qu'elle sait faire… et, en dansant, elle commence de reculer. Le loup est toujours là. Il lui suffit de tendre la patte pour la saisir, mais elle danse si bien qu'il veut profiter du spectacle encore un instant. Il retrouvera sûrement des agnelles, mais certainement pas aussi douées pour la danse…

— Comment ça se termine ? Le loup la dévore ou la laisse partir ? »

Je prépare une infusion d'herbes pour ses yeux, j'y trempe des gazes que je presse sur ses paupières.

Il me saisit la main dans cette obscurité.

« Qu'y a-t-il ? interroge-t-il encore.

— D'après Gojko, Aska est prête à nous aider. »

Je scrute le visage inerte du vieux Jovan enfoncé dans son fauteuil de velours vert usé, au dossier orné d'un petit napperon blanc que Velida change tous les jours, ou presque. Quasiment sourd, il regarde le téléviseur sans s'intéresser au son, un vieux modèle en noir et blanc, muni d'une petite antenne défectueuse, qui semble diffuser éternellement des images d'archives, de vieux reportages de la Seconde Guerre mondiale. L'armée serbe a franchi la frontière naturelle de la Drina et avance en Bosnie. Je repense à la longue nuit de l'homme qui a marché sur la Lune : à l'époque, j'étais petite et je me tenais près de mon père qui paraissait contempler sur l'écran la dernière portion d'avenir, un spectacle qu'il ne reverrait jamais. Il avait la sensation d'appartenir à une génération d'hommes qui embrassait toute l'histoire, des ailes d'Icare aux frères Wright et leur *Flyer*, de Léonard et ses machines volantes à la sortie définitive de la gravité terrestre, quand les hommes étaient allés s'asseoir sur cet œil diaphane et lointain. C'était lui, le scaphandrier blanc, aussi hésitant qu'un nouveau-né, qui faisait ses premiers pas sur la croûte couleur de plomb.

Mon père croyait en l'avenir, comme Sebina. Il croyait que les hommes ordinaires se promèneraient un jour à toute allure dans le ciel. Sur l'écran, les blindés progressent, et l'on n'entend que le grésillement du vieux téléviseur.

Velida se lève pour libérer les deux merles enfermés dans leur cage blanche, à la cuisine. Ils ne vont jamais loin : ils volent dans la pièce, traversent parfois la rue, se posent sur le balcon de l'immeuble d'en face et rentrent quand elle les appelle, aussi paisibles que des poules. Elle éteint l'appareil d'un geste d'irritation, de défi, fouille sur l'étagère bourrée de vinyles et fait glisser un disque de jazz sur le plateau de leur vieux tourne-disque. Après quoi, elle prépare du café avec un soin obsessionnel sans en renverser le moindre grain.

Je contemple ces pièces tranquilles, hume le parfum des objets qui se trouvent là depuis de nombreuses années, qui se sont accumulés... les livres d'art, les ouvrages scientifiques, la vaisselle sur les étagères de la cuisine, les photos de Velida et Jovan jeunes, la pendule au mur. Rien ne paraît devoir bouger à l'intérieur de ce petit labyrinthe domestique. Les merles volent, atterrissent sur le canapé près du chat, qui ne daigne même pas leur accorder un coup d'œil. « Il est anormal qu'un chat ne saute pas sur un oiseau », dis-je. Velida soulève sa louche. « Je leur ai appris à se respecter. »

Je l'aide à cuisiner. Nous avons mélangé du riz et de la viande, nous étalons des feuilles de vigne, que nous remplissons et roulons. Les gestes de Velida parlent de l'éternité de ce plat, qui satisfait à jamais les palais. La compagnie de cette vieille dame biologiste, qui éteint le téléviseur, écarte l'obscurité du monde en hachant un oignon, me détend.

« Pourquoi n'avez-vous pas d'enfants, Jovan et toi ? »

Elle a les yeux rouges, à cause de l'oignon, mais elle sourit.

« Nous n'en avons pas voulu. Jovan était trop occupé par ses recherches, et moi trop occupée par Jovan. C'est comme ça.

— Cela ne t'a jamais manqué ? »

Elle pourrait me mentir : c'est une femme réservée, solitaire. Mais elle avoue : « Toujours. Toujours. »

Elle dispose nos rouleaux dans une casserole, écrase du piment. Un nouveau sourire.

Un peu plus tôt, devant le téléviseur, je lui ai demandé ce qu'elle ferait si la guerre les rattrapait. Elle a haussé les épaules puis est allée libérer les merles. Maintenant, elle me répond en versant un peu de vinaigre dans la casserole. Elle affirme que Jovan et elle ne quitteront pas leur foyer. Elle a eu deux cancers, ajoute-t-elle, mais Dieu ne veut pas d'elle, il la laisse à sa cuisine.

« On n'a peur que pour ses enfants… »

Une bonne odeur se répand dans la pièce. Je lui dis que Dieu a raison. Elle me demande pourquoi je n'ai pas d'enfants, moi.

Je raconte la vérité en un instant, sans effort, sous ses yeux de biologiste. Elle secoue la tête, m'apprend que mon prénom, dans le processus de la gémination, indique la première esquisse d'un nouvel individu.

J'ai dit à Gojko que je voulais voir Aska en tête à tête. Il lui a donné rendez-vous dans un bar que je ne connais pas, une espèce de turban en cuivre et en verre au milieu d'un parc, qui revisite le style ottoman à la sauce austro-hongroise. À l'intérieur, l'élégance décadente des cafés viennois du début du siècle, mêlée à une odeur de cornichons et de *bosanska kafa*. À moitié dissimulée par un rideau de miroirs, Aska parle à Gojko avec animation, l'étui noir de son instrument près d'elle.

Je gagne la table, lui tends la main.

« Salut. »

Elle se lève et m'étreint chaleureusement. Elle n'est pas maquillée, elle porte un pull-over tout tailladé et le même jean que la veille, une épingle de nourrice dans le lobe de l'oreille. Ses cheveux et son cou dégagent un parfum de bois aromatique, de palissandre, de cèdre.

Elle commande pour moi des bavarois autrichiens et des gâteaux régionaux au miel.

Je la regarde manger à la lumière peu clémente du jour, en cherchant un défaut, une petite anomalie, sur ses traits. Mais elle est belle, elle a un ovale parfait, austère, et un renflement naturel sous les yeux, une peau aussi transparente que de l'eau. La fatigue, qui chiffonne sa beauté, la rend sensuelle. Elle m'observe à son tour, ses yeux s'attardent sur les miettes autour de ma bouche, sur la bague que j'ai au doigt. Nous bavardons un peu.

« Quel âge as-tu ?

— Vingt-deux ans. »

J'espérais qu'elle serait plus âgée. Je jette un coup d'œil circulaire… Une femme d'âge mûr parle et fume, serrant dans sa main libre son paquet de cigarettes comme si c'était son propre souffle. J'aperçois une porte au fond de la pièce, peut-être celle des toilettes, et envisage soudain de repartir : je pourrais feindre d'aller justement aux toilettes et ressortir, fuir cette brebis dont les cernes évoquent des pétales gonflés.

Puis je me dis qu'elle ressemble un peu à la femme que j'étais il y a quelques années… c'est peut-être son expression à la fois hautaine et bête.

Gojko m'adresse des regards malicieux de courtier, d'entremetteur.

Aska a ôté son pull : il fait chaud. Elle arbore maintenant un tee-shirt blanc frappé d'un visage gris, jeune, d'homme ou de femme, on ne comprend pas.

Elle me propose le dernier bavarois.

« Il est pour toi », lui dis-je.

Je suis repue. En vérité, je n'avais pas faim. Aska mange le gâteau et se lèche les doigts.

Un fond de tristesse stagne dans ses yeux étranges, semblables à de petits vaisseaux oubliés sur un rivage.

Elle a l'air sérieux, et son rire n'a rien de moqueur. Gojko la traite comme une jeune sœur, avec la rudesse qu'il manifeste parfois à l'égard de Sebina. Il lui demande qui est la fille, sur son tee-shirt.

Aska répond : « Tu es vieux, tu ne sais rien. » Ce n'est pas une fille, mais un garçon, un mythe dénommé Kurt Cobain.

Ainsi, elle aime Nirvana : elle écoute le groupe toute la nuit, il la transporte, prétend-elle.

« Et où ? lui lance Gojko, railleur.

— Dans un endroit que tu ne pourras jamais atteindre. »

Il allume une cigarette et jette son paquet sur la table. Il dit en ricanant que Nirvana est un groupe de *lukavi*, de petits malins. « Ce sont des putain de nihilistes milliardaires ! »

Il se lève, nous annonce qu'il va pisser. Une ruse pour nous laisser en tête en tête.

Au bas du tee-shirt, une inscription en anglais, une phrase de Cobain : PERSONNE NE CONNAÎTRA JAMAIS MES INTENTIONS.

J'ai envie de fuir ce bar.

Je l'interroge à brûle-pourpoint : « Et toi, quelles sont tes intentions ? »

Elle affirme qu'elle veut tout simplement quitter son pays. Elle vient de Sokolac, à trente kilomètres de Sarajevo, elle gagne sa vie en jouant le soir dans des bars et en donnant des cours privés. Justement, elle a rendez-vous dans quelques minutes avec le fils d'un joaillier de Baščaršija.

Elle gonfle les joues pour signifier que l'enfant en question est gros. Il n'arrive même pas à écarter les doigts sur les pistons. Les leçons de musique sont à la mode parmi les riches Sarajéviens.

Elle me dit qu'elle n'entend pas vieillir comme ça, qu'elle est jeune.

Elle sourit. L'un des trois membres de Nirvana est croate, déclare-t-elle, et, s'il a réussi, elle le peut aussi. Elle rêve d'aller à Londres, à Amsterdam, fonder un groupe. Voilà pourquoi elle a besoin d'argent.

« Qu'est-ce que Gojko t'a raconté ?

— Que vous cherchez une *roda*… une cigogne.

— C'est ça. »

Elle racle avec sa cuiller la crème et les grains de sucre qui restent dans l'assiette. « Je suis prête. »

Elle balaie la pièce du regard, appuie le menton sur son poing, plante ses yeux verts dans les miens. Je sens l'odeur de sa bouche.

Elle est effrontée et bureaucratique. Elle entend être payée en marks allemands et en liquide. Elle remet son pull. Sa tête disparaît et réapparaît.

« Tu fais ça pour l'argent ? »

Elle saisit l'étui de son instrument.

Elle sourit. Elle aime dire la vérité, répond-elle, la vérité ne lui fait pas peur, et je peux donc me fier à elle.

« Que préférerais-tu entendre ? » Elle caresse une de ses boucles d'oreilles kitsch. « Que je le fais par amour ? »

Elle prétend que la musique est toute sa vie : elle a passé son enfance à la campagne à nettoyer les clapiers, à grignoter des épis de maïs, à s'en servir de flûtes, de claviers. Longtemps, Sarajevo a eu pour elle des allures de San Francisco, maintenant la ville lui scie le dos comme un soutien-gorge trop serré. Elle prétend qu'elle n'a pas l'intention de se marier, ni de fonder une famille.

Je lui demande si elle est musulmane.

Elle grimace. Elle ne met jamais les pieds dans les mosquées, répond-elle, même s'il lui arrive de lire le Coran.

« Et que dit le Coran ? Que tu peux louer ton utérus ?

— Le Coran dit qu'il faut aider autrui. »

L'idée de prêter son ventre à une femme mutilée ne lui déplaît pas. Mutilée, c'est le mot qu'elle emploie.

« Nous devons tous rendre quelque chose… »

Elle se lève, enfile une cape en plastique pour se protéger du vent. Elle hausse les épaules et me prie de lui donner ma réponse sans tarder : il faut qu'elle organise son avenir.

Diego garde le silence. J'observe sa nuque creusée, sa tête abandonnée sur ses épaules. Il est épuisé, son pantalon est couvert de boue. Il a grimpé jusqu'au cimetière juif et photographié la ville de là-haut, plongée dans le brouillard : les minarets et les toits des immeubles semblaient surgir d'une tasse de petit-lait. Je lui ai raconté mon entretien avec Aska. Il s'est contenté de dire : « Je ne sais pas », a rangé ses rouleaux, les a numérotés et glissés dans leur boîte noire.

Nous avons trouvé un médecin en banlieue, sur la route nationale qui conduit à Hadžicí. Gojko est venu nous chercher en voiture. Aska est assise à l'avant, les cheveux tailladés, du vernis noir sur les ongles, les yeux dissimulés par des lunettes de soleil aussi grosses que celles de Kurt Cobain. Avec ma jupe au-dessous du genou, mes lunettes de vue et mon chignon, je passe aisément pour sa mère.

Le médecin ne pose pas beaucoup de questions, il est trapu et pourvu d'un visage fermé, comme certains paysans. Il a un petit tic : il suce l'interstice entre ses dents de devant. Cette bouche qu'il fronce, tel un lapin, et ce bruit agaçant s'ancrent dans mon esprit.

Aska pose une main sur celle de Diego et déclare que c'est son petit ami : ils veulent un enfant, mais elle ne peut pas avoir de relations sexuelles.

« Je souffre de spasmes musculaires. »

Gojko baisse la tête jusqu'au sol, ou presque : il rit, le salaud. Je suis moi aussi saisie par le frisson de notre jeunesse commune, de l'époque où nous étions fous et libres. Le médecin se soucie peu de nos extravagances. Il prescrit à Aska les analyses nécessaires, réclame un acompte de cent marks allemands et nous donne rendez-vous la semaine suivante.

Aska sort en se déhanchant et m'adresse un clin d'œil avant de remettre ses lunettes.

Nous l'attendons à l'extérieur du Conservatoire, dans un bar où ses amis ne la verront pas ; elle remue la bouche à la manière d'un bec, dit : « Coin-coin », dit : « Ils ont la langue trop bien pendue » ; elle, elle ne veut donner d'explications à personne. Elle ne paraît jamais très contente de nous voir, elle rit, nous accuse d'être des parents trop envahissants. Je presse mes mains l'une contre l'autre, fais craquer les petits os… En réalité, c'est moi qui suis anxieuse. Diego est calme, trop calme même, comme un invité.

« Nous aimerions mieux te connaître. »

Aska soupire, répond : « C'est idiot, car les gens ne se connaissent pas vraiment, pas même les maris et les femmes. »

Tout le monde a une vie secrète… *a secret life…*

« Vous deux, vous vous connaissez ? »

Diego sourit. Un instant, ils paraissent se rapprocher.

La brebis a des yeux voyageurs, des yeux un peu las qui s'animent comme des ailes mouillées, battent, et comme des ailes retombent… mais quand ils vous effleurent, ils laissent sur vous leur sillage, la souffrance de la beauté. Je contemple ses lèvres gercées par la trompette, ses seins, ses bras, le peu de corps que j'arrive à distinguer sous sa tenue d'actrice, de tragédienne moderne. Une punk à la sauce sarajévienne. Peu m'importe qu'elle s'habille d'une manière aussi ridicule, qu'elle ait le visage plâtré, qu'elle se fasse des lèvres sombres, méchantes : ce n'est pas ma fille et – elle a raison – ce ne sera jamais mon amie.

Elle ira à Londres, gâchera sa vie, s'usera dans les rues, dans le vacarme des boîtes. Ce n'est pas son destin qui m'intéresse, c'est son avenir immédiat. C'est sa chair. Elle plaisante avec Diego, l'écoute parler de musique. Elle est belle et, malgré le plâtre, elle respire la santé. Je souris en mère affable.

« Tu veux donc partir ? »

Elle mâche. À chacune de nos rencontres, elle s'empiffre, commande des sandwiches, des gâteaux, prétend qu'elle n'a rien avalé depuis le petit déjeuner. On ne peut pas jouer trop longtemps quand on joue vraiment, affirme-t-elle, car la musique vous dévore…

Elle a horreur de Madonna et de Michael Jackson.

Elle parle maintenant de Janis Joplin. Elle se rembrunit. Elle a cessé de manger, elle regarde droit devant elle.

« De temps en temps, au ciel, Dieu montre quelqu'un du doigt et lui dit : « Toi, viens avec moi. » On ne peut pas dire non à Dieu. Il s'immisce dans votre corps, il vous déchire l'âme. C'est pour supporter Dieu que Janis se droguait. »

Je lui demande si elle se drogue, si elle s'est jamais droguée.

Elle me lance un regard haineux. Elle répond non, bondit sur ses pieds, déclare que la séance est levée.

Nous traversons le pont aux Chèvres.

Elle me parle de sa mère, morte un mois plus tôt : elle n'a pas suivi son chemin, explique-t-elle, et les gens tombent malades s'ils ne suivent pas leur chemin.

« Hier soir je me suis endormie en écoutant "Smell Like Teen Spirit" de Nirvana. »

Elle rit. Il est pratiquement impossible de s'endormir au son de ce morceau, dit-elle, pourtant elle s'est enfoncée dans un sommeil de plomb et a rêvé qu'elle se promenait, nue et enceinte, dans l'avenue de Tito. Elle était très fatiguée, son ventre lui pesait, et elle ne comprenait pas pourquoi elle continuait d'avancer. Puis elle a vu des blindés venir vers elle. Elle savait qu'ils l'écraseraient, mais elle poursuivait son chemin comme si elle n'avait pas le choix. Comme l'inconnu de la place Tian'anmen. Elle était persuadée qu'elle les arrêterait.

Les yeux tournés vers la Miljacka, vers ses eaux aimables, elle affirme : « Il y a trop de ponts à Sarajevo… »

Elle écarte les bras dans le vent. Avec ses ailes ouvertes, ses cheveux roux, sa tenue de grunge sarajévienne, ses grosses lunettes noires, son épingle de nourrice dans l'oreille, on dirait un ange. Elle m'invite à bomber le torse, à respirer. Maintenant nous évoquons deux anges idiots, moi et mon tailleur, elle et ses bracelets, d'innombrables cercles de métal qui tintent comme une clochette au cou d'une brebis.

« Pourquoi ne peux-tu pas avoir d'enfants ? »

Je lui raconte mon histoire.

« Ce n'est pas seulement un ventre qui t'est refusé, mais la vie même, chaque jour, à l'infini. »

Elle m'étreint sans émotion. Je sens son épingle de nourrice sur ma bouche… j'ai l'impression que mon avenir y est pendu.

Diego nous photographie de dos. Il prétend qu'il aime nous voir ensemble, qu'Aska lui rappelle une fille de Gênes, une fille qui travaillait dans des surplus près du port, qui vendait des vêtements raides et puants, de vieux uniformes de marine.

« Elle te plaisait, cette fille ?

— Elle était lesbienne. »

Aska me demande si nous nous aimons, Diego et moi.

« Oui, énormément. »

Elle se penche, ramasse un caillou et le lance dans l'eau, en bas.

Diego pointe son appareil sur nous. Puis Aska le réclame : elle aimerait coller l'œil sur le viseur, faire un portrait de nous.

« Tu peux te contenter de photographier la réalité, ou tu peux chercher, lui dit Diego, aussi loquace que s'il parlait à ses étudiantes.

— Quoi ?
— Une chose qui passe, qu'on ne voit pas. Qui n'apparaît qu'après. »

C'est pour cette raison, lui explique-t-il, qu'il aime photographier l'eau : elle remue et englobe à l'improviste un objet, un passage, un reflet…

Aska appuie sur le déclencheur, rend l'appareil à Diego, sourit.

« Qui sait ? J'ai peut-être pris un truc invisible… »

Je souris à mon tour, de mon sourire stupide, je le sais, car je sens une nouvelle fois que le bébé est là, qu'il vient à notre rencontre sur ce fleuve. Je me retourne : Diego et Aska avancent côte à côte sur le trottoir. Ils se ressemblent, ils sont aussi grands l'un que l'autre. Ils ondoient de la même façon sur leurs hanches, marchent de travers avec la même raideur, comme s'ils voulaient esquiver le danger tout en l'affrontant.

Entre-temps, nous avons versé les cinq mille premiers marks Elle les a comptés sur la table du bar habituel.

« Ne vaudrait-il pas mieux les verser sur un compte en banque ? »

Elle n'a pas confiance : la Yougoslavie s'émiette, et elle craint que son argent ne soit détourné à Belgrade.

Nous retournons chez le médecin en taxi. Aska serre entre ses doigts la pochette cartonnée qui renferme les résultats de ses analyses. « Tout va bien, annonce-t-elle. Je n'ai pas le sida. »

J'effleure sa jambe, son collant troué d'où jaillissent des bulles de peau très blanche.

« Je suis inquiète, Aska.
— Pourquoi ? »

Qui peut me garantir qu'elle ne voudra pas garder le bébé ? Ne risque-t-elle pas de dire qu'elle est incapable de s'en séparer le jour où elle le sentira bouger ?

Elle me rassure. Elle ôte ses lunettes, me montre ses yeux, non fardés ce matin. Elle réplique qu'elle m'a donné sa parole.

« Mais il est trop tôt pour savoir… »

Elle objecte qu'elle sait : elle ne veut pas d'enfants, elle ne saurait vraiment pas quoi en faire.

« Je n'ai qu'un seul désir : jouer de la trompette.
— Que diras-tu à tes amis ? »

Elle réfléchit un moment. « Les derniers mois, je m'en irai. Voilà ce que je ferai.

— Où iras-tu ?
— Sur la côte. Là-bas, il y a un endroit qui me plaît…
— Je t'accompagnerai. »
Elle acquiesce sous ses lunettes.

Je suis déjà réconfortée. Tandis que la voiture roule, j'imagine une maisonnette blanche, hors saison, une odeur d'humidité. Je saisis les doigts d'Aska : en pensée, je marche main dans la main avec elle sur une plage… Elle a un gros ventre et je lui prépare du thé, la choie, pose un de mes châles sur ses épaules. Ce sera bien. Juste nous deux, la mer l'hiver, une fenêtre couverte de gouttes à l'extérieur et de vapeur dedans.

Nous voilà devant la porte du petit dispensaire.

« Je jouerai toujours pour votre enfant… Comme ça, il deviendra peut-être un grand musicien. »

Puis elle se rembrunit. Je tire sur une de ses mèches rousses et fortes.

« Ne lui fais pas écouter Nirvana, je t'en supplie…
— Et qui ?
— Mozart…
— Certainement pas.
— Chet Baker ?
— Lui, oui. »

La porte du médecin est fermée. Aska a monté l'escalier, actionné d'autres sonnettes. Il n'y a personne, à l'exception d'une femme dans un fauteuil roulant.

Aska nous rejoint, les bras pendant avec lassitude sur les hanches.

« Ils sont tous partis.
— Où ?
— On l'ignore, il n'y a plus personne. »

Des voix retentissent. Bientôt deux hommes vêtus d'une tenue de camouflage apparaissent à un balcon. Aussi calmes que des employés à l'heure de la pause, ils se mettent à nous observer. Ils semblent se moquer de nous. Pour la première fois, la peur me saisit.

Nous nous attardons un moment devant cette entrée, hébétés, pareils à des poules demeurées à l'extérieur du poulailler après la tombée de la nuit. Le taxi s'est éclipsé, nous repartons à pied.

Aska marche de l'autre côté de la rue. On dirait qu'elle revient d'une partie de campagne : elle chantonne, tend le bras pour toucher les branches de prunier en fleur. Quelques voitures passent. Leur vieux pot d'échappement empuantit l'air. Diego me tient par la main, absent, comme privé de poids. Un de ses objectifs s'est abîmé en tombant dans l'escalier de cet immeuble, c'est son chagrin de la journée. Il est fatigué de ces pèlerinages, il se laisse entraîner par inertie, par amour. Il a l'impression de suivre une épouse victime d'une obsession solitaire.

Je regarde un moment le ciel, le soleil qui se retire, écrasé par la nuit. Il n'y a pas une seule étoile. Nous avançons à tâtons jusqu'aux lumières de la ville. Aska habite un quartier périphérique. Nous la raccompagnons jusqu'à sa porte. Elle nous propose de monter. Elle n'a pas grand-chose à nous offrir.

« Peu importe. »

Nous lui emboîtons le pas.

Maintenant, c'est nous, les orphelins, et elle, la mère. Elle ne vit pas dans un immeuble, mais dans une sorte d'hôtel, un ensemble de petits appartements alignés côte à côte comme des cabines.

« L'ancien village olympique. »

À l'intérieur, une table en bois clair fixée au sol et un banc d'angle recouvert du même marron que la moquette. Une rangée de verres sur le mur derrière un fin grillage comme dans un camping-car. Je fais quelques pas pour aller aux toilettes et jette un coup d'œil à la chambre, elle aussi petite et sombre. Au mur, un poster de Janis Joplin, tête de vieille clocharde, cheveux crépus, yeux et bouche en fente, vent du délire.

SUR SCÈNE JE FAIS L'AMOUR AVEC VINGT MILLE PERSONNES, ET LE SOIR JE RENTRE SEULE CHEZ MOI, dit l'inscription en bas.

Aska prend trois verres sur l'étagère, verse dans chacun un peu de lait et une cuiller de cacao en poudre, mélange. C'est bon, cela nous réconfortera, explique-t-elle. Pour sa part, elle se console toujours avec du sucre, comme les enfants.

En réalité, elle n'a pas l'air triste. Elle a ôté ses rangers violets, montrant de longs pieds blancs aux doigts fins. J'enlève à mon tour une chaussure et compare mes pieds aux siens. Nous rions parce qu'ils sont beaucoup plus petits et plus larges. Je lui dis qu'elle pourrait devenir basketteuse, mais elle secoue la tête : elle n'a qu'une seule envie, jouer de la musique, elle est née avec une trompette dans le ventre.

« C'est un drôle d'instrument pour une femme…

— C'est le mien.

— Pourquoi ?

— Il capture tout ton souffle, toute ton âme. »

Elle colle les lèvres à l'embouchure et se met à jouer *Diane*. Les yeux clos, elle se balance du même air moribond que Chet Baker.

Entre chocolat et musique, l'atmosphère se réchauffe peu à peu. Diego observe Aska, la bouche entrouverte, ainsi qu'on observe un être cher qui risque de commettre une erreur. Il a préparé un joint, et il tambourine maintenant sur la table. La tête contre le mur, je serre mes genoux entre mes bras.

Je suis bien, j'ai moi aussi fumé et je suis parcourue de frissons tièdes, des brins de paille qui s'agitent doucement en moi.

Il en est allé ainsi. Nous abandonnerons notre amie sarajévienne, et cette soirée vaut bien les cinq mille marks que nous avons gaspillés. Je suis habituée aux défaites, aux coups dans l'eau... toujours identiques, toujours dans le même étang. C'est une soirée douce, vibrante. Des adieux dont je connais la saveur. Aska secoue sa trompette, d'où tombe un peu de salive, et nous sert un autre verre de chocolat au lait. Puis elle ôte son épingle de nourrice, qu'elle commence à tourner et à retourner entre ses doigts.

« Pourquoi t'habilles-tu comme ça ?

— Au début, c'était pour ennuyer mon père. »

Elle nous raconte que son père dirige la prière à la mosquée de son village. Ils se sont disputés pendant des années et réconciliés à la mort de sa mère.

« Ma mère aussi est morte. »

Cette pensée me chagrine. Diego porte ce soir le pull qu'elle lui avait offert... Je revois, ce jour-là, son regard timide, indécis. *Je lui ressemble plus que je ne le croyais*, me dis-je.

Diego me saisit la main et y dépose un baiser.

« À quoi penses-tu, mon amour ?

— À rien, à ma mère. »

Oui, je pense à ma mère, une petite femme que la vie a peu gâtée.

Aska demande : « Elle était stérile, elle aussi ? »

Je ris comme je n'ai jamais ri. En découvrant toutes mes dents et toute ma tristesse.

« Je suis née. »

Cela amuse Aska. « Bien sûr, quelle idiote... »

C'est l'effet du joint. Je pense : *Peut-être a-t-elle raison, peut-être ne suis-je jamais née. Je suis l'ombre de mes désirs.*

De nouveau, la fable de la brebis qui danse pour éloigner la mort me revient à l'esprit.

Des détonations retentissent. Nous nous penchons à une petite fenêtre double, qu'Aska soutient de la main car le crochet est cassé. Dehors, l'air est froid. Nous n'arrivons pas à distinguer l'endroit, sur les collines, d'où partent les tirs.

Aska ne semble pas inquiète.

« C'est comme ça toutes les nuits, ou presque, depuis un certain temps. Des crétins qui s'amusent, des gosses. »

Je l'accompagne à la cuisine. Tout en faisant chauffer de l'eau sur la flamme bleue du gaz, elle déclare : « Si tu veux, nous pouvons nous y prendre naturellement. »

Elle vient d'avoir ses *menstruacija*, dit-elle, elle sera prête à l'accouplement dans une dizaine de jours. *Accouplement*, c'est bien le mot qu'elle emploie. J'éclate de rire. Elle joue avec son épingle de nourrice, affirme que l'accouplement ne lui pose aucun problème. Je songe aux lapins à la campagne, à ces coïts rapides. J'ai le visage en feu... je suis étourdie par la joie, par une petite fureur grossière.

« Ça pourrait être un problème pour moi... »

Je sais que ce n'est pas vrai, que ça ne l'est pas. Je regarde les cheveux couleur de rouille d'Aska et j'ai déjà sauté le fossé de l'ambiguïté. Quelque chose flotte dans mon ventre depuis le début de la soirée. Même avant, depuis l'instant où j'ai jeté un coup d'œil à sa chambre, à son lit... J'ai pensé : *Il suffirait d'un autre joint... je reste sur le banc et eux, ils font ça là-bas, sous le poster de Janis Joplin... Nous sommes tous solitaires quand nous rentrons chez nous, Aska, nous réintégrons nos petits corps nés pour ne pas durer.*

Elle poursuit : le sexe ne l'intéresse pas, elle trouve ça inutile, comme tout ce qui est mou et humide. Elle dit que je peux assister, si j'ai envie.

« Comme dans un dispensaire... » Elle rit.

Je la remercie : « *Hvala.* »

Sans saisir l'ironie, elle répond : « Je t'en prie. » Elle le répète : « *Za mene parenje nije problem* – l'accouplement ne me pose aucun problème. »

Je laisse cette phrase s'insinuer dans ma poitrine en regagnant le banc. J'en savoure l'effet jusqu'au bout. Jusque dans mon ventre.

Diego nous observe... Il devine quelque chose, le moût d'une intimité.

« Qu'est-ce que vous avez, toutes les deux ?

— *Ništa* – rien. »

Je lui demande de préparer un autre joint, j'ai envie de rire, de tout dissiper dans un long et trouble éclat de rire. Oui, loin de ces dispensaires, de ces seringues, de ces prélèvements de liquide séminal. Loin de tout ce qui m'a fait souffrir. Plus d'éjaculations sur des lamelles, mais des relations sexuelles, de la chair. Celle d'Aska, blanche et chaude, semble m'appartenir. Cela équivaudra à faire l'amour à trois...

bien au chaud, comme un peu plus tôt, serrés l'un contre l'autre derrière la vitre… Nous et notre brebis.

C'est la chair dont nous avions besoin, elle est jeune et elle plaît à Diego. Ce bouton de rose, cette petite idiote de Sarajevo, enlaidie par la mode et par la bêtise, ne peut que plaire.

Il n'y a pas de gêne entre nous. Aska ne baisse pas les yeux, elle les laisse à la merci des miens, sans la moindre malice, cependant elle s'est un peu rembrunie. Je la regarde, appuyée contre la fenêtre, et en apprends plus long sur elle. Elle n'entretient pas de rapports directs avec les choses, dont elle semble toujours séparée par un petit vide à traverser, à violer. Il n'existe pas de ponts pour elle, mais un fleuve qui coule, et elle cherche un appui dans l'eau, une pierre à la surface. Maintenant elle a trouvé cette pierre, et peu importe que ce soit son corps.

Je songe qu'elle m'attendait, qu'elle est venue vers moi dans l'intention de me secourir, qu'elle est née pour ça. Que c'est son destin. Elle s'est glissée entre nous par hasard, comme un enfant quand on fait l'amour. Et c'est une nuit d'amour. Les tirs, au loin, nous tiennent compagnie, ou presque, ils nous avertissent que la vie comporte des risques, un côté scabreux, raison pour laquelle mieux vaut sauter les préambules et s'exposer une fois pour toutes, jusqu'au bout. Je contemple à travers la fenêtre les contours des collines qui se détachent dans la clarté de la lune. Que sommes-nous ? Des brebis ou des loups ?

« Aska n'a pas l'intention de renoncer… »

Diego éclate de rire, il est échauffé.

« C'est-à-dire… je devrais… »

Il me regarde et me fuit, tel un papillon autour d'une lampe. Sa chemise est ouverte, ses boucles collées sur son front, ses lèvres gercées par le froid… Je vois le rouge de la honte lui monter au visage comme une violente allergie. Nous dégringolons dans la nuit, étourdis, poussés à coups de pied par ce jeu étrange. Quand nous retrouvons notre chemin et notre lit, mon humeur a un peu changé. Diego se contente d'ôter son pantalon avant de se glisser sous la couverture. Nous sentons le lait et le chocolat.

« Comment se termine la fable d'Andrić ?

— Bien. La brebis continue de danser… Le loup, qui renvoie à plus tard le moment de la manger, ne s'aperçoit pas qu'ils se sont rapprochés du village. Soudain, les paysans l'encerclent et le tuent. La brebis se fait passer un savon par sa mère et lui jure qu'elle ne s'éloignera plus. Mais, compte tenu de ses dons, on l'envoie à l'école de danse. »

Je m'agrippe à ses jambes maigres. Nous nous embrassons longuement. Nous n'avons pas fait l'amour depuis des mois, et voilà que nous en avons envie.

L'aube fleurit déjà, ouvre un étang dans la nuit ; tout près de nous, la clarté ; au loin, l'obscurité des montagnes.

Le lendemain, je rends visite à Gojko à la radio. J'attends, debout, à l'extérieur de la salle d'enregistrement, qu'il ait terminé son programme. La matinée est bien avancée, mais on se croirait en pleine nuit. Il se tient sous une petite lampe jaune, un casque sur la tête, et sa voix éraillée s'échappe du micro en un bruissement sensuel. Il lit un poème. Il m'envoie un baiser en soufflant sur sa main et me dédie ces vers de Mak Dizdar :

Kako svom izvoru
da se vratim ?
(Comment pourrai-je regagner
ma source ?)

Nous prenons un café au distributeur et nous asseyons dans l'entrée, près de la porte.

« Que veux-tu que je te dise ?

— La vérité. Ce que tu sens… »

De temps en temps, quelqu'un ouvre la porte et fait entrer un peu d'air frais.

Je suis venue lui demander conseil… Le café est trop chaud dans le gobelet en carton, et j'ai taché mon chemisier.

« Ces deux-là ont envie de baiser, voilà ce que je sens. »

Je secoue la tête, gonfle les joues. J'aimerais répliquer, encaisser le coup. Nous contemplons à travers les vitres le jardin intérieur, les branches ponctuées de petites fleurs poussiéreuses.

« Diego est fou de toi, fou à lier… » Il rit.

Il se lève, va aux toilettes et réapparaît muni d'un mouchoir qui goutte.

« Mais c'est un homme… et la queue ne suit pas le chemin du cœur, elle se glisse plus bas… dans les bergeries. »

Il rit. Notre brebis est rusée, mythomane, antipathique, affirme-t-il, mais elle ne gardera certainement pas le marmot.

« Elle est jeune, elle a envie de s'amuser… Je peux ? »

Il frotte le mouchoir sur la tache de café.

« Sers-toi, arrête de souffrir. Fais-toi donner ce maudit gosse. Nous l'enverrons ensuite à la guerre... » Il rit encore, et pourtant il est sobre.

Il est beau ce matin, sa chemise bleue lui va bien, tout comme ses lunettes. Je ne connais sans doute pas d'être meilleur que lui, plus sincère, plus seul.

« J'ai peur.

— D'une brebis ? »

Il regarde ma peau à travers la soie trempée.

« Nostalgie..., murmure-t-il.

— Pourquoi tirait-on cette nuit sur les collines ?

— Ces couillons veulent montrer qu'ils sont là. »

Nous marchons un moment, enlacés, sous l'espèce de poussière blanche qui se détache des arbres.

« Il va arriver quelque chose ?

— Non, ils repartiront. »

Ses yeux vont et viennent, de mon visage à ma peau rose sous le chemisier.

« On ne peut pas séparer l'eau. »

« Je te donnerai ce que tu désires puis je disparaîtrai.

— Nous te rendrons peut-être visite à Londres, ou à Berlin... quand tu seras une rock star... Nous viendrons t'applaudir.

— Oui, peut-être...

— Tu feras semblant de ne pas nous connaître...

— Non. C'est vous qui ne viendrez pas. »

Nous nous revîmes deux ou trois fois, rapidement, en des rencontres formelles. Agrippée à l'étui de son instrument comme à un bouclier, Aska était toujours pressée.

De fait, quelque chose avait changé...

Les yeux de Diego étaient plus nerveux, ses cils évoquaient les pattes d'insectes en fuite.

Leurs regards s'évitaient et c'était ainsi que leurs liens se nouaient. Je l'avais remarqué, mais je ne disais rien.

Il ne me restait plus qu'à patienter. C'étaient eux qui tiraient le traîneau. Je ne courais aucun risque. Diego m'appartenait comme chaque goutte de mon sang. Et je voulais que le bébé naisse du plaisir, non de la tristesse. J'étais lasse des fantômes rachitiques, des femmes tristes, des enfants sans lumière. J'appréciais ce banquet de la jeunesse.

Aska était devenue plus sévère, plus profonde.

À présent, je pensais que sa désinvolture était aussi factice que sa façon de s'habiller, de se taillader les cheveux. Elle me rappelait une de ces poupées sur lesquelles j'exerçais mes feutres et mes ciseaux quand j'étais petite.

Diego parlait très peu durant ces rencontres. Il acquiesçait lorsque je disais quelque chose ; pour le reste, il paraissait presque inerte.

« Je ne sais pas si je pourrai », m'avait-il avertie.

Il se collait à moi comme un fils, comme s'il avait peur de me perdre. Nous étions d'accord : juste une fois. Si rien ne se produisait, nous repartirions.

Il ne cessait de répéter : « Tu es sûre ? »

Je voulais un enfant de lui, c'était la seule chose dont j'étais sûre. Je fermais les yeux et me l'imaginais. Je me montrais calme, n'abordais que des sujets pratiques. Je tenais le rôle du médecin. J'avais appris de mes bourreaux, j'employais leur ton paisible, leur jargon bureaucratique. Le cycle était régulier ; dans une semaine, la brebis serait fécondée.

Il y avait eu des désordres et un mort. Le père d'un marié avait été tué sur le parvis de l'église orthodoxe.

Aska était hors d'elle.

« Il agitait le drapeau des tchetniks en plein cœur de Baščaršija ! »

Je saisis la main de Diego et la posai sur celle d'Aska, abandonnée sur le parapet, puis je posai la mienne dessus.

« Tout se passera bien », dis-je.

Ce fut une espèce de rite. Je sentis la chaleur que dégageait cet enchevêtrement de mains, les mouvements des nerfs, les arrêts microscopiques, toute la tension qui confluait dans cette étreinte… Je pensai aux marques de nos paumes dans l'obscurité. Et encore une fois je me demandai si le destin nous aiderait.

Aska essaya d'ôter sa main, mais je la retins. Puis Diego tenta de se libérer à son tour, et nous poussâmes, Aska et moi, de tout notre poids.

« Où vas-tu ? »

Diego était troublé. Maintenant qu'ils avaient ce rendez-vous charnel, il n'arrivait plus à regarder Aska dans les yeux. Elle non plus. Ils le firent plus tard.

Nous pénétrâmes dans le zoo, déambulâmes entre les cages et les enclos. Le vent s'était levé, et une poussière claire tourbillonnait dans l'air. Nerveux, les ours étaient tapis dans une sorte de bassin vide, recouvert çà et là de mousse. Cela faisait des années qu'Aska n'était pas entrée ici, c'est elle qui avait insisté… cet endroit lui rappelait son enfance. Elle acheta un paquet de cacahouètes et nourrit les chimpanzés. Puis elle rôda en produisant d'étranges bruits, auxquels le paon répondit. Je partis à la recherche d'une bouteille d'eau.

Quand je revins, Diego la photographiait. Elle s'était glissée dans une cage vide et agrippée aux barreaux, comme un singe déprimé, sa tête rousse inclinée sur une épaule. Je perçus quelque chose entre eux, le poids d'une intimité.

Diego avait baissé son Leica, il la contemplait à l'œil nu. Elle s'éloigna en promenant ses doigts sur les grilles.

Je téléphone à mon père en pleine nuit. À en juger par sa voix, il m'attendait.

« Papa…

— Mon trésor. »

Il ne parle pas, il halète, j'entends le bruissement de ses poumons, de sa vie, dans ce combiné gris.

Beaucoup de temps s'est écoulé depuis notre dernière conversation.

« Tu as besoin de quelque chose ?

— Non.

— C'est quoi, ce bruit ?

— La pluie.

— Quand rentrez-vous ? »

Nous bavardons un peu. Il me parle de son chien.

« J'ai arrêté de faire la cuisine. Nous allons tous les soirs au restaurant mexicain. »

Pane aime la viande, papa la tequila, ils s'entendent bien. Il me fait rire. Je plaisante un moment avec lui pour chasser cette pluie qui ne cesse de m'attrister.

« C'cst quoi, cc bruit ? » interroge-t-il encore.

Maintenant, c'est moi qui halète dans le combiné.

Je réponds : « Un coup de tonnerre », alors qu'il s'agit d'une rafale. Sourde, insolente.

« Faites attention. »

Je lui réponds qu'il est loin et qu'il ne peut pas comprendre.

« Ici, les gens sont aussi mêlés que des gouttes d'eau. »

Il affirme que les nouvelles ne sont pas réconfortantes en Italie.

Je marmonne : « Des oiseaux de mauvais augure. » J'éclate de rire : maintenant, je m'exprime comme Gojko.

Je raccroche. Diego dort, une patte blanche hors du lit, un de ses longs pieds.

Aska avait noté la date sur le calendrier, trois jours, les meilleurs, les plus féconds, ceux qui tombaient juste au milieu du cycle. Et elle avait dessiné un cœur, au lieu d'un cercle. Nous avions opté pour le deuxième jour, au milieu du cœur, avions empilé une nouvelle fois nos six mains en un petit rite propitiatoire.

Je pensais à ce cœur. Je regardais chaque nuit ce calendrier pendu dans notre chambre, je comptais les heures.

Quelques jours avant, nous choisîmes le lieu de rencontre, une auberge aux allures de refuge, une maison isolée ; en réalité, elle jouxtait la ville, elle se dressait au pied du Trebević. Il y avait peu de chambres à l'étage supérieur, un seul couloir et deux salles de bains au fond. Nous étions entrés dans une pièce blanche et parfumée comme celle d'une clinique. Une petite fenêtre grillagée donnait sur la forêt. « À cause des voleurs ? » Anela, la propriétaire, avait éclaté de rire. « Non, des écureuils » : ils se faufilaient dans les chambres à la recherche de restes. Je m'étais allongée sur le couvre-lit blanc brodé à la main. J'avais eu l'impression d'être aussi audacieuse et nonchalante que Gojko, d'être le troisième occupant d'un unique cœur. Aska et Diego étaient restés debout contre le mur, pareils à deux jeunes écureuils timides.

La propriétaire de l'auberge

La propriétaire de l'auberge située au pied du Trebević continua chaque matin de dresser la table pour le petit déjeuner. Il n'y avait rien à manger, pas même du pain sec à donner aux poules, il n'y avait que des tasses ébréchées, des fenêtres sans vitres, mais elle s'obstina, refusant de céder aux soldats des montagnes. Elle s'obstina comme les bêtes, qui restent en vie tant qu'elles tiennent debout. Elle se levait de bonne heure, puisait de l'eau au puits, préparait du café. Elle dressait la table pour ses clients dans l'attente de la paix. Elle scrutait l'aube, le vieux coq en fer sur la porte, harcelé par les coups de feu des soldats saouls qui s'exerçaient au tir. Il était impossible que quiconque se présente – touristes, couples en fuite, commis voyageurs de Dubrovnik ou de Mostar –, pourtant, chaque jour que dura ce maudit Siège, Anela dressa ses tables en bois. Les diables étaient entrés, ils avaient volé tout ce qu'il y avait à voler, il ne restait même plus une cerise. Elle avait ramassé ses tasses, les avait recollées, disposées chaque matin sur les tables nues – colombes lasses, immobiles, dans l'attente de la paix. C'était sa fierté, et sa fierté fut sa résistance.

J'ai pris mon sac à dos et mis mes lunettes de soleil bombées, deux œufs noirs sur mes orbites, je transpire, ma chemise colle à ma peau. Je grimpe en direction de Bistrik. Il y a des traces d'obus sur les murs, en bas, sur les socles de pierre noircie par le smog. De petites maisons ottomanes avec leurs bow-windows en bois sombre. Je m'immobilise. La vieille auberge semble tomber sur moi. Je la reconnais : l'architecte qui l'a dessinée devait être distrait, la base est plus étroite que son sommet et les murs vont s'élargissant au fur et à mesure de leur élévation. Elle évoque ces vieux *nišan* du cimetière musulman.

La femme est à l'arrière de la maison, sur une terrasse en béton où sont entassées des caisses de bière vides en plastique jaune et des bombonnes de gaz. Elle distribue un peu de maïs à deux ou trois poules naines qui se pressent à ses pieds. Je lui dis bonjour. Elle ne me reconnaît pas, mais je ne l'aurais pas reconnue moi non plus : je sais que c'est elle parce que je la cherchais. La première pensée qui me traverse l'esprit est qu'elle est vivante. C'est une vieille dame vêtue de noir aux joues rouges et au sourire édenté. Anela. Elle n'a jamais quitté ces lieux.

Nous bavardons, je lui raconte dans mon maigre bosnien que je suis venue ici avant le Siège. Elle se retourne, indique la forêt : le front se trouvait là, à une centaine de mètres. Le matin, elle sortait ramasser les œufs dans les cages en bois et rentrait, couverte de plumes, les faire cuire. Elle a les mains rouges, un visage gercé de paysanne et toujours la même expression. Elle feint de ne pas comprendre et réfléchit pendant ce temps. Elle est donc vivante. Elle est retournée à la vie, elle aussi… Je l'avais chassée de ma mémoire, personnage latéral, coquille cassée. Et maintenant j'aimerais l'embrasser… Je la tire par le bras dans le monde, je la remets à sa place.

Anela ne se souvient pas de moi, et pourtant elle m'observe. Des yeux comme une terre trop humide qui n'absorbe plus les pleurs.

Elle a vendu l'auberge après la guerre : elle n'avait pas assez d'argent pour rénover les chambres défoncées par les obus. Elle s'exprime par gestes, emploie quelques mots d'allemand et d'italien. À l'exception d'une pièce au rez-de-chaussée, tout appartient désormais à une imprimerie. Des presses occupent la salle des petits déjeuners. Elle plaque les mains sur ses oreilles pour signifier que le bruit l'empêche de dormir. Elle s'était habituée aux obus, dit-elle, mais elle a vieilli et elle n'aime plus trembler toute la journée avec les murs de sa chambre.

« *Strpjenje* – tant pis », commente-t-elle.

On ne l'a pas délogée. Le propriétaire a de l'argent; comme tant d'autres, il s'est enrichi avec le tunnel creusé sous l'aéroport, avec le marché noir, les œufs qui coûtaient un mark à leur entrée à Butmir et dix à leur sortie à Dobrinja, mais il n'est pas méchant, il l'a chargée de garder la maison et il lui verse un petit salaire mensuel.

Je lui demande si elle m'autorise à jeter un coup d'œil aux chambres du premier étage. Elle répond qu'il n'y a rien, qu'elles servent d'entrepôt.

« Je suis venue avec mon mari… »

Elle me dévisage. Un instant, je pense qu'elle m'a reconnue.

« C'était un photographe. »

Elle se souvient, réplique que de nombreux photographes sont passés par ici, met les mains sur les hanches pour mimer la pose.

Elle s'éloigne, ouvre la porte métallique de l'imprimerie, revient avec un trousseau de clefs. Elle m'enjoint de me dépêcher, de ne rien toucher. Elle ne peut pas me suivre car elle n'a pas la force de monter l'escalier. Elle m'écarte d'un geste brusque, ainsi qu'elle chassait les poules un peu plus tôt.

Cette nuit-là, c'est elle, Anela, qui nous accueillit. Elle opina tandis que nous réglions d'avance, prit le passeport de Diego et le lui rendit sans rien enregistrer. Puis elle se tourna vers le tableau où étaient pendues les clefs des quelques chambres.

Main contre le mur. Main. Une de mes mains contre ce vieux mur. Je monte. J'ai plus de cinquante ans et je suis ici sans raison. Le couloir n'a pas changé, il est juste un peu plus sombre, un peu plus noir qu'avant. Je respire, j'avance. Les chambres sont toutes du même côté. L'odeur de la guerre jaillit des murs, de sous les portes. Cette ville regorge sans doute d'endroits de ce genre, d'édifices apparemment rénovés, réhabilités, qui renferment des recoins abandonnés, aussi sinistres que des cadavres sans sépulture. Çà et là, sur la paroi, des taches granuleuses indiquent qu'on a repeint, qu'on a refermé les plaies. Des points de suture. Il fait chaud, une chaleur trouble, asphyxiante, ça sent les égouts. Je pousse une porte : les toilettes au vieux crépi ridé. Il n'y a pas de couvercle, la puanteur vient de leur fond noir. Je compte les chambres, me prépare à entrer dans la nôtre, celle qui donne sur la forêt, sur les oiseaux, les champignons, les écureuils. La plus proche du front. Me voici à l'intérieur, je referme, attends que les battements de mon cœur ralentissent. Il y a là des boîtes poussiéreuses, des rames de papier. La lumière filtre à travers de petites grilles au fond. Je laisse tomber mon sac. Quelques minutes, et puis je m'en irai. Il suffit de penser que c'est un endroit comme un autre, une pièce rongée par le temps, envahie par une poussière lumineuse. Le lavabo est encore fixé au mur, minuscule et seul, pareil aux fonts baptismaux dans une église désaffectée… et puis des tas de classeurs, de la bouillie de papier… invitations pour de vieux mariages, liasses de tracts noircis par l'humidité, froissés par la chaleur. Soudain je distingue des pieds en fer. Le sommier d'un lit. Du lit. Noyé, lui aussi, sous de lourds paquets en papier marron, ficelés et couverts de timbres municipaux, comme du courrier qu'on n'a pas expédié.

Je trébuche, résiste. Diego est assis devant moi sur le matelas nu, brûlé çà et là, taché. Torse nu, il joue de la guitare, ses cheveux longs retenus par un élastique qu'il m'a volé. Il a les pieds ensanglantés, les pieds d'un garçon qui a marché sur du verre. Il ne me regarde pas, il chante... « *Spring is here again... Tender age in bloom... Nevermind...* » Aska se tient à côté de lui, sur ce matelas incendié, elle tremble. Les vitres sont cassées, le froid pénètre en rafales. J'aimerais leur jeter une veste, une couverture... quelque chose. Les couvrir. Je souris : ils n'ont pas froid parce qu'ils sont morts. Cela fait des années qu'ils sont immobiles sur ce vieux lit, prisonniers de cette chambre.

Ce soir-là, Diego et moi plaisantions, enlacés. Nous grimpâmes dans les ruelles, laissant derrière nous la fontaine des pèlerins, dont les bouches de fer nous saluèrent. Nous étions désinvoltes, quoique terrifiés. Nous nous immobilisâmes, nous embrassâmes, mêlâmes nos langues. Le silence régnait, comme si les détonations étaient un jeu lointain, terminé, d'enfants fatigués, couchés.

Je lui donnai de dernières indications, je l'embrassai encore.

« Nous sommes fous », dit-il.

Nous avions retrouvé notre jeunesse... et cette promenade nocturne ne faisait que reproduire notre première promenade sous la neige, le jour de notre rencontre. Nous étions des chats errants, la vie nous ramenait en arrière, nous étions des corps qui osaient. Nous emmerdions les bonnes manières, les regrets. Voici la porte, voici le peuplier oblique, aussi seul qu'un vieillard, voici le coq en fer et l'inscription GOSTIONICA, « auberge ». Nous frappâmes. Anela nous ouvrit, se plaignit de l'heure tardive : elle se lève à 5 heures du matin, elle allait justement se coucher. Elle nous invita à entrer en souriant. C'était une soirée quelconque, avant les tasses, avant la folie blanche. Elle nous tendit les clefs de la chambre et de la porte qui donnait sur la rue, elle nous pria d'être discrets.

Nous ressortîmes et nous assîmes sur une marche de la maison voisine pour attendre Aska. La lune était maigre, une moustache blanche dans le ciel noir. Les branches du peuplier vibraient dans le silence. Diego me soufflait dessus, se frottait contre moi. La brebis ne se montrait pas.

« Que faisons-nous ?

— Patientons encore un peu. »

Il ne faisait pas froid, c'était une belle soirée d'avril. Si nous nous en étions allés maintenant, rien de ce qui était censé se produire ne serait arrivé... mais la vie est comme l'eau, elle disparaît, se noie, ressurgit où elle peut, où elle doit.

Je caressais les cheveux de Diego, ses boucles douces tout juste lavées. Il avait posé la tête sur mes jambes. Au fil du temps, notre attente vibrante devenait incertaine. Nous scrutions la brume nacrée qui avançait dans le noir.

La fan de Nirvana s'était moquée de nous, son courage était factice, comme ses entailles, sa ceinture cloutée de guerrière du futur. Elle nous avait volé un peu d'argent et s'était volatilisée. L'album *Nervermind* me revint à l'esprit : elle le conservait près de son lit telle une relique, le regardait chaque nuit avant de s'endormir. On y voyait un nouveau-né aux bras écartés poursuivant dans l'eau bleue un billet de un dollar. Soudain une détonation retentit, puis le silence s'agita. Nous tournâmes les yeux vers le Trebević, vers les sapinières immobiles. En bas, une mousse d'amandes, une poussière blanche dévorait les mètres.

« Allons-nous-en. »

Oui, mieux valait abandonner cette nuit et cette ville qui commençait à faire mal. Nous nous consolerions sur la côte, dans ces îles paradisiaques que les touristes avaient désertées…

Mais Aska vint. Nous entendîmes le moteur de sa moto s'éteindre, et voilà que sa silhouette avançait dans le brouillard qui engloutissait ses pas. Elle se figea devant la porte rouge, sa trompette en bandoulière, enfermée dans son écrin noir.

J'avais déjà vu cette scène nocturne, ce cadre de brume qui rongeait les contours de son corps, comme sur les images des saints. C'était notre Madone, mèches rousses en désordre, collants troués, souliers de guerrière.

Nous lui adressâmes un sifflement, un geste de la main. Elle répondit *ciaociao* en italien. Elle adorait dire *ciaociao*. Elle prononça ce mot d'une manière si gutturale qu'il évoquait le cri d'un dindon sauvage.

« Je suis en retard.

— Nous allions repartir.

— Il y avait du désordre… »

C'était vrai, il y avait du désordre dans la rue, les gens s'y attardaient.

Elle ne traversa pas, elle attendit Diego à la même place. D'une main, elle se caressait la jambe. Un geste lent et peut-être un peu triste… On aurait dit qu'elle caressait un autre corps, le dos d'un chien, la tête d'un enfant.

J'aurais pu entrer, patienter en bas. M'endormir sur le petit canapé près de la salle du petit déjeuner. Mais la honte me saisit soudain.

Diego et moi nous séparâmes en toute hâte, bondissant brusquement sur nos pieds. Non, je n'avais pas envie de monter la garde comme un chien… Je n'aurais pas supporté cette souffrance, cette pornographie. Nous nous étreignîmes. Quand Diego se retourna, je vis que ses yeux étaient emplis de peur et d'excitation.

Aska restait de son côté de la rue et moi du mien. La brume s'épaississait, effaçant tout.

J'affrontai le chemin du retour. Je portais un cardigan que l'humidité avait un peu détendu, et mes mains déformaient ses poches. Je n'avais parcouru que quelques pas et j'étais déjà la proie des regrets. La nuit amenait des fantômes. J'entendais la petite chambre parfumée se remplir de halètements. J'avais la sensation d'être diminuée, perdue… un mécontentement amer montait en moi, comme dans mon enfance quand un différend m'éloignait de mes camarades, me blessant, me vexant mortellement. Voilà que cette fillette hargneuse réapparaissait, et je la serrais contre moi… elle était mon moi le plus vrai, le plus malheureux et le plus refoulé, la gemme de mon incapacité.

Et de nouveau, je pensai à ma mère… *Gemma, Gemma.*

Les écureuils entraient par les fenêtres, voilà pourquoi elles étaient grillagées… Je me demandais si un écureuil observait ce qui se passait dans cette chambre à ma place. Je voyais les lèvres de Diego se poser sur les yeux d'Aska, sur sa bouche nue…

Ils sont montés main dans la main, gênés. Ils ont un peu bavardé, les jambes croisées sur le lit, et se sont mis à jouer de la musique tout doucement, pour ne réveiller personne. Puis Diego a préparé un joint : il a envie de s'étourdir un peu. Ils se regardent de leurs yeux liquoreux, à la faible lumière qui filtre à travers la fenêtre, ils rient… Diego caresse la main d'Aska sur le lit, Aska approche sa tête lourde, appuie le front contre le sien. Leurs lèvres se touchent, de la chair molle qui s'ouvre peu à peu… Maintenant l'odeur de leur peau, de leur cou, de leurs oreilles les enveloppe… l'odeur de leurs histoires respectives, de leur enfance et du reste, de leurs petits chagrins, de la poussière. De la mort si proche. Diego retrousse la robe de chenille noire, de concertiste, aidé par Aska qui lève les bras. Il glisse la tête dans une aisselle… Les seins de la trompettiste se collent à son buste osseux, à ses petits tétons d'adolescent de Gênes. Ils n'ont pas peur. À présent, ils entendent les battements de leur cœur, des battements qui errent dans cet univers rouge, souterrain. Grâce au joint, tout semble profond et proche. Se pénétrer équivaut à entrer dans la vie, comme un homme et une femme, comme un enfant qui passe et traverse le sépulcre de l'amour. L'obscurité est phosphorescente. Les pupilles d'Aska se dilatent dans celles de Diego… Elle est une planète lointaine qui grossit, lui tombe dessus. Ils se tombent dessus plusieurs fois, planètes qui s'obscurcissent, qui s'engloutissent. La brebis gémit, perdue dans le bois, elle danse pour Diego, ce petit loup sans crocs qui lui lèche la nuque et saigne…

Je traversai le pont Latin et m'assis près de la fontaine des pèlerins. Gojko posa la main sur mon épaule.

« Qu'est-ce que tu fiches ici ?

— Je suis descendu jeter les ordures. »

Il se débarrassa de son sac.

« Je t'attendais. Je ne pouvais pas te laisser seule. »

Je pleurai contre son dos, je remerciai la nuit de ce corps doux et grand.

« Ils sont en train de baiser ?

— Oui. »

Nous parlâmes de tout et de rien. Je lui demandai ce qu'il avait fait. Il avait été à la radio puis au Parlement. Il tira de sa poche un bout de papier, voulut me lire un poème. Je lui dis non : j'étais lasse de la poésie. Sans se vexer, il brûla le papier avec son briquet, alluma une cigarette. J'en pris une, moi aussi.

Nous regardâmes le bout de papier se consumer dans la nuit, danser, moribond.

« Dommage, il était beau… Adieu, mots perdus, incendiés par un cœur cruel… »

L'aube se glissait dans nos pas. On distinguait maintenant les couleurs des voitures immobiles, du lierre agrippé au mur, au pied duquel nous nous étions arrêtés. Gojko se rapprocha. Je fondis de nouveau en larmes, la bouche tremblante. Une pensée me traversa l'esprit : c'était la dernière étincelle de vie, nous ne nous reverrions plus, il allait se produire quelque chose. Les yeux de Gojko étaient sérieux et paisibles : il n'avait plus envie de plaisanter, de railler la vie à coups de cris, à coups de rires. Il me souffla dessus.

« Je pue ?

— Non, tu sens bon. »

Nous nous embrassâmes. Je sentis ses dents, sa langue râpeuse de chat… je sentis son poids, son halètement inerte, je sentis la liqueur de son cœur, de tous les poèmes qu'il avait écrits et que personne ne lirait.

« Allons chez moi… »

Il baissa la tête, la releva… Ses petits yeux se dilatèrent. C'était la bonne nuit.

« Allons faire l'amour une fois avant de mourir… »

Cela dura un instant. Un instant qui se consuma aussi vite que le bout de papier dans le noir.

Nous formions un couple paresseux, pathétique… les satellites stupides de deux jeunes planètes. Je lui donnai une petite tape sur la joue.

« Nous ne mourrons pas, Gojko. »

Au dodo, au dodo. Tels un frère et une sœur imbéciles.

Le lit est là, devant moi, ou du moins ce qu'il en reste : un sommier en fer aux pieds rouillés par la pluie. Comme il est trop large pour passer par la porte, on l'a recouvert d'objets, de rebuts d'imprimerie. Il m'a attendue, saison après saison, il a survécu à la guerre, a flotté dans mes rêves avec son grincement incessant. Pareil à une balancelle dans un jardin abandonné, qui fait son métier, à chaque coup de vent.

Je pousse quelques paquets : ils sont lourds et s'écrasent au sol comme des briques en soulevant de la poussière. Mais je suis maigre, il me suffit de peu, d'une fine bande de ce grillage en fer. Je m'allonge, remonte les genoux.

Pietro est rentré, il traîne les pieds dans la chambre, voûté, promenant ses pas lourds et une odeur de chlore. Il dit que son dos le brûle. Gojko lui est tombé dessus et il pesait une tonne, Dinka l'a griffé : elle a les ongles trop longs, est trop peureuse.

Le sol tremble sous ses pas et je tremble moi aussi, comme une vieille vitre dans un châssis.

Je suis recroquevillée sur le lit, les yeux ouverts dans la pénombre. Je lui lance : « Fais moins de bruit, moins de bruit… »

Il ouvre les volets, s'écrie : « C'est quoi, tout ce noir ? »

La lumière m'assaille.

« Qu'est-ce que t'as fait, m'man ?

— Rien… j'ai marché.

— Tu n'as même pas ôté tes chaussures…

— Laisse-moi tranquille.

— Tu as été tranquille toute la journée. Qu'est-ce que tu as ?

— Je ne me sens pas bien, j'ai envie de me reposer un peu. »

Il s'exclame : « Fait chier. »

Je passe une main sur mes paupières : je ne veux pas qu'il se rende compte que j'ai pleuré, mais il m'épie de ses yeux de lynx, si loin des miens.

Il continue de se plaindre, maintenant il marmonne que ses copains font de supervoyages au mois d'août, qu'ils vont en Amérique voir les cascades, qu'ils vont à Dubaï voir un court de tennis suspendu dans le ciel où Federer a joué. Et nous, nous avons échoué dans cette ville de merde.

Je garde le silence.

Je voudrais rester blottie dans le noir. Je voudrais Diego, ses bras qui me serraient doucement, comme si j'étais en verre. Mais je dois subir sa grosse voix laide.

Il tourne sur lui-même, dans les quelques mètres carrés de chambre, me suit, me harcèle. Il crie qu'il a le dos brûlé et que je ne l'aide pas, que je reste plantée là, sans bouger.

Il est habitué à ce que je réponde au moindre de ses besoins en frétillant. Il a ôté son tee-shirt, il se promène comme un singe en cage.

« J'ai mal, ça brûle…

— Prends une douche.

— Tu n'as pas de crème ?

— Regarde dans la salle de bains. »

Je l'entends tout jeter, retourner mon sac. Il revient avec un tube.

« C'est ça ? »

J'acquiesce. Il lance le tube sur le lit.

« Tu m'en mets ?

— Tu peux le faire toi-même, Pietro. »

Il pivote, irrité. « Pourquoi ?!

— Parce que je ne me sens pas bien, je te l'ai déjà dit. »

Il grimpe sur le rebord de la fenêtre, presse les touches de son téléphone mobile.

« Allô, papa. »

Laisse-moi en paix, Pietro. J'ai fait la cuisine pour toi, plié tes vêtements, passé des heures penchée sur tes devoirs. Tu as toute la vie devant toi… Moi, je n'ai que ces jambes asséchées, ces os vides comme des roseaux. Aujourd'hui, je suis aussi pathétique que cette ville, je suis un chat malade qui rase les murs.

Il grommelle : tout le dégoûte, déclare-t-il, et je suis abrutie.

« Voilà, je te la passe… »

Je n'ai pas envie de parler à Giuliano, je ne veux rien dire, je ne veux pas bouger.

Pietro jette l'appareil sur le lit. « Tiens, c'est papa. »

Je prononce quelques mots d'une voix d'outre-tombe : « Je te rappelle plus tard. »

J'ai peut-être de la fièvre.

Pietro abandonne la fenêtre, s'approche.

« Pourquoi tu ne lui as pas parlé ?
— Je le rappellerai plus tard. »
Il m'assène un coup sur le dos, sur les jambes.
« Qu'est-ce que tu fais ?
— Tu es couverte de poussière, contre quoi t'es-tu appuyée ? »
Je ramène ma jupe contre moi, comme un chat malade avec sa queue. C'est vrai, je suis sale et en nage.
« Laisse-moi tranquille. »
Il reprend son téléphone… tourne autour du lit.
« Pourquoi tu… ? pourquoi tu… ? »
Il commence sans savoir par où commencer, comme d'habitude. Sa rage a grossi, c'est une vague qui obscurcit son regard.
« Pour qui tu te prends ?! »
Je devrais m'emporter, mais je n'en ai pas la force, je suis brisée. Je pose les yeux sur lui. Maintenant, il est laid.
« Pour qui tu te prends ?! Tu as toujours eu honte de papa… »
Il donne un coup de pied dans une chaise, fait tomber les vêtements qui étaient posés dessus.
« Parce que papa a du ventre, parce qu'il porte l'uniforme..
— Qu'est-ce que tu racontes, Pietro ?
— … Tu n'es jamais allée aux célébrations des carabiniers ! Tu ne te mêles pas à leurs femmes… et la commémoration de Salvo D'Acquisto [1] ! C'est moi qui y suis allé, pas toi ! Toi, tu étais occupée !
— Mais qu'est-ce que tu racontes ? Quel est le rapport ? »
À présent, j'ai peur. Il faut que je me lève, que je lui mette de la crème, que je m'occupe de lui. Un peu de fraîcheur sur sa rage.
« Tu es une égoïste ! Ce n'est pas pour moi que tu es revenue ici ! C'est pour ce putain de Diego ! »
Il continue de crier. Je ne l'écoute pas. Ses yeux bleus sont rouges, souillés de rage. Je lui jette son tee-shirt à la tête.
« Va-t'en, misérable ! »
Il se retourne. On dirait qu'il va me sauter dessus, me mordre. Il ressemble à un puma. Un jeune puma, toutes dents dehors. Il pointe une patte vers moi.
« Arrête de te donner des airs, maman ! Tu n'es personne ! »
Il quitte la pièce, avec son dos brûlé.
Il va sûrement se planter au cybercafé, dans cette grotte remplie d'écrans bleus. Il va chatter avec ses copains, avec cette armée d'homi-

1. Jeune carabinier qui se sacrifia en 1943 pour éviter que des villageois soient tués par les Allemands.

nidés pour qui il m'a reniée au cours de cette dernière année. Il reviendra, halluciné, il me regardera ainsi qu'on regarde une parente éloignée.

C'est vrai, je ne suis personne.

Je me passe de l'eau sur le visage dans la salle de bains. Sans cesser de pleurer.

Je grimpe sur le rebord de la fenêtre. J'appelle Giuliano.

« Pardon, pardon…

— De quoi ?

— Je n'ai pas assisté à la commémoration de Salvo D'Acquisto… »

Il éclate de rire, mais il est ému : c'est une bêtise, et les bêtises le touchent toujours un peu. Pour le reste, il est fort. Il a fait le Liban, il a fait la Bosnie.

Je lui parle de Pietro, de sa rage. Il répond : « Pietro est jaloux, c'est normal… »

Il soupire. Maintenant sa voix est belle, aussi scintillante que l'emblème de la flamme de sa casquette.

« Tu es entourée d'hommes jaloux. »

Je vais chercher Pietro. J'entre dans le cybercafé. Adolescents penchés sur les écrans, fumée de cigarettes. Je fouille la pièce du regard, me dirige vers la rue Titova et, tout en marchant, me vide. J'ai toujours peur de le perdre. Mille fois j'ai attendu, collée à la fenêtre de la cuisine, le retour de sa Mobylette, de son casque tronqué. Je n'étais plus moi, j'étais comme maintenant, une silhouette en papier dans une feuille sombre qu'on doit découper. Giuliano est plus paisible : « Tu es trop anxieuse, dit-il, tu te gâches la vie. » C'est vrai. Toutes les mères ont peur. Mais mon angoisse à moi est différente, plus profonde, plus triste.

Je marche sans vraiment me poser, dans ce Sarajevo où le passé crie et pèse autant qu'une boîte de conserve au pied.

Enfin je le trouve, assis sur la fontaine des pèlerins, parmi les pigeons, les badauds de la nuit.

La fontaine même, le Sebilj, où Diego et moi nous arrêtâmes, pèlerins fatigués par un voyage qui ne faisait pourtant que commencer. Diego plongea les mains dans l'eau… *D'après une légende, si l'on boit une gorgée de cette eau, on reviendra à Sarajevo au moins une fois dans son existence.*

« Pietro… »

Je ne le touche pas, je le poursuis.

Il déambule à côté de moi, tête basse. Il a quelque chose à la main, un paquet rouge qu'il fourre dans sa poche.

« Qu'est-ce que c'est ? »

Il ne répond pas, il fixe ses pieds comme un chercheur d'or. Je le renifle… Un instant, je crains qu'il ne me cache quelque chose dans ce papier rouge. Il a un tas d'amis qui fument des joints, qui s'abrutissent dès le petit matin. Mais je ne sens aucune odeur.

Je m'assieds sur le lit, dévisse le bouchon de la crème. Il s'approche, son tee-shirt sur la tête, le dos courbé. Sa peau brûlée absorbe la fraîcheur, mes mains étalent, se déplacent sur ses jeunes ailes. Il ne s'excuse pas. Le temps des « Pardon, maman » est terminé, mais il respire tout doucement, tel un agneau qui a retrouvé la paix.

Cela faisait plusieurs jours qu'on parlait d'une manifestation-fleuve contre la guerre, organisée par les forces de paix. Sarajevo accueillait de nombreux manifestants venus de l'extérieur, surtout des jeunes, comme en témoignait le parking de la gare, rempli de cars. Ils déambulaient depuis les premières lueurs du jour en martelant des slogans, en mangeant des sandwiches, semblables à des supporters de football en déplacement. Réveillée par les cris de la rue, je me penchai à la fenêtre de ma chambre et découvris le cortège en bas. Puis je me rendis chez Velida, avec qui je savourai des coings et du café, bercée par le tumulte de cette marée humaine à l'énergie contagieuse.

Nous gagnâmes ensuite la passerelle et y passâmes le reste de la journée, comme deux cancanières. De temps en temps, Velida reconnaissait un ami de l'université et agitait le bras. C'était une manifestation de paix, comme il y en avait partout dans le monde : un sillage tranquille d'étudiants, de femmes et de pères de famille portant des enfants sur le dos, de mineurs en tenue de travail. Une longue banderole flottait au-dessus des corps, frappée de l'inscription *MI SMO ZA MIR* (« Nous sommes pour la paix »).

Je n'avais pas vu pareille foule depuis l'ouverture des Jeux olympiques au stade Koševo… les images de l'athlète qui allumait la flamme, des majorettes et du stupide Vučko, le louveteau porte-bonheur de Sarajevo 84, me revinrent à l'esprit, lointaines. Je pensai qu'il y avait maintenant un autre loup, un loup qui, la nuit, tirait des coups de feu contre les étoiles, comme s'il voulait toutes les éteindre.

Plus tard, alors que le cortège se dirigeait vers le Parlement, j'accompagnai Velida à l'épicerie. Avec ses rayons à moitié vides, la boutique évoquait un étrange désert. Une femme traînait un Caddie bourré de conserves. Velida secouait sa petite tête, marchant du pas hautain de certains oiseaux.

« Je me demande pourquoi les gens raflent tout... Ils sont devenus fous. »

Je lui proposai de faire des provisions : il y avait peut-être des problèmes, une grève des fournisseurs.

Mais elle acheta très peu de choses, moins que d'habitude. Elle demanda qu'on lui coupe un petit bout de fromage dans une meule entière, le nécessaire pour le dîner.

« Nous n'avons jamais fait de réserves ! Nous n'en ferons jamais ! Ceux qui veulent nous y obliger se trompent ! »

Le jour déclinait. Les gens rasaient les murs, désireux de rentrer chez eux au plus vite. Des franges isolées de manifestants couraient sous nos fenêtres comme s'ils étaient poursuivis. Un moment, je songeai aux manifestations d'étudiants des années soixante-dix, aux slogans, aux bagarres, aux fuites subites.

La nuit tomba brusquement. Le soleil disparut derrière les montagnes et une lune filiforme surgit parmi des nuages épais, lointains, tandis que des cris transperçaient la pénombre. Je me chaussai et boutonnai ma veste : Diego n'était pas rentré, je voulais aller le chercher, j'étais incapable de rester là, à voir s'étendre des ombres sinistres sur son absence.

Dans l'avenue, les réverbères étaient éteints. Un policier m'arrêta au bout de quelques mètres et n'écouta même pas mes protestations. Après avoir scruté l'obscurité de ses yeux écarquillés, il leva le bras et s'écria : « *Natrag ! Natrag !* – Arrière ! Arrière ! » Ah, si vraiment j'avais pu retourner en arrière !

Je demandai à Velida de me prêter son chat pour la nuit : je voulais dormir avec un être vivant à mes côtés. J'enfilai un pull-over de Diego et me couchai. À l'aube, des tirs retentirent. Différents des autres, plus proches, plus nerveux. J'appris en un instant à distinguer les coups d'avertissement, dans le ciel, de ceux qui se fichaient dans la chair, pour tuer. Percevant ces sifflements mauvais, le chat s'était levé, il tendait le cou, et ses oreilles vibraient comme de petits radars. Il se cacha sous le lit et se mit à gémir... des miaulements profonds, disgracieux, semblables à des cris humains.

Nous évitâmes les fenêtres. Velida et Jovan avaient déjà vécu une guerre ; pas moi, mais je savais d'instinct comment me conduire. Nous fermâmes les volets.

Pendant toute la journée, nous regardâmes à la télévision les Sarajéviens entrés au Parlement. La radio transmettait en boucle une chanson : *Sarajevo, mon amour*.

Gojko se présenta dans la soirée, les cheveux dressés comme le pelage du chat et un verre de lunettes cassé. Il avait passé deux jours au Parlement avec une foule inhumaine, dans une atmosphère irréelle d'enthousiasme, parce que la Communauté européenne avait reconnu la Bosnie-Herzégovine, et de prostration à cause des menaces de guerre. On avait hué le président Izetbegović et ovationné les hommes des unités spéciales.

Il me raconta tout : des tirs étaient partis d'un des derniers étages de l'Holiday Inn, où vivaient les faucons du Parti démocrate serbe. Aussitôt, les gens qui étaient réunis devant le Parlement s'étaient jetés au sol ou s'étaient dispersés comme un troupeau effrayé. Nombre d'entre eux s'étaient précipités vers l'autre rive de la Miljacka, mais on y tirait aussi… peut-être du cimetière juif… c'est ce qu'affirmaient les rumeurs de la rue. Les milices serbes avaient occupé le quartier de Grbavica.

Puis la télévision annonça la nouvelle : une jeune fille avait été tuée sur le pont Vrbanja alors qu'elle tentait de fuir. Je pensai à Aska… Je me demandai si son visage aussi pâle que de la cire renfermait un présage.

Maintenant le présentateur de la chaîne Jutel déclarait qu'il y avait deux mortes. Des étudiantes qui manifestaient pour la paix. De jeunes lis.

Gojko alluma une cigarette et la laissa se consumer entre ses doigts puis tomber au sol. Il se cacha le visage et se mit à sangloter sans retenue : des pleurs terribles, désespérés, pareils aux glapissements d'une bête. On aurait dit qu'il s'efforçait de soutenir, de ses mains collées à ses joues, les décombres de l'avenir tragique qui l'avait rejoint. Cette scène marqua, pour moi, le début de la guerre, je le sais maintenant.

Le fleuve de larmes s'apaisa, Gojko se ressaisit et leva vers moi un visage gris de noyé. Il sourit. Attentionné comme toujours, il me lança : « Allons chercher le photographe… »

Il fila tous phares éteints, ses lunettes cassées sur le nez. La ville était hérissée de barricades, montées en l'espace d'une nuit. Nous traversâmes la Miljacka, mais ne pûmes approcher le Trebević. Des hommes cagoulés surveillaient l'obscurité. La terreur me paralysa les jambes, se ficha dans mon dos comme un grand clou. Une rafale nous frappa, une grêlée qui s'enfonça dans le flanc de la voiture. Nous rebroussâmes chemin.

Je ne me rappelle pas bien l'instant où cela se produisit. Il est possible que personne ne s'en souvienne. À l'exception de Sebina : elle regardait les *Simpson* à la télé, cette famille de rigolos, déclara-t-elle, et la transmission s'interrompit brusquement. Elle se rua à la cuisine. Sa mère corrigeait des devoirs sur la table où elles mangeaient.

« Maman, que se passe-t-il ? »

Mirna ôta ses lunettes et dit à sa fille, immobile sur le pas de la porte : « Du calme. »

Des grondements retentissaient dans les montagnes. C'était la vie qui s'effaçait devant la folie. Sans le savoir encore, elles se serrèrent l'une contre l'autre. Mirna tâtait les feuilles des devoirs à corriger : ils étaient déjà loin, comme ces petites vies qui les avaient rédigés, comme la table, comme elles deux. Cela ne dura pas longtemps. Les voix des Simpson s'élevèrent de nouveau du poste, ces voix aiguës des dessins animés, les voix de drôles de personnages.

Non, je ne me rappelle pas exactement le moment où le fil de la normalité se brisa, le moment où les chiens coururent se cacher..

Il y avait du linge étendu. C'était le printemps, la saison du grand nettoyage, des fenêtres ouvertes. De temps en temps, un corbeau croassait dans les rues, sans attirer l'attention. Sarajevo était une ville pacifique où personne ne s'interrogeait particulièrement sur l'ethnie de ses voisins : les habitants s'aimaient ou se détestaient en vertu de leurs sympathies, comme dans n'importe quel endroit au monde.

Les rues étaient bondées. De nombreux bras brandissaient l'inscription *WIR SIND WALTER* – « Nous sommes Walter »... Toute la ville se rassemblait derrière ce seul cœur héroïque. La tête renversée en arrière, les gens scrutaient les montagnes, comme s'ils assistaient à des acrobaties aériennes. Qui se cachait là-bas ?

On avait commencé à tirer sur les maisons. Les premiers obus tombèrent au loin. Leurs grondements semblaient enregistrés, diffusés par la radio.

Velida demanda : « Qui peut avoir intérêt à nous tuer ? »

L'obus éclata si près que je crus qu'il pénétrait dans mon ventre, me déchirait. On bombardait Baščaršija. Nous nous dévisageâmes un moment. La petite figure de Velida était figée, hagarde, on aurait dit celle d'une défunte.

Maintenant, les tasses tremblaient, les livres tremblaient. Les merles s'étaient cachés sous un tas de ouate.

Velida s'écria : « Jovan ! Jovan !

— Je suis là. »

Le vieux biologiste n'avait pas quitté son fauteuil, il suçait une cigarette, les doigts et les cheveux jaunis. Des objets tombèrent des étagères. Les vitres étaient encore intactes, elles vibraient autant que mes dents. Soudain, je pressai une main sur mon menton pour étouffer ce bruit de piège et ramassai ce qu'il y avait à ramasser. Je m'enfermai dans ma chambre, m'agrippai à un oreiller. Je n'arrivais pas à faire taire mes dents, j'avais très mal au ventre… le mal des fausses couches. Une main qui saisit et rafle tout.

Diego revint trois jours plus tard. Il entra dans la chambre, s'insinuant dans l'obscurité en silence, comme un animal. Nous nous étreignîmes longuement. Il me parut très lourd. Il avait couru, il était en nage, son cou mouilla ma joue.

« Mon amour. »

Les mains sur les oreilles, il balançait un peu la tête, comme un remous : le souffle d'une déflagration d'obus continuait de vivre en lui, déchirant. Il s'assit sur le lit, ôta ses bottes et les jeta au loin avec le peu de forces qui lui restait, puis s'effondra. Je le laissai dormir, me collant à son dos pour respirer son odeur… son odeur habituelle, juste un peu plus forte, comme lorsqu'il restait alité, victime de la grippe, imprégnant les draps et son pyjama de ces effluves d'homme-chien. Je fermai les yeux. Il était rentré. Il respirait péniblement. On aurait dit qu'il avait trop de souffle dans le nez.

À l'aube, je le surpris éveillé. Il rangeait ses rouleaux, assis sur le lit.

« Et Aska ?

— Quoi ? »

Il semblait l'avoir oubliée. Il porta une nouvelle fois les mains à ses oreilles, secoua la tête comme il aurait secoué une tirelire

« Il ne s'est rien passé… »

Il ajouta avec un sourire triste : « Je suis désolé, c'était un cas de force majeure. »

Ils s'étaient retrouvés prisonniers de l'auberge avec les autres clients et, comme nous autres à Sarajevo, avaient passé le temps cloués devant le téléviseur dans la salle des petits déjeuners, jonchée des débris de tasses, les obusiers étant placés à quelques centaines de mètres de là.

Il branlait du chef, agacé par le bruit à l'intérieur, et déclarait, incrédule : « C'est fou… tout est fou… »

Je le serrai contre moi. Nous nous rappropriâmes les heures terribles que nous avions vécues éloignés l'un de l'autre.

« On dit que ça ne durera pas, que ça finira tout de suite.. »

Plus tard, je me signai : il n'y avait pas eu d'accouplement, et je me sentais libérée. Des projectiles rouges s'abattaient dans la nuit. Ce désir incarné comme un ongle mauvais m'abandonnait définitivement. Au cours des derniers jours, j'avais craint le pire, imaginé Diego et Aska morts, ensevelis sous les décombres de ce lit où je les avais poussés.

Je saisis la main de Diego et la posai sur ma poitrine afin qu'il entende les battements de mon cœur. C'était ma façon de lui demander pardon, après le risque absurde que nous avions couru.

Ç'avait été une leçon, la plus dure de mon existence.

Il écarta les doigts, les appuya. Il avait le visage égratigné, les cheveux couverts de poussière.

« Tu as pris des photos ?

— Non. »

Il alla à la salle de bains, remplit la baignoire, s'y plongea entièrement. Je m'approchai. Il avait les yeux ouverts, et nous nous regardâmes à travers l'eau, occupants de deux éléments différents.

« Tu m'aimes encore ? »

Il remonta à la surface, cracha un peu.

« Toujours et pour toujours. »

Nous voulions partir immédiatement, et pourtant nous laissâmes les jours passer. Gojko était allé à l'aéroport : les gens assaillaient les avions immobiles sur la piste de Butmir, et les derniers vols qui quittaient la ville évoquaient des chargements de bétail, avec leurs passagers amassés dans le couloir, dans les toilettes.

Nous restâmes devant le téléviseur. Le président Izetbegović rassurait la population : la gucrrc cn Croatic nc s'étcndrait pas à la Bosnic. Il invitait les gens à sortir sans crainte dans la rue.

En réalité, la ville était encerclée Sur chaque hauteur, des canons, des mortiers, des obusiers, des kalachnikovs, des mitraillettes, des fusils de précision.

L'*Armija*, la glorieuse armée yougoslave censée protéger la ville, avait vidé les casernes. Elle avait emporté les armes les unes après les autres et les avait placées sur les collines environnantes. Pour la défense, avait-on prétendu. Et il était trop tard pour se demander pourquoi les armes de Sarajevo étaient pointées contre Sarajevo.

Gojko continuait d'espérer.

« Cela ne durera pas… c'est l'affaire de quelques jours. Le monde entier nous regarde… »

Il emmenait des troupes de journalistes filmer les cratères que les obus avaient creusés et la population civile inerte, désarmée.

« L'important, c'est de montrer ce qui se passe. »

Les *kafane* regorgeaient encore de jeunes gens. Ils donnaient leur avis en buvant de la bière, fumaient des cigarettes et parlaient tous en même temps. Leurs voix libres se dévidaient, certaines d'être entendues, d'enjamber les montagnes, de se déverser, fortes, incisives, sur toutes les tables de l'Europe.

Ils croyaient encore que le monde avait des oreilles. Ce n'était pas le cas du vieux Jovan, juif serbe de Sarajevo, qui ôtait ses chaussures quand il entrait chez lui, comme les musulmans, par respect pour sa femme. Il avait cessé de lire les journaux, d'écouter les actualités. Des heures durant, il contemplait ses pieds, enfermés dans des pantoufles de laine.

Nous étions en mai. Le mois des primevères et des pissenlits, des hirondelles sur les rives de la Miljacka.

Tout le monde pensait qu'il ne s'agissait que d'une attaque, d'un accès de nervosité qui passerait rapidement. Comme la terre qui se tasse après un séisme.

Pendant ce temps, les officiers de l'ONU quittaient la maison de repos de Sarajevo et s'installaient à Stojčevac.

Pendant ce temps, le bureau de poste et la caserne du maréchal Tito brûlaient.

Pendant ce temps, on découvrait que des *snipers* étaient postés partout en ville. La vivisection quotidienne avait commencé : de leurs lunettes sophistiquées, ils poursuivaient les gens, dont ils pouvaient distinguer jusqu'à la couleur des yeux, jusqu'à la sueur sous le nez.

Qui étaient ces montagnards ? *Les snipers, les sauvages*. Venaient-ils de l'étranger ou avaient-ils surgi de l'intérieur de la ville ? Ces jeunes gens avaient rampé jusqu'au sommet des montagnes pour s'unir au démon, tuer leurs camarades de cours à l'université, leurs amis de toujours.

Le dos encore droit, Velida se cachait les yeux.

« Ce n'est pas vrai, ça ne peut pas être vrai. »

Nous étions restés pour tenir compagnie à ces deux vieillards. Le soir, nous jouions aux cartes sur une table caparaçonnée de drap vert. Velida distribuait de l'eau-de-vie de myrtilles et des gâteaux au miel, tandis que retentissait le bruit sourd des coups de feu qui s'éloignaient dans la nuit. Des obus pleuvaient à Dobrinja, à Vojničko Polje. À Mojmilo… Je pensais à Aska, qui vivait à Mojmilo justement, dans son espèce de camping-car en béton, l'ancien village olympique.

« L'accouplement ne me pose aucun problème... »

J'avais l'impression que des siècles s'étaient écoulés depuis.

Je me demandais si un destin se nichait déjà dans ses yeux voyageurs, dans ses paupières qui battaient comme des ailes. Chaque jour, je scrutais la liste des morts dans *Oslobodjenje* et craignais de découvrir son nom.

Un jour, Diego revint après avoir photographié son premier mort, une femme à côté d'un sac en plastique d'où s'échappaient des pommes.

Il arracha la courroie de son cou, écarta son Leica comme s'il brûlait, le jeta sur le lit avec rage : on aurait dit qu'il en voulait à cet œil mécanique qui l'obligeait à regarder... à regarder ce corps que l'image fixerait ainsi, sans sépulture. Je crus voir trembler ses mains alors qu'il ôtait les rouleaux, les déposait dans l'obscurité d'une boîte en fer-blanc.

« J'ai l'impression d'être un croque-mort, un type qui enterre. »

Notre *kafana* n'existait plus. Pulvérisée par un obus. Il n'en restait qu'un cratère spectral, du métal entortillé, futuriste. Par chance, aucun de nos amis ne s'y trouvait : l'explosion avait eu lieu au petit matin, et seul un pauvre employé albanais, qui dormait à l'arrière, en avait fait les frais.

Les vitres de nos fenêtres se brisèrent aussi. Comme tout le monde, nous clouâmes des bâches aux châssis. La lumière filtrait à grand-peine à travers ces écrans opaques. La nuit tombait vite. Il n'y avait plus d'électricité. Velida et Jovan occupaient à présent la partie la plus reculée de leur appartement... Le soir, ils regardaient la flamme de leur bougie se noyer dans la cire. Ils n'avaient pas l'intention de quitter leur ville. Ni de descendre dans les caves, comme bon nombre de leurs concitoyens. « Nous allons vers l'été, disait Velida. L'été, on n'a pas besoin de chauffage, on peut vivre comme au camping. »

Elle avait beaucoup campé avec Jovan dans les parcs naturels de Bosnie, sous les cascades. Ils avaient passé des heures à scruter des micro-organismes dans les flaques d'eau.

Nous nous étions accoutumés aux sirènes des alarmes, aux sifflements des obus. Je croyais avoir perdu définitivement le sommeil. Les yeux écarquillés, la main dans celle de Diego, je pensais à notre appartement de Rome, au salon, à la cuisine, aux photos accrochées au mur en une longue rangée. Je pensais à la rue silencieuse, en bas, que seuls empruntaient, la nuit, des passants qui promenaient leur chien. Papa avait les clefs, il allait arroser les fleurs agrippées aux rebords, s'asseyait dans ce silence, se préparait un café, rinçait la tasse. Quand je l'avais appelé, une semaine plus tôt, il n'avait pas réussi à dire un mot, comme si le chagrin l'avait rendu muet.

Je ne lui avais pas raconté grand-chose. Je l'avais prié de s'assurer que les clichés de Diego, envoyés par l'intermédiaire d'un ami de Gojko qui rentrait à Zagreb, seraient publiés sous son nom, non sous les initiales de l'agence.

Puis nous parvînmes à dormir, à nous enfoncer dans le sommeil pour échapper, le temps de quelques heures, à ce camp de la mort. Le matin, nous nous réveillions de bonne heure, profitions de la lumière. Diego sortait et je l'étreignais avec force. Désormais les gens s'étreignaient tous avec force, ils se saluaient comme s'ils ne devaient plus se revoir.

Le professeur de gymnastique de Sebina était mort, la pharmacienne aussi. Des corps abandonnés un moment à leur solitude... car il était trop dangereux de s'approcher : les *snipers* attendaient leurs cibles. On les emportait la nuit, et, la nuit, on les enterrait dans le vieux cimetière musulman au cours de cérémonies silencieuses dont les participants évoquaient, par leur légèreté, des papillons de nuit. On défiait la mort pour ensevelir la mort.

Nous apprîmes tout au cours de ces journées de mai. À reconnaître la gorge rauque des kalachnikovs, le sifflement des obus. La détonation du mortier, puis son murmure. Quand on entendait le projectile siffler à travers le ciel, on était sauf. Quand on n'entendait rien, cela signifiait qu'il avait déjà effectué sa courbe et qu'il s'abattrait tout près. Nous apprîmes que la montagne se taisait, le lendemain des grandes explosions. Nous apprîmes que les *snipers* effectuaient une pause-repas à une heure bien précise... que leur vue baissait au couchant car ils cuvaient la *rakija*.

Nous apprîmes à nous déplacer. À courir comme des lièvres dans les zones découvertes : les espaces qui séparaient les bâtiments, les carrefours d'où l'on voyait les collines.

Je n'avais qu'une seule envie : partir. Mais Diego ne pouvait s'y résoudre, il parcourait des kilomètres, son appareil photo au cou, son sac au dos. Il rapportait de la nourriture, des bougies pour la nuit.

Je passais presque toutes mes journées dans notre chambre. De temps en temps, j'accompagnais Velida au marché. On n'y trouvait plus que quelques légumes cultivés dans les jardins de Sarajevo, et les prix avaient décuplé. La boulangerie était toujours ouverte, mais il fallait faire la queue très longtemps.

Nous apprîmes que les trêves étaient factices : elles duraient quelques heures, puis le tintouin recommençait. Les rues changeaient d'aspect chaque jour, se délitant et se recomposant misérablement. Des blocs de béton, des carcasses de tramways, des bâches tendues entre les immeubles cachaient maintenant la vue aux *snipers*. La ville s'organisait avec des moyens de fortune et des volontaires. Des troupes régulières de la Défense territoriale bosnienne se battaient dans les tranchées. Des troupes de malfaiteurs profitaient de la situation pour piller les maisons des Sarajéviens serbes, professeurs, petits-bourgeois. Le commerce de guerre, les expropriations, le marché noir fleurissaient. Des individus à la mine extravagante et patibulaire vous assaillaient pour vous vendre n'importe quoi, pour échanger des devises. Les blindés blancs des Nations unies semblaient aussi inertes que des poulets engourdis par le soleil.

Mais, la nuit, la vie continuait. On survivait dans les caves et dans les boîtes à coups de blagues amères. La bière coulait encore, la mythique *Sarajevsko pivo*, même si elle n'avait plus le même goût, même si elle était devenue aussi âpre et étrange que l'humour bosnien. On cultivait l'espoir que tout se terminerait avant l'été.

Nous avions trouvé une nouvelle *kafana*, une petite grotte imprégnée de fumée à laquelle on accédait en descendant quelques marches. Au moins, on y était à l'abri. La musique de Radio Zid couvrait les éructations du ciel, les sirènes des alarmes. Pour s'y rendre, on défiait le couvre-feu. Les filles étaient habillées à la mode et maquillées. Ana et Dragana dansaient, enlacées. Mladjo, le peintre, découpait maintenant dans le contreplaqué et dans les battants des armoires des silhouettes humaines qu'il abandonnait, peintes, au milieu de la rue pour se moquer des *snipers*. Tout le monde avait envie de s'amuser, de narguer les sauvages des montagnes.

De temps en temps Gojko se montrait en compagnie d'un journaliste juste un peu plus courageux que les autres, qui avait envie d'humer Sarajevo dans les coulisses du Siège. Il lui demandait de payer des tournées, lui soutirait des marks. Un soir, tandis que nous fixions les verres sales, il se leva et récita un poème pour un ami défunt :

Tu n'as rien laissé
dans ta vieille maison,
juste ton lit froissé
et une cigarette allumée.
Tu n'as rien laissé

dans ton ancienne vie,
juste ton chien Igor
et sa vessie gonflée
qui attend ton retour.

La nuit, nous rasions les murs. D'autres ombres humaines filaient, silencieuses, comme des algues dans la mer. Nous nous mouvions dans un aquarium noir. Pas de lumière, mais des bougies éteintes. L'obscurité totale. La lune évoquait la lanterne d'un fantôme. La lumière rouge d'un projectile au phosphore nous éclairait quelques secondes puis s'abattait, telle une étoile filante.

Nous étions seuls. Diego sentait le chien, nous manquions d'eau. Nous nous lavions dans la même cuvette.

Mirna a chaussé ses lunettes et commencé à préparer son cours pour ses élèves. L'école est fermée, cependant ses collègues et elle envisagent d'organiser de petites classes à domicile. Ceux qui le peuvent vont travailler à pied, les plus chanceux à bicyclette. Les tramways ne marchent plus, et il n'y a plus d'essence pour les voitures.

Sebina rit. Leur immeuble était noirci par la pollution, déclare-t-elle, c'est mieux comme ça, sans autos.

Pour sortir, Mirna met des talons. Je souris. Ce ne sont pas les chaussures les plus indiquées. Mais elle est sérieuse, elle n'a pas l'intention de changer de vie, de bondir toute la journée comme un lapin. Son trench aussi est impeccable. Elle serre la ceinture d'un geste décidé. Elle a retrouvé sa taille de jeune fille, et le maquillage ne suffit pas à dissimuler sa pâleur. Elle n'a pas l'intention, elle non plus, de quitter Sarajevo.

« Ceux qui le voulaient sont déjà partis. Nous, nous restons. »

Je lui dis que nous partirons dès que nous aurons une place dans un des convois à destination de Zagreb ou de Belgrade. Je lui dis que j'aimerais emmener Sebina en Italie. « Pour les étrangers, tout est plus facile. »

Ma filleule me regarde, emplie de haine bosnienne. Elle ressemble à son frère, ce bison. Elle ne veut pas venir, s'écrie-t-elle, elle ne se séparera pas de sa mère !

Je hasarde : « Juste pour des vacances… »

Mais ma filleule est la gamine la plus rusée de tout Sarajevo. Elle se calme, croise les jambes dans son petit fauteuil rose de star, et affirme avec la tranquillité d'un chef d'État qu'on part en vacances en temps de paix, pas en temps de guerre. De toute façon, sa mère et elle vivent mieux que les autres, parce que Gojko travaille pour des journalistes étrangers. Elle a changé de place son aquarium : il trône maintenant dans la cuisine, qui donne sur le quadrilatère des arrière-cours. Gojko s'est procuré un petit générateur.

La nuit est tombée, l'aquarium est éclairé. Il évoque une bulle bleue, phosphorescente, dans ce déluge noir. Nous nous tenons là comme devant une cheminée. Voix qui flottent, ainsi que flottent les poissons, nez à peine visibles, bleus. Sebina a le menton enfoncé entre ses genoux, elle sourit de sa bouche maigre. Gojko se moque d'elle, la persécute de son humour macabre, l'invite à prendre garde : les gens ont tellement faim qu'ils pourraient avoir envie de voler ses poissons, de les pêcher et de les manger.

Quand je lui rends visite, elle se précipite sur moi, ses patins à roulettes fixés aux chaussures lumineuses que je lui ai offertes. Elle imite les adolescentes qu'elle a vues à la télé, les serveuses des fast-foods américains en patins, minijupe et petite queue blanche. Elle se penche, pose une assiette vide et un verre devant moi. Elle a un bloc où noter la commande.

« Que désirez-vous, madame ?

— *Uštipci, kolači* et gâteau aux fraises. »

Elle m'apporte un livre, une poignée de cuisine et une tasse renversée. Je m'empiffre en mâchant de l'air. Elle éclate de rire. Elle dit : « Un beau gâteau aux fraises ne gâcherait rien. »

Il n'y a pas d'œufs, il n'y a pas de beurre, mais nous pouvons essayer d'en confectionner un avec de la confiture de prunes, de l'huile végétale et de la farine sombre. Nous obtenons une espèce de galette dure, cuite à la poêle sur un réchaud à gaz de camping et ponctuée de trous comme un visage grêlé. Mais nous nous régalons. Nous ramassons les miettes du bout des doigts. Soudain retentit une détonation qui s'ancre dans nos oreilles. L'obus a dû tomber tout près. Son vacarme nous atteint dans le dos, tonne en nous. Tout tremble. Quelques instants plus tard, nous nous apercevons que nous sommes saines et sauves par hasard. Ce hasard qu'on qualifie désormais de miracle à Sarajevo. Si nous étions restées là où nous étions un peu plus tôt, avant de préparer ce gâteau…

L'éclat d'obus a déchiré le plastique de la fenêtre et s'est fiché dans le mur. Un bout de métal tordu, aussi pointu qu'une pioche et aussi long qu'un bras. Tout autour, la paroi est fissurée si profondément qu'on voit derrière. On dirait une sculpture, l'œuvre d'un artiste d'avant-garde. De la terre fendue par la sécheresse. Et le tison de fer, un instrument mauvais. Le portrait de Tito pend de travers à son clou, mais il n'est pas tombé. Diego prendra sûrement une photo : cette image a besoin d'un témoin.

Mon cœur, petite pendule, va et vient, compte les secondes. Il n'y a pas eu d'effondrement. Nous attendons, le souffle court, que la maison violée retrouve son équilibre. L'aquarium est intact. Sebina le contemple… elle contemple les écailles multicolores qui flottent dans l'eau agitée. Nous observons la vie qui résiste. Ces poissons qui tremblent tels les lis sur le nouveau drapeau de la Bosnie. Mais la fente progresse, invisible. Une secousse emprisonnée dans l'eau explose soudain. L'aquarium se brise en deux. Les poissons roulent dans la poussière, bondissent, le dos sale. Sebina hurle, je lui crie de ne pas bouger : le plancher risque de s'écrouler. Elle se jette au sol. Je la rejoins à quatre pattes, nous nous démenons dans ce taudis qui menace de s'effondrer, pour essayer de sauver des vies sans valeur. Ou plutôt si, elles en ont. Elles en ont maintenant plus que tout… comme le symbole, comme les lis. Je m'empare du bidon, verse de l'eau dans une casserole, où nous mettons les poissons. Les yeux remplis de larmes qui n'ont pas coulé, Sebina les regarde se mouvoir dans cette eau poussiéreuse. Ils sont tous en vie à une exception près. Une petite chose qui flotte, pareille à un mégot de cigarette.

« Le petit est mort…, murmure Sebina. Mon *Bijeli.* »

Je la console. Il est déjà miraculeux que les autres soient en vie.

Et puis Gojko lui apportera un nouvel aquarium, et Dieu seul sait combien il aura du mal à le dénicher. Sebina le harcèlera pendant des jours : elle ne peut pas laisser ses poissons dans la casserole. Gojko regrette de les lui avoir offerts car on ne trouve plus d'aliments pour poissons, pas même au marché noir. « Parce que les êtres vivants meurent. » Sebina est agitée : il faut descendre à la cave de plus en plus souvent, y passer de nombreuses heures, et elle ne veut pas quitter ses poissons.

« Mon cœur me fait mal, explique-t-elle.

— Tout ce qu'on aime fait souffrir, c'est la règle… »

Elle réfléchit un moment.

« C'est pour ça que tu ne veux pas d'enfants ? »

J'ai envie de pleurer, je la pince et souris.

« Tu me suffis…

— Je ne suis pas ta fille.

— Tu l'es un peu. »

Elle m'observe de son air taquin.

« Oui, un peu… »

Elle fait un geste : un petit bout d'amour enfermé entre deux petits doigts.

Les gens se déplaçaient calmement ce matin-là, des femmes coiffées d'un foulard, des hommes cravatés. Ils entendaient faire un doigt d'honneur aux tireurs de la montagne, aux tchetniks. C'est un message pour eux : « Fourrez-vous-les dans le cul, vos fusils de précision. » Voilà ce que disaient ces foulards, ces pas réglés. Ils témoignaient de ce que la vie continuait. La maternité avait été touchée, le bâtiment de *Oslobodjenje* constituait désormais une cible pour les tireurs désœuvrés. La ville semblait vide, puis elle se ranimait, comme un pâturage. Une inscription était apparue sur le mur en bas de chez nous :

NOUS NE SOMMES PAS MORTS CETTE NUIT

Je la regardais tous les matins par la fenêtre, et ma gorge se serrait.

Il y avait eu du chahut la veille : le stade de Zetra avait brûlé et, dans le village olympique, le chapeau en métal que tout le monde aimait s'était liquéfié malgré les efforts des pompiers et des volontaires, qui s'étaient démenés des heures durant. En général, la montagne observait une trêve après les pires grêlées. On avait ordonné un cessez-le-feu définitif, et le gouvernement de Belgrade avait été sanctionné. Les gens étaient bien obligés d'aller chercher de l'eau, du pain, des médicaments, de faire la queue… Ils risquaient leur peau en s'agglutinant comme des pigeons, mais ils étaient confiants ce jour-là : les femmes bavardaient sur le trottoir, les enfants dans leurs jambes. Le soleil brillait sur la rue Vase Miskina, où l'on trouve aujourd'hui au sol l'une des roses les plus grosses de Sarajevo. La porte de la boulangerie existe encore, même si l'on n'y vend plus de pain.

Les noms sont inscrits en petites lettres, alignés à côté de l'étoile et du croissant musulmans, à côté d'un verset du Coran.

C'étaient des femmes, des hommes, des enfants qui jouaient… Ils n'imaginaient pas que leurs noms seraient gravés sur un mur, photographiés à l'infini par les téléphones portables des touristes. C'était la queue pour le pain, une bonne odeur flottait dans l'air. C'était un jour de confiance, les lièvres sortaient la tête. C'était la fin du mois de mai, les hirondelles picoraient les miettes du pain qu'on rompait dans la rue. Certains eurent de la chance. Les plus rapides, les plus réactifs, ceux qui avaient attendu les premiers et qui s'en étaient allés, munis de leur baguette de pain, ou d'une miche sans levure ni sel. D'autres s'attardèrent pour bavarder, pour échanger quelques mots avec une connaissance. Trois obus tombèrent, deux dans la rue, un au marché, devant. Tout le monde sauta. La place se transforma en scène de théâtre, remplie de chiffons rouges. Cette horreur rouge ferait le tour du monde. Ce pain imprégné de sang.

« Je ne pensais pas que les enfants puissent avoir le cerveau si gros, déclara un vieillard agrippé à une canne. Ce cerveau n'en finissait pas de couler. »

Assise sur un muret, une femme, les yeux secs, étreignait ses deux enfants morts, elle en tenait un de chaque côté, deux fleurs coupées. Une autre tentait de récupérer sa jambe en rampant sur ses coudes. Un homme était retourné comme un de ces gants trouvés par terre qu'on pose sur une barrière, en pensant que leur propriétaire repassera par là. Des gants dépareillés, tristes, crottés. Oui, il se tenait là comme un gant posé sur un de ces tubes de fer qui partagent les rues. Mais il n'avait plus de ventre. Juste un gros trou circulaire, un peu effiloché, derrière lequel on apercevait les gens en fuite, les brancards.

Gojko, qui avait accouru, affolé, criait aux journalistes de filmer…

« Comme ça, on s'apercevra de notre présence ! »

Il saisit au sol une miche, la rompit. La mie était imprégnée de sang, aussi rouge que de la sauce. Il la leur tendit.

« Prenez et mangez-en tous, ceci est notre sang… »

Puis il se sauva, aussi désespéré que Judas allant se pendre.

Plus tard, le silence s'abattit sur la ville. Ça avait été une journée de confiance. Des jeunes hommes aux tenues de camouflage et aux casques bleu ciel étaient arrivés… les gens avaient cru que ce seraient leurs gardiens, que tout était terminé. Et voilà que l'hôpital regorgeait de chair à rafistoler. La montagne se taisait elle aussi. Les télévisions du monde entier passaient en boucle ces images. Là-haut, les sauvages s'étaient tapis pour fêter leur célébrité à coups de *rakija*.

Nous partîmes deux jours plus tard. L'électricité était revenue, tous les lave-linge de Sarajevo s'étaient remis à fonctionner pendant la nuit. Cela me parut un bon signe. Nous gagnâmes Zagreb à bord d'un car qui disposait même de l'air conditionné, un de ces cars qui conduisaient les pèlerins à Medjugorje. De là, nous prîmes sans difficulté un avion. J'avais envie de dire mille choses à Diego. Je lui lançai : « Une assiette de spaghettis, ça te dit ? »

Il sourit.

Il avait les yeux rouges. Il fallait l'emmener chez le médecin, je comptais le faire sans tarder. Je me disais que Dieu ne nous laverait plus les yeux.

Je regarde le ciel

Je regarde le ciel par le hublot. Ce ciel propre des hommes en paix, des avions de tourisme, des oiseaux migrateurs. Nous descendons, après un vol bref, sous l'aile blanche d'un ciel de chance. Petit air de mer, hirondelles revenues boire.

Papa nous attend. Il a maigri, a pincé des verres sombres sur ses lunettes de vue, et porte une chemise en coton de permissionnaire. Il nous étreint, grand sourire optimiste. Comme si nous rentrions de vacances. Il baisse la tête, saisit ma valise, voudrait porter aussi celle de Diego.

Il ressemble à ces guides trop empressés qui ne pensent qu'au pourboire. Et nous, à deux touristes, cheveux défaits, couverts de poussière, comme si nous revenions d'un safari.

« Comment s'est passée la chasse ? Avez-vous rapporté un trophée ? Des défenses, une queue… »

Oui, nous avons rapporté une queue sale, qui se glisse à chacun de nos pas. Une queue blessée. Elle tombera dans quelques jours… Un morceau de chair nauséabond, en putréfaction. Alors nous redeviendrons nous-mêmes, ceux que nous étions avant, culs lisses et apéritifs au soleil.

Papa ouvre le coffre, y range nos bagages. Diego laisse tomber son sac à dos à l'intérieur comme s'il abandonnait une partie de lui-même, le corps d'un enfant.

Il s'allonge sur la banquette arrière. Papa fixe la route du regard. Son sourire s'est figé sur ses lèvres. Il ne pose plus de questions, il attend que je prenne la parole.

Ce matin, il roule vite, un chauffeur intrépide. Un chauffeur d'ambulance. Il transporte deux blessés.

Je regarde les panneaux routiers. Je regarde les larges voies d'asphalte poli qui mènent à Rome. Les voitures homologuées au tuyau d'échappement impeccable, la tranquillité de cette circulation. Une normalité qui a des allures de miracle, d'effets spéciaux. J'ai dans les yeux les autos incendiées de Sarajevo, les carcasses en équilibre. Je me tourne vers Diego.

« Comment vont tes yeux ? »

Ses paupières font deux bulles roses traversées de petites veines... deux ventres d'oiseaux tout juste nés. Papa s'anime de nouveau : il va appeler l'hôpital ophtalmologique, un de ses amis y est chef de service.

« Les yeux, c'est important pour un photographe, ils sont la vue et le viseur. »

Diego pose une main sur son épaule et sourit.

Les maisons défilent. Les maisons élégantes du XIXe siècle, puis les bâtiments qui datent de la période fasciste, avec leurs balcons géométriques, semblables à des ponts de bateau, l'architecture des années soixante-dix, et pour finir les palais baroques du centre-ville, qui mangent la lumière rose des soleils couchants romains.

L'araignée blanche du Vatican et, autour, l'ombre des églises, l'or des galeries d'art, l'odeur désagréable des entrepôts de tissus, la voix rauque du ghetto, le grondement du pouvoir politique, les troupeaux de touristes, un aristocrate vêtu de frusques assis devant une buvette, près des pigeons qui scrutent le muscle jaune du Tibre.

Cela fait des années que je rêve de quitter cet endroit, et des années que j'y suis. Et aujourd'hui je remercie Dieu pour mon Occident de paix sale.

Les gens vaquent à leurs occupations, sortent des magasins, des bureaux, traversent la rue, vont manger un sandwich, se précipitent à la salle de gymnastique.

J'ai envie de tout. D'embrasser les rues, de marcher pendant des heures d'un pas lent, le dos droit. Nous avons échappé au camp de la mort.

Chez nous. Odeur de renfermé, celle de la dernière pensée formulée entre ces murs. Sur la table gît encore le paquet des dossiers blancs, échographies et comptes-rendus médicaux, que j'ai épluchés à quatre pattes la veille de notre départ. J'entre, j'avance. Le bruit de l'horloge accrochée à l'entrée de la cuisine. La bouche sombre du réfrigérateur éteint, le compartiment à œufs. L'odeur du tapis collé sur le carrelage. Les photos de Diego : des pieds qui attendent le métro.

J'ouvre les volets, ils frottent sur les rebords des fenêtres sales. Au mur, un serpent de soleil rampe sur les photos. Diego s'est assis sur le canapé, arrêté là, dans ce fossé blanc. « Tous ces pieds qui sont là en rang d'oignons... une vraie connerie, dit-il, il faut les décrocher du mur. »

Je garde le silence, je sais qu'il ne peut plus aimer ses photos d'avant. Il les regarde : « J'ai impression qu'elles ont été prises par un autre. »

Je laisse entrer la lumière dans toutes les pièces, me réapproprie à grandes enjambées mes mètres de parquet. Nous sommes à l'abri, dans le ventre de notre appartement. Papa est reparti, il n'a pas voulu monter, il nous a aidés à déposer les bagages dans l'ascenseur et il s'est éclipsé.

« Dormez, nous a-t-il conseillé. Fermez les volets et dormez, récupérez. »

Par chance, nous avons de quoi faire : nettoyer la table de la cuisine, mettre des draps propres au lit. Diego se charge de laver par terre, il tord la serpillière comme s'il tordait le cou de quelqu'un, la jette sur le sol. Toute cette activité agit sur nous comme un remède. Nous pourrions sortir, appeler la femme de ménage. Mais nous préférons faire ainsi. Ce matin, c'est un vrai privilège de pouvoir nous déplacer et passer devant les fenêtres ouvertes. Rien de mieux que de nettoyer sa maison, de réagir physiquement à l'inanité, aux pensées trop longtemps refoulées. Nous faisons un grand tas de sacs-poubelle. Diego jette des montagnes d'épreuves, de photos à la con, et moi tous mes dossiers médicaux, mes échographies. Nous nous embrassons au milieu du salon, en nage, couverts de cette poussière romaine. Nous nous retournons tous deux en même temps vers la fenêtre, comme si c'était un appareil photo. Ou un *sniper*. Et si le notaire de l'immeuble d'en face avait posté un fusil de précision dans le trou du climatiseur ?

Plus tard, nous nous perdons dans le marché, parmi les étals remplis de légumes de saison, tomates cerises, barquettes de cerises, chicorée de Catalogne plongée dans des bassines d'eau. Nous faisons les courses, raflons toute la vie à prendre. Diego a chaussé des sandales, il est allé les dénicher au fin fond du placard, et les a mises aux pieds. Des sandales d'apôtre. Des commerçants nous saluent, nous demandent où nous étions.

« À l'étranger, répondons-nous. À l'étranger. »

Nous remplissons le réfrigérateur, préparons une salade de fruits de toutes les couleurs, nous empiffrons de vitamines. Nous mangeons du pain frais, ouvrons aussi une bonne bouteille de vin blanc. J'ai posé les pieds sur la table. Diego me les caresse. Il a les paupières fermées et un joint entre les lèvres.

Nous gardons le silence. Nous savons tout. Nous n'avons pas besoin de parler. Nous devons juste offrir ces instants agréables à notre corps, nous sommes allés *de l'autre côté*, et nous en sommes revenus.

La nuit est tombée. Diego se tient devant la fenêtre qui ouvre sur le monde, des voix montent de la rue, des gens qui sortent des restaurants. Sa main se promène sur le miracle d'une vitre intacte dans son encadrement de bois. Nous avons vu des bâches aux fenêtres, semblables aux bandages sur les yeux des blessés. Je me demande quand nous parviendrons de nouveau à franchir cette vitre pour regarder à travers.

Notre vie reprit son cours. Pour nous, cela consistait en somme à porter sur son dos le corps d'un amant que l'on n'aime plus, pour qui l'on éprouve une sorte d'affection triste, un sentiment de devoir oppressant. Après la douche, le matin, nous nous élancions vers des journées qui semblaient ne plus nous appartenir. Diego s'activait, il avait retrouvé sa moto, ses chemises blanches, il semblait être lui-même. Incapable de sortir, je respirais, le dos au mur, près de la porte. Le silence de l'appartement m'inquiétait ; sans m'en rendre compte, je me déplaçais comme à Sarajevo, longeant les murs porteurs dans la crainte d'un effondrement soudain.

Je suis au bureau. Le directeur s'est plaint de ma trop longue absence.

« Gemma, tu es rédactrice en chef. »

J'ai écarté les bras. « Intermittente... »

J'observe les ordinateurs gris, le visage de mes collègues... Viola me rapporte du bar un cappuccino, un croissant. Elle pose ses fesses sur ma table, n'arrête pas de parler. Si elle avait vécu à Sarajevo, me dis-je, elle ne s'en serait pas sortie : elle n'est pas assez maline, pas assez vive, elle ne s'aime pas assez, elle n'aurait pas su traverser la rue. Un *sniper* se serait collé à ses pas et aurait joué avec elle. C'est la proie parfaite. En fin de compte, moi aussi j'ai joué avec elle, je ne l'ai jamais jugée digne d'une vraie confidence. Je promène mon regard sur les autres membres de la rédaction : des jeunes gens fanés, comme moi, diplômés en toute hâte, puis arrivés. De petits requins vieillis dans cette mare à grenouilles. J'imagine que je tire sur eux, que je leur transperce le front, je les vois s'effondrer à leurs misérables postes de commandement. J'aimerais me débarrasser d'eux... de leurs petitesses, de leurs voix plaintives.

J'appelle Diego.

« Comment vas-tu ?

— Et toi ? »

Nous sommes murés dans notre silence. Nous nous conduisons tous deux de la même façon : nous essayons de prendre le large. De nous éloigner des journées de Sarajevo en accumulant d'autres journées, des journées qui s'écoulent difficilement.

J'écris un article sur les excréments d'animaux. En Inde, on s'en sert de combustible ; en Norvège, un homme a construit une maison avec. Une maison de merde. Je ris. Il y a donc une pensée qui me console, et je la berce comme une poupée. Je suis contente de ne pas avoir d'enfants. Hier soir, j'ai vu un enfant mort à la télévision ; sa mère le lavait avant de l'enterrer. J'étais à la cuisine, je coupais du pain, j'ai posé mon couteau. Je me suis signée. *Bon voyage, vie inutile.* J'ai éteint le téléviseur et recommencé à couper le pain. *Cet enfant n'est pas le tien, Gemma*, me suis-je dit. *Tu n'as pas d'enfants, tu as de la chance.*

Nous allons dîner chez des amis. Nous avons renoué avec la vie normale, les vêtements qu'on dépose au pressing. C'est l'anniversaire de Duccio. Après l'hiver, on a rouvert la terrasse ; le Tibre coule en bas, doré par les feux des rendez-vous d'été, les présentations de livres, les conneries d'animations. L'ange du château Saint-Ange se dresse dans la nuit. J'ai mis des talons, j'ai dénudé mes épaules. Diego porte sa veste en lin, il a les cheveux épars, les pattes longues. Nous en avons assez de cette tristesse. Nous avons aimé sortir ce soir, main dans la main, douchés de frais et pomponnés. Ce soir, nous sommes aussi beaux que des acteurs. Une première coupe de champagne à l'arrivée, puis une deuxième, attrapées sur le plateau en argent d'un serveur sans visage, un bras blanc tendu vers nous. Des coupes divines, embuées de fraîcheur. Deux chacun, pour nous détendre.

Il y a là des gens du milieu professionnel de Diego, des mondains aux allures d'artistes, un peu de tout, comme sur le plateau d'amuse-gueules, touffes d'herbe verte et carottes, lanières de poivron et radis.

« Ciao, comme vas-tu ?

— Bien, et toi ? »

Nous mangeons un canapé à la langouste, un gressin gainé de jambon.

Nous nous retrouvons dans un coin de la terrasse, une main sur l'épaule, les yeux vagues… Nous observons la lente rumination de la soirée. Duccio s'approche avec un type, à qui il a dit que nous revenions de Sarajevo. Il nous abandonne cette face de cire molle, cette carpe à lunettes qui fume le cigare, et qui veut tout savoir, qui veut parler. Il est journaliste, un de ces journalistes qui restent assis sur leur cul dans les salles de rédaction, et envoient les petits jeunes en reportage à l'étranger.

Nous n'avons pas envie de parler. Nous lâchons quelques oui, non. La carpe est loquace, elle connaît bien ses extraits de presse. Au bout d'un moment, les invités se sont rassemblés autour de nous et nous entraînent sur un gros canapé en rotin. Sarajevo, la guerre, sont à la mode. C'est le deuil de l'année, ça permet de hocher la tête, et de critiquer les États-Unis et l'Europe. On nous réclame des nouvelles fraîches de cette ville transformée en champ de lièvres à abattre. Je me force à rassembler mes souvenirs pour rendre leur dignité humaine à ces lièvres. Mais comment décrire l'odeur de ces foyers si chaleureux, tellement plus accueillants que les nôtres, le courage des femmes qui s'obstinent à sortir, à se maquiller… Comment décrire cette main sans vie, un râteau de chair, immobile dans la poussière ?

Le journaliste sans couilles a lancé la conversation sur le thème rebattu de la haine ethnique entre races barbares. Un homme à la mode et une femme se disputent, l'homme déclare que l'Europe a peur de l'islam ; la femme dit que non, que l'Europe a peur de l'Allemagne, de ses banques, de ses usines, comme à l'époque de la Seconde Guerre mondiale.

On impressionne son monde quand on parle de politique internationale, on ne dit rien d'utile pour personne, et rien de vrai sur soi-même. L'enfant mort que la mère musulmane lavait ne compte pas. Sur cette terrasse, on dispute une minable partie de jeu de société.

« À quoi penses-tu ?

— À Gojko. »

Il aurait jeté les verres par terre, renversé les plateaux. Ou bien se serait vendu contre un bon pourboire, il aurait épaté la galerie en racontant des conneries. *De toute façon, la vérité est trop évidente, trop bête, or tout le monde a envie de se croire intelligent…*

Cette guerre si proche et si violente éveille une curiosité morbide. À côté de moi, une femme plutôt gentille gratte sa jambe déjà bronzée, ses yeux sont vraiment attristés. Elle a rempli un formulaire de compte postal pour envoyer de l'argent à Caritas Sarajevo. J'essaie de lui décrire les êtres civilisés et éclairés que je connais, leur extrême dignité. Elle acquiesce, mais ne paraît pas intéressée. Sa perception de l'Est est pleine de stéréotypes – une mauvaise odeur qui ne s'en ira pas.

Diego ne parle pas, il n'a pas desserré les dents depuis le début de la soirée. Une tache de vin rouge s'étale sur sa veste en lin. Nous irons la porter à la teinturerie.

Une gamine à cheveux épais, aux seins aussi petits que des graines de lupin, et qui prétend adorer le travail de Diego, ses photos de flaques, nous interroge à son tour sur Sarajevo, la ville à la mode. Diego la conduit gentiment vers la balustrade qui donne sur les quais du Tibre, la crèche romaine de la Ville éternelle, l'araignée blanche, il tend son bras et se met à tirer, *taratata, taratata, taratata*...

La fille ne comprend pas. Elle rit, avant de reculer.

Le photographe a bu. Il vise les Mobylette qui roulent en contrebas, les petits minets devant la baraque qui vend des boissons colorées, s'écrie : « *Enjoy Sarajevo*... »

Tout le monde se retourne. Je m'approche en faisant semblant de rire.

« Rentrons, mon amour. Il est tard. »

Duccio se tient sur le seuil, bretelles rouges sur tee-shirt noir.

« Qu'est-ce qui t'a pris, bordel ? »

Diego saisit ses bretelles, les tire et les lâche. Décharge d'élastique, la dernière rafale du photographe idiot.

Un soir, Diego se met à hurler. J'abandonne les œufs que je prépare pour me précipiter au salon. Gojko passe à la télé. C'est toujours lui, il est vivant, il a les cheveux plus longs. Il s'exprime en italien : « Cette guerre n'est pas un problème humanitaire. Nous devons nous défendre. Envoyez-nous des kalachnikovs, pas des boîtes de macaronis ! »

Le reporter essaie de lui arracher le micro, en vain. Maintenant Gojko hurle quelque chose dans sa langue, il en veut à Mitterrand qui est venu faire sa promenade de santé à Sarajevo, il en veut aux casques bleus de l'ONU qui restent plantés là « comme des feux de circulation pétés ».

« Il est bourré ?

— Complètement. »

Un instant, et les yeux hallucinés de Gojko, de notre ami poète aux allures de vétéran du Vietnam, s'impriment en nous.

Les œufs ont brûlé. Nous mangeons un morceau de fromage.

Nous attendons que la guerre prenne fin. Pendant ce temps, un obus est tombé sur les grands magasins, un autre dans la rue Titova, un autre encore sur la place Rade Končar. Diego enrage contre le téléviseur, apostrophe l'envoyée en gilet pare-balles et pashmina d'été. « Pousse-toi, laisse-moi voir ce qu'il y a dans ton dos. » Il zappe, à la recherche d'autres journaux télévisés. Ce sont toujours les mêmes reportages, répétés jusqu'à la dernière édition, mais il reste scotché à l'écran. Il les regarde en boucle comme s'il espérait trouver dans ces images un détail qui lui aurait échappé... comme dans les flaques, sur les photos.

Nous scrutons les silhouettes effrayées qui traversent l'écran, dans les reportages retransmis depuis Sarajevo, à la recherche de nos amis. Les morts, nous ne les regardons pas, nous reculons d'un pas.

Je cherche le visage de Sebina, creusé sur le devant, les dents de lait qu'elle a perdues. Qu'est devenue ma filleule ? Je lui ai écrit presque tous les jours. Mais je n'ai jamais reçu de réponse. Je me demande si l'immeuble aux balustrades bleues est encore debout... Je scrute le téléviseur, fouille l'écran. Pourquoi ne montre-t-on pas sa rue, à Novo Sarajevo ? « Où vas-tu, avec cette caméra ? »

J'ai l'impression qu'on filme toujours les mêmes rues, les mêmes maisons. Le cameraman fait quelques pas dehors et regagne aussitôt le hall de l'Holiday Inn, se replie sur les canapés où se vautre la presse internationale.

Presque chaque nuit, nous essayons de contacter Gojko. Le combiné grésille de voix inconnues, incompréhensibles, fréquences radio ou je ne sais quoi... Le bruit d'un ventre qui digère mal.

Ce soir aussi le dîner brûle, carbonise dans la casserole. On diffuse un reportage sur le zoo de Sarajevo... La panthère et les babouins sont morts, emprisonnés dans leurs cages. Le gardien ne pouvait plus les nourrir, ni leur donner à boire. Les joues ravagées de larmes, je regarde ces corps recouverts de fourrure qui gisent dans la poussière. Je pleure sur les bêtes faute de pouvoir pleurer sur les hommes. Je me souviens du jour où nous avions visité ce zoo en compagnie d'Aska. Elle avait acheté un sachet de cacahouètes, qu'elle distribuait en glissant la main entre les barreaux. Elle était entrée dans la cage vide et avait secoué la tête.

Ce soir aussi nous mangeons du fromage. Diego joue avec les croûtes, il forme une lettre, un A. Je m'en aperçois en vidant les assiettes.

Diego se lève, s'habille, enfourche sa moto, démarre. Il va souvent travailler à Milan à présent, il y passe la journée et revient avec le dernier avion du soir.

« Comment ça a été ?

— Bien. »

Quand il rentre, je lui pose des questions. Mais je sens qu'il a du mal à répondre calmement.

« C'est toujours pareil, tu le sais bien…

— Qui y avait-il ?

— Toujours les mêmes. Qui veux-tu qu'il y ait… ? »

Il approche sa tête, se frotte contre moi, me demande pardon. Ses yeux le rendent fou : c'est à cause des fonds de tissu noir qui attirent la poussière, de ces maudits projecteurs. Il se rince sous le jet d'eau froide à la cuisine, se redresse, les cheveux mouillés. L'eau coule sur sa chemise, qui sèche immédiatement car un vent aussi chaud que l'air du sèche-cheveux monte de la rue. Comment Gojko et les autres se débrouilleront-ils sans eau ?

Nous mangeons l'un en face de l'autre, assis à la table de la cuisine. Nous l'avons placée devant la fenêtre pour pouvoir jeter un coup d'œil dans la rue, regarder les passants. Nous avons l'impression de prendre nos repas dans le train. Au bout d'un moment, Diego saisit ma main, écarte lentement mes doigts sur la nappe.

« Tu veux savoir ce que j'ai fait aujourd'hui ? »

Il caresse mes veines, se glisse entre mes doigts en un geste aussi las que sa voix. Ce soir, il bafouille un peu.

« J'ai photographié toute la journée une boîte de thon. »

D'abord fermée, puis ouverte. Pendant des heures, il a cherché la lumière qui éclairerait le mieux les veinures du poisson et ferait briller l'huile.

Nous rions. Une maquilleuse humectait le thon, le changeait dès qu'il commençait à s'abîmer, le ramenait dans sa loge comme un mannequin fatigué, me raconte-t-il. Ils ont gaspillé une montagne de poissons, qui n'étaient pas destinés à la vente de toute façon. Le thon en boîte, c'est la pire qualité. Pas du filet, comme on le prétend, mais des abattis.

« Encore une arnaque.

— Une de plus.

— Le monde part en couilles, dit-il. Et nous avec. »

Il rit, exhibe ses dents tordues.

Il n'a presque rien mangé.

Je lui propose des cerises, attachées deux par deux comme des amoureux. Il en avale plusieurs, sans même cracher les noyaux.

Il répète : « J'ai photographié toute la journée une boîte de thon. »

Il se lève, deux couples de cerises aux oreilles. Il fait trois pas et vomit sur le tapis. Il s'excuse : il n'a pas eu le temps d'arriver à la salle de bains, dit-il.

« Ça ne va pas ?

— Ça va. »

Le dimanche, il s'enferme dans sa chambre noire. Il passe toute la journée entre les cuvettes et ses produits. L'œil sur l'agrandisseur, il fait défiler les négatifs à la lumière. Il aime cette prison, le seul trou qui lui appartienne vraiment chez nous.

Il n'a pas vendu une seule photo de Sarajevo. Il en a tiré quelques-unes et les a gardées, en a fait un tas gris.

La femme de ménage, une Somalienne, vient parfois avec sa fille. Cette petite ne me gêne plus ; j'aime même la voir assise dans un coin de la cuisine. Je suis sereine quand elle est là, sereine quand elle s'en va. Je n'éprouve rien.

La femme vide la corbeille de Diego, qui contient des tirages déchirés. Un bout de cliché tombe sur le sol. Il est noir et blanc, et le roux des cheveux ne se voit pas, mais cette mèche et cette moitié d'œil clair appartiennent à Aska. Je m'en aperçois trop tard : la femme de ménage a déjà emporté le sac-poubelle. Il ne me reste que ce bout, que je regarde, puis que je jette.

En ce mois d'août, la ville est presque déserte. Seuls les otages sont restés, les vieillards, les pauvres, les handicapés, les malades en phase terminale qui ne peuvent plus s'arracher à leur lit d'hôpital. La télé diffuse des images prises d'avion des autoroutes embouteillées. Le bar en bas de chez nous a fermé, tout comme le restaurant. Finie, l'odeur des biftecks et des artichauts cuits qui s'élève par les fenêtres.

Nous avons déniché une sorte de bar qui ne vend pas d'alcool. Nous y buvons du lait et du sirop d'orgeat à côté des pauvres clients de quartier, de grosses femmes vêtues d'un tablier déboutonné jusqu'aux cuisses et chaussées de pantoufles, des vieillards en tricot de corps. En réalité, c'est un cercle de loisir pour les employés d'une entreprise, et si l'on nous y accueille, c'est parce que c'est l'été ; l'hiver, on y danse, ces danses raides d'antan, des danses de marionnettes. Le bar dispose d'une tonnelle et d'un terrain de pétanque qu'éclaire une ampoule blanche des plus lugubres. Des hommes âgés jouent. Suspendue au mur, une de ces lampes atroces à tubes bleus qui attirent les insectes de nuit. Elle est censée tuer les moustiques, mais massacre chaque nuit d'innombrables papillons. Leurs corps carbonisés tombent dans un socle de métal qu'on vide ensuite. Nous sirotons de l'orgeat au son de ces décharges de néons, ces grésillements d'ailes brûlées. C'est la B.O. de l'été.

Autrefois je n'aurais pas supporté de passer un seul instant dans un endroit pareil. Maintenant, cela m'est égal, je laisse les papillons tomber et crever. Avec sa moustache de lait, Diego a l'air d'un enfant. Il allume un joint et le brandit en direction du vieillard qui s'est tourné vers lui, intrigué par l'odeur.

« De la drogue », dit-il.

Le vieux acquiesce, lance sa boule, marque un point.

Dans ce cercle, situé dans un quartier très défavorisé, plein de clandestins, de joyeux *borderline*, personne ne vous embête. Il nous a fallu rouler un bon moment à moto, agrippés l'un à l'autre dans ces nuits d'été, pour le trouver. Mais aucun hasard ici : toutes les villes du monde ont un endroit qui rappelle la guerre, il suffit de bien chercher.

Diego dit : « Je veux y retourner. »

Le néon crépite. Ces bestioles sont vraiment stupides, on se demande pourquoi elles s'obstinent à faire ainsi la queue pour venir mourir. Qu'est-ce que ça peut me foutre à la fin ? Je suis ivre de sirop d'orgeat. Les jambes écartées sur ma chaise en plastique, je transpire. Diego a le teint gris. Il ne s'est pas exposé au soleil une seule fois de l'été, il porte le tee-shirt blanc sale qu'il mettait pour courir et a les yeux d'un oiseau mal en point.

« Tu as mis ton collyre ?

— Je veux devenir aveugle. » Il rit.

Cela fait longtemps que je le sais, que je le sens. Il n'est jamais vraiment rentré. Ce n'est pas ça, la paix. Aska nous a accompagnés, elle nous a suivis dans ces soirées de trêve fictive.

« Tu vas aller la retrouver, c'est ça ? »

Il ne répond pas. Il sourit, ses lèvres s'étirent presque imperceptiblement. Je ne peux même pas m'emporter. Comment s'en prendre à un fils triste ?

Dans l'escalier de l'immeuble, je lui donne des coups de pied. Je le laisse me précéder, puis me jette sur son tee-shirt de gamin, crie que j'ai vu le bout de photo, que j'ai vu le A qu'il a composé avec des croûtes de fromage.

Il se retourne, se protège de ses coudes.

Je pénètre dans l'appartement et jette tout par terre. Je n'allume même pas la lumière, je vais tout droit dans la chambre noire, renverse les bouteilles de produits, lance sur le sol le posemètre et les objectifs.

Assis sur le canapé, Diego me regarde sans bouger, aussi paisible qu'un gecko.

Puis il lâche : « Putain ! À vue de nez, tu as fait pour cinq ou six millions de dégâts… »

Je ramasse les morceaux à quatre pattes, le prie de m'excuser. Je regrette, c'est moi la fourmi, la radine. Lui, il s'en fiche.

« J'avais besoin de violence », lui dis-je.

Il voit que je suis encore un peu jalouse, et ça ne lui déplaît pas. Il m'appelle de sa voix d'autrefois : « Viens là… »

Il m'embrasse longuement sur la bouche, puis se lèche les lèvres, me dit que je suis la saveur de sa vie.

Dans la salle de bains, je m'observe tout en me démaquillant. Je ne m'aime pas. Je ne vois que le trou. Comment être jalouse de cette pauvre fille qui est en train de crever avec toute sa ville ? Cette brebis punk qui danse, traquée par le loup ?

Plus tard, nous regardons la télé ; ce soir, des rires, une émission avec des sketches, des films d'amateurs, des chats qui lèchent des perroquets, des mariées qui perdent leur jupe, des enfants qui trébuchent cent fois.

Nous avons décidé de nous reprendre en main. Nous abandonnons le champ vide de la ville et allons rendre visite à papa au bord de la mer pour lui tenir compagnie, pour changer d'air.

Nous partons à moto. Je me serre contre Diego dans le vent chaud de l'autoroute, de l'asphalte mou. La maison a conservé son odeur d'autrefois, comme si le temps l'avait tenue en otage. L'odeur de ma grand-mère, de sa cuisine, de sa transpiration après la longue promenade qui suivait les bains de mer. L'odeur de ses soupirs, des reproches. Contre qui ? Moi ? Les poissons ?

Au petit matin, papa promène son chien sur la brisure d'écume, tandis que les plagistes ratissent le sable et ouvrent les parasols.

C'est une mer affreuse, plate, liquoreuse.

Diego s'offre un petit bain tristounet.

« On ne voit rien », dit-il.

Nous partons avant l'arrivée des raquettes, des radios, des crèmes solaires à l'odeur de noix de coco.

Sur l'horizon s'étend une ligne de côte déchirée. Les îles où, jusqu'à l'été dernier, on allait passer la journée à bord d'une vedette, d'un bateau de croisière. Par temps clair, on voit les contours de ces rochers abandonnés par les baigneurs. Plus personne n'y prête attention, comme s'ils faisaient partie d'une autre mer.

Sur ce rivage-ci, ça nage, ça mange des esquimaux, achète des bikinis, des tuniques légères. Ça marchande avec des vendeurs ambulants chargés comme des chameaux, ça veut le meilleur prix sous le soleil.

Je n'ai jamais beaucoup aimé ces eaux basses. Un jour, j'avais été piquée par une vive et ma jambe était restée paralysée. Un garçon était venu me soigner avec de l'ammoniaque. La première fois que j'avais regardé un homme.

Papa déclare que, en fin de compte, cet endroit ignoble ne lui déplaît pas. Il ne s'entendait pas avec sa mère, une anxieuse, le corps vibrant de reproches non formulés, mais il se dit aujourd'hui que ce n'était pas facile pour elle : elle venait de Rome en car changer les draps des locataires, se quereller avec eux pour un dégât sur un mur, dans la baignoire. Nous en parlons un soir devant Diego. Soudain papa me demande pardon de m'avoir abandonnée ici tous ces étés.

« On ne doit pas abandonner les enfants à la tristesse. Les chiens non plus. Mais surtout pas les enfants…

— Vous travailliez, papa. Vous étiez bien obligés. »

Il garde le silence un moment, puis réplique : « Il y a toujours un moyen de se débrouiller. »

Depuis la mort de maman, il est plus sévère envers lui-même. Diego l'observe. Il est venu ici chercher le père dont il a été privé, je le sens.

Ce soir nous sommes bien, nous mangeons à la cuisine, la porte ouverte sur un balcon trop étroit pour accueillir ne serait-ce qu'une table. C'est un appartement modeste, aux cloisons minces. On entend les voix des autres vacanciers, des téléviseurs, et on ne voit pas la mer, juste les corbeilles des paraboles. Papa a préparé des moules en sauce, il a fait une friture.

C'est notre premier dîner savoureux depuis longtemps. Nous trempons le pain dans la sauce des moules, ouvrons une autre bouteille de bière. Papa fume, évoque mon enfance, la fillette antipathique que j'étais, trop introvertie pour plaire à qui que ce soit, ce qui peut expliquer pourquoi nous étions tout l'un pour l'autre.

Diego réclame des détails. Papa se lève et m'imite, les bras croisés, l'air hautain. Ces souvenirs me font de la peine.

« *Mère abbesse*, voilà comment sa grand-mère l'appelait.. » Il rit.

Je lui tape sur le bras.

Diego nous regarde, la soirée est douce.

C'est la dernière que nous passerons ensemble, nous l'ignorons encore. Quelqu'un, là-haut, le sait peut-être. Nous sommes nimbés d'une étrange lumière. Dieu éclaire nos adieux.

C'est le dernier dîner du jeune apôtre. Son catogan est mouillé, il s'est baigné. Il fume un joint. Papa lui demande une bouffée.

« Qu'est-ce que tu fais, papa ? »

Il secoue les épaules. « Mais oui… »

Papa a gagné sa chambre en riant. Diego et moi allons manger une glace dans un établissement de bains ouvert toute la nuit. Les clients dansent sur la terrasse en béton : des filles aussi noires que des Africaines, aux oreilles ornées de grosses boucles d'oreilles blanches, aux longues franges, et des garçons à cheveux brillantinés portant des tee-shirts moulants, voyants… le tourisme local venu de l'arrière-pays.

Puis Diego me dit qu'il veut faire l'amour. Il ferme les paupières et je reconnais sa mendicité de chiot aveugle, tout juste né, qui cherche la mamelle dans le noir… Nous sommes sur la plage comme deux adolescents, nous entendons le martèlement de la musique et les voix qui s'échappent de l'établissement de bains…

« Rentrons… »

Il m'entraîne sur le sable, entre les chaises longues. Il s'agrippe à moi telle une rame à son tolet et lutte dans ce calme nocturne, comme s'il devait me mettre à l'abri en pleine tempête.

Il n'est pas là quand je me réveille, le lendemain matin. Nous sommes retournés à l'appartement, avons souillé nos draps de sable. Je pense qu'il est allé au bar où l'on trouve des bons croissants et des journaux : il est affamé à son réveil, le petit déjeuner est le seul repas dont il a besoin. Un instant, je l'imagine repu, assis à l'une de ces tables en plastique, profitant du chaud soleil.

Je descends faire les courses et, en rentrant, vois le garage ouvert. Papa est à l'intérieur, il range les étagères, nettoie une clef anglaise avec un chiffon imprégné d'essence de térébenthine.

« Où est Diego ? »

J'ai acheté une moitié de pastèque et des tomates. Je lâche le sac en plastique, m'appuie contre le mur frais.

Papa me rejoint. « Pardon. »

Il parle lentement, comme lorsqu'il s'adressait à ses étudiants. Je l'écoute dans ce climat irréel, dans ce garage aux allures de hangar. Diego est venu ici dans l'intention de partir, m'apprend-il : Ancône est à deux pas. Il n'a pas pu l'en dissuader… Il secoue la tête.

Il est donc allé dans des surplus et lui a acheté un gilet pare-balles.

« De bonne qualité. Avec des plaques… Un de ces gilets qu'on utilisait en Irlande du Nord… »

Ses yeux sont brillants. Je me dis qu'il a perdu la tête.

J'imagine ce pauvre vieux en train d'essayer le gilet pare-balles, le tâtant, lui donnant des coups de poing pour s'assurer de sa résistance. Il le dépose ensuite sur les épaules osseuses du fils qu'il n'a jamais eu, du garçon qu'il aime et qu'il laisse partir, tel un enfant qui va à la guerre.

Il pose ses mains sur sa tête.

Il a un air désespéré et coupable. Il me demande presque de l'aide.

Il y a dans le hangar mon vélo de fillette avec son panier blanc. Nous pédalions ensemble sous les pins, moi devant, et lui derrière. Soudain je déteste toute ma vie… mon enfance et cet âge adulte sans fruits.

« Tiens… »

C'est une feuille à petits carreaux, pliée. Sans enveloppe, comme si toute pudeur était devenue inutile.

Une ligne.

Mon amour, je m'en vais. Diego

De retour à Rome, je rêvai de ce voyage presque toutes les nuits. Je voyais la moto peiner sur les sentiers que harcelaient les milices irrégulières. Je voyais les yeux du jeune motard, ses yeux las qui transperçaient une terre privée de lumière.

Je passais mon temps devant le téléviseur. C'est ainsi que j'assistai à l'incendie de la Bibliothèque nationale de Sarajevo. Le reporter disait : « La ville est recouverte d'une pluie de cendres. » Les livres qu'elle abritait depuis des siècles avaient été réduits à un essaim d'ailes noires. Une neige terreuse ensevelit, en ce mois d'août, toute la mémoire des hommes. Le symbole de cette ville ouverte, de ces cultures mêlées comme de l'eau. À présent, la Miljacka était couverte de suie : un long ruban funèbre qui se dévidait le long de son lit. Je me remémorai la fille menue à lunettes qui tirait les ouvrages des étagères, les portait dans le couloir par trois, par quatre, pas plus. Elle marchait d'un pas prudent, presque obséquieux, par crainte de les faire tomber, comme si elle tenait dans ses bras un bébé. Puis elle les plaçait devant les chercheurs avec le règlement et invitait à tourner les pages du livre avec précaution.

Elle devait être en train de creuser à quatre pattes, à présent, ensanglantée par la suie, au milieu de ces jeunes gens qui s'employaient à sauver quelques pages, des bouts d'eux-mêmes dans ce martyre. Un instant, je crus voir Diego à l'écran. Ce n'était pas lui.

Puis il appela.

« C'est moi. »

Une voix métallique, mais extraordinairement proche.

« Où ? Où es-tu ? »

Il téléphonait du hall de l'Holiday Inn avec l'appareil satellitaire d'un reporter de la télé canadienne. On entendait un bruit infernal autour de lui. Des phrases hurlées en anglais, mais aussi des rires, plus éloignés.

« Comment vas-tu ? Parle plus fort !

— Bien. Je vais bien. »

Il paraissait incroyablement calme.

Je l'interrogeai sur son voyage. Il garda le silence un moment, comme s'il l'avait déjà oublié, puis me raconta qu'il était passé par Medjugorje, qu'il avait assisté à la messe... seul homme au milieu d'un troupeau de paysannes en larmes. Dans les enclaves serbes, les adolescents l'avaient salué de trois doigts levés. Tout le monde l'avait arrêté : Serbes, Croates et bérets verts musulmans, mais grâce à sa carte de presse et à quelques centaines de marks, il avait pu poursuivre son chemin. Sur le dernier tronçon, le plus dangereux, le col de l'Igman, il s'était placé sous la protection de trois blindés de l'ONU qui escortaient des camions d'aide humanitaire.

J'avais envie de lui dire mille choses. J'attendais ce moment depuis plus de six jours, enfermée dans l'appartement, devant le téléphone, et voilà que je m'embrouillais.

Je ne parvins qu'à lui poser une question stupide.

« On ne t'a pas tiré dessus ? »

Un silence. Puis je l'entendis tousser.

« Non, pas encore... »

Je m'enquis de Gojko et de Sebina, de Velida et de Jovan, d'Ana et des autres.

Ils étaient tous en vie.

« Et Aska ? Tu l'as vue ? »

Je restai plantée là. Abandonné sur mes jambes, le combiné répétait le même signal, mais je ne me décidais pas à raccrocher, comme si Diego pouvait franchir cette distance...

Il avait parcouru des kilomètres à travers des villages incendiés, des routes minées, des ponts en lambeaux, et regagné cette ville que tout le monde s'efforçait de quitter. Il avait croisé les convois de réfugiés et d'orphelins qui fuyaient le siège et, maintenant, il se trouvait dans ce cercueil.

J'appelai papa.

« Il est arrivé. »

Je l'entendis pleurer, racler sa gorge nouée.

« Il t'a dit où il loge ?

— Je ne sais rien, papa. »

Mon front à moi, c'était la ville tranquille. C'était mon appartement propre et vide, sans Diego. Ses jeans et ses mégots qui n'y traînaient plus, ses pellicules qui ne roulaient plus sous le canapé. Le désordre lui appartenait, et la vie aussi peut-être. Toute seule, je ne salissais pas, je n'existais pas. J'étais neutre, inodore. J'enlevais mon assiette une fois la dernière bouchée avalée. Mon lit était toujours intact. Je m'attardais devant le piano : il m'évoquait une grande urne crème qui aurait renfermé les cendres de nos meilleures journées. J'attendais la paix, les résolutions de l'ONU. J'écoutais le pape réclamer la fin des combats. Pendant ce temps, à Genève, les commanditaires de l'horreur buvaient de l'eau minérale.

Diego était là-bas, sur le front qu'il s'était choisi. Celui des vitres brisées.

Au milieu : le no man's land qu'était mon corps abandonné, pareil à la terre brûlée embrasée par les mitrailleuses, un no man's land entre deux tranchées qu'un écureuil traverse par hasard un matin, à l'aube. Il sent une présence humaine, jette un regard circulaire, mais ne peut voir les hommes dissimulés derrière les sacs de sable.

C'était ainsi que je continuais de vivre : incrédule, égarée.

Je continuais de nourrir notre oiseau, mais je posais les miettes sur le rebord de la fenêtre car il n'avait pas confiance en moi. Il était habitué à la main de Diego, de ce garçon qui, été comme hiver, ouvrait la fenêtre torse nu.

Je me rendais presque tous les jours au ministère des Affaires étrangères en quête de nouvelles, je patientais des heures avant de parler à un fonctionnaire.

« Il faut que je rejoigne mon mari. »

Je demandais qu'on m'autorise à emprunter un des avions militaires qui partaient pour la Bosnie.

« C'est trop risqué. Il vaut mieux attendre.

— Je ne peux pas attendre. »

J'étais décidée à traverser le no man's land pour gagner l'autre front. Puis, un matin de septembre, à l'aube, je reçus un appel de Gojko. Sa voix rocailleuse, ravagée par les cigarettes, s'échappa du combiné. Diego allait bien, il logeait chez lui, dans l'appartement communautaire. Il était très difficile de téléphoner, presque impossible. Gojko était pressé, il appelait du bunker de la télévision. Un ami lui avait prêté un téléphone satellitaire.

« Comment va-t-il ? Comment allez-vous ?

— Nous résistons.

— Les journaux télévisés racontent que la ville est totalement détruite, que les bâtiments ont presque tous été endommagés.

— Non, nous sommes encore debout. »

Je m'enquis de Sebina. Il répondit qu'elle ne pouvait plus s'entraîner.

« Envoie-la en Italie.

— Maintenant il est très difficile de sortir. »

Je retournai au ministère des Affaires étrangères. Je m'étais liée d'amitié avec un jeune fonctionnaire, amateur de cravates voyantes, aussi pimpant et optimiste qu'un agent immobilier.

« Écrivez le nom et le prénom de cette fillette. »

Je m'immobilisai, le stylo à la main. J'avais la tête remplie d'une eau à la surface de laquelle plus rien ne flottait.

« Vous vous souvenez de l'adresse ?

— ... C'est une grande rue, à Novo Sarajevo... »

Il me regarda pleurer.

« Un café, ça vous dirait ? »

Début septembre. La télévision annonce qu'un avion militaire, un G222 de l'armée italienne, en mission de paix, s'est crashé aux portes de Sarajevo, sur le mont Zec. Il transportait un chargement de couvertures pour l'hiver, un missile lui a brisé une aile. De jeunes épouses attendent le résultat des recherches, hébétées devant leurs téléviseurs. Les héros ne sont plus que des lambeaux de chair sur ces sommets escarpés de plus de deux mille mètres, mais elles continuent d'espérer, serrant leurs enfants contre elles. Des gamins intrigués par la foule, par les journalistes qui frappent aujourd'hui à la porte de chez eux, où jamais personne ne frappe, cette porte qui s'est refermée sur leurs pères, vêtus de leur uniforme et seuls, comme toujours.

La nuit, je pense à ces veuves, à ces grands lits achetés à crédit, à moitié vides. Elles réagiront comme moi : elles resteront inertes dans le noir, essuieront leurs larmes pour éviter de salir la taie d'oreiller.

Je pense à ces enfants, au bras qu'ils ne lèveront plus pour donner la main à leur père.

Les cercueils ont été rapatriés à la base militaire de Pise, enveloppés dans le drapeau tricolore de la mort. Le pont aérien est interrompu. La ville martyre est isolée du reste du monde, à la merci de ses bourreaux.

Au téléphone, le fonctionnaire est expéditif. Il n'a pas de temps à me consacrer.

« Les vols humanitaires sont suspendus, madame.

— Mais il faut que je parte.

— Là-bas, c'est l'enfer.

— Il y a mon mari dans cet enfer.

— Je suis désolé. »

Ma résistance est faite de petits riens. Pour éviter de perdre l'équilibre, il suffit de bouger très doucement, de ne rien déplacer. Le mal m'oubliera peut-être, passera par-dessus moi sans me voir. Je me réveille en pleine nuit. Je cours, assise dans mon lit. J'ai rêvé que le téléphone sonnait, que la voix du fonctionnaire s'en échappait. « Madame, je suis désolé, mais votre mari était un crétin, certaines personnes ont vraiment le chic de se fourrer dans le pétrin. Un café, ça vous dirait ? »

Au bureau également, j'ai les yeux rivés sur le téléphone. *Maintenant*, me dis-je. *Maintenant, le ministère des Affaires étrangères va appeler pour m'annoncer la nouvelle*. Je soulève le combiné, m'assure qu'il y a la tonalité. Puis je me console. Viola s'approche, son inutile sourire aux lèvres. « S'il était arrivé quelque chose, tu le saurais déjà. Il y a un tas de journalistes et de volontaires là-bas, des gens qui vont et viennent, qui ne meurent pas », dit-elle. Le problème, c'est que je connais Diego… sa manie d'aller vers la périphérie, vers les flaques d'eau mineures. C'est ce centre désaxé qui l'attire. J'ai peur qu'il ne soit à découvert.

Les images des camps de concentration bosniens passent sur les écrans. On en a dénombré cinq. Le plus terrible se dresse près des vieilles mines de fer. On découvre des squelettes humains, édentés, mutilés, comme on n'en avait pas vu depuis longtemps.

Puis Diego téléphone, et cette fois il semble moins pressé. J'entends une déflagration, je lui demande ce que c'est. Il répond que c'est la musique du jour. « Attends. »

D'autres bruits, par nappes, effilochés.

« Diego ! Diego ! »

Le revoici : « Tu as entendu ? Des rafales de mitraillette. Des obus. Des grenades. Des coups de feu contre une ambulance.

— On tire aussi sur les ambulances ? »

Il rit. A-t-il perdu la tête ? Ou est-il tout simplement saoul ?

Suit une semaine de silence. Je vais chez le coiffeur, m'installe dans la vallée de bien-être, me laisse même limer les ongles des pieds. Il y a là des femmes aux sacs élégants, elles ont des rendez-vous dans cette ville qui a repris ses activités après la pause de l'été. Moi, je n'ai que mon corps abandonné, ma tête à laquelle j'ai tenté d'imprimer un ordre extérieur. Je suis l'otage du no man's land. Quand je ressors, j'ai l'impression d'être une poupée, imprégnée de parfums étrangers. Il pleut et je n'ouvre pas mon parapluie, je m'offre à la dévastation avec plaisir.

Piles, vitamines, lampes de camping

Piles, vitamines, lampes de camping. Quoi d'autre ? Le moindre objet était utile, on manquait de tout là-bas. Antibiotiques, pastilles désinfectantes pour l'eau. Cigarettes, lait en poudre, viande en conserve. J'entrais dans les magasins, tirais de ma poche mon bout de papier froissé : Gojko m'avait dicté une liste et je lui obéissais. À la peur succédait non le courage, mais l'élan qu'imprime le moindre but, fût-il infime.

J'avais déjà confié un colis à Caritas, mais il n'était jamais arrivé : parfois, on éventrait et pillait les paquets. Maintenant, je partais, et ce paquet-ci m'accompagnerait. Une énorme valise à roulettes en tissu extensible et résistant.

La vendeuse a lancé un regard abasourdi à cette femme maigre au comportement étrange qui voulait s'asseoir sur la valise noire pour s'assurer de sa solidité.

« Qu'allez-vous transporter ?

— Un cadavre. »

Elle a ri de ma blague, humour noir également. J'ai payé, traîné le bagage jusqu'à l'appartement. La meilleure de toutes les queues qui me suivent.

C'est une femme sèche, fanée par le silence. Une femme stérile qui traîne une grande valise vide dans les rues, sur les trottoirs. Remplir cette valise peu à peu va constituer son but au cours des journées à venir.

Empiler encore et encore, chaque nuit. Au fond, les objets les plus durs, les plus encombrants, puis les petits, les plus fragiles, les flacons en verre. La valise me regarde. Maintenant, je ne suis plus seule.

Tout ce que j'y dépose porte un espoir de vie.

« Les femmes n'ont plus de serviettes hygiéniques, apportes-en aussi », a dit Gojko.

À la pharmacie, je caresse les petits paquets roses, violets. Extra-slim, protections ultraplates et efficaces, les plus chères, qu'on ne distingue même pas sous un pantalon moulant. Celles qui prennent le moins de place. J'en tapisse le fond de la valise. Ça suffira. Les femmes affamées n'ont sans doute pas des règles abondantes.

Papa m'apporte aussi des choses. Il contemple la valise comme s'il s'agissait d'un cercueil.

« Je vais chercher Diego », lui ai-je annoncé.

Il ne dit pas un mot, il obéit à mon chagrin, à ma fureur.

Remplir la valise est une tâche ardue, qui occupe mes journées et provoque des disputes entre nous. « Je ne peux pas y mettre d'objets encombrants, je te l'ai déjà dit ! Plus rien n'y entre, tu ne le vois pas, bon sang ? » Et je lui lance ses couvertures à la figure.

Il semble que ce bagage doive grossir pendant la nuit, enfler à l'image d'un ventre, d'un container... il semble qu'il doive sauver, nourrir, vêtir tout Sarajevo ! Je le contemple, les yeux fébriles. Je me relève, vérifie la date d'expiration des antibiotiques, des barres énergétiques. Tout est utile... J'embrasserais tout. Je couve la valise du regard, comme une mère le trousseau de sa fille.

Quelle part de vie cette guerre renferme ?

Et ma paix, quelle mort ?

La vie m'a de nouveau saisie aux pieds, au sexe, au ventre.

Dans un grand magasin, j'achète une montagne de feutres, de cahiers de dessin.

« Vous êtes professeur, madame ? »

Je réponds : « Je vais à Sarajevo. »

La caissière robuste, abêtie par la routine de son travail, change soudain d'expression. Elle se métamorphose en mère vibrante. Toute son humanité lui remonte au visage sous forme de plaques rouges. Un magasinier à boucle d'oreille et dents de drogué s'offre de m'aider à son tour, puis le directeur à cravate rayée. Ils tirent du sous-sol de vieux articles de papeterie et des vêtements.

« Prenez, madame, prenez. Apportez-leur ça aussi. »

Le magasinier est furibard.

« Ces sauvages utilisent les dénoyauteurs d'olives pour arracher les yeux aux gens... »

Il allait en Yougoslavie en vacances, il avait même une fiancée à Spalato. « C'était un paradis », dit-il.

Dans la salle de gymnastique, les femmes trottinent, s'exercent sur un nouvel appareil, le *step,* une marche en plastique qu'elles ne cessent de monter et descendre, en nage.

J'observe leurs bodies échancrés sur leurs petites fesses. J'abandonne la marche en plastique, cours sur le tapis roulant. Il faut être en forme pour retourner à Sarajevo, il faut pouvoir se déplacer rapidement, avoir assez de souffle : la mort, je la laisse à quelqu'un d'autre, quelqu'un de plus âgé, de moins entraîné.

Dans les vestiaires, les femmes s'enduisent de crème, se déhanchent, toutes nues, exhibent leurs corps sculptés… Elles parlent d'hommes, de régimes, se maquillent, se jettent une chaussette au nez.

Je ferme les yeux à demi. La tiédeur des douches, des sèche-cheveux, m'engourdit. Adieu, mesdames, adieu. Adieu, pauvres petites connes.

Papa m'a surpassée : il a dévalisé le marché aux puces de la Porta Portese, il a acheté des jeux de clefs anglaises, des bobines de fil de cuivre, des transistors, et même des lunettes de vision nocturne. Enfin, j'obtiens une place à bord d'un avion humanitaire.

Viola me téléphone. On lui a trouvé un nodule au sein. Elle pleure sur ses seins, elle pleure sur mon départ. « Tu es ma meilleure amie. »

Je n'ai jamais réellement été l'amie de cette fille malmenée par la vie, c'est elle qui a tout fait. Mais ce soir je pense qu'elle a vraiment fait quelque chose, que certaines personnes s'insinuent en vous, comme un cancer, sans qu'on sache bien à quel moment.

Je lui demande : « Tu as peur ?

— Je l'encule, ce nodule… »

Je n'arrive pas à savoir si elle pleure ou rit.

« Et toi, tu as peur ? »

J'ai peur de tout, des camions sur l'autoroute, de la foule aux concerts. J'ai même peur des éclairs, alors une guerre…

Papa m'apporte une cagette de pêches encore vertes. Je le rabroue, puis nous rangeons la dernière strate avant les lainages.

Papa s'est assis sur la valise, et j'ai fait le tour en zippant la fermeture Éclair. À présent, c'est un gros corps refermé.

Je la traîne dans l'appartement. J'essaie de la soulever. Il faut que je sois autonome. Personne ne m'aidera à porter mon bagage humanitaire.

Je la serre contre moi pendant ce vol qui me paraît extrêmement rapide parce que la peur a refait son apparition : si je pouvais, je partirais pour New York. À l'intérieur de l'appareil, du fer. Quelques sièges nus accrochés aux parois, et beaucoup d'espace vide occupé par des caisses, des tas de toile militaire. Après la mer, nous survolons la terre.

Un goût acre me remonte à la gorge, à croire que mon estomac fermente. Mes bras et ma tête sont raides, je presse les pieds sur le métal qui ne cesse de vibrer. Il règne ici un bruit assourdissant de moteurs qui brûlent le ciel. Je le sais, je le sens : depuis que nous avons amorcé la descente, nous sommes devenus une cible pour les tireurs des forêts. Des scènes vues à la télévision me reviennent à l'esprit : morceaux d'avions abattus, bouts de carlingue et d'ailes qui arrachent les branches de sapinières aussi épaisses que de la boue. Ma bouche est sèche, ma langue inerte, ma chair grise, pareille à de la mie de pain moisie.

Je voyage en compagnie de trois autres civils en mission de paix sur cette terre sans paix. Deux médecins et la volontaire d'une radio libre Vanda. Une fille robuste, masculine, plutôt négligée, qui me rappelle certains hommes slaves. C'est la plus détendue de tout le groupe. Elle a séjourné deux fois à Sarajevo depuis le début du siège. Elle ressemble à un gros rat capable de se mouvoir dans des situations de contrainte ; comme les reporters de guerre dans les films, elle porte une veste avec d'innombrables poches qui ressemblent à des caches à grenades. Elle mâche du chewing-gum, souffle des petites bulles dont chaque explosion me fait sursauter.

Ma valise sent les pêches de papa. Vanda sourit, crève une nouvelle bulle, elle doit me prendre pour une débile. Elle veut savoir si je repars ce soir : en général, déclare-t-elle, les intellectuels ne passent à Sarajevo que quelques heures, juste pour pouvoir dire qu'ils y sont allés, juste pour renifler l'odeur de fourmis brûlées.

« De fourmis brûlées ?

— C'est ce que sentent les morts. »

Elle imagine sans doute que je suis un de ces chacals de l'encre.

« Je vais retrouver mon mari, un photographe. Il est là-bas depuis plusieurs semaines. »

Elle me demande son nom. Elle le connaît, dit-elle, elle l'a vu fin août. « Il est sympa, il est fou.

— Fou ? Pourquoi ?

— Il se baignait dans la Miljacka sous les tirs. »

Je secoue la tête. Mais elle est certaine de ce qu'elle avance : « Il est bouclé et barbu.

— Non, il n'est pas barbu.

— Alors ce n'était pas lui, mais un autre Diego. »

Un autre Diego, me dis-je, *un autre Diego.* Pendant ce temps, l'avion se pose. Atterrissage de guerre, en spirale. Il descend brutalement. Un instant, je vois le coup de fouet des montagnes, puis je sens l'impact des roues.

L'aéroport dispose de trois passages de douane, trois barrages. Des militaires des armées rivales s'approvisionnent en café à la même machine automatique, la seule rescapée. J'observe cette scène surréaliste, des ennemis qui se penchent à tour de rôle devant le même distributeur en métal. L'aéroport est aux mains des Casques bleus, qui protègent la piste et le tri des aides humanitaires. Dans la pratique, ils cohabitent avec les miliciens serbes. Il n'y a pas de tension entre eux, ils sont tous très fatigués. Des soldats égyptiens sommeillent sur des vestiges de sièges, leurs casques bleus flottent sur leurs visages maigres et sombres. Nous patientons un long moment avant qu'une Jeep blindée de la Forpronu, la « force de protection » des Nations unies, nous conduise en ville. Il est possible que les Bleus négocient quelques instants de trêve car j'entends l'un d'eux discuter avec un type en tenue de camouflage, coiffé d'un béret noir orné d'un aigle : « *Can they go now ? OK ? Slobodan ? Free ?* »

Le Serbe acquiesce. Par quel mystère un officier de l'ONU demande-t-il l'autorisation de passer à un militaire de l'armée d'invasion ? Je n'ai pas le temps de m'attarder sur la question. L'aéroport n'est qu'une mauvaise blague, un pied gangrené au bout du corps malade de la ville. Si c'est la porte qui ouvre sur le monde, il n'y a pas de salut pour les rats.

Nous montons, tête baissée, à bord du véhicule. Nous franchissons le premier check-point, des monceaux de fer, des rails semble-t-il arrachés et croisés, des montagnes de sacs de sable. Têtes cagoulées, kalachnikovs agrippées aux corps. Le chauffeur crie : « *Keep your head down !* »

La Jeep file sur l'Allée des *snipers*, fait une embardée pour éviter les ordures qui l'ont envahie. J'aperçois, à travers l'unique fente de lumière, l'immeuble d'*Oslobodjenje* : il ne reste que l'armature de l'ascenseur, comme un bâton de réglisse dans une glace fondue.

Nous avons gagné l'immense hall de l'Holiday Inn après avoir dévalé à toute allure la rampe menant à l'accès souterrain. Un ventre sombre, protégé par des bâches de la Forpronu, rempli de journalistes et d'équipes de télévision. Des individus louches m'assaillent pour me proposer un gilet pare-balles, une voiture ou des informations, me demander si j'ai des devises à changer. Exhibant une jambe nue récemment recousue et un éclat de grenade sous le bras, un type cherche quelqu'un à qui vendre son histoire. Je patiente dans cette casbah. Les seules chambres encore libres ne se trouvent pas dans la zone sûre, mais vers Grbavica. Craignant de m'endormir, et qu'on ne me vole ma valise, je la traîne vers un salon aménagé en restaurant et mange un sandwich chaud, sans aucun goût mais qui me paraît délicieux, assise à une longue table parmi des reporters qui parlent fort et qui rient.

« *Here you need to laugh!* » s'exclame un cameraman allemand en clignant de l'œil à mon intention.

Je regagne les canapés du hall en sa compagnie. Il m'offre une bière et m'explique comment se déplacer dans la ville assiégée. Il semble nerveux : il a filmé dans la journée la tranchée du Žuč. Il pose la main sur ma jambe, m'invite à m'installer dans sa chambre. Un sourire éclaire son visage cramoisi et stupide. C'est la guerre, il doit sans doute trouver normal que je vienne dans son lit. J'entends un premier grondement, puis un second, plus proche, quelques secondes plus tard. Je reconnais le bruit des obus.

Je lève les yeux vers la grande passerelle en forme de spirale sur laquelle donnent les chambres. Je songe à la nuit où Diego et moi avions regardé de là-haut nos silhouettes se refléter dans le hall désert et brillant.

Je ne me rappelle pas avoir vu de prostituées en ville. Et voilà que des filles en minijupe sont assises sur de hauts tabourets, près du bar, en compagnie des journalistes étrangers. Sur la table voisine, un homme a posé son revolver comme si c'était un simple paquet de cigarettes. Un autre, vêtu d'une veste en cuir noir, compte une liasse de marks. Ils parlent de paris, d'un endroit à Marijin Dvor où ont lieu des combats de chiens.

Ces heures-là, ce prélude, me transmettent une sensation… poisseuse d'images qui brillent devant mes yeux et s'éloignent, comme des bulles d'huile à la surface de l'eau.

Une main s'enfonce dans mon épaule, me frappe presque. Gojko s'agenouille devant moi, m'étreint, me retient.

« Belle femme. »

Nous allons à l'arrière de l'hôtel. Maintenant, c'est lui qui traîne la valise.

« Et Diego ?

— Il t'attend. »

Il a toujours sa Golf mais, avec sa carrosserie cabossée, criblée de trous, ses portières empruntées à d'autres véhicules, ses vitres manquantes, on la dirait tout droit sortie d'une bande dessinée.

« Ce sont les nouveaux modèles à Sarajevo City. » Il rit. Qu'il y arrive encore me semble miraculeux.

Nous filons à bord de cette voiture futuriste vers un avenir qui sera peut-être à son image, un avenir fait de restes. Le ciel est glacial, d'un bleu sombre qui commence à s'éclaircir. J'observe ce paysage de ruines. Immeubles aussi noirs que des cheminées d'usine, enchevêtrements de fer, squelettes de voitures, de tramways… façades en dur de HLM qui ressemblent maintenant à du carton brûlé. Nous essayons de gagner Baščaršija. Gojko traverse des décombres, emprunte des passages de fortune, enfile des rues inconnues. Aux carrefours à découvert, il appuie à fond sur l'accélérateur et me maintient la tête en bas. C'est un geste possessif. C'est pour me sauver la vie, mais peut-être cela l'amuse-t-il un peu également, il exagère le danger. Il hurle, émet de longs gémissements bestiaux. Il n'a pas changé au fond, c'est toujours le même Bosnien fou dans cette ville brisée.

Il déboule à toute allure dans la cour : arcades tombées, hautes herbes jaunâtres. L'immeuble est vérolé par les impacts de balles, mais intact à l'intérieur, simplement plus noir, plus sale. Dans l'escalier, les dalles de pierre bougent. Je cours. Diego.

Il est là, dans un petit jardin rempli de bougies qu'il a allumées pour moi. Il vient à ma rencontre. Je l'étreins. Je sens en lui quelque chose de nouveau, de la dureté. Ses os semblent en fer. Je le dévisage. Il est maigre, a les lèvres sombres. Une longue barbe lui dévore les joues. Il a la même tête que ces immeubles. J'ai du mal à le toucher, à le reconnaître.

Je souris, lui dis qu'il ne sent pas très bon. Et pourtant, il affirme qu'il a pris une douche avec un arrosoir, à la mode de Sarajevo, explique-t-il.

Il me fait penser à un animal en cage. Un des babouins morts du zoo.

Je prends sa main. Nous nous isolons dans un coin. L'appartement est plongé dans l'obscurité, les fenêtres sont masquées, les murs fissurés.

« Comment peux-tu vivre ici… ? »

Il enfonce son visage dans ma main. Il me renifle et se frotte contre moi, s'imprègne de tout ce dont il a été privé.

Il me fixe. Ses yeux sont d'étranges marécages. Je me dis soudain qu'il n'est pas ici, que ce n'est pas moi qu'il cherche, que ce qu'il cherche n'existe plus.

« Mon amour… »

Nous nous caressons, comme deux ressuscités.

Il me tend un bouquet de fleurs en papier.

La fleuriste de Markale, la petite vieille aux allures de fée n'a plus de vraies fleurs à vendre. Elle en fait avec des bouts de papier qu'elle fronce et colorie. Ces fleurs sont magnifiques et tristes à la fois, elles portent toute la nostalgie des couleurs, du parfum, de la vie. Et Diego leur ressemble, me dis-je.

Il est affamé. J'ouvre ma valise, mon trésor. Il mord dans une pêche, le jus coule sur son menton.

Les autres arrivent, Ana, Mladjo… des inconnus, venus de maisons détruites, des réfugiés des quartiers occupés. Je déballe mes provisions. Ils m'embrassent, m'étreignent comme des amis de toujours. « *Hvala Gemma, hvala.* » D'autres personnes afflueront tout au long de la journée. Un colis est arrivé, une valise bourrée de choses à distribuer… Aujourd'hui l'appartement à des allures de *Benevolencija.* Nous festoyons, ouvrons les conserves de viande, de pickles, mangeons le parmesan. Gojko sort une bouteille de *rakija* de sa réserve personnelle.

Je m'approche de la fenêtre, écarte la bâche, me glisse dans la fente. La ville est prisonnière de l'obscurité… creusée comme une mine dont on n'extrairait plus rien : quantité de trous et de galeries abandonnées. La pénombre apaise, en effaçant les choses. J'entrevois le tronc clair d'un minaret décapité.

Que sont devenus les bruits familiers ? Le tintement des cloches, la mélopée du muezzin ? Où sont les senteurs ? L'odeur farineuse des fonds de café ? L'odeur violente des épices et des *ćevapčići* ? Où sont les gaz d'échappement des voitures ? Où est passée la vie ?

Il n'y avait plus d'intimité. Tout le monde dormait ensemble, comme partout à Sarajevo, sur des matelas entassés dans le couloir, loin des fenêtres et des endroits les plus exposés aux coups de mortier, des canons.

J'étais la seule à sursauter. Mes compagnons semblaient tous habitués, peut-être étaient-ils devenus sourds. Je voyais une file d'yeux dans la pénombre, qu'éclairaient quelques bougies faites artisanalement, avec des bouts de ficelle flottant dans des coupelles d'eau recouvertes d'une pellicule d'huile. Tout le monde fumait les cigarettes que j'avais apportées et qui constituaient sans doute le cadeau le plus apprécié, parce que « se priver de nourriture, c'est dur, mais se priver de cigarettes, c'est atroce ». Du reste, on fumait n'importe quoi désormais, des feuilles de thé et des fleurs de camomille, la paille des champs et celle des chaises. Ana avait fourré plusieurs paquets de serviettes hygiéniques au fond de son sac en toile turc, qu'elle serrait maintenant contre son ventre comme un oreiller. J'observais leurs yeux à tous, des yeux aussi étranges que ceux des animaux nocturnes… leurs bouches qui suçaient les cylindres de tabac en enflammant la braise.

Les yeux de Diego aussi étaient hallucinés, fixes, muets, comme posés sur le même étang que les autres, une étendue d'eau trouble qui ne reflétait plus rien.

« Comment vas-tu ?

— Bien, oui… »

Mes mots semblaient lui parvenir de loin, pareils à un écho. Il avait promené ses doigts sur ma bouche, comme s'il voulait en sentir la chair. Il la pressait comme une matière chaude mais inaccessible à lui.

Il s'adossa au mur, se mit à jouer de la guitare dans le noir.

Puis nous nous allongeâmes sur un des matelas. Il se replia comme un fœtus et sa respiration changea aussitôt de rythme. Il dormait déjà. Je me dis qu'il s'était enfoncé dans ce sommeil pour s'écarter de moi. Peut-être avait-il simplement trop bu, lui aussi. Seule éveillée, je me levai et déplaçai un bocal rempli de mégots. Des bidons d'eau s'entassaient dans un coin, près d'un monceau de chaussures. Les fenêtres étaient fermées, mais le froid filtrait à travers les bâches qui servaient de vitres. L'hiver ne tarderait pas. Pourquoi étions-nous ici, étendus parmi ces gens ? me demandais-je, les yeux rivés sur le dos de Diego.

À l'aube, un bruit sourd me réveilla, peut-être celui d'un coup de mortier, il s'abattit sur moi dans la torpeur d'un sommeil tardif… J'avais du mal à bouger. Il n'y avait plus personne autour de moi. Seul Gojko s'affairait autour d'un transistor.

« Où est Diego ?

— Il ne voulait pas te réveiller. »

Nous mangeâmes des biscuits que j'avais apportés.

« Sais-tu s'il voit Aska ? »

Il ne répondit pas.

« Elle est partie ? Elle est en vie ?

— Elle vit encore à Sarajevo.

— Dis-moi s'ils se voient.

— Je ne sais pas. Je ne sais pas ce que fait Diego… nous nous voyons rarement. »

Les miettes des biscuits s'accrochaient à sa barbe.

« Je n'ai jamais eu confiance en toi, lui dis-je.

— Tant pis, ce n'est pas grave. »

À la lumière du jour, je m'apercevais maintenant que le regard de Gojko était sale, entaché par ces mois de guerre. Sa jeunesse s'était envolée. Il traînait derrière lui un fardeau de déception, d'acrimonie... Son humour s'était gâté, il sentait les fourmis brûlées, comme le reste. Je songeai que j'allais vieillir moi aussi d'un seul coup.

Diego rentra quelques heures plus tard. Il était allé chercher de l'eau. Ses bras étaient engourdis de fatigue, du poids de ces bidons qu'il avait transportés sur près de deux kilomètres.

« Comme ça, tu pourras te laver. »

Nous nous enfermâmes dans la salle de bains. La baignoire en céramique était grise, veinée de jaune. Le robinet, sec.

Nous remplîmes une bassine d'eau. Je me déshabillai. Pour la première fois, ma nudité me gênait. J'avais l'impression qu'il n'y avait plus d'intimité entre Diego et moi. Embarrassé, lui aussi, il fuyait mon regard, préférant faire couler l'eau entre ses doigts, comme s'il cherchait quelque chose... un reflet lointain, un passage.

« Regarde-moi ! » lui lançai-je.

Il leva les yeux lentement. J'étais nue. Une plante morte, sans écorce. Du bois blanc, coupé.

« Qu'y a-t-il ?

— Tu es belle.

— Qu'y a-t-il ? »

Il m'effleura le ventre, le nombril. Soudain sa main me répugnait.

Il me touchait comme il m'avait regardée, avec la même distance, comme si j'étais un pantin.

Je me recroquevillai, rentrai dans ma coquille.

Il ôta ses vêtements, se rapprocha de moi, plongea une éponge dans la cuvette et entreprit de me laver le dos. Je pivotai vers lui... ses os étaient jaunâtres sous sa peau fine, aride ; inerte entre les poils, son sexe semblait blotti dans un nid noir. On aurait dit un vieillard.

« Pourquoi es-tu ici ? lui demandai-je.

— Je suis là où je dois être. »

Le lendemain matin, je me réveille avec les autres à l'aube. Diego est courbé près de la valise. Il remplit son sac à dos.

« À qui apportes-tu tout ça ? »

À des familles qu'il connaît, répond-il, à des vieillards qui ne peuvent plus se déplacer, à des veuves qui ont des enfants à charge.

Je m'habille après lui, le suis jusqu'au pont Ćumurija.

La ville m'apparaît de jour. Il n'y a plus un seul bâtiment intact, les dômes des mosquées sont des couvercles en métal perdus dans les gravats. Dans le quartier de Baščaršija, Les rideaux en fer sont baissés, et dans les magasins, les gondoles ont été arrachées. Un oiseau me tombe dessus, un oiseau fatigué qui n'a peut-être plus de branche pour se poser.

Des rouleaux de pellicules. Des rouleaux alignés sur la table de cette pièce misérable qui est devenue notre prison. Des rouleaux semblables à des cartouches, à des douilles. À des œufs noirs. J'invente un jeu pour m'occuper : je les empile, crée des constructions acrobatiques, puis m'allonge sur le lit et attends. Le tremblement se produit après l'explosion, il rampe sur le carrelage et les murs… grimpe sur la table. Les rouleaux tombent et s'éparpillent sur le sol.

Le temps ne passe pas. Nous sommes cloîtrés dès 3 heures de l'après-midi, et je me demande si les images sur les bandes de Celluloïd que renferment ces petits étuis de métal maintenant cabossés verront un jour la lumière. Le commerce du marché noir et des bidons d'eau a pris fin, il est donc insensé de risquer sa vie plus longtemps.

J'ai l'impression de n'avoir jamais quitté cette ville.

Nous avons regagné notre ancien logement. Velida m'a touchée comme si j'étais un miracle, du verre encore intact. Ces derniers mois l'ont creusée, elle ressemble à présent à ses merles. Sa tête est animée d'un petit mouvement perpétuel, un petit commentaire navré à cette situation. J'ai mis de côté à son intention un joli tas de provisions. À la vue de la torche, Jovan a pincé les lèvres pour ravaler ses pleurs. C'était l'objet qui lui manquait le plus, un faisceau de lumière pour éclairer ces nuits trop sombres.

Le vieux biologiste ne sort plus de chez lui, il passe toutes ses journées dans un coin à l'abri, près de la cage des merles encore en vie. Le chat en revanche est mort : un matin, il a quitté la maison, la queue brisée. Il a fait quelques pas dans la rue et n'est plus revenu.

Chaque jour, Jovan et Velida attendent la paix. Mais ils n'ont plus confiance. Ils regardent les blindés blancs de l'ONU, immobiles sous leurs fenêtres, aussi inutiles que des pousse-pousse enchaînés dans un parc désert.

J'ai demandé à Velida un balai et une serpillière. Pendant que je nettoie la chambre, elle ne cesse de secouer la tête.

« Êtes-vous certains de vouloir rester avec nous ?

— Oui.

— Mieux vaut l'hôtel des étrangers. Là-bas, vous seriez à l'abri. »

Impossible de venir à bout de la poussière : elle forme une couche grise aussi solide que du béton.

Velida se touche la poitrine et déclare que cette poussière des ruines s'est insinuée dans leurs poumons comme de la colle.

« C'est la poussière des bâtiments où nous avons vécu… de notre bibliothèque, la vieille Vijećnica, de l'université où nous avons enseigné, des maisons où nous sommes nés… »

La cuisine regorge de feuilles d'orties, empilées en couches vertes sur les étagères. D'après Velida, c'est une farce excellente pour la *pita*.

« Tout le monde mange des orties à Sarajevo. » Elle sourit. Le régime macrobiotique est une bonne chose, si l'on arrive à survivre aux obus.

Ses études de biologie lui sont utiles par ces temps de famine. Elle m'offre une tisane d'aiguilles de sapin.

« Délicieux. »

Elle m'interroge sur mon retour.

« Je veux être avec Diego. Et lui, il veut être ici. »

L'émotion trouble ses yeux verts.

Elle a suivi Jovan toute la vie. Maintenant que les jeunes meurent, que les enfants meurent, elle a honte de cet amour, honte de leurs baisers sur la bouche.

Il n'y a plus de rideaux de brocart aux grandes fenêtres, mais des bâches clouées. Aux murs, les tableaux sont tordus et privés de sous-verre. Leur bel appartement a rapetissé, ils ont déplacé leurs lits dans la cuisine. C'est la seule pièce chauffée. Velida a troqué au marché noir sa bague de fiançailles en rubis et sa fourrure contre un vieux poêle. Jovan et elle ont creusé le mur pour y glisser le tuyau d'échappement. Tous les appartements de Sarajevo arborent désormais ce trou d'où s'échappe la fumée, des conduits réadaptés pour la guerre avec des tubes de fortune. La ville n'est plus qu'un grand campement.

J'ai peur de sortir. Je reste enfermée à la cuisine avec Velida, contemple son dos maigre et voûté.

« Comment vous débrouillerez-vous l'hiver ? »

Ils ont commencé à brûler des meubles. Jovan les met en pièces de ses propres mains, il arrache les pieds de la petite table du séjour, fend les tiroirs des tables de nuit, du bahut. Velida a découpé les tapis en bandes, elle en a fait de petites pelotes qui brûlent lentement, comme du charbon.

Les parcs n'ont plus d'arbres. La ville a perdu sa verdure en peu de temps. Partout le bruit des scies, des branches qu'on traîne comme d'immenses balais à travers les décombres.

Jovan se plaint : en bas de l'immeuble, on a coupé le tilleul, qui les protégeait contre les *snipers*. Il n'en garde que le souvenir sur un tableau, une aquarelle représentant un tronc et une vaste chevelure.

« Les arbres sont la vie… »

Il en veut aux pilleurs, à ceux qui débitent du bois pour s'enrichir au marché noir.

Nous sommes en octobre. Il ne fait pas encore très froid. Il a parfois neigé en août ; cette année, si Dieu le veut, il neigera plus tard.

Ainsi, la vie meurt, les arbres tombent l'un après l'autre. On constitue des réserves de bois pour l'hiver et ménage par la même occasion de la place aux morts… qu'on enterre partout désormais, dans les parcs, dans le terrain de football du Koševo, les cimetières ne suffisant plus. On les repère aux petites taches sombres que font les tas de terre retournée.

Les sauvages des montagnes s'acharnent sur les décombres. Un obus est tombé sur un groupe d'enfants qui jouaient au ballon dans un coin tranquille, déjà dévasté, derrière notre immeuble. Les tchetniks en ont rejeté la responsabilité sur les bérets verts. Les enfants morts n'ont pas commenté. Le ballon a atterri chez Velida. Dans la soirée, elle a appris ce qui était arrivé. Maintenant elle m'interroge, les yeux fixés sur ce jouet, qu'elle a déposé dans l'ancien panier du chat : « À qui faut-il le rendre ? »

La nuit est sans fin. Diego rentre avec son appareil et jette ses rouleaux dans un coin. Il ne me dit plus ce qu'il photographie.

La nuit, la ville ressemble à une bouche abîmée : ses bâtiments aux intérieurs roses comme autant de dents cariées. La pénombre dévore l'apocalypse. Pas de trace de vie. Les sirènes des alarmes évoquent les voix oubliées d'une alerte qui ne sert plus à personne. Chaque nuit, Sarajevo meurt. La nuit est le couvercle qu'on referme. Les survivants sont des fourmis à l'amour obstiné qui ont épousé le destin de leur ville et qui ont été emmurés vivants dans un cercueil.

La nuit, il ne subsiste que le vent, qui souffle des montagnes et rôde comme un esprit inquiet à l'intérieur de cette bouche édentée.

Diego affirme : « Ce n'est que le début. Un jour, le monde entier sera comme ça, brûlé, blessé à mort. Il ne restera plus que du fer tordu, des échappements de gaz, des langues noires de combustions infinies. Nous assistons à la fin du monde, celle que montrent les bandes dessinées, les films les plus apocalyptiques et atroces qui soient. » Il sourit.

La nuit, ses espoirs s'évanouissent. Il se rembrunit. J'observe son rictus, ses yeux brillants. Il boit trop, des litres de mauvaise bière. Il se lève pour pisser, heurte un objet. Je le touche dans son sommeil pour m'assurer qu'il est vivant, qu'il bouge. J'ai peur de cette pénombre comme d'un véritable abîme. On a l'impression d'être au-dessous du niveau de la terre, dans les profondeurs d'un lac enseveli.

Quelque part, une pioche creuse. La nuit, à Sarajevo, on inhume les morts, ils glissent dans la terre en silence, les assemblées dans les espaces ouverts sont trop d'aubaines pour les *snipers*. Pas un cri ne monte des vivants. Les larmes restent clouées aux poitrines, planches de cercueils composés de rebuts, de morceaux de placards.

On n'entend que les chiens, qui se promènent en bandes, squelettiques, ventres de peau, yeux de loup. Des chiens domestiques que la guerre a jetés dans la rue, leurs maîtres se sont enfuis, sont morts, ou bien eux-mêmes trop affamés pour pouvoir à leur tour les nourrir.

Puis l'aube vient. Parfois ce ne sont pas les obus qui vous réveillent, mais les gazouillis d'oiseaux. Alors on pense que cela peut prendre fin. Que les rescapés vont quitter la ville et grimper sur les montagnes à Jahorina, au pied du Trebević, pour faire un pique-nique, et ramasser des champignons. Que le tramway numéro 1 recommence à rouler jusqu'à Ilidža, jusqu'aux cascades, jusqu'aux champs.

Il semble incroyable qu'autant de gens réapparaissent à l'aube. On se demande où ils étaient cachés, si ce sont de vrais vivants ou des morts ressuscités. Tout le monde part à la recherche de nourriture, d'eau, d'occasions au marché noir, de tickets pour le pain, de conserves humanitaires. Tout le monde suit le même parcours : on frappe aux bureaux de Caritas, à l'église évangélique, à la *Benevolencija* des juifs qui sont les plus généreux et prêtent secours à tous, notamment aux musulmans de Sarajevo qui les ont aidés autrefois, en les soustrayant aux nazis. C'est ainsi qu'on occupe les premières heures de la journée. Si l'on reste enfermé, on meurt.

Chaque fois qu'elle sort, Velida dit : « J'y vais. » Elle marque une pause puis ajoute avec un sourire : « Je vais à la rencontre de ma grenade. »

De temps à autre, quelqu'un s'effondre. Une femme qui fait la queue pour remplir un bidon d'eau. Un lièvre.

Il ne faut pas regarder… ne pas laisser aux yeux le temps de voir, de s'attacher. On apprend vite à ne pas donner aux morts le temps de vous marquer, de devenir réels, mais à passer son chemin. Réduire les cadavres au rang de sacs de sable, les abandonner derrière soi, indistincts, les éloigner de la réalité, se concentrer sur le trajet à faire. C'est la seule façon de supporter cela. Ne pas attribuer de noms aux corps, de manteau, de couleur de cheveux. Les éviter, feindre de ne pas les avoir vus. Agir comme s'ils n'existaient pas.

Dès qu'on leur permet de s'insinuer en soi… on ralentit inévitablement le pas.

Les enfants, curieux, tendent le cou tandis que les mères les poussent, les entraînent. Ils s'approchent des morts comme les écureuils des restes d'un pique-nique.

Et pourtant cette ville où l'on continue de mourir possède en elle une force cachée, lymphe qui s'élève du cœur d'une forêt.

Gojko est venu me chercher, j'ai donc pu revoir Sebina : le visage sec, triangulaire, la bouche pareille à une boucle de paille, elle m'a fait penser à une tortue. Je l'ai étreinte sur le seuil de cet appartement incroyablement bien rangé. J'ai pressé sa tête contre mon ventre.

« Qu'est-ce que tu fais encore ici, *Bijeli biber* ? »

Elle refuse de partir avec un convoi d'enfants.

Elle dit que, à en juger par leurs lettres, ses copains en exil sont tous plus tristes qu'elle. Sa chambre tient encore debout et on n'y est pas mal, en fin de compte. Gojko passe tous les soirs, sa mère et elle ne manquent de rien. Elles en ont seulement marre du riz et des macaronis.

« Et puis, cette odeur ! » Elle rit.

Ce sont les maquereaux en boîte des colis humanitaires. Leur odeur flotte dans les foyers des plus chanceux.

Elle prétend qu'elle s'est habituée aux alertes, à la cave. Elle suce le chocolat que je lui ai apporté, s'en imprègne la bouche.

Elle ne s'entraîne plus : la salle de gymnastique a été transformée en dortoir pour réfugiés. Son enthousiasme faiblit, sa voix se voile, mais elle ne pleure pas. Elle grimace, hausse les épaules. Elle fait le poirier, s'appuie contre le mur, marche sur les mains, balaie le sol de ses cheveux. Sa jupe s'est rabattue comme une corolle, révélant son slip à fleurs. Ses jambes sont marbrées, ses genoux osseux, de petites veines transparaissent sous sa peau. Elle redescend en incurvant son dos comme une contorsionniste.

« Tu vas te faire mal… »

Elle exécute un grand écart parfait, m'offre une petite représentation. J'applaudis. Son sourire s'imprime en moi. Tout comme le bruit solitaire de mes mains qui tapent l'une contre l'autre.

Il y a un sac accroché à la poignée de la porte. Je lui demande ce qu'il contient. Leurs cartes d'identité, répond-elle, les papiers de l'appartement, leurs actes de naissance avec leur groupe sanguin, le permis de conduire de Mirna, l'argent, les bijoux, la montre de papa. Elles l'ont placé là en prévision d'un départ précipité, au cas où un obus toucherait l'immeuble.

Elle tousse, ouvre la bouche et vaporise dans sa gorge un médicament contre l'asthme. Elle rit, déclare qu'il a mauvais goût.

« Un goût de punaise, précise-t-elle.

— Depuis quand as-tu de l'asthme ? »

Depuis qu'elle se fait du souci pour sa mère lorsque celle-ci s'absente. La peur de ne pas la revoir l'empêche de respirer. Elle arpente l'appartement, chaussée de ses tennis qui s'allument dans le couloir sombre.

« Elles fonctionnent encore…

— Bien sûr, elles se rechargent toutes seules. »

Les nouvelles des morts lui parviennent, mais de loin, car Mirna l'empêche de sortir. Elle sait, de toute façon, qu'on peut mourir en marchant. Elle m'invite à être prudente.

« Tu es italienne, mais eux, ils ne le savent pas. Ils croiront que tu es de Sarajevo et ils te tireront dessus. »

Je sors avec Diego, protégée par le gilet pare-balles dont il ne se sert pas. Nous marchons sans dire un mot parmi les décombres. Les gens ne courent pas, ils restent dignes, leurs yeux sont seulement un peu plus exorbités que ceux des habitants d'une ville en paix. La plupart des hommes ont les cheveux sales et leurs vêtements froissés témoignent qu'ils ont dormi tout habillés. Mais certains arborent veste et cravate, comme des professeurs, des cadres. Où vont-ils ? Écoles et bureaux sont fermés. Ils traversent la poussière, chaussés de leurs mocassins, portant des sacoches noires où l'on met des documents, des cours polycopiés. Ils avancent prudemment, presque au ralenti, dans ce paysage irréel. Il y a quelque chose d'artificiel dans le calme de ce champ de mines, et ces passants me troublent : la peur les raidit, les amidonne. On dirait qu'ils se meuvent dans un décor de théâtre, on dirait des silhouettes de carton sur lesquelles on aurait fixé de véritables yeux. Aux carrefours, des panneaux invitent à la prudence : *PAZI SNIPER !* (« Attention aux *snipers* ! »)

Les Sarajéviens sont tous maigres, l'embonpoint n'existe plus. Je devrais le dire aux femmes de la salle de gymnastique. Problèmes de cellulite ? Faites un tour à Sarajevo : on n'y mange pas et on marche toute la journée. On peut compter les mois de siège sur la tête des femmes âgées, privées de teintures à cheveux, dans les bandes tristes de leurs racines blanches. Mais les jeunes conservent une certaine élégance, et leurs visages défaits sont parfaitement maquillés.

Cet acharnement à sortir, ce calme obstiné, ces talons et ce rouge à lèvres dans les brèches que la guerre a ouvertes, sur les parcours obligés dans les tranchées des sacs de sable, des croix de fer… sont autant de signes de résistance, de gestes de mépris adressés aux tireurs des montagnes.

Nous atteignons l'usine de bière. Diego photographie les longues queues, la canalisation d'eau ponctuée de petites bouches auxquelles les gens fixent leurs bidons.

Les roues. Autrefois certaines choses n'avaient pas d'importance, c'étaient des choses ordinaires, comme partout ailleurs. À présent… les roues. Tout le monde parle de roues, tout le monde vous demande si vous avez une vieille roue.

Točak... Točak...

On a besoin de roues pour traîner les bidons d'eau, les bouts de bois, les pièces de voiture, tout ce qu'on parvient à ramasser.

Diego photographie un vieillard qui tire un landau, à l'intérieur duquel il a placé la racine d'un arbre. Un grand bébé de bois souillé de terre, qui sera utile pour l'hiver.

Voilà à quoi se résume la journée : une partie de chasse dans la boue des décombres. Pendant que les *snipers* vous traquent.

« Les mères de famille sont leur cible favorite, le savais-tu ? »

Je l'ignorais.

« Les *snipers* aiment voir les enfants pleurer de désespoir, la bouche grande ouverte. »

Diego immortalise des gamins qui n'ont jamais cessé de jouer, qui se cachent dans les immeubles menaçant ruine, sous les plaques de béton des plafonds écroulés. Il s'agenouille, leur parle. Il fouille ses poches, leur offre ce qu'il possède. Souvent, les gosses lui sautent dessus, passent les mains dans ses cheveux, sur son visage. Il ne les gronde pas, pas même quand ils touchent ses objectifs, il les laisse monter sur son dos.

Il me photographie devant le cratère de la bibliothèque.

Il me dit : « Mets-toi là. »

Je me demande s'il m'aime encore, ou si je ne suis qu'un fantôme de sa vie précédente. Il n'arrête pas de bouger la tête, de pivoter, de jeter des regards circulaires. Qui cherche-t-il ?

La mosquée du Bey a été endommagée. Diego immortalise les fidèles qui prient au couchant devant le tas de décombres, agenouillés sur des tapis de la taille d'une descente de lit. La nuit, on affiche dans la rue Titova la liste dactylographiée des morts. Les gens s'arrêtent devant, lisent, baissent la tête.

Nous pénétrons dans une *kafana* dont les tables ont été réunies loin de la rue. Sur le comptoir quelques beignets bruns, mais on y sert un Nescafé serré qui mousse à force d'être remué et qui a de vagues airs d'*espresso*. Fumée de Drina, cris d'hommes ivres en semblant d'uniforme militaire, miliciens d'une armée de fortune, héros combattants et vieux forçats promus officiers. Accoudée à la table, le visage dans la paume de sa main, une femme exhibe ses dents noires, ses traits tirés, ses narines dilatées et son œil qui disparaît derrière sa main. Elle semble indifférente à ce qui se passe autour d'elle. Peut-être cuve-t-elle sa peur.

Peut-être est-elle anéantie par le chagrin.

Femmes hébétées. Vieillards aux allures de statues. Nous buvons le Nescafé. Je demande pour la énième fois à Diego s'il est bien raisonnable de rester.

« Pourquoi sommes-nous ici ? »

Pourquoi cette absurdité ? Cette punition ?

Il avale son café jusqu'à la dernière goutte. Sa langue est blanche, sale, comme la mienne.

« Je ne t'ai pas demandé de venir. »

Plus tard, dans notre chambre, où nous ne mangeons rien car nous n'y avons pas pensé, il me dit dans le noir : « Retourne en Italie, mon amour. »

Il pleut… le ciel coule, se délite. Il a tonné toute la nuit. Le vacarme de la nature s'est mêlé à celui de la méchanceté humaine en une sorte de compétition, comme si Dieu s'était fâché et qu'il avait déchaîné sa fureur au ciel, inondant les canons, les obusiers, la défense antiaérienne adaptée à la terre, les entailles des tranchées. La boue a sans doute envahi les montagnes. Les arbres ne parviendront peut-être pas à la retenir et elle se déversera sur la vallée comme du purin, emportant les potagers, les maisons des gouverneurs.

La pluie s'abat sur les bâches des fenêtres. Ce bruit terrible retentit depuis plusieurs heures. Il fait froid, la saison bascule ; bientôt, ces murs fissurés jusqu'au plafond ne nous protégeront plus. Il flotte une odeur d'humidité et de linge sale. Diego est blotti sous les draps, la tête couverte, les pieds nus, jaunes. La bombonne de notre réchaud a expiré, il s'en est échappé une dernière exhalaison bleutée… une flamme qui a brûlé quelques instants avant de monter vers le ciel comme une âme épuisée. Je descends à la cuisine commune, chercher un peu de café. Velida patiente dans la cour, les jambes mouillées. Elle sursaute, lâche son broc de fer émaillé.

« C'est un coup de tonnerre, juste un coup de tonnerre… », lui dis-je.

Je me baisse, lui rends son broc maintenant écaillé en deux endroits.

« Encore un objet abîmé… » Elle sourit.

Elle a une drôle d'odeur. L'odeur des habitants de Sarajevo. Une odeur non seulement de saleté – aujourd'hui, on se lave aussi avec la pluie –, mais aussi de fatigue, de panique. Une odeur d'avant la mort. Les habitants de Sarajevo rappellent ces bêtes terrorisées qui produisent une puanteur insupportable pour se défendre. À force de manger de l'herbe, de ne pas dormir et de quitter leur domicile avec la certitude de mourir, ils ont le corps bouleversé, l'estomac altéré.

Il pleut dans la cour sur cette petite file de femmes trempées, tremblantes, en pantoufles.

« Tu as vu ce que nous sommes devenues… »

Ce matin, Velida peut pleurer tout son saoul : il pleut tellement que personne ne remarquera ses larmes. Elle s'écarte devant une femme pressée, lui cède ensuite sa ration de lait, que le vivandier a trouvée on ne sait où, cela fait des mois qu'on n'avait pas vu de lait frais. Je la gronde, lui dis qu'elle est trop maigre pour se permettre d'être aussi généreuse. Mais elle n'a pas l'intention de s'avilir, elle refuse cette lutte entre désespérés.

« Elle a des enfants, rétorque-t-elle. Moi, je n'ai que la mort. »

Elle lève la tête. Ses cheveux mouillés en petites touffes de laine trempée lui dénudent le crâne.

« Tu sais, il y a encore quelque temps, je parvenais à l'éloigner, mais à présent elle est là, je l'ai laissée entrer… Elle s'assied à la cuisine avec moi, elle me regarde devant mes brûleurs éteints, me tient compagnie. Elle m'invite à danser. Cette nuit, elle portait mes chaussures italiennes, celles de mon voyage de noces, couleur chameau, ouvertes derrière. »

Je remonte avec un peu de café. Diego est déjà prêt à sortir. Il porte un ciré rouge déchiré dans le dos.

« Où vas-tu ? »

Il ne supporte pas de rester enfermé, il se moque bien de la pluie, ou plutôt il aime ça.

Il a collé sur la déchirure deux bouts de sparadrap blanc trouvé dans notre trousse à médicaments, dans la boîte à chaussures.

Il part, cette croix dans le dos. Je lui dis qu'il constitue une cible parfaite. Il hausse les épaules, sourit. Il y a encore quelque temps, je me serais jetée sur lui pour le retenir ; à présent, je n'en ai plus la force. Il est devenu fataliste, comme tous les Sarajéviens. « Notre destin est comme le cœur, m'a-t-il expliqué, il nous habite dès le premier instant. Il ne sert donc à rien de changer de route. »

Imbécile.

Je lui emboîte le pas. Sans gilet pare-balles : il est trop lourd et, aujourd'hui, je baisse la garde moi aussi. Je suis fatiguée, et la fatigue rend téméraire.

Et puis la pluie aura peut-être mouillé les fusils, brouillé la vue des *snipers*. Il est peut-être plus facile de s'en sortir sous la pluie.

Je le poursuis dans les boyaux ruisselants, dans les halls déserts, entre les plaques de murs disjointes, en équilibre. Voilà donc de quoi les murs sont faits… d'une trame et de poussière. Regard intérieur, obscène. Intimité transpercée, découverte, révélée dans la souffrance publiquc.

Et pourtant, plus personne ne s'attarde, tout le monde passe son chemin.

La guerre est nichée dans les pas qui se succèdent, dans les yeux las qui se détournent des cadavres.

Les yeux sont les seuls morceaux de verre encore intacts, encore figés dans leur châssis, parmi les os, obligés de regarder, d'enregistrer des images qui empoisonnent le corps.

Il pleut. Je file mon mari, le perds de temps en temps puis le retrouve. Je suis affamée.

Une croix blanche sur son dos de toile cirée, Diego pénètre dans le marché couvert. Des individus solitaires pivotent. On dirait des fous, les prisonniers d'un asile. Ils se déplacent, tête basse, pareils à du bétail dans un enclos traversé de secousses électriques. Soudain, l'un d'eux tremble comme s'il avait touché cette frontière qui ne tue pas, mais secoue, qui use le système nerveux. Il n'y a rien à acheter, juste de misérables objets à troquer, une marmite en cuivre, une bouteille d'eau-de-vie… un pot de confiture de prunes, un briquet Bic.

Diego se penche, saisit quelque chose, exhibe un billet de banque.

Autour de nous, la pluie tombe en saccades violentes, comme si on déversait des seaux d'eau.

Diego photographie les gens qui déambulent dans ce cadre, poissons moribonds remontés à la surface.

Je suis trempée. Par terre, dans la boue, j'avise une tête chauve, arrachée à un mannequin, lèvres rouges, luisantes de pluie, yeux écarquillés. Cette tête absurde paraît si seule que j'ai envie de la ramasser, de l'emporter, de la poser sur la table d'un bar et de lui parler. Diego traverse le pont Ćumurija. J'aimerais rebrousser chemin, mais j'ai l'impression qu'il n'y a plus rien derrière moi. Je m'élance, attirée par cette croix blanche.

Il rase la Papagajka, cet affreux bâtiment trop coloré, ce perroquet abattu par les obus, avance sans se retourner. Il se coule dans un édifice plus bas que les autres, une ancienne école… une file de pièces aussi noires que des grottes. Des classes, dont les portes et les montants ont échoué dans des poêles, tout comme les bancs, dont il ne reste que le squelette en fer. Une odeur d'excréments flotte dans l'air. Diego semble parfaitement connaître ce trajet : il longe un mur qui arbore encore une carte géographique de l'ancienne Yougoslavie et une photo de Tito criblée d'impacts de balles. Un homme met en pièces une planche de bois. Il ne daigne même pas m'accorder un regard. Je marche sur les pas de mon mari. J'entends des voix, des sons… des plaintes ou des rires – je l'ignore. Un rideau, un tapis cloué dans l'embrasure d'une porte, protègent çà et là de misérables intimités… des matelas entassés par terre, des poêles de fortune. Puis je sens l'odeur du bois et de la peinture qui brûlent ensemble. Diego est arrivé à destination, il a soulevé le pan d'une bâche, a rejoint des individus accroupis au centre de cette pièce, près d'un feu à même le sol humide… un feu mou, qui ne dégage que de la fumée.

Je reste derrière la bâche. Je fouille du regard parmi ces pauvres dos. Soudain je comprends, et une sorte de poussière de verre me racle la gorge tandis que je respire. Ses cheveux sont dissimulés sous son voile, et rien ne la distingue de ces innombrables musulmanes épuisées, des paysannes qui ont fui leur village incendié. Diego ouvre son sac à dos, s'assied à côté d'elle. Elle s'appuie contre son épaule, elle l'attendait. Ils boivent l'eau-de-vie qu'il a apportée, se passent la bouteille. Ils la tendent ensuite aux autres.

Puis Aska se lève. Elle porte encore ses rangers de guerrière, mais sur le *šalvare* turc, le pantalon à la zouave des musulmanes, maintenant. Elle sort avec Diego. La pluie rejette son voile en arrière, ses cheveux roux surgissent au-dessus du croissant blanc de son front.

Je suis saisie d'une étrange euphorie, d'une joie violente qui me tranche la tête. J'avance dans le ruissellement de la pluie qui engloutit tous les autres bruits. Ils ne marchent pas vraiment ensemble : Diego la suit, un peu à l'écart. Ils ont l'air de deux amants qui se sont disputés.

Je leur emboîte le pas à travers les boyaux obligés, entre les rideaux de tôle et les blocs de béton. Les voici à présent à découvert, dans un de ces passages frappés de l'inscription ATTENTION AUX SNIPERS...

Je m'immobilise, la peur aux jambes, au ventre. Par une fente, on aperçoit le vert sombre des montagnes. Les sapinières plongées dans la pluie évoquent des guerriers qui se lèvent. Un homme a traversé le carrefour en courant en zigzag... j'ai entendu la rafale. Par chance, il est maintenant en sécurité de l'autre côté, il respire, plié en deux. Je sens la peur... je transpire dans mes vêtements mouillés.

Je n'arrive pas à le croire : Aska poursuit son chemin, elle marche tranquillement comme si ce maudit carrefour ne se trouvait pas à Sarajevo, mais à Rome ou à Copenhague.

Diego s'est arrêté, en apparence las, puis il s'élance comme le brancardier d'une ambulance, dans son ciré rouge marqué d'une croix en sparadrap blanc... Il écarte Aska, la tire par le bras, lui ordonne de courir, la protège de son corps.

La rafale ne retentit pas. Le *sniper* a peut-être terminé sa journée, à moins qu'il ne fixe lui aussi d'un regard incrédule la brebis aux cheveux roux, sa danse indolente.

Diego et Aska se sont abrités derrière la carcasse d'un tramway. Ils s'attardent là un laps de temps infini, telles des bêtes blessées. Aska allume une première, puis une deuxième cigarette. Diego fume également. Je n'ai pas l'impression qu'ils se parlent. Ils sont accroupis, les genoux à la hauteur du nez. Puis ils se serrent l'un contre l'autre comme s'ils s'étaient soudain réconciliés, comme si Aska avait voulu punir Diego en risquant sa vie, en gagnant le carrefour d'un pas lent. Il lui a ôté son voile, il lui caresse les cheveux. Il pose son front dessus, respire dans ce manteau mouillé.

Je peux sentir l'odeur de leur étreinte, l'odeur chaude d'une niche, d'un refuge.

Diego faisait ce geste les premiers temps, quand il n'arrivait pas à s'habituer à Rome. Épuisé mentalement, il appuyait son front contre moi, contre mon épaule. Il se fichait dans mes os, cachant son regard d'enfant qui refuse qu'on le voie capituler par besoin d'amour.

Aska semble beaucoup plus forte que lui. Elle le console avec raideur, maladresse, presque agacée par cette faiblesse.

Elle se lève. Elle est plus grande et plus maigre que dans mes souvenirs, on dirait une bougie noire. C'est justement de sa maigreur que son ventre jaillit, une protubérance ronde, un renflement. Ce pourrait être le ventre d'un corps fatigué par la guerre, par la mauvaise alimentation, par les orties, les bouillons de farine, l'eau indigeste que colorent les pastilles désinfectantes… un ventre malade de vermine. Mais je sais qu'il n'en est rien. Ce ventre pénètre en moi comme une grenade. Je recule, transpercée comme l'homme de la rue Vase Miskina, ce gant troué, pendu à une barrière.

Je m'éloigne. J'erre dans ce parc d'attractions incendié. Je ramasse la tête du mannequin, la glisse sous mon bras.

J'ai réussi à regagner notre chambre, à me fourrer dans le lit. Je n'ai même pas refermé la porte, elle pivote sur ses gonds, scande le temps de l'attente, laissant entrer des rafales de vent et la pluie qui mouille tout. Diego réapparaît, il s'ébroue, ôte son ciré, son jean trempé. Il me regarde, les pattes blanches et le visage creusé.

« Maintenant tu sais pourquoi je ne peux pas m'en aller. »

J'apprécie ce qui vient : la fièvre et tout le reste. Les hallucinations, ronds dans l'eau, dans la boue, dans le ciel des projectiles rouges. Je vois une longue rangée de tombes et, dedans, tous les gens que je connais ; nous parlons et sourions en actionnant les couvercles coulissants de nos cercueils, semblables à ceux des boîtes d'allumettes. Velida apporte une de ses tisanes. La mèche de la bougie crépite dans l'huile. Diego n'a pas remis son pantalon. Il ne s'approche pas, il dodeline de la tête.

« Pourquoi ne me l'as-tu pas dit ? »

Il voulait se débrouiller tout seul, il ne voulait pas que je risque ma vie, répond-il.

Il n'est pas énervé, il ne pleure pas, il est aussi inerte que cette guerre.

Nous avons recueilli de l'eau de pluie. Notre chambre s'est transformée en cimetière de cuvettes. L'eau est-elle infectée ? Qu'importe ! Je veux prendre un bain car la fièvre me consume. Je me plonge dans cette fraîcheur à l'odeur d'étang.

Il savait que je le suivais, affirme-t-il.

« Ça ne pouvait pas durer. »

Pour la première fois depuis des mois, il est calme.

Ils ont fait l'amour cette nuit-là, ainsi que toutes les nuits et tous les jours qu'ils ont passés ensemble. Ce n'était pas un accouplement, mais de l'amour, une douceur absolue.

Ses yeux s'animent maintenant qu'il parle d'elle… qu'il me décrit les difficultés qu'il a eues à s'éloigner de ce corps, de cette nuque.

Il est facile de s'agripper à la vie quand des obus pleuvent dehors.

Et notre vie, où est-elle ?

Loin, loin… inutile de se mentir. Nous avons déambulé, moribonds, en Croatie, en Ukraine… Nous nous sommes arrêtés à l'aéroport de Belgrade et nous sommes revenus mourir à Sarajevo, la ville où nous sommes nés.

La tête du mannequin repose sur la table, elle nous observe de ses larges yeux fardés.

Nous avons cherché un corps sur lequel nous appuyer… un bout de bois, dans le lit de notre fleuve condamné, qui nous conduirait à l'autre rive. Mais lui, Diego, n'est pas comme moi, il n'arrive pas à profiter des gens… il est du genre stupide, du genre à tomber amoureux.

Il ignorait qu'Aska était enceinte : elle n'a jamais essayé de le joindre. Il ne l'a découvert qu'à son retour.

Il contemple la tête coupée, qui lui rappelle sans doute celle d'Aska à présent. La brebis vit, elle aussi, détachée de son corps.

Elle regrette cette histoire, elle est furieuse, déprimée. Dans son village, Sokolac, sa famille a été exterminée… et elle se sent coupable, elle croit que Dieu l'a punie.

Diego caresse cette tête, ces yeux écarquillés, luisants de larmes qui ne coulent pas, se figent.

« Tu l'aimes ?

— Comment pourrais-je ne pas l'aimer ?

— Et moi ?

— Toi, c'est toi. »

Qui suis-je ? Je suis la fille de la photo sur la carte de presse. Il faut que je m'en aille, que je me traîne jusqu'au commandement de l'ONU en brandissant cette carte et que je monte à bord d'un de ces avions qui n'éteignent même plus leurs moteurs, qui déchargent des caisses de médicaments sur la piste de Butmir et remettent les gaz. Mais je reste. Comment pourrais-je partir ? Les rouleaux tombent par terre, personne ne les ramasse. Des photographes sont postés près des boyaux les plus dangereux : debout, ils attendent le mort, la femme qu'une balle arrêtera dans sa course vers sa famille. Ce sont les *snipers* de la pellicule, ils attendent la photo qui leur vaudra un prix.

Des histoires épouvantables dévalent le flanc de ces collines. Pendant le week-end, d'étranges volontaires s'unissent aux tchetniks, murmure-t-on. Des étrangers qui viennent s'amuser. Des tireurs d'élite las des simulations, des silhouettes en carton.

Sarajevo est un grand champ de tir en plein air. Une réserve de chasse.

Les escargots sortent après la pluie

Les escargots sortent après la pluie, ils traînent leur corps visqueux, invertébré, et leur maison fragile. Après la pluie, les Sarajéviens se précipitent sur les pelouses sans arbres, entre les tombes fraîches et les enchevêtrements de fer, et se baissent furtivement pour ramasser ces bestioles luisantes. Cela fait des mois qu'ils ne mangent pas de viande. Il a plu, et aujourd'hui les femmes sourient en déversant leur butin dans leurs cuisines vides. Les enfants sourient, eux aussi, à la vue des escargots qui rampent sur la table et tombent. Comme tout le monde, Velida est rentrée avec un sac bourré de coquilles. Elle les a ramassées en cachette dans un potager isolé... elle a honte de montrer qu'elle a faim.

Nous saučons la casserole. Il flotte dans la cuisine une odeur un peu douceâtre. Celle des escargots qui ont cuit dans le bouillon lyophilisé des colis humanitaires avec une adjonction d'épices turques et de vinaigre bosnien. Un délice.

Velida rejettera ensuite la faute sur ce plat succulent qui a rendu à Jovan un bonheur oublié depuis longtemps, qui les a trompés.

Jovan avait les yeux brillants, et ses joues grises, rêches, tachées, s'étaient légèrement colorées.

Après le repas, il a allumé une des cigarettes que Diego lui avait offertes. Des Drina, qu'on roulait maintenant dans des pages de livres, car le papier manquait, des pages de livres en cyrillique pour commencer. Jovan regrettait que sa culture aille en fumée, mais tant pis, une cigarette après une assiette d'escargots était un plaisir qu'il ne pouvait se refuser.

Une fois le silence revenu et l'odeur des escargots dissipée, alors que Velida recommençait à hacher des orties, Jovan est sorti.

Il n'était pas sorti depuis plusieurs mois. Il s'est vêtu de pied en cap, gilet de laine, cravate large, sa vieille kippa. Il a saisi la sacoche qu'il utilisait quand il était professeur et a déclaré qu'il allait faire un tour, qu'il se sentait bien.

Des paroles irréelles dans cette ville fantôme, dans cet appartement sans électricité, sans vitres, dont les plus beaux meubles avaient été vendus et les moins beaux transformés en bois de chauffage.

« Où vas-tu, Jovan ?

— À l'université. »

Velida n'a pas eu le courage de le retenir, elle a toujours respecté la volonté de son mari. Elle a juste objecté que l'université a été bombardée comme tous les bâtiments importants, et il a acquiescé...

« Je vais voir si l'on peut faire quelque chose.

— C'est dangereux... »

Il a répondu par un sourire et un vieux proverbe yiddish : « Si le destin d'un homme est de se noyer, il se noiera aussi dans un verre d'eau. »

Velida a frappé trop tard à ma porte : il faisait nuit, c'était déjà l'heure de la police, et Jovan était absent depuis longtemps. Elle ne pleurait pas, mais sa tête tremblait plus que d'habitude.

Elle était inquiète, et pourtant elle débordait encore de courage. Elle avait le sentiment de s'être bien conduite.

Aujourd'hui, par une journée de la mi-novembre, après avoir mangé des escargots et bu deux verres d'une eau-de-vie fabriquée avec le riz des colis humanitaires, le vieux Jovan, juif serbe de Sarajevo, biologiste spécialiste des eaux douces, de l'évolution des oligochètes et des algues unicellulaires flagellées, était allé jeter un coup d'œil au taudis qu'était devenue sa ville, à la destruction de son espèce, l'espèce pacifique des musulmans, des Serbes, des Croates, des juifs de Sarajevo.

L'obscurité dévorait le visage de Velida, traversé par un fleuve de souvenirs. Elle ne regrettait rien : si Jovan avait éprouvé le besoin de sortir, elle n'avait rien à redire.

« Nous ne nous sommes jamais forcés à faire quoi que ce soit, nous formions un couple pacifique. »

Lorsque la nouvelle arriva, Velida opina. Un chauffeur de taxi l'avait apportée, un de ces héros citadins qui affrontaient les carrefours les plus dangereux, toutes portières ouvertes, afin de ramasser les blessés. Un grand homme, au visage magnifique, usé par la guerre. Il écarta les bras et les referma sur sa poitrine, à la musulmane, baissa la tête.

Jovan avait reçu une balle sur le pont de l'Unité et de la Fraternité, il se dirigeait bien tranquillement vers les *snipers* de Grbavica. Les gens trop las, ou trop fiers, agissaient de la sorte : ils décidaient de mourir debout, d'aller à la rencontre de leur *sniper* comme à la rencontre d'un ange.

Velida pleura – petites gorgées d'un immense chagrin et brèves apnées –, enterrant cinquante ans de vie commune avec Jovan. Elle remplit la cuisine de ce bruit de gorge semblable au gloussement d'un dindon. Je lui pressais la main. C'était une veuve forte, hautaine, une femme de combattant, ou presque. Quelques jours plus tôt, fait exceptionnel, elle s'était querellée avec Jovan qui exigeait qu'elle vende son microscope, ses livres et tout l'équipement de son laboratoire. Elle s'était séparée de ses bijoux en or, de la maigre argenterie de la maison, elle avait brûlé ses chaussures et ses livres pour alimenter leur poêle, mais elle refusait de vendre ses affaires à lui.

« Je ne pouvais pas le dépouiller de sa vie. »

Il s'en était chargé tout seul. Et maintenant il ne restait plus de lui que son fauteuil défoncé, le cardigan usé qui l'avait réchauffé au cours de toutes les nuits passées dans son laboratoire.

Peut-être avait-il tout simplement voulu soulager Velida de son poids. Sans lui, s'était-il dit, elle serait libre de partir, de vendre son microscope, de se sauver. Il savait qu'il ne survivrait pas à l'hiver : il était trop affaibli, et sa toux semblait désormais venir d'un cratère. Il n'avait pas envie d'attendre la mort, assis, dans l'obscurité des bâches de la Forpronu. Les escargots l'avaient un peu ragaillardi. Il était allé saluer les vestiges de la ville où il était né et avait vécu.

Nous gagnons l'hôpital du Koševo. Il flotte dans la morgue une odeur qui ne ressemble à aucune autre, âcre et douceâtre à la fois. Nous passons devant le cadavre d'une adolescente vêtue d'un jean et sans bras, devant celui d'un homme carbonisé : sa peau noire s'est rétractée sur les os du crâne, découvrant ses dents. On nous a donné un masque imprégné de désinfectant. Velida n'a pas mis le sien : elle semble ne rien sentir.

Jovan est intact. C'est lui, c'est bien lui, il a le même visage que quelques heures plus tôt, alors que nous dégustions les escargots. La mort ne l'a pas souillé. Le médecin nous explique que la balle l'a atteint à la nuque et qu'elle est ressortie à côté de l'oreille. Il nous indique un petit trou couleur myrtille. Velida opine. Jovan n'a rien de laid. Ses vêtements sont impeccables, eux aussi. Le médecin s'éloigne, nous abandonnant à tous ces morts. Je pense : *De la chair qui ne souffre plus*. Je pense qu'il n'y a rien après cet abîme. Que je devrais cesser de souffrir maintenant, car entre ces murs on cesse de souffrir, on baisse la tête. Velida se penche et embrasse son mari sur la bouche. Elle se colle à son visage, fermant les yeux à son tour. Quand elle se redresse, il n'y a pas de larmes sur son visage, mais ses lèvres paraissent sombres et mortes, comme celles de Jovan.

Puis je remarque un petit garçon. Une civière vide sépare sa dépouille de celle de Jovan. On dirait qu'il est bleu. Oui, il a la pâleur céleste des saints dans les églises. Digne, le visage exsangue, les cheveux courts et rêches, pareils à un bonnet de poil… tellement vivants que j'ai l'impression de sentir leur odeur, l'odeur d'une tête d'enfant qui a transpiré en jouant. Un lézard bleu, voilà ce qu'il est. Un petit saint. Il est sans doute mort depuis peu, très peu de temps. Je m'approche. Il est seul. Velida parle à Jovan, elle lui dit au revoir. Elle lui rappelle leurs plus beaux moments. J'ai donc le temps de faire quelques pas dans cet endroit insensé. Au-delà de toute réalité. L'arrière-boutique de la guerre, des corps entassés comme des jouets cassés. Le petit garçon porte un pull-over à rayures. Je regarde ses doigts entrouverts, abandonnés comme dans le sommeil. Son innocence humblement inclinée devant la mort. Je regarde ses ongles, où son âme s'est, me semble-t-il, figée. Il faudrait que je parte : cette vision va pénétrer en moi, je le sens, elle y restera jusqu'au jour de ma mort. Ce sera la dernière chose que je verrai et la première que je voudrai rejoindre, je chercherai les ongles bleus de ce petit dans le vol bleu des âmes. Je ne me demande pas où est sa mère : si elle n'est pas là, c'est qu'elle est morte, elle aussi. Maintenant, c'est moi, la mère de cet enfant. Je lui touche la main, même si je ne devrais pas. Mais personne ne pleure sur sa dépouille, personne ne la réclame. Il vient de mourir et il paraît encore en vie. Prêt à bondir, à planter ses yeux dans les miens avant de s'enfuir à toute allure comme un rat, effrayé d'être là.

J'ai trouvé un moyen de convaincre les puissants du monde, pour les hommes en costume cravate assis à la table de cette paix fictive. Poser ce petit garçon devant eux et les empêcher de sortir. Les obliger à regarder la mort effectuer son travail méthodique, le dévorer de l'intérieur. Leur distribuer des sandwiches, des cigarettes, de l'eau minérale, et les laisser là jusqu'à ce que ce gamin se vide, se décompose. Pendant des jours, tous les jours nécessaires. Voilà le moyen.

Je sais maintenant que je suis devenue mère devant cet enfant mort. Les os de mon bassin se sont écartés, un accouchement a eu lieu dans cette morgue.

Un sentiment de révolte me fait claquer des dents.

Je vois le petit garçon dans son fluide bleu. Sa main dans la mienne, j'examine son corps, son coude, les bleus sur ses mollets recouverts de duvet.

Qu'y a-t-il après un enfant mort ?

Rien sans doute, juste la réplique sourde de nous-mêmes.

Le garçonnet est ici, avec ses cheveux d'enfant, une calotte de poils qui dégage encore l'odeur de la vie. Il a les yeux murés des saints, des martyrs qui battent en retraite. La peau de ses paupières est liquide, le globe oculaire transparaît tel un grain de raisin... elles ne sont pas complètement fermées, il y a une fente entre les cils. Un chemin. Un boyau sombre dans la neige fraîche.

Je m'achemine avec lui. Je lui demande : *Pourquoi es-tu né ?*

Velida s'approche.

« Nous pouvons nous en aller. »

Elle remarque le petit cadavre, porte une main à sa bouche. « De qui est-il le fils ? murmure-t-elle.

— Je ne sais pas. »

Elle jette un regard circulaire comme si elle cherchait quelque chose, quelqu'un... la raison de tout cela. Elle n'a pas eu d'enfant, elle non plus, nous sommes deux femmes inutiles, deux vélos sans chaîne.

« C'est le fils de la guerre... », dis-je sans savoir ce que je dis, ce que je pense, ce que je suis devenue.

Nous sommes seules dans un champ de morts. Devant un enfant bleu que je n'oublierai jamais. Je ne devrais pas être ici aujourd'hui, je ne devrais pas le consoler, lui tenir la main. C'est le hasard qui l'a voulu.

Nous nous dirigeons vers la sortie. Le masque imprégné de désinfectant me protège des mauvaises odeurs. Il ne faut pas que je me retourne. Nous traversons la pénombre, le squelette de la ville.

La nuit, je songe aux escargots, à leur corps visqueux, à ces gamins que j'ai vus à travers la fenêtre ramasser cette manne en riant après la pluie. Je songe au gilet rouge de Jovan, à sa poitrine catarrheuse qui chemine... j'entends le son de cette poitrine, j'ai l'impression d'être dedans, comme dans la salle des machines d'un bateau. Je songe aux yeux somnambuliques de l'enfant bleu, à cette route entre ses cils... frêle, poisseuse. Un escargot l'emprunte, il la traverse aussi lentement que Jovan, vieillard enveloppé dans une houppelande qui brille autant que le manteau d'un escargot. C'est lui qui accompagne le petit sur la frontière de la vie.

Plus tard, Diego ira à son tour à la morgue faire ses adieux à Jovan. « Je lui ai glissé une cigarette dans la poche, dit-il avec un sourire. Il la fumera pendant le voyage. »

Je contemple son dos, ses cheveux caillés. En rentrant, il a écrasé un escargot sur le pas de la porte, a senti la coquille s'émietter sous son pied. Il est désolé de l'avoir tué, affirme-t-il, à présent tout le désole… car chaque vie lui semble en renfermer une autre. Et c'est à un labyrinthe qu'on a désormais affaire.

« Tu as vu le petit garçon ?

— Quel petit garçon ?

— L'enfant bleu à côté de Jovan… »

Il répond qu'il n'y avait pas d'enfant. Pas le moindre enfant.

J'insiste : « La dépouille voisine… après la civière vide. »

Il hausse les épaules. Il se tourne vers moi.

« Pourquoi, qu'est-ce qu'il avait, cet enfant ? »

J'aimerais tout lui raconter, mais je ne peux pas.

« Il était mort », dis-je.

Je déambule dans la boue de mes larmes, me noie dans la boutonnière de ces yeux qui n'étaient pas totalement clos et qui, à l'heure qu'il est, sont sans doute enterrés, souillés de terre comme un escargot écrasé. Je ne pleurerai jamais plus de la sorte, pas même quand je me retrouverai seule. Ce jour-là, je serai aussi forte qu'une veuve bosnienne, aussi forte que Velida.

Elle a déclaré devant le petit : « Les maris peuvent mourir. Pas les enfants. »

Et son chagrin s'est envolé, comme les escargots dans la casserole.

Je m'en souviendrai peut-être.

Mais cette nuit je pleure sur tout, sur tout ce qui viendra. Sur ce que j'ai vu dans la rue noire de ces yeux entrouverts.

Puis je me calme. Je ne suis plus moi. Je suis ce qui reste sur la plage après le passage d'un ouragan, un champ de destruction silencieux. Où surnage un objet, un panneau routier abattu.

« Tu sais à qui ressemblait ce petit garçon ? Tu te souviens d'Ante ? »

Diego sursaute, comme si un poisson l'avait piqué, un de ces poissons qui gisent dans le sable et produisent des décharges.

« Ante… »

Oui, lui. Le gamin au pantalon déchiré qui se tenait toujours à l'écart, fiché dans la roche comme un oiseau, qui feignait de savoir nager et qui aurait préféré se noyer plutôt que d'appeler au secours.

Pendant quelques jours, je ne sens plus rien. Je suis enfermée dans le feu bleu de cette vision. Autour de moi, de la matière froide. La pensée de cet enfant sous terre me harcèle, durcit comme un fossile dans la pierre, une coquille. C'est la dernière marche d'un escalier qui s'élève dans le vide. Je ne peux plus toucher cette terre où paissent escargots et défunts. Il me semble que tous les enfants du monde sont morts avec ce petit garçon bleu. Il fait froid, la glace s'agrippe aux objets, les capture. Les gosses s'amusent à glisser dessus : on dirait des fantômes, une file de créatures marchant en colonne vers la mort.

Du pied, je tire le battant de l'armoire. Je me regarde dans l'unique bout de miroir qui y subsiste. Mes cheveux ont poussé : les reflets de soleil ont dégouliné sur les pointes, jaunes comme des plumes de poule, et ma couleur, un châtain terne, a repris le dessus. Je pense à mon coiffeur, à sa tête, à son jargon : *balayage, nuances, masque revitalisant.* Je me trouve de l'autre côté du monde. Ce n'est plus moi, mais peu m'importe. Je passe mon temps allongée sur le lit, poussant du pied ce battant d'armoire, ce morceau de miroir qui renvoie une image de moi en loques. Tout ce qui s'est produit avant cette guerre me paraît confiné dans une préhistoire solitaire. Avant cette période, avant l'enfant bleu, je m'étais imaginée auprès de la brebis, posant une main, une oreille, sur son ventre. Devenant mère avec elle.

« Que fera Aska du bébé ? ai-je lancé à Diego.

— Je ne sais pas, elle n'en parle pas.

— J'ai peur. »

Il m'a regardée furtivement.

« Il est trop tard pour avoir peur. »

L'hiver commence. La guerre s'est enracinée. La fleuriste de Markale dit : « Cette année, nous avons de la chance, la neige est en retard. »

Elle claque des dents devant son petit buisson de fleurs en papier. Son bonnet de laine maison semble de plus en plus grand sur son visage de plus en plus maigre. Et pourtant elle ne cesse de sourire.

Il y a des choses que j'emporterai et qui me sauveront. Le sourire de la fleuriste de la rue Titova me sauvera.

Un jour, je lui ai demandé son nom. Elle a peut-être cru que c'était une question sournoise, de journaliste. Son nom de famille pouvait mener à son ethnie.

« *Cječarka sarajevska* », a-t-elle répondu.

J'ai interrogé Gojko : « Quel genre de nom est-ce ? »

Il a ri de cette vieille fée rusée. « Ce n'est pas un nom, *cječarka* signifie fleuriste. »

Cječarka de Sarajevo, voilà tout. Ni Serbe, ni musulmane, ni Croate. Fleuriste de Sarajevo, voilà tout.

Diego la photographie, lui achète ses bouquets en papier, qu'il m'offre et qu'il offre certainement à la brebis.

Je ne suis pas jalouse, je ne suis plus rien. Ce qui m'entoure a tout balayé.

Diego me parle d'Aska pendant que nous marchons, pendant que ces fleurs déteignent, dégouttant de couleurs. Il prétend qu'elle est affaiblie et triste, que sa famille est morte et que le bébé est un fardeau, une pierre. Mais c'est tout ce qui lui reste de vivant.

« Elle voudra peut-être le garder… »

Il lui posera la question, le jour venu.

« Dans ce cas… »

Il secoue la tête : c'est une hypothèse lointaine. Aucune femme ne garderait un enfant sous le déluge de la guerre.

« Tu resteras avec eux, avec le bébé et elle, n'est-ce pas ? »

J'ai le vertige, je me demande ce que je fais ici.

L'ours est mort lui aussi, il a résisté plus que quiconque, pendant des mois. Puis il est mort. Son corps de fourrure s'est agenouillé, allongé, sa bouche s'est lentement ouverte et ne s'est plus refermée.

J'accompagne Velida à la gare, d'où sont censés partir deux cars pour la Croatie. Gojko lui a trouvé une place. Cela n'a pas été difficile, j'ai déboursé trois mille marks, presque tout ce qui me restait. Mais elle ne le sait pas, et je garderai ce secret si je veux rester son amie. Je lui ai raconté que, du fait de son âge et de son veuvage, elle figure de droit sur la liste des civils qu'on évacue. C'est un mensonge. Personne, en effet, ne peut partir gratuitement. Elle emporte une petite valise marron foncé, en similicuir, munie de deux courroies. En la saisissant, je m'aperçois qu'elle est très légère : cette valise à moitié vide ne me plaît pas, elle ne contient pas de promesse de vie.

« Je n'ai besoin de rien, explique-t-elle. J'ai mon manteau sur moi. Je n'ai besoin de rien pour ma nouvelle vie. »

Mais elle n'a pas oublié ses merles, qu'elle a posés à ses pieds dans une cage trop petite, recouverte d'un chiffon. Elle craint qu'on ne lui interdise de monter avec : c'est sa seule inquiétude. Elle sourit, les cheveux courts, poivre et sel, le visage rêche. Ce matin, elle a un peu de couleurs. Nous attendons debout, dans ce froid de loup, devant les décombres de ce qui était autrefois la gare... de là on partait pour Ploče, on allait à la mer. Autour de nous, des gens assis sur leurs paquets, des femmes qui étreignent des enfants. S'ils arrivent à traverser les guérites militaires des check-points, ils iront grossir le troupeau déjà nombreux des réfugiés, des individus en transit, titulaires d'un titre de séjour provisoire glissé entre les pages du passeport bleu à lis dorés de la jeune et défunte Bosnie. Ils rejoindront les centres d'accueil, exerceront d'humbles métiers, subiront les regards soupçonneux de leurs nouveaux concitoyens dans les pays où ils auront le droit de vivre, mais sans plus jamais être eux-mêmes. Telle sera leur nouvelle vie.

Les cars se présentent au couchant, alors que tout le monde a perdu espoir. De grands applaudissements retentissent, les bouches cariées s'ouvrent dans des rires. Velida grimpe, pose sa cage sur ses genoux. Nous nous faisons nos adieux à travers la vitre. Elle hoche la tête, ferme les yeux pour me dire que tout va bien. « Je t'écrirai. »

J'ai fini par lui parler d'Aska. Elle savait tout, elle l'avait vue en compagnie de Diego.

« Où ?

— Aux vieux bains turcs... »

Ils marchaient main dans la main. Ils l'avaient impressionnée par leur jeunesse, par leur air égaré, somnambulique.

Elle a pressé ma main et m'a étreinte une dernière fois. « Ne fais pas comme moi. Ne respecte pas la mort. Bats-toi, empoigne la vie, Gemma. »

Des mères pleurent. Un des cars est entièrement occupé par des enfants. Un homme robuste à la cravate couleur pêche, le seul accompagnateur, réunit leurs passeports.

Un jour, cette cravate et ce car me reviendront à l'esprit dans le salon de mon appartement romain quand je lirai que des centaines d'enfants évacués de Sarajevo se sont évanouis dans le néant. Adoptés illégalement peut-être, ou bien pire. De quoi crier : « Dieu, éteins tout, qu'est-ce que tu attends, bordel ? Fais disparaître le soleil, jette sur nous une planète noire, comme le cœur de ces braconniers cravatés. Efface aussi le bien, parce que le mal vit dans ses poches. En cet instant. En cet instant précis. Car un enfant va être touché en cet instant précis. Sauve le dernier. Dieu, éteins tout. Et n'aie plus pitié, nous n'avons plus droit à aucun témoin. »

En l'espace d'une nuit, des rafales de froid dévalent les couloirs des montagnes et s'insinuent dans les ruelles de Baščaršija, paralysant ce qui restait de vie. La température descend de plusieurs degrés au-dessous de zéro, les couvertures pèsent sur les corps, aussi raides et glaciales que des manteaux métalliques. Traversant les bâtiments blessés, le froid pénètre partout. Les bâches des fenêtres blanchissent, les mains qui les touchent se brûlent. On commence à compter les premières victimes du froid dans les aubes brumeuses, momies voilées de gel comme des biscuits recouverts d'un glaçage. Les potagers résistent, recroquevillés sous de petits sacs en Cellophane.

Les *snipers* de Grbavica, du Trebević et de Poljine écourtent leurs tours de garde, ils ne font plus la différence entre la chair de leurs mains et le fer de leurs fusils.

La neige tombe, dévore le ciel. La ville est murée dans le silence des pas, la glace orne le bout des tuyaux d'eau. Les enfants se désaltèrent en mangeant cette neige qui ronge les muqueuses.

La neige dissimule les décombres, s'agrippe aux immeubles noirs en l'espace d'une nuit et semble capable de tout nettoyer. Mais, une fois déblayée à la main, elle forme des murs sales qui rendent la ville encore plus sombre, encore plus isolée, et l'on voit poindre dans son manteau immaculé, pareils à des lances brisées, les minarets brisés. Le gel rétrécit la vie… seules des silhouettes osseuses, squelettes bossus comme ceux du musée d'Histoire naturelle hantent la rue, tirant des luges, des poussettes remplies de ferraille.

Puis c'est le premier obus de la journée. Du sang sur la neige.

Je ne vois Gojko que rarement. Il vit enfermé dans le bunker de la radio, où il met ses auditeurs en contact avec les membres de leur famille prisonniers des quartiers occupés, et reçoit, depuis des stations de radios croates et slovènes, des appels de réfugiés s'enquérant de leurs parents assiégés. Il trouve encore la force de sourire. « On dirait des voix de l'au-delà, » affirme-t-il. Il est devenu habile à capter les sons les plus lointains, les liaisons qui s'interrompent mille fois, les voix qui surgissent dans un bois dérangé par d'autres voix, par des sanglots, par des bruits semblables à des secousses telluriques.

« Un jour, je discuterai avec les morts, dit-il. Quand cette guerre sera terminée, je me serai transformé en médium. »

De temps en temps, nous allons boire ensemble une bière au goût de savon dans les bars souterrains qui ont rouvert le soir, parce que la vie commence à se réorganiser à l'ombre de la guerre. Et que les jeunes ont envie de se saouler, de tomber amoureux, de rire.

C'est ainsi que je retrouve Ana et Mladjo. Zoran a été capturé par un groupe paramilitaire, il est mort en creusant des tranchées sur le Žuć. Ils rient : Zoran était un intellectuel, il évitait le travail physique autant qu'un chat évite l'eau. L'imaginer maniant une pioche, de la boue jusqu'aux genoux, les amuse.

« Et puis, ajoute Ana, les larmes noient les morts. Les rires les maintiennent en vie. »

Elle porte un Levi's 501 et un tee-shirt noir; malgré ses dents plus sombres, elle est toujours belle.

« Qu'est-ce que tu fais encore ici ? » me demande-t-elle.

Mladjo veut me montrer sa dernière œuvre. Nous gagnons un bâtiment austro-hongrois qui abritait autrefois une école primaire. Le bâtiment est complètement détruit à l'intérieur, mais la façade tient encore debout. Mladjo a projeté du polyuréthane expansé sur ce mur solitaire, telle une toile accrochée dans le néant, et y a creusé la perspective d'une classe... une immense assemblée d'enfants étranges, parmi lesquels je reconnais Ana, Gojko, Zoran et son visage grêlé. Il a réuni là ses connaissances et ses amis sarajéviens, ceux qui sont en vie et ceux qui ont disparu.

Quels sont mes souvenirs de ce dernier mois ? Sebina se rendant avec sa mère à une petite fête chez une cousine coiffée d'un bonnet rouge de Père Noël que Gojko avait soutiré à un cameraman irlandais. Bien peignée, les lèvres maquillées, Mirna portait un plateau de gâteaux. Tandis que nous longions le Zemaljski Muzej, elle jeta un coup d'œil aux antiques *stečci bogumili*, criblés d'impacts de balles. Sebina, apparemment indifférente à cette profanation, sautillait entre les sacs de terre des tranchées. Elle était heureuse car son instituteur avait réussi à organiser une classe dans son appartement, et elle ne perdrait donc pas son année scolaire.

J'ignore quel chemin emprunte l'amour avant de se figer dans notre ventre. La guerre coulait en moi à travers les fentes que l'amour avait autrefois empruntées, elle s'était déposée dans mes entrailles, en profondeur. La nuit, seule la lumière des balles traçantes éclairait l'obscurité. Je pensais au ventre d'Aska qui grossissait, rond et blanc comme les anciens sarcophages de pierre, ornés de symboles floraux et de cosmogonies, que les projectiles avaient abimés. « C'est le symbole qu'ils veulent tuer… le symbole », affirmait Gojko. À présent, je savais que le ventre d'Aska était Sarajevo.

La langue entre les dents, Diego imite le sifflement des obus. Il n'envoie plus ses rouleaux en Italie par l'intermédiaire d'autres journalistes. Il glisse son objectif dans une des petites entailles que le vent et le froid ont pratiquées dans les bâches aux fenêtres, comme le fusil d'un *sniper*, choisit une cible, un passant, appuie sur le déclencheur. Il hausse les épaules quand je lui fais remarquer qu'il n'y a pas de pellicule dans l'appareil.

« C'est pareil, dit-il. Ça ne change foutrement rien. »

Nous avons cessé d'évoquer l'après : enkystés dans le présent, nous laissons les heures s'écouler. Comme tous les prisonniers de cette vallée, nous ignorons si nous résisterons jusqu'au lendemain. Cette précarité ne me déplaît pas, elle me donne la sensation de marcher sur des vagues. J'aimerais juste que Diego soit à mes côtés. Or nous nous cachons l'un de l'autre, et le siège de Sarajevo est le nôtre, un rideau dur qui nous protège de nous-mêmes. La nuit, il est interdit de se déplacer muni de torches, mais Diego s'en moque. Le cou poilu, les yeux douloureux, il s'agite, prétendant qu'il n'arrive pas à dormir, erre, halluciné, dans l'ossature de cette ville dévorée… une façon de s'enfoncer dans le corps de la mort.

Je touche sa poitrine maigre, lui tends le gilet pare-balles, en vain : c'est un fardeau qu'il ne supporte pas. Son dos s'est durci, a mûri. Nous n'avons pas de temps pour les bêtises, pour les duos amoureux.

Plus que tout, je regrette l'abandon stupide de l'après-amour. Quand il couvrait de baisers ma nuque, le creux dans le cou où, disait-il, subsiste l'odeur de ma naissance.

Je n'attends plus le jour de la résurrection, le jour où un avion nous emmènera. Nous ne regagnerons peut-être pas Rome, nous mourrons avec cette ville où nous nous sommes rencontrés, où nous avons fait l'amour pour la première fois. Dans le lit de Mirna, devant un berceau vide. J'aurais dû prêter attention à ce signe : il renfermait notre destin.

Nous ne mentionnons jamais Aska. Elle se meut en arrière-plan. Elle vit dans un quartier périphérique plus détruit que les autres, il est donc facile de l'oublier. Mais la nuit Diego l'appelle, il hurle comme un chien blessé, se redresse dans le lit. Voilà pourquoi il n'arrive pas à dormir. Il a peur qu'une balle l'atteigne et que leur bébé meure avec elle. Voilà, je l'ai dit : *leur* bébé. J'aimerais avoir le courage de Jovan, aller à la rencontre d'un *sniper*, les bras écartés. Mais cette ville n'est pas la mienne, elle n'est pas mon cercueil. Je m'enfonce dans les couvertures froides. Des poissons dans un lac gelé. Des poissons aveuglés par la profondeur, qui s'effleurent sans se rencontrer.

Diego prétend que cela n'a rien à voir avec Aska. Il serait resté de toute façon : il ne peut pas abandonner les habitants de Sarajevo, il ne peut pas vivre ailleurs maintenant qu'il connaît leur souffrance. Il a essayé, en vain.

La vie est ici, parmi ces décombres recouverts de gelée, elle n'a jamais été aussi intense, dit-il. La vie, c'est Khalia, la fillette qui traîne la luge où sont assis ses frères, aussi petits que des lapins ; c'est Izet, le vieillard qui gagne tous les jours sa boutique fermée, à Baščaršija, et s'appuie sur son rideau de fer cabossé ; la vie, c'est la fleuriste qui vend des bouquets d'illusion.

Diego ne cesse de me répéter : « *V*a-t'en, rentre à la maison. » Mais comment partir sans lui, sans cet amour qu'il répand aujourd'hui telle de la provende dans les rues de Sarajevo ?

« Tu n'as pas besoin de moi, tu peux très bien te débrouiller toute seule. »

Il passe ses journées à faire la queue pour remplir des bidons d'eau qu'il apporte ensuite aux vieillards, aux individus incapables de se déplacer et seuls. Il fabrique des poêles, traîne du bois, balaie la neige, va et vient entre les centres de distribution des aides humanitaires et les foyers des familles qu'il a adoptées et qui l'attendent. Ses joues sont graisseuses à force d'être caressées par les enfants qui se jettent dans ses bras et qu'il porte dans les escaliers de ces immeubles nauséabonds, sans électricité. Il risque sa vie pour empêcher les mères de risquer la leur, car les hommes valides sont occupés pour la plupart à se battre, à creuser des tranchées. Il ne prend presque plus de photos, il dit que cela ne l'intéresse pas : Sarajevo est bourré de photographes et de reporters qui ne servent à rien, des chacals. Les journaux du monde entier sont saturés de morts broyés, d'enfants crasseux en survêtement, ils ont besoin d'espace pour la publicité, pour les *panettoni*, pour les diamants éternels.

Il voulait crever dans cette guerre, payer pour tous les médiateurs de paix qui ne fichaient rien. Mais j'entrevoyais de la déception derrière ce sacrifice. L'arrogance d'un enfant blessé.

Pour qui se prenait donc ce garçon maigre et voûté aux cheveux attachés par un ruban rouge et au ciré frappé d'une croix en sparadrap ?

Il était le père de tout le monde, et tout le monde l'appelait par son prénom.

« *Zdravo, Diego!* »

« *Zdravlje, Diego!* »

Il parlait maintenant leur langue. Il avait les mains blessées par le froid, par les bidons d'eau.

Je me moquais de lui : « Tu as des stigmates. »

J'étais tombée amoureuse d'un adolescent génois à l'accent rauque des *carruggi*, aux dents cariées par la drogue. D'un fils débauché. D'un garçon qui se battait dans les stades et qui se conduisait avec moi comme un poussin.

Et voilà qu'il était devenu un vieillard à la longue barbe d'ermite.

Je ramasse un peu de neige, la lance dans ses bons yeux.

Salaud. Mon amour.

Un jour je pisse de peur dans la neige : près de moi, un garçon vêtu d'une grosse veste à carreaux s'effondre. Par chance, il n'est pas mort. Il a baissé la tête pour ramasser sa cigarette, et l'éclat d'obus l'a blessé à l'épaule. Ses mains durcies par le froid l'ont sauvé : la cigarette a glissé entre ses doigts.

C'est une bonne fatalité. Le garçon ne comprend pas, il n'a pas mal, il se plaint juste de sa cigarette mouillée, éteinte. Puis il voit le sang qui goutte dans la neige, il pose ses yeux écarquillés sur moi, persuadé que c'est le mien, que j'ai été atteinte. Il pense que je suis morte et que je vais tomber. Il me dévisage comme si j'étais un fantôme. Il cherche ma blessure, se dit que j'ai été frappée à la nuque et s'attend à ce que je crache du sang. Ses yeux m'effraient. Opaques, étrangers, ils me regardent mourir. Est-ce là le dernier regard du monde sur moi ? Mon urine est chaude dans le froid, elle coule sur une seule jambe, celle qui tremble. C'est donc ainsi qu'on meurt sans s'en apercevoir.

Le garçon expliquera ensuite qu'il n'a rien senti, juste un coup à l'épaule : il a jeté un coup d'œil circulaire, il a vu le sang, il m'a vue. C'est plus tard que la plaie l'a brûlé.

Aujourd'hui, dans la queue pour l'eau, j'ai appris que les éclats d'obus ne font pas mal, qu'ils pénètrent le corps sans causer de souffrance, car le choc a l'effet d'un anesthésique.

Je ne sors plus, je patiente, cachée dans le couloir, loin de la fenêtre.

Ma vie n'est plus que de la survie.

« Tu as trouvé quelque chose ?

— Je rêve d'une carotte, tu te souviens des carottes ? »

Nous pourrions nous traîner à l'Holiday Inn où la presse étrangère est rassemblée, murmure de langues inconnues, des gens qui vont et viennent, des plats chauds, des serveurs. Mais Diego déteste cette atmosphère factice.

Je m'agrippe à lui, nue, sans dignité, sans orgueil.

« Je me suis conduite comme un monstre… un monstre. Je veux voir Aska et lui demander pardon. »

Il me regarde ainsi qu'on regarde une fontaine, un objet inanimé qui crache de l'eau.

« Qu'est-ce que je peux faire ?

— Appelle ton père. Dis-lui de t'envoyer le plus d'argent possible. »

Un soir, il rapporte une boîte de *pašteta.* Ce pâté bosnien me dégoûtait autrefois, mais il m'apparaît soudain comme la meilleure nourriture de la Terre. Du regard, je réclame à Diego de la clémence, de la douceur, et je tends la main. Il l'embrasse de la même façon qu'on lèche un timbre avant de le coller sur une enveloppe. Juste pour m'écarter.

Je penche la nuque pour qu'il dépose un baiser dans ce creux qu'il aimait tant autrefois.

Il ne s'en aperçoit même pas. Il examine des photos qu'il a fait développer dans un laboratoire, un trou derrière la rue Titova où un vieillard tire les clichés sur un vieux papier opaque, découpé au couteau.

« Montre. »

Des gens qui posent, des bustes. Des images sans profondeur, semblables aux photos signalétiques de la police.

« Qu'est-ce que c'est ?

— On me les a demandées. »

Il ne travaille plus que pour les Sarajéviens. Ce sont des souvenirs, des images pieuses à envoyer à des parents, à fixer sur les tombes.

« Ne les touche pas…

— Pourquoi ?

— Tu as les mains sales. »

C'est vrai, j'ai les mains souillées de *pašteta*, mais ce soir je n'en peux plus. Sans lui laisser le temps de réagir, je froisse ces photos, ces gens misérables qui posent. Et j'ai l'impression d'être en vie, car je ressens encore de la rage.

Je le poursuis comme une ombre sale, malade.

Il joue au football avec un groupe de gamins dans une cour dévastée. Il rit, saute, dribble. Puis il reprend son souffle, les jambes fléchies. Fumée blanche de son haleine dans le froid.

Les écoliers en polyuréthane expansé sont toujours accrochés au mur spectral, mais Mladjo est mort. Il poussait le fauteuil roulant de son père. Un *sniper* l'a abattu pour savourer le désarroi du vieux paraplégique, planté au milieu de la rue, incapable de bouger, de prêter secours à son fils.

Je file Diego. Il va à Markale, pénètre dans le marché couvert délabré où pendent aujourd'hui des vêtements souillés de neige qui dégouttent, des articles humanitaires échoués au marché noir… il fouille les tas de bottes de caoutchouc, de vieilles galoches… Je suis à bout de forces. Dégoûtée par l'odeur de ces vêtements usagés et humides, des soupes communes qui bouillent dans des marmites en aluminium, des égouts cassés… par cette boue mêlée de neige. Effrayée par les chiens errants qui mettent les morts en pièces, par les visages émaciés des gens, leurs pantalons habités de jambes aussi maigres et raides que des cintres, leurs yeux hallucinés qui bruissent par terre, fouillent comme ceux des chiens. Il n'y a plus rien en ville. C'est un camp incendié. Les corps dénutris ont du mal à tenir debout, ils ondoient à la recherche de tout ce qui pourrait leur être utile, n'importe quoi. Bojan le mime et sa petite amie Dragana donnent une représentation spéciale sous les arcades de la rue piétonnière : un banquet imaginaire. Ils font semblant de manger et ils sont si doués qu'ils vous mettent l'eau à la bouche. Ils prennent par la main les spectateurs, les invitent à s'asseoir, à s'empiffrer avec eux, leur servent des soupes, des cuisses de mouton, de la *pita*… ils se lèchent les doigts, avalent. Des rires et des pleurs retentissent. Mais, à la fin, tout le monde est repu.

Diego quitte Markale avec un manteau en mouton pendu à un cintre. Dans son dos, cette houppelande en peau retournée, bourrée de poil, évoque le corps d'une bête. Il la traîne dans la neige.

Je la revois sur Aska, qu'elle transforme en mastodonte, les boutons tendus sur son énorme ventre. La brebis a gagné la mosquée de Ferhadija. Soutenue par Diego, elle ôte ses chaussures, se lave dans la fontaine glacée. Elle se frotte le visage, le cou, puis plonge les pieds dans cette eau qui n'est rien d'autre que de la glace.

Elle marche, pieds nus dans la neige. Elle s'immobilise sur ce qui reste des *sofe*, les places destinées aux femmes. Elle s'agenouille, se penche en avant, poussant sur son ventre qui l'empêche d'atteindre le sol en une soumission totale à son Dieu.

Je m'approche, m'agenouille à côté d'elle. Ses yeux sont des poissons inertes sous une plaque de glace.

« Tu auras le bébé », dit-elle.

Un sourire maussade flotte sur ce visage qui paraît différent.

« À moins qu'un *sniper* ne te prenne de vitesse. »

Pietro se tient devant la glace

Pietro se tient devant la glace. Il vient de prendre une de ses interminables douches. Il lève ses bras nus, s'observe longuement. Il s'approche et me demande si je remarque une différence entre les muscles des deux bras, s'il a déjà le bras du tennisman.

« Touche. »

Aucune différence. Je tâte les deux cylindres de chair maigre juste au-dessus de l'os.

« Il faut que je m'inscrive à une salle de gym, que je fasse de la musculation. »

Il est assis sur le lit, une serviette autour des hanches. Il a mouillé le drap, mais peu importe : nous partons.

Je regarde son dos nu courbé, le chapelet de la colonne vertébrale, les omoplates qui saillent sous la peau comme des ailes repliées.

« Je suis moche », a-t-il dit.

Il le répète sans cesse, il se trouve beaucoup de défauts : des épaules rachitiques, des yeux trop grands, des cils trop longs, « des cils de fille ». La petite tache marron un peu poilue qu'il a sur la cuisse, près de l'aine, le dégoûte. « Une envie de porc », dit-il. À cause de cette envie, quand il va à la plage, il met des bermudas, non des slips de bain.

« Qu'est-ce que tu racontes ? Tu es très beau. »

Il n'a jamais eu de petite amie. Je suis la seule femme à lui faire des compliments, et, bien entendu, il ne me croit pas.

Il a, au-dessus de la lèvre, un duvet qui pourrait passer pour de la saleté ; ses dents, ses oreilles et son nez sont trop grands, dans son visage d'enfant, comme sur les tableaux de Picasso – des yeux de cheval sur une tête de haricot.

Il sera très beau, on le devine à son sourire, à la gentillesse qu'il manifeste aux petits enfants, aux inconnus, qu'il embrasse subitement sur les joues comme s'il avait affaire à de grands amis.

Il est écrit sur son passeport qu'il est né à Sarajevo. Il pense que cette ville est un no man's land où j'ai échoué par hasard, pour suivre un père qu'il n'a pas connu.

Une seule fois, il m'a demandé comment il était né. Il était en neuvième, il fallait qu'il raconte sa naissance dans un devoir. Nous avons collé une photo de lui, bébé, sur une feuille cartonnée. « Qu'est-ce que j'écris, maman ? » Je me suis levée, j'ai ouvert le réfrigérateur, en ai tiré un bifteck. Je lui ai parlé de dos… j'ai inventé quelque chose en retournant ce morceau de viande glacé.

Puis j'ai vu son devoir affiché avec ceux des autres enfants sur le grand tableau scolaire de fin d'année, dans cette espèce de poulailler rempli de mères si différentes de moi, que je n'ai jamais supportées et dont j'ai fui la familiarité. J'ai fait face aux mots de mon fils, un gobelet d'orangeade à la main. Il avait décrit une naissance banale et douceâtre. Et cette banalité m'émouvait. Nous étions comme les autres – moi, une maman « très douce » et lui, un « nouveau-né joufflu ». Notre histoire absurde se perdait parmi tous ces récits de naissances normales, aux rubans bleus et roses. Il avait inventé cela mieux que moi. Aussi maigre que son père, le visage pâle du citadin, tournant vers moi ses yeux paisibles de parfait complice, il m'a lancé : « Ça te plaît, maman ? »

Une de mes larmes a coulé dans l'orangeade. Une larme aussi stupide que ma vie. Je n'arrivais même pas à prononcer un mot, je hochai la tête comme une poule qui picore. Je picorais ce long mensonge tiède, étalé au crayon, de l'écriture encore hésitante de mon fils. Son innocence était ma couverture. C'était lui qui m'intronisait mère. Lui qui clamait : « C'est toi. Voici le certificat. »

Qu'aurais-je dû lui dire ?

Chaque fois que j'ai rendu visite à une amie qui accouchait au milieu des oreillers blancs et des rubans, chaque fois que j'ai vu cette pureté, chaque fois que j'ai senti cette odeur indescriptible de chair née, d'enfant tout neuf… mais aussi celle du lait de toilette, des disques de coton pour désinfecter les mamelons avant l'allaitement, chaque fois que j'ai souri, que j'ai dit : « Quelle merveille, quel amour », j'ai eu l'impression d'être un peu plus seule, d'être un peu plus laide. Je quittais, plus sombre, ces tanières ouatées après avoir déposé mon cadeau de naissance, marchais un moment, au hasard, dépossédée de moi-même.

Je n'ai pas accouché. On ne guérit jamais de ce qu'on n'a pas, on s'adapte, on se raconte d'autres vérités. On cohabite avec soi-même, avec la nostalgie de la vie qui aurait pu être, comme font les vieillards.

Je n'ai pas participé à l'événement premier, à la régénération de ma personne. Mon corps a été exclu du banquet des femmes normales, où elles reviennent chaque fois s'asseoir, repues, indifférentes aux êtres de mon espèce.

Un accouchement écarte les os, les ouvre. Ma grand-mère prétendait que chaque naissance est comme un clou dans le corps d'une femme, un fer à cheval. Avant de mourir, les mères revoient leurs accouchements, leur corps qui s'ouvre et offre au monde un charbon blanc. Elles voient les clous, la trace de leur parcours. De quoi me souviendrai-je lorsque je mourrai ? Quel sera mon fer à cheval ?

Pietro avait écrit que je l'avais posé sur son ventre et qu'il s'était endormi sur moi. Cela aurait dû me remplir de honte, mais je me sentais en paix. Tout le reste n'était que des clous à jeter.

Gojko vint me chercher. J'entendis les coups sur la porte : je ne dormais pas. J'étais allongée, les yeux fermés, au fond de la chambre où j'avais traîné mon lit, je n'arrivais pas à m'éloigner du mur froid, auquel je me collais dans le sommeil sous l'effet de la peur. L'aube naissait. En temps normal, je ne l'aurais pas remarqué, mais je percevais maintenant toutes les nuances de l'obscurité.

Muet, il s'éclaire à l'aide de son briquet. Puis il l'éteint, peut-être pour économiser le gaz.

« Qu'y a-t-il ? »

Je ne vois plus son visage, je l'imagine dans le reflet de la petite flamme qui vient de mourir. Il porte une main à sa joue et l'y abandonne, comme une coquille de chair, une protection. Un geste insolite, féminin, que je ne lui connais pas.

« Qu'est-il arrivé ? »

Il secoue la tête, marmonne.

Pourquoi cet idiot ne parle-t-il pas ? Je suis prête. Je suis prête depuis l'instant où j'ai pénétré dans la morgue, depuis que les premières neiges sont tombées. Jovan m'a tout appris. Le corps se vide comme un sac de sable percé, et l'on entend le bruissement des grains qui tombent. Le calme est une vertu propre à Sarajevo. Un calme qu'on ignore posséder, aussi inattendu que celui des morts.

Je saisis la torche, la pointe sur lui. Il agite la tête, baisse la main, crache par terre.

« Ahhh... »

Une forte odeur d'alcool, d'eau-de-vie, se dégage. Il peste, il se plaint d'un *zub*, d'une dent douloureuse, une des grosses au fond. Il dit qu'il se gargarise avec de l'eau-de-vie pour bercer un peu le bébé, la molaire. Il a la joue gonflée comme si un insecte l'avait piqué, et les yeux bouffis, mi-clos.

Puis il m'annonce que le bébé est sur le point de naître. Il est venu me chercher : Diego le lui a demandé.

Je regagne la chambre et tire la valise de sous le lit. J'en retire le sac à dos qui contient l'argent que papa m'a envoyé par l'intermédiaire de Vanda, la volontaire dont j'ai fait connaissance à bord de l'avion militaire. Nous nous sommes revues dans une *kafana*, elle s'est rasé la tête, comme un para. Nous avons partagé un paquet de serviettes hygiéniques comme deux sœurs.

C'est une aube blême, qui précède peut-être un jour lumineux. Nous filons dans les ruelles défoncées de Bjelave. La première fois que je suis montée dans cette voiture, c'était il y a mille ans, pendant les Jeux olympiques d'hiver. Gojko respirait un bonheur stupide, la naïveté, la prétention. Il chantait avec l'accent croate « *Everybody's got a hungry heart* »... c'était un garçon sans gêne, qui portait le même jean délavé que Bruce Springsteen, même s'il était *born in Sarajevo*. Il voulait me séduire, mais je le trouvais pathétique. *Je ne le reverrai jamais*, avais-je pensé.

Et nous voici dans ce labyrinthe de squelettes, d'avenues aux allures de montagnes russes dans ce qui ressemble à un parc d'attractions en enfer. Je me dis soudain que ce présent que la folie agite n'est sans doute pas encore le pire. Le pire est encore à venir, il viendra le jour où les canons et les caméras de télévision s'en iront, abandonnant cette ville à ce flanc gris qui continuera de produire sa souffrance silencieuse. Une sorte de moisissure. De pus.

« Tu écris encore ?

— Non. »

Il n'a l'air ni triste ni perdu. Il connaît la topographie de cette nouvelle ville minée, divisée en zones, où l'on se déplace comme les boules d'un flipper, et où seuls les plus rusés ne tombent pas dans le trou. Et Gojko est un joueur habile. Il n'a pas un regard pour les destructions, il y est habitué. Il se contente de chercher un passage libre, une occasion.

« À quoi penses-tu ? »

Il a mal aux dents, répond-il, il pense à cette molaire douloureuse.

L'hôpital baigne dans une lumière faible de cimetière. De petites lueurs çà et là, puis de longues étendues sombres, des escaliers aux allures de gouffre. Le revêtement de sol semble reposer directement sur la boue. Un câble, un panneau décollé me frôlent la tête. Les services ont presque tous été touchés, les lits sont entassés le long des couloirs. Les corps évoquent des sacs de sable dans le noir. Je détourne les yeux des pieds qui jaillissent des couvertures, des tubes noirs de sang. Je suis le dos de Gojko dans ce tunnel. Des silhouettes nous bousculent en criant. Le jour point, et pourtant j'ai l'impression d'avancer dans un crépuscule sale. Un soldat en uniforme se traîne, soutenu par une femme à blouse bleue. Un vieillard, dont la cuisse s'achève en une coiffe de bandages ensanglantés, fume, assis sur une civière. Gojko me tend la main, m'aide à franchir les escaliers éventrés d'où l'on aperçoit le surplomb des étages. À la maternité, personne ne se plaint. Une femme est repliée sur son gros ventre comme une voyageuse épuisée sur sa valise.

Ce n'est plus une aube quelconque. On se croirait dans une mine sous-marine, où l'on se déplace au ralenti. Gojko s'éloigne. S'il ne trouve personne pour lui arracher sa dent, crie-t-il, il s'en chargera lui-même, une pince lui suffira. Je distingue Diego, assis sur la dernière marche d'une de ces volées privées de balustrade. Il se lève. Cela fait trois jours que je ne l'ai pas vu, trois jours qu'il n'est pas rentré dormir. Je m'effondre sur lui.

« Comment vas-tu ?

— Je vais bien, bien. »

Quelques mots, puis c'est la fumée de nos haleines dans cette espèce d'entrepôt à ferraille sans chauffage où l'on se croirait comme en plein air. Il faudra un jour que je décrive à Pietro cette odeur. La fatigue et le froid. Le cou de son père, qui tremblait comme celui d'une oie qu'on s'apprête à capturer.

« Dis-moi quelque chose, me lance-t-il.

— Quoi ?

— N'importe quoi. »

Je t'aime, voilà ce qu'il a peut-être envie d'entendre. Nous nous sommes assis côte à côte sur cette marche, il a posé la tête sur mes cuisses.

Je lui annonce : « J'ai apporté l'argent. Ici… », en indiquant le sac, que je porte devant, sous mon anorak. Je craignais qu'on ne me le vole à un poste de contrôle, si je l'avais porté sur le dos. Soudain je me rends compte qu'on dirait le ventre d'une femme enceinte. Diego sourit, d'un sourire ancien et inconsolable. Ce ventre d'argent, c'est toute notre fortune et notre tristesse.

Aurais-je dû le dire à Pietro ? « Tu sais, maman était enceinte de cinquante mille marks en petites coupures qui pesaient sur son ventre, sous ses seins. » Lui dire : « Nous avons été généreux, le photographe et moi. Grand-père avait vendu son appartement à la mer pour nous aider. » C'était une somme excessive : des gens ont acheté des petits gosses de Sarajevo pour trois fois rien.

Je berce ce ventre d'argent, le serre contre moi. Il nous éloigne un peu, Diego et moi, malgré l'étreinte.

Aska arpente le couloir devant la porte des toilettes. Elle s'immobilise de temps en temps, s'appuie contre le mur entre deux lavabos. Je m'approche : quelques pas dans cette mine sous-marine.

Il flotte dans l'air une odeur forte, de toilettes inertes, que celle du désinfectant ne parvient pas à masquer complètement. Nos souffles forment une fumée blanche. Nous sommes un lac arctique, ensevelis sous la croûte de glace, nous sommes enfin réunis tous les trois.

Il faudrait que je raconte cela aussi à Pietro. Que je lui décrive l'autre odeur, de prison, d'abandon. Que je lui décrive cette rencontre.

La trompettiste, la brebis indisciplinée d'Andrić, la rebelle qui danse devant le loup m'observe sans changer d'expression, comme si elle ne me reconnaissait pas.

Et pourtant nous avons été amies autrefois, un siècle avant ce siège qui a dévoré sa ville. Nous avons dansé un soir, enlacées, devant un poster de Janis Joplin. Elle, la plus jeune et la plus pauvre, m'a soutenue, resplendissant de son avenir sauvage de musicienne, tandis que moi je lui confiais : « Je suis bien plus pauvre que toi. » Attachés par un élastique, ses cheveux retombent dans son cou, sans relief. Son visage, traversé d'une lumière grise, semble privé d'émotions.

Sa tête est contre le mur. Diego se tient à ses côtés, mais on dirait qu'il n'est pas là. Elle porte le manteau en mouton qu'il lui a acheté à Markale, ouvert sur sa robe de chambre. Je contemple le ventre qui en jaillit : il semble énorme sur sa maigreur. Le ventre d'Aska est gros et ferme.

« Je peux toucher ? »

Ma voix s'échappe d'un puits, étrangère. Aska opine et, sans me regarder, écarte les bras. Je tends la main.

Voilà ce que je dirai à Pietro la veille de ma mort. Je lui parlerai de ma main qui avance vers lui.

Elle se pose avec hésitation, comme le premier module lunaire. Mes doigts sont raides, métalliques.

Je ne suis personne, je suis un envahisseur, un oiseau de fer sur une planète qui ne m'appartient pas.

C'est un peu comme se déshabiller pour entrer dans l'eau : ensuite, tout devient naturel. Malgré le froid, ma main semble collée à ce ventre par de la neige chaude. Je suis là et je n'ai plus envie de m'éloigner. Je respire.

À présent, nous baignons dans du liquide amniotique.

« Tu as apporté l'argent ? »

J'acquiesce de tout mon corps, indique le sac à dos, comme un cocon sous mon anorak. Ce ventre d'argent, plus pitoyable encore que le reste, fait vraiment de moi une misérable.

« *Dobra – c'est bien* », dit-elle.

Puis je sens un coup à l'intérieur de ma main. Une tête qui tape, comme celle d'un poisson sous la glace.

Je crie. Je sens le coup et crie.

Qu'est-ce que c'était ? Un pied ? Un genou ? Un poing ?

Soudain je ne vois plus rien, juste un ciel de boue bleue, une nausée qui descend de ma tête… je m'évanouis, je le sais : je suis à jeun et le coup a pénétré dans mon aine vide, tapis de chair silencieuse cachée entre les os du pubis, ces os plats et blancs qu'on voit sur les squelettes…

Je suis un sac de sable déchiré : les grains rêches tombent et traversent mon corps, se concentrent dans mes pieds. Ma tête est vide.

Je rouvre les yeux dans les bras de Gojko, contre ses cheveux sales. Il agite une bouteille sous mon nez.

« Respire, belle femme, renifle cette merveille. »

C'est de l'eau-de-vie du Monténégro, la mythique 13-Juillet, une rareté. Diego et lui sont de toute évidence éméchés. Le premier a les mains chaudes malgré le froid, et le second est euphorique : sa molaire est arrachée. Il ouvre la bouche, me montre le trou noir, éclate de rire, les dents ensanglantées.

Dans la liqueur de ce demi-sommeil, je vois Aska. La tête contre le mur, elle s'effondre entre les lavabos, se met à quatre pattes.

« Tu as besoin de quelque chose ?

— Une cigarette. »

Je demande à Gojko une de ses Drina, l'allume et la glisse entre ses lèvres.

Elle aspire et tremble, le visage déformé par la douleur.

Maintenant j'ai mal. Une douleur bifide dévale mon dos pour se ficher dans les profondeurs molles : deux lames plantées dans les reins qui tentent de se réunir dans l'aine.

C'est la douleur d'Aska qui se colle à moi. Je n'y étais pas préparée. Je retourne m'asseoir sur la marche.

Diego va lui masser le dos puis me rejoint, la tête basse.

À présent, elle est laide, ivre de fatigue, elle ressemble à un chien enragé. Je devrais décrire à Pietro sa tête qui heurte le pied d'un lavabo et sa cigarette tombée dans la saleté, qu'elle réclame en hurlant dans sa langue, et que j'aimerais jeter.

Je la lui redonne. La fumée en jaillit copieusement, peut-être chasse-t-elle la douleur. Recroquevillée, Aska continue de crier comme si elle avait dans la bouche un chiffon, un bouchon.

Les femmes savent se cacher, s'ensevelir à l'image de la terre, la nuit, mais au moment d'accoucher elles se révèlent comme des dents dans l'obscurité, et c'est là, pendant que le clou s'enfonce, que leur âme, leur courage, se dévoile. Oui, là, pendant que le destin leur cloue un fer à cheval sur les reins et qu'elles défournent l'os de la vie, nouveau squelette qui passe à travers le leur, fleuve dans le fleuve.

Mais moi, je suis restée dans le noir, comme la Terre obscurcie par ses planètes, je n'ai pas eu besoin de me dévoiler.

Aska, en revanche, doit s'exposer. Mille fois, en regardant les montagnes, j'ai pensé à son ventre pointé sur moi comme un canon.

« Il faut respirer, affirme Gojko.

— Qui te l'a dit ?

— Ma mère. »

Nous respirons tous les trois, nous avalons l'air jusqu'au ventre et le rejetons, comme des poêles cassés. Aska nous imite, puis elle gémit, nous chasse. Gojko lui dit qu'accoucher équivaut à se faire arracher une dent, qu'elle n'aura bientôt plus mal. Il ouvre la bouche, indique le trou et, comme elle lui réclame une autre cigarette, me lance en riant : « Prépare-toi, beauté, ce bébé sentira Sarajevo, le cendrier. » Si ce n'était pas une tragédie, ce serait une farce… Nous marchons à quatre pattes derrière les contractions de la brebis, comme des fous à l'asile.

Aska se redresse, roule le long du mur comme un gros insecte et va à la fenêtre des toilettes, une bâche militaire déchirée en son centre, peut-être pour laisser passer l'air et les mauvaises odeurs. Elle se faufile à la faveur de l'accroc, contemple le ciel où luit une balle traçante… Elle contemple Sarajevo, les maisons incendiées, le terrain de football transformé en cimetière.

Je devrais décrire à Pietro le regard d'Aska qui fume en contemplant la ville morte, écrasée par la léthargie du froid et de la boue.

Il n'est plus en elle que pour quelques instants encore.

Le ventre nu s'expose une dernière fois à la roulette de Sarajevo.

Pourquoi ? Les tireurs d'élite ne sont pas loin, postés dans les squelettes des maisons à l'ouest. Et la braise de sa cigarette pourrait attirer leur attention.

Maintenant, ce ventre est le dôme d'une mosquée… de la mosquée de Frerhadija, où j'ai vu Aska entrer et s'allonger par terre.

Malgré mon envie, je ne la retiens pas. Qu'elle décide donc pour nous, pour tous.

J'ai au fond du corps une pierre durcie par les ans. Mes œufs clairs forment à présent des pelletées de terre fraîche, comme ces morts de 1992.

Mais Diego l'attrape par le bras et la ramène à l'intérieur. Adossée au mur, elle halète, le cou tordu vers le plafond brisé, tandis qu'il la regarde. Je me demande s'il la regardait avec la même tendresse, avec la même nostalgie, quand ils faisaient l'amour.

Devrais-je décrire à Pietro ce regard si intime qui me dépouille ? Elle a un dernier geste, elle lui saisit la main et la mord ainsi qu'on mord un chiffon, un amour qui vous abandonne.

« *Dosta... dosta...*, gémit-elle – assez, assez, enlevez-le… »

Enfin une femme en blouse et socquettes de laine se présente et l'emmène.

Tout se passe à quelques pas de nous, derrière un rideau de plastique blanc. En se dirigeant vers la civière, Aska s'est tournée vers moi… son regard pèse maintenant sur mes épaules. C'est le regard inerte des réfugiés, des gens qui se séparent d'eux-mêmes.

Cela va très vite. On n'aperçoit derrière ce rideau blanc que des ombres de membres, de gestes pressés. Un pied d'Aska danse dans l'air. Je devrais décrire à Pietro ce pied, ces ombres où s'étirent nos peurs, notre misère.

Puis le dos de la sage-femme, ses coudes… on dirait qu'elle creuse. Elle s'exprime d'une voix saccadée. Aska ne se plaint presque pas.

Nous avons les yeux collés aux ombres noires sur cette toile blanche.

Lambeaux de gestes, de voix… de mains qui fouillent un corps. D'autres mains ont commencé à creuser à l'aéroport de Butmir pour se ménager un conduit vers les territoires libres.

Toute la guerre se concentre maintenant sur cet écran blanc, où semblent se projeter les milliers de mains du 6 avril, celles des manifestants qui réclamaient la paix, une longue retraite dans la neige, des colonnes de guerriers épuisés qui avancent à grand-peine.

La femme creuse, saisit, entraîne, noue…

Nous sommes immobiles contre le mur, comme des statues sous la flamme éternelle.

Devrais-je dire à Pietro à quoi je pensais pendant qu'il venait au monde ?

Aux *snipers*. À leurs vies tragiques. À l'interview que j'avais vue à la télévision. Le jeune homme aux yeux clairs déclare en souriant : « C'est comme si on tirait sur des lapins, c'est la même chose. » Soudain, je vois le petit garçon bleu : il hisse sa luge sur une pente, c'est un gros effort chaque fois, car si la descente est rapide, la montée ne l'est pas… Cela en vaut toutefois la peine. C'est une journée lumineuse, la neige est fraîche. Le blanc a recouvert le noir. Le *sniper* a bu de l'eau-de-vie de prune, il a fumé, jeté son mégot sur le sol, puis il a repris son outil, son fusil. Un jour, sa mère l'a mis au monde et l'a fait baptiser : il porte une croix autour du cou, il croit en la sainte Trinité, celle de la grande Serbie. C'est du moins ce qui lui semble, car tout a changé en l'espace de quelques mois, il ne sait plus bien pourquoi il est monté dans les montagnes avec les autres. Il tire sur sa ville, sur son quartier. Il brandit son fusil, colle l'œil à la lunette et cherche… Cette recherche est agréable, elle lui procure une décharge d'adrénaline qui le saisit à la poitrine et se répand dans son ventre, dans ses testicules. Il choisit la pente, le sentier enneigé où il jouait quand il était petit. Comme tous les hommes, il a la nostalgie de ces années-là, de son enfance. Il ne regrette rien : il a toujours su qu'il ne reviendrait pas, y compris quand il marchait dans la boue pour franchir le fleuve et gagner les montagnes. Il y a d'autres enfants sur la pente, entre deux immeubles éventrés – celui de gauche abritait l'école primaire, qu'il a fréquentée. Un instant, il repense à son institutrice : elle étalait de la *pašteta* sur du pain et lui en donnait une tranche. Elle lui souriait, lui disait *hvala*. Il aimait cette maîtresse, il ne se souvient pas de son ethnie, il a beau y réfléchir, il ne s'en souvient pas. Maintenant, l'école n'est plus qu'un squelette, la structure d'un bâtiment inachevé qu'on aurait incendié. Les enfants jouent, il les a vus arriver, il ne les attendait pas. Rien n'est prévu, il ignore sur quoi son attention se figera, sur quelle cible, sur quel *cilj*. C'est un mot qui lui plaît, *cilj*, car c'est son travail quotidien, c'est un mot propre. *Homme, femme, enfant* sont des termes qui souillent sa mission. Les enfants constituent de petites cibles, *maleni ciljevi*, et il n'a pas l'habitude de tirer sur de petites cibles : elles bougent trop. Mais ce matin, c'est très facile, une vraie invitation. Les *maleni ciljevi* ressemblent à des lapins éparpillés sur la neige. Leurs mères les ont autorisés à sortir : elles ne pouvaient pas les garder toute la journée dans l'humidité des abris, elles avaient peut-être envie d'être libres, de faire la lessive, de préparer une soupe aux herbes. Le *sniper* cherche. Les enfants constituent encore de petites taches sur la neige, de petites silhouettes aux contours imprécis. Il règle la lunette de visée télescopique de son fusil de précision : de la neige, des bouts de pull-overs, de visages. L'image est floue. Il met au point, s'approche, resserre… sort de l'inconnu, de la neige. Les *maleni ciljevi* sont maintenant des enfants. Il suit leurs pas de son fusil, il suit leur jeu. Lui aussi quand il était petit, il glissait avec son frère le long de la pente dans une caisse en plastique. Un jour, il a heurté une grosse pierre. Il se demande si elle est encore là, il la cherche et la trouve. Il aime trouver des signes de sa vie d'autrefois, même s'il sait qu'il n'y retournera pas. Il n'éprouve aucune émotion, il a juste l'impression de reconnaître un territoire, ce qui est important pour un chasseur. Il s'arrête sur un gamin. Pour une raison qu'il ignore, c'est lui qu'il choisit. Peut-être parce qu'il n'a pas de bonnet : quand il se retourne, il offre sa nuque.

Devrais-je raconter ça à Pietro ? Lui dire que je pensais à la nuque du petit garçon bleu, pendant qu'il venait au monde, lui dire que je la voyais, cette nuque, qu'elle était devant moi, dans le viseur d'un *sniper*.

Mon cœur bat dans le cœur du *sniper*. C'est moi qui choisis ce garçonnet. Je le choisis parce qu'il a la nuque nue, les cheveux courts, compacts, comme une boule de poils. Ce sont des cheveux qui sentent. Et le *sniper* sent cette odeur. Autrefois, il avait lui aussi les cheveux épais, durcis par la sueur, muets. Le petit effectue ses derniers pas dans la neige, il rit, les joues rouges, souffle de la fumée blanche, tire sa luge vers le sommet de la pente.

La lunette de visée télescopique se colle à ses pas, se hisse avec lui sur la neige. Le *sniper* ignore pourquoi ce travail lui a échu, ce sont les circonstances qui en ont décidé ainsi. Il pourrait écarter son fusil et tirer dans un des sacs de terre empilés dans la neige : cela ne changerait rien. Mais il reçoit pour chaque cible touchée une belle prime en marks, et il a besoin de cet argent : sa solde est maigre et il aimerait s'acheter une voiture, une BMW à toit ouvrant. Il songe à cette voiture, à ses sièges noirs, au tableau de bord, à l'allume-cigare, il songe au vent qui le décoiffera. Le lapin est un petit garçon, il avance, sa chevelure semblable à une calotte. Le corps du *sniper* et son arme ne font qu'un. C'est l'instant du coït, du pénis qui se durcit machinalement. Il n'y a pas d'autre volonté que celle de la balle. C'est elle qui agit : le *sniper* s'en remet à son expérience. Il presse la détente, relâche le doigt. C'est l'instant dangereux . la balle siffle dans l'air blanc, comme un spermatozoïde qui chemine sous le verre du microscope. Un obstacle pourrait dévier sa trajectoire. C'est le meilleur moment. Un plaisir douloureux comme une éjaculation trop retardée. La poitrine encaisse le recul. L'air est blanc. La balle a atteint la nuque, le petit est tombé en avant. Les autres enfants abandonnent leurs luges et s'enfuient, lapins épouvantés. Le *sniper* revient sur les lieux à travers sa lunette, les parcourt, inspecte les empreintes. Il aime ce silence, il aime aller jusqu'au bout du travail, rester en tête à tête avec le but à atteindre. Il vérifie le trou dans la nuque, parfait. La petite cible, le *maleni cilj*, est morte sur le coup, elle n'a même pas glissé sur les coudes. Inutile de gaspiller d'autres balles pour l'achever.

Maintenant il sourit, les joues froissées, les yeux immobiles car son cœur est mort. Un certain temps s'écoulera avant qu'on vienne chercher le garçonnet, il le sait : on attendra qu'il ait terminé son service. Le visage de l'enfant bleuit dans la neige. Le mégot que le *sniper* a jeté est encore allumé. De temps en temps, un journaliste se hisse jusqu'à lui, dit : « Tire, je te filmerai pendant que tu tires. » Le *sniper* s'exécute, le journaliste l'interviewe, filme ses bras croisés, la croix sur sa tenue de camouflage, son béret noir.

« C'est comme si on tirait sur des lapins. » Il sourit, puis la croûte de son visage se durcit. Reste cette stupeur misérable, celle du diable qui se regarde.

Le bébé est né, il pousse des vagissements étouffés par les muqueuses sales, comme le gémissement d'un chat. Personne ne bouge, à l'exception de Diego, qui fait un pas vers son fils, puis me tend la main.

La femme nous appelle, nous montre le nouveau-né, un garçon. Nous ignorions son sexe, et voici Pietro.

« Pietro… »

Je le regarde, mais ne le vois pas encore. Pour l'instant, je l'avale. J'ouvre la bouche sous l'effet de la stupeur, et il bondit dedans. La femme en blouse le lave au pied du lit. Elle l'a retourné, elle le frotte avec un linge qu'elle trempe dans une bassine en métal. Il fait un froid de loup. Le bébé est minuscule, cramoisi, sombre, une sorte de mollusque couvert d'algues marines. La femme se hâte, le frictionne sans poésie. C'est son métier, tirer des poissons de la mer. Une sirène retentit, suivie d'une explosion, la lumière vacille, mais personne n'y prête vraiment attention. La femme peste, comme si elle invectivait des voisins trop bruyants. La guerre est en elle, dans ses bras de « tire-enfants ».

« *Odijeća... odijeća...* »

Elle réclame des vêtements, nous demande si nous en avons apporté. Je secoue la tête, ouvre une nouvelle fois la bouche pour dire que je regrette, que je n'y ai pas pensé. Diego fouille alors dans le sac de ses pellicules et en sort une petite tenue… une combinaison en laine, tricotée à la main, d'un blanc un peu jauni.

Je lui demande, abasourdie : « Où l'as-tu trouvée ? »

Il l'a achetée au marché, répond-il. La femme s'en empare et y glisse le bébé, qui flotte dedans : ses mains ont disparu et le bas pend comme une chaussette vide. Elle le fourre dans les bras de Gojko, peut-être parce que c'est le seul Sarajévien, ou bien parce qu'elle le prend pour le père. Gojko rentre le menton, comme s'il craignait d'enivrer le petit avec son haleine qui empeste l'eau de vie. La dernière fois qu'il a tenu un être humain grand comme deux mains, c'était à la naissance de Sebina : dans un autre monde, dans une autre vie, loin de cette rouille, de ce froid, dans un hôpital qui sentait le thé à la framboise.

Il tend le nez.

« Il sent bon », déclare-t-il.

Devrais-je le dire à Pietro ? Lui dire : « Tu sais, ce rustre bosnien, ce rescapé qui nous sert de guide, lui que tu trouves un peu antipathique parce qu'il est impatient et triche au football, est la première personne à t'avoir tenu dans les bras, la première à avoir fourré son nez à la recherche de ton odeur ? »

Je me tourne vers Diego : il regarde ailleurs.

Devrais-je lui dire : « Ton père ne te regardait pas, il regardait la brebis éventrée, sa tête rousse effondrée sur l'oreiller » ?

Et il la regardait avec tant d'intensité qu'il en oubliait ma présence, ma gêne. Ils étaient seuls. Ils semblaient seuls, voilà ce dont je me souviens. Plongés dans le passé.

Aska ne regardait pas le bébé, elle non plus, elle ne l'avait jamais regardé.

À présent, j'avais vraiment le sentiment de me tenir près d'un lit étranger, d'épier deux amants qui échangent des serments.

Tout s'était déroulé au pied de ce lit, la toilette du bébé, ce bain de la chance. Aska avait les jambes recroquevillées, à cause de la douleur peut-être ; sous elle, se trouvait le récipient en acier destiné à recueillir le placenta.

La femme lui donne une petite tape sur les jambes et déclare qu'elle va revenir.

Gojko me tend enfin le bébé, et j'ai l'impression qu'il me donne une météorite.

Je le renifle à mon tour. Il a l'odeur d'une vieille âme qui renaît, qui revient espérer parmi les hommes. J'ignore si c'est mon enfant, s'il sera mon enfant. Il faudra d'abord qu'il accepte de faire de moi sa mère, en classe de neuvième. Pour le moment, je le serre dans mes bras. Je me suis déjà transformée en loup. Je suis le *sniper* qui retourne sur le champ de neige pour examiner le trou dans la nuque de sa victime.

La femme en socquettes et blouse écarte le rideau blanc, l'écran des ombres. Ne reste que ce nouveau-né, ridé comme une vieille pomme, à l'intérieur d'une combinaison en laine qui ressemble à une chaussette feutrée.

Je sens de nouveau le sable refluer dans mon corps et mes organes reprendre leur place, je sens mon cœur, langue de feu et de souffrance entre les côtes.

Devrais-je le dire à Pietro ? Lui parler du cœur qu'il me rend, de mon cœur qui recommence à battre ?

L'infirmière revient, elle appuie sur le ventre d'Aska, glisse les mains sous la couverture. La brebis expulse aussi le placenta.

Un instant, j'aperçois sa jambe souillée et son sexe, un trou ensanglanté semblable à celui que Gojko m'a montré dans sa bouche. Cela ne m'impressionne pas. La vie a les mêmes couleurs que la guerre : neige et sang. Des boyaux dans la boue semblables à des entrailles.

La femme s'empare du récipient et passe à côté de moi. Désormais la brebis n'a pas davantage d'utilité que ce placenta, cette peau intérieure qui a tenu le bébé en vie et qu'on jettera comme une cochonnerie.

Je devrais avoir pitié d'elle, mais je n'ai qu'une seule terreur : qu'elle se ravise, qu'elle refuse de me donner son enfant.

Elle a perdu sa famille, elle souhaitera peut-être le garder.

Je l'observe. J'ai peur qu'elle fasse des histoires, je n'ai pas confiance en elle. J'ai humé le bébé, le sang de Diego.

Les mots de Velida, dont je rêve chaque nuit, me reviennent à l'esprit. « Ne fais pas comme moi, Gemma, ne respecte pas la mort. Bats-toi, empoigne la vie ».

L'argent… il faut que je lui donne l'argent, les marks en petites coupures qu'elle a demandés, comme une prime pour *snipers* à chaque cible touchée. Avec elle s'achètera une voiture, une BMW décapotable, elle partira dedans.

Je suis redevenue moi-même. La guerre est terminée. Le petit garçon bleu est enterré. Le fils de Diego est vivant. Je dois me débarrasser de la brebis, créature secondaire, ainsi qu'elle s'est débarrassée un peu plus tôt de son placenta, un boyau sale.

Il n'y a pas de lois, il n'y a pas de justice. Il n'y a que du courage.

Gojko crie qu'il écrira un poème quand il rentrera chez lui, il n'en a pas écrit depuis longtemps, mais il fêtera ainsi la naissance du bébé. Il déclame, ivre :

J'ai les pieds d'un cochon et la queue d'un rat.
La vie me soulève comme un éléphant qui vole…
Adieu fantômes, aujourd'hui je ne suis pas avec vous…

« Et avec qui es-tu ? »

Il avale une gorgée.

« Je suis ici avec mes amis. »

En réalité, nous avons l'air de fantômes qui contemplent leurs reflets au fond d'un puits métallique et qui regrettent la vie.

Je vais aux toilettes, m'assieds sur une cuvette et tends à Gojko une liasse de mille marks.

« Que vas-tu en faire ? »

Il emporte aussi nos passeports.

« Je reviens vite. »

Je vide le sac dans une taie d'oreiller, m'approche du lit d'Aska.

« Tiens. »

Elle s'en empare d'un geste las et la cache sous les couvertures.

Le nouveau-né gît dans un berceau de métal, loin de sa mère. La sage-femme l'a entortillé dans un lange retenu dans le dos et l'a abandonné là. Il ne bouge pas, malgré le vacarme des obus, qui explosent de plus en plus près, et des rafales isolées de Katioucha. Il est habitué. Aska dort, la tête sous les couvertures. Elle se réveille deux fois et réclame à boire.

Une autre femme, plus jeune que la première, se présente et nous explique comment changer le bébé après avoir tiré de la combinaison en laine ses deux petites jambes, à peine plus grandes que les doigts de Diego. L'hôpital n'ayant pas de couches, elle nous fournit des gazes et des morceaux de ouate. Pour l'instant, le petit n'a pas besoin de manger.

Il s'est laissé faire, il n'a pas pleuré pendant qu'on le tripotait, et il est de nouveau seul sur cette civière, avec son chiffon dans le dos. La jeune femme demande si la mère compte l'allaiter et, comme je secoue la tête, jette un coup d'œil à Aska. Les femmes épuisées ne l'étonnent plus. Elle réclame cent marks et nous prie de l'excuser : elle est désolée, ce n'est pas pour elle. Elle réapparaît, portant une boîte de lait en poudre entamée et un biberon déjà utilisé. En verre, c'est le premier objet de verre intact que je vois depuis longtemps. Je fourre le tout dans mon sac.

Maintenant la guerre vient à notre secours. Personne ne nous a interrogés, personne ne manifeste l'envie de retenir ce nouveau-né dans cet hôpital si proche du front. Nous sommes deux étrangers, nous pouvons partir. La fille veut savoir comment le nouveau-né voyagera.

« En avion… nous attendons.

— Vous êtes journalistes ?

— Oui. »

Elle nous donne une lettre pour sa sœur, qui se trouve dans un centre d'accueil à Milan.

Les explosions ont recommencé, tout comme le ballet désespéré des ambulances, des voitures de fortune qui ramassent les blessés. Le jour s'est levé, mais le bébé dort toujours.

Et enfin, Diego le regarde.

Je devrais décrire ce regard à Pietro, écarter tout le reste et lui parler de ces yeux. Des yeux d'un chien posés sur un autre chien. Voici la crèche, la nôtre : yeux hallucinés, mains tremblantes, pensées en fuite.

Gojko est revenu avec l'homme qui nous a aidés, un type à l'air défoncé, un de ces rescapés qui vendent des infos aux journalistes de l'Holiday Inn. Il est allé au commandement de l'ONU, a réussi à nous placer sur la liste des passagers d'un avion humanitaire qui regagne l'Italie dans l'après-midi. Il nous tend nos passeports et l'acte de naissance du bébé : ils seront notre laissez-passer. Je lis : à côté d'*otac*, père, le nom de Diego ; à côté de *majka*, mère, le mien.

Je n'arrive pas à croire à ce miracle silencieux.

J'étreins Gojko.

« Comment t'es-tu débrouillé ? »

À l'hôpital, explique-t-il, personne n'a rempli de formulaire, car il n'y a plus de formulaires d'hospitalisation. Nos passeports et l'argent ont suffi.

Je le secoue comme un sac.

« Désormais certaines formalités sont faciles… », dit-il.

Il n'aurait jamais fait une chose pareille pour lui : il est du genre à se bagarrer au marché noir avec les profiteurs. C'est pour moi qu'il a agi de la sorte, et je me dis maintenant qu'il doit me détester.

Assise sur le lit, Aska serre contre sa poitrine la taie d'oreiller bourrée de marks. Elle a le teint jaune des anémiés, mais elle va mieux.

« Merci », lui ai-je dit.

Elle a opiné. Elle avait peut-être envie de pleurer, mais c'était trop tard.

Nous partons. La brebis ne figure pas sur les papiers, elle ne figure pas dans notre histoire. Le bébé de la taille d'une main a un boyau noué sur le ventre, dissimulé sous la laine rêche, là où il était agrippé à la chair de sa mère. Un boyau qui séchera et tombera. Il deviendra alors un coquillage de chair dans une mer lointaine. Il ne restera pas dans la vallée des loups, il ne sera jamais un lapin, un *maleni cilj*.

Cette fois, ce sont des soldats ukrainiens qui sont de service : ils nous aident à monter à bord d'un blindé blanc. Je me tourne vers Gojko. Nous nous reverrons seize ans plus tard, mais je l'ignore encore. Je me tourne vers un mort, comme toujours, lorsqu'on dit au revoir à quelqu'un à Sarajevo.

« *Ćuvaj se*, prends soin de toi. »

C'est lui qui a parlé aux soldats. Il leur a donné l'argent, tout l'argent qui restait. Un service qui a son prix : navette ONU jusqu'à l'aéroport. Nous voilà donc à l'intérieur de cette tortue blanche qui s'ébranle dans un bruit infernal. Le bébé est une poupée, il épouse le tremblement de l'engin sans se réveiller. Qui est donc cet enfant qui se laisse porter sans poids, sans âme, comme un pied dans une chaussette ? Il est tout ce que j'ai jamais désiré, la raison pour laquelle nous avons traversé cet enfer, un clou dans mon destin, et je suis maintenant si faible que j'ai peur de le lâcher. Le blindé avance sur des ordures, nous le sentons grimper sous nos pieds. Le soldat ukrainien rit, il s'enquiert en anglais du petit, écarte la couverture pour regarder son visage.

On nous arrête à un poste de contrôle. Penché à travers le hublot, le soldat parle à un milicien. Les Serbes agresseurs et les Ukrainiens de l'ONU s'entendent bien, ils se saluent de trois doigts dressés.

Nous descendons du tank, pénétrons dans la boîte sombre de l'aéroport. Diego m'explique ce que je dois dire, ce que je dois faire. Nous nous approchons des contrôles. Une femme maigre en tenue de camouflage, aux pommettes aussi saillantes que celles d'un cheval, me dévisage. J'ai peur de son regard, je baisse la tête. Je me fonds dans le petit groupe de civils qui attendent avec nous, un gilet pare-balles enfilé au-dessus de leurs coupe-vents. Personne ne se sent en sécurité : l'aéroport est la dernière bouche du siège, peut-être la plus redoutable. Et tous ces militaires semblent nous détester. Ce sont des requins de guerre, ils connaissent le moindre état d'âme de leurs prisonniers… dans un silence tendu, ils reniflent notre crainte, peut-être amusés, prêts à nous tirer dessus. Nous nous déplaçons prudemment. Nous avons tous peur qu'il se produise quelque chose : les Serbes ont beau occuper l'aéroport, il n'est pas rare qu'ils le prennent pour cible. Sur une vitre arrachée se reflètent les petites maisons de Butmir, leurs charpentes apparentes. Soudain, tout le monde pousse des hurlements. On se bat sur le front de Dobrinja. L'air est glacial. Je me penche sur le bébé : son nez, de la taille d'un de mes ongles, est comme un bout de glace. Je lui souffle dessus. Diego me caresse le dos – un frottement machinal, éreinté – puis il se baisse à son tour et dit : « Il ne faut pas que tu aies peur. »

J'ignore si c'est au petit qu'il s'adresse ou à lui-même.

Maintenant, on nous ordonne de nous lever et de courir. Un Casque bleu gigantesque nous escorte. Près de la porte sans vitres, juste avant de sortir, un policier s'assure que nos noms figurent bien sur la liste. C'est une opération rapide, nous passons devant lui, tête baissée, comme du bétail. Je lui tends mon passeport dans lequel j'ai glissé le document de l'hôpital. Il ne s'est même pas aperçu que j'ai les bras chargés : il tourne sans cesse les yeux du côté opposé, vers la barrière qui est placée sur la piste, au pied de la tour de contrôle, que des militaires gagnent en courant. Il attend peut-être un signal. Moi, j'attends le tampon, rouge, comme une marque sur les bêtes. Mon cœur s'est arrêté de battre. Le policier soulève le menton et jette un coup d'œil au bébé. Il est 5 heures de l'après-midi, la nuit est déjà tombée. L'homme a la peau desséchée par le froid, un gros nez… et moi, je ne sens plus mes bras. Le militaire élargit le trou dans la couverture. Une étrange expression se peint sur son visage – de la surprise, un effroi amer – puis il me fait signe d'avancer. Je m'exécute. Des rafales de vent dévalent le mont Igman, soulèvent la neige qui recouvre la piste. Au bout d'un moment, je me retourne, en proie à une sensation de vide, un vide que je reconnais, que je porte en moi depuis des mois, comme un présage refoulé. Diego n'est plus là. Je l'ai perdu. Je me retourne, mais je sais que ma quête est vaine car il y a un moment déjà que je l'ai perdu, il nous disait au revoir tout à l'heure.

« Il ne faut pas que tu aies peur. »

Peut-être devrais-je raconter à son fils la sensation de ce vide, de cette vie en chute libre. Ce sont nos premiers pas d'orphelins, les pas hésitants de ces bêtes aux pattes longues qui, une fois mises au monde, sont contraintes de se lever pour survivre.

L'aéroport flotte derrière moi, trou faiblement éclairé, déjà loin dans cette obscurité que brouillent les rafales de grésil. Je ne vois que des silhouettes, des ombres, je ne comprends pas ce qui se passe. Diego se tient immobile à côté du policier pendant que les autres passagers défilent, deux journalistes rejoignent l'avion en courant. Il gesticule, me crie de poursuivre mon chemin.

Je lui obéis, la tête tournée vers lui. À l'est, on tire, lueurs des balles traçantes.

Je me hisse dans le ventre de fer. Je m'agrippe à la porte, le visage durci par le froid, par un vent aussi coupant qu'une lame, après avoir posé le bébé sur la banquette, près d'un sac militaire. Et si je le laissais là ? Il irait en Italie, quelqu'un s'occuperait de lui… Je pourrais glisser son acte de naissance dans sa couverture, appeler papa avec un des téléphones satellitaires de l'Holiday Inn. Oui, je pourrais descendre, sauter de cet avion aux moteurs toujours allumés, regagner la baie vitrée sans vitres, rejoindre le corps de mon amour.

Devrais-je avouer aussi à Pietro cette envie de l'abandonner, mon corps penché dans le vent glacial de la piste ?

« Pourquoi retient-on mon mari ?

— Il a perdu son passeport. »

Le militaire casqué auquel je me suis adressée est un grand gaillard à l'accent de Vénétie. Ses collègues et lui n'y peuvent rien, dit-il, ils ont déchargé les colis de l'aide humanitaire et ils repartent. Ce sont les ordres, ils ne savaient même pas qu'ils emmèneraient des passagers. Je regarde le mont Igman pétrifié par le froid.

« J'ai de la chance.

— Ah oui ?

— Beaucoup de chance. »

Diego a prononcé ces mots, il y a de nombreuses années. La chance tombait du ciel comme ces gros flocons qui empêchent les avions de décoller. J'avais envie de lui flanquer une gifle, parce qu'il avait gagné. Cette gifle est toujours au bout de mes doigts, de mes doigts gelés, accrochés au montant de l'escalier. Le soldat m'invite à m'écarter afin qu'il puisse fermer.

Je n'ai pas le courage de descendre, de quitter Pietro, de choisir un autre destin.

Le vent me repousse à l'intérieur de l'appareil, la piste est immense, noire, dangereuse. Je m'effondre dans l'avion, je veux monter au ciel en vie.

La vérité, c'est que j'ai choisi, et Diego le sait. Je ne serais jamais repartie les mains vides. Mais je dois à présent livrer ce balluchon au monde. J'emporte la meilleure partie de Diego, cette vie nouvelle, vierge de toute souffrance. Et j'ai l'impression de distinguer son sourire. Je m'écrase contre la seule fente d'où l'on peut voir l'extérieur. L'avion s'ébranle. Je vois le garçon de Gênes pour la dernière fois.

Son corps maigre, noir et lointain se détache sur la bulle faiblement éclairée de cet aéroport sans vitres, sans personnel, sans vols... il est immobile près du policier. Son visage jeune, aussi décharné que celui d'un vieillard, est tourné vers ce C130 qui roule sur le grésil. Il nous regarde, il regarde ce qu'il perd.

Il est resté à terre, sur cette terre sale. Et je ne saurai jamais si son passeport est vraiment tombé dans la neige.

« J'ai de la chance.

— Ah oui ?

— Beaucoup de chance. »

L'avion pique tout droit en direction du ciel. On a passé une ceinture autour de mon corps, on m'a ordonné de serrer le bébé contre moi. Voilà comment on décolle de Sarajevo : sans douces arabesques, mais en piquant tout droit vers le ciel car nous sommes encore à portée des missiles. Les moteurs sont des bouches de feu, l'avion est à la verticale, les sacs dégringolent et les têtes sont attirées vers le bas. L'effort violent pour s'arracher à la gravité s'imprime dans les corps. C'est une lévitation dure, de guerre, qui met les tympans à rude épreuve. Je suis pendue à mon siège, le balluchon dans mes bras.

Puis c'est la trêve. Nous avons atteint 9 000 mètres, et plus rien, pas même le missile le plus sophistiqué, ne touchera l'avion humanitaire qui survole l'Igman. Je me détends un peu, même si mes os contractés sont encore douloureux. Le bruit des moteurs s'est atténué, et la voix du balluchon retentit soudain : il pleure, il est donc vivant, ni le froid ni la peur ne l'ont tué. J'écarte la couverture : rouge, cyanosé, il crie. Je lui demande : « Qui es-tu ? Une brebis ou un loup ? »

Sa bouche aux gencives nues évoque celle d'un vieillard, ou d'un oiseau.

Il a été sage jusqu'au décollage, tant qu'il était dans le giron de la guerre, immobile comme s'il n'était pas né... comme s'il devinait qu'un seul vagissement risquait de lui coûter la vie. Et maintenant il peut naître, à 9 000 mètres d'altitude, dans le ciel où les missiles ne nous atteindront pas. Alors il pleure, il hurle, réclame de l'attention.

Seize ans plus tard, quand un de ses copains lui demandera pourquoi il est né à Sarajevo, Pietro répondra : « Par hasard, comme ces gens qui naissent dans des avions. »

Et je me figerai, le souffle coupé. Je m'appuierai à un placard, au mur. Et les pleurs de ce bébé qui naît à bord du C130, à 9 000 mètres d'altitude, retentiront une nouvelle fois dans mes oreilles.

Je regarde à travers la fente : on ne voit que du noir et, au milieu, la lueur blanche de la lune, comme sur ces photos que la lumière dévore. Un geste de Diego me revient à l'esprit : au début, il prenait mon petit doigt dans sa bouche et le suçait jusqu'à ce qu'il s'endorme. J'ai les mains sales, je suce mon petit doigt et le glisse dans cette bouche cyanosée. Le bébé le pince, comme un oiseau affamé. Il a le même geste que son père, il suce le doigt et s'endort. Je l'embrasse pour la première fois. Je pose mes lèvres sur son front minuscule.

Nous traversâmes le tapis de velours de l'Adriatique dans la nuit et atterrîmes. Je descendis de l'avion, les cheveux collés au crâne, vêtue de mon anorak déchiré et crasseux, de mon sac à dos informe, du bébé enveloppé dans sa couverture. Je filai aux toilettes et me regardai dans la glace – un grand mur intact, terrible. Une bête m'y fixait de ses yeux, le visage osseux, les pupilles dilatées, l'air absent. Dans cette pièce fraîche, mon odeur me sauta aux narines. Je sentais mauvais, je sentais Sarajevo, la guerre, les contraintes. Je déposai le bébé dans un des deux lavabos, l'abandonnai dans ce berceau de céramique pour me laver un peu. J'ôtai lentement mon anorak, soulevai mon tee-shirt, me rinçai le visage. J'avais une croûte sur la pommette et une marque noire sur le front. Et, plus encore, une patine opaque, comme celle de la céramique qui a perdu son émail, qui retient les signes du temps et de la saleté.

La porte s'ouvrit et un homme en uniforme entra, me surprenant en soutien-gorge dans la lumière crue du néon, les côtes visibles sous ma peau décharnée.

« Ce sont les toilettes pour hommes… », dit-il avec un sourire.

Pour toute réponse, je pressai mon tee-shirt sur ma poitrine. Je ne l'avais toujours pas enfilé quand il ressortit d'une des cabines.

L'homme s'approche d'un pas lourd. Il est grand, ses épaules sont massives et il porte un ceinturon en cuir sur son uniforme. Il croise mes yeux dans la glace. C'est un homme qui a pissé et qui doit se laver les mains, mais je l'ignore. Les loups pissent et se lavent les mains, eux aussi. J'ai peur des hommes en uniforme, je cherche mon mari, sa maigreur pareille à la mienne, ses cheveux longs et ébouriffés comme les miens, ses yeux empreints de mon histoire.

« À qui est-il ? »

La vie de Giuliano est tout entière concentrée là, dans ces toilettes où il est entré par hasard. Il y a encore un instant il ne songeait qu'à pisser et repartir, après avoir passé une journée au milieu de colis humanitaires, de réfugiés à rediriger vers les centres d'accueil. Il a fait distribuer des repas chauds, des goûters aux enfants, il a pris dans ses bras les plus jeunes, a rempli des formulaires administratifs recouverts de tampons. Il regarde dans la glace le nouveau-né abandonné dans le lavabo, il regarde la femme qui se cache derrière un chiffon, ses omoplates bleutées sous la lumière violente du néon. Il s'agit peut-être d'une réfugiée qui s'est cachée dans ces toilettes avec son enfant au lieu de monter dans le car. Ses yeux sont semblables à ceux d'une bête immobile au bord d'un gouffre.

« À qui est-il ? »

Il s'aperçoit maintenant que la femme pleure sans bouger, sans même cligner des yeux. De grosses larmes roulent sur ses joues et tombent comme des perles. Il aimerait bien les ramasser, ainsi qu'on ramasse les perles d'un collier cassé, et les lui rendre. Il connaît le regard des réfugiés, de ces êtres qui cherchent dans ses yeux la confirmation de leur existence, comme si leur vie dépendait de lui ; il a du mal à soutenir ces regards.

Il me fixe. Il a le visage large, compact, des Italiens, le front luisant d'un homme qui a perdu ses cheveux.

« À qui est-il ? »

Giuliano ignore que cet enfant sera le sien, qu'il l'accompagnera à l'école, chez le pédiatre. Il ignore qu'il vivra pour lui. C'est un moment d'effroi paisible qui s'étire, dans ces toilettes où le destin va à la pêche.

C'est un nouveau-né sale, une coquille de chair troublée, abandonnée dans un lavabo. C'est le ciel dans un trou.

« À moi ! »

Je me hâte de récupérer le balluchon.

« Excusez-moi… »

L'homme sourit, il a de belles dents. Je les vois flotter sous mes yeux souillés de colle, souillés de vieilles larmes qui se sont détachées comme les morceaux de glace des rochers.

« Vous êtes donc italienne ?
— Oui, je suis italienne. »

Je sors des toilettes à toute allure, traverse le hangar sombre. Il faut que j'aille à la gare, trouve un train pour Rome. Ou alors que je cherche un hôtel, que j'appelle papa… il faut que je change le bébé. Comme moi, il sent mauvais. Il a sûrement faim, bon sang, il a sûrement faim, il mourra par ma faute, bon sang, où est la guerre ? Où sont les sacs de terre ? Où est la glace ? Où est le Trebević ? Où sont cachés les *snipers* ? La vérité, c'est que je suis incapable de maîtriser la paix. Je suis incapable de maîtriser mes pas. Ici, il n'y a pas de guerre, il n'y a pas d'hôpitaux bombardés pour me protéger… rien que la légalité de la paix. On va s'apercevoir que cet enfant n'est pas le mien, on va m'arrêter. On va faire un test de maternité et on va se rendre compte que ce n'est pas mon bébé, que son acte de naissance est un faux. Je n'irai pas loin, je ferai quelques pas dans le noir, puis je mourrai contre un mur en cachant le bébé comme un chien… comme un chiot mort. Où est le garçon aux cheveux longs ? Où est mon orphelin préféré ? Où est le père ? Lui seul peut me sauver : le bébé a ses gènes. Il était mon laissez-passer, mais il ne m'a pas suivie. Il a perdu son passeport dans la neige. Il a menti. J'ai froid, j'ai le dos nu. Mon anorak est tombé, je l'ai posé sur mes épaules pour quitter le plus vite possible ces toilettes, pour m'éloigner de cet homme en uniforme qui m'a sans doute emboîté le pas, flairant l'embrouille. Une mère n'abandonne pas son fils dans un lavabo pour se laver la figure, se regarder dans la glace et fondre en larmes.

J'aperçois un banc. Je m'assieds, pose le bébé à côté de moi, me rhabille lentement, pull-over, anorak.

Un garçon s'approche, une vingtaine d'années, il ressemble à Sandro, un ancien camarade du lycée. Il a les mêmes lèvres charnues et trop rouges, les yeux ronds comme des noisettes. Qui est-ce ? Que veut-il ? Pourquoi Sandro quitte-t-il sa table de lycée, où il a écrit VIVE LE CHE ET VIVE LA CHATTE, et vient-il vers moi ?

« Pardon, madame, où allez-vous ? »

Il m'observe, légèrement penché sur moi. Ce n'est pas Sandro, il a l'accent méridional et porte un uniforme de carabinier.

« Je ne sais pas… »

Du bras, il indique une silhouette près de la porte… l'homme des toilettes qui se tient immobile sur le seuil.

« Le capitaine voudrait savoir si vous aimeriez qu'il vous dépose quelque part.

— En prison ? »

Il éclate de rire, exhibant des dents trop petites pour des lèvres aussi grandes. Il apprécie la blague.

« J'accompagne le capitaine à Rome, au Celio. »

Nous roulons à bord de cette voiture noire, puissante, frappée sur les flancs de l'inscription CARABINIERS et de la bande rouge du corps militaire. Il y règne une paix absolue. Les sièges sentent bon le cuir neuf. Une cuiller noire et parfumée m'a ramassée et elle me ramène chez moi sur une route à l'asphalte régulier, sans nids-de-poule, sans barricades, aussi lisse qu'un ruban de satin. J'ai l'impression d'être un petit animal, un chevreuil écrasé qu'un automobiliste au bon cœur emmène chez le vétérinaire. Le faux Sandro conduit, coiffé de sa casquette. Assis à côté de lui, tête nue, le capitaine lit un journal sous la petite lampe intérieure.

Avant de me faire prendre place à l'intérieur du véhicule, il a dit : « Il faudrait un siège pour votre bébé, un de ces sièges en forme d'œuf. Normalement, nous ne devrions pas le transporter ainsi… »

Je lui ai adressé un sourire hébété, un pauvre sourire, et répondu : « Vous avez raison. » J'ai attendu. Puis : « Qu'est-ce que je fais ?

— Tant pis, montez. »

Un rire âpre et fou, ce rire plein d'humour noir, propre aux plaisanteries de Sarajevo, couvait dans ma gorge. Ce bébé est un crabe préhistorique, le rescapé d'une guerre, il va rouler pour la première fois de sa vie sur une route paisible, et voilà qu'il a besoin d'un siège en forme d'œuf ! Comme la vie est bête en temps de paix !

Le capitaine n'a sans doute pas aimé mon regard… il a perçu quelque chose, la queue de ce sale rire. Il a allumé la lampe intérieure, a posé sa casquette ornée d'une flamme d'or sur le tableau de bord et s'est mis à lire. Peut-être regrette-t-il sa générosité. Mon odeur s'est peut-être répandue dans cet espace clos, l'odeur de ces gitanes qu'il lui arrive d'arrêter et qui vitupèrent dans sa voiture, en lui jetant de mauvais sorts.

J'admire ce paysage de liberté, les bâtiments industriels dans la banlieue, les rangées de pavillons aux toits parfaits, les panneaux routiers sans impacts de balles.

Puis le bébé bouge, il s'agite comme un crabe. Combien de pinces a-t-il ? Combien de nerfs ?

Nous nous arrêtons sur une aire d'autoroute. La voiture se gare sous l'auvent du parking. Le faux Sandro monte la garde, le capitaine descend avec moi, et nous nous dirigeons dans l'obscurité vers le resto-route. Je me faufile vers les toilettes. Il y a un endroit où changer les nouveau-nés, une planche à langer en plastique blanc, fixée au mur. Je pose le balluchon, attrape dans mon sac la gaze et les morceaux de ouate qu'on m'a donnés à l'hôpital, écarte la couverture. Je déboutonne la combinaison en laine rêche et en tire les jambes. Je n'ai jamais rien vu de si petit. La ouate est imbibée d'excréments jaunes, à croire que le petit a avalé du safran, mais cela ne sent pas mauvais. Le bébé a le ventre enflé d'un poulet. Il pleure, contracte ses jambes, les replie comme des petites pattes. Je respire profondément. Je n'arriverai jamais à le changer, je vais refermer la couverture et voilà tout. Autour du nombril, la gaze est tombée, le bout de boyau noir pend. Je le renifle : odeur d'alcool. Il ne faut pas que je pense, il faut que je m'active. J'ouvre le robinet, humecte un morceau de ouate et le passe entre ses jambes. J'enveloppe la ouate restante dans la gaze, la déchire avec les dents. Je dois maintenant nourrir le nouveau-né. Je me baisse pour ramasser la combinaison qui est tombée. J'entends un bruit sec : mon sac a glissé de mon épaule et s'est écrasé au sol. Mes pressentiments trouvent leur confirmation : verre de Sarajevo, verre sans avenir !

Je jette à la poubelle ce qui reste du biberon. J'entends frapper à la porte d'entrée.

« Vous avez besoin d'aide ? »

Je ramasse le balluchon, j'ouvre la porte. C'est le capitaine.

« J'ai cassé le biberon. »

Nous quittons l'autoroute à la recherche d'une pharmacie de garde.

Le capitaine a pris à cœur la cause du crabe affamé, d'autant plus que Pietro a une voix qui vous transperce les oreilles, vous use les nerfs, comme les sirènes des alarmes.

« Sors, a-t-il dit à son ordonnance. Il faut que nous achetions un biberon, une tétine… »

Le faux Sandro n'a pas bronché, il a mis le clignotant et s'est engagé sur la bretelle dans le noir. Où sommes-nous ? Il n'y a même pas d'habitations, juste des champs.

Le capitaine ne lit plus le journal, mais il ne semble pas contrarié. Il se tourne vers moi, me regarde plus qu'il ne devrait.

Mes yeux écarquillés de chevreuil prisonnier lui sourient.

« Vous n'avez pas de lait ? »

J'indique mon sac… « Si, un peu, une demi-boîte.

— Je parle du lait maternel… vous n'en avez pas ? »

D'instinct, je serre le balluchon contre ma poitrine vide, contre mes os.

« Non, je n'ai pas de lait.

— Dommage. » Il se retourne. « Ça aurait été plus facile. »

Nous trouvons une pharmacie dans un village, une de ces agglomérations que la nationale coupe en deux, mais son enseigne est éteinte. Au bar, des hommes jouent aux cartes. Le capitaine s'approche, les questionne. On l'accompagne jusqu'à l'interphone du pharmacien, qui se rhabille et descend. Il est petit, maigre, les cheveux teints : un noceur de province sans doute. Nous entrons dans la boutique sombre. Les présentoirs s'éclairent devant l'uniforme, la casquette frappée de la flamme. Le capitaine me conseille de choisir un biberon en plastique.

« C'est peut-être mieux. » Il sourit.

Le pharmacien me demande quelle sorte de lait je souhaite.

« Pour les nourrissons.

— Quelle marque ? »

Je regarde le capitaine, je regarde les rayons, je regarde le pharmacien.

« Celle que vous avez. Une bonne marque. »

Le capitaine se rapproche du comptoir.

« Montrez-moi. »

Il chausse ses lunettes tandis que le pharmacien empile des boîtes devant lui : les inscriptions sont minuscules.

« Prenons celui-ci, dit-il, il est anallergique… » Il se tourne vers moi. « Qu'en penses-tu ? »

Je pense qu'il m'a tutoyée.

« D'accord. »

Je n'ai pas un sou sur moi. Je murmure : « J'ai perdu mon portefeuille » et je remets à leur place les couches que j'avais prises. Le crabe ne fera peut-être pas d'autres crottes en safran avant notre arrivée à Rome.

Le capitaine attrape le paquet de couches et le pose sur le comptoir. Il dévisage le pharmacien aux cheveux teints de vieux chanteur.

« Vous auriez un truc… Un de ces trucs qui font de la musique… un grelot. »

Ce n'est pas un grelot, c'est un jouet en plastique qui émet une petite musique. En remontant en voiture, il ajoute : « Pardonnez-moi cette initiative. »

Il recommence à me vouvoyer. Il a peut-être voulu faire croire un peu plus tôt que j'étais un membre de sa famille, sa sœur, sa femme.

Il ouvre l'emballage, tire le jouet du plastique, l'agite devant le nez cyanotique du bébé. Mais le petit ne cesse pas de pleurer, il est possible même qu'il n'entende pas le carillon : c'est un dur, il est habitué aux bombes. Le capitaine soupire. « On voit bien que je n'ai pas d'enfants, hein ? »

Nous nous sommes arrêtés de nouveau dans un autre restoroute. Il est meublé comme un fast-food de bancs en plastique rouge, de tables fixées au mur, et d'abat-jour à franges.

« Vous avez faim ? me demande-t-il.

— Merci. Plus tard. »

Il mord avec appétit voracement dans un sandwich « saveur printanière », questionne : « Faut-il que l'eau soit chaude ?

— Un peu. »

Il lance au barman : « Un peu. »

Intimidé par l'uniforme, le garçon réfléchit un instant avant de déclarer : « Normalement, on fait bouillir l'eau puis on la laisse refroidir. »

Le capitaine se rapproche du comptoir. « Qu'est-ce que tu en sais ?

— J'ai un bébé moi aussi.

— Quel âge as-tu ?

— Vingt ans.

— Eh bien, tu n'as pas traîné.

— C'est ma copine qui n'a pas traîné. »

Les deux hommes éclatent de rire. Le capitaine indique l'embout en acier de la vapeur. « Vas-y. »

Il regagne la table avec de l'eau et deux assiettes remplies de sandwiches. Il a les mains qui prennent bien, des mains bien faites, qui pourraient sembler maladroites, mais qui savent tenir les choses avec calme en un parfait équilibre. Ses pieds sont profondément ancrés au sol, comme ceux des serveurs dans les restaurants. Je le regarde vraiment pour la première fois et je le trouve sympathique, bon. Soudain, mon père me manque.

Giuliano pose les assiettes sur la table et pousse le biberon vers moi.

« Il faut que l'eau bouille puis qu'elle refroidisse, vous le saviez ?

— Non. »

Il rit.

Il devine peut-être que je lui cache quelque chose. Peu m'importe, je m'adosse au banc. Il chausse de nouveau ses lunettes, lit les instructions sur la boîte de lait, demande s'il y a trop d'eau. Il attend la réponse en me regardant au-dessus de ses lunettes, qui ont glissé sur son nez.

Je garde le silence. Il m'avouera un jour que c'est en me voyant si démunie devant cette boîte de lait en poudre qu'il a compris que je n'étais pas la mère naturelle du petit.

« Il tétera tant qu'il aura faim », déclare-t-il.

Je ne sais même pas me débrouiller avec la tétine. Le bébé l'avale presque, se nourrit en apnée, les yeux fixés sur moi. Son mouvement évoque celui d'une méduse dans l'eau. Bientôt, son regard se ramollit. Il ferme lentement les paupières, détend les lèvres, gémit un peu et s'endort. Il a accompli un gros effort, il a transpiré dans toute cette laine sarajévienne.

Le capitaine s'est levé, a pris une bouteille d'eau gazeuse. Il remplit les deux verres.

« Il faut qu'il fasse son rot, dit-il en me tendant un verre. Un souvenir de mes neveux... »

Après la tétée, sa sœur lui confiait ses bébés, et il leur tapotait doucement dans le dos, un mouchoir sur l'épaule pour éviter de salir son uniforme, me raconte-t-il.

Il tire du pantalon de son uniforme un beau mouchoir blanc de batiste, comme autrefois, l'étale sur son épaule, masquant son grade et ses écussons.

« Vous permettez ?

— Je vous en prie. »

Je mange, les yeux rivés sur les sandwiches restants, sans m'apercevoir que le capitaine me fixe. J'ai un anorak crasseux, les cheveux sales, une faim de loup... et pas un sou sur moi. Juste un enfant de quelques heures que j'ai abreuvé de lait au point de le faire éclater.

Il me racontera un jour qu'il n'avait même pas remarqué mon anorak et mes cheveux sales, il me dira qu'il avait vu en moi une belle femme, audacieuse, extravagante... et qu'il avait apprécié ma faim plus que tout, parce que sa précédente épouse ne se nourrissait que de salades, un cœur vert, dur.

Le bébé sur l'épaule, il parcourt quelques mètres jusqu'au présentoir des journaux, près de la caisse, et rebrousse chemin. Il est imposant, massif, mais harmonieux, sa démarche est paisible, reposante.

Le faux Sandro a bu un Coca-Cola et compressé sa canette. Quand le capitaine passe devant lui, il se lève, dans l'attente d'un ordre qui n'arrive pas.

Le capitaine tapote le dos minuscule du bébé, qui émet un rot profond, dur, le bruit d'un lavabo qui se vide.

« Vous avez entendu ? »
Le faux Sandro s'exclame à son tour : « Merde alors ! »

La frimousse du petit est penchée sur cette épaule. Le rot l'a fait sursauter mais ne l'a pas réveillé. J'ai mangé tous les sandwiches, bu l'eau gazeuse et je digère à mon tour. Je suis aussi repue et calme que lui.

J'observe cet homme dans la lumière nocturne, le nouveau-né de Sarajevo dans ses bras, et je suis prise d'une douleur qui régulièrement m'assaillira désormais, me serrera la nuque et raidira le cou. C'est Diego, je reconnais ses mains, son souffle. C'est lui qui aurait dû tenir cet enfant dans ses bras, il aurait été un père merveilleux, un saint, un troubadour. Diego me retient par la nuque et m'invite, en un murmure, à contempler mon destin, ces scènes de ma vie sans lui. Il m'empêche de me retourner. D'étreindre la mort.

Le capitaine s'assied en face de moi, de l'autre côté de la table.

« Vous êtes fatiguée ?

— Oui, un peu.

— Vous avez accouché à Sarajevo…

— Oui.

— Vous avez été sacrément courageuse. »

Nous avons entamé la conversation. Je lui explique que mon mari est resté là-bas, qu'il est photographe. Giuliano remue la tête. J'évoque Diego, notre rencontre, ses photos.

La nostalgie est atroce, c'est un fleuve qui m'emporte. Je revois les jambes de Diego à l'aéroport, aussi fines et froides que des tuyaux de fer, immobiles. Je m'interromps, ma poitrine se gonfle, je prends une grande inspiration. Giuliano baisse les yeux.

Il me confiera un jour que mon amour pour Diego l'avait bouleversé. Il avait eu une épouse, une compagne, des liaisons plus ou moins importantes… mais en m'écoutant cette nuit-là, il avait regretté de n'avoir jamais connu d'amour aussi fort que le mien.

Il n'a pas fréquenté l'Académie militaire, me raconte-t-il à son tour, il était dans les commandos, au Liban. Il me parle d'un parachute qui ne s'est pas bien ouvert. À présent il est cloué à terre, dans un bureau. Son corps est bourré de plaques de métal et, quand il passe dans les portiques de détection des aéroports, ça hurle. « Les blagues sur les carabiniers sont toutes fausses. Vous savez pourquoi ?

— Non.

— Parce que c'est la vérité. »

Il rit avec le faux Sandro.

Il va à la caisse, achète une boîte de chocolats, m'en propose un. Il ôte l'emballage d'une seule de ses mains habiles, l'autre tient le bébé qui continue de dormir.

Il me dit qu'il aime la photo, qu'il en fait en amateur, me demande si j'ai une photo de Diego à lui montrer.

Je réponds que je n'ai rien, juste le bébé.

« Je n'ai pas pu retourner à l'hôtel.

— Et votre mari ?

— Il a perdu son passeport… »

Il me tend sa carte de visite : « En cas de besoin. »

La ville perce à travers l'obscurité dans cette calme journée d'hiver, révélant les enseignes de ses magasins, ses immeubles aux volets fermés. Il est 5 heures du matin. Toutes ces vies vont bientôt recommencer, les gens vont se lever, reprendre leur position verticale, encombrer les rues, se soumettre au flux stupide des journées de paix. Nous sommes retardés par un camion d'éboueurs. Son bras métallique saisit les poubelles, les hisse, les renverse. Soudain, j'ai de nouveau la sensation d'avoir tout perdu.

Le capitaine descend de voiture en bas de chez moi pour m'aider. Il a ouvert la bouche comme s'il voulait dire quelque chose, mais rien. Il a eu un geste, il a remis sa casquette. Ce voyage n'était peut-être qu'un prétexte pour me surveiller, et sa gentillesse un moyen de me tromper. Son regard me fait penser à celui des chiens dressés à la plume, ces chiens qui ont l'air de vagabonder dans la campagne, mais qui reviennent toujours une proie dans la gueule. Il a compris que la situation n'était pas normale, il s'est peut-être dit que j'avais volé le bébé. Il aura tenté de m'en parler, puis se sera ravisé.

Un jour, il m'avouera qu'il s'était tenu, pendant tout ce trajet, comme sur le fil du rasoir, partagé entre le devoir de l'uniforme et son envie de me croire. Il me dira un jour : « La loi peut bien aller faire un tour ailleurs, c'est l'amour qui ne doit pas bouger d'un pouce. »

La porte s'ouvre sur le silence

La porte s'ouvre sur le silence, sur le tapis du couloir. Les volets roulants sont baissés, les radiateurs tièdes, il flotte une odeur de renfermé. Je n'ai pas de bagages à défaire, j'ai juste le bébé. Accrochés au portemanteau, la veste de Diego en velours rapiécée et une de ses cravates, celle des jours de fête, mince, rouge. Un filet de sang.

J'enlève mes bottes crottées sans me baisser, en poussant sur les talons, le petit dans les bras. Cela ne ressemble pas exactement à un retour classique de clinique après un accouchement. Je ne sais pas où poser le bébé, Il n'y a pas de chambre d'enfant qui l'attend, pas de berceau ni de table à langer. Il y a le piano crème de son père, un canapé blanc qu'il faudrait faire nettoyer. L'odeur d'un appartement où la vie s'est arrêtée, pétrifiée dans le silence d'une existence qui n'est plus.

Je longe la rangée de pieds attendant dans le métro et me rappelle que Diego n'aimait plus ces photos, qu'il voulait les décrocher. Dans la chambre, j'entrouvre les fenêtres pour aérer un peu, m'allonge sur le couvre-lit avec le bébé sans ôter sa couverture ni mon anorak. Renvoyant tout à plus tard, je m'enfonce dans le sommeil comme une taupe dans la terre, dans un boyau noir sans rêves.

À mon réveil, je me sens courbatue, brisée : mon corps s'est sans doute relâché, abandonnant ses défenses. La lumière filtre à travers les volets. Le bébé contemple le plafond de ses yeux qui ne voient pas encore.

Je prends une douche, la porte ouverte, m'interrompant à plusieurs reprises et fermant le robinet de crainte que le bruit de l'eau ne couvre les pleurs du bébé. Je regarde la saleté s'écouler par le siphon, puis je téléphone à papa, enveloppée dans mon peignoir de bain.

« Allô… » Murmure rauque de vieillard, d'une bouche qui se morfond dans le silence.

« C'est moi, papa. »

Il crie mon prénom deux fois, comme s'il criait du fond d'un gouffre.

Je ne lui dis pas un mot de l'enfant, me contente de lui annoncer que je suis rentrée, que je viens de me doucher.

Je vais à la cuisine, fais bouillir un peu d'eau, et en remplis le biberon. C'est facile : le bébé ne peut pas trop remuer, j'ai remarqué cela. Il vient de se mettre à pleurer, et je me hâte de compter les mesures de lait en poudre. C'est notre première journée en tête à tête.

« Tu es blessée ?

— Je suis debout, tu vois bien. »

Il me prend dans ses bras. Je ne reconnais pas ses mains.

« Combien de kilos as-tu perdus ? » me demande-t-il.

Il en a perdu, lui aussi, c'est un sac d'os. Cela fait si longtemps que je n'ai pas entendu sa voix.

« Ce ne sont pas des façons…

— Je te demande pardon, papa. »

Il n'entre pas, reste sur le seuil.

« Non, je ne vous pardonne pas. »

Ce ne sont pas des façons de se conduire avec un père, dit-il, on ne se conduit même pas comme ça avec un chien. Ce n'est pas ainsi qu'il m'a élevée.

« Vous n'êtes que deux égoïstes, toi et l'autre zigoto. »

À ses côtés, Pane gémit : il veut me faire fête, entrer et tout renifler.

« L'autre zigoto n'est pas rentré, papa. »

Instantanément ses yeux deviennent deux grains de raisin noir, sa pomme d'Adam monte et descend. Il balaie du regard la tache sombre du palier comme s'il y cherchait une ombre.

« Comment ça "il n'est pas rentré" ?

— Il est resté là-bas. »

Il lâche la laisse. Pane en profite pour se faufiler dans l'appartement.

« Comment ça "il est resté là-bas"… ? »

Il rentre dans l'appartement pour rappeler son chien… parce qu'il n'y a pas d'ombre dehors : le garçon n'a pas laissé de trace derrière lui. Il entre et frôle la veste rapiécée, la petite cravate rouge… Ses yeux vont et viennent.

« Pane, viens ici… Pane… »

Le chien se dirige vers la chambre, avec nous à sa suite.

Je hurle : « Attention ! »

Papa se retourne vers moi.

« Quoi ?

— Il y a... »

Je m'interromps, le laisse découvrir. Museau sur le couvre-lit, Pane renifle la couche sale que j'ai abandonnée là. Papa murmure : « Voyons, arrête... », avant de voir Pietro sur le lit. Il ne fait pas un geste, ne prononce pas un mot, puis me demande, comme le capitaine à l'aéroport militaire :

« À qui est-il ?

— À nous, papa. »

Il avance vers le lit, se penche.

« C'est un vrai bébé ?

— Bien sûr. »

Il fouille sa veste, chausse ses lunettes. Il se met à observer la respiration du petit avec la même attention que celle qu'il mettait à corriger les devoirs de ses élèves.

« Quel âge a-t-il ?

— Rien... un jour.

— Vous l'avez adopté ?

— Non. J'ai payé une mère porteuse, papa. »

Tout son sang s'est retiré d'un coup, il me regarde avec l'expression d'un pendu.

J'aurais pu raconter n'importe quoi, dire que le bébé était le fruit d'une aventure de Diego et que j'avais donné de l'argent à cette femme pour qu'elle n'avorte pas, pour sauver l'enfant. J'aurais pu me présenter sous un jour meilleur, mais je n'avais pas envie de mentir à mon père, dût-il cesser de m'aimer.

Il vacille.

« Il faut que je réfléchisse... il faut que je réfléchisse. »

Il parcourt le couloir, traverse le salon et, devant la porte, appelle son chien. Mais Pane ne bouge pas, il monte la garde devant ce bébé inconnu, qui a bouleversé la solitude du foyer. Papa revient sur ses pas et voit le chien, immobile, plein de noblesse, comme les lévriers au pied des rois.

Je me laisse étreindre par lui, assise sur le lit, aussi petite que quand j'étais enfant.

« Comment pourrais-je t'abandonner là, bon sang ? Comment pourrais-je ? »

Le bébé ouvre les yeux et distingue la silhouette de ce grand-père italien, qui a vendu l'appartement de ses vieux jours pour lui permettre de naître, ce grand-père dont toutes les économies ont fini par atterrir dans la poche d'une Madone punk, d'une trompettiste fan de Nirvana. C'est une nativité bancale, une crèche de la boiterie.

Papa lui sourit, murmure : « Mon amour, mon amour… »

Et puis soudain, la vie revient… c'est moi qui le revois penché sur ma naissance, m'appelant « mon amour »…

Toute autre question est désormais superflue.

D'où que vienne ce bébé, il est là, sur ce lit, vêtu d'une combinaison en laine sale, dure. Papa descend chercher des vêtements dans un magasin pour enfants, en bas sur l'avenue. Il revient, les yeux brillants comme ceux de son chien.

« J'ai pris la taille naissance. »

Nous arrachons l'emballage, les étiquettes, enfilons au bébé de Sarajevo cette taille zéro flambant neuve. Et maintenant, c'est un prince vêtu de broderies et de lainage fin. Disparue, l'odeur de l'écurie, de la mort.

Papa ne me quitte plus. Le matin, je le soupçonne d'arriver bien avant que retentisse la sonnerie de l'interphone. Il fait un tour au marché, promène le chien dans la rue. En réalité, il n'arrive pas à se séparer du bébé. Peut-être ne dort-il pas la nuit, et rêve-t-il du petit. Mon père a désormais un visage tout rose, tout neuf. On dirait que la peau a repoussé, ses yeux sont comme des gouttes d'eau cristalline. Il frappe à la porte, le souffle court, comme un chien qui a peur d'être chassé.

« Je te dérange ?

— Entre, papa. »

Il achète tout le nécessaire, fruits, journal, pain, parce que je vis barricadée dans l'appartement comme durant le siège.

Il me surprend toujours en robe de chambre, affaiblie par ces nuits entrecoupées de biberons ; le sommeil ne revient pas tout de suite, mais en revanche me reviennent le petit garçon bleu, Diego et les gens qui font la queue sous les tirs des *snipers*. La nuit, la moindre chose est amplifiée. Quand le bébé pleure, je perds courage, j'ai peur qu'il ne tremble sous l'effet du manque, comme les enfants des drogués. J'ai peur qu'il ne fasse comme moi, que ses nerfs cèdent après coup, dans le silence. Je le serre contre moi, lui demande de l'aide. Je le berce, hébétée, arpente le couloir près des pieds qui attendent le métro, m'arrête devant la fenêtre. Je recule, dépose le balluchon dans son lit, qu'il pleure donc. Puis je m'enferme dans la salle de bains, me balance sur le bord de la baignoire. J'ai le teint jaunâtre et j'ai perdu espoir, comme une femme qui a eu du mal à accoucher et qui se laisse tomber dans un abîme solitaire.

Le jour ramène le calme.

Papa feuillette le guide du nourrisson. Il semble que Pietro souffre de gaz, il avale trop vite. Maintenant, après chaque biberon, il le couche sur le ventre, le masse, le calme.

En l'espace d'une semaine, il est devenu plus habile qu'une nourrice de Vénétie. Il sent le lait, les régurgitations, l'huile d'amandes douces. Quand il n'est pas ici, il est à la pharmacie où, lunettes sur le nez, il étudie les produits pour nourrissons, demande l'avis des pharmaciennes à tablier blanc et croix dorée. Il s'est lié d'amitié avec elles, il les appelle par leurs prénoms. Ensemble, ils discutent de cacas, de sanglots, de rougeurs. Ses yeux sont languissants comme ceux d'un amoureux à ses premiers battements de cœur. Il a tout bonnement perdu la tête.

Pane est déprimé, comme moi. Langue pendante, il crève de jalousie, lui le grand frère qu'on néglige.

Notre première sortie : nous emmenons Pietro chez le pédiatre.

Papa est allé chercher la voiture, il l'a garée sur le trottoir, devant la porte ; peu lui importe d'écoper d'une amende : il lui faut escorter l'oracle, l'avenir de l'humanité. Je porte des lunettes de soleil et un manteau noir, je suis maigre et pâle, une princesse triste, la mère de l'héritier du trône. Il fait froid, et papa a recouvert le porte-bébé. Le concierge, un locataire et la dame du bar se précipitent.

Inflexible, papa ne consent à écarter la petite couverture que quelques secondes.

La femme du bar me sourit.

« Je ne savais pas que vous étiez enceinte, madame…

— Mon gendre est photographe, ils voyagent dans le monde entier. Ce ne sont pas des pigeons domestiques comme vous et moi, mais des jeunes d'aujourd'hui. Ils n'ont peur de rien, ils font des enfants là où ils se trouvent. »

La femme me félicite. Elle fixe mon ventre et déclare qu'on ne dirait jamais que je viens d'accoucher, j'ai de la chance d'avoir un corps aussi élastique.

En voiture, papa est irrité, il regarde sans discontinuer le rétroviseur, au point que je commence à croire qu'il souffre d'artériosclérose. Il accable la femme du bar de critiques.

« Elle fait des cappuccinos riquiqui, elle économise sur le lait. »

Il se retourne vers la banquette arrière, s'assure que le porte-bébé est bien accroché. Il grogne comme un chien de garde. Maintenant, c'est lui qui craint qu'on nous enlève le crabe. Moi, j'ai seulement peur de ne pas savoir me débrouiller.

Au fil des jours, le bébé s'habitue à moi, et moi à lui. Je parviens à reconnaître ses intonations. À deviner quand il pleure pour que je le prenne dans mes bras, quand il pleure parce qu'il a faim, ou parce qu'il n'a pas bien digéré. Tous mes tee-shirts sont tachés de lait caillé sur l'épaule, là où il pose la bouche.

Je le promène dans l'appartement, j'ai moins peur de lui faire mal. Je m'arrête devant les photos de Diego, lui parle de son père. Je le trompe, dis : « Quand papa reviendra, nous ferons ceci, cela. »

Son cordon ombilical est tombé. Je l'ai reniflé, puis j'ai ouvert le piano et l'ai déposé sur les touches. Je suis maintenant capable d'expédier les tâches pratiques, de laver le bébé, de le changer, de le nourrir. C'est tout. Je vis en suspens, dans l'attente de nouvelles, ne m'implique pas vraiment. Je me conduis comme une nounou efficace, comme si l'on m'avait confié le petit et que je veillais sur lui avant de le rendre à ses parents. Je devrais déjà l'aimer, ce devrait être normal. Mais mon amour est mort à Sarajevo, dans ces canaux de neige sale.

Lorsqu'il me réveille, la nuit, j'ai du mal à m'arracher à mon sommeil. Je vais lui préparer du lait, me brûle les mains, salis la cuisine. Ce bébé de Sarajevo a toujours faim, la faim de ses origines misérables.

C'est vrai, il a une bonne odeur. Il est encore un peu ciel, et il est déjà lac. Et alors ? Cette odeur me blesse. Elle s'insinue en moi comme un chagrin : son père avait peut-être la même à sa naissance, il aurait été normal qu'il la reconnaisse.

Je m'occupe de lui sans véritable amour, comme si c'était une voiture, je lui mets de l'essence, le nettoie, le range au garage dans le berceau. Et si je reviens le regarder dormir, c'est uniquement pour chercher son père, traquer des ressemblances. Il ne sera véritablement mon bébé qu'après le retour de Diego, quand il sera devenu nôtre.

Je vois Diego dans mon sommeil. Il porte le petit dans le sac kangourou, lui soutient la tête d'une main et, de l'autre, m'étreint. Nous longeons le Tibre en paix. Dans mon rêve, cette sensation de paix est tangible : nous avons cessé de nous battre contre nous-mêmes et contre ce qui nous entoure. Le destin nous est bienveillant, comme s'il avait besoin de nous. C'est la première fois que nous le sentons, la première fois que nous avons le sentiment d'être utiles au flux général. Nous comprenons que le sens de ce mouvement est la paix… avancer dans le monde sans se dérober, comme cette eau qui s'entraîne elle-même, attirée par l'accomplissement de son propre cours. Nous cheminons jusqu'à la péniche : elle nous attend au même endroit. Elle veut connaître la fin de l'histoire. Diego me dit « Merci pour le bébé », parce qu'il sait enfin ce que c'est. Il sait enfin qu'il est en sécurité.

Je ne pourrai jamais m'empêcher de penser que Diego aurait réappris à vivre s'il avait tenu dans ses bras le petit ne serait-ce qu'une nuit, s'il l'avait serré contre lui.

Il n'appelle pas, et je n'attends pas à côté du téléphone. Le jour, mes rêves s'évaporent. Il ne me reste que les photos, les flaques, les pieds, les visages hallucinés des ultras.

Puis il appelle, et sa voix est à mille lieues de la paix du rêve, en proie à la souffrance de la vie.

« Que s'est-il passé ? Pourquoi ne rentres-tu pas ? Ton passeport ? »

Il ne semble même pas s'en souvenir.

« Ah oui, le passeport. Je l'ai retrouvé, oui.

— Où était-il ? »

Il est tombé dans sa botte : sa poche était trouée.

Il ne s'enquiert pas du bébé. Je lui dis qu'il va bien.

À Sarajevo, il fait encore très froid et rien n'a changé, explique-t-il, parce que le pire n'existe pas : une fois atteint, il n'y a rien après, juste la monotonie de la souffrance, comme un refrain qui se répète à l'infini, comme une robe qui traîne dans la boue et que personne ne nettoiera.

La communication s'interrompt. Nous avons parlé un moment, c'est presque un miracle. Mais nous ne nous sommes rien dit. Je n'en tire aucun réconfort.

Je raccroche. L'odeur de Sarajevo, l'odeur des orties, des chaussures qui brûlent, des gens qui attendent la mort à la queue leu leu, remonte à ma mémoire. J'essaie de me rassurer : *Tu n'y es pas, Gemma. Tu n'y es pas. C'est terminé. Tu en es sortie.* Je respire, j'étouffe. Papa m'apporte un verre d'eau. « Bois, mon amour, bois. »

Mais je sais pourquoi je me sens mal : pour rien au monde, je ne voudrais affronter cette mort.

Mon père berce le bébé cette nuit. Il a décidé de dormir sur le canapé devant le piano.

« Qu'est-ce que ça me coûte ? » m'a-t-il lancé.

Il chante une berceuse. Sa voix soigne les plaies de l'obscurité, les soulage. Il aime le bébé, il lui a suffi d'un regard pour l'aimer. Moi, je me méfie de lui et, chaque fois que je scrute ses yeux, je pense à ceux de son père que personne ne soigne. Ce nouveau-né s'accapare la vie en la volant à petites bouchées sur le dos de Diego, voilà ce que je pense et que je ne peux pas dire.

Papa ne me pose pas de questions, il a peur de mes pensées. Il chante.

Je songe au ventre de la brebis, au regard qu'elle m'a lancé au moment où je partais. Elle s'était peut-être entendue avec Diego, elle savait qu'il la rejoindrait, et ce regard penaud fourmillait en réalité de pensées souterraines. Elle savait qu'elle avait gagné. Diego l'avait peut-être persuadée de me donner le bébé pour se débarrasser de moi, pour que je ne quitte pas ce calvaire les mains vides. Eux, ils pourraient en avoir d'autres.

Elle m'avait donné ce que je souhaitais. Le bébé était le prix de sa liberté, non pas payé en marks, mais en un échange d'êtres humains. Elle avait emporté la chair de mon amour.

Je bois une bouteille de grappa. Papa dit « Assez », je dis « Encore ». Boire me sauve de l'enfer, en me ramenant en enfer. Auprès d'eux. Je crie que je ne veux plus du bébé, que cette salope m'a volé mon mari, qu'elle a profité de ma faiblesse pour s'insinuer dans notre sang.

Le petit garçon bleu me revient à l'esprit. J'aurais préféré qu'il ait la vie sauve, à la place du fils de ces deux misérables.

Le nouveau-né pleure, papa le prend dans ses bras, le brandit comme une croix. Comme un exorciste qui s'efforce de repousser le Malin.

Car cette nuit le diable est chez nous, dans mon appartement romain, près du piano crème. Je regarde dans le berceau… je vois ces deux serpents qui ne cessent de s'avaler dans le taudis de cette ville. Il est à eux, ce moutard, ce bout de chair affamée. J'aurais dû le leur laisser, ils l'auraient promené dans cet enfer glacé…

Le chien aboie. Le bébé crie comme un porc qu'on égorge. Papa me le fourre dans les bras. Il l'a protégé jusqu'à cet instant précis, mais c'est terminé.

« C'est ton fils, fais-en ce que tu veux. »

Pourquoi court-il ce risque ? Il n'a pas autant de courage.

Je recule et m'effondre sur le canapé. Je laisse glisser le bébé à côté de moi. S'il avait été un serpent, il m'aurait mordue et se serait sauvé. Or il reste là, ses pleurs étouffés dans les coussins, incapable de bouger, comme un insecte retourné.

Je me lève, m'éloigne, vais vomir la grappa dans la salle de bains. Désormais je ne vois plus aucune différence entre la vie et la mort, entre le mouvement et le silence.

Papa est parti avec son chien. J'ai entendu le bruit de la porte qui claque et j'ai eu l'impression que le mur allait s'écrouler, que le monde allait s'écrouler. Il s'est éclipsé, bouleversé, un exorciste vaincu.

Je saisis le bébé, le soulève au-dessus de ma tête et le tiens suspendu. L'altitude semble lui plaire : il cesse de pleurer. Il hoquette encore un peu, mais s'en moque apparemment, comme lorsqu'il régurgite. Je le fais voler un moment. Nous jouons à l'avion. Il regagne la terre plus serein, étire les lèvres en une sorte de sourire. Au lieu de le déposer dans son berceau, je le couche à plat ventre sur mon ventre. J'ignore qui, des deux, s'endort le premier. Je rêve d'une ville installée sur mon ventre. Le jour s'est levé quand je me réveille. C'est lundi. Pietro a dormi toute la nuit, il ne s'est même pas réveillé pour le biberon.

C’est papa qui reçut l’appel

C’est papa qui reçut l’appel.

On avait trouvé dans le portefeuille de Diego un bout de papier plié portant des numéros de téléphone. Un fonctionnaire du bureau de police de Dubrovnik composa tout simplement le premier de cette liste. Le mot PAPA était inscrit en face, et il pensa que c’était celui du père du garçon. Il parlait italien, ce qui facilita les choses. Papa ne posa aucune question, il était incapable de formuler la moindre pensée. Il se contenta de répéter « J’ai compris… j’ai compris… j’ai compris » trois fois, d’une manière machinale.

Ce qu’il avait compris, il l’ignorait lui-même. C’étaient les seuls mots qui lui étaient venus à l’esprit, et il les avait prononcés d’une voix forte afin d’endiguer la situation, l’hémorragie irrépressible qui avait commencé.

Mon père était un homme tranquille, réservé, plutôt timide. Il n’avait pas l’habitude de se laisser aller. Son corps résista au chagrin en l’emprisonnant.

Quand il frappa à ma porte deux heures plus tard, il avait la bouche tordue, comme entraînée vers le bas par le menton, et un œil un peu fermé.

« Qu’est-ce que tu as fait ? »

Il ne s’était même pas rendu compte que son visage était à moitié paralysé. Tandis que le chien entrait sur ses pas, je le conduisis à la salle de bains. Il se regarda dans la glace sans paraître se voir, ou tout du moins sans manifester le moindre intérêt, et hocha la tête.

J’étais pour ma part effrayée, impressionnée par ce visage méconnaissable, par sa voix pâteuse, par la torpeur de son œil ouvert. Il fallait appeler le médecin, faire des analyses. Il s'agissait peut-être d'un coup de froid, mais ce pouvait être aussi une attaque.

Il avait acheté des nèfles, qu'il tenait dans un sac en papier. Une primeur, puisque le printemps venait juste de commencer.

« Où les as-tu trouvées ? »

Nous allâmes à la cuisine, nous assîmes à la table.

« Pietro ?

— Il dort. »

En général, il se précipitait dans sa chambre dès qu'il arrivait.

Je lavai les nèfles. Il en prit une et l'essuya avec un torchon, puis ôta lentement la queue. Inquiète, j'observai ses mains. Ses gestes étaient ralentis, mais tous les doigts bougeaient.

Papa partagea la nèfle en deux, en tira tout doucement le noyau luisant, divisé en deux parties, comme un cœur.

Il m'offrit la moitié du fruit. Je mordis dedans, les yeux rivés sur lui. Il avait porté cette pulpe orange et granuleuse à sa bouche, mais n'arrivait pas à l'engloutir : sa lèvre était inerte.

Avec son visage doux, très bien dessiné, son nez régulier et ses cheveux épais, il était ce qu'on appelle un bel homme. Mais il avait parfois des expressions idiotes : quand il écarquillait ses yeux un peu trop ronds et levait les sourcils, ou quand il remuait les oreilles et le nez. Il le faisait rarement, juste pour amuser les enfants. Sa figure semblait austère, cela surprenait toujours de la découvrir aussi mobile. Lorsque j'étais petite, mes amis adoraient voir bouger les oreilles et les sourcils de mon père.

Ce matin, une expression idiote avait envahi son visage désaxé, figé par un rictus qui évoquait une de ses grimaces.

Il était incapable d'avaler la nèfle.

Et maintenant il pleurait : un filet de larmes aussi visqueuses que de la salive coulait de son seul œil ouvert.

C'est la paralysie, me dis-je. Il me semblait complètement absurde de manger des nèfles dans cette cuisine au lieu de nous précipiter à l'hôpital.

Je me levai, lui annonçai que j'allais chercher les clefs de la voiture.

Il répondit : « Assieds-toi, mon amour. »

Ce n'était pas sa voix, c'était un piaillement.

Un son aussi impressionnant que son visage bancal.

Il partagea une autre nèfle en deux, me la tendit.

« Tiens, mange… »

Je ne pouvais pas… tout cela était dément, peu crédible. Soudain je devinai que cette tête tordue dissimulait un affreux secret. En effet, on l'aurait dit contractée en un cri le long d'un fleuve, comme dans le tableau de l'homme à la bouche noire.

Je lâchai la nèfle, en crachai les morceaux.

« Tu sais quelque chose, papa ? »

Maintenant je me rappelais que les nèfles étaient les fruits préférés de Diego et que papa lui en offrait souvent.

« Tu sais quelque chose ? »

Il me semblait soudain étrange qu'il en eût apporté aujourd'hui, d'une part parce que ce n'était pas la saison, d'autre part parce que je n'en raffolais pas – il le savait.

Il existait mille façons de m'annoncer la nouvelle. Il m'avait donné le goût de Diego vivant et, par là même, un avant-goût de l'avenir.

Nous mangerions des nèfles de temps en temps pour nous rappeler Diego, le photographe de Gênes qui avait écrit le numéro de mon père à côté du mot qui lui avait manqué le plus, « papa ».

J'étais prête. Je conservais un vieux souvenir, le refrain que j'avais appris à Sarajevo.

Il suffisait de laisser couler le sable jusqu'au fond du corps. C'était lui qui nous maintenait debout malgré tout, comme le socle en béton d'un parasol.

« Il est mort, n'est-ce pas ? »

Papa tourna vers moi ce visage difforme dont je connaissais maintenant la raison, aussi lointaine que le cri de l'homme de Munch.

Il fixa sur moi son œil ouvert et la fente de l'autre, dodelina un peu de la tête à la manière d'un fou dans un asile psychiatrique.

Il gémit : « Oh… oh… oh… »

J'attendais la débâcle devant cette figure décomposée.

Puis il opina, comme s'il n'était pas vraiment convaincu. Le menton tordu, suspendu, il semblait me poser la question, la poser à ces stupides nèfles… désireux de s'entendre dire que c'était une erreur… que le cadavre retrouvé n'était pas celui de Diego.

J'attendais que ses traits se recomposent, comme un film qu'on rembobine. Mais je savais que c'était impossible.

Je baissai les yeux, abandonnai ce visage privé de son identité, de sa douceur. Privé de paix. C'était le dernier adieu de Sarajevo, tout mon futur y était emprisonné. Les jours à venir auraient cette expression bancale, ce rictus hébété.

Il était possible que mon visage se fige lui aussi en un cri sans voix… que mon père et moi nous retrouvions tous deux estropiés.

J'avais peur pour ce vieillard, j'avais peur qu'il crève à son tour, sur-le-champ, dans cette cuisine. Qu'il s'effondre sur la table au milieu des nèfles.

Du regard, il s'assurait que je ne craquais pas.

Il avait peur. Je sentais l'odeur de sa peur. De ses mains qui touchaient ces petits fruits avec d'étranges tremblements.

« Il est mort ?

— Oui. »

Je ne craquai pas. Je savais tout, cela faisait partie du voyage, du lot. C'était inclus.

J'avais déjà vécu ce moment. À la morgue du Koševo, il y avait entre Jovan et le petit garçon bleu une civière en acier nue, vide.

Cette civière que j'avais vue et oubliée me revint maintenant. Elle attendait un corps, le troisième corps entre l'enfant et le vieillard. Comme une croix à achever. Le garçon de Gênes m'avait annoncé son destin. Le reste, le passeport tombé dans la botte, Aska… n'étaient que des circonstances, tout était écrit. On ne décide pas de la vie et de la mort, on peut s'engager sur une route plus difficile, défier le destin, en fin de compte on ne fait que le taquiner.

Et me voici veuve.

J'aurais dû réagir, or je contemplais les nèfles sur la table. C'est une erreur, je le savais, il fallait pleurer, se briser. Il était dangereux de rester plantée là, sans bouger d'un millimètre, alors que tout s'effondrait. Cet acte d'héroïsme ne servait à rien, pas plus que la dignité.

« Un obus ? »

C'était normal de parler.

Papa bavait. Un peu de salive coulait de ce sillon bancal. « Un accident… il est tombé des rochers… sur la plage… »

Qu'est-ce qu'il racontait ? Sarajevo ne donne pas sur la mer.

« À Dubrovnik. » C'était arrivé dans une île devant Dubrovnik, dit papa.

« Qu'est-ce qu'il faisait là-bas ? »

Il l'ignorait, il n'avait pas posé de questions.

Peu importe, je n'étais pas curieuse.

Je voyais une scène déjà vue, une scène qui m'avait longtemps attendue.

Bizarrement, je me levai, fis quelques pas, mais c'étaient les pas d'une poule à laquelle on a tordu le cou, les pas de la secousse nerveuse, des muscles qui ont gardé le souvenir du mouvement. Je me rassis et posai une nouvelle fois les yeux sur les nèfles.

Des cœurs de pulpe d'un orange pâle. Diego était capable d'en manger des montagnes, il riait, visait la poubelle et y crachait les noyaux.

Diego.

En fin de compte, je l'avais toujours su. Il n'y avait rien de vraiment nouveau, c'était le destin qui s'accomplissait, qui se révélait.

J'avais toujours eu peur de le perdre.

Je réunis deux noyaux sur la table. Nous n'avions jamais été aussi parfaits ensemble, il y avait toujours quelque chose qui clochait... une arête sur laquelle on se cogne, le pan d'un vêtement qui dépasse de l'armoire, qui vous agace la nuit au point que vous vous dites : *Je vais me lever, ôter ce bout de vêtement.* Puis vous restez au lit et songez : *Je le ferai demain.* Maintenant je savais ce que c'était, c'était cette journée, ces nèfles, cette mort. Il avait un avantage sur moi.

Je souris, il était mort en tombant, près de la mer comme son père.

Je souris parce que je n'étais pas surprise. Comme lorsqu'on trouve la solution à une énigme qui vous a tourmenté, et qui était simple, très simple, si simple qu'elle vous échappait. Elle était sous vos yeux, et vous la cherchiez ailleurs.

Je souris : je ne savais pas encore si je survivrais, mais je ne m'en souciais pas.

Bien, je ne le reverrais plus.

Voilà ce que cela signifiait : je ne reverrais plus ses jambes de gnou, je ne sentirais plus l'odeur de son cou. Il avait emporté les yeux qui me regardaient, je ne pourrais plus lui demander « Comment me trouves-tu ? », il ne pourrait plus répondre « Tu es toi ». Sa voix était étranglée dans une gorge morte, et cette gorge serait bientôt ensevelie.

Bien. C'était tout.

Je souris. Un vent agréable me caresse le visage, Diego se tourne vers moi à la gare, il a apporté un petit fauteuil en plastique vert, il l'a apporté de Gênes dans le train parce qu'il s'asseyait sur ce fauteuil quand il était petit, et il s'y assied maintenant à la gare Termini au milieu de la foule, pour me montrer qu'il y entre encore. Car il est maigre comme un clou. « Comme les vrais pauvres », dit-il. Comme les journaliers d'autrefois, comme les Africains. Je ris. Il me demande si je l'aime, il est venu s'exhiber devant moi, se vendre comme un esclave, parce qu'il m'aime à la folie et ne peut pas vivre sans moi. Il sait qu'il se trompe, déclare-t-il, il sait qu'il n'a pas de charme car il expose sa bêtise, son amour, sans la moindre pudeur. « Mais je suis comme ça », ajoute-t-il. Je souris, lui tourne le dos dans le dos de cette gare, je pense qu'il est stupide, taré, drogué. Qu'il a le dos trop étroit et les jambes trop longues. Je pivote vers lui. Il est debout, mais ses fesses sont encore collées à son fauteuil vert, il me suit comme ça. Quand je m'arrête, il se rassied, croise les jambes, mime le geste d'un fumeur ravi, sans cigarette. « J'attends, dit-il.

— Quoi ?

— La vie, j'attends la vie. »

Bien. Enlevons les noyaux, jetons-les à la poubelle.

Papa demanda : « Que devons-nous faire ? Comment fait-on ? »

Diego était un fils pour lui, et il voulait savoir comment on rapatrie le corps d'un fils.

« Il faut appeler le ministère des Affaires étrangères.

— Oui, voilà. »

Je me levai, mis mes lunettes, mais je restai plantée là.

« Si tu veux, je peux aller à Dubrovnik à ta place. »

Où croyait-il pouvoir aller avec cette tête ?

« Il faut que tu ailles à l'hôpital, papa. »

Il acquiesça, il n'arrivait pas à croire que je réagisse si sereinement.

Le bébé se réveilla. Je lui préparai son biberon. Il pleura quand papa le prit dans ses bras : il était troublé par son rictus, et nous comprîmes ainsi qu'il voyait. Puis il reconnut son odeur et accepta qu'il lui donne le biberon. Je regardai mon père sangloter sur lui.

« Fais attention, papa. »

Il baissa la tête, se cacha. Il avait honte parce que j'étais forte et qu'il était faible. Le chien dormait, le museau sur son pied.

Je feuilletai l'annuaire, cherchai le numéro du ministère des Affaires étrangères. Je l'écrivis sur une feuille. Le ministère avait été averti, mais la voix du fonctionnaire déclara : « Nous ne connaissons pas encore les détails, madame. »

Le ciel s'était couvert, je poussai un volet, ôtai le séchoir où étaient accrochés pyjamas et bavoirs. Je changeai le bébé, l'amusai un peu. Dans l'ombre, le visage de papa semblait encore plus sinistre, on aurait dit celui d'un malade mental, son œil ouvert était maintenant écarquillé.

Il aimait le garçon de Gênes, il l'avait aimé dès le premier instant.

« Il n'a pas un sou, il voyage en train sans billet. C'est un bon à rien… »

C'était juste après ma rupture avec Fabio. Je croyais que papa critiquait Diego, car il avait l'air courroucé. Puis il avait remué les oreilles et le nez en un de ses jeux de mime.

« Mais il possède tout le reste. Dépêche-toi, tête de mule ! »

Il aurait servi d'assistant à son gendre, qui l'aurait emmené sur sa moto. Il n'aurait jamais été aussi heureux.

Les minutes s'écoulaient, le sable descendait dans mon corps. Je pensais à la mer, à Diego souillé de sable. Pas au cadavre : je n'étais pas pressée de me retrouver dans la réalité des coups de téléphone, des voix étrangères. J'avais l'impression d'être aussi lente, aussi ahurie qu'une femme enceinte. Diego était hors du monde, mais je sentais qu'il était dans la vie, qu'il avait été rejoint. Il flottait dans l'huile de la naissance, dans les racines liquides d'un placenta cosmique. J'avais la main posée sur le ventre du bébé. C'est lui qui me rendait cette sérénité mutique. Il gazouillait, bien tranquille. Il était habitué à l'appartement, à cette vie. Il ne souffrait pas de cette tragédie, elle n'existait pas pour lui. Il n'avait pas connu Diego, il ne le cherchait pas des yeux, qu'il bougeait désormais. Il était orphelin de père, exactement comme son père. Son destin avait changé, mais il l'ignorait, il faisait *gneu, gneu.*

Son ingratitude était un bouclier contre la souffrance, mais aussi la véritable mort de Diego.

Papa ne voulait pas me quitter, il avait peur. Il me le dit en bredouillant, la bouche tordue. J'avais téléphoné à son médecin, qui l'attendait à l'hôpital. Le taxi était déjà en bas.

« Tu es trop calme, cela m'inquiète. »

Il me tardait d'être seule.

Je rappelai le ministère des Affaires étrangères, qui n'avait toujours pas d'informations à me fournir.

« Nous attendons », dit la voix.

Je m'endormis, le bébé sur le ventre.

J'étais allée à la fenêtre, l'avais ouverte et m'étais penchée, le bébé dans les bras, décidée à me jeter dans le vide. Ce fut une bonne chose : je découvris ainsi que je n'en avais aucune envie. Il est difficile de mourir en sautant du deuxième étage. Il y avait des gens dans la rue, et je regardai un moment deux adolescents qui s'embrassaient contre une Mobylette.

Je rêvai de Sarajevo : la ville se recomposait comme un film qu'on passe à l'envers, les ruines se relevaient, les fragments des vitres brisées se réunissaient, formant des fenêtres, des vitrines de magasins. Les rideaux en fer de Baščaršija remontèrent, les voûtes de la Bibliothèque nationale jaillirent vers le ciel, la fille qui portait les livres dans ces salles bien rangées réapparut. Le muezzin recommença à gémir dans les minarets intacts. Revinrent l'été, puis la neige, les cheminées allumées, la parade pour Tito, les majorettes au costume turquoise, le refuge de Jahorina, le regard de Diego, son premier regard posé sur moi.

Je le serrai dans ma main comme un couteau, comme un lis. C'était une plaie qui ne saignait pas, une plaie blanche.

À l'aube, je me dis que je ne m'en sortirais pas.

Mais je me trompais. Je glissai Pietro dans son kangourou et quittai l'appartement. J'avais retrouvé la carte de visite du capitaine des carabiniers.

Je patientai un peu avant qu'on me fasse entrer.

Giuliano leva les yeux.

Je m'assis. Il parla du bébé, dit qu'il avait grandi, sourit.

« Que puis-je faire pour vous ? »

Je lui demandai un verre d'eau.

Il réclama une bouteille. Je bus.

Il but à son tour, sourit.

« Vous me donnez soif. »

Soudain, je fondis en larmes devant cet homme en uniforme, bien en chair et un peu chauve. Je pleurai longtemps et sans bruit, sous son regard.

Plus tard, il me confierait qu'il était tombé amoureux de moi ce jour-là : il avait longtemps attendu un destin exceptionnel, et voilà que ce destin venait à lui.

Il m'aida à rapatrier le corps de Diego.

Je ne me rendis pas à Dubrovnik, je n'avais pas l'intention de traverser cette mer une nouvelle fois. Je devais m'occuper du bébé et de papa qui restait diminué bien qu'il se rétablît. Nous étions comme ces personnages des films de science-fiction : des mutants vidés de nous-mêmes et habités par des robots.

Nos baisers avaient un autre son. Nous nous heurtions au chagrin l'un de l'autre, un chagrin qui stagnait dans notre corps, dans nos bras qu'on aurait crus de fer. Nous regarder dans les yeux nous faisait presque mal. Mieux valait regarder les étrangers, des gens qui ne savaient pas.

Mon appartement était malade, mais il semblait en vie : la femme de ménage venait, papa apportait des fleurs et des fruits frais, s'efforçant de ne pas modifier ses habitudes. Il faisait les courses, berçait le bébé, donnait à boire au chien, rangeait le réfrigérateur. Mais dès qu'il le pouvait, dès que Pietro s'endormait, il se plantait devant les photos de Diego et les fixait, oubliant tout le reste… Il s'asseyait sur le canapé et, contemplait, l'air hébété, une flaque, une rangée de pieds. Il baissait le regard lorsqu'il s'apercevait de ma présence. Son œil commençait à se rouvrir, mais il était toujours aussi inquiétant.

Je flottais sur le chagrin. Une fine membrane qui me maintenait à la surface. Comme les insectes qui vivent sur des feuilles aquatiques, je ne touchais pas vraiment terre. J'étais moi aussi victime de paralysies infimes et très localisées : soudain, je ne sentais plus un sein, un pied ou un bout d'épaule… les parties de mon corps que Diego avait touchées, c'était la pensée de sa main qui se posait sur moi… Je les anesthésiai, comme le dentiste anesthésie une gencive.

Je lisais un livre sur les insectes. Je l'appréciais car il ne cherchait pas à me distraire, il parlait de moi à travers d'autres formes de vie. Les insectes s'immobilisaient sur le tronc des arbres et s'adaptaient à la peur en se transformant, en changeant de couleur, en se paralysant.

Le compte-rendu médical arriva de Dubrovnik : Diego était mort en tombant, son corps présentait un traumatisme crânien et de multiples fractures, ses mains et ses avant-bras égratignés laissaient entendre qu'il avait tenté de s'agripper.

Je demandai au capitaine s'il avait pu être poussé.

La gendarmerie de Dubrovnik écartait cette hypothèse : plusieurs témoins avaient vu Diego se promener sur le quai, à Korčula, puis grimper sur les rochers.

« Il était… dans un état de confusion. »

Giuliano ouvrit un tiroir, en tira une boîte de réglisse.

Je percevais sa peine, elle me glissait dessus.

Le bébé bougea dans son sac kangourou : il pointa ses petits pieds sur mes cuisses et se redressa. Je posai une main sur sa tête pour l'empêcher de se retourner. J'éprouvais une crainte subite, irraisonnable : s'il avait réussi à se redresser, il réussirait peut-être à parler, à dire qu'il n'était pas mon fils.

Le capitaine me tendit la boîte de réglisse, gagna un peu de temps.

« Votre mari consommait-il de la drogue ? »

On avait trouvé une seringue derrière un buisson, à l'endroit où Diego avait passé la nuit, et son sang contenait des traces d'héroïne.

Je baissai la tête. J'avais envie de la frapper contre la table. J'avais envie de la frapper cent fois lentement, et cent fois dire *non*. Le garçon des *carruggi* avait choisi sa mort. Mon crâne rencontra celui du bébé.

Le capitaine opina, les yeux inertes comme du verre.

« Ce n'est pas facile de rentrer d'une guerre… »

Il y avait une enveloppe jaune à côté du compte-rendu médical. Je la fixais depuis un moment. C'était la partie la plus terrible, la plus délicate, et Giuliano l'avait repoussée autant que possible. Elle renfermait les photos du cadavre.

Il ouvrit non sans mal, avec un coupe-papier, cette enveloppe en papier résistant de la vieille bureaucratie yougoslave. Il en examina le contenu rapidement.

Je cherchais des réactions sur son visage… je couvrais de baisers la tête parfumée du bébé : il y aurait peut-être un miracle, on découvrirait que, malgré les papiers, les descriptions détaillées des vêtements, la bague en argent, le cadavre en question n'était pas celui de Diego.

Sans doute habitué à ce genre de photos, le capitaine demeurait impassible.

« Il suffit que vous en regardiez une, c'est nécessaire… vous devez signer une déclaration », me dit-il.

Je regardai les photos du photographe mort : elles passèrent paisiblement devant mes yeux, comme des barques sur un fleuve.

« Oui, c'est lui. »

Le capitaine les rangea dans l'enveloppe. « Il ressemble à Che Guevara », commenta-t-il.

Il avait raison, c'était un très beau mort. On devinait encore la tension de l'âme, la passion de la vie, sur son visage blême, dévoré par les ombres.

Les jours s'écoulèrent. Je découvris qu'il était beaucoup plus facile de quitter Sarajevo avec un nouveau-né que de faire rapatrier une dépouille de Dubrovnik. Enfin, le cercueil arriva.

L'avion militaire atterrit sur l'asphalte mou de la piste par une journée ensoleillée, dans le silence absolu d'un ciel liquide qui agitait l'horizon. Vêtu d'un uniforme impeccable, le capitaine gagna l'appareil à grandes enjambées. Au bout de plusieurs secondes irréelles, la porte de la soute arrière s'ouvrit, et le cercueil glissa du ventre métallique.

Je transpirais. Ma chemise se colla à mon corps comme un maillot de bain.

Quelques années plus tard, quand Giuliano me demanderait de l'épouser, je repenserais à cette arrivée, au corps de Diego dans son cercueil et au capitaine qui l'attendait sous ce ciel chaud. Une histoire qui s'achève, une autre qui commence.

Je restai une journée entière près du cercueil. On l'avait déposé dans une petite pièce. L'enterrement était prévu le lendemain matin, et les autorités aéroportuaires n'avaient pas l'intention de le garder : Diego n'était pas un héros de guerre, mais un photographe inconnu, défoncé à l'héroïne, qui était tombé d'un rocher. Le capitaine assista, impassible, à ma désorganisation : pas un instant, l'idée que j'étais censée m'occuper de la dépouille sur le sol italien ne m'avait effleuré l'esprit. Avec mon bob et ma chemise trempée, j'avais l'air d'une touriste égarée. Une série de coups de téléphone et de discussions s'ensuivirent.

Enfin, quatre appelés hissèrent la bière sur leurs épaules et la placèrent dans une petite pièce aérée qui donnait sur un hangar métallique avec une clôture grillagée. Je les priai de ne pas fermer la porte, un volet roulant vert pâle.

Je restai là jusqu'au couchant.

C'était du bois, rien que du bois, baigné par la pénombre de cette pièce isolée. Incapable de me concentrer, je regardais sans cesse dehors, attirée par la lumière, comme une mouche inquiète. J'observais les roseaux qui avaient repoussé au bord de la piste et soulevaient l'asphalte. J'essayais de me recueillir comme à l'église quand, enfant, je recevais l'hostie. Mais malgré mes efforts, je flottais dans le vide, j'attendais tout simplement que le temps passe. J'éprouvais une sorte de désarroi, le désarroi qui s'empare de vous quand, partant en voyage, vous avez la sensation d'avoir oublié quelque chose. Vous établissez un petit inventaire, fouillez vos poches, ouvrez votre sac, sans parvenir à comprendre ce que vous avez oublié.

Puis deux choses se produisirent.

Diego pénétra dans la pièce. Le soleil se couchait, c'était notre heure préférée, l'heure du vin et des conversations, aussi ne fus-je pas surprise qu'il l'eût choisie pour me rendre visite. Il ne sortit pas du cercueil : il arriva de l'extérieur et se baissa pour ne pas heurter le volet roulant.

« *Salut, fillette.* »

Il venait me tenir compagnie dans cette veille, comme dans les dispensaires où nous avions patienté ensemble. Ses joues étaient lisses, Il n'avait plus sa barbe de Sarajevo, il portait sa vieille chemise blanche à col Mao et plastron raide, et son pantalon d'explorateur. Il s'était douché, ses cheveux humides sentaient bon le shampoing.

Je lui demandai s'il avait souffert.

Il sourit, remua la tête. « *Un peu.* »

J'interrogeai : « *Qu'est-ce que la mort, Diego ?* »

Il n'eut pas une seconde d'hésitation : « *C'est un fleuve qui monte.* »

Le cercueil était entre nous, il avait posé les pieds dessus. On aurait dit que nous veillions un homme disparu bien des années plus tôt, son père peut-être. Maintenant, il jouait de la guitare, offrant à ma vue les semelles usées de ses bottes, témoin de longues marches. Un avion était garé devant le hangar, un petit appareil militaire à hélices.

« *Tu aimerais t'en aller, mon amour ?* » demandai-je.

Il posa sur moi des yeux aqueux et âgés. Les yeux forts de la vie, proches de la fragilité du ciel.

« *Non, j'aimerais rester.* »

Enfin, il s'enquit du bébé.

Je répondis que ce matin-là, pendant que je le changeais, il m'avait fait pipi au visage.

Il rit. Il déclara qu'il pissait lui aussi au visage de sa mère, que c'était typique des garçons. Il porta une main à son visage, écarta les doigts, demeura un moment à l'intérieur de cette cage.

Avant de partir, il déposa un rouleau de photos sur le cercueil

Je trouvai vraiment une pellicule sur le sol, près du volet roulant, oubliée par un individu qui l'avait sans doute abîmée en essayant de l'extraire. Je la fourrai dans ma poche. Puis je quittai la pièce, certaine d'avoir trouvé l'objet que j'avais cherché en vain un peu plus tôt.

Le lendemain, de nombreux jeunes se pressaient à l'enterrement, des élèves de l'école de photo. Les cheveux de Viola avaient repoussé, elle avait vaincu le cancer mais se montrait incapable de maîtriser le petit Afghan, qui se libérait de son étreinte, avançait tout seul vers le cercueil. Le célébrant était un vieux camarade d'école de papa, un homme robuste à la voix monotone. Je sursautais chaque fois qu'il disait « Diego », me demandait *Pourquoi l'appelle-t-il ?*.

Un type maigre, guère plus grand qu'un enfant, s'approcha.

« Tu es sa femme ? »

Voyelles ouvertes, consonnes aussi liquides que la mer, l'accent prononcé des *carruggi*, l'accent de Diego.

« Je m'appelle Pino. »

Il m'étreignit avec force.

Avec sa tête de boxeur, ses lunettes noires et ses cheveux brillantinés, il avait une allure de croque-mort.

Je l'avais vu en photo de nombreuses fois. C'était le chef des ultras. Je n'arrivais pas à croire qu'il fût aussi petit : il avait l'air d'un géant sur les photos de Diego.

Il me présenta ses camarades de Gênes aux visages décharnés de drogués et me demanda l'autorisation de déposer leur drapeau sur le cercueil. C'était un drapeau historique, crasseux, déchiré, couvert des autographes des footballeurs. Ils l'étalèrent sur le bois comme un linceul.

Le drapeau, c'est le père, la mère, le travail que tu n'as pas, de la bonne héroïne...

La mère de Diego était venue en voiture avec son compagnon, elle avait parcouru sept cents kilomètres jusqu'à cette banale église de quartier.

Elle s'était collée contre moi, apeurée. Pauvre Rosa, c'était une fleur fanée qui ne se ranimerait plus. Mais elle arborait des boucles figées, violettes, elle sortait à l'évidence de chez le coiffeur. Je lui tendis la main, elle la pressa comme pour me demander pardon.

Elle m'avait confié un jour : « Je ne pouvais pas le garder à la maison, j'ai dû le mettre au pensionnat, mais si je pouvais revenir en arrière... »

On ne revient pas en arrière, Rosa.

À présent, elle pensait peut-être à ces années-là, à l'époque où Diego était enfant, « un gringalet », où il s'agitait dans son sommeil et tombait de son lit superposé. On lui téléphonait de l'infirmerie parce qu'il la réclamait, mais elle ne pouvait pas aller à Nervi, au pensionnat, « un bon pensionnat, voyons », à cause de ses horaires de travail à la cantine. Elle lui parlait au téléphone, lui répétait : « Sois sage, petiot. » Maintenant, elle vivait à Nice avec son compagnon, ils avaient un « p'tit appartement » ; dommage que ses mains tremblaient autant.

Elle avait embrassé son petit-fils sur le front, mais n'avait pas eu le courage de le prendre dans ses bras. Elle paraissait rêveuse, à la merci de fantômes plus misérables qu'elle.

Je lui avais demandé si le bébé ressemblait à Diego enfant.

« C'est son portrait. Je te montrerai une photo... je te l'enverrai. »

Elle avait un sourire absent, hébété.

« Elle se bourre de calmants », m'apprendrait Pino un peu plus tard.

La fille qui fit la lecture avait l'air un peu attardée, on aurait dit un phoque à perruque. Diego l'aurait choisie comme modèle.

J'avais apporté un magnétophone. Je me levai, appuyai sur la touche *play*.

Il n'y avait pas de fleurs sur le cercueil. Juste le Leica cabossé et le drapeau du Genoa. *I Wanna Marry You* flottait sur ces quelques objets.

« *Oh, darlin', there's something happy and there's something sad...* » Pendant toute la cérémonie, Duccio s'était tenu sous la voûte latérale, appuyé à la colonne, bras croisés et jambes écartées, comme un videur.

Les élèves de l'école de photo hissèrent le cercueil de leur jeune professeur sur leurs épaules et l'emportèrent.

Maintenant, le petit Afghan faisait des bulles de savon, des flaques volantes qui auraient plu à Diego. Un instant, j'eus l'impression de voir ses paupières se baisser.

Suivirent les applaudissements habituels [1].

Sous prétexte de s'occuper du bébé, papa avait erré au fond de l'église. Il ne s'était pas rasé et ses yeux bleus étaient perdus dans sa chair foncée, dans ses traits redevenus normaux, ou presque. Il avait bercé Pietro dans sa poussette, d'où s'était élevé de temps à autre un vagissement. Maintenant, il se plantait devant le cercueil. La main tendue, il attendait, comme si une pensée, une prière, l'en séparait encore. C'était un vieil homme, c'était la première fois qu'il était aussi vieux. Il baissa la tête et parut s'appuyer à la bière, demander de l'aide au garçon qu'elle abritait, une momie, des restes humains semblables à des trognons de pommes.

Des joues claquèrent sur la mienne l'une après l'autre, baisers en l'air, baisers de la mort. Mes lunettes de soleil me protégeaient de ces yeux qui me cherchaient. Des poissons noirs.

J'entendis le compagnon de Rosa lui demander : « Il faisait froid à l'église ? »

Le cercueil fut hissé dans le minicar de l'école de photo, pas de pompes funèbres, pas de voitures noires.

Duccio contemplait, abasourdi, ce drôle de fourgon. Il m'étreignit, ses lunettes à verres miroirs plaquées sur son visage émacié, se mordit la lèvre de ses grandes dents de prédateur.

« … Et puis, c'était un grand photographe… un grand. »

Il actionna une télécommande, fit trois bonds jusqu'à la Jaguar garée devant l'église.

« Tu parles, déclara Viola. On enrubanne toujours les morts… » Elle aspira sa cigarette trempée. « … De toute façon, plus personne n'en a rien à foutre. »

1. En Italie, on a coutume d'applaudir le cercueil à la sortie de l'église, comme on le fait en France avec les gens du spectacle.

Je lui arrachai sa cigarette, l'écrasai sous ma chaussure : « Arrête de fumer, crétine ! »

La lumière avait changé, elle avait viré au gris et, dans quelques instants, il pleuvrait peut-être. Tout habillé de blanc, Pietro avait repoussé son drap, il contemplait l'abeille en chiffon qui se balançait, pendue au toit de sa poussette. Les yeux énormes, la tête chauve d'un insecte. « Papa, demandait-il, que devons-nous faire ? »

Eh oui, que fallait-il faire ? Ce n'était pas un mariage, aucun cocktail n'était prévu après. Ce n'était même pas un enterrement normal : il n'y avait pas de corbillard, pas de tombe. Diego n'en voulait pas, il avait toujours dit « dans le vent », et ce serait dans le vent.

« Ramène le petit à la maison, papa. »

Nous traversâmes la ville en direction du crématorium, franchîmes une grille et nous engageâmes sur une allée de poussière. C'était un bon refuge, léger, une serre, ou presque. Les cercueils en attente avaient des allures de caisses de semences. Pino récupéra le drapeau du Genoa, le replia avec soin : il n'avait pas envie de le faire incinérer.

Nous pénétrâmes dans un bar sur une petite place où se dressait une fontaine. Les jets se cabraient, l'eau jaillissait vers le ciel.

La mère de Diego monta en voiture. Son compagnon lui ferma la portière. Un bout de robe se coinça dedans, je le regardai papillonner.

J'avalai un sandwich, en tête à tête avec Pino. « Comment était son père ? »

Il eut une grimace déchirante qui renfermait tout le chagrin d'une vie ratée. En fin de compte, Diego était le seul du groupe à s'en être sorti.

« Son père était un salaud, il les battait, il frappait fort.

— À entendre Diego, c'était un héros… »

Pino portait un perfecto, son visage était grêlé de coups. Il sautilla, sourit, comme De Niro dans *Raging Bull.*

« Putain, Diego… Tu sais comment il était, non ? »

Non, je ne le savais pas. Comment était-il, Pino ?

« … Il refusait de voir le mal, il ne voulait voir que ce qu'il y a de beau dans la vie. »

Je regardai la fontaine. L'eau qui montait. *Ce qu'il y a de beau…*

Les bagages sont sur le lit

Les bagages sont sur le lit. La chambre est un champ de serviettes mouillées. Pietro porte un tee-shirt propre, il astique ses Ray-Ban.

« Qu'est-ce qu'on vole, m'man ? »

Je le regarde sans comprendre.

« Voler ?

— Il faut voler quelque chose dans les hôtels. Sinon, ça veut dire qu'on n'a pas apprécié son séjour.

— Qui t'a raconté ça ?

— Papa. »

Je ne peux rien objecter, car l'homme qu'il appelle *papa* a été promu colonel des carabiniers, il y a un mois.

Pietro attrape le bout de plastique accroché à la poignée de la porte.

« Je pique le DO NOT DISTURB, qu'est-ce que t'en dis ?

— Tu as donc apprécié ton séjour ? »

Il grimace, hausse les épaules, fourre l'étiquette dans son sac à dos.

Nous traînons nos bagages dans le couloir. Les roues peinent sur les renflements de la moquette.

« Tu regrettes de partir, m'man ?

— Oui, un peu…

— Moi aussi, un peu. »

J'ai du mal à croire qu'il regrette de quitter cette ville pauvre et grise.

Peut-être regrette-t-il de quitter Dinka, la serveuse au piercing. Mais ils se disent au revoir sans se regarder, ou presque, s'étreignent brièvement, aussi raides que deux insectes.

Dans la rue, alors que nous attendons Gokjo qui effectue une marche arrière, Pietro déclare : « Avant, je ne savais pas où j'étais né. Maintenant, je le sais.

— Tu es content ?

— Bof... »

Son profil se détache sur la vitre. Derrière défilent les immeubles reconstruits autour de la gare... je comprends le sens de ce *bof*. Pendant des années, Pietro a imaginé l'endroit où il était né *par hasard*, ainsi qu'il l'a toujours dit à ses professeurs, à ses copains. Il a sans doute beaucoup plus pensé que je ne l'imaginais au *hasard* qui nichait dans cette ville. Il l'a peut-être cherché au cours de ces derniers jours tandis qu'il se promenait, tête basse.

Hier soir, il m'a demandé au lit : « Diego jouait de la guitare mieux que moi ?

— Non, tu joues mieux, tu as pris des cours. Papa jouait à l'oreille. »

Il s'est retourné, il a remué, m'empêchant de m'endormir.

« On peut savoir ce que tu as ? »

Il s'est redressé comme un tigre.

« Ça m'énerve que tu l'appelles papa.

— C'est ton père.

— Alors pourquoi il n'est pas rentré avec nous à Rome ?!

— Il travaillait...

— Non, il nous a abandonnés. »

Il a agrippé mon bras.

« Pas vrai ? »

J'ai attendu qu'il s'endorme. Il a peut-être perçu à l'intérieur de cette ville des voix qui lui ont parlé, qui ont murmuré à son oreille une vérité morte mais bien réelle, inscrite quelque part, comme les noms sur les plaques, comme ces immeubles blessés et recousus.

Le cimetière du Lion est là, près du stade, près des constructions en béton des vestiaires. Les sépultures s'étagent sur un terrain qui évoque un vignoble en terrasses.

Les pierres tombales musulmanes, tordues, sont toutes tournées vers La Mecque et ont l'air battues par le vent.

Gojko m'a proposé d'y faire halte.

J'en ai le désir depuis mon arrivée, mais je n'en ai pas trouvé la force. Je ne l'ai toujours pas ce matin. Cependant, comme c'est le dernier jour, j'ai posé la main sur l'épaule de Gojko et j'ai répondu : « oui, arrête-toi. » Il a actionné le clignotant et s'est rangé comme si de rien n'était. Comme si nous nous arrêtions pour boire un café.

Maintenant il me précède, m'offrant le dos de son tee-shirt trempé de sueur. Il ne regarde pas les pierres tombales, il sait où aller.

On dirait un vigneron qui vous guide dans sa propriété.

De nombreux habitants de Sarajevo sont enterrés ici. Les dates de naissance changent, les dates de décès se répètent à l'infini. Le destin a été comme un sac noir. La mort a fait une moisson extraordinaire en l'espace de trois ans.

La mort est solitude, et pourtant ces gens, contraints de crever par grappes comme des insectes, en furent privés. Être dépouillé de sa vie semblait presque acceptable, mais être dépouillé de sa mort, se retrouver tous pêle-mêle, comme du linge sale, comme des fruits pourris, c'est une tout autre histoire.

Gojko traduit quelques inscriptions sur les pierres tombales à l'intention de Pietro, qui ne lui laisse aucun répit. Il ne se dérobe pas, lui raconte les histoires les plus macabres.

« Il n'y avait plus de chiffres pour les pierres tombales. Après quoi, il n'y avait plus de 2 pour 1992, et tout le monde attendait 1993. Puis il n'y eut plus de 3… » Il rit. « Une véritable tragédie. »

Il s'est immobilisé. Il se penche, arrache une vilaine plante grimpante.

On arrive au cimetière catholique. Je marche sans envie de marcher. Il se retourne vers moi.

Le déclin avait déjà commencé. Mais tout s'acheva ce jour-là. Tout mourut : les Yo-Yo, les Levi's 501, les chansons de Bruce Springsteen et les poèmes de Gojko.

J'ai appris ce qui s'était passé ce jour-là, bien des années plus tard, par hasard, dans la salle d'attente d'un cinéma d'art et d'essai. Une fille à lunettes, vêtue d'une veste du soir en satin noir aux reflets verts et d'un jean flottant, s'approche de moi. Je l'embrasse, l'étreint sans un mot, comme chaque fois que je rencontre un ancien de Sarajevo. Et chaque fois le chagrin ressurgit, se coule dans son moule. C'était la voisine de Mirna et de Sebina, une gamine qui montait les escaliers tête basse en caressant le mur d'un bras aussi mou qu'une queue. Je l'embrasse avec force parce qu'elle est en vie, même si je ne la connaissais pas vraiment, même si je n'ai plus jamais pensé à elle, ne me suis jamais demandé ce qu'elle était devenue. Elle traduit des romans du serbo-croate, à la mode après la guerre, dit-elle. À en juger par sa veste sans couleur, elle est loin d'être riche, elle a eu un fiancé italien, mais c'est terminé. Elle a de petites mains très blanches, le visage docile et fier de sa ville, et une voix si fluette qu'elle en est presque inaudible. Nous sommes assises sur un canapé rouge. Il flotte dans l'air une odeur d'humidité, de moquette mouillée.

Elle a le front large, des cheveux comme de l'étoupe, battus par une lumière trop blanche. Elle a quitté Sarajevo lors de la dernière année du siège. À l'époque, quelques tramways avaient repris du service. Elle avait grimpé dans l'un d'eux, s'était assise au fond et n'avait pas bougé de Baščaršija à Ilidža, pas même dans les quartiers exposés. De ce beau tramway aux vitres intactes, elle avait contemplé sa ville délabrée comme dans un film, tandis que les rues défilaient devant elle comme sur une pellicule. C'est alors qu'elle avait décidé de partir. Comment continuer à vivre là ? Les cicatrices paraissaient plus douloureuses que les blessures.

« Elles ne s'en sont pas tirées », dit-elle.

La lumière semble effacer une partie de ses cheveux châtains, les blanchir, les vieillir. De son regard, elle me secourt.

Je ne devrais pas souffrir : c'est arrivé il y a si longtemps. Et puis ce n'est pas une plaie ouverte, mais une cicatrice blanche, absorbée par la peau du temps. Mais ce qui me fait mal c'est justement cela, que ce soit arrivé il y a si longtemps, sans que j'en aie rien su.

Je rejoins Gojko, baisse les yeux. Il y a là deux tombes jumelles sous une seule pierre tombale, un peu plus grande que les autres, comme un lit à une place et demie.

Comme le lit où dormaient mère et fille, le lit où Diego et moi avons fait l'amour pour la première fois.

Sebina et Mirna reposent ici.

Je porte la main à mon visage. J'ai l'impression de le couper en deux en me signant.

Une longue inscription s'étale sur la pierre tombale. Gojko la traduit à l'intention de Pietro sans changer de ton, de même qu'il n'a pas changé d'expression :

Prends une extrémité du fil.
L'autre extrémité à la main,
Je parcourrai le monde.
Et si je devais me perdre,
Tire, maman chérie.

Pietro lui demande : « C'est toi qui as écrit ça ? »

Il acquiesce de mauvais gré. C'est l'extrait d'une ballade composée pour le dernier anniversaire de Sebina, le 13 février : malgré les bombes et la neige, ils organisèrent ce jour-là une fête où rien ne manquait.

« C'est une des choses les plus laides que j'aie écrites, mais elles l'aimaient...

— Ce n'est pas laid. »

Je sanglote dans mon ventre, entre mes épaules. J'aimerais m'effondrer et crever de larmes, mais tout m'en empêche : ma pudeur, le regard de Pietro, Gojko qui a tout perdu et qui ne bronche pas, cette époque dramatique, l'époque du milieu, dit-on, beaucoup plus lointaine à mes yeux.

« Comment c'est arrivé ? »

La fille raconte d'un ton égal, tissant ce fil mince qui est, je le sais maintenant, la voix des rescapés, des êtres qui ont continué de vivre comme des fils égarés. Son italien est monotone, presque anesthésiant.

Les sirènes de l'alerte retentissent depuis un moment. Sebina est obligée de descendre à la cave, elle n'aime pas ça, mais elle ne fait plus d'histoires, elle en a l'habitude. La cave est équipée : on y trouve une batterie de voiture qu'on parvient de temps en temps à recharger et qui permet d'écouter la radio, une casserole pour la cuisine commune et un rideau dissimulant un seau pour les besoins. Des livres, des couvertures, une chaise longue.

Sebina s'attarde, elle donne à manger à ses poissons, grattant au-dessus de l'aquarium la petite semelle noire des paquets humanitaires censée être de la viande : ils l'apprécient, elle sent aussi mauvais que leur nourriture habituelle. Elle aimerait les transvaser dans le bocal vide des cerises au sirop et les emporter dans le refuge, comme elle le fait parfois, mais Mirna lui dit de se dépêcher, elle s'emporte carrément : aujourd'hui, les obus dégringolent comme les rochers d'un éboulement interminable.

Sebina se contente de prendre son manuel de géographie. Elle aime la Nouvelle-Zélande, elle a dit à son frère qu'elle voulait y aller, et Gojko le lui a promis : quand la guerre sera terminée, ils s'offriront ce vol de vingt-quatre heures. Elle descend l'escalier avec les voisins, avec cette fillette plus grande qu'elle, qui caresse le mur de son bras aux allures de queue.

Aujourd'hui, la radio fonctionne : on entend d'abord les appels, les voix des familles à l'étranger, aussi essoufflées que si elles s'échappaient du gosier d'un dindon, qui demandent des nouvelles. Si Dieu le veut, il y aura ensuite de la musique.

Sebina danse, sautille. La voisine qui prépare la soupe lui dit d'arrêter. Elle ouvre donc son manuel de géographie, puis le referme et raconte une histoire drôle, une histoire de son frère. Elle grimace, les poings sur ses hanches. Tout le monde rit, y compris la femme bougonne qui tourne la soupe.

Mirna n'est pas encore descendue, elle est allée étendre du linge sur la terrasse : c'est la première journée de soleil après une longue période de froid, ce qui explique pourquoi les artilleurs sont aussi euphoriques.

En fin de compte, la terrasse est une position tranquille : leur immeuble est plus bas que les autres et bien exposé au soleil.

Les cheveux de Mirna ont un peu blanchi, mais cela ne se voit pas beaucoup parce qu'elle est blonde. Elle porte une jupe moulante et un pull-over à col roulé, des vêtements de sa jeunesse qui lui vont maintenant à ravir.

Ce sont les derniers instants de sa vie, la deuxième année de siège vient de commencer. Il nous est arrivé de bavarder ensemble sur ce toit, près des conduits de cheminée et des antennes de télévision quand nous allions chercher le linge ensemble ; nous nous attardions un peu et fumions en regardant en bas. Je l'ai aimée et elle m'a aimée à sa façon, sans véritable intimité. Par timidité, car je lui semblais un peu distante. J'ai failli être la femme de son fils et j'ai été la marraine de sa fille, mais nous ne nous connaissions pas vraiment, et dans quelques instants, quand *son* obus tombera, nous n'aurons plus aucun moyen de mieux nous connaître.

Soudain je vois sa poitrine, sous son pull, sous son soutien-gorge, la poitrine d'une femme qui respire.

Je redescends auprès de Sebina. Elle feuillette son nouveau manuel de géographie, elle est habituée à l'obscurité. Dans la journée, on laisse ouvert un vasistas à hauteur de la rue, qui projette dans la cave un cylindre de lumière et aspire la fumée : les locataires qui ont des cigarettes ne se privent pas de fumer. L'odeur de cigarette importune Sebina quand elle la sent sur ses vêtements en sortant, mais dans la cave elle n'y prête plus attention. Elle pense à sa mère. De temps en temps, Mirna l'autorise à monter sur la terrasse, et elle se dégourdit les jambes, fait le grand écart, des sauts périlleux et des vrilles, marche la tête haute entre les cheminées et les antennes.

Ses jambes sont musclées et trapues ; elles l'étaient davantage autrefois, et le redeviendront quand elle reprendra l'entraînement ; par chance, elle est jeune, et cette guerre ne lui volera pas d'olympiade.

C'est donc le moment.

Sebina est si proche que je pourrais la toucher. Il y a de l'intimité entre nous : je l'ai tenue dans mes bras juste après sa naissance et le jour de son baptême.

Je suis assise dans la salle d'attente de ce cinéma d'art et d'essai où l'on projette un film que je ne verrai jamais, où je suis entrée par erreur un après-midi de pluie. Voilà le film que je vois aujourd'hui : Sarajevo, mai 1993. Mort de Sebina et de sa mère Mirna.

Je suis assise, et la fille parle, elle se souvient de tout, y compris des détails les plus infimes. Je lui demande si elle se contente de traduire les livres des autres, ou si elle écrit aussi. Elle dit : « Comment l'as-tu compris ? »

Je l'ai compris aux détails, ils sont de la mémoire d'un écrivain. Un couteau qui sépare et choisit.

Mes détails, à moi, sont les suivants : le mouchoir avec lequel Sebina s'est nettoyé la bouche après avoir mangé une glace. Étrangement, je me demande maintenant où j'ai mis ce mouchoir avec l'empreinte de ses lèvres.

Mes détails, à moi : son odeur de poisson.

Elle est debout, la tête à la hauteur de mon ventre. Je me baisse pour l'embrasser, elle sent les maquereaux des paquets humanitaires.

Mes détails, à moi : ses poissons qui s'agitent dans la poussière.

Le premier obus tombe très près, renverse la casserole, et la soupe se répand par terre. La femme hurle, maudit la guerre, ramasse ce qu'elle peut, se brûle les mains.

Sebina regarde ce bouillon couler vers elle, emportant des morceaux de légumes d'hiver, de misère.

Elle lève la tête et dit qu'elle veut sortir, qu'elle veut aller chercher sa mère.

La fille s'interrompt, puis reprend : « Personne ne l'a retenue, c'est ce qu'il y a de plus absurde, c'était une petite fille. » Elle se tait.

Sebina s'engage dans l'escalier de l'immeuble.

La gamine qui caresse le mur de son bras ne l'a pas arrêtée : elle jouait aux échecs avec un camarade ; les pièces, fabriquées à partir de bouchons, étaient tombées, et ils se disputaient en reconstituant le début de la partie.

Elle se dit maintenant qu'elle aurait pu utiliser ce bras inutile pour retenir sa jeune voisine, barrer sa route noire. Elle s'est tue. C'est un écrivain, elle sait que le destin glisse comme de l'encre et qu'on ne peut arrêter une enfant qui doit mourir.

Sebina monte, c'est écrit. Où ? Dans quel putain de livre ?

Elle a les cheveux aussi lisses que de l'huile, la tête un peu carrée, les oreilles légèrement décollées, une bouche difficile à décrire, deux rouleaux de chair mobiles comme des étoiles filantes, où se niche toute sa joie de vivre.

Elle n'est pas belle, elle ne l'a jamais été : elle est petite, a les bras trop longs, un visage de clown.

Mais pour moi, c'est la plus belle enfant du monde, c'est ma filleule, la vie à l'état pur, elle brille autant qu'une pierre précieuse, elle brille de toute la lumière qui n'existe pas ailleurs.

C'est elle qui m'a conduite vers la maternité. Chaque fois que je l'ai étreinte, j'ai pensé : *Cette fillette possède une chose qui m'appartient. Elle a un cadeau pour moi quelque part.*

Je me rappelle ses coudes, ses articulations saillantes, le globe de ses yeux, ses cheveux, petit rideau sur le front.

Elle monte. On dirait de l'eau qui abandonne le cours doux de la pente et jaillit, une flamme.

L'onde de choc de l'obus qui a fait trembler la cave s'est propagée à la terrasse avec autant de force qu'un tremblement de terre, et Mirna a été projetée près des antennes, ferraille sans électricité. Elle pense à Sebina, elle l'imagine ensevelie en bas... De la fumée s'élève de la rue : il faut qu'elle descende, qu'elle s'assure que tout le monde est sain et sauf. Elle se méfie des abris : ce ne sont que des caves où l'on entrepose du lard et de vieilles machines à coudre...

Elle descend donc.

Oui, voilà comment ça s'est produit.

La jeune Bosnienne au front triste et aux cheveux auréolés de lumière n'écrira jamais cette histoire car elle est trop stupide, dit-elle, car oui, la mort est parfois stupide et ennuyeuse.

Mais voilà comment ça s'est produit.

La mère et la fille se sont retrouvées à mi-chemin. Elles couraient dans le même escalier, l'une vers le haut, l'autre vers le bas.

Si elles étaient restées là où elles étaient, elles auraient avalé un peu de poussière, un peu de peur, rien de plus.

Le départ approchait. Elles avaient décidé de quitter Sarajevo. Un ami journaliste de Gojko, un garçon de Belgrade, devait les emmener.

Or elles avaient bougé, elles avaient quitté l'échiquier de la vie sans le savoir. Elles couraient, tirées par la corde qui les unissait.

Prends une extrémité du fil.
L'autre extrémité à la main,
Je parcourrai le monde.
Et si je devais me perdre,
Tire, maman chérie.

La mort tira pour elles, elle tira fort. Un obus traversa l'immeuble.

À cet instant précis, elles s'étaient rejointes. Mère et fille. Ventre et fruit.

Assis sur une marche de pierre, Gojko et Pietro regardent des garçons en tee-shirt qui jouent au football.

Ils ont sans doute l'âge de mon fils, la génération de l'après-guerre.

Les fleurs blanches de la réconciliation.

Gojko dit : « Tu sais, elle n'est pas morte tout de suite. »

Il allume une cigarette, crache de la fumée, puis il lève un bras, crie qu'il y a faute, s'indigne. Football et cimetière.

Nous abandonnons la pente de la nécropole.

Gojko a besoin d'une bière.

Il en boit deux, au goulot, sur un banc près du kiosque.

Mirna avait été réduite en lambeaux de chair, qu'on avait dissimulés sous un drap pour épargner à Gojko cette vision. C'était le corps qui l'avait engendré. C'était sa mère, et pourtant il n'avait pas bronché, il avait couru au chevet de sa sœur.

Sebina avait perdu ses jambes. La partie supérieure de son corps était intacte. Elle occupait un lit blanc, dans une sorte de débarras à l'hôpital de Koševo. Digne, les yeux figés comme du verre, des petits tubes fixés aux mains. En remarquant le drap plat en bas, Gojko s'était demandé si elle savait.

Elle voulait remporter une médaille aux Jeux olympiques, elle était la plus petite de son équipe, la mieux ancrée au sol. Gojko ferma les yeux deux fois. La première parce qu'il refusait d'y croire, la seconde pour remercier Dieu qu'elle fût encore en vie.

Les médecins avaient laissé de l'espoir car ils avaient vu survivre des patients mutilés de la sorte. Assis au chevet de sa sœur, Gojko s'était creusé la cervelle comme à l'époque où il vendait des Yo-Yo et roulait dans la farine les Monténégrins : il avait imaginé des prothèses scintillantes, le dernier cri de l'orthopédie de reconstruction. Sebina aurait les plus belles de l'histoire, il y consacrerait tout son argent, il emmènerait les journalistes dans les tranchées la nuit pour en gagner davantage.

Une chaussure trônait sur la table de chevet en fer, il s'en souvient. Ce détail inquiétant s'est ancré dans sa mémoire. Il écarte les mains pour donner l'idée de la taille de la chaussure. Pauvre Gojko, pauvre frère. Maintenant sa voix tremble, comme celle d'un ogre torturé par une souris minuscule mais incroyablement forte et cruelle. Un voisin avait sans doute ramassé cette chaussure dans l'escalier et l'avait jetée dans la voiture qui emportait la fillette déchiquetée. Un individu ayant perdu la raison sous l'effet de la terreur. Gojko aurait aimé l'escamoter, mais il n'osait pas la toucher. Il se pouvait que Sebina ne sente pas son corps, elle ignorait peut-être qu'elle n'avait plus de jambes. Son buste était intact et elle n'avait pas une seule égratignure sur le visage. Il laissa donc la chaussure sur la table pour entretenir l'illusion. Il lui parla. Elle semblait l'entendre. Ses yeux évoquaient des billes de lumière dans la nuit, des diamants.

Elle s'enquit de sa mère, la réclama.

Il répondit qu'elle se portait bien, qu'on l'avait hospitalisée dans un autre service.

Elle écouta ce mensonge, ne demanda pas à boire, ne demanda rien.

Elle ne bougea pas les mains. La chaussure gisait près d'elle.

Maintenant je revois l'avion, l'inscription EXIT, l'inconnue qui me montrait cette chaussure de tennis lumineuse…

Le mécanisme s'était sans doute cassé à cause de l'explosion, raconte Gojko, et la semelle était restée allumée. Elle dessinait une langue de lumière pâle sur la table de chevet.

Gojko pensa : *Si cette chaussure survit, Sebina s'en tirera elle aussi.* Un pari de mauvais goût.

Sebina mourut à l'aube. La chaussure s'éteignit quelques heures plus tard.

« Après, je suis parti. »

Il était parti se battre à Dobrinja puis sur le Žuć. C'était un poète, un vendeur ambulant, un radioamateur, un guide touristique, un imbécile qui n'avait jamais tiré sur quoi que ce soit, pas même sur un pigeon. Mais il apprit très vite, « parce que la haine s'apprend en une nuit ».

Des mois dans la boue, un rouleau de cartouches sur le dos.

« J'étais capable de me battre au couteau, ou à mains nues… »

Son groupe incendia un village où vivaient des paysans serbes, des gens qui n'avaient fait de mal à personne. Il n'y participa pas. Sans s'y opposer toutefois, il gagna une hauteur et fuma pendant tout ce temps-là.

Pietro ne regarde plus les garçons qui jouent au football, il regarde un héros de cette guerre sale, revenu couvert de médailles comme un animal de concours.

« Combien de gens as-tu tués ? »

Gojko sourit, il lui ébouriffe les cheveux, amusé par ses yeux brillants et effrayés.

« Ce sont des choses affreuses, à effacer…

— Raconte-moi un épisode… »

Je dis : « *Arrête*, Pietro, arrête, imbécile. »

Gojko indique les footballeurs.

« Un jour, j'ai joué au football dans un champ avec mes camarades de brigade… mais nous ne tapions pas dans un ballon, nous tapions dans une tête, la tête d'un tchetnik que nous avions décapité, nous jouions avec cette tête, la faisions rouler sur un tapis d'herbe ponctué de fleurs jaunes et bleues… Nous transpirions, riions, c'était un jeu, c'était normal, nous regrettions juste de salir nos pantalons à cause du sang, c'est pourquoi nous les avions retroussés. »

Pietro demande : « C'est vrai ? »

Gojko se lève, jette sa bouteille de bière dans la poubelle destinée aux déchets en plastique.

« C'est vrai. Je n'avais plus jamais joué au football jusqu'à l'autre jour. »

Nous quittons Sarajevo

Nous quittons Sarajevo. Gojko se dirige vers la voiture. J'observe son dos, cette partie de soi que l'on ne voit pas, qu'on abandonne aux autres. Le dos supporte le poids des pensées, des départs et des adieux.

Gojko a une épaule plus basse que l'autre : c'est le coup qu'il a encaissé, le tournant de sa vie. Son passé y est perché, comme un faucon sur l'épaule d'un fauconnier.

Je saisis sa main, chair rose, gonflée, la main de cet homme doux qui criait à la radio qu'il ne fallait jamais, pour aucune raison au monde, céder à la haine, la main d'un pauvre type qui a fini par tuer, un nigaud qui a fini par obéir à la loi de la guerre et abandonner la sienne, propre.

Je lui demande comment il a vécu par la suite, après coup, quand l'hyperbolique s'est dégonflé et qu'il lui a fallu retourner vivre dans le marais. Dans quel état la vie l'a trouvé, une fois ôtées la tenue de camouflage et la cartouchière, lorsqu'il a fallu laver son corps sali, avec la conscience qu'il ne serait plus jamais le même homme. Il répond qu'il s'est enfermé dans un hôtel pendant une semaine, qu'il a bu et dormi devant la télé allumée.

Plus rien ne lui parlait de lui-même, de son âme avant qu'il rencontre le mal, à l'exception de ses poèmes.

Voilà pourquoi il s'est mis à les détester. Voilà pourquoi il n'a plus jamais écrit : son âme était sale, et un poète ne peut pas se leurrer. Aux yeux de la Bosnie, il était un héros ; aux siens, un raté, un eunuque.

Il laisse sa main entre les miennes, dans un abandon d'enfant en mal d'amour. Ce contact me rappelle le bon vieux temps, l'époque où les êtres que nous aimions étaient encore en vie. Main dans la main, nous retournons à la voiture, sous le regard de Pietro qui doit nous prendre pour deux imbéciles. Avant de monter, il me demande : « Je te dégoûte ? »

Je secoue la tête.
Il dépose un baiser sur ma main. « Merci. »

Ce n'est pas une autoroute, mais je pensais que ce serait pire. Nous grimpons dans les bois. Il fait si chaud qu'on a envie de s'y arrêter. Ici, on s'est battu, le sol est encore truffé de mines. Et pourtant, la nature est indemne, ambiance de champignons, de mûres, d'humidité sous les futaies.

Pietro s'est assis sur le siège avant : il aime regarder la route, les voitures qui arrivent en sens inverse. Je lui ai volontiers laissé ma place.

« Je préfère m'allonger un peu », lui ai-je dit.

Mais ce n'est pas vrai, je ne suis pas fatiguée.

Cette route est la dernière que Diego a empruntée, et je veux penser à lui en paix, le voir enfiler les tournants avec moi. C'est un matin d'été tranquille, nous pourrions être trois touristes, qui quittent l'intérieur des terres pour aller se baigner sur la côte.

Nous roulons vers le sud en suivant la vallée de la Neretva.

Pietro observe la route avec attention. Il est assis à côté d'un combattant, d'un rescapé, il le sait et il imagine maintenant des fantômes sortant des bois.

Il a les écouteurs de son iPod dans les oreilles et une carte de la Bosnie-Herzégovine dépliée sur les cuisses. Gojko conduit, un bras à l'extérieur, lâche sans cesse le volant pour plonger la main dans un sachet de chips au fromage ou pour indiquer à Pietro quelque chose sur la carte.

« Qu'est-ce que tu écoutes ? »

Pietro approche un de ses écouteurs de l'oreille de Gojko.

« Vasco Rossi [1]. »

Un camion arrive dans la direction opposée et nous frôle dangereusement, nous inondant de sa puanteur. Gojko ne paraît même pas le remarquer.

« Et qui est-ce ?

— Quoi ? Tu ne le connais pas ?

— Non.

— C'est un poète.

— On dirait un type aux chiottes qui n'arrive pas à…

— Il remplit les stades. »

1. Célèbre rocker italien.

L'ex-poète bosnien hausse les épaules. « Arrête de déconner, les poètes ne remplissent pas les stades !

— Arrête de déconner toi-même, il les remplit !

— D'après toi, qu'est-ce qu'un poème ? »

Pietro éclate de rire. « Oh, là, là ! On est au lycée ou quoi ?! »

Gojko insiste. « Que raconte un vrai poème ?

— Des trucs qui te font mal... Mais quand tu les écoutes, ils te font aussi du bien... ils te donnent faim...

— Bravo ! Faim de quoi ? »

Il pose les yeux sur Pietro dans l'attente d'une réponse. Je me demande s'il avait ces yeux-là quand il se préparait à tuer quelqu'un et qu'il pressait la détente...

« Ben, d'un sandwich, d'une fille. » Pietro rit, légèrement agressif. Cette conversation aussi sérieuse que le visage de Gojko lui est pénible.

« Enlève le sandwich et garde la fille. »

Pietro acquiesce, je suis sûre qu'il rougit. Gojko relâche son doigt sur la détente.

« Faim d'amour », déclare-t-il, et c'est lui, maintenant, qui vacille.

Pietro opine, il connaissait la réponse mais il avait honte de la dire à cause de moi.

« Un bon poète te donne faim d'amour. »

Gojko lâche le volant et lui assène un coup dans le ventre.

« Ici ! N'oublie pas.

— Vasco Rossi donne faim d'amour. »

Gojko se jette sur le volant, le mord.

« De branlettes ! Il te donne faim de branlettes ! »

Je proteste : un autre camion nous a frôlés, la route s'est rétrécie, elle longe les rochers qui se précipitent dans une gorge. Gojko me conseille de me détendre : c'est un excellent chauffeur et l'on conduit de cette manière sur ces routes. De manière fantaisiste. Je rétorque que je me fiche de la fantaisie bosnienne, que je ne veux pas tomber dans un de ces ravins. J'ai peur qu'il arrive quelque chose à Pietro... un accident stupide, comme à Diego.

« Je vous ai déjà conduits une fois en lieu sûr... détends-toi », dit Gojko. Il cligne de l'œil. J'ai l'impression qu'il ne s'est pas débarrassé de toute sa méchanceté. Son regard est une giclée de boue.

La Neretva s'est élargie, ouverte... on dirait un bras de mer, un grand lac cristallin. Nous nous arrêtons. Une vapeur fraîche monte jusqu'à nous.

Nous nous accoudons au parapet du pont en fer qui enjambe les eaux. Pietro me photographie avec son portable, me demande deux fois de me déplacer : d'un côté, il y a trop de lumière ; de l'autre, on ne voit pas le fleuve.

« Où dois-je me mettre ? »

Il me demande de reculer de quelques pas. Mais il n'est pas satisfait.

Son père me photographiait toujours à l'improviste, à mon insu, ou presque. Il ne supportait pas que je prenne la pose… Ses photos étaient une gifle, une surprise. De temps en temps, j'apparaissais sur ses rouleaux de pellicule. « Je ne peux pas te laisser tranquille, j'ai besoin de revenir vers toi. » Quand je me suis retrouvée seule, plus laide, j'ai pensé qu'il m'aurait photographiée et rendue à moi-même sur un morceau de papier brillant, qu'il aurait su traduire mes pensées. *Regarde-toi, Gemma, regarde comme tu te tortures, que tu es bête…*

Nous nous promenons un peu le long du fleuve. Une odeur de viande grillée flotte dans l'air. Plusieurs familles avec des enfants ont organisé un barbecue sur une petite place équipée pour les pique-niques. Pietro leur demande l'autorisation de les photographier. Une femme lui offre un morceau d'agneau. Il secoue la tête puis accepte.

« *Hvala !*

— *Dobar dan !* »

Tandis que nous remontons en voiture, Gojko demande comment est l'agneau.

Pietro se lèche les doigts, « Il est bon », répond-il avant de lui tendre son bout de viande en le tenant par l'os. « Tu veux goûter ? »

Gojko lui en prend une bouchée trop grosse. Pietro s'emporte. Un moment, ils se disputent comme deux adolescents, comme deux gamins affamés.

Puis Gojko pète bruyamment. Pietro s'écrie « C'est dégueu ! » Imperturbable, Gojko : « Petite composition lyrique… »

Pietro rit comme un bossu, se concentre, lâche un pet terrible, plus bosnien encore que celui de Gojko.

« Et ce sonnet, hein…

— Vers libres ! » croasse Gojko, cramoisi, hoquetant.

Je crie que je veux descendre, que ce sont deux porcs.

Autres virages, autres gorges argentées, barbes blanches parmi les arbres.

Maintenant mon fils et mon ami se partagent l'iPod. Gojko chante le refrain du poète italien qui remplit les stades.

« *Vivere… vivere… vivere…* »

Ces arbres sont immenses et seuls, des rideaux fermant le ciel sur cette roue trop étroite pour abriter deux voies, où l'on se frôle mais survit.

Un chien, du linge séchant sur un fil, un champ de salades, une mosquée de campagne. Paysage d'une vie ordinaire.

La guerre est passée par là avec ses aigles et ses tigres, avec les vieux Ultras de l'Étoile rouge de Belgrade, encapuchonnés comme des bourreaux.

Ils brûlaient les villages, tuaient les hommes, violaient les femmes, laissant derrière eux de maigres files de rescapés en fuite sur les routes vers un autre village qui connaîtrait le même sort. La mort avançait ainsi, comme le vent marin. Je me demande comment les habitants peuvent cultiver cette terre, planter des rangées de tomates, de choux. Je me demande si, la nuit, les huppes qui sortent des bois rapportent le cri des âmes. Des morts chargés sur des camions, déchargés comme des ordures.

Gojko nous raconte la vie des rescapés au cours de ces dernières années. Ils ont attendu qu'on les invite à identifier leurs morts. En file indienne, ils ont examiné des morceaux d'os, des lunettes cassées, des chaussures Adidas, des bouts de jean Rifle ou Levi's, des montres Swatch.

« Car ces morts appartiennent à notre époque, ils portaient les mêmes marques que nous. »

Pietro ne prend plus de photos.

Combien de temps faut-il pour nettoyer une terre que le mal a pénétrée si profondément ?

Seize années se sont écoulées, l'âge de mon fils, de sa jeune nuque assise devant moi.

Son père disait que la nuque conserve l'odeur de la naissance, du vent qui a déposé la semence. Comme un sillon dans la terre.

Nous nous arrêtons à Mostar. Pietro veut photographier le célèbre pont. Nous déambulons dans les ruelles caillouteuses. Il y règne une atmosphère joyeuse : des touristes en sandales se promènent au milieu de petites boutiques de bimbeloterie.

La ville, c'est ce pont, que les gens appelaient *le Vieux*, comme un vieil ami : un dos de pierre claire unissant les deux parties de la ville, la partie chrétienne et la partie musulmane. *Le Vieux* a vécu près de cinq siècles et a été abattu en quelques minutes.

Pietro ne comprend pas pourquoi chrétiens et musulmans se sont battus entre eux.

« Avant, ils étaient bien alliés contre les Serbes… »

Gojko lui explique que la haine s'étend facilement, qu'elle s'élargit comme un trou dans une poche.

« Les musulmans aussi ont fini par se battre entre eux. »

Nous nous sommes assis dans un petit restaurant devant le pont et avons commandé des œufs durs, avec une salade de tomates et de concombres.

Pietro décrit le parc d'attractions où il se rend de temps en temps avec ses copains : on y joue à la guerre, coiffés de casques, mais on tire des balles remplies de peinture.

« Vous jouez par équipes ?

— Oui. Ou bien chacun pour soi.

— Comme nous, à la fin. »

Pietro rit.

La restauration du pont est un chef-d'œuvre. L'Unesco a reconstruit l'unique travée en utilisant les pierres d'origine. Mais l'intention a changé.

Les ponts unissent les pas des hommes, leurs pensées, les fiancés qui se rencontrent à mi-chemin. Or seuls ici les touristes empruntent le nouveau pont. Divisés, les citoyens de cette ville demeurent chacun sur leur rive. Ce pont est le squelette blanc d'une paix illusoire.

Le muezzin chante, sa plainte traverse le ciel où de petits oiseaux sombres se poursuivent. Gojko pose un billet de banque sur la table et se lève.

« Les cloches vont retentir de l'autre côté. Ils jouent à celui qui fera le plus de bordel. »

Pietro regarde un adolescent qui plonge du pont pour les touristes : maigre, la tête hirsute, il lui ressemble un peu. Il monte sur le parapet, écarte les bras comme un ange, se concentre, fait un peu de cinéma. Il n'était pas né à l'époque, ou alors il était tout petit. Pour lui, le pont est une chance. Il se jette dans le vide, les jambes repliées, en un vol impressionnant de près de trente mètres, avant de fendre les eaux de la Neretva. Le souffle court, nous observons le fleuve inerte et sombre. Puis la tête du garçon réapparaît à la surface, il dresse le bras, forme de ses doigts le V de la victoire. Nous applaudissons avec les touristes. Un enfant passe, muni d'une sébile.

Pietro voudrait essayer : il dit qu'il a compris la technique, se déchausse déjà. Je réponds : « Monte en voiture, dépêche-toi. » Il ne manque plus que le plongeon.

Le soleil décline dans le ciel et les silhouettes des arbres me paraissent plus douloureuses.

Peut-être faisait-il déjà nuit quand le garçon de Gênes est passé par ici. Il conduisait sa moto, phares éteints : c'était facile, il était habitué à l'obscurité de Sarajevo. Peut-être coupait-il par les sentiers, à l'intérieur des bois. Peut-être Aska lui indiquait-elle ces raccourcis. Un instant, je la vois, la brebis, accrochée au corps de Diego, qui l'a rendue inutilement mère.

Où allaient-ils ? Il est possible qu'ils aient fui tout simplement, sans le moindre projet, sinon ceux des rêves.

Ils envisageaient peut-être de gagner leur existence en jouant de la musique dans la rue. Ils vivraient comme des réfugiés dans les métropoles, dans les souterrains du monde. Aska chanterait une de ses *sevdakinke* ivres de mélancolie et d'amour… Elle soufflerait dans sa trompette sa souffrance de Bosniaque aux passagers faisant la queue pour un ticket. Diego l'accompagnerait à la guitare, il prendrait une photo d'elle de temps en temps, afin de lui parler d'elle. Son souffle d'homme, un baume sur ses blessures.

Le foyer et la vie que j'avais tissés autour de lui n'étaient ni son foyer ni sa vie. Il avait essayé de s'y habituer, en vain. Un jour, il m'avait avoué : « J'ai l'impression d'être un chien dans une vitrine, qui attend qu'on l'achète. »

Elle remettrait son tee-shirt frappé du visage fané de Kurt Cobain… Ils se déplaceraient à moto, dormiraient dans des campings, dans un pré, dans une galerie devant un cinéma fermé. Comme ces couples d'artistes errants qui vendent des produits de leurs mains et lancent des quilles en l'air.

Des vagabonds qu'on observe l'été en mangeant une glace. Des yeux pointés sur le hasard, sur la foule… une solitude dans la multitude, une chanson, une caresse… Ils vivraient ainsi, sans violence, inertes, chassant l'arrière-goût de l'enfer, par une vie plongée dans la contemplation d'elle-même, par cette musique.

C'était cette vie qui plairait à Diego, un voyage perpétuel, avec, pour seul foyer, l'objectif de son Leica.

Ils iraient à Amsterdam, où Aska avait des amis musiciens, et habiteraient sur une péniche, comme nous au début. Oui, tout recommencerait au bord d'un fleuve.

Ils déposeraient une fleur sous la fenêtre du Prins Hendrik Hotel d'où Chet Baker était tombé, défoncé à l'héroïne.

Papa m'avait dit : « Je ne pensais pas que tu serais si forte. »

Je lui avais répondu qu'il y avait le bébé et qu'il le fallait.

En vérité, je sentais que la mort de Diego ne m'avait pas volé mon avenir. Et maintenant, en regardant cette route, je n'éprouve pas non plus de véritable émotion, juste un battement étouffé au fond du ventre, une gêne.

Ils partaient sans moi, ces deux-là, flânant sur cette moto, dans l'obscurité lagunaire d'une terre traversée par la *mattanza*[1], comme la mer rougie par le sang des thons.

Moi, j'avais été la baleine, le dos sur lequel Diego s'était posé, un oiseau qui attend que le vent le rende à son voyage. Avant de partir, il m'avait apporté en récompense un poisson pêché pour moi dans la mer.

À présent, le poisson sommeille, un pied à l'extérieur, l'autre sur le tableau de bord. Gojko m'a dit : « Laisse-le tranquille, tu lui casses les couilles. » Je lui ai demandé : « C'est encore loin ? » Il a répondu : « Nous sommes presque arrivés. »

La Neretva descend, les montagnes sont plus arides, la végétation change, on voit apparaître les touffes épaisses du maquis méditerranéen, des gerbes de genêts, des géraniums sauvages. La roche brille, elle est presque blanche.

Quelques tournants, et voici la mer.

Bleue et infinie comme toutes les mers, eau qui inonde la vie, ciel submergé. En contrebas, les îles évoquent un collier brisé de pierres désunies sans jamais vraiment s'éloigner de la terre, ce cou qui les a portées. La mer. Le sang bleu de ces rochers, de ces forêts.

Pietro est rayonnant. Il veut s'arrêter, prendre des photos. Nous descendons donc de voiture et gagnons un belvédère.

Le vent salé rabat mes cheveux sur mon visage, il est si fort qu'il m'oblige à fermer les yeux. Le soleil dessine une boule parfaite, légèrement blanchie par la brume. Il est un peu plus bas que nous, il se couche.

Le garçon s'est certainement penché sur ce golfe. Enfin, il aura sauté de sa moto et aura marché sans se cacher, sans faire de zigzags, sans craindre de tomber.

Il n'y a pas de *snipers* sur la mer, a-t-il sans doute pensé, avant d'étreindre sa brebis aux cheveux roux.

C'est fini, Aska, tu es libre.

1. Massacre des thons capturés dans des filets fixes.

« Tu te grouilles, m'man ? »

Pietro a hâte de descendre, il veut se baigner avant que la nuit tombe. Il se plante à côté de moi, me dévisage.

Il est agité, il reconnaît mon regard.

Combien de fois avons-nous regardé nos deux vies sans nous dire un mot ? La première fois, il avait environ trois ans, le siège de la balançoire l'avait heurté dans un parc, lui blessant le front. Je l'avais traîné vers une fontaine, tandis qu'il pleurait et se débattait. J'avais dû lui faire mal, lui serrer le cou, pour l'immobiliser. Le sang coulait comme un masque rosé sur son visage quand il s'était dégagé. « Méchante, m'avait-il dit, vilaine. »

Je l'avais laissé aller dans son coin. « Il faudra que tu me demandes pardon si tu veux revenir. »

Il s'était perché sur une hauteur, non loin de mon banc. Il y était resté longtemps, griffant la terre de sa chaussure, tandis que je feignais de lire.

J'avais fini par le rejoindre. « Dépêche-toi, il est tard. » Il n'attendait que ça. Il était seul au monde en cet instant, mais son amour-propre l'empêchait d'aller vers moi. « Demande pardon – Pardon. » Il était si seul… Pour la première fois, nous avions contemplé le monde ensemble, celui dont on nous avait dépouillé et celui qui nous restait.

Diego n'a pas assisté au voyage de son fils, à l'ascension au fil des ans d'un enfant qui grandit. Il a grimpé sur un rocher avec son œil photographique. Mais pour voir quoi ?

Son appareil photo était aussi cabossé que sa tête, vide. Il n'y mettait plus de pellicule, ça ne l'intéressait pas. Le geste, le signe, lui suffisait. Sa dernière photo a dû être ce fleuve qui venait à sa rencontre au moment où il tombait.

En contrebas s'étend un village laid, dévoré par le béton et la circulation. Les bouées des parcs à huîtres longent le bras de mer qui sépare le continent de la péninsule de Pelješac.

Le soleil se couche. La route que nous empruntons suit la côte et s'en écarte sur de brefs tronçons parmi les figuiers et les buissons de romarin. De temps en temps, nous traversons un centre habité, petites maisons de pêcheurs, clochers rongés par le sel comme des phares, magasins de sandales. Un embouteillage nous oblige à ralentir, les gens s'arrêtent, se saluent. Demain, c'est dimanche. Nous rencontrons aussi des mariés, les coups de klaxon des voitures qui les escortent nous suivent jusqu'à l'autre extrémité de la péninsule, où se trouve l'embarcadère.

Le dernier ferry pour Korčula est déjà parti. Nous le voyons s'éloigner dans le soir sur la mer métallique.

Nous restons sur le quai. Les bras écartés, Gojko arbore toujours ses lunettes de soleil à verres réfléchissants, même si elles ne servent maintenant plus à rien.

Ce bateau qui nous laisse à quai nous rend tristes un instant. Il emporte son chargement... nous abandonne, impuissants, sans autre choix que d'agiter la main. Peut-être nous rend-il aussi enfin notre liberté, la gaieté de la perte. De l'erreur. Nous rions comme deux imbéciles. Gojko fait le geste : Va te faire foutre, bateau ! Va te faire foutre, la vie !

Pietro a enlevé son tee-shirt et noué une serviette autour de ses hanches. Il se jette à l'eau. La plage qui jouxte le quai est blanche et sent le romarin, dommage qu'il fasse presque nuit et que l'eau soit sombre.

Pietro pêche un crabe et nous l'apporte : il est gros, dit-il, comestible. Puis il se retourne et le remet dans la mer. L'obscurité accentue sa maigreur.

Gojko et moi nous asseyons sur la plage et le regardons nager : un instant, nous formons une famille. Peut-être parce que ce dernier soir, inattendu, bouleverse les destins.

« Nous aurions pu nous marier, déclare Gojko. Mais tu n'as pas voulu de moi. » Il n'a toujours pas ôté ses lunettes.

Je ris, lui donne un coup de coude.

« Tu es heureux avec ta femme ? »

Il acquiesce. Ils ont une fillette merveilleuse et un petit restaurant au bord de la mer, ils dirigent une association culturelle qui occupe toute sa vie.

« Et toi ? »

Je réponds que je suis bien avec Giuliano.

J'ajoute : « Je l'aime. »

Mais j'ai du mal à prononcer ce mot. On dirait un mot vide, qui m'échappe, peut-être parce que le voyage a été long, qu'il a consisté à *traverser*. Je dis « Je l'aime » et je pense à un hameçon [1], à un crochet de fer dans la gorge d'un poisson. Pietro nous appelle : « Allez, venez vous baigner ! »

Gojko bondit sur ses pieds comme un ours athlétique et s'exécute. Ce n'est peut-être pas la fatigue du voyage qui l'y pousse, mais le départ du ferry qui devait le ramener à sa femme et à sa vie, la torpeur de notre nostalgie.

---

1. « J'aime » et « hameçon » se disent *amo* en italien.

Je le suis. Cela épaterait Giuliano : je ne suis pas du genre à me baigner la nuit. Tout m'effraie : les oursins, l'eau noire, l'idée qu'une main pourrait jaillir et me saisir. La perspective d'attraper froid ensuite, les cheveux mouillés.

Mais c'est valable à Rome, dans cette vie qui s'en est allée avec le bateau. Cette nuit, je n'ai pas peur, cette nuit, j'ai envie de me retrouver. Pietro grimpe sur les épaules de Gojko, plonge en criant, fait un plat. Je l'imite. Gojko referme les mains sur mes chevilles blanches, fragiles, et nous marchons un moment ainsi, vacillant dans la mer sombre. Je suis vieille, j'ai plus de cinquante ans, et je n'ai jamais autant ri.

Nous nous installons sur la véranda en roseaux d'un petit restaurant qu'éclairent des lampions pendus à un fil, et dégustons oursins et huîtres, assaisonnés de citron. C'est la première fois que Pietro mange des mollusques crus : ce soir, il veut tout goûter, y compris le vin, dense et jaune foncé, qui a vraiment la saveur des vignes du bord de mer. Il savoure comme nous une petite salade servie dans une coupelle, et du fromage de chèvre saupoudré de paprika, puis, la bouche en feu, puise une glace dans le réfrigérateur qui ronronne comme un tracteur tout près de nous. Gojko déplace la bouteille pour mieux me regarder.

« Je suis vieille. Laisse tomber…

— Tu ne seras jamais vieille, le temps ne fait qu'éroder la beauté. »

Le poète ivre verse la dernière goutte dans mon verre, agite la bouteille vide et en réclame une autre, du vin doux cette fois, un de ces vins de raisin sec qu'on produit dans les îles.

Nous regagnons le quai et nous balançons dans le noir. Pietro erre comme un chien sans laisse, épuisé. Il dit maintenant qu'il veut rester, que nous devons changer nos billets d'avion, qu'il aime cette mer, qu'il a envie de pêcher, de louer un windsurf.

Il se plante à côté des pêcheurs qui se tiennent sur les rochers, leurs filets tendus. La mer est agitée, cette nuit, son apparence évoque une surface lunaire, de la boue métallique.

Inutile de chercher un hôtel. Nous coucherons dans la voiture. Pietro s'allonge sur la banquette arrière et s'endort aussitôt, comme dans son enfance, ses longues jambes repliées, les mains jointes sous une joue, la bouche ouverte, la lèvre supérieure plus charnue.

« C'est un garçon pur, me dit Gojko en ébouriffant mes cheveux desséchés par le sel. Tu t'es bien débrouillée…

— Je n'ai rien fait. Il est comme ça… »

Nous marchons jusqu'au bout du quai, jusqu'à la limite de l'eau, nous nous allongeons sur la pierre qui conserve la chaleur du soleil.

Nous contemplons le firmament, les étoiles qui se déplacent dans un ciel ponctué de phosphorescences.

Plusieurs heures se sont écoulées depuis le départ du ferry, et nous buvons ce ciel en paix. Gojko, mon frère, le frère de Diego, Gojko, le Croate chrétien, ce saint Joseph cinglé, le père putatif de Pietro. Cette nuit, nous sommes les enfants fous de ce vin de raisin sec, des algues chaudes, des fantômes de chair, des apparitions du passé.

Pourtant faire l'amour maintenant équivaudrait à coucher avec des vies défuntes, avec des espérances bernées. Pour faire l'amour maintenant, il nous faudrait un courage que nous n'avons pas, à deux pas de ce fils pur.

Nous nous endormons dans la voiture, sur les sièges avant, les pieds à l'extérieur. Mon Gojko ronfle, la bouche ouverte. Je lui enlève ses lunettes, dépose un baiser sur son front rouge et moite.

« Cher Gojko, dis-je, cher Gojko. » *Cher*, parce que la vie nous sera ôtée à tous.

Le jour est un ciel vif

Le jour est un ciel vif. Une fois à bord du ferry, Pietro s'est isolé. Il est assis, pieds nus, sur un des bancs que le sel rend glissants. Il porte ses Ray-Ban. Jambe repliée, il s'appuie sur son bras dans l'attitude d'un homme qui regarde la mer, une attitude qui ne lui est pas familière.

À terre, nous montons le long d'une route panoramique, rythmée de virages qui entaillent le rocher, et descendons de l'autre côté de l'île. Bâtisses récentes aux toits rouges, désordre de voitures et de boutiques pour touristes, présentoirs à sandales et maillots de bain, enseignes de bars, de restaurants, panneaux frappés de grosses crevettes, d'autres indiquant des chambres à louer qui portent l'inscription *SOBE*.

L'association culturelle de Gojko occupe une villa de style vénitien. Avec ses murs clairs, écaillés par endroits, sur fond de couleur chair, on dirait une vieille maison de famille. Une grande porte ogivale, et au premier étage, une porte-fenêtre, ouverte sur une terrasse qu'ourle une balustrade bombée. Nous empruntons une allée de sable et de gravier, traversons un jardin désordonné et joyeux, rempli de jeux pour enfants et de chevalets en bois qui portent des photos et des dessins. Il règne ici un air de fête de village. Plusieurs femmes sont penchées sur une grande table où repose un gigantesque tambour. Elles me sourient tandis que je m'approche et s'écartent pour me montrer leur immense broderie.

Gojko nous présente : « Voici mon amie Gemma, elle vient de Rome, et voici son fils, Pietro. »

Pietro laisse ces mères l'embrasser et leur pose des questions, combien de temps ont-elles mis pour broder ce gigantesque symbole de paix. Le nombre des lis n'est pas fortuit, m'explique une jeune fille, il correspond au nombre d'enfants morts au cours de la guerre : c'est ce chiffre qui a décidé de la dimension du drap.

Une femme vient vers moi. Vêtue de lin noir, les yeux cachés derrière de grandes lunettes de soleil, un portable à l'oreille, elle pose avec force sa main sur mon épaule une fois sa conversation terminée.

« Comment vas-tu ? »

C'est Ana. Elle me demande si je la reconnais. Je réponds par la négative : comment pourrais-je ? On dirait une actrice. Nous nous étreignons, puis je la regarde mieux. Maintenant, je la reconnais, et comment !

Elle a épousé un dentiste. Elle travaille avec lui, prend les rendez-vous. Ils n'ont pas eu d'enfant à cause des traitements auxquels elle a dû se soumettre. « Des rayons, dit-elle, pas ceux du soleil. » Elle rit. Ana a eu des problèmes *après*, comme beaucoup de femmes.

Gojko et elle ne se sont jamais perdus de vue. Il y a ici d'autres femmes de Sarajevo, qu'elle me présente, des visages vieillis de ma génération. J'en reconnais certaines : les filles de l'appartement communautaire, qui portaient avant-guerre des minijupes noires, écoutaient R.E.M. et du rock bosnien, et s'échangeaient leurs fiancés pour avoir l'impression d'être européennes.

Des carafes de boissons maison sont disposées sur une table. Nous buvons du jus de myrtilles, assises sur une balancelle, comme deux vacancières d'une autre époque.

Ana me parle de l'association : elle regroupe des femmes d'ethnies différentes qui ont décidé d'aider d'autres femmes après la guerre. L'été, elles projettent des films, organisent des expositions de photos, des concerts, des lectures. L'hiver, elles proposent de la formation professionnelle, des cours d'informatique, de langues, de danse et de musique.

Elle me montre une belle jeune fille aux longs cheveux noirs et à la peau très blanche : Vesna.

« Un jour où elle regardait la télévision, elle a reconnu son père sur l'écran. C'était un des bouchers de Srebrenica. Elle n'a plus dit un mot pendant six ans. Sa mère a divorcé et nous l'a amenée. Quand elle a recommencé à parler, nous avons toutes pleuré, nous étions sur la plage. Elle a dit *sidro*, qui signifie dans notre langue *encore*. C'est le nom que nous avons donné à notre association. *Sidro*. »

Une maison se dresse devant la plage. Composée de cubes clairs, elle arbore des volets rouges et des toits plats d'où jaillissent des tuyaux d'évacuation pour l'eau de pluie, et une véranda qu'entourent des jardinières garnies de géraniums tordus par le vent.

« Voilà, c'est ici que j'habite », dit Gojko.

Une enseigne au néon, à présent éteinte, qui indique *RESTORAN*, est fixée sur le mur d'enceinte. Nous entrons par l'arrière, franchissons un portillon de bois qu'on laisse toujours ouvert apparemment, et parcourons une longue allée cimentée. Un auvent de tuiles vertes abrite un petit vélo à roulettes et un scooter, un Piaggio décoloré par le soleil, dont le siège exhibe sa garniture en mousse. Il y a aussi des boîtes de conserve, des caisses d'eau et de bière, ainsi qu'un grand fût en métal noirci.

Sur le fil d'étendage, un maillot de bain de fillette et un matelas gonflable flasque. Un peu plus loin, des pots vides empilés, et une Blanche-Neige en plâtre, dont les longs bras écartés semblent nous accueillir.

Pietro demande où sont les sept nains.

Gojko répond que sa fille les déteste : elle les appelle « les vieux enfants ».

Quelques tables en fer sont disposées sur la véranda. Pieds nus, coiffée de couettes et vêtue d'une chemise en mousseline sur un maillot de bain, une jeune fille fixe des crochets aux nappes pour éviter qu'elles s'envolent.

« *Zdravo, Gojko.*

— *Zdavro, Nina.* »

Il l'embrasse en lui tirant une couette, lui demande de nous apporter de quoi boire et s'éclipse.

Pietro et moi nous asseyons en plein air sous la claie. Devant nous, la mer dessine une bande bleue que la lumière dévore. Une brise légère s'échappe des dunes dans notre dos. La serveuse revient avec un plateau. Elle pose sur notre table une carafe de vin, des coupelles d'olives, de poivrons verts et de graines, ainsi qu'une canette de Coca-Cola pour Pietro.

Gojko revient, portant dans ses bras une fillette qui s'accroche à lui comme un poulpe. On ne voit que ses jambes, son short en éponge à rayures, sa tête aux boucles blondes, presque blanches, pressée contre le corps de son père.

« Je vous présente Sebina. »

Une douleur m'électrise, comme si je m'étais cogné le coude. Je rive mes yeux à la table, à la fourmi qui chemine sur la toile cirée.

« Bonjour… Sebina. »

Puis je lui caresse la jambe. Maigre, trop maigre, en comparaison des jambes de la Sebina que je connaissais, fermes et musclées.

Pietro la chatouille. Elle s'agite, rue, mais s'obstine à cacher son visage.

« Elle dormait... » Gojko s'assied, sa fille dans les bras. « Voilà pourquoi elle est perturbée », dit-il avant de remplir mon verre, puis le sien.

Nous buvons, autour de cette enfant sans visage.

« C'est beau, ici.

— C'est simple. »

Gojko me parle du menu : le soir, du poisson... Si Pietro en a envie, il l'emmènera cette nuit pêcher des calmars qu'il fera cuire. Il loue des chambres, quelques chambres, à des touristes discrets.

Il ne cesse de caresser la tête de sa fille. Sa main lourde, plonge, affamée et lasse, dans les boucles... J'ai du mal à la regarder.

Un rideau remue derrière une fenêtre ouverte... un rideau blanc qui se gonfle et respire, une petite voile au souffle blanc, paisible, qui rassérène, et fait comprendre que le temps a passé, et s'est recomposé, qu'il a semé des graines et des cheveux nouveaux.

Une musique estivale s'échappe de l'intérieur.

La fillette a tourné la tête. Elle observe Pietro à présent.

Elle est très belle, de cette stupeur figée qu'ont certaines poupées, les yeux transparents, les lèvres charnues, le visage hâlé. Elle ne ressemble en rien à Sebina, qui avait des yeux de la couleur de plomb, les lèvres tordues comme un hameçon, les oreilles un peu décollées.

Pietro lui tire la langue, remue les sourcils et les oreilles ainsi que mon père le lui a appris.

La petite éclate de rire. Il lui manque une dent sur le devant, elle l'a perdue la veille au soir, elle nous montre le trou. Elle ne parle pas italien, mais elle sait un peu d'anglais. Elle est triste, explique-t-elle, parce qu'elle ne retrouve pas sa dent. Pietro lui propose de partir à sa recherche.

« *We go and look for the tooth...* »

La fillette abandonne son père et donne la main à Pietro. Je regarde s'éloigner mon fils et cette seconde Sebina qui n'a pas l'air d'une Sarajévienne, mais d'une petite Hollandaise, Allemande... d'une petite touriste.

Quel âge aurait à présent *Bijeli biber*? Aurait-elle une médaille olympique au cou? Serait-elle devenue une grande fumeuse comme son frère?

Je devrais éprouver de la tendresse pour cette enfant. Je pensais être émue, mais je me sens vaincue et même en colère. Il est possible que le vin me monte à la tête, qu'il batte avec force dans mon cœur dur. En tout cas, cette seconde Sebina ne me paraît pas porteuse de promesse, symbole de renaissance. Une petite fille qui n'a plus rien à voir avec cette histoire, une enfant banale et très belle, qui ne m'intéresse pas. Le petit visage tordu, agité de pensées, de *Bijeli biber*, son pauvre courage, me manquent. Ce soir, j'aime tout ce que j'ai perdu, tout ce que je ne reverrai jamais.

« Elle est belle, n'est-ce pas ? »

Elle est trop belle. Elle est bête comme cette vie d'*après*.

Il flotte à l'intérieur de la maison l'odeur familière du bord de mer... origan, linge propre, amandes.

Sur les murs, les dessins de la fillette avec sa signature, un SEBINA tracé par une main qui écrit pour la première fois.

J'effleure le mur frais du couloir, le dossier d'une chaise ourlé d'une ligne bleue.

J'ai l'impression que Gojko me pousse vers quelque chose...

Je trébuche sur une marche en contrebas et pénètre dans un petit salon : deux fauteuils de cuir râpés, un porte-journaux et, au mur, le vieux portrait de Tito.

« C'est la seule chose qui n'a pas été détruite... » Il rit. « Tout a brûlé, mais le Maréchal a résisté. Je l'ai emporté. »

Gojko a les yeux rouges, la chemise mouillée, ouverte jusqu'au ventre. Il fume, aspirant et posant sa cigarette sur le bord du cendrier qu'il tient à la main.

« Il faut que je te dise quelque chose. »

Deux photos reposent sur un meuble bas en bambou, dans son dos : un cliché de lui, torse nu, sur un canot, et un portrait de Mirna et de Sebina par Diego. Je me retourne. Une porte vitrée sépare le petit salon d'une autre pièce, dont j'aperçois maintenant la fenêtre, le rideau qui vole et s'agite. C'est le rideau de mousseline claire que je voyais depuis la véranda.

Je sens quelque chose dans mon dos, je ne sais quoi, une chaleur, une sorte d'oppression – je l'ignore. Je baisse la tête.

« Qu'y a-t-il ? »

Je veux reculer, mais Gojko m'en empêche, il me coince un bras dans le dos, me coupe le souffle. C'est peut-être ainsi qu'il immobilisait ses victimes avant de leur briser le cou.

Je sens son haleine dans mon oreille.

« Pardonne-moi... je voulais te le dire, le premier soir. »

Que devais-tu me dire, imbécile ? La vie m'a déjà tout dit.

J'entre dans la pièce. Une paire d'espadrilles gît d'un côté. La femme qui m'attend est pieds nus. Elle porte une chemise blanche et un jean, ses cheveux sont retenus par un crayon. Elle est beaucoup plus grande que dans mon souvenir. Elle n'est pas maquillée, elle n'a pas vieilli, les années lui ont seulement conféré cette dignité qui lui faisait défaut.

« Bonjour, Gemma.

— Bonjour, Aska. »

Je tends mon bras en un mouvement lent et lourd qui fend l'air, divise le monde, et lui abandonne ma main.

Qu'elle la garde donc, je ne sais qu'en faire. C'est mon dernier mouvement, me dis-je, en contemplant cette grande femme aux cheveux roux et aux yeux verts qui a perdu sa patine inutile de belle femme pour n'en garder que l'essence… Mon bras me fait l'effet d'une queue animale, la queue d'une bête prise au piège, et qui attend la mort, immobile et lucide. Aska m'invite à m'asseoir près d'elle.

Je n'entends pas. Il n'y a plus de son. Je ne perçois que le mouvement du rideau.

Elle ouvre la bouche, dévoilant de belles dents, que j'effleure du regard comme le reste.

Ce n'est plus elle, elle n'a plus rien de cet ancien désordre, plus rien de la fille au maquillage outrancier qui jouait de la trompette et riait trop fort.

Je l'ai imaginée morte mille fois.

Je l'ai imaginée vivante également. Mais pas comme ça. J'ai vu une femme superficielle et souffrante.

Ainsi, elle s'est mariée avec Gojko. Ils se sont retrouvés à Paris, après la guerre, chez des amis communs, un lieu de retrouvailles pour réfugiés bosniens, et ils se sont aidés, me raconte-t-elle. L'amour est arrivé ensuite.

« Tu écoutes encore Nirvana ?

— De temps en temps.

— Kurt Cobain est mort.

— Oui, cela fait longtemps.

— Il s'est tiré une balle dans la tête. Il en faut, du courage…

— Pas quand on est défoncé. »

Diego est mort lui aussi. Et il était, lui aussi, défoncé. De fait, dans la fable, c'est le loup idiot qui meurt. La brebis rusée se sauve en dansant.

Le dernier album de Nirvana s'intitule *In Utero*. Je l'ai acheté, je m'en souviens. La vie est ridicule. Elle vous devance. Elle vous encule.

Le rideau s'agite. Une fente blanche me scinde, blessure propre, privée de sang, qui découpe mon visage en deux moitiés.

Tout ce voyage n'était qu'une embrouille… Embrouille l'exposition de photos, les promenades à Sarajevo, le ferry raté.

Cette femme est simple et élégante. C'est une femme d'aujourd'hui.

Elle va me dire qu'elle n'a jamais cessé de penser à son fils, qu'elle a le droit de l'embrasser… de lui apprendre la vérité.

Et je ne pourrai rien objecter. Je ne pourrai rien faire, je ne connais pas les lois de ce pays, je suis loin, dans un lieu dont je ne me rappelle même pas le nom. Je suis montée à bord d'un bateau, ivre de nostalgie, j'ai suivi un inconnu, un homme dont je ne sais rien, un poète qui s'est transformé en guerrier, en assassin. J'avais besoin d'amis et de souvenirs. Ma vie ne me suffisait pas. J'avais besoin qu'on m'oblige à souffrir, j'avais besoin d'un témoin de mon passé. Je suis revenue de mon propre chef, personne ne m'y a forcée.

Gojko lui sourit et lui presse la main. À ses côtés, il semble plus beau, moins maladroit, plus sensuel, plus calme.

Ils ne m'ont pas rendu visite en Italie. Ils m'ont attirée ici. Aska a sans doute dit à Gojko : « Je veux mon garçon, je veux le voir, je veux voir le fils de l'homme que j'ai aimé et qui est mort. Je n'en peux plus, j'ai longuement réfléchi, mais je veux maintenant le serrer contre moi et lui dire la vérité. Advienne que pourra. »

Il faut que j'appelle Giuliano, il faut qu'il me rejoigne, il faut que je protège Pietro. Il faut que je reste entière.

« Tu n'as pas confiance en moi ? me demande Aska.

— Qu'est-ce que tu veux ?

— Le voir.

— Penche-toi donc à la fenêtre, tu le verras.

— Je l'ai vu parler à Sebina… à sa sœur.

— Tais-toi… tais-toi. »

Elle pleure. Je pourrais la tuer : j'entrevois à présent la boue, une odeur de misère qui m'est familière.

« Vous avez besoin d'argent, c'est ça ? »

Elle ouvre la bouche, secoue violemment la tête, semble désespérée.

« Ne m'insulte pas. »

Le rideau remue dans l'embrasure de la fenêtre. Un gecko nous regarde, immobile sur le mur, corps antique et transparent.

« Pourquoi n'es-tu pas morte à sa place ? »

Elle me dévisage, sans étonnement.

« Je ne sais pas. »

Je me lève, décolle ma jupe de mes fesses. Où est ma veste, ma veste froissée ? Où est mon sac plein de conneries, de passeports, de billets d'avion, de ce rouge à lèvres qui s'incruste dans mes rides ? Elle me propose du raisin, elle m'invite à me rafraîchir, à passer la nuit là avec Pietro, à dîner sur la plage. Gojko est très habile pour faire griller du poisson.

Une haine indicible m'envahit… une distance qui se change en haine. Va te faire foutre, tu as dévoré ma vie, salope, tu as dévoré ce que j'avais de meilleur. Tu m'as volé le père de Pietro, il est mort, et tu es là, tu as toujours été là. Je reprends mon sac, mes lunettes, ma petite vieillesse. J'ai été ménopausée il y a un an, mais je m'en suis complètement fichue, mon cycle n'a jamais servi à rien. La fin du sang, pour moi, ça a été la fin de la rage que je nourrissais à mon encontre.

Quand j'ai quitté cette femme, elle comptait des marks sur un lit d'hôpital, pendant le siège. Les premiers temps, j'ai eu peur de la voir réapparaître. J'ai donné de l'argent à toutes les clochardes du monde, à toutes les réfugiées de l'Est postées aux feux rouges : me retourner et saisir mon sac sur la banquette arrière était devenu un réflexe automatique. Payer encore et encore. J'ai imaginé qu'elle était morte, qu'elle figurait sur une des innombrables photos de cercueils, de champs semés de pierres tombales. Or cette femme est belle, elle porte une chemise blanche, elle est encore jeune, elle peut encore avoir des enfants.

« Pietro est italien, c'est mon fils. Je vais sortir de cette pièce, le prendre par la main et m'en aller. N'essaie même pas de me toucher… de nous toucher… »

Aska baisse la tête, m'offrant sa nuque, son chignon, les quelques mèches qui s'en échappent. Et quelque chose… une tache. Je veux partir, comme ce jour-là, mais je m'attarde sur cette tache… c'est un tatouage. Une espèce de fleur rosâtre, vague.

Soudain je revois la photo de Diego, au fond de la salle d'exposition, au-dessus du porte-parapluies. L'étrange rose sur un mur. Qui n'était pas un mur, je le comprends maintenant.

Aska pose la main sur sa nuque, se balance un peu.

Une abeille entre par la fenêtre, s'éloigne de nous et revient. Il faudrait la chasser, mais nous ne bougeons pas.

Alors voilà l'histoire, il faudra peut-être que je trouve un jour le courage de la raconter à mon fils, comme une fable.

Ils sont là, dans l'auberge qui donne sur la forêt. Ils sont montés main dans la main. Aska porte une petite robe noire, brillante. Diego lui a dit : « Ne viens pas avec toutes tes pointes, elles te donnent l'air d'un cactus », et elle lui a obéi. Elle a mis sa robe de concert. Le tissu léger se tend sur la chair tandis qu'ils montent l'escalier.

C'est une beauté locale : des cheveux cuivrés, épais, des yeux verts comme deux feuilles, des pommettes larges, un nez droit et un peu écrasé... elle ressemble à sa ville, cette ville anormale qui tient à la fois d'Istanbul et du village de montagne, une Arabe blanche au profil de chèvre du Cachemire.

Diego ignore ce qui les attend.

Il est nerveux même s'il feint l'indifférence, il est attiré par cette gamine pathétique, provinciale, un peu cinglée, qui rêve de devenir quelqu'un, une Janis Joplin. Elle est comme lui... il connaît cette sensation, ces pauvres frissons... il a acheté son Leica au marché des voleurs... quand il était plus jeune, il s'est pris pour un Robert Capa.

Il a vu son visage plâtré, les trous postmodernes dans ses collants, ses boucles d'oreilles en forme d'épingle de nourrice. Il n'aime pas les punks, mais elle, Aska, l'a attendri. Il l'a regardée avaler des gâteaux, se lécher les doigts jusqu'à la dernière miette, rire. Ils ont bavardé : elle n'est pas stupide, et si elle a le crâne rempli de bêtises, elle a en elle une lumière, comme une pile toujours chargée, quelque chose qu'il a perdu.

Dans la chambre, elle éclate de rire. Elle se jette sur le lit, lève les bras, respire. Elle est effrontée, aime jouer à séduire. Plus tendu, Diego déclare qu'il va commencer par ôter ses chaussures. Il retire ses bottes, s'assied au bord du lit, il n'arrive pas à croire qu'elle est venue, que cette histoire continue.

Au cours des derniers jours, ils se sont regardés différemment, un peu courtisés. Maintenant qu'ils se retrouvent dans cette chambre, la gêne s'est emparée d'eux. Aska s'assied dans la position du lotus et se met à jouer à la trompette « My Funny Valentine ». Diego se dit : *Tu as un sacré souffle dans les poumons, petite*, et lui lance : « Tu as de l'avenir. » Elle écarte son instrument, se lèche les lèvres, répond : « J'aimerais l'avoir avec toi. »

Il sourit. « Arrête, ne déconne pas.

— Je ne déconne pas, cette nuit nous pourrions faire comme si nous avions un avenir. »

Cette gamine a trop de souffle dans les poumons, elle est trop effrontée.

« Ne franchis pas les limites. »

Mais elle l'a toujours fait : c'est une rebelle. C'est pourquoi elle est là.

Ils s'allongent, côte à côte, discutent un peu. Il lui explique le fonctionnement de son appareil photo, la mise au point. Il tend le bras et immortalise leurs deux visages enfoncés dans l'oreiller. Aska dresse les jambes comme un singe, elle veut jouer au jeu des pieds. Elle est lasse de la tristesse qui a marqué ces derniers jours. Elle a participé à la manifestation pour la paix, elle porte encore sur le front le symbole de la paix, dessiné au feutre par son amie Haira. Elle crie que cette nuit, elle veut s'amuser comme une folle. Diego cède, il lève ses longues jambes, les fléchit, colle ses pieds à ceux d'Aska. Ils se battent un peu sur le lit.

Vue de près, elle est incroyablement belle, incroyablement jeune. Diego lui sourit avant de l'embrasser puis s'attarde sur ses lèvres. Sa bouche est aussi fraîche qu'une source. Elle respire d'une autre façon, qui lui rappelle le goût de son premier baiser : à présent, c'est un homme, et ce souvenir pudique l'étourdit.

Il s'écarte, un peu triste. Des deux, c'est lui le plus timide, le plus vieux, celui qu'on a dupé. Il voudrait lui donner des conseils de père, de frère aîné, comme à ses élèves de l'école de photo. Mais s'il est là, c'est pour faire l'amour avec elle, faire l'amour à une fille libre qui a proposé de louer son corps. Et cette situation érotique l'excite et l'humilie à la fois.

Il a mis trop de passion dans ce baiser, trop de nostalgie. Il lui caresse la tête, soupire, réfléchit.

Mais la petite Sarajévienne est malicieuse, elle murmure : « Je ne te plais pas ?

— Tu me plais, tu le sais très bien. » Il aimerait vivre une autre vie, reprendre son sac à dos, fuir comme un gamin. Étreindre un corps dans le noir, accueillir un don occasionnel comme un destin.

Diego a eu beau faire des efforts, il est las de sa vie sans relief.

Il tourne les yeux vers la fenêtre, pense à moi, à notre pacte. Il se demande comment nous en sommes arrivés là, aussi loin de nous-mêmes, comment nous avons glissé dans cette folie immobile et réfléchie.

« Alors, on le fait, cet enfant ? » Aska se moque de lui. Elle a ôté sa robe, elle porte un collant à rayures et un soutien-gorge noir, large, une sorte de petit bustier. Elle a le ventre blanc, du même blanc que les rochers qui bordent la côte dalmate.

Elle a le prénom d'une brebis folle, d'une nouvelle que Diego n'a jamais lue… pour rire, elle fait *bêêê bêêê*. Il répond *bêêê*.

« Roulons-nous un pétard. »

Ils fument en silence : papier mouillé qui va et vient, fumée qui pénètre, ramollit. Elle lui caresse le visage, sa petite barbe clairsemée et épineuse, comme un champ peu arrosé. Il dit : « Je sais, elle est moche, cette barbe. » Elle réplique : « Je la trouve chouette », sa main gratte comme un petit râteau.

Son front blanc rappelle maintenant à Diego une statue de la Vierge dans l'église qu'il fréquentait, enfant, et une droguée de la piazza Corvetto qui ressemblait à une Vierge. Il se demande comment se forme le goût en matière de femmes, si on ne cherche pas toujours la même, sa mère en plus belle.

Il se souvient des putain de bougies que sa mère l'obligeait à allumer pour son père aux pieds de cette Vierge, trop belle et trop morte pour qu'il ait envie de la regarder longtemps.

Aska lui suce le lobe de l'oreille. Il éclate de rire. Il ne sait pas se conduire avec les femmes, il n'a pas de technique. Il sait vivre avec moi, fourrer son poing sous mon aisselle parce qu'il aime dormir ainsi.

Elle lui a dit : « Ta femme me regarde comme les paysans qui choisissent une vache pour leur taureau. » Il a tourné la tête vers elle. « Je ne suis pas un taureau ».

C'est agaçant d'avoir affaire à cette gamine amoureuse qui flotte autour de vous. Il lui a conseillé de ne pas se disperser, de se concentrer sur la musique, sur son avenir, d'abandonner ses mythes maudits, ses musiciens défoncés. Un jour, il l'a photographiée dans une cage vide au zoo. Une nostalgie, une faim énorme, s'est emparée de lui. Il a écarté son appareil, lui a dit : « Sors de cette cage, dépêche-toi. »

« J'aime ma femme. »

Elle a ri. « On dirait une condamnation, tu as l'air triste. »

Cette fille a toute la Bosnie dans les yeux, sa mélancolie, son humour fou, et jusqu'au bruit que font certains fleuves qui se déversent dans leurs conques naturelles comme des gifles de Dieu.

Le joint est terminé, il leur a laissé dans la bouche un goût fort. Diego sourit et se lève, colle sa bouche au robinet. Il pense à moi, seule dans les rues sombres. Il me suit. Il aimerait me toucher l'épaule. Il aimerait porter son pantalon étroit de toréro et tenir son fauteuil d'enfant en plastique vert. S'asseoir au milieu de la rue et me dire : « Je suis là, tu veux de moi ? »

« Tu l'as baisée ?

— Non, je n'ai pas pu.

— Peu importe.

— Je ne suis pas un taureau.

— Je le sais.

— C'est toi, le taureau. Moi, je suis ta poussière. »

Un grand bruit retentit dans la rue, comme des caisses qui tombent. Au même moment, une bonne odeur s'est élevée de la cuisine : on y prépare sans doute le petit déjeuner. Aska dit : « Va chercher des beignets, j'ai faim. »

Diego descend pieds nus, sautille, la chemise ouverte sur sa poitrine qui frissonne un peu. Il est abruti par le joint… il se sent plus léger. Il sent son corps : cela ne lui était pas arrivé depuis longtemps. Deux volées de marches, un fragment de secondes.

Il n'a même pas le temps de comprendre : dans la salle du petit déjeuner, les tasses sont toutes par terre, les tables renversées… des ombres se meuvent dans le noir, assènent des coups de pied, hurlent. Un seul regard. La porte d'entrée est ouverte… d'autres cris retentissent dehors, suivis du bruit sourd d'une rafale de mitraillette, si proche qu'il croit qu'on l'a repéré, qu'on lui tire dessus. Un trou de silence, de nouveaux cris, de nouvelles rafales… le caquètement de poules effrayées, puis une violente secousse, comme des bocaux qui tombent et roulent.

Diego est allé chercher des beignets, attiré par l'odeur de friture et de sucre, il s'apprêtait à faire l'amour. Ce qu'il distingue à travers l'obscurité est trop éloigné de son corps engourdi, trop dur. Il ne comprend pas ce qui arrive, il se dit que des voleurs sont entrés dans l'auberge. Il se dirige vers la cuisine et voit la propriétaire, un fusil pointé contre le ventre. Sur le sol noir, une flaque d'huile continue de frire comme de l'acide. Puis il voit les tenues de camouflage, les cagoules. *C'est la guerre, elle a éclaté*. C'est sa dernière pensée construite.

Il a l'impression qu'une digue vient de se briser, une eau métallique le submerge. Il n'agit ensuite que par instinct. Si on lui demandait son nom et la raison de sa présence, il serait incapable de les dire. Il remonte à reculons, trébuche sur les marches. Ses yeux transpercent la pénombre aussi parfaitement qu'une lunette de vision nocturne. Il tâte le mur comme un crabe que la marée laisse au sec. Il se glisse dans le premier trou qu'il trouve… derrière un rideau de douche qui dissimule le débarras où l'on range les balais.

Le rideau lui sauve la vie. Entre-temps, il a aperçu le premier mort. Un homme couché dans l'escalier, un vieillard en pantalon de laine… Il a également vu la tête du garçon qui lui tirait une balle dans la nuque : il avait ôté sa cagoule pour manger un beignet encore chaud… Les bras levés au ciel, le vieux répétait : « Mon fils, mon fils. »

Le placard à balais donne sur le palier, à quelques marches du couloir. À travers la fente, Diego voit la porte de la chambre entrouverte. Il lui suffirait de faire quelques pas pour rejoindre Aska, mais il ne peut pas bouger, le pont s'est écroulé, les quelques marches sont une eau dure, une montée des eaux qui l'empêche de bouger.

Aska attend les beignets, elle n'a peut-être rien entendu. Elle apparaît dans l'entrebâillement de la porte. Elle a remis sa robe… sa robe noire brillante des concerts. Seuls sont visibles ses jambes et un morceau d'étoffe. Diego aimerait lui crier de fermer la porte, de se cacher, de sauter par la fenêtre dans le bois. Il ouvre la bouche, mais aucun son n'en sort. Ses cordes vocales sont devenues des courroies dures, des fils de fer qui ne vibrent pas. C'est l'instinct… l'instinct qui lui dicte de se taire. Car voilà qu'un troupeau noir s'engouffre dans l'escalier et monte, accompagné de cette odeur de friture, l'odeur de l'huile bouillante jetée au sol. De gros souliers aux semelles aussi épaisses que des chaussures de montagne dévorent les marches. Une main effleure le rideau, s'enfonce dans le plastique.

Tout se passe trop vite pour marquer sa mémoire. Diego n'en gardera que des flashs, des intermittences d'images indélébiles, incrustées dans sa peau. La peur est un anesthésique qui gèle et qui dilate.

Pour lui, tout est arrivé là, dans cette fente entre le rideau et le mur. Les hommes se séparent dans le couloir et frappent aux portes… S'ensuit le bruit des rafales, des vitres qui se brisent, des murs qui s'effondrent à moitié. Ils entrent dans la chambre. Diego voit les pieds d'Aska dans son collant à rayures, il l'entend crier.

C'est la première fois qu'elle a affaire aux loups. Elle recule, se demande d'où ils viennent, s'ils sont descendus du bois… Avec leurs passe-montagnes, ils ressemblent à la mort. Ils parlent sa langue, exigent ses papiers, remplissent la chambre de leurs corps alourdis par les cartouchières doubles, croisées sur leur poitrine. L'un d'eux flanque un coup de pied dans une chaise, s'assied sur la table, jambes écartées. Ce doit être le commandant, pense Aska : il porte sur la poitrine un blason à tête de mort. Il la dévisage, Une cigarette aux lèvres. Aska est une brebis rebelle, la peur la rend agressive. Elle lui crie de partir. Elle veut savoir qui ils sont, pourquoi ils ont le visage masqué. Elle veut parler à la police.

Le commandant remonte sa cagoule, exhibe un visage jeune et carré, aux yeux clairs comme du verre. Il rit avec un gros type qui se tient à ses côtés.

Diego ne voit que des rangers, des pantalons de camouflage… des objets qui tombent, un tiroir, la chaise où était accrochée sa veste. Les hommes frappent Aska. Elle a hurlé un peu plus tôt, pour se défendre, elle se contente maintenant de gémir, sur le sol. Sa main rampe, un ranger l'écrase. Une voix lui ordonne de se lever.

Il faut que Diego vole à son secours, qu'il déclare : « Je suis un photographe italien, et c'est ma petite amie, laissez-la tranquille. » Il suffira de les menacer avec sa carte de presse, qui est dans la poche de sa veste. Il s'imagine bondir dans la chambre, attraper Aska par le bras, récupérer sa veste et brandir sa carte de presse comme une croix.

Les hommes se sont emparés des papiers d'Aska. Ils lui demandent ce qu'elle fiche dans cette auberge, la traitent de putain musulmane.

« Lève-toi, putain musulmane. »

Elle s'exécute. Sa main est aussi douloureuse que si on y avait planté des clous, elle ne peut plus la fermer. Elle a compris qu'il n'y a plus de police, qu'il n'y a plus d'ordre : ce doit être la guerre. Elle perçoit brusquement ce qui se passe à l'extérieur… les coups de feu dans la rue, les bruits s'élevant des autres chambres, les cris… Il n'y a plus de lumière dehors : les fils de l'électricité ont sans doute été coupés. Elle entend des gémissements : d'autres personnes ont été piégées, surprises dans leur sommeil, dans la normalité d'un quartier périphérique. Elle se demande s'il s'agit d'une attaque isolée, ou si la ville entière est occupée, si son amie Haira, sa grand-mère, son petit frère subissent ce qu'elle est en train de subir au milieu de ce black-out. Ses sens s'aiguisent comme ceux des animaux, capables d'entendre des bruits à des kilomètres de distance. Elle pense aux autres pour ne pas se sentir seule dans cette chambre… dans ce cauchemar sale et vague. À présent, le parfum des beignets se mêle à l'odeur des hommes, une odeur de terre, de transpiration, d'alcool. De peur aussi. De fait, ils vont et viennent nerveusement, distribuent des coups de pied dans les portes… Des cris de femmes retentissent, aussi rauques que ceux des chats. Aska songe aux étudiantes venues en train de Zenica pour participer à la manifestation : tout à l'heure, elles parlaient et plaisantaient dans le couloir. Elle y aperçoit justement quelque chose, un corps qu'on tire par les cheveux. Elle évite de s'attarder sur cette image. Elle ne criera pas, elle le sait, c'est une fille libre qui a grandi dans une ville libre. Elle croit encore qu'il suffira de parler à ces hommes pour les calmer : ils sont tous jeunes, ils ont son âge.

Elle se demande où est Diego, si on le retient en bas. Elle l'attend C'est un photographe étranger, ces imbéciles ont peur de la presse internationale.

Le commandant examine une feuille de papier, peut-être le plan de la ville et discute avec le gros lard, puis il ordonne à Aska de jouer de la trompette. Elle ramasse son instrument, elle ne sent plus ses doigts et elle pousse le peu de souffle qui lui reste dans le bec de laiton.

Diego l'entend, il imagine les joues d'Aska gonflées comme les joues d'un poisson.

Elle a choisi un morceau gai, bourré de notes aiguës, le genre de morceau qu'on entend dans les films muets. Elle est comme la brebis d'Andrić devant le loup : une rebelle qui s'est éloignée du troupeau. Elle espère en jouant occuper le loup. Mais elle craint de ne pas être aussi habile que dans la fable.

Elle voit son avenir, l'avenir qu'elle s'était imaginé... une scène de concert envahie par les bulles, les lumières et les fumigènes, comme celles de Nirvana.

Le photographe italien ressemble à Kurt Cobain, elle pense à son cou... les images les plus douces qui lui viennent à l'esprit sont celles de leur baiser un peu plus tôt, de ce visage qui lui souriait. Après, il a passé le pouce sur sa bouche, comme pour lui marquer les lèvres. Peut-être éprouve-t-il quelque chose pour elle.

Le commandant lui crie d'arrêter : cette trompette lui casse les oreilles. C'est vrai, la brebis n'a pas de souffle, sa peur l'a englouti : elle ne fait que coasser. Il lui ordonne de se déshabiller.

À travers la fente, Diego voit la trompette tomber. Il voit Aska sautiller dans son collant à rayures, trébucher. Il voit qu'on la relève. Il a du mal à en croire ses yeux.

Il y a une arme sur le lit, un fusil, une kalachnikov ou un bazooka. Les hommes la pointent entre les seins d'Aska puis tirent dans le mur pour la contraindre à obéir. Mais elle reste plantée là. Elle aimerait bien s'exécuter, mais elle ne sait plus où sont ses bras, ils lui sont aussi inutiles que les rames d'une barque abandonnée. Deux mains lui arrachent son soutien-gorge. Un sein jaillit, elle ignore si c'est le sien, ou celui d'une autre femme, de sa mère, d'une amie.

Elle comprend qu'il n'y a pas de salut : la mort est là, immobile au-dessus des fusils braqués sur elle. Elle ne se rebellera pas : elle veut vivre. Elle est encore lucide, même si elle ne peut pas bouger, elle devine que cette scène a déjà eu lieu, qu'elle n'a rien d'exceptionnel. D'ailleurs les hommes n'ont même pas l'air excités, ils l'insultent, la giflent sans grande conviction, comme s'ils étaient déjà fatigués. Comme s'ils accomplissaient un rite immuable, autour d'une table satanique, participaient à un triste repas de diables.

Aska se souvient du castreur qui venait dans son village quand elle était enfant. Un homme de petite taille, muni d'un siège pliant, d'une valisette et d'un gilet de médecin. Il se baissait, mutilait les bêtes, qui poussaient des mugissements impressionnants, sans jamais changer d'expression. À la fin de la journée, il empochait sa paie et repartait, le visage triste, la nuque moite et sale, après avoir mangé une fricassée de testicules préparée par les femmes.

Ces hommes ont la même férocité, les mêmes gestes tristes et inéluctables. Où se sont-ils entraînés ? Sur quels corps ?

Aska sent ses jambes se mouiller, elle imagine qu'elle se répand sur le sol, se libère comme son urine qui coule. C'est ce qu'elle voudrait : se liquéfier, glisser sous le lit, disparaître dans le parquet. Il y a peu, elle était une fille libre. Elle porte encore le signe de la paix sur le front. Un des hommes a craché dessus, et le crachat a coulé dans ses yeux. Elle se demande ce que la paix est devenue. Il y a peu, elle était courageuse… Maintenant, elle n'est plus qu'un trou, un cratère habité par la peur. Comment cela est-il possible ? La panique a le goût acide des sucs gastriques, mais en bas elle ne sent rien, comme si on l'avait anesthésiée. C'est un corps lointain que palpent toutes ces mains.

On l'a renversée sur le lit où elle jouait un peu plus tôt avec Diego. Les cartouchières s'abattent sur elle, avec l'odeur du fer, de la mort.

Diego se plaque contre les balais… L'un, plus dur que les autres, en sorgo, lui égratigne la joue. Il voit Aska tomber, trébucher dans le collant qu'on a rabattu sur ses jambes. Il faut qu'il abandonne ce nid à balais, qu'il se jette sur ces voyous en uniforme de camouflage, qu'il leur arrache leurs cagoules. Cependant il sait qu'il ne sortira pas. Il ignore s'il réchappera à cette nuit, mais une chose est certaine : il n'abandonnera pas ce trou dans le mur. Ce sera peut-être le lieu de sa mort, son cercueil. Peut-être lui tirera-t-on dessus à travers le rideau, comme dans les films.

Il est habitué à se cacher.

Quand son père battait sa mère, il se glissait dans un coin et se pressait les coudes sur ses oreilles. Il faisait pipi malgré lui et, tout en contemplant les petites flaques jaunes sur le carrelage, s'évadait en pensée, imaginait *quelque chose de beau*. Il ressortait quand le calme était revenu, souriait à sa mère qui fouettait des œufs à la cuisine, et lui demandait sans piper de ne pas souffrir, de ne pas avoir honte : lui, il n'avait rien vu, il avait juste vu *quelque chose de beau*.

Maintenant, il sait ce qui est beau : la bouche d'Aska, qu'il a embrassée un peu plus tôt, aussi fraîche qu'une source, la naissance de ses seins ronds et blancs comme du pain. Il s'était revu, enfant, fourrer la tête sous son drap et s'élancer au-devant d'un rêve.

Mais maintenant il voit un ranger sur le lit, et une jambe blanche écartée, comme une cuisse de poulet. Cela ferait une photo. Il l'imagine : la jambe blanche et le soulier noir. La brebis et le loup. À présent, il ne peut plus sortir : c'est un témoin, on ne le laisserait plus partir.

Son cœur bat – main qui frappe à une porte que personne n'ouvre. C'est la porte du courage et elle ne s'ouvre pas pour lui aujourd'hui.

On traîne Aska par terre, on la tire comme une carriole. Diego s'enfonce dans la fente, celle de la vie qui se referme. Ce placard n'a plus rien d'un refuge, il aurait mieux valu crever dans l'escalier. Les yeux fermés, il entend les coups, la carriole qui heurte contre le mur.

Aska pense à sa mère. La dernière fois qu'elles se sont vues, elles ont mangé du chou farci dont le parfum inondait la cuisine, assises à une petite table avec son frère qui regardait MTV... Ils avaient ri. Depuis qu'Aska avait quitté la maison, sa mère était plus nerveuse, plus insolente, mais ce jour-là, elle semblait avoir recouvré sa sérénité. Aska lui avait donné un peu d'argent, l'avait étreinte par-derrière, avait senti sa taille douce.

Elle la sent de nouveau. Pour se défendre, elle s'échappe de ce corps. Elle entend le bruit lointain surgi des souvenirs d'enfance. Elle revoit le pont qu'elle traversait pour aller au Conservatoire, une charrue qui laboure un champ, ses lames qui écorchent les mottes. Elle sait que ce champ est son corps, et le bruit, celui de sa tête qui tape contre le mur où les hommes l'ont acculée.

Le jour où elle s'est présentée chez elle en tenue de punk, son père a cessé de lui adresser la parole. Elle a commencé à travailler pour gagner sa vie. Puis elle a eu un coup de chance : prêter son ventre contre une montagne de marks. Elle regarde sa trompette par terre. Elle se demande où est passé le jeune mari triste à la barbe clairsemée... si ses yeux sont pointés sur elle.

Il y a bien des années, Diego était un drogué. Des images déprimantes de corps baveux sur l'asphalte lui remontent à la mémoire. Il s'est retrouvé un jour dans cet état ; une ambulance arrivée à temps et une piqûre au cœur l'ont sauvé par miracle. Il s'accroupit près des balais. Il a l'impression de ne jamais avoir quitté le trottoir de Brignole.

Au loin, un pied blanc s'agite.

Aksa gît au sol, entre le lit et la fenêtre. Elle n'a pas eu la chance de perdre conscience. Elle est restée lucide, a bu le mal jusqu'à la lie. Diego n'a pas bougé le petit doigt pour la défendre : cela aurait été absurde de se faire tuer, de se faire tirer une balle dans la tête, dans la bouche. Il a reculé entre les balais poussiéreux, pour ne pas voir. Il a pressé ses mains sur ses oreilles pour ne pas entendre les cris.

L'aube point quand les loups s'en vont. Ils regagnent leurs montagnes avec leurs Jeep et leurs cartouchières, tirent les derniers coups.

Diego a vu des ombres défiler… Aska était debout, elle est passée à côté de lui, poussée dans l'escalier. Il lui a semblé qu'elle portait sa robe de chenille, qu'elle tenait sa trompette. Mais il n'est sûr de rien.

Il attend que le temps passe, durcisse et s'immobilise, avale les cris et le mal perpétré. Il a vécu le viol d'Aska dans sa chair, dans ses os, dans ses organes.

Mais il n'a pas bougé le petit doigt. Comme de la lave pétrifiée, il a regardé Aska s'engager devant lui dans l'escalier.

Il écarte le rideau qui l'a dissimulé sans le protéger du mal, et quitte sa cachette. Il n'est pas mort, mais il n'est plus totalement en vie. Il a les jambes raides et les yeux aussi durs que des pierres : les images qu'ils enregistrent ne s'impriment pas dans son esprit, elles tombent dans son estomac comme dans une bouche d'égout. Il gagne le seuil de la chambre, une fournaise d'exhalaisons organiques et de nicotine, jette un coup d'œil aux draps souillés par les rangers, à la chaise renversée, à la boue. Il s'empare de sa veste, de son appareil photo, et descend.

Anela, propriétaire d'une auberge pour étudiants et commis voyageurs qui s'est transformée en bordel pour monstres, est accroupie sous les tables qu'elle a redressées. Elle chante, en ramassant les restes des tasses, qu'elle frotte sur son tablier avant de les déposer sur le comptoir du petit déjeuner comme des vestiges archéologiques.

Diego assiste, comme à une hallucination, à cette récolte démente, au son d'une paisible chanson de glaneurs.

La femme recule en l'apercevant, imaginant sans doute qu'il fait partie des diables.

Il lui demande où sont les filles, où on les a emmenées.

Elle hausse les épaules, elle l'ignore. Elle a un mari à enterrer, le vieillard mort dans l'escalier. Elle noue un foulard sur sa tête, accompagne Diego dans la cour. Ses poules sont toutes mortes, les diables les ont tuées par jeu, pour essayer leurs armes neuves. Diego regarde leurs plumes que le vent soulève.

Il dévale la pente dans cette lumière sous-marine, d'encre bleue, et pousse la première porte ouverte qu'il trouve, celle d'un cinéma ou d'une église, s'allonge sur un banc et s'endort. Il rêve. Il rêve du trip de l'héroïne. Il rêve de ce moment : le sang qui se libère, les nerfs changés en fils dociles… les épines qui tombent du corps, la peau qui s'ouvre, se couvre d'écailles douces… une mer chaude qui inonde ses canaux. *Quelque chose de beau* en somme, la fuite.

On a transporté Aska à bord d'une camionnette et on l'a déchargée dans un endroit inconnu, peut-être une usine abandonnée. Quand elle était petite, les gens de son village se moquaient d'elle, ils l'appelaient *mrkva*, carotte, à cause de ses cheveux. Porter cette couleur sur la tête c'est comme un destin : on attire l'attention des oiseaux comme une citrouille ouverte en plein champ.

Elle presse les mains sur ses jambes pour les immobiliser, mais ses muscles frétillent comme des saucisses dans une poêle.

Elle n'a pas mal, un liquide coule sur son corps, dans son cou, derrière. Elle aimerait mieux voir, mais elle n'arrive pas à soulever les paupières, ses yeux sont deux rats pris au piège qui s'agitent.

Elle ne se plaint pas, contrairement aux autres femmes. On les pousse au moyen de fusils dans un hangar plein d'enchevêtrements métalliques, de machines.

On les enferme dans une longue pièce, éclairée par des vasistas. Elles se laissent glisser contre le mur, s'endorment, accroupies, comme des poules. Aska se demande de quel côté se trouve le monde : le Conservatoire, la *kafana* où elle prenait son petit déjeuner.

Le lendemain, quand on emmène la première femme, elle se lève, dans l'espoir qu'on l'appelle. Elle veut se plaindre au militaire qui les a accueillies, un homme à l'uniforme impeccable qui leur a fait distribuer des galettes et du potage.

La femme réapparaît quelques heures plus tard, le nez en sang, et s'effondre au sol, comme si elle avait les jambes en coton. Les autres prisonnières n'ont pas le courage de l'approcher ni de l'interroger : elles ont cessé de se presser les unes contre les autres comme un troupeau de brebis dans le noir, chacune cherche un recoin où se cacher. Mais il n'y en a pas.

Aska serre sa trompette sur sa poitrine comme si c'était son cœur et joue de tout son souffle. Elle veut consoler ses compagnes, elle veut partir. Mais les femmes lui disent d'arrêter, l'une d'elles lui lance même un objet.

Les militaires apportent des couvertures marron, qu'ils entassent. Il y a une salle de bains au fond de la pièce. Aska attend son tour pour se laver. L'eau est tout ce qu'elle désire. Elle la plonge dans une joie enfantine, lui rappelle l'époque où elle jouait dans le fleuve avec ses amis, sautait dans les flaques gelées, contemplait sa peau transparente dans le courant vert.

De la lumière filtre à travers les vasistas, lumière voilée de poussière. On n'entend aucun bruit. Aska discute avec ses compagnes : il y a parmi elles des paysannes et des femmes qui ont fait des études ; aucune d'elles ne veut croire qu'elles se trouvent dans un camp de prisonniers.

Maintenant, Aska travaille elle aussi à la cuisine. Quand elle joue, les hommes la félicitent, ils sont heureux qu'il y ait un peu de musique, un peu de gaieté dans cette pièce triste, au milieu de ces brebis effrayées qui commencent à puer.

Les hommes se présentent la nuit, emmènent deux ou trois femmes, que les autres évitent de regarder à leur retour. Elles ont compris, elles savent qu'elles doivent vite oublier. Ils les ramènent à l'aube. Honteuses, elles se dirigent en boitant vers les toilettes. Aska a du mal à se cacher à cause de ses cheveux : elle est un poisson rouge, qu'il est facile de pêcher. Les yeux des hommes fouillent l'obscurité, leurs rires retentissent.

Elle résiste. Puis ils emmènent une fillette de douze ans. Qui ne revient pas.

Aska continue de jouer, persuadée que la musique sera son salut. Elle ne se demande plus où est sa vie, où est le photographe italien, où est la *kafana* où elle aimait plaisanter avec ses amis et jouer du jazz. Les lèvres aussi sèches que du sel, elle se demande où est la fillette : elle a bondi sur ses pieds quand les hommes encagoulés l'ont choisie, elle les a suivis avec le même empressement qu'à l'école, lorsque les professeurs l'appelaient au tableau.

De temps en temps, on lui ordonne de jouer nue. Elle déverse toute sa peur dans sa trompette. Le garçon qu'elle croyait être le plus correct, celui qui a une tache sombre sous l'œil, prend sa bouche pour un pot de chambre et sa nuque pour le carrelage d'un bar où écraser ses cigarettes.

On revient la chercher.

Elle comprend pourquoi la petite n'a pas survécu. Le corps.

Le corps d'Aska est comme anesthésié. La douleur est sourde, prisonnière d'un autre corps, près du sien. Comme la foudre qui traverse le sol avant de vous atteindre.

C'est plus tard, après les violences, que les problèmes surviennent. Elle n'arrive plus à réintégrer son corps.

Depuis que la petite a disparu, elle pense de plus en plus souvent au poêle où elle se cachait, enfant. C'était une bonne cachette, mais elle avait toujours peur d'y rester enfermée, peur que sa mère allume le feu sans s'apercevoir de sa présence. Le feu grimpe sur sa peau et la dévore comme une mèche huilée.

Pendant qu'on la viole, des notes de musique lui traversent l'esprit, tombées du ciel, comme des cheveux d'une brosse.

Elle n'entend plus leurs voix, leurs insultes. « Salope musulmane, putain turque, appelle Izetbegović, appelle ton président, demande-lui où il est… » Ils rient, s'amusent entre eux.

Pourquoi s'obstinent-ils à la qualifier de *putain musulmane* ? Cela fait des années qu'elle n'est pas entrée dans une mosquée. C'est une fille moderne, laïque, une musicienne, elle a étudié le solfège, elle sait composer, elle parle italien, anglais, allemand, elle prenait la pilule.

Ces hommes sont monotones. Certains tirent leur coup rapidement : c'est le cas d'un des derniers arrivés, un adolescent, qui se passerait sans doute bien de la chose, il a du mal à la regarder, mais il a peur des autres. Ils vivent ensemble dans la même écurie, se partagent la même brebis. D'autres types sont trop ivres même pour baiser. Enfin, il y en a deux ou trois qui semblent animés du seul désir de la tuer, de lui tordre le cou jusqu'à la fin, elle le sent. Mais ils obéissent peut-être à des ordres précis.

Une des femmes a vu la petite, l'enveloppe qui en restait. Elle a entendu le commandant crier, réprimander ses hommes. Puis il leur a pardonné, leur a ordonné de jeter le corps dans le fleuve.

La nuit, Aska rêve de ces longs nez de latex grisâtre qu'on fabriquait à l'école pendant les cours d'éducation artistique, et que les garçons arboraient à la fête de fin d'année. Les nez se détachent du fil, s'envolent comme des chauves-souris et se posent comme des capes, des houppelandes, sur les épaules d'hommes pâles, déjà morts. Des juges, revêtus de ces seules capes, de chaussettes noires jusqu'au genou et de souliers vernis, sont réunis en cercle dans la lumière glacée d'un duel. Aska se tient au centre, comme dans ces fêtes de fin d'année, où ses camarades à longs nez de latex faisaient le train autour de l'élue, en criant : « Prochaine gare, prochaine gare… »

Elle sait quelle est la prochaine gare. Elle essaie de se pendre, en vain : sa corde n'est pas une vraie corde, mais un vieux collant.

Elle ne joue plus de la trompette. Le garçon qui l'avait félicitée, celui qui a les yeux bleus comme du verre, l'a utilisée dans sa chair.

Maintenant elle peut mourir comme l'autre petite.

Le corps. Le corps est un sac renversé qu'on fait sécher pour en faire une besace. Le corps est une longue chaîne de corps qui souffrent. Elle se demande ce que sont devenues les feuilles de chou que cuisait sa mère et les lunettes de son frère.

Puis les hommes cessent de venir la chercher, ils la laissent errer à l'abandon dans les cuisines.

Diego n'y arrive plus. Depuis cette nuit-là, il n'arrive plus à trouver *ce qu'il y a de beau.* Il est rentré en Italie. Il a cherché ce qu'il y a de beau dans tous les objectifs qu'il a maniés. Un jour, il a photographié pendant des heures une boîte de thon, il a vu cette chair rose macérant dans l'huile. Il a pensé à la vie de ce grand poisson. Le soir de son retour en Italie, il a fait une halte à l'hydrobase d'Ostie. Il avait retrouvé son flair d'antan, il savait quels yeux chercher. Il s'est shooté debout, adossé à une affiche de Campari décolorée par le sel.

Il a choisi de retourner en enfer. De temps en temps, des membres de la Croix-Rouge internationale visitent les camps. Alors les bourreaux font un peu d'ordre, se débarrassent des femmes les plus mal en point. Les cameramen filment du bétail humain dénutri comme dans les camps de la Seconde Guerre mondiale. Diego sait maintenant qu'elle est là. Il a réussi à entrer dans le camp. Il s'est lié d'amitié avec un des geôliers dont l'œil est souligné d'une tache sombre. Il a regagné Sarajevo avec des Polaroid, destinés aux enfants : ils adorent, en effet, voir sortir cette langue brillante de la grosse boîte carrée. Il ne pouvait pas imaginer que les tchetniks du camp en raffoleraient eux aussi. Ils en veulent tous un. Ils prennent la pose en uniforme, leur cagoule remontée sur la tête, exhibant leur longue barbe noire. Ils écrivent quelques mots sur la bande blanche, au-dessous des clichés : leur nom, un message pour leur fiancée ou pour leur mère. Diego les mitraille aussi de son Leica. Les tchetniks le traitent avec familiarité, gentillesse, lui décrivent la dure vie des montagnes. Ils sont vaniteux, ils y tiennent. Ils aiment l'objectif, ils aiment être regardés. Diego les regarde. Le commandant prend la pose à son tour, c'est un homme grand, aimable, aux yeux aussi bleus que la mer. Il se fait photographier seul et avec ses hommes, fusils plantés au sol. Il demande si la lumière est bonne. Diego gagne un peu de temps, cherche le bon angle. Le commandant exhibe son meilleur profil, tend un peu le cou : c'est son seul défaut, ce cou un peu court. Diego photographie les diables munis de leurs couteaux, leur solitude d'assassins, il rit et plaisante avec eux. Leurs visages s'impriment sur la pellicule.

Ils l'invitent à dîner. Des femmes se déplacent comme des méduses autour de la table, apportant de la soupe et du sauté d'agneau. Diego reconnaît Aska à ses cheveux, il détourne les yeux, se penche sur son assiette, ne garde de sa personne que la sensation d'un mouvement rotatoire : elle remue la tête comme une planète égarée.

Après le dîner, le commandant ouvre un tiroir, en tire de la poudre de bonne qualité. Ils sniffent ensemble.

Diego enlève sa montre, un chronographe qui donne l'heure dans le monde entier. Il l'abandonne sur la table du commandant aux yeux bleus comme la mer. En échange, il lui demande la carotte, la prisonnière aux cheveux roux. Les hommes rient et gesticulent. Diego ouvre son sac à dos, en tire dix mille marks enveloppés dans du papier d'emballage, les pose près du Polaroid et de la montre. Il sourit.

On amène Aska dans cette pièce. C'est là que l'échange a lieu. Elle porte un anorak informe. Diego hoche la tête : oui, c'est elle.

Aska ne le reconnaît pas tout de suite, les rats pèsent sur ses paupières. Un instant, elle pense que c'est un nouveau bourreau. Il a changé, lui aussi, il n'a plus sa barbe de chèvre mais de longs fils épineux qui évoquent un buisson brûlé.

Ils quittent le camp comme si de rien n'était. Ils traversent la place argentée, franchissent les grilles. Aska est incapable de s'agripper à la moto, elle s'évanouit plusieurs fois, le vent lui-même ne peut la retenir.

Le médecin musulman est un homme de petite taille au teint blême, il porte une veste comique, aux manches trop courtes, comme celles d'un enfant trop vite grandi. Les veines qui sillonnent sa tête chauve se gonflent pendant qu'il parle : on dirait des serpents prisonniers. Il remue la tête, tire sur les poignets de sa chemise. Aska a des fractures calcifiées et un tympan crevé. Pour le reste, pas de lésion interne, la rate va bien. C'est une femme forte. Le médecin baisse les yeux, les orifices guériront, cela prendra du temps, comme après l'accouchement.

Il ne veut pas d'argent, il repousse la main de Diego, penche la tête. Une patine de sueur fait luire son crâne sombre. Il dit : « Dieu ne devra pardonner à personne. » Il dit qu'il a honte d'appartenir à la race humaine. Quand il annonce qu'Aska est enceinte, Diego ne comprend pas, il le prie de répéter.

Il cherche le rouleau de photos, dans sa poche. Il l'étrangle de sa main moite.

Diego ignore tout des femmes qui sont utilisées comme des tranchées dans lesquelles on astique son fusil. Le médecin sait. C'est une pratique de guerre : féconder les champs de mauvaises semences.

Aska est enceinte de cinq mois, elle ne peut pas avorter.

Le médecin musulman déclare : « Dieu ne pardonnera même pas aux enfants. »

C'est un vieux musulman, il porte un symbole sur sa veste. Il soigne la brebis. De temps en temps, il déroule son tapis et prie, incliné jusqu'au sol. Il souhaite peut-être que Dieu l'avale.

Diego contemple ce corps âgé et se demande où est sa foi. Il aimerait avoir le même réconfort.

Il se prépare un joint. Il pense à l'histoire d'Hérode, une de celles que les enfants préfèrent au catéchisme, elle lui plaisait et le terrifiait à la fois. Il a vu les veines se gonfler sur la tête chauve du médecin. Il les imagine maintenant ramper le long de son crâne comme de paisibles serpents, se glisser dans un berceau, attirées par l'odeur du lait, s'enrouler autour du cou d'un nouveau-né et l'étrangler, avant de réintégrer, repues et silencieuses, la tête du médecin.

Dans le lit, Aska ne bouge pas. De temps en temps, elle sent des mains se poser sur elle pour désinfecter ses plaies, pour la soigner. Ce sont des mains lointaines, des papillons sur un fruit abîmé. Ce corps ne lui appartient plus, ce n'est plus le sien, il sommeille en même temps qu'elle, tout simplement.

Le corps. Une planète qui erre dans le cosmos, qui va de vide en vide. Un seau abandonné qui recueille les eaux de pluie, l'écoulement des toits, la rouille. Un trou traversé par un homme, une navette spatiale, un spoutnik, qui pénètre par le vagin et ressort par la tête. En laissant derrière lui une queue de feu, semblable à la flamme éternelle. Un ensemble de points qui tirent, de cellules qui se combattent.

Le médecin lui injecte des substances qui la calment, qui apaisent la douleur, mais elle n'en a pas besoin, elle serait calme de toute façon. Elle ne se demande même pas pourquoi on ne la laisse pas crever en paix, comme une bête dans un nid de feuillage.

Elle est dans le ventre qui l'a engendrée, immobile. La douleur est une membrane qui comprime, comme la poche des eaux.

Diego prépare un bouillon. La bouche d'Aska est un tiroir ouvert, un bec de chair morte, une fontaine d'où tombe de l'eau… Le bouillon coule sur son menton.

Diego joue de la guitare, tandis que la lumière s'effondre dans la nuit. La musique lui fera peut-être du bien.

De temps en temps, le corps d'Aska est secoué d'un tremblement aussi léger que celui d'une feuille sur le point de se détacher.

Être vivant est une torture. Assister à la souffrance est, aux yeux de Diego, pire que de souffrir. Sur le sol, la bougie agite les ombres, éclaire les fantômes. Il n'a pas bougé le petit doigt pour la défendre, il a reculé pour ne pas voir, il a plaqué les mains sur ses oreilles pour ne pas entendre.

Maintenant il lui est impossible de s'éloigner d'elle. Il cligne des yeux lentement dans le noir. Le corps qui gît est noir, on dirait l'Igman, la nuit. La peau arrachée d'Aska repousse, tire. Les morceaux de chair se rejoignent.

Il est terrible de sentir son corps se réveiller, renaître comme tout, comme l'aube, comme l'herbe. Les rats ont quitté ses paupières qui dégonflent, ses bleus virent du noir au jaune. Aska voit le jean de Diego, elle entend sa respiration.

Elle boit sa première tasse de bouillon. Diego lui tient la tête, elle ne peut pas le regarder, elle ne veut pas. Elle a honte d'elle-même, de ce qu'on lui a fait. Elle baisse les yeux.

Elle a une croûte sur la bouche. Diego attend que cette croûte tombe. Il contemple la touffe de cheveux roux qui dépasse du cocon que forme le drap. Il attend le jour où elle lui demandera : « Où t'étais-tu caché ? »

Diego a ce rouleau de photos. Il a les bourreaux dans la poche.

Il sait que le mal aime le groupe, la meute, parce qu'il est lâche et ne supporte pas la solitude. Parce qu'il a besoin d'être vu. Et lui, il a vu. Il a violé, lui aussi.

Aska a une marque sur la nuque, un cratère. C'est l'œil de son bourreau qui la regarde, un cadeau qui ne sera pas éternel. Car, par chance, le corps ne dure pas.

Elle ne s'est pas aperçue qu'elle était enceinte parce qu'elle a continué de saigner. Maintenant, elle veut avorter, c'est la seule chose qu'elle veut : vomir le catarrhe de ces diables.

Le médecin musulman a dit : « Dieu ne pardonnera même pas aux enfants. »

Elle le recrachera, c'est écrit. C'est nécessaire, c'est le destin. C'est écrit dans les veines du vieux médecin et dans les tables du corps. C'est une loi antique, comme celle du Coran.

Elle s'arrête devant la mosquée, se lave les mains, la nuque où se trouve ce bouton noir. Ce trou. Elle pense à l'époque où elle allait à la petite mosquée avec ses parents et ses frères, aux paroles de l'imam.

Au jour du Jugement, l'enterrée vive devra expliquer pourquoi ce sort terrible lui est échu.

Maintenant, la trompettiste punk, incertaine des lois de la terre, s'agrippe à un ciel peuplé de prophètes. Elle supplie Dieu de mettre au rebut le caillot des diables. Dans les coins à découvert, elle ralentit le pas. Elle espère qu'un *sniper* lui tirera dans le ventre, qu'un tchetnik la libérera de ce sang infecté.

Diego lui a apporté des vêtements, une tunique turque couleur crème, qu'elle a boutonnée jusqu'en haut et qui lui donne un aspect virginal.

Il a peur, lui aussi. D'habitude, les hommes ignorent ce qui se produit dans le corps des femmes. Mais lui, il sait. Il a passé beaucoup de temps dans les centres d'assistance aux couples stériles. Il sait exactement comment se déroule la fécondation, il l'a vue in vitro. Il voit le gamète s'introduire dans la bulle de l'ovule, une bulle qui se plie et engloutit à l'instar d'une méduse. Il voit la séparation des cellules, comme un cœur, comme les noyaux doubles à l'intérieur des nèfles.

Il regarde Aska dormir. Il entend la multiplication dans son corps. Cela n'a rien à voir avec la froide netteté du verre... Il pense à un oursin, à un ovule transpercé de mille pointes noires. Il voit cet oursin arraché au rocher qui ondoie au fond de la mer.

Il voit la conception obscure. Des insectes entassés dans le même trou.

Il contemple ce corps lapidé qui fleurit en mourant.

Il aimerait s'abandonner à la fatalité muette du corps d'Aska et croire avec elle, avec le médecin musulman, que cet être qui se forme ne mérite pas même le liquide amniotique qui le fait vivre.

Toute sa vie, il a photographié des flaques pour une raison qui lui échappe, probablement parce qu'il est né dans une ville de mer et de pluie, de nids-de-poule qui se remplissent d'eau et se vident. Il a toujours été attiré par ces trous où l'eau sommeille, trouble et scintillante, avalant les changements de lumière, ses plus infimes transformations. Enflant comme un cœur liquide. Il s'est penché, aimanté par ces yeux qui l'ont regardé et qu'il a regardés. Non pas des puits, mais plutôt des sortes de couvercles liquides, de quelques centimètres à peine. Planètes de terre, effilochures d'eau. Les flaques lui ont dispensé leur enseignement. Elles ont été un tableau noir, un ciel nocturne imbibé de luminescences antiques.

Il ne s'est jamais imaginé en sourcier, il n'a photographié que de petits marais urbains. C'est un garçon, il ne croit pas en la profondeur, il lui a toujours plu de s'imaginer seulement à moitié débile.

C'est une nuit de pluie, le vacarme des obus se mêle aux coups de tonnerre.

Quand il se penche à la fenêtre, il fait jour et il a cessé de pleuvoir. Il y a deux arcs-en-ciel. C'est la première fois qu'il en voit deux en même temps. L'un, incroyablement proche, est une source de lumière striée de couleurs qui traverse le ciel en dessinant une voûte impeccable… l'autre est plus petit, moins vif… un arc-en-ciel mineur, comme lui, délavé, pâle reflet de l'autre.

Ce petit arc-en-ciel, destiné à une fin imminente, l'émeut.

Il pense au bébé. À ce que lui et moi n'avons pas eu de la meilleure façon qui soit, en nous aimant. Il pense au bébé qu'Aska a dans le ventre, incrusté là de la manière la plus horrible qui soit. Il pense que la vie est ironique, ces deux malheurs qui ne sont désormais plus très éloignés. Il comprend qu'il y a là tout simplement un dessein quelconque.

Il n'a pas pénétré dans la chambre de l'auberge par hasard. Il a été pêché, il le sait. Comme un poisson, comme le thon de la boîte.

Il n'est pas heureux, mais peu importe. Il a vu le petit arc-en-ciel délavé, cette vérité inférieure. C'est là que Dieu s'est exposé.

Le garçon hésite : il est possible que l'horreur la plus absurde ait un sens dans la molle géométrie du monde. Et le sens est peut-être là, dans cet enfant venu par le portail noir. Lui aussi, il craint que le petit n'ait trois têtes, cinq queues et un cœur mauvais. Lui aussi, il craint que le mal n'engendre le mal. Mais il est prêt à en courir le risque.

Le bébé sera peut-être la récompense de tout.

Il versera à Aska la somme convenue, et même le double. Il dira à sa femme que c'est son enfant. Aska recommencera à jouer de la trompette.

Elle va mieux. Un matin, il la trouve assise sur le lit. Il lui a offert les pêches de papa que j'ai apportées de Rome. Elle mord dedans, le jus coule sur son menton. Cette saveur sucrée et inattendue est pire que tout. Une nostalgie qu'elle ne veut plus jamais éprouver.

Il lui dit : « Il faut que tu recommences à jouer, à chanter. » Elle pourrait insuffler dans sa nouvelle voix un immense courage. Recueillir le cri de ses semblables, des femmes de la pièce-abattoir. De la fillette qui n'est jamais revenue. En faire le fil blanc qui divise les ténèbres de l'aurore.

Cette vie stagne comme du fumier dans une étable, si silencieuse qu'Aska oublie même qu'elle est habitée. Elle refuse de quitter sa ville. Elle a toujours rêvé de partir, maintenant elle veut rester. Elle aime la prison de ces parcours obligatoires, les gens qui contemplent leur destin réduit à un état de pure folie.

Une autre image du Coran, le Šejtan, le Démon, maudit de Dieu parce qu'il refuse de s'agenouiller devant l'homme fait de boue.

Un jour, Aska est assise sur un banc. Un cameraman fébrile rôde parmi les décombres. Elle fait un somme au soleil, elle ne se porte pas si mal. Elle ne remarque même pas le micro qu'on tend vers sa bouche

Le journaliste l'interroge : « Quels espoirs avez-vous pour votre avenir et celui de votre pays ? »

Aska lui demande si ce micro est vrai, s'il marche.

Le journaliste est déconcerté. « Bien sûr qu'il marche. »

Aska sait qu'elle n'a pas d'espoir : son corps est un nid de serpents, et elle les sent bouger désormais.

Elle pense au micro qui marche mais qui ne sert à rien, car personne n'entendra sa voix.

Le seul son qui lui échappe est celui d'une brebis égarée. *Bêêê, bêêê.*

Le désespoir qui les unit est de l'amour, Diego l'ignore. Quand il était jeune, il pouvait choisir un autre chemin. *Il n'y a qu'un seul chemin,* songe-t-il, *celui que nous avons parcouru.* La vie humaine est un chiffon qui nettoie toujours la même surface.

Il lui prend la main. Un peu de temps s'est écoulé depuis, il peut maintenant la toucher.

Il ne regarde pas son ventre, il n'ose pas. Il regarde sa nuque. Il a emporté son matériel de tatoueur. Quelques soirs plus tard, il enfonce l'aiguille sous sa peau. Elle l'en a prié, elle ne supporte pas cette cicatrice aussi granuleuse qu'un orifice, ce trou de cigarette qui s'est mal refermé.

La main du garçon tremble, il a peur de lui faire mal. Aska est immobile. Quel mal peut faire cette minuscule aiguille ? Son corps est drogué de douleur. Ces élancements qui s'insinuent sous la peau sont presque un plaisir. Elle a au cou une pierre qui l'attire vers le bas chaque nuit. À quatre pattes dans cette pièce.

Diego est habile, il s'en tire bien. Il dessine d'abord les contours au stylo, puis repasse avec l'aiguille. Un point après l'autre. Au port de Gênes, il n'y avait pas un docker sans tatouage, ça a été facile d'apprendre.

Les tatouages sont des signes nouveaux qu'on se choisit. On pose quelque chose entre sa peau et son destin. Une lampée de courage.

Aska a choisi une rose, c'est Diego qui le lui a conseillé. Les pétales ont l'air vrais sur cette cicatrice ridée. L'horreur ensevelie par une fleur.

Quand les croûtes tombent, la rose jaillit. Aska la caresse. C'est la première fois qu'elle se touche la nuque. Elle ne peut pas la voir. Alors Diego lui soulève les cheveux et la photographie de très près.

Il fait développer le cliché dans un laboratoire encore ouvert. Quand il le lui offre, elle déclare : « On dirait une fleur sur une tombe. » C'est déjà quelque chose.

C'est une rose de Sarajevo.

Ils sont assis dans un bar sans portes. Dehors, on tire, et les tasses turques tremblent, tout comme les fonds de café qui devraient prédire l'avenir.

Diego est sale, il est reporter de guerre, c'est ce qu'il a toujours désiré être. Il lui dit : « Réfléchis, tu ficherais en l'air une grande chance. Il faut seulement que tu résistes encore un peu, c'est comme si tu avortais dans quelques mois. Tu n'auras même pas besoin de le regarder. »

Elle tourne la tête vers les tables sales, vers les gens qui attendent pour sortir entre les bombes. Elle ne peut pas supporter l'idée de garder cette chose en vie, de donner le jour à ses bourreaux, de prolonger leur existence dans le monde. La pensée que cette violence puisse lui rapporter autant d'argent lui semble absurde.

L'enfant sera obligatoirement pourri. Elle n'a pas un seul bon mot pour lui.

Diego pose son menton sur sa paume, l'observe. Il se rappelle le jour où il l'a entendue jouer pour la première fois. C'était il y a une guerre, c'était il y a une vie.

Elle finit par dire : « D'accord », elle l'hébergera dans son étable quelques mois encore. Il a raison, c'est une bonne affaire. Puisque cela a commencé, ce serait idiot de tout abandonner.

Mais quand le bébé bouge, Aska tremble. Elle écarte les bras de son corps, se met à hurler. Elle rêve qu'elle accouche d'enfants qui la violent.

Elle rêve qu'elle joue de la trompette, qu'elle se liquéfie avec son instrument. Ses cheveux pleurent, eux aussi.

Diego aurait souhaité m'avouer toute la vérité, mais il est trop tard. Il aimerait s'asseoir avec moi sur son petit siège vert, me chatouiller, rouler au sol. Il observe mon dos sans rien dire. Il pose une main sur ce silence. La vérité se niche dans les replis de cette guerre. Dans la pellicule qui lui brûle la poche.

Il fait partie de ces gens qui ne savent pas tenir leur langue. Il n'a pas de mystère, pas de charme. C'est une andouille. Maintenant il garde pour lui cet absurde secret. Il ne peut pas me dire que le bébé est l'enfant des diables, qu'il est remonté de l'enfer. Que c'est le fils d'un mur sale. Il ne veut pas me causer cette peur, ni lui donner ce destin.

Il n'y a plus d'eau dans le lavoir devant la mosquée. Aska se lave avec la neige qui brûle sa peau. Ces ablutions ne suffiront pas à la nettoyer. Elle a envie de s'arracher la chair. La saleté est trop ancrée.

Quand elle se penche vers le sol, elle sent son ventre, le démon. Elle voudrait l'étouffer. Avant, pendant qu'elle mourait, il s'agrippait en elle, voilà pourquoi elle le déteste et le détestera toujours. Diego lui a offert un long manteau de fourrure, elle aime ressembler à un loup. Diego ne la quitte pas d'une semelle, il est toujours sur ses pas. Parfois elle se retourne, le chasse, parfois elle se laisse étreindre près d'un feu nocturne.

Lorsque le travail commence, c'est lui qui transpire. Elle ne veut pas qu'on la touche, elle râle, s'appuie contre un mur de toute la force de sa tête. De nouveau elle sent les coups. Les douleurs lui font remonter le viol, les entrailles coupées par une charrue.

Un jour, sa mère lui a parlé de l'accouchement en employant cette image forte : c'est comme une bête sauvage qui vous dévore de l'intérieur. Une bête qui meurt quand le bébé cède devant la vie et s'engage dans le col. À la fin, il couvre la souffrance de son poids. Et il ne reste plus que ce grand poids qui est déjà celui de la responsabilité future.

Sa mère disait qu'il y a une leçon dans l'accouchement.

Aska se demande quelle leçon il peut y avoir dans un viol.

Elle pense aux champs où elle courait, enfant, qu'elle traversait à bicyclette pour aller à l'école. Au printemps, ils se couvraient de fleurs jaunes et violettes.

Elle pense à la fillette, qui avait baissé la tête et les avait suivis, tout empressée, quand les tchetniks l'emmenèrent.

Elle se demande pourquoi Diego n'a pas figé ce mouvement, pourquoi il ne l'a pas sauvée, au moins elle qui était vraiment trop jeune. Une seule, pour toutes les femmes violées.

Il aurait suffi de cette petite vierge intacte. Une porte s'ouvre dans la lumière et la fillette s'en va, tranquille, avec son sourire hésitant. Aska a l'impression qu'elle l'aide à accoucher. Elle joue au ballon contre un mur, et compte. Lorsque le ballon touchera le sol, le bébé sera né. Aska se sent mieux. Elle tourne la tête. Ainsi, elle ne saura jamais à quel diable le bébé ressemble, le diable aux yeux bleus, celui qui a le nez épaté, ou celui qui a une tache sous l'œil.

Le catarrhe des démons vient au monde dans une plénitude de chair Diego lorgne le cordon gris qui lui évoque une corde de bateau.

Sa vie s'est éloignée de lui au cours de ces derniers mois, elle lui semble à présent inaccessible. Il caresse la brebis, lui murmure à l'oreille : « Il est né, c'est fini. »

Diego regarde enfin le nouveau-né, corps rouge et maigre, qui crie. Il n'a pas l'air d'un diable, mais d'un poulet, un de ces poulets embrochés, qui cuisent. Il est possible qu'il ait le cœur mauvais de son père, mais qui peut en être certain ? Il a la voix d'un agneau abandonné sous un buisson.

Aska l'entend. Elle pense à la voix de la petite, à ce refrain docile.

Il est juste, pense-t-elle, que la petite ait disparu de la surface de la Terre, qu'elle ait été rendue au ciel comme une épluchure pourrie. Et que l'enfant des tchetniks soit né. Cette nuit, le diable débouchera une bouteille de champagne.

Diego lui demande : « Tu ne veux pas voir comment il est ? »

Elle répond : « Je sais comment il a été. Emmène-le. »

Avant de la quitter, je fais un pas vers le lit. Si je l'interrogeais maintenant, elle me dirait la vérité. Elle n'a rien à perdre. Elle me dirait : « Vois-tu, le photographe et moi n'avons jamais fait l'amour. Le poulet est le fils de l'Esprit saint de cette guerre, du catarrhe des diables. » Mais je ne m'approche pas. Je ne veux rien savoir. Le bébé restera vierge.

Un arc-en-ciel dans ce ciel inférieur.

Aska est vide. Son ventre pend et ses seins enflent. Elle a encore entre les jambes la sensation du cordon qui la reliait à l'enfant du viol. Elle n'est plus habitée, elle est de nouveau elle-même.

Elle a de l'argent, elle le compte sur son lit. De quoi tenter la fuite, se glisser dans le coffre d'une voiture la nuit. Mais elle sait qu'elle n'en fera rien. Elle devine aussi que c'était le bébé qui la maintenait en vie. Elle comprend que, tout en le détestant, elle a tout fait pour le sauver. Elle est à découvert d'elle-même. Elle joue de la trompette en sifflant, en agitant les doigts en l'air et en fermant les yeux.

Désormais elle sait que le parcours inverse existe : qu'un diable peut se changer en ange. C'est peut-être ça, la leçon.

Diego ne s'aperçoit même pas que nous avons atteint l'aéroport. Il regarde une chose qui brille devant lui, dans le filet de ses yeux voilés.

Il ne monte pas dans l'avion. Il se retourne et se met en route vers lui-même.

Cette fois Aska ne comprend pas pourquoi le photographe est encore là. Il est revenu pour la délivrance.

Il s'installe à côté d'elle, joue de la guitare, va acheter de quoi manger à Markale. Un jour, elle lui annonce qu'elle est guérie, qu'elle va essayer de vivre. Avec l'argent, elle ouvrira une école de musique.

Ils passent leur dernière nuit ensemble sur l'île de Korčula. Il grimpe sur le rocher. Il veut photographier quelque chose. Un enfant qui attrape des poissons, un Ante. L'héroïne, *ce qu'il y a de beau*, pénètre dans son sang. Si une main interrompait ce vol pour lui demander comment a été sa vie, il sourirait et formerait le signe O.K. de ses doigts : elle a été correcte.

Il s'assied sur son cercueil. Il étire les jambes, me regarde. Il a ce rouleau de photos dans sa poche. Il renferme les visages des diables, l'un d'eux a tué le petit garçon bleu, l'un d'eux est le père de Pietro. Le jeune photographe idiot n'a jamais réussi un scoop. Il déroule la pellicule, l'expose à la lumière. Il arrache Pietro à l'Histoire, et il le met au monde.

Je marche sur le sable

Je marche sur le sable, qui se soulève à chacun de mes pas. J'ai quitté la chambre, me suis levée comme une automate. Aska a cessé de pleurer, elle a parlé, les yeux fixés sur le rideau blanc qui se gonflait à la fenêtre. Elle a dévidé un chant perdu, une *sevdalinka.* Loin de son entonnoir, l'atrocité n'est plus rien, de la cendre qui erre. Il n'est resté que l'odeur de sa maison, de sa petite paix.

Sa fille l'a appelée, elle a tourné la tête d'un geste inquiet. Elle n'a pas récupéré l'usage de l'oreille droite. Elle entend un bruit, comme une mer qui entraîne. Elle a souri, a déclaré : « C'est l'oreille de l'Histoire. »

Je marche. Je voudrais trébucher, mais je ne trébuche pas. Je voudrais m'allonger sur le sable, l'embrasser et remercier quelqu'un, quelque chose, la fourmi qui passe, le parcours infini de toutes les vies.

Le corps de mon fils saute à contre-jour, il se bat avec les vagues. L'enfant se bagarre avec l'adolescent, lui dit : « Laisse-moi jouer encore un jour. »

Il se jette sur la plage, puis repart en courant vers les ondes.

Je lui lance : « C'est comment ?

— Mieux que la Sardaigne ! »

Il me demande de le prendre en photo avec son portable, il veut montrer cette eau turquoise à ses copains. « Ils vont en crever de jalousie. »

Il pose les mains sur ses hanches, sourit, le nez froncé, les yeux fermés à cause du soleil.

J'entre dans l'eau jusqu'aux genoux et l'immortalise en train de sauter. Son corps en l'air et des éclaboussures de mer blanche.

Il s'effondre sur la ligne de brisement des flots. Il a du sable sur la tête et les boucles d'une statue marine. Il se retourne. « M'man, je me suis fait mal au pied. Tu as un sparadrap ? »

Je fouille dans mon sac comme une folle, les cheveux dans les yeux. J'ouvre mon portefeuille, cherche un sparadrap entre les bouts de papier. J'en ai toujours un, car Pietro ne cesse de s'égratigner, c'est une vieille habitude, aussi vieille que notre habitude à tous deux des promenades ensemble.

Pietro attend, scrutant mes gestes désordonnés. Je trouve le sparadrap et j'ai l'impression d'avoir trouvé un trésor. Il sourit, lui aussi.

« Tu l'as ?

— Oui, je l'ai. »

Il me tend le pied, couvert de sable. Il s'est heurté à un rocher, un bout d'ongle s'est arraché et il saigne.

« Rince-toi dans l'eau. »

Il ne veut pas se lever : il a mal.

Je me baisse, suce le sang, le sable. J'essuie le pied avec un bout de ma jupe.

Le sparadrap ne colle pas bien : la peau est un peu humide et je n'arrive pas à dénicher mes lunettes. Pietro ne se plaint pas; mieux, il me dit : « Merci. »

Qui es-tu ? Je me suis posé cette question des milliers de fois. Des milliers de fois, je t'ai regardé avec soupçon. Tu ris comme riait Diego, comme rient les jeunes. Tu es bête et intelligent, inoffensif et dangereux. Tu es une possibilité sur des millions. Un adolescent de 2008, né fin décembre 1992 à Sarajevo. Tu es un des premiers enfants nés des viols ethniques.

Il respire.

Il est appuyé sur le côté, inerte comme une barque tirée au sec, ses fesses osseuses glissées dans un maillot de bain de surfeur australien. Il se retourne, je regarde sa dent cassée, ses joues trop maigres. Il respire.

Combien de morceaux y a-t-il dans un corps ? Le pli auquel s'accroche et pend l'oreille. Le dessin d'un poing. Un œil avec ses cils qui bougent. L'os du genou. Les poils – de l'herbe décolorée.

Je regarde les morceaux de mon fils. Je l'ai peut-être toujours su sans vouloir me l'avouer, voilà la vérité. « Tu es libre, devrais-je lui dire, tu n'es pas son fils, tu es le fils d'un troupeau de diables ivres de haine. »

Il sautille sur un pied, s'appuie à moi.

« Je n'arriverai jamais à te soutenir.
— Mais si, tu y arriveras. »

Je reconnais la poissonnerie, avec son rideau de langues en plastique pour chasser les mouches. Et un buisson de géraniums sauvages de la taille d'un arbre.

Pietro m'a dit : « Je veux y aller. Je veux aller sur les lieux où papa est mort. » Soudain, il l'appelle *papa*, et tout me paraît terriblement absurde.

Je marche derrière ce mensonge. Pietro grimpe en silence.

Aska m'a indiqué l'endroit : c'est facile, il n'y a là qu'un grand rocher qui ressemble à la tête d'un dinosaure bouche bée.

Diego s'est introduit dans cette bouche.

Aska m'a dit : « Il allait rentrer en Italie, il était prêt à venir te retrouver. »

Puis il a entrepris cette ascension.

Il y avait une bonne lumière, celle qui précède le couchant. La lumière de ses meilleures photos.

Pietro jette un regard circulaire. Il est plus rapide que moi, il est déjà au sommet.

« Attention ! »

J'ai peur, peur.

« Il n'y a rien ! » s'écrie-t-il.

Il le répète tout bas une fois que je l'ai rejoint : « Il n'y a rien, m'man. »

À quoi s'attendait-il ? À trouver un sanctuaire ? Une pierre tombale ? Un appareil photo sculpté dans le rocher ?

Je suis en nage, je suis vieille, et il est jeune comme les mouettes qui volent. Nous nous asseyons, contemplons la mer qui paraît infinie. Pietro glisse la main autour de mon épaule d'un geste protecteur. Puis il me fourre quelque chose entre les doigts. Mon menton tremble.

« Le paquet craint », dit-il.

J'ouvre l'emballage rouge, froissé, qu'il doit avoir dans la poche depuis le soir devant la fontaine. C'est une broche, une rose en filigrane d'argent. Celle qui était exposée dans la vitrine de Baščaršija…

« Elle te plaît ?
— Oui.
— Je le savais. »

Il se lève et va fouiller parmi les broussailles, revient avec un bout de roseau, le casse en deux sur son genou. Il fabrique une croix, essaie de fixer les deux bouts avec un brin d'herbe, en vain. Alors il tire de sa poche son bandana et le noue autour. Il plante cette croix dans la terre.

« Combien de temps tiendra-t-elle ? »

Il y a un de ces vents…

Pietro me tend son portable et me demande de le photographier à côté de cette croix.

Nous parlons encore un moment.

« Qu'est-ce que je ferai quand je serai grand, m'man ?

— Qu'est-ce que tu as envie de faire ?

— Je ne sais pas.

— Tu aimes jouer de la guitare, tu seras peut-être musicien… »

Il dit qu'il aimerait ouvrir une chaîne d'hôtels à sept étoiles. Il aimerait concevoir la plus grande suite du monde, avec un terrain de golf de dix-huit trous.

« Je sais pourquoi papa est monté ici. »

Du bras, il indique la mer.

« Parce que d'ici on voit l'Italie. »

Il sourit.

« Nous lui manquions, m'man. »

Aska est restée sous la tonnelle, elle n'a pas eu le courage de s'approcher. Elle s'est lavé les cheveux, elle les laisse sécher à l'air libre. Je l'ai vue dresser la table, se pencher pour ramasser un jouet de sa fille. Une femme comme moi.

Maintenant, elle nous regarde venir vers elle.

Dans les campagnes, nombre de femmes ont tué ces enfants, les mères ont aidé les filles à s'en débarrasser. Des femmes paisibles se sont muées en criminelles désespérées. Aska s'est rendue dans un centre d'assistance pour ces victimes de la guerre, mais il a fallu que sa fille naisse, que son corps s'ouvre une deuxième fois, que Gojko et elle pleurent longuement, serrés l'un contre l'autre, pour que la haine se détache d'elle, comme un placenta désormais inutile.

La tête basse, Aska agite ses cheveux humides.

Tandis que je m'approche, je distingue le geste répétitif de sa main, son visage qui se décompose, sa bouche qui s'ouvre et se referme.

Pietro a les yeux rivés à son mobile. Je lui donne un petit coup.

« Voici Aska, la femme de Gojko. »

Il lève sur elle ses yeux indigo, sourit, lui tend la main.

« Salut, Pietro. »

Aska retient sa main.

Alors il se penche et l'embrasse sur les deux joues. Elle écarte les bras et l'étreint.

La boucle du destin se referme.

Puis Aska pivote, dit qu'elle va chercher les verres.

Je la retrouve à la cuisine, dos au mur. Elle pleure, immobile. À ma vue, elle sourit.

Elle a une main sur la bouche, le nez, elle respire dans cette main.

Gojko s'approche, la protège de son corps.

Ils ont longtemps été amis avant de devenir un couple. Ils sont allés au cinéma ensemble, ont discuté dans les bars des films qu'ils avaient vus et de sujets stupides. Ils ne parlaient jamais du reste, c'était facile, ils savaient déjà tout. C'était le silence qui parlait, comme une cure.

Gojko a préparé le barbecue, il s'affaire autour des braises dans le vent marin. Nous mangeons du poisson. Les écailles brûlées tombent comme de l'écorce, offrant une chair blanche et parfumée, imprégnée de saveur. Cette nuit, nous mangeons la mer.

Pietro me demande l'autorisation de boire un peu de vin, et Gojko lui remplit son verre avant que j'aie dit oui. Pietro rit, déclare : « Je resterais bien ici. »

Aska l'observe. Elle mange lentement, comme une serveuse, une religieuse. Elle ne cesse de regarder Pietro, même si elle fixe les yeux sur les verres, sur les assiettes, sur sa vie. Comme si elle craignait de déranger la mienne.

Elle a peut-être honte. La honte l'a poursuivie pendant des années, ce sont ses derniers battements. Elle a l'air d'une intruse, d'une voleuse.

Un petit chagrin dans cette soirée douce. Je n'y peux rien. Chacun de nous en abrite un. Se battre et perdre, voilà la compétition stupide des âmes.

Le vent souffle sur la braise qui semble près de s'éteindre, mais ne s'éteint jamais. Pietro et Sebina discutent, écrivent des mots sur des serviettes en papier, jouent avec le pain.

Gojko intervient, demande : « Quel est le mot le plus beau du monde ? »

Sebina répond : « Mer. »

Pietro hésite entre « liberté» et « tennis ».

Le ciel est parsemé d'étoiles. Les étoiles habituelles, proches et lointaines. Celles qui nous poussent à capituler.

Gojko a les yeux d'un guerrier qui a perdu. D'un poète ivre. « Pour moi, dit-il, le mot le plus beau du monde est "Merci". »

Il lève son verre, choque la bouteille, puis le lève en direction du ciel, vers une étoile. « Merci. »

Le mal est mort cette nuit.

À l'aube, nous nous disons au revoir sur le quai, comme des amis qui se reverront ; avec nos sandales et nos sacs à dos, nous ressemblons à des touristes. Des corps vont et viennent autour de nous. Qui pourrait imaginer l'histoire que nous partageons ? La mer silencieuse boit encore quelques gorgées de nuit.

Le trajet du retour est incroyablement bref. À l'aéroport de Sarajevo, nous prenons un café, accoudés au milieu des fumeurs sur le comptoir en fer à cheval. Je demande à Gojko :

« Que vas-tu faire maintenant ?

— Le festival du cinéma de Sarajevo commence dans quinze jours. Cette année, on a invité Kevin Spacey… Je le promènerai peut-être, je lui montrerai les endroits d'où on tirait, je l'emmènerai faire *the war tour.* »

Il rit, puis se rembrunit. Comme Pietro.

L'heure du départ est arrivée : on annonce le vol, et puis nous avons été trop souvent tristes et gais. Je flanque un coup de poing sur l'épaule de mon Gojko. Il hoche la tête, comme une grosse bête, un sanglier.

Il ne pleure pas, c'est notre pacte. Je sens sa barbe dure contre mes joues.

Nous sommes la mer qui va et vient. Y aura-t-il une autre rencontre ?

Je mords une dernière fois dans son odeur, dans la Bosnie, dans cet amour.

À bord de l'avion, Pietro déclare que le décollage est la partie la plus délicate : on risque de tomber, car les moteurs forcent au maximum. Il est nerveux. Il a collé son chewing-gum sous la tablette, tout est normal.

Derrière mes lunettes de soleil, mes phares noirs, j'opine et pense : *Calme-toi, mon fils. Tu n'arrêtes pas de parler, tu n'arrêtes pas de bouger. Il y a trop de vie en toi.*

En bas, l'Igman est tout petit, le dos d'un chat. Et les maisons, minuscules, comme celles du Monopoly.

J'ai l'impression d'être un nain volé dans un jardin anglais et à qui on a fait faire le tour du monde. Oui, ballottée plus qu'il n'aurait fallu.

Pietro s'endort au bout d'un moment, la tête penchée vers le hublot, un pied sur le siège. Ses pensées, son marasme adolescent se reposent. Les nuages passent, teintés par les rayons du soleil couchant.

L'aile de l'avion semble immobile, comme toujours. Je pense à mon père. Diego lui avait peut-être tout raconté dans ce garage du bord de mer… Papa a gardé le secret. Il est mort, il y a deux ans. Je l'accompagnais à un examen de contrôle pour son pacemaker. Je me suis garée en double file, j'ai fait un saut au supermarché, comme chaque fois. Je lui ai laissé les clefs de la voiture. « Si quelqu'un klaxonne, déplace-la. » Quand je suis ressortie avec les sacs des courses, ça klaxonnait de tous les côtés. Papa était immobile à sa place, la tête penchée. On aurait dit qu'il dormait. J'ai lâché les sacs, je ne sentais plus mes bras. C'était une situation surréaliste, les gens ne cessaient de m'invectiver. J'ai dû attendre les employés de la morgue pour déplacer la voiture. Il pleuvait. J'ai patienté derrière les vitres embuées, près du corps de mon père, dans cette ville sans patience.

Air de Rome, air de bord de mer. Revoilà l'immense plafonnier de cet aéroport plein de lumières, d'avions qui font la queue pour décoller. Pietro marche à grandes enjambées heureuses. Il est de retour dans sa ville, la ville où il a grandi, la ville qu'il sillonne à Mobylette.

Il me demande : « Qu'est-ce que tu as ?

— Je me sens abrutie.

— Papa a raison. Il faut que tu prennes de la papaye. »

Dans l'autobus, Pietro rallume son portable, consulte ses messages. Je lorgne l'écran : une photo du nombril de Dinka, de son piercing.

Giuliano se tient près des chariots. Dès qu'il nous voit, il bondit. Il étreint Pietro, le retient par la nuque, le renifle.

« Salut, Pietro.

— Salut, papa. »

Avec moi, il est aussi timide que mon père, il me donne un baiser rapide, me surveille du coin de l'œil tout en saisissant les sacs. Il a peur de mon humeur.

« Tout va bien ?

— Tout va bien. »

Il est pressé. Maintenant que nous sommes rentrés, il est pressé. De quitter l'aéroport, ce lieu de séparations.

« Qu'est-ce que tu as fait ? Tu as dîné dehors tous les soirs ?

— Tu es rentrée en colère ? »

Je souris, nous nous reconnaissons.

La première fois qu'il est venu me chercher, en civil, pour m'emmener dîner quelque part, nous sommes tombés en panne d'essence sur le périphérique. Il faisait un froid de loup et il ne passait que des camions. « Je suis habitué aux voitures de service, pardonne-moi. » Nous avons marché en longeant le rail de protection, le visage battu par les phares. Giuliano écartait les bras : « Je te précède. » J'ai découvert ensuite que son travail occupait toute sa vie, qu'il vivait comme à l'hôtel. Je me rappelle les fourchettes et les cuillers encore emballées, que j'ai lavées et rangées dans un tiroir. Nous avons toujours été un peu ridicules ensemble, c'est là notre beauté, je crois. La vie est une suite de vides qui se remplissent les uns les autres étrangement.

Dans la voiture, Pietro ne cesse de raconter ce qu'il a vu. Il se rappelle les dates, les noms. J'ai l'impression d'entendre Gojko. « L'Europe n'a rien fait… Si Karadžić a été arrêté, c'est seulement parce qu'il y a eu un accord… »

Il est assis derrière, mais il se glisse sans cesse entre nous. Il tape sur l'épaule de Giuliano, lui montre ses photos sur son portable. Il passe la photo du rocher. Je me sens apaisée comme cette croix sur le rocher.

Giuliano tourne la clef dans la serrure. La porte s'ouvre, la lumière s'allume, et je retrouve les livres, le canapé.

Pietro regarde le tennis à la télévision, je me démaquille, jette le coton sale. J'éteins les lumières, vérifie le gaz. Il n'y a rien dans le réfrigérateur, à l'exception de ce que j'y avais laissé, une salade défraîchie et deux pots de yogourt.

Je vais sur la terrasse, m'appuie contre la balustrade. Giuliano me rejoint, pose sa main sur la mienne. Nous regardons le bar en bas, les adolescents adossés aux minivoitures.

« Qu'est-ce que tu as fait aujourd'hui ? »

Il est allé à l'aube déloger des rebuts de l'Est entassés dans un campement illégal.

C'est le travail de l'été. Ça le déprime. Ce monde où on prend les empreintes digitales des petits tsiganes, où on fiche les mineurs, lui déplaît de plus en plus.

Je lui raconte tout. Giuliano écoute, bras croisés, comme un militaire. Il prend tout. C'est lui qui m'entraîne dans la chambre de Pietro. Il a besoin de le voir. De le voir respirer.

La porte est fermée. Sur la poignée, le DO NOT DISTURB de l'hôtel de Sarajevo. Nous entrons quand même. Le tchetnik dort dans son lit Ikea rallongé au maximum. Par terre, sa guitare, son portable et son jean.

Giuliano se penche, renifle sa nuque. Comme le dernier chien, comme le dernier père. Il ramasse la guitare, la pose contre le mur, ramasse le portable, branche le chargeur, ramasse le jean, le plie. Ses pas dessinent des cercles dans cette chambre… les miens aussi. Des cercles de nous deux ensemble.

Remerciements

Merci à Renata Colorni, ma sentinelle.
Merci à Antonio Franchini, l'agitateur silencieux.
À Giulia Ichino, pour la passion de sa lecture.
À Moira Mazzantini, parce qu'elle est toujours là.
À Gloria Piccioni, qui a cheminé dans la vie.
À Mario Boccia, pour ses photos qui m'ont permis de voir.
Merci à Asja, pour son âme.

Table

Cet ouvrage a été composé et imprimé
en mars 2010 par

CPI
FIRMIN-DIDOT

27650 Mesnil-sur-l'Estrée
N° d'édition : 50385/01
N° d'impression : 98344
Dépôt légal : mars 2010

Imprimé en France